高等院校小学教育专业教材

外国文学

（第2版）

主　编　刘建军
副主编　罗显克
编写者　马红英　王小可　王际峰　刘　研
刘建军　吕沙东　李　丹　罗显克
杨丽娟　侯赛军　修树新　高玉秋
游泽生　裴丹莹
修订者　刘建军　杨丽娟　袁先来　刘　研
裴丹莹　高玉秋　孙洛丹

高等教育出版社·北京

内容提要

本书是由教育部教师工作司组织专家审定的高等院校小学教育专业教材。

全书较为完整地体现了外国文学发展的一般风貌和主要成就。内容以史为经，介绍外国文学发展史，使学生掌握外国文学发展脉络；以文（作品）为纬，针对培养小学教师这一点，让学生掌握外国文学史上重要的作家及其作品，并认识其艺术价值和历史地位，形成一定的文学作品阅读能力、鉴赏分析能力和研究能力。本书的主要特色是既有文学史的整体性，又有作家作品介绍；重点突出，繁简得当；观点公允，立论平和；引述作品较多，便于学生自主学习。此次修订强调了课程思政，并加大了引述作品的比例，以二维码的形式提供了拓展阅读资料。

本书适合作为高等院校小学教育专业教材，也适合作为汉语言文学专业教材，还可以供各类自学者学习和提高。

图书在版编目（CIP）数据

外国文学 / 刘建军主编. -- 2版. -- 北京 : 高等教育出版社，2023.10（2024.8重印）
ISBN 978-7-04-061111-3

Ⅰ. ①外… Ⅱ. ①刘… Ⅲ. ①外国文学-文学史-高等学校-教材 Ⅳ. ①I109

中国国家版本馆CIP数据核字(2023)第165882号

WAIGUO WENXUE

策划编辑 肖冬民　责任编辑 肖冬民　封面设计 姜 磊　版式设计 徐艳妮
责任校对 吕红颖　责任印制 刘思涵

出版发行 高等教育出版社
社　　址 北京市西城区德外大街4号
邮政编码 100120
印　　刷 三河市骏杰印刷有限公司
开　　本 787 mm×1092 mm 1/16
印　　张 21
字　　数 450千字
购书热线 010-58581118
咨询电话 400-810-0598
网　　址 http://www.hep.edu.cn
　　　　 http://www.hep.com.cn
网上订购 http://www.hepmall.com.cn
　　　　 http://www.hepmall.com
　　　　 http://www.hepmall.cn
版　　次 2008年11月第1版
　　　　 2023年10月第2版
印　　次 2024年8月第4次印刷
定　　价 45.00元

物 料 号 61111-00

高等院校小学教育专业教材总序

我国已进入全面建设社会主义现代化国家的新的历史阶段。在这样一个历史阶段，教育越来越成为促进社会全面发展、推动科技迅猛进步，进而不断增强综合国力的重要力量，成为我国从人口大国逐步走向人力资源强国的关键因素。我国的教师教育正面临着前所未有的机遇和挑战。教师教育的改革与发展直接关系到千百万教师的成长，关系到素质教育的全面推进，关系到一代新人思想道德、创新精神和实践能力的培养和提高，最终关系到推动科学发展、促进社会和谐、全面建成社会主义现代化强国目标的实现。

培养具有较高学历的小学教师是适应基础教育课程改革与发展的迫切需要，也是我国教师教育课程改革与发展的必然趋势。为了适应基础教育课程改革与发展的需要，我国对培养较高学历的小学教师工作进行了长时间的积极探索，取得了较大成绩，并积累了许多宝贵经验。《教育部关于大力推进教师教育课程改革的意见》提出："要围绕培养造就高素质专业化教师的目标，坚持育人为本、实践取向、终身学习的理念，实施《教师教育课程标准（试行）》，创新教师培养模式，强化实践环节，加强师德修养和教育教学能力训练，着力培养师范生的社会责任感、创新精神和实践能力。"党的二十大报告指出，要全面贯彻党的教育方针，落实立德树人根本任务；加强师德师风建设，培养高素质教师队伍。中共中央、国务院《关于全面深化新时代教师队伍建设改革的意见》提出："全面提高中小学教师质量，建设一支高素质专业化的教师队伍。""根据基础教育改革发展需要，以实践为导向优化教师教育课程体系。"为此，要结合教师专业标准等的要求，依据《教师教育课程标准（试行）》，优化教师教育课程结构，改革课程教学内容，开发优质课程资源等。

开展小学教师培养工作，课程与教材建设是关键。当务之急是组织教育科研机构、高等师范院校的专家学者和教师联合编写出一套高水平的、规范化的、专门用于培养较高学历小学教师的教材。

编写高等院校小学教育专业教材，应该遵循以下原则：

一、时代性与前瞻性。教材要面向现代化、面向世界、面向未来，反映当代社会经济、文化和科技发展的趋势，贴近国际教育改革和我国基础教育课程改革的前沿，体现新的教育理念。

二、基础性与专业性。教材要体现高等教育的基础性，同时要紧密结合当今小学教育课程改革的趋势和实施素质教育的要求，针对小学教育专业的特征和小学教师的职业特点，力求构建科学的教材体系，提高小学教师的专业化水平。

三、综合性与学有专长。教材要根据现代科技发展和基础教育课程改革综合化的趋势，强化综合素质教育，加强文理渗透，注重科学素养，体现人文精神，加强学科间的相互融合以及信息技术与各学科的整合；同时，根据小学教育的需要，综合性教育与单科性教育相结合，使学生文理兼通，学有专长，一专多能。

四、理论与实践相结合。教材要根据小学教师职前教育的要求，既要科学地安排文化知识课和教育理论课，又要加强实践环节，注重教育实践和科学实验，重视对师范生教师职业能力的培养。

五、充分体现教材的权威性、专业性、通用性和创新性。教材应以教育部制定的《教师教育课程标准（试行）》为编写依据，以教师培养、培训沟通为目的，在体系框架、内容、呈现方式等方面开拓创新，加大改革力度，充分体现以学生为本的教育理念，使教材从能用、好用到教师、学生喜欢用。

高等教育出版社根据以上原则组织编写了有关教材，这些教材经过专家审定，请有关单位和学校酌情选用。

第 2 版前言

根据教育部“组织编写小学教育专业教材，加强小学教育专业建设”的意见，受高等教育出版社的委托，我们编写了这本《外国文学》教材，并于 2008 年出版发行。本教材在过去十几年中，作为一本专门用于培养小学教师的教材，广泛应用于高等院校小学教育专业教学中，也有较多的汉语言文学专业教学单位使用，得到了许多教师和学生的好评，在教学实践中经受住了考验。第 1 版教材在编写上突出了以下几个特点：

第一，在加强科学性的前提下，结合小学教育专业学生学习的特点，改变了同类教材求全、求大、求专、求深的编写方式，大量压缩一些不重要的内容，突出对主要文学现象、主要作家及其作品的讲解和分析，并适当引用作品原文，让学生了解作品原貌。

第二，以提高学生的文学素养为目的。学生学习外国文学，不仅要了解和掌握外国文学现象与知识，更重要的是培养提出问题、分析问题和解决问题的能力。当然，这种能力并不像专门学习、研究外国文学的学生那样，要做出专业性或学术性的分析和运用，而是要有把握外国文学基本的发展流程，初步鉴别作品所表现的美丑，独自欣赏外国优秀文化遗产的基本能力。为此，本教材加大对外国文学发展的基本线索、作家成长经历、作品思想内容和艺术成就的讲解，目的是告诉学生，学习这本教材，重要的在于提高自己的文学素养。

第三，考虑到学习本教材的大多是高等院校小学教育专业学生，他们今后要从事基础教育的教学工作，为此，在编写中，我们尽可能地把问题讲述得更清楚一些，更精当一些。对一些复杂的问题、有争论的问题、很“深奥”的理论以及现在还没有定论的看法，本教材不过多涉及。这并不是没有必要，而是涉及这些问题对他们此刻的学习和未来的工作没有什么助益，而且还可能妨碍他们对基本问题的理解和把握。比如，本教材没有涉及西方文学理论家的文艺思想，也没有过多涉及如“莎士比亚化”、“巴尔扎克世界观和创作方法之间的矛盾”、存在主义“境遇论”以及后现代理论知识——当然，课时少也是舍弃这些复杂问题的原因。

第四，本教材加大了对 20 世纪以来尤其是 20 世纪后期文学现象的介绍比重。一方面，20 世纪的文学现象深受当代学生的欢迎，我们必须重视这种情况，满足他们的需求；另一方面，20 世纪后期文学也体现了当代人类社会所面临的基本问题和东西方文化的基本走向，我们希望今天的学生能够有准备地迎接明天的挑战，也必须要给予他们这方面的知识——哪怕是初步的。

当前，我国正在大力推进教师教育课程改革。党的二十大提出要培养高素质教师队伍，并对办好人民满意的教育、加强教材建议和管理提出明确要求；还提出“尊重世界文明多样性，以文明交流超越文明隔阂、文明互鉴超越文明冲突、文明共存超越文明优越……”。在高等教育领域强调“新文科”建设的今天，在主张人才培养模式创新的新时代要求下，我们对原教材进行了修订。在继承教材以上特点的基础上，本次修订突出以下几点：

第一，进一步把外国文学的知识传授和课程思政结合起来。本教材通过对外国文学作品的介绍和分析，宏扬先进文化，力图帮助学生树立正确的世界观、人生观和价值观，初步形成辨别外来文学是非美丑的能力。为此，本次修订进一步加强了对基本立场和基本观点方面的阐述，特别是对一些作品的价值导向进行了正面阐述。

第二，为适应培养学生提出问题、分析问题以及解决问题能力的需要，我们加大了外国文学作品的引用比例，适当减少了分析性的文字，还调整了每章后面的思考题。这样做的目的是引导学生去读原作，并在此基础上让学生去独立思考和理解相关问题。换言之，就是要让教师少讲点儿，引导学生多读点儿，多想点儿。若能做到对某个文学现象或作品的结论由学生作出而不是由教师讲出来，我们就达到目的了。

第三，为了拓宽学生的视野，本次修订我们还在每章中通过二维码提供了有关的拓展阅读资料。这些拓展阅读资料或者属于背景性的介绍，或者是与教材中的某些理解不太一致的观点介绍，或者是与教材内容有内在关联的知识或看法。这样做的目的在于，希望学生在学习时，既能依据教材，又能跳出教材，独立思考相关问题。

第四，本次修订我们还根据近年来外国文学研究的新进展，增补了一些作家作品介绍，对教材中的一些提法进行了必要的修正，改正了一些行文方面的讹误。

参与本教材编写的成员，均来自国内高校，既有从事外国文学研究的专家，也有在教学一线的教师，他们大多有丰富的研究成果或教学经验。本教材的主编为上海交通大学刘建军教授，副主编为罗显克教授。编写人员及其编写分工如下(以章节为序)：

第2版前言：刘建军(上海交通大学)。

西方文学部分：

第一章：刘研(东北师范大学)。

第二章：刘建军(东北师范大学)。

第三章：第一、三节，王小可(西南交通大学)；第二节，杨丽娟(东北师范大学)。

第四章：第一节，裴丹莹(东北师范大学)；第二节，李丹(南宁师范大学)。

第五章：罗显克(广西水利电力职业技术学院)。

第六章：第一节，刘建军；第二节，游泽生(重庆师范大学)；第三节，侯赛军(湖南第一师范学院)。

第七章：第一、四节，刘研；第二节，王际峰(邢台学院)；第三节，马红英(湖南第一师范学院)、侯赛军；第五节，侯赛军。

第八章：第一节，高玉秋(东北师范大学)；第二、四节，吕沙东(南宁师范大学)；第三节，罗显克。

第九章：第一、五、六节，刘建军(东北师范大学)；第二节，游泽生；第三、四节，裴丹莹。

第十章：第一、二、三、四、五节，杨丽娟；第六节，修树新(东北师范大学)。

东方文学部分：

第一章：王小可。

第二章：李丹。

第三章:高玉秋。

第四章:王际峰。

参加本次修订的成员,除主编刘建军现为上海交通大学特聘教授外,其他均为东北师范大学的教师,修订分工如下:西方文学部分的修订者分别是杨丽娟(第一、二、三、十章),袁先来(第四、五、六章),刘研(第七、八章),裴丹莹(第九章);东方文学部分的修订者为高玉秋(第一、二章),孙洛丹(第三、四章)。最后由刘建军教授统稿。

在本教材的编写过程中,我们参考了国内很多同类教材和著作,我们尽可能地在行文中加以注明,但可能仍有一些遗漏,在此一并表示感谢！由于编写者和修订者的水平有限,教材中可能还存在一些疏漏。欢迎使用者和专家批评指正,以便我们在今后的修订中进一步完善。

刘建军

2023 年 4 月

目　录

西方文学部分

东方文学部分

西方文学部分

第一章

1

古希腊罗马文学

【学习目的与要求】

通过学习本章内容，了解古希腊罗马文学的主要成就，尤其掌握古希腊神话、《荷马史诗》和古希腊戏剧的基本内容和艺术成就，从而初步领会古希腊罗马文学的精神和价值。

第一节　概述

古希腊罗马文化是西方文化的源头之一，其灿烂的文化是欧洲古代文化的典范，对西方文明产生了深远的影响。古希腊罗马文学是西方文学的源头。

一、古希腊罗马文学的范畴与性质

作为西方文化与文学的源头之一，古希腊文学给后来的西方文学奠定了三大基础：第一，古希腊人的生存环境、多元文化的整合构成了古希腊文化形成和发展的基本条件，也因此造就了古希腊人酷爱冒险和敢于征服的民族性格，孕育了古希腊人依从自然人性，追求原始欲望的满足，重视个体生命价值实现的文化观念。古希腊哲学家普罗塔哥拉（有的译作“普罗泰戈拉”）提出“人是万物的尺度”[①]，将全部现象的依据归结到“人”这个认识和行动的主体本身，他宣布，“作为思维者的人是万物的尺度”[②]。自然欲望和求索现象背后普遍规律的智慧理性合而为一，是古希腊人对世界和人生的深刻认识。第二，古希腊人在长期的发展中，在看待人和世界的关系时，在原始文化的“人神同形同性”和泛神论的基础上以“逻各斯”为中心并由此形成了“二元对立”的思维模式萌芽。在古希腊鼎盛时期的公元前 4 世纪前后，柏拉图、亚里士多德等人形成的“理念”是古希腊人对世界的本质的思想认识。在“理念”与现实世界的关系上的论争，其实反映了一直持续到 20 世纪中期前后的思维模式的最初形态。这种看待人和世界关系的模式，一直是西方文学的基本特征。第三，古希腊文学也为后来的西方文学提供了各种各样的素材和表现方式。古希腊神话的人性张扬、《荷马史诗》的叙事特征、古典戏剧的观念和手法、个人抒情诗的艺术技巧等，都给西方世界的文化和文学奠定了最初的基础。

古罗马文化是古希腊罗马文化的重要组成部分，它不仅继承了古希腊文化的精髓，还创造性地发展了这一文化。古罗马文化集中地反映了古罗马由氏族社会向奴隶制社会过渡的社会现实生活，还诗性地表达了古罗马人在新的历史条件下对自然、社会和人自身的思考。古希腊罗马文学中的人和神都依本能行事，凭借自己的力量和智慧直面自然威力，具有不可抗拒的种种神秘力量。这种一切从自我出发、以个体为本位、追求自由的主体意识不仅是古希腊罗马文学的基本精神，也成为后世欧洲文学与文化的基本价值取向。

二、古希腊罗马文学的发展历程及其主要成就

作为欧洲文学的开端，古希腊罗马文学以瑰异的想象力创造了神话、史诗，开创了抒情诗、寓言、悲剧和喜剧、散文、小说、传记等多种文学样式，文学风格既具有原始的质朴与

---

① 普罗泰戈拉. 著作残篇［M］// 北京大学哲学系外国哲学史教研室. 古希腊罗马哲学. 北京：商务印书馆，1961：138.

② 黑格尔. 哲学史讲演录：第 2 卷［M］. 贺麟，王太庆，译. 北京：商务印书馆，2017：70.

粗犷,又饱含着人类童年时期的活泼与纯真,为后来的欧洲文学提供了范例,成为后世作家取之不尽的文化滋养。

(一) 古希腊文学

美国著名文化学者伯恩斯和拉尔夫在《世界文明史》中这样评价古希腊人所创造的文化:"希腊人赞美说,人是宇宙中最了不起的创造物,他们不肯屈从(于)祭司或暴君的指令,甚至拒绝在他们的神祇面前低声下气。他们的态度基本上是非宗教性的和理性主义的;他们赞扬自由探究的精神,使知识高于信仰。在很大程度上正是由于这些原因,他们将自己的文化发展到了古代世界所必然要达到的最高阶段。"[①] 一般认为,古希腊文学分为四个时期:公元前 12 世纪到公元前 8 世纪是古希腊从氏族社会向奴隶制社会过渡的时期,史称"荷马时代",又称"英雄时代";公元前 8 世纪至公元前 6 世纪是氏族社会进一步解体,奴隶主城邦逐渐形成的时期,史称"大移民时代";公元前 6 世纪末至公元前 4 世纪末是古希腊奴隶制发展的全盛时期,史称"古典时代";公元前 4 世纪末至公元前 2 世纪,史称"希腊化时代"。

古希腊文学最早的文学样式包括神话传说和《荷马史诗》。此后,在古希腊文学史上还相继涌现了抒情诗、寓言、悲剧和喜剧、文学批评等多种文学样式。这些作品既是对从氏族社会到"希腊化时代"千余年社会历史变迁的全面记录,也是对古希腊人热情奔放的生命欢歌的生动呈现,同时还是古希腊人对人类童年时期生存境况的不自觉的记录和反思。

赫西奥德(约前 8 世纪)是《荷马史诗》后第一位留下真实姓名的诗人。赫西奥德的长篇叙事诗《神谱》(一说并非他的作品)是古希腊第一部试图对古希腊神话加以系统描述的著作。其另一部教谕诗作《工作与时日》是古希腊流传下来的第一部以现实生活为题材的诗作。诗人在《工作与时日》中忠告人类,只有坚持正义、勤劳和谨慎才能获得幸福和快乐:"你要倾听正义,不要希求暴力,因为暴力无益于贫穷者,甚至家财万贯的富人也不容易承受暴力,一旦碰上厄运,就永远翻不了身。反之,追求正义是明智之举,因为正义最终要战胜强暴。"[②] "活着而无所事事的人,神和人都会痛之恨之,因为其禀性有如无刺的雄蜂,只吃不做,白白浪费工蜂的劳动。愿你注意妥当地安排农事,让你的谷仓及时填满粮食。人类只有通过劳动才能增加羊群和财富,而且也只有从事劳动才能倍(备)受神灵的眷爱。"[③]

萨福(约前 7 世纪—前 6 世纪)是"大移民时代"抒情诗人的代表,被柏拉图誉为"第十位缪斯"。萨福写有 9 卷诗歌,但流传下来的很少。萨福开辟了对个人情感世界个性抒发的诗风,表达在爱情中悲欢交织的感受,其作品语言质朴,旋律优美,富于变化,情思生动炽烈,被称为"萨福体"。例如:

---

① 伯恩斯,拉尔夫. 世界文明史:第 1 卷[M]. 罗经国,陈筠,莫润先,等译. 北京:商务印书馆,1987:208.

② 赫西奥德. 工作与时日 神谱[M]. 张竹明,蒋平,译. 北京:商务印书馆,1991:7.

③ 赫西奥德. 工作与时日 神谱[M]. 张竹明,蒋平,译. 北京:商务印书馆,1991:10.

我觉得同天上的神仙可以相比，
能够和你面对面地坐在一起，
听你讲话是这样令人心喜，
是这样甜蜜：
听你动人的笑声，使我的心
在我的胸中这样地跳动不宁，
当我看着你，波洛赫，我的嘴唇
发不出声音，
我的舌头凝住了，一阵温柔的火
突然间从我的皮肤上面溜过，
我的眼睛看不见东西，我的耳朵
被噪声填塞，
我浑身流汗，全身都在战栗，
我变得苍白，比草叶还要无力，
好像我几乎就要断了呼吸，
在垂死之际。①

相传《伊索寓言》② 为公元前6世纪的奴隶伊索所作。《伊索寓言》常用动物或神灵的形象来代表某一类人，既是人间生活的写照，又是当时下层平民和奴隶的人生经验及生活智慧轻松诙谐的自由表达，其中比较著名的有《狼和小羊》《狐狸和葡萄》《农夫和蛇》《乌龟和兔子》《乌鸦和狐狸》《开玩笑的牧人》《小蟹和母蟹》等。例如，作者在《狐狸和葡萄》中写道：

狐狸饥饿，看见架上挂着一串串的葡萄，想摘，又摘不到。临走时，自言自语地说："还是酸的。"

同样，有些人能力小，办不成事，就推托时机未成熟。

而《农夫和蛇》则说：

一个农夫在冬天看见一条蛇冻僵了。他很可怜它，便拿来放在怀里。那蛇受了暖气，就苏醒了，等到回复了它的本性，便把它的恩人咬了一口，使他受了致命的伤。农夫临死的时候说道："我怜惜恶人，应该受到这个恶报！"

① 萨福.给阿那克托里亚[M]//华宇清.金果小枝：外国历代著名短诗欣赏.哈尔滨：黑龙江人民出版社，1982：112-113.个别字依照规范要求有改动。

② 罗念生.罗念生全集：第7卷[M].增订典藏版.上海：上海人民出版社，2016：228.

> 这故事是说，对恶人即使仁至义尽，他们的本性也是不会改变的。[①]

《开玩笑的牧人》则告诉人们：

> 有个牧人赶着羊到村外较远的地方去放牧。他常常开玩笑，高声向村里人呼救，说有狼来袭击他的羊。有两三回，村里人惊慌地跑来，又都笑着回去。后来，狼真的来吃他的羊了。他放声呼救，村里人都以为他照例又在开玩笑，没有理他。结果，牧人的羊全被狼吃掉了。
>
> 这故事是说，说假话的人会得到这样的下场：他说真话，也没人相信。[②]

在《小蟹和母蟹》中，作者告诉人们的是另外一个哲理：

> 母蟹对小蟹说："孩子，你为什么横着走路？要直着走才合适。"小蟹回答说："妈妈，你带路，我照着走吧。"可是那母蟹不会直着走，于是孩子说她笨。
>
> 劝别人容易，自己做难。[③]

《伊索寓言》中的寓言短小精悍，形象生动，用拟人手法赋予动物人的性格，常被后人模仿和引用，从拉封丹、莱辛、克雷洛夫的作品中都可以找到它的痕迹。不仅如此，《开玩笑的牧人》和我国《狼来了》的故事几乎一模一样，也体现了寓言所具有的某种民族共通性。寓言以言简意赅的艺术形式揭示深刻的人生哲理，因此，它在一定意义上也成为潜藏于所有艺术创作中的基本因子。

（二）古罗马文学

古罗马是稍晚于古希腊兴起的奴隶制国家。古罗马文学一般被分为三个阶段，即共和时期(前 240—前 27)、黄金时期(前 190—公元 14)和白银时期(14—130，有的学者说白银时期是从公元 14 年奥古斯都去世起的 1、2 世纪)。其中，共和时期作为一个政治概念，始于公元前 510 年，但作为一个与文学发展相关的名称，应该从公元前 240 年算起；黄金时期和白银时期是两个主要根据拉丁语言的发展和文体特征定性的名称。

古罗马在向外扩张的过程中深受古希腊文学的影响。古罗马人在吸收古希腊文明优秀成果的基础上，高扬民族精神，彰显时代风貌，用拉丁语创作。古罗马文学比古希腊文学更富有理性精神和集体意识，富于道德感，其中既包含为国家尽义务而自我克制、自我牺牲的理性主义精神，也表现出由集体理性主义与个体价值的冲突带来的矛盾与困惑。古罗马文学在艺术上强调均衡适当，严整和谐，生动雅致，风格宏大庄严，但相对缺乏古希

---

① 罗念生. 罗念生全集：第 7 卷[M]. 增订典藏版. 上海：上海人民出版社，2016：244.

② 罗念生. 罗念生全集：第 7 卷[M]. 增订典藏版. 上海：上海人民出版社，2016：297.

③ 罗念生. 罗念生全集：第 7 卷[M]. 增订典藏版. 上海：上海人民出版社，2016：324.

腊文学中那种旺盛的生命力和创造力。

古罗马文学除了自己的独特成就之外，作为古希腊文学与近代文学之间的桥梁，还起到了承前启后的作用。

维吉尔（前70—前19）是古罗马最重要的诗人，生于意大利北部小城曼图亚附近的安迭斯村，青年时期四处求学，曾在罗马学过希腊语、修辞学、哲学、数学、医学等。据说维吉尔受到屋大维的赞赏和维护，一直过着尊荣和平静的生活。他的重要作品有《牧歌集》《农事诗集》《埃涅阿斯纪》。

《埃涅阿斯纪》是维吉尔的代表作，共计12卷，无论是题材还是叙事技巧都效法《荷马史诗》，前6卷模仿《奥德赛》，写主人公的海上漂泊；后6卷模仿《伊利亚特》，描述的也是战争。但《埃涅阿斯纪》作为欧洲文学史上第一部文人史诗，无论思想内容还是艺术形式都体现出一种文学的自觉性，被誉为“文人史诗的典范”。

全诗以“我要说的是战争和一个人的故事”开宗明义，记叙了“关于埃涅阿斯的史诗”。特洛伊英雄埃涅阿斯是爱神（爱和美的女神）维纳斯（即古希腊神话中的阿芙洛狄忒）之子，特洛伊失陷后被迫流浪异乡，在海上漂泊达七年之久，后来被风暴吹到了北非的迦太基。埃涅阿斯向迦太基女王狄多讲述了自己的苦难经历，英雄的冒险故事让美丽多情的狄多心生敬佩和爱慕，珍爱儿子的维纳斯用计让狄多爱上了埃涅阿斯，两个人结为夫妇，沉浸在柔情蜜意中，直到天神警告埃涅阿斯不要忘记自己的使命，笃信神明的他才将眷恋之情深埋在心底，准备离开。狄多一次次挽留、一次次哀求无效后，决定了此一生。在埃涅阿斯怀着凄楚与无奈的心情离开安乐之土的黎明时分，狄多诅咒着特洛伊人的子孙，用埃涅阿斯赠送的宝剑刺进了自己的胸膛。狄多是埃涅阿斯实现其伟大使命的第一重障碍，她的悲剧不可避免。埃涅阿斯一行到达西西里海岸后，在女先知西比尔的带领下游历地府，父亲的亡灵向他展示了罗马的辉煌和伟大的未来：罗马将要出现罗慕洛、恺撒和屋大维等伟大子孙，而屋大维将建立盛世。他深受激励，勇往直前，来到意大利的拉丁姆地区，这触怒了当地部族的首领图尔努斯。图尔努斯是阿喀琉斯式的英雄，他个人并没有过错，但他代表了罗马共和时期挑起内讧的那种英雄，不符合时代要求，是埃涅阿斯实现其伟大使命的另一重障碍，于是他们之间爆发了战争。战争持续了三年，最后，埃涅阿斯杀死图尔努斯，娶了公主，建立起新国家，这就是后来称霸世界的罗马。

维吉尔将《荷马史诗》中的英雄人物的经历集于埃涅阿斯一身，但埃涅阿斯不像《荷马史诗》里的英雄那样率性而为，他最重要的性格特点就是对神的虔诚和对集体的责任感，因此缺乏鲜明的个性，但唯其如此，才体现出维吉尔的文学的自觉。

例如，当有一次遇到艰难险阻时，埃涅阿斯虽然自己内心充满忧虑，却要以充满希望的态度温和而有力地安慰同伴，鼓起大家继续奋进的勇气。为了安慰众人忧伤的心情，埃涅阿斯说道：

同伴们，我们不是没有经历过痛苦的，我们忍受过比这更大的痛苦，神会结束这些痛苦的。你们尝到过斯库拉的忿怒，你们驶近岩石之际听到过岩石内发出的吼声,你们也到过独眼巨人库克洛普斯的岩洞。振作起精神来吧,抛掉悲伤和恐惧吧,也许有一天我们回想起今天的遭遇甚至会觉得很有趣呢。经过各种各样的遭遇,经过这么多的艰险,我们正在向拉丁姆前进,命运指点我们在那儿建立平静的家园;在那儿特洛亚王国注定要重振。忍耐吧,为了未来的好时光保全你们自己吧。①

埃涅阿斯肩负的使命是带领特洛伊人重建家园,而不是要追求个人的荣誉和幸福。这个使命并非源于他的自然需求,其性格特征也不只是他的个体品质,还是罗马民族精神的写照。作者并非为了塑造英雄个体,而是为了展示埃涅阿斯成为罗马民族英雄的过程。

奥维德(前 43—约 17)的代表作是诗体神话故事集《变形记》。全书不以某一中心人物的活动为线索,而借用毕达哥拉斯的“灵魂轮回”理念,以人由于某种原因的变形为线索,从宇宙创立、人类形成一直写到奥古斯都(即屋大维)时代。相比赫西奥德的《神谱》来说,奥维德的《变形记》对故事的叙述更加详细,情节更加生动,思想内涵也带有明显不同于古希腊的古罗马文化特征。例如,下面这段描写众神召开会议的内容:

诸神在大理石的议事堂落座,朱庇特本人则坐在高出众神之上的地方,倚着一柄象牙权杖,甩动着他头上可怕的头发,三次、四次,于是大地、海洋、星辰都震动了。他怀着义愤开口道:

“我现在为世界的统治权感到担心,从前当那些蛇足巨人每个都张开一百只手准备把天堂掳去的时候,也未令我这样担心。那时的敌人虽然凶狠,但他们是作为一个团体,从一个来源来进攻的;而今天凡是咆哮的海神包围到的地方的所有的人类,我都必须消灭。我可以指着在地下流经斯堤克斯丛林的阴河水发誓,在此之前,各种方法我都试过,无法医治的部位只好用刀割掉,免得健全的部分也受到感染。我的臣民中有半人半神,有村社神,有女仙,农牧神,半羊半人神和山林神,我们认为他们还不配在天上享有席位,不过我们可以准许他们住到我们赐给他们的大地上去。但是只要以残暴闻名的吕卡翁还在设下圈套和——手里有雷霆、统辖你们诸位天神的——我作对,你们认为他们在大地上会安全么?”

全体天神听了浑身战栗,急忙询问,对如此胆大包天的人应如何惩处。这情形就像当一帮伤天害理的暴徒用恺撒的血抹去罗马的令名的时候,全人类都惊慌失措,以为大难临头,整个世界都发起抖来一样。朱庇特见众神对他忠诚,感到高兴,就如你的臣民,奥古斯都,对你忠诚也令你高兴一样。②

这样的朱庇特和罗马皇帝相去无几。“诗人把朱庇特写成如此怕人,企图用对小神安

① 维吉尔. 埃涅阿斯纪[M]. 杨周翰,译. 南京:译林出版社,1999:7-8.
② 奥维德. 变形记[M]. 杨周翰,译. 北京:人民文学出版社,1958:5.

全的关心转移众神的视线，掩饰自己的专横与残忍，并冒充民主，这样诗人表面上给他尊严，实际上正是剥掉了他的尊严。”①

《变形记》由于内涵的丰富性，成为后世文艺创作选取题材的“神话辞典”。

第二节 神话、史诗与戏剧

在古希腊文学中，神话、《荷马史诗》和戏剧三大文学样式的成就最为突出，对后世文学创作的影响最为深远。

拓展阅读：古希腊时期神话和悲剧中的伦理观念

一、古希腊神话

古希腊神话是在原始初民口耳相传的基础上形成的，后散见在《荷马史诗》、赫西奥德的《神谱》以及奴隶制古典时期的文学、历史、哲学著作中。

古希腊神话可分为神的故事和英雄传说两部分。神的故事又分为早期和后期。早期神的故事叙述了开天辟地以及神的起源、宗谱和神迹。在古希腊神话中，宇宙之初一团混沌，只有混沌大神卡俄斯居其间，从混沌中生出地母盖娅。大地深处是塔尔塔洛斯（冥府）。地母生出天空，天神叫乌拉诺斯。天神与地母结合生下六男六女十二个提坦巨神。乌拉诺斯是第一个统治宇宙的天神，后来被他的儿子、提坦神克洛诺斯推翻，克洛诺斯与其妹瑞亚结合，生下六个儿女，克洛诺斯担心自己的统治被子女推翻，把子女一一吞食，瑞亚把最小的儿子宙斯藏了起来，宙斯长大后逼其父将兄妹吐出，并和兄弟姐妹经十年提坦之战推翻其父，成为众神之王。后期神的故事以宙斯及其兄弟姐妹和子女构成的十二位主神为主，他们被称为“奥林匹斯神统”：众神之父兼雷电之神宙斯、天后兼婚姻之神赫拉、海神波塞东、谷物女神得墨忒耳、太阳神阿波罗、战神阿瑞斯、火神赫菲斯托斯、智慧女神雅典娜、爱与美的女神阿芙洛狄忒、狩猎女神阿耳忒弥斯、神使赫尔墨斯、灶神兼家室女神赫斯提。

英雄传说中的英雄是神和人结合的后代。古希腊每个氏族、部落都有自己尊崇的英雄，形成一些英雄传说系统，著名的有赫拉克勒斯立十二件大功、忒修斯杀牛为民除害、伊阿宋盗取金羊毛、特洛伊战争等。

古希腊神话首先具有神人同形同性的特点。一方面，大多数神长生不死，具有无穷的法术，主宰人的命运；另一方面，神又都是人格化了的，具有人的外形和欲望。神和英雄都拥有理想人物的自然形体和自然人性，充分享受现世的生活。其次，更具系统性。早期古希腊神话以地母盖娅为核心将散在的故事连缀成一个整体，反映的是古希腊远古时期母权制的社会现实；而后期古希腊神话的“奥林匹斯神统”显然是按父权制方式形成的一个秩序井然的大家族，其中蕴藏的是古希腊人自觉的体系和逻辑思想。

① 奥维德. 变形记[M]. 杨周翰，译. 北京：人民文学出版社，1958：译序 6-7.

神话是古希腊人“用一种不自觉的艺术方式加工过的自然和社会形式本身”[①]，是古希腊人民的自由意志和原始本能欲望等的生动表述。个体欲望的放纵最突出的表现就是情欲的放纵。宙斯就是一个欲壑难填的情种，他绝不放过与神界和人间异性谈情说爱的任何机会。如宙斯看上了人间女伊俄，便施展法力，将她包裹在云雾之中。天后赫拉突然发现地上有一块地方在晴天也云雾迷蒙，顿时起了疑心。宙斯为了让伊俄逃脱妻子的报复，把她变为一头雪白的小母牛。赫拉识破了丈夫的诡计，并让百眼怪物日夜监视伊俄，用牛虻时刻叮咬她，使她不得安息。后来赫拉还抢走了伊娥和宙斯的儿子，使她不得不为寻找儿子再次到处漂泊。情欲的力量在大英雄身上也难以抗拒。赫拉克勒斯在踏上人生旅途之初就选择接受“美德女神”的指引，把为民除害视为人生最大的幸福，他随同古希腊诸英雄寻找金羊毛途经“女儿国”楞诺斯岛，在伊阿宋和众英雄沉湎于温柔乡时，由于他的力劝，众人才继续向更伟大的目标挺进。但在征服俄卡利亚时他偷偷带回了自己喜爱的女人，招致妻子的嫉恨，妻子被蒙骗，给赫拉克勒斯穿了一件染有毒血的衣服，导致赫拉克勒斯痛苦难耐，自焚而死。神与英雄的故事显示出满足世俗欢乐与实现自我价值对于古希腊人同等重要。

神话中又蕴含着古希腊人对人性、人类生存和命运、自身文化的深刻的直觉洞察。宙斯之子坦塔罗斯因触犯其父，被罚立在齐颈深的水中。他俯身喝水，水即退去；他的头上有果树，他伸手摘果子，空中就会刮起一阵大风，把树枝吹向空中。而最可怕的痛苦还是对死亡的永远的恐惧，一块巨石悬在他头顶，随时都会掉下来，将他压得粉碎。坦塔罗斯的悲剧隐喻着人的欲望永无餍足，以及人能够看到目标却永远达不到目标并将终身劳苦、无所收获的可悲宿命。

宙斯为了报复普罗米修斯对人类的过分关心，令赫菲斯托斯用水和土塑出一个美貌女子潘多拉，命阿芙洛狄忒赋予她无法形容的媚态，让雅典娜给她穿上华丽的衣裳，让赫尔墨斯赠予她狡猾多诈的个性，要求众神将各自的礼物放在一个盒子里送给她。潘多拉——这位众神的赐予者，嫁给了普罗米修斯的弟弟厄庇米修斯。后来潘多拉无法抑制强烈的好奇心，打开了盒子，结果将一切灾祸释放出来，在惊慌失措中她盖住了盒子，但一切都已太迟，盒子里只剩下了“希望”。“潘多拉的盒子”暗示人类的不幸是神为惩罚人所设置的，人类看不到希望，但希望是存在的，“希望”使人产生与厄运抗争的勇气和力量。

《工作与时日》和《神谱》两部作品都提到了宙斯与普罗米修斯之间的争斗，以及潘多拉。两部作品在情节的详略处理上有所差异，共同构成了关于这一事件的完整叙述。《工作与时日》中的相关段落对事件有较为概括和全面的表达，并且更注重对连续发生的事件之间因果关系的揭示：

> 但是，愤怒的宙斯不让人类知道谋生之法，因为狡猾的普罗米修斯欺骗了他。因此，宙斯为人类设计了悲哀。他藏起了火种。但是，伊阿佩托斯（又名“伊

① 马克思，恩格斯. 马克思恩格斯选集：第2卷［M］. 中共中央马克思恩格斯列宁斯大林著作编译局，编译. 3版. 北京：人民出版社，2012：711.

阿珀托斯")的优秀儿子又替人类从英明的宙斯那里用一根空茴香杆偷得了火种,而这位雷电之神竟未察觉。聚云神宙斯后来愤怒地对他说:

"伊阿佩托斯之子,你这狡猾不过的家伙,你以瞒过我盗走了火种而高兴,却不知等着你和人类的将是一场大灾难。我将给人类一件他们都为之兴高采烈而又导致厄运降临的不幸礼品,作为获得火种的代价。"

人类和诸神之父宙斯说过这话,哈哈大笑。他吩咐著名的赫淮斯托斯(赫菲斯托斯)赶快把土与水掺和起来,在里面加进人类的语言和力气,创造了一位温柔可爱的少女,模样像永生女神。他吩咐雅典娜教她做针线活和编织各种不同的织物,吩咐金色的阿芙洛狄特在她头上倾洒优雅的风韵以及恼人的欲望和倦人的操心,吩咐神使、阿尔古斯、斩杀者赫尔墨斯给她一颗不知羞耻的心和欺诈的天性。①

古希腊神话想象绮丽神奇,故事跌宕起伏,结构曲折多变,人物栩栩如生,气势恢宏,风格优美,自由的形式和丰厚的文化内涵完美结合,处处充盈着人类童年发展最完美时期的天真烂漫、清新质朴。因此,古希腊神话作为西方文明最早的艺术结晶,不只是"希腊艺术的武库,而且是它的土壤"②,"作为永不复返的阶段而显示出永久的魅力"③,而且通过古罗马文学对西方的思想文化和社会生活产生了深远影响。

二、《荷马史诗》

一般而言,史诗是在氏族社会向文明社会转变时期出现的并以叙述英雄传说或重大历史事件为主要内容的古代叙事长诗,经集体编创而成,反映人类童年时期的思想文化意识。史诗在形成和发展过程中吸收了神话、传说、故事等民间叙事文学的营养,甚至还借鉴了抒情色彩浓重的民歌等体裁的成就,形成了自己独特的题材内容、艺术思维方式以及诗学等方面的体系。因此,史诗是人类最早的精神产品,对我们了解早期人类社会具有重大意义。也可以说,史诗和古代的神话、传说有着天然的联系,在神话世界观的基础上产生,而它的发展最终又是对神话思想的一种否定。

《荷马史诗》是对《伊利亚特》和《奥德赛》两部史诗的统称,形成的上限约在公元前1000年,下限不晚于公元前7世纪。两部史诗都与特洛伊战争有关,考古学证明史诗中描写的特洛伊战争确有其事,发生在公元前1185年前后。战争结束后,在小亚细亚和希腊各地流传了许多关于这次战争的英雄传说。相传作者是盲诗人荷马,因此作品被称为《荷马史诗》。其实,史诗是以民间口头创作为基础,将集体创作与个人才能相结合而产生的作品。

---

① 赫西奥德. 工作与时日 神谱[M]. 张竹明,蒋平,译. 北京:商务印书馆,1991:2-3.

② 马克思,恩格斯. 马克思恩格斯选集:第2卷[M]. 中共中央马克思恩格斯列宁斯大林著作编译局,编译. 3版. 北京:人民出版社,2012:711.

③ 马克思,恩格斯. 马克思恩格斯选集:第2卷[M]. 中共中央马克思恩格斯列宁斯大林著作编译局,编译. 3版. 北京:人民出版社,2012:712.

(一) 故事情节

《伊利亚特》一开头就向海神呼吁:“女神啊,请歌唱佩琉斯之子阿基(喀)琉斯致命的忿怒。”阿喀琉斯的两次发怒影响了特洛伊战争的进程,构成全诗的主要情节。阿喀琉斯是人间英雄佩琉斯和海洋女神忒提斯之子,神谕说他要么默默无闻而长寿,要么在战场上光荣地死去。尽管母亲出于爱心将他乔装打扮成女孩,但被奥德修斯识破后,阿喀琉斯宁愿用生命换取荣誉,也不愿让生命在平庸与安逸中消亡,毫不犹豫地走上战场。但当希腊统帅阿伽门农自恃位高权重夺走了他的女俘后,他一怒之下退出战场,任凭自己的同胞血流成河。即使阿伽门农后来登门谢罪,他也无动于衷。危急时刻,挚友帕特罗克洛斯披上他的盔甲杀上战场,但被特洛伊主将赫克托耳杀死。阿喀琉斯因好友被杀再次怒发冲冠,重返战场,杀得特洛伊人的尸体堵塞了河道,刺死赫克托耳后还残暴地将其尸体拴在马后倒拖着,围绕自己挚友的灵柩跑了三圈。而当赫克托耳的父亲跪在他面前,泪流满面地吻着他那双杀死自己儿子的手,哀求允许他赎回自己儿子的尸体时,阿喀琉斯忽然想到自己那年迈的父亲是多么珍爱自己,推己及人,竟激动地大哭起来,不仅将赫克托耳的尸体交还给他父亲,还休战十一天,让老王从容地为赫克托耳举行葬礼。

《奥德赛》开头写道:“诗神啊,给我说说那饱经风霜的英雄!”整部史诗写希腊英雄奥德修斯在战争结束后回国的故事。他在海上漂泊十年,和同伴到过忘果产地,一些人吃了忘果,忘记了故乡;他到过海神波塞冬之子独眼巨人的魔窟,刺瞎了独眼巨人,惹得海神处处与他作对;到过把人变成猪的女巫的妖岛;游历了冥土,经过了先以歌声迷惑人再把人杀死的塞壬妖岛;后来在太阳神岛上,水手们违反规定,宰食岛上的神牛,宙斯用雷霆击沉船只,只有奥德修斯幸存;他又在女神加吕普索居住的岛上被羁留七年,在美艳的仙女、长生不死的诱惑面前,仍然不为所动,一心想要回到妻儿身边。奥德修斯乔装成乞丐来到家中,与儿子忒勒马科斯商量对策,杀死了妻子珀涅罗珀的求婚者,合家团圆。在《伊利亚特》中,奥德修斯有勇有谋,攻下特洛伊城的木马计就是他的杰作。在《奥德赛》中,他在困厄面前最大限度地发挥自己的聪明才智,自主而积极地投入战斗,百折不挠,成为西方文学中一再出现的孤胆英雄的原型。

(二) 思想内容

《荷马史诗》是一曲英雄赞歌,其中,英雄们对荣誉的崇尚表现了古希腊人对个体生命价值的执着追求和对现世人生意义的充分肯定。荣誉对于英雄们来说重于个人生命,对个人荣誉的侵犯就是对生命个体的最大凌辱。

《荷马史诗》还饱含古希腊人对人类存在状况朴素而深刻的省察。特洛伊战争的起因“金苹果之争”就被认为是源于私欲。当年阿喀琉斯的父母举行婚礼时,众神均受邀请,唯有不和女神厄里斯没有受到邀请。厄里斯向席间丢下一个金苹果,上面写着“赠给最美者”。赫拉、雅典娜、阿芙洛狄忒为了这个金苹果争执不下。宙斯让特洛伊王子帕里斯做评判。三位女神分别向帕里斯许诺优厚的奖赏。赫拉允诺他人间最多的财富和最大的权力,雅典娜愿赐给他战场上的荣耀,阿芙洛狄忒保证让他得到世上最美的女子的爱情。帕里斯把金苹果判给了爱与美的女神阿芙洛狄忒,阿芙洛狄忒帮助帕里斯拐走了希腊的骄傲、斯巴达王之妻海伦,这一消息震怒了整个希腊联邦,从而成为特洛伊战争的导火索。这说明古希腊人将满足种种私欲看作正常需要，称颂战争的伟力。然而，希腊联邦虽然挫败了对手，但也付出了惨重代价。这种私欲最终导致了贬抑人的自身价值、扼杀生命的后果。

（三）人物形象

阿喀琉斯是氏族社会向奴隶制时代转型时期的英雄形象，在他身上体现着既勇猛又残忍，既冷酷易怒又宽厚仁慈，既天真任性又珍视英雄荣誉的多重特性。他为部落利益而战，不怕牺牲，但个人性格的弱点又给部族带来了巨大的损失。无论如何，最终他仍然能够以氏族的利益为重，抛弃了个人的恩怨，战胜了对手。因此，这一英雄形象让黑格尔赞叹："关于阿喀琉斯，我们可以说：'这是一个人！高贵的人格的多方面性在这个人身上显出了它的全部丰富性。'"[①] 当忒提斯告诉她的儿子如果他杀死了赫克托耳，他自己的死期也将到来时，阿喀琉斯所表达的关于生死、荣誉以及友情的观念，以及自省的能力，在很大程度上展现出他独具魅力的个性特征：

捷足的阿基（喀）琉斯气愤地对母亲这样说：
"那就让我立即死吧，既然我未能
挽救朋友免遭不幸。他远离家乡
死在这里，危难时我却没能救助。
现在我既然不会再返回亲爱的家园，
我没能救助帕特罗克洛斯，没能救助
许多其他的被神样的赫克托尔（耳）杀死的人，
却徒然坐在船舶前，成为大地的负担，
虽然没有哪个穿铜甲的阿开奥斯人
作战比我强，尽管会议时许多人强过我。
愿不睦能从神界和人间永远消失，
还有愤怒，它使聪明的人陷入暴戾，
它进入人们的心胸比蜂蜜还甘甜，
然后却像烟雾在胸中迅速鼓起。
人民的首领阿伽门农就这样把我激怒。
但不管心中如何痛苦，过去的事情
就让它过去吧，我们必须控制心灵。
我现在就去找杀死我的朋友的赫克托尔（耳），
我随时愿意迎接死亡，只要宙斯
和其他的不死神明决定让它实现。[②]

---

① 黑格尔. 美学：第 1 卷［M］. 朱光潜，译. 北京：商务印书馆，1979：303.

② 荷马. 荷马史诗·伊利亚特［M］. 罗念生，王焕生，译. 北京：人民文学出版社，1994：497－498. 参考其他作品，有改动。

需要指出的是，“阿喀琉斯的愤怒”蕴藏着古希腊对个体价值的肯定和对个人英雄的崇拜，包含着对个体尊严的极端重视，然而，这种自由、放任的个人主义也给古希腊人带来难以弥补的损失。他的母亲、海洋女神忒提斯为了使阿喀琉斯刀枪不入，在他出生后便倒提他的双足将其全身浸入冥河，但他被母亲捏住的脚踵未能浸到冥河水，成了他的致命弱点。后来他被帕里斯射中脚踵而死。“阿喀琉斯之踵”将非凡的英雄与致命的弱点联系在一起，是古希腊人对自身文化弱点的深刻反思。

另一个代表着氏族英雄最高理想的人物是特洛伊方面的主将赫克托耳。他对弟弟帕里斯给城邦带来的灭族大祸感到非常痛心和羞耻。他清楚地意识到战争正义的一方是希腊军队，而理屈的一方是特洛伊，然而他又不得不站在理屈的一方，为他的全族人民而战。史诗中描述赫克托耳与妻子、幼儿的依依惜别，表现出他虽勇武不及阿喀琉斯，但在对集体的责任感和生命情感方面，他比阿喀琉斯更像一个人：

夫人，这一切我也很关心，但是我羞于见
特洛亚(伊)人和那些穿拖地长袍的妇女，
要是我像个胆怯的人逃避战争。
我的心也不容我逃避，我一向习惯于
勇敢杀敌，同特洛亚(伊)人并肩打头阵，
为父亲和我自己赢得莫大的荣誉。
可是我的心和灵魂也清清楚楚地知道，
有朝一日，这神圣的特洛亚(伊)和普里阿摩斯，
还有普里阿摩斯的挥舞长矛的人民
将要灭亡，特洛亚(伊)人日后将会遭受苦难，
还有赫卡柏，普里阿摩斯王，我的弟兄，
那许多英勇的战士将在敌人手下
倒在尘埃里，但我更关心你的苦难，
你将流着泪被披铜甲的阿开奥斯人带走，
强行夺去你的自由自在的生活。
你将住在阿尔戈斯，在别人的指使下织布，
从墨塞伊斯或许佩瑞亚圣泉取水，
你处在强大的压力下，那些事不愿意做。
有人看见你伤心落泪，他就会说：
“这就是赫克托耳的妻子，驯马的特洛亚(伊)人中
他最英勇善战，伊利昂[①]被围的时候。”
人家会这样说，你没有了那样的丈夫，

① 伊利昂即特洛伊城。

使你免遭奴役，你还有新的痛苦。
但愿我在听见你被俘呼救的声音以前，
早已被人杀死，葬身于一堆黄土。[①]

（四）艺术成就

《荷马史诗》结构巧妙，布局完整。两部史诗讲述的都是历时十年的事件，但都不是从头至尾顺序铺叙，而是用高度集中的手法，截取一段时间，重点写几天，以一个人物、一个事件为中心组织情节，这种以点带面的结构使史诗繁而不乱。《伊利亚特》写战争，只写最后 51 天内发生的事，而具体描写的只是 9 天间发生的故事；对希腊联军、特洛伊、奥林匹斯众神三个方面交替对比描写，在平行结构中又采用最能显示各自特点的片段。《奥德赛》的主要情节也是由一个人物、一个事件构成的。奥德修斯的历险构成了全诗的主要情节，但十年历险和回国复仇的故事压缩在最后的 40 天，具体描写只有 5 天；总体是顺叙，又采用追叙手法，两个平行线索——忒勒马科斯寻父和奥德修斯返乡，让家中的情景和海上历险两条线索交错进行，以突出情势的紧急和奥德修斯热爱故土的心情，最后两条线索合二为一。

拓展阅读：
荷马式比喻

作品语言质朴自然，大量运用贴切生动的“荷马式比喻”，增强了史诗语言的表现力。“荷马式比喻”多取自自然景象、日常生活，比喻句较长，明喻居多，力求形似与神似相统一。如《荷马史诗》中这样描述阿喀琉斯追杀赫克托耳：

佩琉斯之子凭借快腿迅速追赶。
如同禽鸟中飞行最快的游隼在山间，
敏捷地追逐一只惶惶怯逃的野鸽，
野鸽迅速飞躲，游隼不断尖叫着
紧紧追赶，一心想扑上把猎物逮住。
阿基（喀）琉斯当时也这样在后面紧追不舍，
赫克托耳在前面沿特洛亚（伊）城墙急急逃奔。[②]

总之，《荷马史诗》是西方文化的智慧宝库，“而且就某方面说还是一种规范和高不可及的范本”[③]，是欧洲文学史上第一座灿烂的纪念碑。

① 荷马. 荷马史诗·伊利亚特[M]. 罗念生，王焕生，译. 北京：人民文学出版社，1994：169–170.
② 荷马. 荷马史诗·伊利亚特[M]. 罗念生，王焕生，译. 北京：人民文学出版社，1994：590–591.
③ 马克思，恩格斯. 马克思恩格斯选集：第 2 卷[M]. 中共中央马克思恩格斯列宁斯大林著作编译局，编译. 3 版. 北京：人民出版社，2012：711.

三、古希腊戏剧

古希腊奴隶制城邦国家发展和繁荣的时期，史称“古典时代”。此时，为了奴隶主民主政治的需要，雅典政治领袖大力支持戏剧活动，政府修建了可容纳万人以上的半圆形露天剧场，为鼓励公民看戏，还发放戏剧津贴。雅典每年举行三次戏剧节，戏剧节成了全体自由民的节日，剧场也成为自由民主的政治论坛和文化生活中心之一。

古希腊戏剧起源于祭祀酒神狄俄尼索斯的庆典活动，悲剧源于酒神颂，喜剧源于酒神祭祀的狂欢歌舞和民间滑稽戏。

（一）悲剧

古希腊悲剧起源于祭祀酒神狄俄尼索斯的庆典活动，大都取材于神话、英雄传说和史诗。按照亚里士多德在《诗学》中的定义，悲剧是对一个严肃、完整、有一定长度的行动的模仿；目的在于引起观众的怜悯和恐惧，使情感得以宣泄和净化。也就是说，古希腊悲剧并不在于“悲”（当然其中包含着悲的因素），主要在于题材的“严肃”。

古希腊悲剧的主要特点是：⑴ 戏剧虽然取材于神话和《荷马史诗》，但随着古希腊人个体意识的进一步觉醒，在探索宇宙本原的过程中逐渐摆脱神话的束缚，认为现实世界越来越为某种不可知的神秘力量——“命运”所支配。因此，戏剧内容大多表现人与命运的抗争。⑵ 古希腊悲剧旨在表现庄严而不在写悲，悲剧主人公面对比自己强大的力量或根本无法战胜的命运时，表现出一种义无反顾的大无畏精神，具有崇高壮烈的气势。⑶ 古希腊悲剧由戏剧表演和合唱队的抒情歌唱两部分构成，有开场、演出部分和退场等固定程式，悲剧台词用诗体，富有抒情色彩。

埃斯库罗斯、索福克勒斯、欧里庇得斯三大悲剧家的创作是古希腊悲剧发展的三个不同阶段，体现了悲剧不断完善和演变的过程。

埃斯库罗斯（约前 525—前 456）是民主制形成时期的悲剧诗人，亲身参加了反侵略的希波战争。他已知剧名的 80 部剧作中有 52 部在戏剧比赛中获得过一等奖，现存只有 7 部。主要有《波斯人》《被缚的普罗米修斯》《俄瑞斯忒斯》等。埃斯库罗斯的悲剧风格庄严悲壮，人物往往是天神或神样的英雄，性格鲜明，表现出古希腊的民主精神、战斗激情和爱国主义思想，因此他的悲剧被称为“英雄悲剧”。但他的悲剧情节结构比较简单，人物形象单纯固定，歌队还起重要作用，这说明古希腊戏剧还处在早期阶段。

《被缚的普罗米修斯》取材于普罗米修斯盗天火赐予人类的神话：普罗米修斯盗火种送给人类，还传授给人类各种技艺，使人类得以繁衍，而宙斯却执意将人类毁灭。普罗米修斯还掌握着宙斯的秘密：宙斯与某位女神结合，生下的儿子将取代他的主宰地位。宙斯强迫其说出秘密，但没有得逞。二罪合一，宙斯要残酷惩罚普罗米修斯。剧本开始时，宙斯命令威力神和火神将普罗米修斯钉在高加索山的悬崖上，任凭雨雪风霜的吹打和烈日炙烤。普罗米修斯没有听从河神的规劝，却向被牛虻追赶的伊俄预言了宙斯的未来，宙斯闻讯立刻命赫尔墨斯打探秘密并威胁普罗米修斯，普罗米修斯义正词严道：

> 让电火的分叉鬈须射到我身上吧，让雷霆和狂风的震动扰乱天空吧；让飓风吹得大地根基动摇，吹得海上的波浪向上猛冲，紊乱了天上星辰的轨道吧，让宙斯用严厉的定数的旋风把我的身体吹起来，使我落入幽暗的塔耳塔洛斯吧；总之，他弄不死我。[①]

最后，大地摇动，雷声轰鸣，普罗米修斯消失在雷电之中。悲剧一方面承认命运的力量是强大的，人神难挡；另一方面又给人类以自身的力量抗拒并战胜命运的希望。普罗米修斯的反抗体现了古希腊人征服自然的强烈的自觉意识，也是古希腊人绝不妥协、捍卫自由精神的一种体现，马克思称这一形象是“哲学历书上最高尚的圣者和殉道者”[②]。

埃斯库罗斯是古希腊悲剧的真正创始者，有“悲剧之父”之称。他把登场的演员由一个增为两个，使对白成为剧中的主要因素；首先采用“三联剧”形式，使戏剧故事的长度和连续性有了适当的艺术载体，又为单部剧的相对独立性开拓了空间；首先使用高底靴、布景和色彩鲜明的服装。古希腊悲剧的结构格式和艺术特点在他的创作中已经形成。

索福克勒斯（约前 496—前 406）生活在雅典民主制盛极而衰的时期，自 27 岁首次参加悲剧竞赛起共获 24 次奖赏，曾战胜过埃斯库罗斯，被誉为“戏剧艺术的荷马”。索福克勒斯现仅留 7 部完整的悲剧，主要有《安提戈涅》《俄狄浦斯王》等。

《安提戈涅》是古希腊最有名的悲剧作品之一。作品讲述了俄狄浦斯的两个儿子波吕涅克斯和厄忒俄克勒斯之间为争夺王位血亲相残的故事。波吕涅克斯勾结外邦军队攻打自己的城邦，结果在对战中兄弟二人死于对方之手。按照新任国王，即他们的舅父克瑞翁颁布的城邦法令，波吕涅克斯是城邦的叛徒，任何人不得为他收尸。而波吕涅克斯的妹妹安提戈涅坚持冒死为哥哥举行葬礼，结果被关进墓室，最终自杀身亡。她的未婚夫，克瑞翁的儿子海蒙殉情自杀，克瑞翁的妻子也愤而自尽。“索福克勒斯在这里塑造了两个对立的典型：克瑞昂（翁）是一个专横残暴的一意孤行的僭主，安提戈涅是一个坚守神律、反对祸害人民的英雄。这个剧的主旨在于提倡为城邦的整体利益甚至不惜牺牲自己个人生命的理想的公民精神。”[③]

作品中安提戈涅对姐姐伊斯墨涅所说的一段话很好地揭示了安提戈涅的勇敢和无畏：

> 我不再劝说你了，即使你以后
> 愿意，我也不欢迎你帮忙了。

① 埃斯库罗斯. 被缚的普罗米修斯[M]// 罗念生. 罗念生全集：第 2 卷. 增订典藏版. 上海：上海人民出版社，2016：262.

② 马克思，恩格斯. 马克思恩格斯全集：第 1 卷[M]. 中共中央马克思恩格斯列宁斯大林著作编译局，编译. 2 版. 北京：人民出版社，1995：12.

③ 索福克勒斯. 古希腊悲剧喜剧全集：索福克勒斯悲剧[M]. 张竹明，译. 2 版. 南京：译林出版社，2015：译序 3.

你愿意怎么做人，随你的便，我可是要埋葬他的。
为做这事而死，我以为死得其所。
为尽神圣的义务而犯罪，作为亲人，
我愿安息在他身边，在亲人的身边。
既然我应该博得下界鬼魂
更长久的欢心，超过活人的——
因为我将永久地安息在那里。至于你，
如果你愿意，你就蔑视众神的法律吧。[①]

《俄狄浦斯王》被公认是古希腊戏剧的典范，被亚里士多德誉为“十全十美”的悲剧。戏剧采用“回顾”“发现”“突破”的布局结构。开场时，一向繁荣富庶的忒拜城瘟疫流行，土地荒芜，全城到处是悲叹和哭声，众人向英明的君王俄狄浦斯求救。面对突如其来的厄运，爱民如子的俄狄浦斯王忧心如焚。神谕道出原因：多年前杀死老王的凶手至今逍遥法外，只有严惩凶手，才能拯救城邦。俄狄浦斯号令全国追查，他强迫执意不说真相的先知道出真言，结果凶手就是俄狄浦斯本人。俄狄浦斯惊愕不已，哀叫道：“哎呀！哎呀！一切都应验了！天光呀，我现在向你看最后一眼！我成了不应当生我的父母的儿子，娶了不应当娶的母亲，杀了不应当杀的父亲。”[②] 最后，王后自杀，俄狄浦斯知道自己连死的权利都没有，因为他无法面对冥土的父母，于是刺瞎了自己的双眼并自我放逐。

俄狄浦斯的个人意志和不可抗拒的命运构成了悲剧的冲突。俄狄浦斯是理想的英雄人物，他力排众议，坚持追查真相，绝不放弃对生命和人生的理性思索，对自己的责任勇于承当，对自己应受的惩罚泰然接受。然而，命运却把这样一个追求纯洁的人变成了最污浊的人，这只能说命运是不正义的，在这里悲剧对神的存在和命运的合理性提出了质疑。

索福克勒斯的悲剧不写神而写英雄，善于刻画人物性格；善于安排戏剧情节，结构复杂严密；把同时登场的演员增加到三个，更多地使用舞台布景；打破“三联剧”的形式，使合唱成为戏剧的有机组成部分。古希腊悲剧的艺术形式在他的创作中发展到完善的程度。

欧里庇得斯（约前 480—约前 406）是三大悲剧家中最富有民主倾向的作家。他生活在雅典民主制的衰落时期。他的剧作对神和英雄的气质描写削弱，常常以沉重的笔触、悲苦的场景描绘出社会黑暗的现实以及人们为反抗不合理的现实所付出的巨大代价；不可一世的众神变为无耻之徒，威严的古代英雄露出了卑鄙自私的面目，被压迫的妇女受到前所未有的重视，受奴役的奴隶开始登上舞台。他的创作标志着“英雄悲剧”向世态剧的转变。他写作的悲剧现存 18 部，包括《美狄亚》《安德洛玛克》《特洛亚妇女》等。

《美狄亚》是欧里庇得斯的代表作，取材于伊阿宋盗取金羊毛的英雄传说，但他摒弃

---

① 索福克勒斯.古希腊悲剧喜剧全集：索福克勒斯悲剧[M].张竹明，译.2版.南京：译林出版社，2015：249.

② 索福克勒斯.俄狄浦斯王[M]// 罗念生.罗念生全集：第3卷.增订典藏版.上海：上海人民出版社，2016：104.

了对传说原有精神的承袭，写日常生活中英雄沉沦、爱情覆灭、家庭破碎、弃妇复仇的内容，情节具有很强的现实性。在他的笔下，伊阿宋不再是理想化的英雄，他贪慕权贵、背信弃义，要停妻再娶科林斯公主。不顾一切追求爱情，叛离父亲、杀死兄弟的美狄亚曾把全部的幸福寄托在丈夫伊阿宋身上，但在遭到丈夫的背叛后，美狄亚表现出强烈的反抗性，用计杀了科林斯国王及公主。美狄亚拒绝情感本能的要求，以最残暴的手段彻底摧毁了伊阿宋和科林斯国王所代表的强权，显示了理性思考的力量。然而，她为寻找和确立女性主体意识痛失人伦之爱，面临的只能是无家可归的漂泊和无尽的痛苦。

欧里庇得斯在写实手法和心理刻画方面对古希腊悲剧的发展做出了自己的贡献。例如，全剧的高潮是美狄亚杀子，慈母之爱与弃妇之恨的冲突强烈撕裂着美狄亚的心。

（二）喜剧

古希腊喜剧是奴隶主民主制危机时期的产物，以揭露社会矛盾、讽刺现实为主要特征。古希腊喜剧夸张、滑稽、荒诞、粗俗，寓庄于谐，反映生活本质。公元前 5 世纪的雅典曾先后产生过三大喜剧诗人——克拉提诺斯、欧波利斯、阿里斯托芬，留下完整作品的只有阿里斯托芬。

阿里斯托芬（约前 448—前 380），相传写过 40 部喜剧，留存至今的有 11 部，主要作品有《阿卡奈人》《鸟》《蛙》等。在《鸟》中作者展开丰富的想象，以优美的抒情诗建构了一个“云中鹧鸪国”，在这个理想国中没有剥削压迫，一切生活顺其自然，从而全面批判了雅典的城市生活。

他的另一部代表作《阿卡奈人》创作于伯罗奔尼撒战争的第 6 年，剧中情节都非常荒诞，但作者表现了严肃的主题：只有结束内战，团结一致对付外敌，幸福的生活才能来临。作品通过歌队之口表达了对劝诫城邦公民警惕外邦人假意恭维的诗人的赞颂：

> 他说你们应当多多酬谢他呢，因为多亏他规劝了你们不要上外邦人的当，不要听阿谀的话，不要作受人摆布的傻瓜。从前，那些外邦的使节想诱骗你们，他们只要首先把你们的城邦称为头戴紫云冠的雅典，这样一说，你们立刻就颠起屁股尖儿坐得笔挺了，因为你们喜欢戴这顶高帽子。①

歌队还提醒民众，这样敢于批判雅典的诗人对于城邦来说是多么宝贵：

> 他这勇敢的声名已经远播到四方。有一天波斯国王接见斯巴达使节的时候，他首先问他们这两个城邦哪一个在海上称雄，其次就问起这个诗人到底在时常讽刺哪一个城邦。他说谁听取了他的劝诫，谁就会变得聪明强大，会在战争里必胜无疑。也就因此斯巴达人提出了和平建议，要求你们割让埃癸那；他们并不是在乎那个海岛，无非要夺去这个诗人。可是你们决不可把他放弃，因为他会不断

① 阿里斯托芬. 阿卡奈人　骑士[M]. 罗念生，译. 上海：上海人民出版社，2006:47.

在喜剧里发扬真理，支持正义。他说他要给你们许多教训，把你们引上幸福之路：他并不拍马屁、献贿赂、行诈骗、耍无赖，他并不天花乱坠害你们眼花缭乱，他是用最好的教训来教育你们。[①]

《骑士》是阿里斯托芬最尖锐、最有力的政治讽刺剧。作品直接影射当政者，揭露当政者是愚弄人民，花言巧语进行欺骗勾当的政治煽动家。这种对当政者直截了当的揭露和讽刺开创了政治喜剧的新类型。

阿里斯托芬被称为“喜剧之父”，是一位有强烈现实倾向和政治倾向的诗人，他运用夸张、闹剧式的和荒诞的艺术表现形式，以机智揭穿其荒谬的本质，极其广泛而尖锐地反映了当时许多重大的政治、现实生活和道德问题。他的作品具有鲜明的政治讽刺性，开创了欧洲最泼辣、最直接干预现实的喜剧传统。

思考题

1. 古希腊神话的主要内容和特点是什么？
2. 为什么说神话是“用一种不自觉的艺术方式加工过的自然和社会形式本身”？
3. 为什么说古罗马文学对后世欧洲文学的发展起了承上启下的作用？
4. 分析《荷马史诗》的思想内容和艺术成就。
5. 阿喀琉斯和赫克托耳的英雄魅力有何相同之处与不同之处？
6. 谈谈古希腊三大悲剧家对悲剧艺术的贡献。
7.《俄狄浦斯王》为什么被誉为“十全十美”的悲剧？

① 阿里斯托芬. 阿卡奈人　骑士[M]. 罗念生，译. 上海：上海人民出版社，2006：49.

第二章

2

中世纪文学

【学习目的与要求】

通过学习本章内容，了解欧洲中世纪文学的基本特征、主要成就和艺术特征，重点掌握以《罗兰之歌》为代表的英雄史诗、以《列那狐故事》为代表的市民文学以及但丁《神曲》的基本内容和艺术成就，从而正确认识欧洲中世纪文学的价值。

第一节 概述

一般而言,欧洲中世纪是指从476年西罗马帝国灭亡开始,直到1453年东罗马帝国灭亡为止的这段历史文化发展时期。

一、欧洲中世纪文学的基本特征

拓展阅读:欧洲中世纪文学的文化特殊性与多样性

一千多年的欧洲中世纪文学总的来说是发展缓慢的,其成就也不能与古代或近代欧洲文学相提并论,这是由欧洲中世纪的社会历史条件所决定的。大体上说,欧洲中世纪文学的主要特征是:第一,基督教思想制约着中世纪文化。虽然当时的作家所受的影响深浅不同,但是,在基督教思想逐渐深入到各个文化领域,并成为中世纪精神支柱的过程中,各类文学无不打上了它的印迹。有些文学作品公开宣扬基督教教义、鼓吹禁欲主义和来世思想,表现了封建地主阶级及其精神上的代表僧侣阶级的意识形态特征;也有些作品仅仅带有崇奉基督教思想的特点,这反映了基督教对文学影响的复杂性。第二,在各种文化的交融中,特别是在中世纪封建制度和封建国家形成与确立的历史条件的作用下,中世纪文学突出了各民族文学遗产中的一个基本思想——爱国主义和英雄主义。很多作品描写和反映了欧洲封建国家形成和确立时期的社会现实,歌颂了为保卫国家和民族而献身的英雄人物,赞美了在确保王权中起过重大作用的英明帝王。但有些作品又将歌颂英雄和爱国思想与忠君思想、宗教思想结合起来,这实际上是爱国思想和英雄主义的中世纪化,也是东方古代文化中特有因素对欧洲中世纪文学的影响的反映。第三,中世纪作为等级森严的社会,还出现了特定阶层的文学作品和文学现象。例如,骑士阶层、市民阶层的出现,就使得在正统的基督教文学占统治地位的同时,世俗文化的传统也以新的形态发展着,他们的思想感情和生活理想在文学作品中得到了反映。骑士文学将爱情作为描写的主要对象,肯定现世生活,在一定程度上承继了古代文化精神,背离了禁欲主义;市民文学将笔触指向城市市井生活和世态人情,具有较强的反封建意义。

二、欧洲中世纪文学的主要成就

欧洲中世纪文学情形比较复杂,根据作者和作品属性可以分为宗教文学、世俗文学两类。

(一)宗教文学

中世纪宗教文学的早期形态,是率先创立教会的教父们留下的传教文字。在中世纪形成和发展时期,宗教文学的主要内容是宣扬基督教教义、鼓吹禁欲主义与来世思想。此时基督教文学基本上是以《圣经》故事为主要题材的文学,作品的主人公多为禁欲的修道僧、圣洁的修女和虔诚的教徒,在形式上一般采用象征、梦幻和寓意的手法,充满了神秘主义色彩。它的体裁有赞美诗、宗教剧、祷告文、言行录、圣徒传、苦修传说和基督故事等。作品的主题为“原罪”“忏悔”“禁欲”,目的在于诱使人民信救世主,顺从天命与统治者,让教会与王权的统治永世长存。但其中有些诗歌也表现出了一些新的思想。

我们知道,7世纪正是欧洲中世纪社会的“黑暗时代”,旧有的法律、秩序、道德等一切都已经被“蛮族”入侵者所毁坏,新的社会所需要的东西还没有建立起来,当时的现实世界十分血腥和野蛮。有些诗歌祈盼幸福的新乐园出现以解脱现实的苦难,就具有了积极的意义。

9—13世纪是欧洲中世纪文化和文学不断发展并走向鼎盛的时代。加洛林文艺复兴之后,欧洲中世纪宗教文学的一个重要收获是戏剧艺术的萌芽。欧洲中世纪的戏剧作品,大多是为了宣扬宗教而写成的,所以也被统称为“宗教剧”。“宗教剧”按表现内容可分为不同类型:第一种是神秘剧,主要叙述《圣经》中和教会史上发生的故事。第二种是神迹剧,表现的是圣徒行传中真实的或想象的行为。神迹剧的基本素材来源于《圣经》中所记载的关于耶稣基督的事迹,戏剧形式比较简单。第三种是道德剧,道德剧往往是为法庭写的或者是校长为他们的学生写的,目的是给人宗教道德上的训导。欧洲中世纪早期宗教戏剧的代表人物是女作家罗斯维塔(约935—1000)。罗斯维塔出生在今天的德国,约于955年进入甘德斯海姆本笃会隐修院当修女,一生中的大部分时间都在修道院度过。她主要使用拉丁语进行创作,是欧洲中世纪为数不多的女作家之一。她著名的作品《德尔西提俄斯》和《帕夫那提俄斯》,都讲述了普通人皈依基督教、灵魂升入天堂的故事,运用了古典戏剧的写作技巧。

在中世纪中期著名的宗教文学中,除了充满宣教色彩的狂热传道书之外,有些作品也写得有艺术价值,如作者不详的《未知的云》(14世纪)便是这样一部作品。它声称一个基督徒的生活包含四个境界,依次是普通的、特殊的、孤独的和完美的。作者精通散文语言,作品行文充满睿智。

(二)世俗文学

在世俗文学中,反映下层民众思想感情和文化意识的英雄史诗、骑士文学和市民文学占据主要地位。

1. 英雄史诗

当时欧洲最著名的英雄史诗有6部:英国的《贝奥武甫》、法国的《罗兰之歌》、德国的《尼伯龙根之歌》、西班牙的《熙德之歌》、古罗斯的《伊戈尔远征记》和拜占庭的《狄吉尼斯·阿克里特:混血的边境之王》。

中世纪英雄史诗的共同特征是大多取材于中世纪真实的社会生活,反映了人民要求国家统一与和平安定的愿望,歌颂了英明的君主和民族英雄反抗异族侵略、维护民族统一的爱国主义及英雄主义行为;英雄人物的显著特征通常是忠君爱国、护教行侠,有鲜明的基督教色彩和骑士色彩;作品以反映重大的历史事件和民族战争为内容,艺术上表现了民间文学粗犷雄伟的风格,情节曲折生动,语言朴实自然,显示了强烈的现实主义倾向,洋溢着积极健康的生活气息。

《贝奥武甫》是欧洲中世纪最早的民间史诗,也是英国早期文学的代表作。史诗所叙述的事件发生在5世纪末至6世纪初,叙述了英雄贝奥武甫在青年和老年时的两次历险活动。当贝奥武甫听说丹麦王赫罗斯加和他的人民受到妖魔格兰道尔长达12年的蹂躏摧残时,便率领一小队精兵前往赫罗斯加的王宫鹿厅。当晚,格兰道尔像以往那样再次“光顾”鹿厅,结果被贝奥武甫打败,拖着一条断臂,奄奄一息地逃回了深潭中的魔窟。妖母为给儿子复仇,掳走并杀死了赫罗斯加的爱将,使丹麦人又一次陷入悲痛绝望之中。这时,贝奥武甫再次挺身而出,亲赴魔窟与妖母决斗,终于在恶斗之后杀死了妖母并斩下了死在魔窟的格兰道尔的首级。在他老迈之年,领地内有一条凶恶的毒龙因为宝物失盗,四处为害,屠戮百姓。贝奥武甫再次投入与强敌的搏斗,终因身受重创,与毒龙同归于尽。他的部下悲痛地将他葬在了海岬上。

这部史诗向人们展示了一个由海岸、大海、沼泽、荒原构成的世界。诗人描绘道:

木船乘着劲风,船首飞溅着浪花,
航行在大海的波涛上,它像一只鸟
在海面飞翔,直到第二天,
航海者从曲颈的木舟上
已经看得见前方的陆地,
看得见闪光的岩石、高耸的山脉,
以及突兀的岬角。大海已经渡过了,
航程结束了。[①]

在这样的背景下,最受部落成员尊崇的英雄品格是力量和荣誉。史诗首先描写了英雄的超凡能力。主人公贝奥武甫在诗中并无高贵的出身,他的父亲只是个勇士。但是他具备两种超乎常人的本领,一是水性,一是臂力。史诗叙述了他和朋友赌赛时,在波涛上游水五天五夜、不分胜负的情景。人们还纷纷传说他在战场上英名远扬,他一只手的力量就与三十个勇士的力量相当。这些描写充分展示了他的本领。正是凭借这种力量,贝奥武甫才战胜了妖魔母子。

在《贝奥武甫》中,勇士与妖魔之间战斗的紧张场面被描绘得鲜明生动。妖魔嗜血成性的特点首先被淋漓尽致地展现出来:

可恶的掠夺者打定了主意,
要在雄伟的大厅杀戮生灵。
他在云雾中潜行,直到清楚地看见
那座金碧辉煌的宴乐厅——
财物的宝库。赫罗斯加的门户

① 佚名.贝奥武甫 罗兰之歌 熙德之歌 伊戈尔出征记[M].陈才宇,马振骋,屠孟超,等译.南京:译林出版社,1999:25-26.

他早已不是初次造访；然而，
在他的一生中，如此不走运，
遭遇这么多勇士，倒是第一次。
被剥夺了欢乐的怪物爬行着
来到大厅。铁环紧扣的大门
被他用手一碰就摇晃起来，
他于是杀气腾腾地把门拉开，
然后就怒气冲冲地踏上
闪闪发光的地板。他的眼睛
像一团燃烧的火焰，发出
恶浊的光芒。他看见大厅里
躺着许多人——大班武士
挤在一起，一个个睡得正香。
见此情景他不由得暗自庆幸。
可怕的恶魔心里盘算：天亮以前
他就可以让每个人的生命
与他的肉体分离，从而获得
享受盛宴的良机。①

而英雄的武力却更胜一筹，妖魔在最初的交手中就感受到了从未有过的恐惧：

贝奥武甫眼明手快，他一使劲
反而将恶魔的手臂紧紧抓住。
罪恶多端的魔鬼很快发现，
在世间，在这广袤的大地上，
他从未遇见有谁的臂力
能与他比匹相当。他心里
害怕起来，但已无法挣脱。
他真想逃回他的栖身地，回到
魔鬼的群体。在他的一生中，
这一次的遭遇与以往大不相同。②

① 佚名. 贝奥武甫　罗兰之歌　熙德之歌　伊戈尔出征记[M]. 陈才宇，马振骋，屠孟超，等译. 南京：译林出版社，1999：44-45.

② 佚名. 贝奥武甫　罗兰之歌　熙德之歌　伊戈尔出征记[M]. 陈才宇，马振骋，屠孟超，等译. 南京：译林出版社，1999：46.

贝奥武甫战胜妖魔的过程被描写得可谓惊心动魄：

> 宴乐厅响声震天。所有的人，
> 包括大厅卫兵，勇敢的将士，
> 都心存恐怖。两位对手怒火冲天，
> 展开生死对抗，格斗声在大厅回响。
> 宴乐厅竟能承受如此激烈的战斗
> 而没有倒塌，真是奇迹一桩。①

这种充满血腥的格斗既带有血亲复仇的性质，又透露了原始部落战争的残忍和野蛮。这类描写为展现部落间的冲突留下了真实的写照，而冲突的焦点是血亲复仇、杀戮与争夺宝物。

不仅如此，史诗中也有细腻的情感描写，展现了英雄之间惺惺相惜的美好情谊。贝奥武甫即将返回故土时，丹麦国王和他之间的告别就是很好的例子。贝奥武甫临行时所说的话，感人至深：

> 我们这班来自远方的水手
> 现在有言奉告：我们急欲返回
> 海格拉克身边。我们在贵国
> 称心如意，受到盛情款待。
> 战士的恩主，假如在这世上
> 还有别的机会让我一展身手，
> 就像我先前建立战功那样，
> 我会随时听从你的召唤。
> 在那大洋彼岸，只要我有所耳闻，
> 知道有某个邻国以武力相威胁，
> 一如你过去的仇敌那样前来侵犯，
> 我定会率领一千名精兵
> 为你排忧解难。②

国王赫罗斯加对贝奥武甫喜爱有加，对他的离去万分不舍：

---

① 佚名. 贝奥武甫　罗兰之歌　熙德之歌　伊戈尔出征记[M]. 陈才宇，马振骋，屠孟超，等译. 南京：译林出版社，1999：46.

② 佚名. 贝奥武甫　罗兰之歌　熙德之歌　伊戈尔出征记[M]. 陈才宇，马振骋，屠孟超，等译. 南京：译林出版社，1999：87-88.

我想,高特人[1]当中再挑不出
比你更适合的人选作为国王,
财富的保护者,只要你自己
乐意治理国家。亲爱的贝奥武甫,
你的品行真让我无比欢喜。[2]

赫罗斯加赠送给贝奥武甫十二件宝贝,嘱咐他尽快再次访问丹麦,却因料到未来恐难再有机会相见而不免悲从中来:

高贵的国王,丹麦人的首领,
亲吻了最杰出的战士,并与他
热烈拥抱。白发苍苍的恩主
早已热泪盈眶。这年迈的智者
怀着两种思想,其中一种更其强烈——
他心里明白,经此一别,两位勇士
从此再无重逢的希望。他对贝奥武甫
实在太感亲切,禁不住心潮澎湃,
因为在他的心田,他对这位可爱的人
怀着深深的爱惜,此番情意燃烧在
他的血液里。[3]

贝奥武甫赢得了广泛的敬仰和喜爱,他不仅具有英雄的力量和胆略,更具有非凡的品格。他"不仅是盎格鲁-撒克逊人心目中一个理想的英雄,而且是英国文学史上第一位道德完美的骑士"[4]。

另一部英雄史诗《罗兰之歌》叙述了8世纪法兰克的查理大帝出兵西班牙,征讨摩尔人即阿拉伯人的故事。当查理大军压境时,阿拉伯人首领马西勒遣使求和,查理大帝的爱将(也是他的外甥)罗兰建议派加纳隆将军去敌营谈判。加纳隆认为罗兰蓄意置他于死地,因而在谈判时背叛祖国,接受了敌人的贿赂,成为敌人的奸细。查理大帝见马西勒已投降,遂率大军回国,并接受加纳隆的建议让罗兰殿后。加纳隆与马西勒勾结,设伏兵袭击了罗兰。罗兰与他的全体战士浴血奋战,终因寡不敌众,全军覆没。查理闻讯回兵支援,生擒

① 现在一般译为"耶阿特人"。
② 佚名.贝奥武甫 罗兰之歌 熙德之歌 伊戈尔出征记[M].陈才宇,马振骋,屠孟超,等译.南京:译林出版社,1999:88.
③ 佚名.贝奥武甫 罗兰之歌 熙德之歌 伊戈尔出征记[M].陈才宇,马振骋,屠孟超,等译.南京:译林出版社,1999:89.
④ 佚名.贝奥武甫[M].陈才宇,译.南京:译林出版社,2018:译序6.

加纳隆，将其处死。

作品的主题是歌颂罗兰的英雄主义与爱国主义精神。罗兰的爱国思想是和忠君思想紧密联系在一起的。史诗把查理大帝的形象理想化，把他描写成维护国家统一、反抗异族侵略的英雄和国家强盛的象征。夸赞的手法也很巧妙，常常以敌人或叛臣在查理背后对他的谈论中出现，例如下面这段发生在马西勒与加纳隆之间的对话：

马西勒说："加纳隆，请不要怀疑，
我跟您真心结交绝无二意。
我愿意听您谈查理曼，
他很老了，曾经辉煌一时，
至今该有二百多岁了吧。
他在多少个国家纵横驰骋，
折断了多少支长枪长矛，
又叫多少位强大的国王流离失所！
他什么时候才会厌倦戎马生活？"
加纳隆回答："查理不是穷兵黩武的人。
谁见过他，谁都会理解他，
莫不说皇帝是一位英主。
我不论怎样称颂赞扬，
也无法说全他的神武美德。
他大智大勇，谁能望其项背？
他生来天潢贵胄，
对臣子宁死也不肯辜负。"①

罗兰无限忠于查理大帝和祖国，追随查理大帝，经过七年苦战，收复了西班牙的绝大部分被占领土，最终以身殉国。罗兰的性格中除了有基督教精神与骑士精神外，还具有人民英雄的特点，如勇敢正直、慷慨无私、嫉恶如仇、热情豪爽、胸襟坦荡、宁死不屈等，他是一位对祖国无限忠诚的民族英雄。在接受殿后的任务后，罗兰毅然决然接受了使命，他的勇气和对查理大帝的忠诚令人钦佩。作品写道：

皇帝对他的外甥罗兰说：
"阁下，我的好孩子，您是个明白人；
我留下一半军队归您指挥，

---

① 佚名．贝奥武甫　罗兰之歌　熙德之歌　伊戈尔出征记[M]．陈才宇，马振骋，屠孟超，等译．南京：译林出版社，1999：184．

生死存亡全得靠他们了。”
伯爵回答：“这个我用不着。
我若愧对先人事迹，上帝会叫我灭亡！
我保留两万名英勇的法兰克人。
你们放心大胆通过峡谷。
只要我一息尚存，大王无须害怕任何人。”①

对于罗兰来说，生死远没有勇敢的声誉重要，虽然奥里维再三建议他吹响号角以便召回查理的大军，罗兰仍然坚持带领仅有的两万人迎击敌军：

罗兰看到有一场血战，
变得比狮豹还更厉害。
他召集法兰西②人，对奥里维说：
“大人，我的战友，再不要说这样的话！
皇帝给我们留下两万人，
全都经过他的挑选，
没一个会是懦夫。
为了君王应该吃苦耐劳，
不怕烈日严寒，
即使流血丧身也无所顾惜。
您用长矛捅，我用宝剑砍。
我的宝剑是国王所赐，
我死后得剑的人可以说，
它以前属于一位高贵的藩臣。”③

诚然，作品也通过罗兰的好友奥里维之口道出了罗兰性格中的弱点。以下对话发生在罗兰的队伍损失殆尽必败无疑之时：

罗兰对他说：“您为什么对我发火？”
奥里维回答：“战友，这是您罪有应得；
勇而有谋做事才不疯狂，

① 佚名．贝奥武甫 罗兰之歌 熙德之歌 伊戈尔出征记[M]．陈才宇，马振骋，屠孟超，等译．南京：译林出版社，1999：198．

② 此处当译为“法兰克”。“法兰西”始称于查理士帝死后查理曼帝国分裂后。

③ 佚名．贝奥武甫 罗兰之歌 熙德之歌 伊戈尔出征记[M]．陈才宇，马振骋，屠孟超，等译．南京：译林出版社，1999：215．

谨慎小心胜过轻举妄动，
法兰克人死于您的鲁莽。
我们再也不能为查理效力。
您早听我的话，大王已经赶到，
这场战斗就能打赢，
马西勒国王不是俘虏就是战死。
您的勇猛，罗兰，却成为我们的灾难！
查理曼再也得不到我们的襄助。
最后审判以前这样的人再也不会有第二个。
您撒手一去而法国将蒙受恶名。
我们的忠义情谊在今天了结，
黄昏前您与我将痛苦地告别。”①

《罗兰之歌》在艺术手法上也有独到之处，运用了梦境和象征的手法来隐喻关键情节的发生。例如，在罗兰即将陷入加纳隆的圈套被敌军所伤的前一夜，查理王连续做了几个不祥的梦：

白天过后来了黑夜。
强大的查理皇帝正在安睡。
他梦见自己走进西兹大峡谷，
手里抓根桧木枪。
加纳隆伯爵一把抢了过去，
呼呼地舞了起来，
真是石破天惊，电光闪射。
查理依然沉睡不醒。

一梦做了又做一梦，
查理在埃克斯皇家教堂。
一头凶猛的野猪咬住他的右臂。
看到阿登山那边一头云豹，
冲过来撞他的身子。
从客厅角落蹿出一条猎犬，
三跳两蹦奔向查理。

① 佚名. 贝奥武甫　罗兰之歌　熙德之歌　伊戈尔出征记[M]. 陈才宇，马振骋，屠孟超，等译. 南京：译林出版社，1999：246.

首先咬掉了野猪的右耳，
又跟云豹展开殊死搏斗。
法国人说这是一场恶战，
但不知谁胜谁负。
查理依然沉睡不醒。①

不仅如此，《罗兰之歌》写情写景也做到了水乳交融，感人至深。当查理带领队伍回到法兰西而罗兰却凶多吉少时，短短十几行的诗句，把故园山河、家国情怀和君臣情义表达得淋漓尽致：

高耸的山岭，险峻的峡谷，
岩石峥嵘，隘道阴森。
那一天，法国人步履艰难。
十五里外也听到深沉的脚步声。
一踏进祖辈的土地，
便看到国王的领土加斯科涅。
封邑和庄园，少女和贵妇，
都蓦然上了心头，
谁不伤感地哭了起来。
查理比其他人更焦虑：
外甥还留在西班牙的深山沟，
他不禁心酸而老泪横流。②

作品对罗兰陷入绝境牺牲前的异象的描写也具有异曲同工之妙：

在法国刮起一场大风暴，
雷电闪鸣，狂风怒号，
雨水如注，冰雹如斗，
天空中阵阵霹雳，
轰隆声地动山摇。
从圣米歇尔到桑丹，

---

① 佚名. 贝奥武甫　罗兰之歌　熙德之歌　伊戈尔出征记[M]. 陈才宇，马振骋，屠孟超，等译. 南京：译林出版社，1999：194-195.

② 佚名. 贝奥武甫　罗兰之歌　熙德之歌　伊戈尔出征记[M]. 陈才宇，马振骋，屠孟超，等译. 南京：译林出版社，1999：200.

从贝桑松到维尚港，
没有一堵墙壁不破裂。
中午时刻天地一片漆黑。
天空开裂时才透过一些曚昽的光，
见到这种景象的人莫不惊慌。
许多人说："这是世纪总清算，
我们到了世界末日。"
他们不知真相，也就没有说中要害。
这是罗兰大难，天地在为他举哀。①

总而言之，《罗兰之歌》堪称中世纪英雄史诗中艺术成就最高的一部作品。

《熙德之歌》是西班牙文学史上最早的一部英雄史诗，根据西班牙历史上著名的民族英雄罗德里戈·鲁伊·迪亚斯的事迹创作而成，"熙德"是阿拉伯语的音译，意为"封主"。全诗分为三个部分。熙德被嫉妒他的朝臣诬告侵吞贡品，国王阿方索盛怒之下决定流放熙德，限他九日内离开卡斯蒂利亚。熙德不得已率领少数亲友和自愿与他一起流放的随从踏上流放之旅。由于财产被国王下令剥夺，为了生存下去，熙德和手下人与摩尔人作战，缴获战利品。熙德屡挫强敌，声名大噪，许多卡斯蒂利亚和周围王国的武士都慕名投到他的麾下。熙德接连打败巴塞罗那伯爵，攻占巴伦西亚，又战胜侵犯巴伦西亚的摩洛哥国王的大军。熙德每次获胜后都派手下将大量珍贵物品送给国王阿方索。朝中两个贵族子弟卡里翁伯爵的后代费尔甫多和迭哥贪图熙德的财物和名声，央请国王做媒，想娶熙德的两个女儿为妻。国王答应婚事，并宽恕了熙德。卡里翁的两个儿子都是胆小且贪财之徒，遭到熙德属下的嘲弄。他们怀恨在心，在带熙德的两个女儿返回卡里翁的路上，剥去她们的衣服，打昏后遗弃在树林里。幸好熙德提前已有预感，派手下穆涅斯暗中跟随，及时将两个女儿救回。熙德向国王控诉，国王亲自在都城托莱多召集贵族和著名的法学家，并亲自主持庭审。最终，熙德的手下在决斗中击败卡里翁的儿子们，国王重新准许熙德的女儿嫁给此时派使者前来求婚的纳瓦拉和阿拉贡两个王国的王子。诗作在熙德女儿盛大的婚礼中结束。

忠诚是《熙德之歌》重要的主题，也是英雄人物突出的品质。无论是熙德本人对待国王阿方索，还是属下们对待熙德，都体现了这一美德。例如，当熙德告诉他的亲属和部下，国王命令他九日内离开国境，并询问有谁愿意与他同行时，他们的回答给了熙德巨大的安慰：

于是，熙德的表弟阿尔瓦尔·发涅斯说道：
"熙德啊，走遍山野和城镇，我们都紧随您不分，
　　只要我们还有一口气，决不与您分离；

① 佚名. 贝奥武甫　罗兰之歌　熙德之歌　伊戈尔出征记[M]. 陈才宇，马振骋，屠孟超，等译. 南京：译林出版社，1999：231.

我们跟着您，共享骡子和马匹，
耗尽了财物、衣被也在所不惜！
我们永远是您忠实的部属和仆隶。”
　　堂阿尔瓦罗[①]的话众人都深表赞同，
熙德听了，心中感激万分……[②]

拜占庭的英雄史诗《狄吉尼斯·阿克里特：混血的边境之王》最早形成于君士坦丁九世(1042—1055 在位)统治时期，主要描写了主人公巴西勒的父亲和他自己两代人的爱情生活，以及抵御外敌、诛杀恶龙猛兽、打败边境抢掠者和稳定边疆的英雄业绩。这部史诗的目的是歌颂帝国荣光，提振民族士气。在艺术上，它明显受到东西方文化的双重影响："这一史诗的风格颇接近西方的骑士传奇，如《熙德之歌》《罗兰之歌》，也同阿拉伯世界的传统故事有很明显的渊源关系。……在这一传奇故事中，可以找到许多与阿拉伯《天方夜谭》和后来土耳其叙事诗中的情节和人物的联系。"[③]

《尼伯龙根之歌》和《伊戈尔远征记》也为欧洲中世纪英雄史诗文学的繁荣做出了贡献。

2. 骑士文学

骑士文学是封建世俗文学，作者大多是封建骑士。骑士的信条是忠君、护教、行侠。骑士文学的内容也就相应地表现为歌颂骑士对封建领主的效忠、历险、与贵妇人的爱情等，反映的生活面比较狭窄。骑士文学的价值在于它表现了追求世俗享乐、热爱生活、向往现世幸福的思想感情，以战斗和冒险的勇气以及对生命快乐的追求冲破了禁欲主义的束缚。

骑士文学的体裁包括骑士叙事诗与骑士抒情诗两大类。

骑士叙事诗的流行体裁是骑士传奇。骑士传奇已经具备了欧洲长篇小说的基本要素：完整而曲折的故事情节、在冲突中刻画人物的个性、环境描写。骑士传奇区别于小说的地方在于它结构松散，铺陈随意，情节过于离奇，篇幅冗长。

《亚瑟王传奇》是欧洲骑士文学中流传最广的一部作品，主要故事有：亚瑟王的诞生、"圆桌骑士团"的建立、亚瑟和他的圆桌骑士的事迹以及亚瑟之死等。亚瑟王的传奇故事对后来的西欧文学的主要贡献在于它提供了冒险、爱情和宗教三大主题。它除了故事情节引人入胜外，还开始注意人物的内心活动，可以说是长篇小说的滥觞。

骑士抒情诗是另一种广泛使用的骑士文学样式。法国南部的普罗旺斯抒情诗非常繁荣，其主要样式是被称为"破晓歌"的短诗。它描叙骑士与贵妇人在黎明前依依惜别的情景，极力渲染英雄与美人之间的热烈爱情。

---

① 即上文的阿尔瓦尔·发涅斯。

② 佚名. 熙德之歌[M]. 屠孟超，译. 南京：译林出版社，2018：7.

③ 瓦西列夫. 拜占庭帝国史：324—1453 [M]. 徐家玲，译. 北京：商务印书馆，2019：369.

3. 市民文学

12世纪以后，随着封建经济的发展，西欧各国都出现了工商业发达的城市，市民文学(城市文学)也随之繁荣起来。市民文学以揭露教会僧侣和封建领主的残暴愚蠢，歌颂市民阶级的聪明才智为主要内容，表现了鲜明的反封建反教会的民主进步倾向。它的主要形式是讽刺叙事诗和寓言诗，常用的艺术手法是讽刺，体现了民间文学泼辣幽默的风格，具有强烈的现实主义特色。

法国的讽刺叙事诗《列那狐传奇》，分为二十七篇，共三万多行。这部“动物史诗”以动物世界讽喻现实：狮子象征专横而昏庸的国王，骆驼象征虚伪的教皇，狗熊和狼影射残暴贪婪的封建主和骑士，列那狐是市民阶级的代表，驴是僧侣阶级的化身，鸡、鸟、兔、羊等小动物则是下层平民的象征。

诗篇高度赞扬了列那狐的机智，同时也批评了列那狐欺凌弱者的行为。列那狐吞食小鸡，杀死兔和羊，实际上是封建社会中弱肉强食现象的真实写照，客观地表现了新兴市民阶级与人民群众的矛盾，而诗中许多地方写到了列那狐与猛兽的冲突，反映的则是市民阶级和封建统治阶级及教会势力之间的冲突。

例如，横暴的国王狮子有一次为餐桌上一直缺少烤鹿肉这道菜大动肝火，叫别的小动物把列那狐找来讨要对策。列那狐边揣摩国王的意图，边小心地建议国王动动脑筋。国王则训斥他说如果要自己动脑筋，要列那狐这个军师干什么。列那狐一看势头不妙，连忙献计道，国王捉不到梅花鹿，原因全在梅花鹿的尾巴上。它们的尾巴虽然很短，但报警的功能很全备。如果周围很安全，尾巴就耷拉着轻轻摇动；如果周围有敌情，尾巴就翘起来；如果事态很紧迫，尾巴就尽力伸开，向大家发出逃命的信号。于是，它们转眼之间就跑得无影无踪了。列那狐给国王出主意，把梅花鹿的尾巴全都剪掉，它们就没有办法逃命了。到那时，国王要吃鹿肉就易如反掌啦。国王一听大喜，立刻给了列那狐一些赏钱。列那狐接过赏钱迅速溜了。而国王立刻动身去剪梅花鹿的尾巴。可他来到外面时才想到，自己哪里能剪到梅花鹿的尾巴呢？

还有一次，国王让列那狐分配猎物。分配猎物本来是总管伊桑格兰狼的事情，伊桑格兰把漂亮的公牛和母牛分给国王，把牛犊留给自己，这立刻引得国王勃然大怒。作品此时插入的评论性内容揭示了权力的力量：

> 噢！领主的权力真是太重要了！任何东西都必须属于他，任何事情都必须合他的心意，特别是永远不要和他谈什么分享。这规矩无论到哪里都是千古不变的，可是总管伊桑格兰却似乎忘记了这个事实！于是，他得到了应有的报应：诺布尔听了他的话，不住摇头，显得极为愤怒。他不等这位分配者把话说完，就站起身来，向前走了两步，举起可怕的爪子，拍在伊桑格兰的脸上；这一拍力量如此之大，把伊桑格兰的脸皮都揪掉了，弄得他满脸是血。[①]

① 帕里. 列那狐的故事[M]. 陈伟，译. 南京：译林出版社，2017:104.

国王接下来把分配猎物的任务交给了列那狐，列那狐开始说国王喜欢什么就拿什么，国王却虚伪地让他用公平的方式进行分配，不能让任何人有抱怨的理由。于是深谙国王心理的列那狐说出下面一番话：

> 既然您希望这样，我的意见是：首先，按照伊桑格兰的建议，公牛归您；它是属于国王的猎物，落入您的手是最最光荣的了。母牛的肉鲜嫩肥厚，就给王后娘娘吧。要是我没记错的话，王子殿下最近刚刚断奶，他还不满一岁；这小牛犊的肉就像牛奶一样滑顺，应该给他享用。至于我和那头吝啬的狼，我们可以到别处去寻找猎物。①

列那狐的分配让国王非常满意，他的脸上洋溢起愉快的神情，说："这才是公平的分法：任何人都不会有意见。"

类似这样的一系列故事使一个个活脱脱的角色跃然纸上，为欧洲中世纪正在成长中的市民阶层留下了寓言式的图景。

欧洲中世纪还出现了一个重要的文学样式——民谣。民谣是生活在封建社会的普通人的文学，其中最著名的英国民谣《罗宾汉谣曲》讲述以罗宾汉为首的英国农民反抗和惩罚封建压迫者、扶助穷人的故事，根据一定的历史事件写成，真实地反映了当时英国普通人的爱与恨、希望与失望。

三、欧洲中世纪文学的艺术特征

欧洲中世纪文学的艺术特征主要有：

第一，由于各种不同性质文化的相互交融，古代的、当代的，东方的、西方的，宗教的、世俗的等，各种各样的题材进入了文学艺术创作领域，从而极大地拓展了欧洲中世纪文学的描写与反映范围。

第二，与古希腊罗马时代比较起来，新的艺术形式得以出现。如在各种诗歌样式中，形式因素互相影响，互相交融，从而使诗歌形式发展得更为精雅和完备。在叙事性的作品中，艺术形式开始由"枝蔓繁杂"向"叙述简约"转变。生活片段的描绘和情节线索的单纯集中，越来越使作品的结构布局和技巧运用达到自觉的程度。

第三，由于各种文化的影响，在艺术表现手法上有了进一步的开拓。寓意、象征、梦幻、哲理、现实描写、浪漫抒情乃至运用动物故事等都流行一时。

第四，对文学情感特性把握的能力进一步提高。对人的内心情感的挖掘是当时爱情题材作品的重要特点。在这类作品中，人的愿望、激情、喜怒哀乐等复杂的心理活动初步得到成功的描绘，从而揭开了人的内心世界帷幕的一角。这是欧洲中世纪艺术上的一个重大进展，比起古希腊和古罗马作家的创作来，此时用文学艺术形式表现人的情感更趋于

---

① 帕里. 列那狐的故事[M]. 陈伟，译. 南京：译林出版社，2017：105.

自觉和强化。

第二节 但丁与《神曲》

但丁(1265—1321)是13世纪末14世纪初最伟大的作家。他生活在欧洲中世纪文化向近代文化的转型初期,其作品中新旧思想杂糅。因此,他被评价为“中世纪的最后一位诗人,同时又是新时代的最初一位诗人”①。

一、生平与创作

但丁出生于意大利北部城市佛罗伦萨的一个小贵族家庭。少年时代是在孤独的勤奋自学中度过的,母亲早逝铸就了他的独立性格,家境的式微特别是世事的动荡则鼓舞了他的远大志向。他在孤独的少年时期没有机会接触纷繁的社会,却培养起恣肆汪洋的想象能力,民间的生动俗语使他体会到了丰富的思想情感,他从青年时起便立志要用这种活泼的语言创造惊世骇俗的诗名。

但丁的生活经历中有两件大事对他影响甚大。第一件大事有关爱情。1274年,9岁的但丁与和他年龄相仿的贝亚特丽齐相遇,心中播下爱意。后来二人在青年时代再次相见,虽然此时贝亚特丽齐已成他人之妻,然而但丁对这位美丽端庄的淑女更是爱不释怀,并为她写下许多优美的诗篇。不久贝亚特丽齐去世,这使但丁在心中逐渐淡化了她作为现实女人的属性,越来越把她想象成为一个女神。正如他的传记作家格兰金特说的,他热烈地崇拜贝亚特丽齐,但没有向她求爱。她对他来说,很可能既是真实的存在,又是一种象征;而她的象征性又逐渐地突出起来,使他对她的想象不断升华,直至她的形体最后抽象成了有形的美的化身。

这场爱情促进了他的第一部诗集《新生》(1292—1293)的诞生。《新生》包含31首抒情诗,是但丁第一部重要的文学作品,创作于贝亚特丽齐去世后不久,作品叙述了但丁与意中人的恋爱经过以及他如何立意创作诗集。诗人以高昂的理想精神歌唱纯真而热烈的爱情,大胆袒露内心衷曲,表达了对幸福生活的渴望以及对禁欲主义伦理的反叛。作品成为文艺复兴抒情诗的先声。在艺术上,这部诗集鲜明地反映了普罗旺斯抒情诗的影响。同时,它也是佛罗伦萨当地创造的“柔美新诗体”(又称“温柔的新体诗”)的代表作。据学者考证,这位令诗人一生魂牵梦萦的贝亚特丽齐系当年的佛罗伦萨贵族妇女贝亚特丽齐·波提那丽。

《新生》充满对贝亚特丽齐的歌颂和赞美:

> 我的女郎向别人致意时,
> 是多么温存,多么谦逊,

① 马克思,恩格斯.马克思恩格斯选集:第1卷[M].中共中央马克思恩格斯列宁斯大林著作编译局,编译.3版.北京:人民出版社,2012:397.

每人舌头颤栗而不出声，
眼睛也不敢向她正视。
她经过时听到赞美之词，
整个风采谦虚而又温文，
仿佛是自天而降的精灵，
向地上的人们显示奇迹。

对瞅她的人，她显出欢悦的神情，
她的眼睛将甜蜜传到别人心里。
而没有体验的人什么也不懂。
看来从她的脸容之中，移动
一个精灵，温柔而充满绵绵情意，
“赞叹吧！”对着灵魂这么说一声。①

对但丁一生产生影响的第二件大事是他被流放。爱情的失落和不幸让他以极大的热忱投身于政治活动。他曾在政府机构任职，1300年被选为市政6位最高行政官之一。在政治生涯中，但丁代表城邦进步势力同反动势力进行过顽强斗争。他虽然同情代表贵族利益的吉卜林党，但仍投身到代表工商利益的贵尔夫党一边。在贵尔夫党分裂为黑白两派后，他又站在维护城邦独立的白党立场反对与教皇相勾结的黑党，为此他遭到依靠教皇势力左右佛罗伦萨政权的黑党的放逐。自1302年后，在长达20年的放逐生涯中，他漂泊各地，奔走荒野，最后病逝于拉文那。他的遭遇、行动和所形成的思想体系使他成了近代前夕第一个世界主义者，正如他自己在《神曲》的《天堂篇》里所说的：“他们若是剥夺了我最心爱的地方，我不至于因我的吟咏失去一切地方。”

在长期的政治斗争与多年的流放生活中，但丁广泛地接触了意大利动乱的现实，并对其进行了深入的思考，也广泛地了解了人民大众的生活，形成了强烈的爱国情感。他的文学作品便是他的生活经验和思想活动的结晶。

在流放中，但丁除了写成他最重要的文学作品《神曲》外，还有论说集《飨宴》(1304—1307)、论著《论俗语》(1304—1305)和《帝制论》(1309)，以及其他诗集、论著等。

二、《神曲》

《神曲》是但丁的代表作，原名《神圣的喜剧》，是在他被流放后历经20年写成的一部巨著。

(一) 故事情节

《神曲》分《地狱篇》《炼狱篇》《天堂篇》三部分，每部分33首歌，加上序曲，共100

① 但丁. 新生[M]. 钱鸿嘉，译. 上海：上海译文出版社，1993：78.

拓展阅读：
但丁《神曲》
故事的另一种
启示

首歌，14 233行。《神曲》采用中世纪宗教文学常用的梦幻形式，记叙了诗人幻游地狱、炼狱、天堂三界的故事。诗的开篇叙述到，正当诗人处在“人生的中途”，即35岁那一年，竟迷途于黑暗的森林。黎明时他沐浴着朝阳攀登山顶，忽然林中跳出豹、狮、狼拦住了去路。这时出现了古罗马诗人维吉尔，他受但丁青年时代的恋人贝亚特丽齐之托前来搭救诗人。诗人在维吉尔的引导下参观了地狱和炼狱，之后又由贝亚特丽齐带领，游历了天堂。

地狱如一支插入地下的巨大漏斗（立体的），上阔下窄，自上而下共分九层。罪人的灵魂按生前罪孽的轻重，分别在不同的层次受刑，层次越下，刑罚越重。

地狱第一层是“候判所”。贤良的异教徒如诗人荷马、贺拉斯，哲学家柏拉图、苏格拉底等因生前未受基督教洗礼，只得于此等待上帝裁判。

地狱第二层是真正的地狱的起点。色欲鬼魂永不停息地在深谷中呼号，在狂风中沉浮。

地狱第三层中饕餮者的鬼魂在恶臭不堪的泥坑中经受风雨冰雹的袭击。

地狱第四层中贪吝者和挥霍者的鬼魂推着巨石来回奔波，在相遇的冲突中不停地攻击厮打，许多教士和主教，甚至连教皇也在其中。

地狱第五层中易嗔易怒者的鬼魂赤身裸体地在黑水污泥中相互啮咬甚至自我撕裂，直至皮破肉烂。

地狱第六层是由复仇女神守卫的恶魔城，城内燃着“水劫之火”，专门焚烧那些蛊惑人心的邪教徒的鬼魂。

地狱第七层分为三环。第一环为沸腾的血湖，暴君与暴吏在湖中受煎熬；信仰不坚的自杀者在第二环中化为长满毒刺的树木，被大群怪鸟用利爪坚喙撕裂，伤口流血不止；亵渎上帝者、重利盘剥者和暴发户在第三环的火雨热沙中受着煎烤。

地狱第八层又名“恶沟”，石壁峭立，有十个断层，诱奸者、谄媚者、挑拨离间者、买卖圣职者、贪官污吏、伪君子、匪徒等生前危害人民的人，死后在此受各种酷刑。教皇尼古拉三世的鬼魂头朝下倒栽在地上，腿脚上燃烧着火苗。作者还在这一层为尚在人世的教皇卜尼法八世预留了位置。一批贪官污吏的鬼魂在沸腾的沥青中挣扎，而群立于两旁的黑色魔鬼则不时地用钢叉刺他们的腹部和背脊。

地狱最底层，即第九层，是一片冰湖。叛国、卖主者的鬼魂被冰冻在湖中。湖心站立着恶魔撒旦，撒旦有三个面孔，正中面孔的嘴里咀嚼着出卖耶稣的犹大，左右两个面孔的嘴里分别咬着谋杀恺撒的布鲁图和卡西奥。

此后维吉尔引导诗人步步向上，远离地狱，来到炼狱。炼狱又称净界，为一座浮在海中的高山，分为底部、本部和顶部三级共九层，形似金字塔。罪孽较轻者的灵魂在底部涤罪，本部七层中分别居有骄、妒、怒、惰、贪财、贪食、贪色七种罪人的灵魂，以待升入天国。炼狱顶部祥云缭绕，四时常春，花雨缤纷，这里就是伊甸园。但丁在此得遇恋人贝亚特丽齐,并在她的带领下游历了天堂。

天堂也有九重,生前为善的人,按其善行多寡,死后灵魂在天堂不同的层次中永享幸福。九重天之上是上帝的天府,充满上帝的光明和慈爱,诗人仅在电光一闪的瞬间看见了圣父、圣子、圣灵三位一体的奥秘。然后全诗结束。

(二) 思想内容

《神曲》的基本主题是为处于分裂和纷争中的意大利指出一条获救的道路。在《地狱篇》第一章的开头,作者就言明了作品的探索主题:

> 在人生的中途,我发现我已经迷失了正路,走进了一座幽暗的森林,啊!要说明这座森林多么荒野、艰险、难行,是一件多么困难的事啊![①]

这就决定此作品充满了象征的意蕴和手法:

> 瞧!刚走到山势陡峭的地方,只见一只身子轻巧而且非常灵便的豹在那里,身上的毛皮布满五色斑斓的花纹。它不从我面前走开,却极力挡住我的去路,迫使我一再转身想退回来。
>
> 这时天刚破晓,太阳正同那群星一起升起,这群星在神爱最初推动那些美丽的事物运行时,就曾同它在一起;所以这个一天开始的时辰和这个温和的季节,使我觉得很有希望战胜这只皮毛斑斓悦目的野兽;但这并不足以使我对于一只狮子的凶猛形象出现在面前心里不觉得害怕。只见它高昂着头,饿得发疯的样子,似乎要向我扑来,好像空气都为之颤抖。还有一只母狼,瘦得仿佛满载着一切贪欲,它已经迫使很多的人过着悲惨的生活,它的凶相引起的恐怖使得我心情异常沉重,以致丧失了登上山顶的希望。正如专想赢钱的人,一遇到输钱的时刻到来,他一切心思就都沉浸在悲哀沮丧的情绪中,这只永不安静的野兽也使我这样,它冲着我走来,一步步紧逼着我退向太阳沉寂的地方。[②]

此时维吉尔出现了,他受贝亚特丽齐之托前来帮助"我"。

在诗中,"幽暗的森林"象征当时意大利的黑暗政局,"豹"象征佛罗伦萨的政治迫害,"狮"象征法兰西王,"瘦母狼"象征罗马教廷,"披着阳光的山顶"代表光明的境界,古罗马诗人"维吉尔"象征理性,"贝亚特丽齐"象征神学信仰。

但丁正是用中世纪诗人惯用的象征手法描写了在理性、神学信仰和爱的引导下的心灵觉醒过程。在但丁看来,在战乱纷争、时代处于大动荡的情况下,人类要想得救,主要途径在于提高人的精神境界和道德水准。维吉尔象征理性,就是要人们通过理性来认识罪

---

① 但丁.神曲[M].田德望,译.北京:人民文学出版社,2002:1.

② 但丁.神曲[M].田德望,译.北京:人民文学出版社,2002:2.

恶和改正错误，悔过自新，但这还不够，还需要通过神学信仰、通过对上帝的爱来认识最高真理并达到至善的境界。这种主题上的矛盾性就使但丁在处理这一题材时新旧思想杂糅，既表现了中世纪的落后意识，同时又第一个表达了人文主义思想。

具体说来，《神曲》内容上的矛盾大致体现在以下几个方面：

第一，《神曲》首先表现了但丁对宗教和教会以及教职人员的双重态度。一方面，他对现实中的教会、教皇以及僧侣们进行了猛烈的批判，对罪恶的僧侣阶级的残暴统治和丑恶行径作了暴露性的描写；另一方面他又歌颂和肯定了理想的基督教。

在《神曲》中，他首先批判了教会、教皇和僧侣们的贪婪与掠夺。欧洲中世纪的封建教会和僧侣阶级是当时社会上最大的剥削者和掠夺者。但丁在《神曲》伊始，就用瘦母狼代表罗马教廷，象征性地指出了教会的贪得无厌。

在地狱的第八层第三条沟里，他放上了贪婪无耻的教皇尼古拉三世，并让这个教皇亲口供出自己曾经犯下的罪恶：

那个鬼魂两只脚全都扭动起来；接着，就叹息着用哭泣的声音对我说："那么，你向我要求什么呢？如果你那样迫切需要了解我是什么人，以至于为此走下堤岸来到这里，那么你要知道，我曾穿过大法衣呀；我真是母熊的儿子，为了使小熊们得势，我那样贪得无厌，使得我在世上把钱财装入私囊，在这里把自己装入囊中。我头底下是其他的在我以前犯买卖圣旨罪被拖入孔洞的人，他们一个压着一个挤在石头缝里躺着。等那个人一来，我也要掉到那下面去，方才我突然问你时，还以为你就是那个人呢。但是我这样两脚被火烧着，身子倒栽着的时间，已经比他将要被倒栽着，两脚烧得通红的时间长了：因为在他以后，将有一个无法无天的、行为更丑恶的牧人从西方来，这个牧人该把他和我都盖上。"①

于是"我"训斥他罪有应得，"因为你们的贪婪使世界陷于悲惨的境地，把好人踩在脚下，把坏人提拔上来"。

但丁在《神曲》中对僧侣们的残暴也有过深刻的批判。在现实生活中，宗教僧侣们总是披着善良慈祥的外衣，但骨子里却极为残暴凶狠。例如，被但丁放在地狱第九层中的路格利主教生前不仅将他的政敌乌戈利诺（乌格利诺）和政敌的儿子们一起囚禁在塔楼里，还饿死了他四个无辜的儿子，作者对此进行了愤怒的谴责。但丁还无情地揭露了教会、教皇和僧侣们的伪善。被但丁放到地狱第八层中的教皇卜尼法八世就是这种伪善者的代表。基独原是个罪恶之徒，后来悔悟，成了教士，因为他掌握了教皇卜尼法八世的敌手的秘密，所以教皇百般利诱他重新犯罪，参与他的阴谋。他对基独说："只要你教我怎样把我的敌手打倒。你要知道，我是可以开闭天门的。"但丁在《神曲》中还批判了教皇干预世俗政权、操纵政治的罪行，表达了他反对教权与政权合一的思想。总之，在《神曲》中，作品通

① 但丁. 神曲[M]. 田德望，译. 北京：人民文学出版社，2002：120.

过对僧侣阶级罪恶统治暴露性的描写，对中世纪教会的罪恶给予了多方面的批判。

但是，但丁在对现实的基督教会、教皇和僧侣们进行谴责与批判的同时，又肯定了理想的基督教和理想的教皇、僧侣们。所以，他批判现实中教会的丑恶和罪行并不是要对基督教进行否定，相反，在《神曲》中，他对基督教的辉煌历史和理想教徒加以热烈的赞美。例如，他将基督、圣母、圣彼得、圣约翰、圣雅各、亚当等人的灵魂都放进了天堂，就说明了他对理想的基督教的肯定。

第二，在《神曲》中，但丁也表现出了对世俗生活的双重态度。一方面，他从中世纪诗人的立场出发，表现了占统治地位的禁欲主义和神秘主义的陈旧思想；另一方面也表现出了与后来的人文主义思想家肯定世俗生活相类似的思想感情。

从整部《神曲》来看，大部分地方都表现出了中世纪占统治地位的禁欲主义思想。比如地狱、炼狱及天堂对于受罚、洗练、享福的灵魂安排，在很大程度上体现了禁欲主义思想。尤其是炼狱山，实则就是座“禁欲山”。这里，但丁吸收和表现了中世纪陈腐的“原罪说”以及“灵魂拯救”思想，认为人只要克制情欲，苦修苦练，就能上天堂；反之，生前放纵情欲而不思悔过者，将下地狱。正是按照这种思想，他在地狱中放进了许多生前贪吃奢财、放纵情欲的灵魂，如古希腊美人海伦和帕里斯，迦太基女王狄多等。上述一切都是时代的偏见和诗人世界观中陈腐的宗教信仰的反映。

但是，与这一面形成鲜明对比的是，他在《神曲》中又表现出了对世俗生活加以肯定的反禁欲主义倾向。例如，在《地狱篇》第五曲中，他根据教会的道德标准，把生前犯了叔嫂通奸罪的保罗和美人弗兰西斯嘉放到地狱第二层中遭受折磨，让他们的灵魂在阴风苦雨中飘浮不定。但是，当弗兰西斯嘉述说了他们不幸的遭遇之后，但丁又对他们真挚的爱情表示了深刻的同情，并感动得“昏倒在地，好像断了气一般”。诗人在这里就突破了思想上禁欲主义的束缚，歌颂了现实生活里真挚不渝的爱情。

不仅如此，作品还从多方面显示出了但丁对世俗生活、人际关系以及社会斗争的强烈兴趣。他在描写《荷马史诗》中的英雄尤利西斯（奥德修斯）时，就肯定了他航海冒险的英雄行为，并借他的口指出，人不能“像野兽一般活着”，应该去“追求美德和知识”。他在谈论人的活动时，也认为要“克服惰性，因为生在绒垫上或者睡在被子里，是不会成名的；默默无闻地虚度一生，人在世上不留下痕迹，就如同空中的烟雾、水上的泡沫一样”。诗人把古今很多英雄人物作为在生活和斗争中的光辉榜样来热情赞颂，这种追求荣誉、肯定人现实生活中的活动的思想，也是属于新时代的。

第三，《神曲》还表达了但丁对封建统治阶级及其代表人物的矛盾态度。在这方面，他首先无情地批判了当时社会上残暴的君主和分裂割据、鱼肉人民的封建诸侯，谴责了他们为扩大自己的权力而进行的封建性战争。例如，在《地狱篇》第十二曲中，他就借半人半马的怪物之口，对那些残害人民的君主和贵族进行了指责和批判。他认为，历史上马其顿亚历山大王和有“上帝之鞭”称号的匈奴王阿底拉等“都是杀人劫财的暴君”，所以只配在地狱第七层的血沟中受刑。这些思想与文艺复兴时期人文主义思想家的反封建思想是一脉相承的。然而，作为中世纪最后一位诗人，但丁又热情地讴歌和赞美了他理想中的君王和贵族。比如,把祖国统一的希望寄托在了公正的帝王——日耳曼皇帝亨利七世身上,并在天堂里为他预留了位置。在天堂第六层中,他放上了很多正直君主的灵魂,并让他们为祥云瑞气所环绕。凡此种种无不说明,但丁对封建势力的代表人物的看法是深刻而又矛盾的。

第四,《神曲》在对待人类文化的看法上也典型地表现了双重性。一方面,但丁表达了虔诚的基督教思想,认为基督教是人类最伟大、最神圣的思想文化结晶。因此,《神曲》中有对中世纪经院哲学的热情阐述,有对神学思想的浓烈讴歌。这可以看成但丁作为中世纪最后一位诗人在思想文化上的偏见。但与此同时,但丁又对古希腊罗马文化和进步的异教思想给予了热情的赞美和高度的评价。比如,他出于宗教偏见,将古希腊罗马作家都放到了地狱中,让他们生活在阴沉的地狱第一层(候判所),但是当诗人来到候判所,见到荷马、贺拉斯、奥维德等人的灵魂的时候,“立刻,在那绿色的珐琅上,那些伟大的精灵显现在我的眼前。我心中因看到他们而感到光明”。“我能躬逢盛会,心里觉得非常光荣。”这实际上表现出了作者对古希腊罗马等异教文化的赞扬和肯定。这种思想上的矛盾甚至在维吉尔这个人物身上也表现出来了。但丁用他象征理性,称他是“智慧的海洋”“拉丁人的光荣”,表明了他对古代文化的信任与崇拜;但又认为理性只能将人引出迷途,却不能认识至极的真理,要达到至善,还要靠神学,靠宗教之爱和热诚。

(三)艺术成就

《神曲》在艺术上也体现出了相互矛盾的双重特征。

第一,但丁在《神曲》中,将中世纪文学所盛行的象征、梦幻的手法同反映现实生活的内容紧密地结合在一起,从而用旧的形式表现出了很多新的人文主义内容。像以往中世纪以宗教题材为内容的作品一样,《神曲》整部诗篇都充满了寓意和象征的内容。就整部作品而言,但丁的漫游过程象征着人类的灵魂和精神的完善过程。除了这种象征手法之外,还有梦幻的手法。比如,诗人游历幽明三界本身就是一种梦幻形式,诗人梦中神游,在现实世界中是不存在的,所以,这种梦幻的手法同象征手法一样,都是作者对基督教文学形式的应用。然而,但丁正是通过这些陈旧的手法表现出了强烈的现实精神和崭新的内容。例如,他对宗教伪善者的揭发批判,对封建统治阶级的嬉笑怒骂,对世俗爱情生活和异教文化的肯定以及对当时历史事件和各种人物所作的深刻评判,都是现实生活和时代精神的反映。

第二,《神曲》具有宏大、严谨、端正的结构,可以说,《神曲》正是以其艺术结构的严密著称于世的。《神曲》的结构好像一个严整而有系统的三棱形大建筑,全诗分为“地狱”“炼狱”“天堂”三部分,每部分各 33 篇,加上《地狱篇》前的序曲,共 100 篇。“三”象征着“三位一体”,“百”表示“完全中之完全”。诗中的地狱、炼狱、天堂等部分也是完全对称的。三部的结尾都以“星”字收束。这样的结构用连锁韵律(每一诗节三行,其中第一行与第三行押韵,第二行与下节第一、三行押韵),在不断变化中一直灌注下去。这种完整而有秩序的结构是中世纪神权思想的体现。但是这种结构也与人文主义思想家对古代文化的认识有相似之处。例如,文艺复兴以后的文学家在谈到古希腊艺术杰作的一般优点时，高度认可它们“高贵的单纯和静穆的伟大”①。《神曲》结构上的庄严、肃穆，内容上的激烈动荡与古代艺术如出一辙。

第三，但丁在塑造人物和描写情景方面，也给人极为矛盾的感觉。在他的笔下，大多数人物都苍白无力，是象征性的。这与中世纪宗教文学中的人物特点相似。然而，但丁在用寥寥数语勾勒人物性格特点方面也可以说是高手。例如，他只用“他挺胸昂首，对于地狱的权威似乎表示一种轻蔑”这样一句话，就使齐伯林党领袖法利纳塔英勇无畏的英雄气概跃然纸上。再如对荷马、贝亚特丽齐等人的描写，只是简洁几笔，便使前者显得威严崇高，使后者纯洁慈爱、光艳照人。再如，当他描写两个鬼魂相遇时，用了世间常见的事物进行比喻：“那里双方的灵魂抢上去相拥抱接吻……很像黑蚁的队伍，在路上互相擦嘴，以探寻前面食品所在的模样。”这种具体的比喻和生动的细节描写在中世纪梦幻文学中是极为少见的，但与现实主义的手法极其相似，也是后来人文主义文学的一个显著特征。

第四，在语言上，他是第一个用当时的民间俗语——意大利民族语言写作的诗人。当时的教会文学作者主要用拉丁语创作。而但丁用民间俗语来写作，正是对封建社会文化霸权思想的反叛。由于但丁是第一次用意大利语写了这样重大的题材，这就为意大利民族语言和民族文学语言的形成起到了奠基和推动作用。但《神曲》中的大量语言和词汇又带有强烈的中世纪语言那种烦琐、晦涩、象征的特点，充满了主观的呓语和神秘主义色彩。这说明但丁虽然已从封建社会的语言中脱胎出来了，但他身上还带有中世纪语言的血污。

思考题

1. 欧洲中世纪文学发展缓慢的原因是什么？

2. 欧洲中世纪文学分为哪几类？各有什么特征？有哪些重要作品？

3. 作为欧洲中世纪最早的英雄史诗，《贝奥武甫》有哪些突出的艺术特点？

4.《罗兰之歌》为何被誉为中世纪艺术成就最高的英雄史诗？

5. 叙述但丁的诗集《新生》的产生过程与思想倾向。

6.《神曲》在思想内容和艺术上的矛盾复杂性主要体现在哪几个方面？

7. 为什么说但丁是“中世纪的最后一位诗人，同时又是新时代的最初一位诗人”？

---

① 朱光潜. 西方美学史：上册[M]. 北京：商务印书馆，2017：328.

第三章

3

文艺复兴时期文学

【学习目的与要求】

通过学习本章内容，了解文艺复兴时期人文主义文学的发展状况和主要成就，重点掌握《堂吉诃德》和《哈姆雷特》的思想内容和艺术成就，把握不同作家反映生活的特定手法，从而正确认识文艺复兴时期文学的伟大成就和历史作用。

第一节 概述

14 世纪至 16 世纪末,欧洲产生了一场以人文主义为思想核心,崇尚理性,反封建、反教会的思想文化运动,史称“文艺复兴运动”。

拓展阅读:关于欧洲文艺复兴运动几个重要问题的再思考

一、文艺复兴运动的产生与人文主义

“文艺复兴”一词原指“希腊罗马古典文化的再生”。但与其说文艺复兴运动是“古典文化的再生”,不如说它是“近代文化的开端”,是新兴的资产阶级在思想和文化领域里的反封建斗争运动。

12 世纪前后,佛罗伦萨、伦敦、巴黎等现代意义上的欧洲城市兴起,城市的兴起标志着社会生产力的大发展。到了 13 世纪末 14 世纪初,一些地中海沿岸城市的手工业与商业形成规模,生产力的提高逐渐导致封建生产关系的变革。经济上开始占据主导地位的新兴资产阶级不满足于低下的政治地位,自然便产生了反对封建贵族与教会僧侣的思想文化要求。紧接着,在 15 世纪和 16 世纪,伊比利亚航海时代的地理大发现和探险热潮刺激了资本主义经济的进一步发展,为资产阶级提供了更为广阔的生存空间与舞台。不仅如此,随着 10 世纪之后大学的兴起,从中世纪的神学研究中产生了近代意义上的科学,这为文艺复兴提供了科学知识的基础。1453 年,奥斯曼土耳其人攻陷君士坦丁堡,拜占庭帝国灭亡,许多学者带着抢救出来的古希腊罗马文化典籍逃到西欧,“在惊讶的西方面前展示了一个新世界——希腊古代;在它的光辉的形象面前,中世纪的幽灵消逝了”①。这也推动了文艺复兴运动的兴起。

与世俗领域出现的文艺复兴运动相适应,此时宗教领域也出现了改革运动。经过中世纪千余年的发展,天主教会建立了森严的等级制度,自居为上帝在凡间的代表,以绝对权威地位施行宗教集权统治。同时教会还严重腐化,以宗教之名行敛财淫乐之实。马丁·路德领导的宗教改革要求打破教权统治,“因信称义”,强调每个人都可以直接与上帝对话,以自己虔诚的信仰获得拯救,无须再以教会为中介。这样,在基督教仍占据统治地位的前提下,在文艺复兴运动中人们对于人性和人权的诉求就获得了宗教上的合理性。这一时期的宗教改革家将《圣经》从拉丁文译为各民族语言,打破了教士独占《圣经》解释权的局面,使普通人可以直接阅读它并形成自己的理解,从而使人获得独立判断与自主思想的权利。

资产阶级新的世界观和思想体系在文艺复兴运动中产生了,这就是“人文主义”。人文主义的核心是对“人”的肯定,强调以人为中心,反对以神为中心,认为人是“宇宙的精华、万物的灵长”(莎士比亚《哈姆雷特》)。围绕这个核心,人文主义的内涵大致包括以

① 马克思,恩格斯.马克思恩格斯选集:第 3 卷[M].中共中央马克思恩格斯列宁斯大林著作编译局,编译.3 版.北京:人民出版社,2012:846.

下几点:(1) 用人权反对神权。从总体上看,中世纪的人们对人的本质的认识,是将“神”视为“人”的最高本质所在。人文主义者则针锋相对,热情肯定人的价值、尊严和力量。(2) 用个性解放反对禁欲主义。人文主义者肯定个人的情感、欲望的合理性,反对禁欲主义。(3) 用理性反对蒙昧主义。人文主义者把认识自己和认识世界当成了最重要的两大任务。(4) 在政治上,人文主义者主张中央集权,反对封建割据,主张民族统一。

二、人文主义文学的发展状况

(一) 意大利文学

在文艺复兴运动中产生了人文主义文学。人文主义文学最早起源于 14 世纪的意大利。在意大利人文主义文学中,诗歌方面的代表是彼特拉克,小说方面的代表则是薄伽丘。

弗兰切斯科·彼特拉克(1304—1374)的代表作——十四行诗抒情诗集《歌集》,抒发了对女友劳拉的爱情,表达了对人间幸福的强烈追求,展现了人的内心欢乐与痛苦交织的矛盾感。《歌集》的第一首就直抒胸臆地揭示了这种复杂的情感:

从这些零散的诗句中,
诸君可以听到我心灵的哀叹,
那是我青春时期的幼稚之举,
自然与现在的我不能等同一般。
在期盼与痛苦之中,
我徒劳地哭泣,思绪缠绵,
有过体验的人都说这是爱情,
我希望得到理解,而不仅仅为我惜惋。
但是很快我就发现,很长时间
我成了人们嘲讽的笑料,为此
在心灵深处我为自己感到羞愧难言。
徒劳地追求得到的结果只是难堪,
它使我悔恨,也使我清醒地意识到
世俗的欲念之乐只是稍纵即逝的梦魇![①]

薄伽丘(1313—1375)对人性和人欲的追求更是坦白直露,毫不掩饰。其代表作《十日谈》以 1348 年佛罗伦萨大瘟疫为背景,描述城中十名青年男女结伴到乡下避难,讲述故事的情形。青年们约定每天由一人担任“国王”或“女王”,规定主题,每人每天讲一个故事,十天共讲了一百个故事。《十日谈》内容丰富,故事题材取自市民生活、中古传说、东方传奇等方方面面,人物形形色色,从国王到马夫,从教士到海盗,悉数登场。薄伽丘在小说中

---

① 彼特拉克. 歌集[M]. 李国庆,王行人,译. 广州:花城出版社,2000:1.

毫无节制地张扬情欲，主张人有追求情欲的权利与自由，反对禁欲主义。如在“第五天第八个故事”中，一位美丽的姑娘因为对追求者冷漠而不理睬，死后堕入地狱，被判赤身裸体在森林里奔跑，过去的追求者骑马在后面放狗追赶，追上后用剑剖出姑娘的心肝喂狗，喂完又再行追赶，周而复始。“从前她对我冷漠了多少个月，我就要追她多少个月。”[①]目击者纷纷心惊胆战，“从此拉文那城里的小姐们，变得温柔多了，不再像过去那样用冷面孔对待男人的热衷肠了”[②]。在这里，薄伽丘把禁欲主义看成一种罪恶，指出对人性的压制为上天所不容。他也极度大胆地揭露教会的虚伪和荒淫，如在“第一天第四个故事”中，一个修士违反戒律与女子幽会，被修道院院长发现，要受到处罚，院长却也偷偷与那个女子幽会，反过来被修士发现，二人从此和平相处，继续淫乱。“第三天第八个故事”“第八天第四个故事”“第九天第二个故事”等，也都对神父、修女的荒淫作了描写与嘲讽。

（二）法国文学

文艺复兴时期的法国已经建立了统一的君主集权国家。法国文学分为两大类，即贵族文学与平民文学。两类文学都具有反封建、反教会，肯定人欲，追求现世幸福的人文主义特征。

贵族文学的代表是龙沙（1524—1585）等七位诗人组成的“七星诗社”，他们的诗作以宫廷贵族趣味为导向，重视古典作品题材与典雅词汇，忽视民间的故事题材与民众语言，是后来17世纪古典主义文学的先声。

平民文学的代表则是拉伯雷。拉伯雷（约1494—1553）曾接受教会教育，后来却成为著名的人文主义作家与学者，反教会的斗士。他学识渊博，经历丰富，既懂得哲学、神学、法学、文学、音乐、绘画、医学、数学、生物学、天文等多方面的知识，也在西欧各国漫游过，对各地社会生活有深入的了解。拉伯雷堪称真正的天才和文化巨人：他在医学院仅学习了六个星期就以优异的成绩毕业，还发展了人体解剖的理论与实践；他是生物学史上第一个发现植物的雌雄性别的人；在文学上他更是写出了文艺复兴时期的代表作之一《巨人传》。

《巨人传》共五部，以父子两代巨人——高康大和庞大固埃的经历见闻为线索。第一部写格朗古杰国王之子、巨人高康大的经历。高康大在母亲肚子里待了十一个月，从母亲的左耳里钻了出来，刚出生就会说话，高喊：“喝呀！喝呀！”他早年接受经院教育，后来到巴黎接受人文主义教育，老师用泻药泻掉了他头脑中的一切死板知识，用新方法进行教导，才让他变得聪明起来。高康大当众在巴黎圣母院的钟楼上撒尿，后来回国参战击退敌人，建立了一座“德廉美修道院”，设定的唯一院规是“做你所愿意做的”。第二部到第五部的主人公是高康大的儿子庞大固埃。庞大固埃力大无比，从小接受人文主义教育并到各地游学，比上一代更加优秀。他的一个好朋友叫百乐智，智慧过人。二人得知敌国入侵后回国参战，庞大固埃撒尿淹死了无数敌军，最终击退敌人并进而征服敌国，建立了自己

① 薄伽丘. 十日谈[M]. 王林，译. 北京：北京燕山出版社，2011：301.

② 薄伽丘. 十日谈[M]. 王林，译. 北京：北京燕山出版社，2011：303.

的王朝。庞大固埃以平等、博爱与宽容的精神治国,受到爱戴。后来百乐智想结婚,就此问题去问了许多学者与各界的专业人士,得到的回答千奇百怪。二人为追求真理,到东方去寻找一个写有答案的神瓶,一路上到了"联姻岛""钟鸣岛""判罪岛"等奇特的地方,看到神职人员与执法者无恶不作的黑暗现实。最后他们在"灯国"找到了神瓶,空中响起洪亮的声音:"喝吧!喝吧!"庞大固埃二人终于发现了真理:畅饮知识,享受人生中的一切快乐。

父子两代巨人代表了文艺复兴时期的"巨人"形象,小说通过对他们的描写、歌颂,肯定了人的欲望与追求的合理性。小说还揭露了教会统治下的黑暗现实,表现出了鲜明的反教会倾向。《巨人传》的语言具有机智而略显粗俗的民间特色,在结构上则显得较为散乱。

(三)西班牙文学

15 世纪到 16 世纪,西班牙摆脱摩尔人的统治获得独立,继而进行海外冒险与扩张,是最早从事殖民活动的国家之一。16 世纪中叶以后,西班牙人文主义文学开始进入繁荣期。文艺复兴时期西班牙最主要的文学成就是塞万提斯的长篇小说《堂吉诃德》。

除《堂吉诃德》之外,西班牙其他重要的文学成就还有流浪汉小说和维加的戏剧。流浪汉小说是城市生活繁荣的产物,通常以城市平民为主人公,以其游历见闻为线索,反映社会各阶层的生活。流浪汉小说的代表作是《小癞子》,原作者已不可考,故事描写了底层平民"小癞子"在各地游荡,靠坑蒙欺诈得以生活富裕的故事,反映了社会各界的种种黑暗面。流浪汉小说的结构对后世欧洲小说产生了深远的影响。

维加(1562—1635)主张戏剧应突破古典传统,满足当代观众需要,内容分为描写爱情自由和描写社会政治问题两类,表现出一定的人文主义倾向。其代表作是《羊泉村》(1609),该作内容取材于史实,反映和歌颂了普通农民武装反抗封建领主压迫的行动。戏剧描写羊泉村姑娘劳伦霞不愿受骑士团团长费尔南的污辱,号召全村人民起义,杀死了费尔南。村民们团结一心,最后国王也不得不赦免他们。《羊泉村》具有高度的进步性和反抗精神。

(四)英国文学

文艺复兴时期的英国文学非常繁荣,涌现了大量人文主义作家与作品。杰弗里·乔叟(约 1343—1400)的创作受到意大利人文主义文学,尤其是薄伽丘作品的影响。其代表作《坎特伯雷故事集》是一部诗体的短篇小说集。小说集描写一群从伦敦去坎特伯雷朝圣的香客在路上为解闷轮流讲故事,共讲了 24 个故事。这些故事使用伦敦方言,风趣幽默,反映了市民、农夫、商人、僧侣、骑士、地主、大学生等不同阶层和群体的生活,描绘出当时英国社会生活的生动画卷。托马斯·莫尔(1478—1535)的对话体幻想小说《乌托邦》用拉丁文写成,叙述一个航海家在一个虚构国度"乌托邦"的见闻,描写了一个人人平等、共同劳动、按需分配的公有制理想社会。莫尔在书中指出,私有制是万恶之源,必须被废除。这部小说因此成为空想社会主义最早的代表作之一。后来莫尔因反对圈地运动和国王的宗教政策,被亨利八世判入监狱并送上断头台。在面临死亡时,莫尔仍表现出非凡的勇气与幽默感,说他的大胡子又没有犯叛国罪,被砍掉太可惜了。

16 世纪晚期,英国戏剧界涌现了一批以大学毕业生为主体的青年剧作家,他们被称为“大学才子派”。这些人在戏剧形式与内容上进行革新,对稍后的莎士比亚产生了重大影响。“大学才子派”最重要的代表人物是与莎士比亚同年出生的克里斯托弗·马洛(1564—1593)。马洛毕业于剑桥大学,是无神论者,29 岁时在酒馆与人发生争斗,被刺中要害身亡。马洛的代表作《浮士德博士的悲剧》取材于德国民间传说,写魔法师浮士德将灵魂卖给魔鬼以获得知识的故事,歌颂知识的绝对力量。“大学才子派”的另一位重要人物约翰·李利(约 1554—1606)则以喜剧作品著称,其喜剧对莎士比亚的喜剧创作产生了影响。

这一时期英国文学的最高峰是莎士比亚,其代表作为《哈姆雷特》等剧作。

第二节 塞万提斯与《堂吉诃德》

塞万提斯是文艺复兴时期西班牙伟大的作家。

一、生平与创作

米格尔·德·塞万提斯·萨韦德拉(1547—1616)生于马德里附近一个破落的乡村医生家庭。由于家庭贫穷,塞万提斯只读完了中学。1569 年,他到了意大利,有机会接触了许多文人学士,阅读了众多拉丁文经典著作和意大利优秀作品,还游历了罗马、佛罗伦萨、米兰、威尼斯、那不勒斯等名城。

对塞万提斯而言,一生中有两个因素对他影响甚大。

一是他参加战争以及被俘。1570 年,塞万提斯满怀爱国热情,参加了西班牙驻意大利军队。1571 年,他参加了著名的雷邦多海战。在激战中他受到三处枪伤,最后左臂残废,被称为“雷邦多独臂人”。1575 年 9 月在回国途中,塞万提斯被海盗俘获,在阿尔及尔服了五年苦役。其间塞万提斯曾数次逃跑,但都没有成功。每次逃跑失败后,他总是主动承担责任。直到 1580 年 10 月他才被亲友赎回。

二是他贫困的生活和刚直不阿的性格。归国后,塞万提斯因生活所迫,不得不以卖文为生,于 1582 年开始发表作品。他写小说,也为剧场写剧本。此时重要的作品有田园小说《伽拉苔亚》(1584)、剧本《努曼西亚》(1584)。《努曼西亚》取材于西班牙古谣曲,写努曼西亚城人民英勇抗击罗马侵略者的故事,歌颂了西班牙人民的爱国精神和宁死不屈的高贵品格。由于无法维持生活,塞万提斯不得不于 1587 年去塞尔维亚做军队征粮员。他生性耿直、秉公办事,得罪了一些乡绅权贵。他曾因向主教征收粮食以弥补由于旱灾人民无法交纳的份额而被教会驱逐出教,也曾因被贵族诬告“非法筹粮”而入狱。获释后他在格拉纳达任收税员,因储存税款的银行倒闭,亏欠公款,再次入狱。1602 年他还因“账目不清”被关押过。个人的坎坷经历使他有机会走遍城乡,广泛地接触社会现实,进一步认清了西班牙王权统治下社会的黑暗和宗教势力的残暴,体验到了劳动人民生活的悲惨和痛苦。

1605 年，他在监狱中开始构思的长篇小说《堂吉诃德》第一部完成并出版。小说受到热烈的欢迎，当年就再版 5 次。1613 年他又出版了短篇小说集《惩恶扬善故事集》。塞万提斯曾为此而自豪，说这是"第一部用西班牙语写出的短篇小说"[①]。有人因此称塞万提斯是"西班牙的薄伽丘"。1614 年，正当塞万提斯写作《堂吉诃德》第二部时，有人化名出版了一部伪造的续篇，歪曲作家原意，内容低劣荒诞。塞万提斯为了还击，于 1615 年出版了《堂吉诃德》第二部。1616 年，他完成了最后一部小说《贝雪莱斯和西吉斯蒙达历险记》，不久因水肿病逝世于马德里。

二、《堂吉诃德》

《堂吉诃德》是塞万提斯的代表作。德国作家歌德曾经对席勒说："我感到塞万提斯的小说，真是一个令人愉快又使人深受教育的宝库。"英国作家司各特认为："《堂吉诃德》的作者所运用的严肃的讽刺手法是一种特殊的天才，很少有人能够企及。"[②]

(一) 故事情节

小说共两部。主人公吉哈达是拉曼查这个地方的一个穷乡绅，因阅读骑士小说入了迷，企图仿效古代游侠骑士外出漫游，并给自己取了个骑士式的名字堂吉诃德·德·拉曼查，从家里找来一套破旧的盔甲，牵上一匹瘦马，取名"驽骍难得"，即"瘦马"和"第一"的合音。他还按照骑士的习惯，为自己物色了一个意中人，为她起了个贵族化的名字杜尔西内娅·台尔·托波索。后来，他还说服了邻居家的农民桑丘·潘沙做他的侍从，和他一起离家出走。堂吉诃德共有三次游侠活动。在他的头脑里，世界上到处都有骑士小说里所写的魔法师、妖怪、巨兽，自己要做一个骑士小说中所写的除妖降魔的英雄。于是，现实世界中的一切在他的头脑中统统变了形。他把风车当成巨人，把羊群当成军队，把苦役犯当成被迫害的骑士，把盛酒的皮囊当成巨人头。不管面对什么样的敌人，他都不顾一切地冲杀格斗，结果闹出了许多笑话，让别人受害，也让自己吃苦头。后来，主仆二人接受公爵夫妇的邀请，进入城堡。在城堡里，公爵夫妇制造了种种恶作剧，使他俩受尽折磨。最后，家人安排乡亲扮成"白月骑士"，打败堂吉诃德，才迫使他回家。堂吉诃德回家后抑郁成疾，不久便离开了人世，临终时立下遗嘱，不许他唯一的继承人(他的外甥女)嫁给读过骑士小说的人，否则就取消她的继承权。

(二) 思想内容

长篇小说《堂吉诃德》是塞万提斯的代表作。作者最初的写作宗旨是"把骑士小说的那一套扫除干净"，然而，小说的意义却远远超过了对骑士文学的嘲讽和攻击，成为全面反映从 16 世纪末到 17 世纪初西班牙封建社会真实状况的伟大作品。

第一，小说深刻地揭露了西班牙封建统治阶级的残暴腐朽和社会黑暗，对广大劳动

---

① 文美惠. 塞万提斯和《堂·吉诃德》[M]. 北京：北京出版社，1981：4. 此处《堂·吉诃德》应为《堂吉诃德》。

② 转引自：中国大百科全书总编辑委员会《外国文学》编辑委员会，中国大百科全书出版社编辑部. 中国大百科全书：外国文学：Ⅱ[M]. 北京：中国大百科全书出版社，1982：890.

人民的悲惨命运表示了深刻的同情。当时的西班牙是封建专制王朝,阶级矛盾十分尖锐。堂吉诃德在游侠之初发现,一个粗壮的农夫把一个15岁左右的男孩子绑在树上,脱光了他的上衣,用皮带抽打。堂吉诃德冲上去把孩子解救下来,可当他走后,男孩得到的是主人更凶残的毒打。由于统治阶级的残酷压迫,当时的西班牙盗贼横行,下层人民生活贫苦,统治者对反抗者采用的刑罚往往极为严酷。在前往巴塞罗那的路上,堂吉诃德和桑丘夜晚露宿在树林里,发现了一些被吊死在树上的人。于是他告诉桑丘:“咱们大概离巴塞罗那不远了;那地方官府捉到土匪和强盗,往往把二三十个一起挂在树上绞死。”①

统治阶级的骄奢淫逸和下层民众的贫苦在作品中形成了鲜明对照。作品下卷关于公爵城堡的描写集中揭露了贵族阶级的腐朽实质:公爵夫妇闲得无聊,不惜耗费巨资以捉弄堂吉诃德主仆解闷。而劳动人民正处在水深火热之中,过着地狱般的生活。桑丘就是因为贫困才不得不跟随堂吉诃德外出冒险的。这样的社会诚如堂吉诃德所说,是一个“多灾多难的时世”,是“可恶的年代”。

第二,作品曲折巧妙地宣扬了人文主义思想。作者通过堂吉诃德之口流露出要重建没有剥削压迫、世风淳朴、人人平等的“太古盛世”的愿望。在上卷堂吉诃德与几个牧羊人之间发生的故事中,堂吉诃德说,幸福的世纪和年代为黄金年代,生活在那个年代的人没有你我之概念,人们安身立命,情同手足,和睦融洽。欺诈和邪恶还未同真实和正义混杂在一起,在法官的意识里,还没有枉法断案的观念。童女们可以只身到处行走,无须害怕恶棍歹徒伤害她们。然而时间流逝,邪恶渐增。社会需要游侠骑士的出现以使少女得到保护,寡妇得到帮助,孤儿和穷人也能得到救济。小说还热情地鼓吹平等自由的原则,认为只有建立在双方都情愿的基础上的爱情才是真正的爱情。在上卷中,已故牧人克里索斯托莫在诗中抱怨,牧羊姑娘马塞拉的冷淡和对他造成的伤害使他绝望地死去。马塞拉却对大家说:“我听说真正的爱情是专一的,并且应当出于自愿,不能强迫。”② 这些都是强烈的时代精神的体现,是人文主义思想的体现。

(三) 人物形象

这部小说中共出现了将近700个人物,来自社会各阶层,有贵族、教士、商人、地主、市民、士兵、农民、囚徒、强盗、妓女等。堂吉诃德和桑丘是最为引人注目的两个形象。

堂吉诃德是一个身穿古代甲胄、将幻想当作现实的喜剧人物,同时又是受到历史嘲弄的悲剧英雄。他的可笑又可敬,性格矛盾而复杂。在这一形象身上,集中体现了两个方面的特点。

一方面,他陷入幻觉,发疯胡闹。他读骑士小说入了迷,失去了理智,把幻想当成现实,做出了许多荒唐可笑的事情。如堂吉诃德把风车当成巨人,要去与它们进行一场正义的较量。“你瞧,桑丘·潘沙朋友,那边出现了三十多个大得出奇的巨人。我打算去跟他们交手,把他们一个个杀死,咱们得了胜利品,可以发财。这是正义的战争,消灭地球上这种坏

① 塞万提斯.堂吉诃德:下[M].杨绛,译.北京:人民文学出版社,1987:479.
② 塞万提斯.堂吉诃德:上[M].杨绛,译.北京:人民文学出版社,1987:102.

东西是为上帝立大功。"桑丘提醒他，那不是巨人，只是风车。"您仔细瞧瞧，那不是巨人，是风车；上面胳膊似的东西是风车的翅膀，给风吹动了就能推转石磨。"堂吉诃德却说："你真是外行，不懂冒险。他们确是货真价实的巨人。你要是害怕，就走开些，做你的祷告去，等我一人来和他们大伙儿拼命。"①

无论桑丘怎么劝阻，堂吉诃德还是认定那些风车就是巨人，于是他戴好护胸，握紧长矛，虔诚地向他那位杜尔西内娅小姐祷告一番，求她在这个紧要关头保佑自己。然后他飞马上前，冲向前面的第一架风车：

他一枪刺中了风车的翅膀；翅膀在风里转得正猛，把长枪迸作几段，一股劲把堂吉诃德连人带马直扫出去；堂吉诃德滚翻在地，狼狈不堪。桑丘·潘沙趱驴来救，跑近一看，他已经不能动弹，驽骍难得把他摔得太厉害了。

桑丘说："天啊！我不是跟您说了吗，仔细着点儿，那不过是风车。除非自己的脑袋里有风车打转儿，谁还不知道这是风车呢？"②

作者通过对这些行为的描写着重展示了这一形象性格中的喜剧性特征。堂吉诃德要在业已兴起的资本主义社会中恢复11世纪流行的骑士精神，企图用骑士的那一套来"匡正时弊"，使自己成了一个夸张、滑稽的喜剧性角色。

但另一方面，堂吉诃德又绝不是一个单纯的喜剧性角色，在他身上还有高于时代、超于常人的英雄品质。其一，他行侠冒险的出发点和目的是要实现一个伟大的目标，他要扶危济贫、匡正时弊、改革社会，而不是封建骑士的忠君、护教、行侠；他不是现存制度的维护者，而是一个改革者；他不为任何一个封建领主效劳，而是要实现一个理想的社会——"黄金年代"。他要去做个游侠骑士，披上盔甲，拿起兵器，骑马漫游世界，到各处去猎奇冒险，把书里那些游侠骑士的行事一一照办：他要消灭一切暴行，历经种种艰险，将来功成业就，就可以名传千古。他觉得一方面为自己扬名，一方面为国家效劳，这是美事，也是非做不可的事。其二，堂吉诃德游侠冒险的荒唐举动也体现了美好的品质。他具有一往无前、百折不挠的精神，勇敢、善良与正直的品格以及对爱情、友谊的忠贞，等等。虽然很多事都是基于堂吉诃德的想象，但从中反映出的这些品质使他高于当时的常人。其三，堂吉诃德还具有渊博的学识和人文主义思想。书中交代，只要不涉及骑士道，他的谈吐应答都十分高明，见解高于周围的人。他懂好几种语言，对历史、文学、美学、翻译等问题都有深刻的见解。他熟悉古希腊罗马文化和《圣经》，说话总是引经据典，具有远见卓识。所以，他的失败又使之成为一个带有悲剧因素的人物，即他的严肃思想不为时代所容。他在行侠冒险中的游侠狂热和崇高理想的奇妙结合，构成了历史的必然要求和这个要求实际上不可能实现之间的悲剧性冲突。

---

① 塞万提斯. 堂吉诃德：上[M]. 杨绛，译. 北京：人民文学出版社，1987：49-50.

② 塞万提斯. 堂吉诃德：上[M]. 杨绛，译. 北京：人民文学出版社，1987：50.

总之，堂吉诃德这一人物形象两个方面特征的有机结合，使他既可笑又可敬，既滑稽又严肃，既是喜剧人物又是悲剧人物。他是在西班牙严酷的社会现实下出现的一个以特殊方式宣扬人文主义思想的艺术形象。这一形象的矛盾性既无情地讽刺了骑士文学，又巧妙地赞美了人文主义思想，体现了时代精神。

桑丘是一个以侍从身份出现的西班牙贫苦农民的典型。在他身上既体现出了劳动人民的优秀品质，也表现出了小私有者的心理特点。

作为一个贫苦的农民，桑丘一家的悲惨遭遇正是当时西班牙广大农民悲剧性命运的写照。桑丘家里一贫如洗，他给人当长工。因为贫苦，儿子不能上学，女儿嫁不出去，挨饿是家常便饭。同时，长期的底层劳动者的生活实践使他性格中形成了极为注重实际的特点。在游侠过程中，他曾不断地把主人从幻想拉回到现实中来。此外，桑丘纯朴、善良、乐观、幽默、风趣，他说起话来就是一连串的民间谚语和俗语，表现出了劳动人民的经验和智慧。他准确地判明了公爵故意布置的疑难案件，办事公正廉洁。他对堂吉诃德真心实意，尽管历尽风险，仍不愿离开他。如堂吉诃德在幻觉中把羊群当成了军队，他用马刺踢了一下那匹瘦马，托着长矛像闪电一般冲下山去。桑丘见状高声喊道："堂吉诃德先生，您回来！我对天发誓，您冲杀到羊群里去了！……我真倒霉呀！您这是干什么呀？"[①] 他被堂吉诃德的呕吐物弄得恶心至极，想用褡裢给主人包扎一下时却发现连褡裢也丢了，他简直气疯了，又开始诅咒起来，有心离开主人回老家去，哪怕因此得不到工钱，哪怕失去当堂吉诃德许诺给他的海岛总督的职位。可最终他还是留在了堂吉诃德身边。这一切都显示了桑丘形象中的高度人民性。

但桑丘也有小生产者的弱点，他贪图便宜，狭隘自私，胆小怕事。在主人进行冒险时，他总是躲得远远的，怕危险落到自己头上；而在主人打败对手时，他就毫不客气地去收缴"战利品"。特别是小私有者的自私心理使桑丘有时也变得有些疯疯傻傻，如他时刻忘不了主人许诺给他的海岛，幻想成为一名总督。在跟随堂吉诃德游侠的过程中他也做过一些蠢事。这些都增加了桑丘形象的喜剧色彩，使他在可笑中显示出了可爱。虽然作者对桑丘的弱点进行了善意的嘲讽，但这个形象主要是用来热情赞美劳动人民的优秀品质的，体现了作者可贵的民主主义思想。

（四）艺术成就

《堂吉诃德》在欧洲小说史上具有划时代的意义。它凝结了中世纪以来长篇叙事作品的成就，奠定了近代欧洲现实主义小说的基础。其艺术上的特点也十分突出。

第一，这部作品是一部戏拟骑士小说而写成的现实主义巨著。所谓"戏拟"，是指以模仿为基础，以生成崭新的、具有戏谑性的否定意味为核心，来达到否定传统小说真实性、体现小说形式革新观念的一种艺术表现手法。塞万提斯有意识地把主人公的活动处处与骑士小说的有关情节联系在一起。如堂吉诃德边走边自言自语道："我的丰功伟绩值得镂在青铜上，刻在大理石上，画在木板上，万古流芳；几时这些事迹流传于世，那真是幸福

① 塞万提斯．堂吉诃德：上［M］．杨绛，译．北京：人民文学出版社，1987：137．

的年代、幸福的世纪了。”然后，他好像真的在恋爱，他说：“哎，杜尔西内娅公主，束缚着我这颗心的主子！……你这样驱逐我，呵斥我，真是对我太残酷了！小姐啊，我听凭你辖治的这颗心，只为一片痴情，受尽折磨，请你别把它忘掉啊！”① 像这样按照骑士小说中的情节、人物和语言来安排和想象自己的活动，贯穿堂吉诃德的全部游侠历程。如此一来，作品达到的效果是在主人公的发疯胡闹中，用夸张的手法无情嘲笑了骑士小说和骑士精神，既“微笑地结束了西班牙的骑士文学”（茅盾语），又体现了符合时代精神的人文主义思想，显示了强烈的批判倾向。

第二，作者发扬了流浪汉小说的传统。流浪汉小说结构模式的基本特征是以一条主要线索贯穿起众多完整的小故事，非常灵活。例如，作品下卷第 20 章和第 21 章两章讲述了发生在富人卡马乔和穷人巴西利奥之间的对基特里亚的爱情争夺战。卡马乔十分富有，桑丘认为他一定可以在这场爱情争夺战中获胜，因为在他看来，一个人再像巴西利奥那样有才智，也解决不了锅里的问题。事情结果却与他预料的不同，巴西利奥假装自寻短见，使基特里亚作出愿意嫁给他的许诺，最终赢得了胜利。堂吉诃德认为这种做法无可厚非，因为爱情就像战争，为实现自己的目的使用计谋并非不正当的行为。作品通过卡马乔和巴西利奥二人的关系展现了当时富人与穷人的矛盾和斗争，通过桑丘和堂吉诃德二人的观点，展现了当时人们对金钱和爱情的不同观念。巴西利奥的胜利更是彰显了文艺复兴时期人们对于智慧和才华的推崇。大量这样相对独立完整的故事以堂吉诃德主仆二人的游侠冒险为线索被串联起来，比较全面地反映了 16 世纪末 17 世纪初西班牙的社会生活和矛盾斗争，使小说成为反映当时西班牙社会的一面镜子。

第三，小说中对比手法的运用十分成功。作者运用对比手法塑造了两个个性鲜明的人物——堂吉诃德和桑丘。从外形看，两个人一高一矮，一瘦一胖，一个总是哭丧着脸，一个经常笑眯眯；一个骑瘦白马，一个骑胖灰驴。从心理特征上来看，一个耽于幻想，一个注重实际。这样的对比描写使得人物性格极为鲜明。与此同时，在堂吉诃德主仆关系的背后，作者也客观地体现了西班牙人文主义者同农民之间的关系的一些特点。堂吉诃德的游侠冒险离不开桑丘，就如同当时的人文主义者反封建也离不开同盟军农民一样；而人文主义者瞧不起人民群众的弱点在堂吉诃德身上也有明显的表现。他常常骂桑丘是“蠢货”，不让桑丘同他一起冲杀，一味企图以自己的力量来解救芸芸众生。正是这些荒唐情节显示出了人文主义者与当时的农民的关系的特殊性。

第四，小说的语言鲜明、生动、幽默，富于情趣。书中人物的语言合乎人物自身的身份和教养。如桑丘，作为下层民众，对死亡和金钱都具有符合他生存境遇和人生经验的朴实而深刻的见解。如：“老实讲吧，先生，那位白骨娘娘——我指那死神——完全没准儿。她不分小羔羊、老绵羊，一起都吃下肚去。我听咱们神父讲：她的脚不仅践踏贫民的茅屋，照样也践踏帝王的城堡。”② “一个人有多少钱，就值多少价；值多少价，就有多少钱。我奶

① 塞万提斯. 堂吉诃德：上[M]. 杨绛，译. 北京：人民文学出版社，1987：8.
② 塞万提斯. 堂吉诃德：下[M]. 杨绛，译. 北京：人民文学出版社，1987：163.

奶有话：世界上只有两家，有钱的一家，没钱的一家，她站在有钱的那边。”[①]“打好石脚，上面才盖得大房子；世界上最结实的基础是钱。”[②]作者还大量地运用了民间俗语和谚语，像“闪闪发光的，不都是黄金”“种瓜得瓜，种豆得豆”“有人共患难，患难好承担”等充满生活经验智慧的谚语，比比皆是。这对欧洲后来的作家都产生了有益的影响。

第三节 莎士比亚与《哈姆雷特》

莎士比亚是文艺复兴时期最伟大的剧作家和诗人，也是人类文化史上的巨人之一。他的创作深刻地反映了文艺复兴运动晚期英国乃至欧洲文化的本质特征。马克思、恩格斯都曾对他有过很高的评价。

一、生平与创作

威廉·莎士比亚（1564—1616）出生于英国中部沃里克郡斯特拉特福镇，父亲是个杂货商，后被选为当地镇长。莎士比亚 7 岁进入镇上的文法学校就读，13 岁时因家道中落辍学，18 岁时结婚，22 岁时赴伦敦，先是在剧团打杂，后成为演员和剧作家。1597 年回到家乡，于 52 岁生日前后去世。

在莎士比亚的生平中，有两个因素对他的创作产生过重要影响。

一是他在少年时代所受过的良好教育。莎士比亚并未上过大学，但其作品中所表现出的语言功底和文学才能却令人叹为观止。莎士比亚是英语文学史上词汇量最为丰富的作家之一，极为擅长运用各种修辞手法，其作品中充满了名言警句和华丽辞藻，深深地打动着历代读者。这跟他在文法学校接受的基础教育有莫大关系。在文法学校的课程中，拉丁语、古希腊罗马文学作品、修辞学、作文法、演说术、诗学等都是重要科目。它们对莎士比亚语言能力的培养，对他的剧作中充满激情、酣畅淋漓的独白风格的形成都起到了不可估量的正面促进作用。

二是他的剧团生涯与相关社会经历。莎士比亚并非学院派作家，他在作品中对社会各阶层生活的生动再现、对人性的深入把握都来源于他本人的社会实践。莎士比亚从小就在镇上看了许多剧团的巡演，对戏剧入迷甚深。1586 年，莎士比亚跟着一个巡演的马戏团到了伦敦，经人介绍进入剧团打杂。他先是在剧团牵马扫地，提醒演员登场，后来开始跑跑龙套，改改台词，最终当上了正式演员。当时缺少好的剧本，莎士比亚逐渐表现出了非凡的戏剧才华，很快他就开始独立编写剧本。1592—1594 年，伦敦爆发鼠疫，死者无数，剧团被迫转到外地巡演。莎士比亚则留在伦敦，在大量读书、写作的同时也广泛结交社会各界人士，观察灾难中各种人的反应和表现，积累了更多的社会经验。

莎士比亚的作品主要可分为五类：悲剧、喜剧、历史剧、传奇剧和十四行诗。

---

① 塞万提斯. 堂吉诃德：下[M]. 杨绛，译. 北京：人民文学出版社，1987：162.

② 塞万提斯. 堂吉诃德：下[M]. 杨绛，译. 北京：人民文学出版社，1987：156.

（一）悲剧

莎士比亚的悲剧是其全部创作中最重要的部分。《哈姆雷特》《奥赛罗》《李尔王》《麦克白》被称为莎士比亚四大悲剧。

《奥赛罗》叙述威尼斯将军、摩尔人奥赛罗与贵族少女苔丝狄蒙娜相爱结婚，却听信属下旗官伊阿古的谣言，误认为妻子不贞，盛怒之下将她掐死。后真相大白，奥赛罗得知妻子是无辜的，在悔恨中自刎而死。作品刻画了奥赛罗这一有缺点的英雄形象，他勇猛忠义，高贵正直，珍视爱情，但却有致命的弱点——嫉妒。正是他无法克服的嫉妒毁灭了他的爱情，也毁灭了两个相爱的人。奥赛罗与苔丝狄蒙娜二人超越阶级和种族偏见，毅然结合，如此真挚的爱情却在谣言和人性的弱点前显得非常脆弱，不堪一击。悲剧就是把美好的东西毁灭给人看，在真爱的毁灭中，我们看到了人文主义理想的光芒和对人生悲剧的同情与深刻思考。

《李尔王》取材于英国古代传说，描写不列颠国王李尔晚年打算退位，将国土分给三个女儿。大女儿、二女儿用花言巧语哄得李尔开心，小女儿考狄利娅则正直诚实，不善于虚言辞令，惹得李尔震怒。李尔将小女儿赶走，将王国平分给大女儿和二女儿，自己轮流住在两个女儿处。但两个女儿大权在握，对待李尔全无半点孝道，将他赶出家门。李尔浪迹荒野，心中极度愤懑，对天呼号，因神志崩溃而疯狂。远嫁给法国国王的考狄利娅闻知此事，率军讨伐两个不孝的姐姐，不幸兵败被俘，最终被杀害。李尔这一形象在剧中不断发展，最初身居高位，神志清醒，却是个昏聩的暴君；待到沦落荒野、发疯癫狂之时，却真正看到人民的疾苦，将自己的遭遇和民众的不幸联系起来，认识到强权与贪欲是社会不公的根源。该剧通过李尔王的思想转变揭露了资本主义利己原则对传统人伦的侵蚀和破坏，控诉强权带来的社会不平等，寄寓了人文主义真诚、仁爱的理想。

《麦克白》叙述苏格兰将军麦克白骁勇善战，在击败敌人凯旋途中遇到三个女巫，女巫预言他将成为国王。事业的成功和女巫的预言使得麦克白的野心渐渐膨胀，在其妻的反复怂恿下，他趁国王邓肯在他的城堡中过夜时谋杀了他并篡夺王位。为了巩固王位，麦克白进行了一系列杀戮。在不断犯下罪孽的过程中，麦克白夫妇担惊受怕，被内心的恐惧与不安折磨极深，麦克白夫人更是精神错乱、自杀身亡。最后，麦克白被打败，邓肯之子马尔康登上王位。麦克白本来英武不凡，也不乏内在良知，但被野心驱动着，一步步走向了罪孽与毁灭的深渊。从这个意义上说，《麦克白》真正超越了古希腊命运悲剧，是一部现代人的性格悲剧。剧中最为人称道的是对麦克白夫妇犯罪前后矛盾心理的深入刻画。麦克白自己说："没有一种力量可以鞭策我实现自己的意图，可是我的跃跃欲试的野心，却不顾一切地驱着我去冒颠踬的危险。"① 麦克白夫人也对他说："你希望做一个伟大的人物，你不是没有野心，可是你却缺少和那种野心相联属的奸恶；你的欲望很大，却又希望只用正当的手段；一方面不愿玩弄机诈，一方面却又要作非分的攫夺。"② 在这里，莎士比亚剖

① 莎士比亚. 莎士比亚全集：5［M］. 朱生豪，等译. 北京：人民文学出版社，1994：210–211.

② 莎士比亚. 莎士比亚全集：5［M］. 朱生豪，等译. 北京：人民文学出版社，1994：206–207.

析了人文主义的内在矛盾,即实现个人价值和遵守社会价值的冲突问题。麦克白起初追求个人价值的实现,最后却被异己力量控制和毁灭,这反映了人性的内在矛盾。麦克白的悲剧也是“人”的悲剧。人性内在冲突不可解决导致了人生的虚无感,正如麦克白在得知妻子自杀时漠然而无奈地悲叹:

> 她反正要死的,迟早总会有听到这个消息的一天。明天,明天,再一个明天,一天接着一天地蹑步前进,直到最后一秒钟的时间;我们所有的昨天,不过替傻子们照亮了到死亡的土壤中去的路。熄灭了吧,熄灭了吧,短促的烛光!人生不过是一个行走的影子,一个在舞台上指手画脚的拙劣的伶人,登场片刻,就在无声无息中悄然退下;它是一个愚人所讲的故事,充满着喧哗和骚动,却找不到一点意义。①

除四大悲剧外,莎士比亚早期还创作过一部著名的爱情悲剧《罗密欧与朱丽叶》。该剧叙述意大利的维罗纳城中,蒙太古和凯普莱特两个家族结有世仇。蒙太古家的男青年罗密欧在一次宴会上认识了凯普莱特家的小姐朱丽叶,两个人一见钟情。为了冲破家族间的障碍,在神父的帮助下,朱丽叶服药假死,被葬入墓穴。不幸的是,罗密欧在被神父告知真相前提前知道了消息,于是连夜返城进入朱丽叶的墓穴,在她身旁服毒自尽。罗密欧刚死,朱丽叶就醒了过来,见到罗密欧的尸体,悲痛地用罗密欧的剑自杀殉情。蒙太古与凯普莱特两家得知真相,在悲哀的同时意识到仇恨的谬误,从此两家消除了积怨,友好相处。这个可歌可泣的爱情故事几个世纪以来一直在世界范围内传颂,剧中许多关于爱情的词句更是脍炙人口,感动了一代代读者。如:“爱情是叹息吹起的一阵烟;恋人的眼中有它净化了的火星;恋人的眼泪是它激起的波涛。它又是最智慧的疯狂,哽喉的苦味,吃不到嘴的蜜糖。”“我借着爱的轻翼飞过围墙,因为砖石的墙垣是不能把爱情阻隔的。”“恋爱的人去赴他情人的约会,像一个放学归来的儿童;可是当他和情人分别的时候,却像上学去一般满脸懊丧。”“我的慷慨像海一样浩渺,我的爱情也像海一样深沉;我给你的越多,我自己也越是富有,因为这两者都是没有穷尽的。”“来吧,黑夜!来吧,罗密欧!来吧,你黑夜中的白昼!因为你将要睡在黑夜的翼上,比乌鸦背上的新雪还要皎白。来吧,柔和的黑夜!来吧,可爱的黑颜的夜,把我的罗密欧给我!等他死了以后,你再把他带去,分散成无数的星星,把天空装饰得如此美丽,使全世界都恋爱着黑夜,不再崇拜炫目的太阳。”②

(二)喜剧

莎士比亚的喜剧主要以爱情为母题,属于抒情喜剧,不同于从古希腊开始的讽刺喜剧传统,调子比较轻松。这方面的代表作有《威尼斯商人》《仲夏夜之梦》《温莎的风流娘们》等。

---

① 莎士比亚.莎士比亚全集:5[M].朱生豪,等译.北京:人民文学出版社,1994:272.

② 莎士比亚.莎士比亚全集:4[M].朱生豪,等译.北京:人民文学出版社,1994:613,636-637,639,640,665.

《威尼斯商人》叙述威尼斯商人安东尼奥为了帮助好友巴萨尼奥成婚，向犹太人、高利贷者夏洛克借了三千金币。夏洛克因为安东尼奥借给别人钱不要利息，影响了他的生意，故痛恨安东尼奥，伺机报复，在借约上规定，三个月内，如安东尼奥无法还钱，就要从安东尼奥身上割下一磅肉抵债。安东尼奥的货船不幸失事，到期还不出钱来，夏洛克便告上法庭要割他的肉。在危急关头，巴萨尼奥的未婚妻鲍西娅女扮男装，以律师的身份出场，声称应严格根据借约规定，依法判决。夏洛克大喜过望，连连称颂鲍西娅的“公正”。但鲍西娅紧接着说，根据借约规定，夏洛克只能从安东尼奥身上割一磅肉，不准多一点也不准少一点，而且只准割肉，不准流血，否则夏洛克必须抵命。夏洛克这才大惊失色，要求撤诉，但鲍西娅依据法律将夏洛克的财产全部剥夺，一半充公，一半判归安东尼奥。爱财如命的夏洛克嚎叫道：“不，把我的生命连着财产一起拿了去吧，我不要你们的宽恕。拿掉了支撑房子的柱子，就是拆了我的房子；你们夺去了我养家活命的根本，就是活活要了我的命。”[①] 戏剧刻画了聪慧机敏的鲍西娅和残忍贪婪的夏洛克两个栩栩如生的人物形象，具有一定的社会批判意义，结构曲折严谨，引人入胜。

（三）历史剧

莎士比亚一生写了大量的历史剧，如《亨利六世》《理查三世》《亨利四世》等。其中最具代表性的是《亨利四世》。该剧取材于英国史实，叙述亨利四世弑君篡位，但励精图治，平息了反对他的贵族的叛乱，其子亨利五世成为一代明君。该剧反对地方割据，拥护中央集权，通过塑造开明君主的形象寄寓了新时代的人文主义理想。作者对剧中的人物形象没有作简单的脸谱化处理，而是体现了其复杂性，人物性格也有发展变化。亨利四世一方面野心强烈，杀人不眨眼，另一方面又具有雄才大略，是安邦定国之梁柱。亨利五世在做王子时是个贪图享乐的纨绔公子，在国家陷入内乱时却幡然醒悟，勇敢果断地指挥作战，后来成为贤明仁爱的明君。对人物形象的处理是莎士比亚突破戏剧传统的重要成就之一。

（四）传奇剧

在传奇剧方面，莎士比亚最具代表性的作品是他晚年创作的《暴风雨》。该剧叙述米兰公爵普洛斯彼罗的弟弟安东尼奥与那不勒斯国王阿隆佐勾结，篡夺了哥哥的爵位。普洛斯彼罗和女儿米兰达逃到一座荒岛上，用魔法役使岛上的精灵。后来普洛斯彼罗用魔法召唤风暴，将安东尼奥和阿隆佐乘坐的船刮上自己的岛，并通过魔法教训了他们。安东尼奥受到教训后痛改前非，普洛斯彼罗也宽恕了他，最终普洛斯彼罗恢复爵位，其女米兰达则与阿隆佐之子相爱结婚，众人一同返回意大利。该剧体现了超越世俗纷争、以博爱宽恕一切的精神，并赞美了纯真的爱情，肯定理性和智慧的力量。

（五）十四行诗

莎士比亚一生共写过 154 首十四行诗，他的十四行诗以精美的语言和深刻的思想为人称道。莎士比亚体十四行诗的韵式不同于意大利体十四行诗。诗作内容主要围绕着爱

① 莎士比亚. 莎士比亚全集：2［M］. 朱生豪，等译. 北京：人民文学出版社，1994：82.

情、时间、艺术几个母题，歌颂现世爱情，强调爱情与艺术的互相辉映，认为爱情与艺术的结合可以超越时间的束缚，达到永恒。如第65首：

既然铜、石、陆地、无边的海洋
都抵不住死亡之毁灭的暴力，
美貌的活力不比一朵花儿强，
能有什么力量和暴力抗拒？
啊，夏季之一阵阵的花香
如何禁得一天天的风狂雨暴，
岩石不够硬，钢门不够强，
都不免要被时间毁掉？
想来真是可怕！何处藏这天生的宝贝
才可不被装进时间的宝箱？
何等的巨手才能扯回时间的快腿？
谁能制止他对美貌的劫掠？
没有人能，除非这个奇迹生效，
我的爱人在我的诗里永久照耀。①

诗人先列举了世间万物在时间中的变化无常，悲叹一切美好的东西终将蜕变逝去，末句笔锋一转点题，说“我的爱人在我的诗里永久照耀”，说的就是以文学艺术为载体，以爱为本质，人摆脱非永恒性，到达无限与永恒的信念。这类思想对后世文学影响甚深，直到20世纪，爱尔兰象征主义诗人叶芝在《驶向拜占庭》等诗作中也表达了类似的观念。

拓展阅读：从“鬼魂”说起

二、《哈姆雷特》

《哈姆雷特》是莎士比亚戏剧艺术最有代表性的作品，也是他四大悲剧中最具代表性的一部。该剧取材于中世纪北欧传说中丹麦王子哈姆雷特（有的译本作“哈姆莱特”）装疯复仇的故事，剧作家精心改造，“点石成金”，赋予了这个故事全新的艺术生命。

（一）故事情节

《哈姆雷特》叙述丹麦国王突然去世，王子哈姆雷特回国服丧，被告知国王系在花园里被毒蛇咬死。国王的弟弟也就是哈姆雷特的叔叔克劳狄斯登上王位，不久与哈姆雷特的母亲结婚。哈姆雷特对此深感悲愤。一天晚上，父亲的鬼魂出现，告诉哈姆雷特自己是

① 莎士比亚.莎士比亚全集：第8集[M].梁实秋.译.北京：中国广播电视出版社，2002：99.

被克劳狄斯谋害的，要他为自己报仇。哈姆雷特想要报仇，但又犹豫不决，反复思虑着种种问题，如害怕鬼魂并不是真正的父亲，考虑到对社会与国家的责任，担心在克劳狄斯祈祷时杀死他会让他的灵魂上天堂，思索生与死的抉择等。为了不让叔叔怀疑，哈姆雷特开始装疯卖傻。克劳狄斯也怀疑哈姆雷特已经知道真相，派人监视他，并利用哈姆雷特的情人奥菲利娅打探他的虚实。哈姆雷特误以为奥菲利娅背叛了自己，心情极度苦闷，感到女人不能信任，同时装疯装得更加逼真。为了查明事实，哈姆雷特趁国王看戏的时候，自己编了一出描写杀兄篡位的戏剧，让戏班子演给克劳狄斯看，以观察他的反应。克劳狄斯看戏时大惊失色，戏未演完就仓促退席。哈姆雷特据此确信鬼魂说的是真话。哈姆雷特到母亲房中谈话，发现帷幕后躲着人，以为是克劳狄斯，便拔剑将那人刺死，结果却发现是大臣波洛涅斯（奥菲利娅的父亲）。克劳狄斯以此为借口，将哈姆雷特派去英国，让与他同行的人带上给英王的密信，要英王见信后立即杀死哈姆雷特。哈姆雷特察觉到奸计，半路将密信调换，反让英王将两个同行的人杀死，自己则偷偷返回丹麦。哈姆雷特离开时，奥菲利娅因为父亲之死伤心而发疯，落水淹死。奥菲利娅之兄雷欧提斯听信克劳狄斯之言，要与哈姆雷特决斗报仇。克劳狄斯给雷欧提斯的剑涂上了剧毒，又准备了毒酒想要除掉哈姆雷特。在决斗中，雷欧提斯与哈姆雷特激烈拼斗，互相夺取对方的剑，两个人都被毒剑刺中。王后则误饮了毒酒。雷欧提斯中剑后悔恨地说出了国王下毒的真相，哈姆雷特用毒剑刺中克劳狄斯。最后这几个人都死去。

（二）思想内容

《哈姆雷特》以其对人生意义的探询、对人性矛盾的剖析和对人文主义思想成就与幻灭的诘问，历来为诸多学者所称道。

一方面，作品反映了文艺复兴时期社会的黑暗现实。尽管故事发生在中古北欧，作者实际上影射的却是文艺复兴时期的英国。剧中描写了动乱的局面，国与国之间进行战争，国王的弟弟弑君篡位，百姓生活贫苦不堪，人与人之间情感沦丧，互不信任。这反映的是英国文艺复兴晚期的社会现实：旧的封建道德已渐渐沦丧，封建专制势力却依然强大；资本主义经济得到发展，极端利己的思想盛行于世。哈姆雷特把整个世界称为“一所很大的牢狱”，反映了资本主义上升期社会的混乱与黑暗。他说：“这是一个颠倒混乱的时代！”“人世间的一切在我看来是多么可厌、陈腐、乏味而无聊！”

另一方面，作品表现了人文主义者在社会转型时期对人的内在矛盾的深刻认识。哈姆雷特在剧中不止一次地对人生进行沉思，在他眼中，浮华并非生命的真义，“胖胖的国王跟瘦瘦的乞丐是一个桌子上两道不同的菜”。在大量的独白中，哈姆雷特历数人间的苦难，同时展开对于死亡世界的超验想象，将生和死放在一起进行思考，在生存与毁灭的选择中痛苦却坚定地探寻着人生的意义。生存还是毁灭，这个困扰着哈姆雷特的问题深深地植根在每一个人的内心，是人类必须面对的终极困惑。正因如此，这些以文学独白为载体的哲学沉思才会那么深入人心，并且这些文学独白被传诵至今。

（三）人物形象

哈姆雷特是文艺复兴后期人文主义者的典型形象。

作为一个人文主义思想家，哈姆雷特所受的教育、对人与世界的看法以及个人的品格是与当时的先进分子完全一致的。他虽然出身于封建王室，但作品却暗示他在当时作为新文化中心的德国威登堡大学接受了人文主义的教育，从而形成了对人生和世界的新看法。起初他认为世界是一个光彩夺目的美好的天地。大地是“一座美好的框架”，天空是“一顶壮丽的帐幕”。他热情地赞美人类，认为“人类是一件多么了不得的杰作”，是“宇宙的精华、万物的灵长”。他讴歌人的仪表、举止、理性和力量，即赞美人的一切。他追求爱情，珍视友谊，希望以真诚相待的平等关系代替尊卑贵贱、等级森严的封建关系。他心地纯洁善良，多才多艺，体现了作为人文主义者的理想。奥菲利娅曾赞美他是“朝臣的眼睛、学者的辩舌、军人的利剑、国家所瞩望的一朵娇花；时流的明镜、人伦的雅范、举世注（瞩）目的中心”。甚至连克劳狄斯也承认，他为人厚道，不会算计别人，也想不到会遭人暗算。哈姆雷特还熟悉古希腊罗马文化，对文学艺术有一套全新的见解。这一切无不说明，在他的王子的外衣下，跳动着的是一颗文艺复兴时期人文主义者的心。

作为一个具有先进思想和美好品德的人文主义思想家，哈姆雷特本来对人和世界抱有美好的看法。但是，他美好的人文主义理想很快就与丑恶的现实发生了矛盾和冲突。在剧中第一次出现时，他已不是一个乐观的青年。父亲突然死亡，母亲匆匆改嫁，叔父克劳狄斯迫不及待地登上王位，这些意外的变故使他受到巨大的震动，也让他大惑不解，现实的一切完全打碎了他心目中对人的美好幻想，对人类的美好看法在丑恶的现实面前化为泡影。这使他痛苦，使他忧郁。因而他叹息：“人世间的一切在我看来是多么可厌、陈腐、乏味而无聊。”因此，哈姆雷特是以忧郁寡欢、内心世界充满了矛盾的个性著称于世的，有人曾称之为“忧郁的王子”。在剧本中，忧郁悲观的情绪从始至终与他相伴随，他甚至曾想过是像现在这样卑微地生存下去还是主动地自我毁灭的问题。然而，如果追究一下哈姆雷特性格中的忧郁特征的根源，就会发现这一方面来自他美好的人文主义理想同现实之间的矛盾，是他在以个人力量承担“重整乾坤”的大业时力不从心的必然结果，同时也与他对人自身的认识出现的危机分不开。而正是这种思想上的矛盾、性格上的忧郁带来了他行动上的犹豫、延宕和迟疑，使他错过了一些良机，最终造成了他的悲剧。

哈姆雷特的可贵之处在于，他坚持美好的理想，同封建势力和其他丑恶势力进行了不妥协的斗争，他的忧郁、延宕和迟疑也是在斗争中表现出来的。哈姆雷特同黑暗势力的斗争贯穿了他行动的始终。从戏剧一开始，他就主动探求父亲为什么会惨死，母亲为什么会匆匆改嫁。接着他以装疯来保护自己，试探敌人。他还利用“戏中戏”证明了克劳狄斯就是杀害父亲的凶手，揭露了敌人的真面目，并凭借机智粉碎了叔父借刀杀人的诡计，巧妙地处死了帮凶。他还在说服母亲时杀死了帐幕后的偷听者波洛涅斯，特别是在戏剧最后终于处决了克劳狄斯。这一切充分证明，哈姆雷特的斗争精神是他性格中闪耀的光辉所在，同时，这些也集中地体现了人文主义思想家同封建罪恶势力毫不妥协的斗争勇气。在剧本结尾，他以一个战士的身份在雄壮的军乐声中被安葬，表明了莎士比亚对哈姆雷特斗争精神的充分肯定。

哈姆雷特这一形象的悲剧意义在于，从积极方面来看，他的斗争反映了文艺复兴时期人文主义思想家同封建没落势力进行毫不妥协的斗争的历史进步性，是历史发展必然要求的产物。从总结经验教训的角度看，他的悲剧源于两个方面：其一，他生活在封建势力还很强大的时代，他斗争的对象是以克劳狄斯为代表的整个宫廷。哈姆雷特以个人力量同这种强大的封建势力进行较量，悲剧命运是必然的。其二，作为一个资产阶级人文主义者，他不相信人民群众，一直孤军奋战，认为只有“可怜的我”才能“重整乾坤”，最终也只能抱恨死去。

（四）艺术成就

第一，以独白为主的深刻的心理描写。对于剧中人物的心理，尤其是哈姆雷特复杂微妙的心理活动，莎士比亚从多个角度进行了描写与揭示。最重要的一个手法是主人公的独白。哈姆雷特前后作的重要独白达 6 次之多，将内心的矛盾冲突直接袒露在观众面前。最能集中体现哈姆雷特的哲理沉思的，是在第三幕第一场中他的一段著名的独白：

> 生存还是毁灭，这是一个值得考虑的问题；默然忍受命运的暴虐的毒箭，或是挺身反抗人世的无涯的苦难，通过斗争把它们扫清，这两种行为，哪一种更高贵？……谁愿意忍受人世的鞭挞和讥嘲、压迫者的凌辱、傲慢者的冷眼、被轻蔑的爱情的惨痛、法律的迁延、官吏的横暴和费尽辛勤所换来的小人的鄙视，要是他只要用一柄小小的刀子，就可以清算他自己的一生？谁愿意负着这样的重担，在烦劳的生命的压迫下呻吟流汗，倘不是因为惧怕不可知的死后，惧怕那从来不曾有一个旅人回来过的神秘之国，是它迷惑了我们的意志，使我们宁愿忍受目前的折磨，不敢向我们所不知道的痛苦飞去？这样，重重的顾虑使我们全变成了懦夫，决心的赤热的光彩，被审慎的思维盖上了一层灰色，伟大的事业在这一种考虑之下，也会逆流而退，失去了行动的意义。①

除直接表露人物内心的独白外，莎士比亚也通过动作和他人转述等方式来表现人物心理。如在第二幕第一场中，奥菲利娅转述哈姆雷特离开她时的表情和动作：

> 他握住我的手腕紧紧不放，拉直了手臂向后退立，用他的另一只手这样遮在他的额角上，一眼不眨地瞧着我的脸，好像要把它临摹下来似的。这样经过了好久的时间，然后他轻轻地摇动一下我的手臂，他的头上上下下点了三次，于是他发出一声非常惨痛而深长的叹息，好像他的整个的胸部都要爆裂，他的生命就在这一声叹息中间完毕似的。然后他放松了我，转过他的身体，他的头还是向后回顾，好像他不用眼睛的帮助也能够找到他的路，因为直到他走出了门外，他的两眼还是注视在我的身上。②

① 莎士比亚. 莎士比亚全集：5［M］. 朱生豪，等译. 北京：人民文学出版社，1984：341.

② 莎士比亚. 莎士比亚全集：5［M］. 朱生豪，等译. 北京：人民文学出版社，1984：315.

通过这些无声的动作，哈姆雷特对奥菲利娅深深的眷恋之情，焦虑、痛苦、无奈与失望交织的矛盾心理被展示得淋漓尽致。

第二，生动的情节与激烈的戏剧冲突。《哈姆雷特》的情节丰富生动，多条线索交织在一起。哈姆雷特的复仇是主线，挪威王子福丁布拉斯为父复仇、雷欧提斯为父亲和妹妹复仇是副线。此外还有哈姆雷特对母亲“不贞”的质疑、哈姆雷特与奥菲利娅的爱情及他对奥菲利娅“背叛”的怀疑、哈姆雷特与霍拉旭的真挚友情、老同学罗森格兰兹和吉尔登斯吞对和哈姆雷特的友谊的背叛，等等。莎士比亚通过哈姆雷特的活动，展示了从宫廷到民间的丰富的生活场景，并将悲剧、喜剧与闹剧的因素打破常规糅合到一起。错综复杂的人物关系构成了一个接一个的戏剧冲突，再加上主人公内心的矛盾冲突，戏剧冲突迭起，精彩高潮不断。

第三，精美而丰富的语言表达。和莎士比亚的其他剧作一样，《哈姆雷特》的戏剧语言以无韵诗为主体，间以散文、有韵的诗句和谣曲。莎士比亚根据说话人和情节场景的不同，安排不同的语言风格，如小丑的语言粗俗风趣，青年贵族间的交谈典雅而诙谐，抒情时的语言激烈奔放，哲理沉思时的语言凝重有力，等等。主人公之外的一些人物的语言也非常精彩生动，如克劳狄斯假意劝慰哈姆雷特不要因丧父伤心时说：

> 你这样孝思不匮，原是你天性中纯笃过人之处；可是你要知道，你的父亲也曾失去过一个父亲，那失去的父亲自己也失去过父亲；……既然我们知道那是无可避免的事，无论谁都要遭遇到同样的经验，那么我们为什么要这样固执地把它介介于怀呢？嘿！那是对上天的罪戾，对死者的罪戾，也是违反人情的罪戾。①

奥菲利娅误认为哈姆雷特真疯了时哀叹道：

> 啊，一颗多么高贵的心是这样陨落了！朝臣的眼睛、学者的辩舌、军人的利剑、国家所瞩望的一朵娇花；时流的明镜、人伦的雅范、举世瞩目的中心，这样无可挽回地陨落了！我是一切妇女中间最伤心而不幸的，我曾经从他音乐一般的盟誓中吮吸芬芳的甘蜜，现在却眼看着他的高贵无上的理智，像一串美妙的银铃失去了谐和的音调，无比的青春美貌，在疯狂中凋谢！啊！我好苦，谁料过去的繁华，变作今朝的泥土！②

又如雷欧提斯在得知妹妹奥菲利娅淹死时沉痛地说：“太多的水淹没了你的身体，可怜的奥菲利娅，所以我必须忍住我的眼泪。”这些精美绝伦的语句展示了莎士比亚语言的无穷魅力。

---

① 莎士比亚. 莎士比亚全集：5［M］. 朱生豪，等译. 北京：人民文学出版社，1984：291.

② 莎士比亚. 莎士比亚全集：5［M］. 朱生豪，等译. 北京：人民文学出版社，1984：344.

思考题

1. 文艺复兴运动发生的社会背景是什么？其中的人文主义的基本内涵有哪些？

2. 在对人性的肯定和张扬方面，文艺复兴时期的文学与古希腊文学有何异同？

3. 文艺复兴时期文学的基本成就有哪些？

4.《堂吉诃德》中的两个主人公最鲜明的性格特征是什么？塞万提斯为何安排桑丘这样的人物跟堂吉诃德一同游侠冒险？

5. 莎士比亚悲剧、诗歌创作的基本成就是什么？

6. 如何看待哈姆雷特这一人物形象的思想矛盾和性格弱点？

7. 你认为造成哈姆雷特行动延宕的最主要的因素是什么？

8. 如何从《哈姆雷特》看莎士比亚戏剧创作的艺术成就？

第四章

4

17 世纪文学

【学习目的与要求】

通过学习本章内容，了解 17 世纪欧洲古典主义文学、清教徒文学、巴洛克文学的基本特征和主要成就，重点掌握《伪君子》的思想内容和艺术成就，从而正确认识 17 世纪文学在两次大的思想解放运动之间的作用与价值。

第一节 概述

17 世纪,欧洲处于充满内部矛盾和紧张的时期,主要出现了三大文学现象:古典主义文学、清教徒文学和巴洛克文学。

一、17 世纪欧洲文学发展的基本背景

在 17 世纪的欧洲各国中,只有英、法两国的资本主义大步向前发展。法国的君主专制统治在 17 世纪达到了极盛状态,法国一跃成为欧洲最为强盛的中央集权国家,迎来了历史上赫赫有名的路易十四"太阳王"时代。经过文艺复兴而受到重创的封建贵族势力与得到发展的资产阶级之间,形成了势均力敌的局面。

英国资产阶级联合新贵族,打着宗教的旗帜,发动了 1640 年至 1688 年的资产阶级革命,这场革命的胜利标志着近代的开始。英国资产阶级革命不仅促进了欧洲乃至世界范围内现代国家制度的出现和现代民族意识的形成,而且直接推动了第一次工业革命的出现,从而使人类社会的发展进入全新的历史阶段。英国在资产阶级革命前后出现了进步的政论文章和以约翰·弥尔顿为代表的清教徒文学。

17 世纪的欧洲在政治和经济上处于领先地位的是英、法两国。如果说英国是当时欧洲最先进的资本主义国家,那么赢得英法百年战争胜利的法国则显示了其中央集权的坚不可摧。与此同时,欧洲多数国家还处于封建制度崩溃、资本主义继续发展的状态:意大利丧失了商业中心的优越地位,经济急剧衰落;德国遭受 30 年战争的浩劫,长期陷入四分五裂的状态;西班牙自从"无敌舰队"被歼灭后丧失了海上霸权,工商业一蹶不振。这使得意大利、德国、西班牙宣扬人文主义思想的作品逐渐消失,取而代之的是一种新的文学形式——巴洛克文学。巴洛克文学用玄妙的外表掩饰其虚无的本质,具有浓郁的天主教气息。

二、17 世纪欧洲文学发展的基本状况

(一) 古典主义文学

古典主义文学发端于法国,波及其他国家,成为 17 世纪欧洲文学的主流,代表了当时欧洲文学的最高水平。古典主义是法国君主专制制度的产物,是在王权的监护和培植下发展起来的,努力追求对古典形式、主题的研究和模仿,建立并维持了严格的语言规范。17 世纪也是理性的世纪,一大批巨人如伽利略、开普勒、牛顿、笛卡儿、帕斯卡尔、霍布斯和洛克对世界与人的认识提出了新的理论,以理性主义为武器,反对中世纪的经院哲学,反对神化权威,在理性(狭义)或经验的基础上重建人类的知识大厦。君主专制制度与理性主义奠定了理性在法国文学艺术表现原则中的主导地位,并强调用理性压制情感。

古典主义作家的个性与艺术风格不尽相同,但他们的创作仍有很多共同之处。

拥护中央集权、歌颂贤明君主是古典主义文学的第一个特征。古典主义从诞生之日起就具有鲜明的政治倾向性。歌颂开明的君主、鼓吹国家的统一、宣扬公民义务成了文学创作的重要内容。作品中的国王形象都是深明大义、明察秋毫、不负众望的仁君,高乃

依的悲剧《熙德》就突出体现了这一特征。莫里哀的代表作《伪君子》也体现了这一特征，剧作猛烈抨击教会，讽刺教会的伪善，但是在剧本的结尾，他还是塑造了一个英明的国王，使奥尔贡一家免遭陷害。

古典主义文学的第二个特征是崇尚理性。古典主义文艺理论家布瓦洛把理性看作文艺创作与批评的最高标准。他在《诗的艺术》中写道："首先必须爱理性：愿你的一切文章永远只凭着理性获得价值和光芒。"作家们从不同角度来处理这一命题，比如高乃依从正面表现荣誉、责任、义务等理性观念对情感的胜利；拉辛从反面来谴责那些丧失理性、情欲横流的贵族人物；喜剧大师莫里哀则对那些不合理的封建思想、风俗礼教予以辛辣的嘲讽，在笑声中达到劝诫的目的。

古典主义文学的第三个特征是模仿古代，重视规则。古典主义者把古希腊罗马文学视为文学上的最高典范，大力提倡向古代学习，并从古希腊罗马文学中选取创作题材。他们还汲取亚里士多德的思想，制订出古典主义创作的"三一律"原则，规定每出戏剧必须做到情节一律、时间一律和地点一律。具体而言，剧本的情节只能有一条线索，故事发生在同一地点，剧情在24小时之内完成。"三一律"有助于戏剧结构的严谨精炼，但同时也限制了戏剧艺术的自由发展。古典主义作家对作品题材也进行了规定，严格界定悲剧、喜剧之间的界限。

古典主义文学在当时的历史条件下具有一定的进步意义，它对法国民族文学和民族语言的形成起到了一定的作用，对欧洲其他国家的文学也产生了不小的影响。但与此同时，它一系列的清规戒律又妨碍了文学的发展，它保守、封建、迎合宫廷趣味的思想削弱了文学作品的现实意义，人物塑造也流于公式化和概念化，因此遭到一些进步作家的批判。17世纪末和18世纪初，在法国文艺界的"古今之争"中，厚今薄古一方的胜利标志着古典主义的衰落。

皮埃尔·高乃依（1606—1684）是法国古典主义戏剧的创始人，1647年当选为法兰西学院院士。他一生共写有32部剧作，大部分是悲剧，其中《熙德》（1636）被看作古典主义悲剧的奠基之作。《熙德》的主人公罗德里格是西班牙贵族青年，老将唐·狄埃格之子，他和唐·高迈斯伯爵之女施梅娜相爱。唐·狄埃格被任命为太子的师傅，高迈斯出于妒忌打了唐·狄埃格一记耳光而使他的家族蒙羞。面对家族的奇耻大辱，罗德里格陷入矛盾中：

> 啊，我感受到多少猛烈的冲突！
> 我的爱情向我自身的荣誉展开了斗争：
> 要替父亲报仇，就得失去情人。
> 一个激动着我的心，另一个又把我的手拉住。
> 我被迫进行这可悲的选择：不是葬送我的爱情，
> 就是沦为无耻之徒而狗苟蝇营，
> 从两面看来我的痛苦都是无边的大海。
> 天啊，这出奇的苦刑！①

① 高乃依，拉辛．高乃依　拉辛戏剧选［M］．张秋红，等译．北京：人民文学出版社，2001：20-21．

家族荣誉和爱情到底哪一个更重要,更值得捍卫呢?经过痛苦的思想斗争,他认为牺牲个人利益事小,维护封建家族荣誉事大;况且,他进一步考虑到,如果他忍气吞声,他在施梅娜眼里必然是个懦夫,同样也要失去爱情。他终于行动了,在一场决斗中,他杀死了唐·高迈斯,为父亲报了仇。消息传来,施梅娜因看到恋人勇于维护家族荣誉而更加爱他,但他杀死的毕竟是自己的亲生父亲,这不能不使她也陷入两难之境。经历了同样的感情挣扎,施梅娜决定恳请国王惩办凶手,她要通过这个貌似不合理的行动在道义上和品德上与恋人处于平等的地位。正在这时,摩尔人入侵,罗德里格率众击退敌人,成为民族英雄,获得了"熙德"(英雄)的称号。施梅娜心中更加爱他,但她还是不断地要求国王替她为父报仇。最后还是国王英明,让她以国事为重,放弃报仇的计划,最终成全了这一对贵族青年的婚姻。《熙德》的主人公压制自己的情感,服从家族的荣誉,服从国家的利益,最后国王英明地解决了这一冲突。这样的结局使作品具有了明显的古典主义特点。

让·拉辛(1639—1699)是法国古典主义文学兴盛时期的悲剧作家,1673年当选为法兰西学院院士。他的创作代表了古典主义悲剧的最高成就。他一共写了12部悲剧和1部喜剧,代表作是《安德洛玛克》(1667)。《安德洛玛克》取材于古希腊悲剧家欧里庇得斯的同名悲剧。在拉辛的笔下,我们看到了一部宫廷内部多角恋爱和互相残杀的悲剧。特洛伊城陷落后,特洛伊主将赫克托耳的遗孀安德洛玛克和儿子阿斯蒂亚纳克斯被俘,安德洛玛克沦为阿喀琉斯的儿子、埃庇鲁斯王庇吕斯的奴隶。庇吕斯爱上安德洛玛克,欲娶她为妻;这时希腊派来使者俄瑞斯忒斯,要求庇吕斯处死安德洛玛克的儿子。为挽救儿子的生命,安德洛玛克答应嫁给庇吕斯,条件是庇吕斯发誓做她儿子的保护人。俄瑞斯忒斯原是庇吕斯未婚妻赫米欧娜的恋人,赫米欧娜因嫉妒而唆使俄瑞斯忒斯杀死了庇吕斯,然后自己在庇吕斯的尸体旁自杀。俄瑞斯忒斯因惊恐和悲伤而疯癫,安德洛玛克成了埃庇鲁斯的统治者。《安德洛玛克》的主题仍是理性与情感、个人欲望与国家利益之间的冲突。但是与高乃依不同,拉辛是从反面提出这一问题的。于是我们看到,剧中有三个人都做了情欲的牺牲品,唯有安德洛玛克做到了理性至上,所以她成功地维护了自己的尊严。该剧遵循"三一律",却丝毫没有受约束之忧,如同司汤达所言,作者虽然"戴上镣铐",依然英姿勃勃,优美动人。

让·拉封丹(1621—1695)是法国杰出的古典主义作家,1684年当选为法兰西学院院士。他写过悲剧、喜剧、哀歌、民歌、故事诗等,但以《寓言诗》的成就最为突出,其《寓言诗》共12卷,243篇。拉封丹形容他的《寓言诗》是一部巨型喜剧,幕数上百,宇宙是它的背景,人、神、兽扮演其中的角色。作者用动物影射人间社会,生动地揭示了统治阶级的专横暴虐、专制王朝的黑暗腐败,表现出鲜明的民主倾向。其中脍炙人口的名篇有《乌鸦和狐狸》《兔子和乌龟》《狼和小羊》等。

(二)清教徒文学

17世纪的英国文学以体现清教徒思想的作品最为出色。英国的资产阶级革命带有浓厚的宗教色彩,清教是新兴资产阶级的基督教派别,多提倡勤俭、刻板、严肃的生活方式,反对铺张的宗教仪式和贵族奢靡的生活方式,要求纯洁教会,与原来的国教抗衡。清教徒运动作为资产阶级革命的手段，其意义远远超出了教会改革的范畴，其精神在诸多领域产生了深远的影响。

约翰·弥尔顿（1608—1674）生于伦敦，父亲以撰写商业和法律文书为业，家境较为富裕，重视子女教育，弥尔顿就读学校的校长和他的家庭教师都是毕业于牛津大学的著名学者。1638年春，弥尔顿像当时英国富裕家庭的子弟一样，游览意大利，走访佛罗伦萨、罗马等名城，访问人文学者。次年，英国国内形势日趋紧张。他认为在同胞们奋力争取自由的时候，自己在国外悠然自得是很可耻的，毅然中断游学回国，积极投身到宗教与政治的论战中，先后发表了《论出版自由》（1644）、《为英国人民声辩》（1651）等著名政论文。1652年，他双目失明。晚年，弥尔顿口授三部长诗《失乐园》（1667）、《复乐园》（1671）和《力士参孙》（1671）。《失乐园》的题材来自《圣经》和一些基督教传说，作者希望用崇高伟大的诗歌来重新讲述人类起源和上帝创造的故事，从而滋养一个民族的美德和信仰。《复乐园》通过耶稣（理性）拒绝魔鬼（情欲）诱惑的故事，歌颂耶稣依靠坚定意志与英雄品质，复得灵魂的乐园。在《力士参孙》中，参孙在双目失明后，痛定思痛、战胜自我，从悔悟中得到新生，最后与敌人同归于尽。诗歌成功地塑造了一位伟大的悲剧英雄形象。

约翰·班扬（1628—1688）是王朝复辟期间带有民主倾向的清教徒作家。他的《天路历程》（1678）第一部主要描写了主人公“基督徒”在“宣道师”的指点下，从故乡“毁灭城”逃出，开始了前往“天国”的艰苦历程，他从“灰心沼”中脱身，路经“名利场”，爬过“困难山”，跨过“安逸”平原，蹚过黑水湍急的死亡河，最后被天使迎到“天国”。第二部叙述基督徒的妻子悔恨当初不肯前往，在上帝的感召下带领孩子和同伴们彼此爱惜，相互提携，来到天国的故事。《天路历程》以梦境游历来描写基督徒追求信仰的过程，这期间虽有软弱、失败，沿途也遇到过阻碍，但最终他使自己的心灵有所归属，不再孤独。文学批评家麦凯尔曾说，这部梦境寓言表现了一个探索生命深层之人的清晰视野。同时这部作品也讽喻了现实，揭示了复辟时期的种种社会罪恶。如在“名利场”里，灵魂与肉体、功名利禄以及各种感官物质享受都能自由买卖。作品也创造一系列讽刺性形象，如“爱钱先生”“马屁先生”“话匣子”等，他们虽代表宗教或道德上的抽象概念，却也是现实社会中人物典型的生动写照。《天路历程》行文简洁明了，语言生动具体，对英国小说的发展产生了重大的影响。19世纪英国作家萨克雷的长篇小说《名利场》的书名即出自这部作品。

（三）巴洛克文学

“巴洛克”一词来自葡萄牙语 barroco 或西班牙语 barrueco，本义是用来形容形状不规则的珍珠，含有珍奇、奇崛之意；也来自中世纪拉丁文 baroco，指“荒谬的思想”。巴洛克作为一种艺术风格的术语最早是用来指称文艺复兴后期离经叛道的意大利建筑特点的，后来，艺术史家和文学史家发现，这种现象不仅存在于建筑领域，而且存在于绘画、音乐乃至文学领域。巴洛克意味着新奇、反理性，目的是引起惊奇和炫耀奢华。

巴洛克文学是17世纪特定历史条件的产物。此时，曾经支配文艺复兴运动的那种生机勃勃的乐观主义已不复存在，人们沉溺于一种奇怪的矛盾心态——人文意识与宗教意识的混杂、灵与肉的冲突、及时行乐与人生虚无的交汇……与这种心态相适应的巴洛克文学以其造作华丽、诡谲怪诞的风格和形式上的"破碎"体现了这种心态失去平衡与和谐的现实。巴洛克文学虽然存在着共性,但在不同的国家又有不同的表现。意大利的"马里诺诗派"、西班牙的"贡戈拉主义"、法国的"矫揉造作派"和英国的"玄学诗派"是巴洛克文学的不同表现。卡尔德隆(1600—1681)是西班牙巴洛克文学最出色的代表,他的代表作是《人生如梦》(1635)。

英国诗人约翰·多恩(1572—1631)是英国资产阶级革命前夕"玄学诗派"的宗师。"玄学诗派"诗歌一般写爱情、隐居生活或宗教感情,诗歌的内容晦涩难解,以意象奇幻取胜,反映了当时一部分文人对文艺复兴时期人文主义理想失去信心。多恩的诗歌从科学、哲学、神学中摄取意象,规律多变,长期备受争议,多恩直到 20 世纪才被公认为大师。其诗作对 20 世纪现代主义诗歌产生了强有力的影响,特别是受到英美诗人庞德、艾略特的推崇。多恩在《祈祷文集》中的这段文字被 20 世纪大文豪海明威引用后备受关注:"谁都不是一座岛屿,自成一体;每个人都是广袤大陆的一部分。如果海浪冲刷掉一个土块,欧洲就少了一点;如果一个海角,如果你朋友或你自己的庄园被冲掉,也是如此。任何人的死亡都使我受到损失,因为我包孕在人类之中。所以别去打听丧钟为谁而鸣,它为你敲响。"

第二节 莫里哀与《伪君子》

莫里哀是 17 世纪法国最杰出的古典主义喜剧家,同时也是一个出众的戏剧导演和出色的演员。歌德曾在他的《谈话录》中指出:"莫里哀如此伟大,每次读他的作品,每次都重新感到惊奇。……他的喜剧接近悲剧,戏写得那样聪明,没有人有胆量想模仿他。"①

一、生平与创作

拓展阅读:
喜剧艺术

莫里哀(1622—1673),原名让·巴蒂斯特·波克兰,"莫里哀"是他参加剧团以后用的艺名。他出生于巴黎的一个富商家庭,他的父亲用钱买了一个贵族称号,希望自己的儿子能承继自己的财产和贵族称号。中学时代,莫里哀努力学习拉丁文和古典文学。1643 年,21 岁的莫里哀不顾父亲的意愿,毅然放弃财产继承权,离开家庭,和几个朋友组织"光耀剧团"并在巴黎演出,开始了长达 13 年的流浪演出生涯。这段生活使他广泛地接触到法国城乡的各个阶层,他观察各种人物,汲取民间戏剧养分,逐渐成为一个出色的喜剧艺术家和戏剧活动家。1652年,莫里哀成为剧团的负责人,并开始创作剧本。他的诗体喜剧《冒失鬼》在外省巡演成功,使得剧团成为外省最卖座的剧团。1658 年,莫里哀应诏带领剧团回到巴黎,在卢浮宫为国王演出,受到赏识,从此定居巴黎,从事他的戏剧事业,直到 1673 年逝世。莫里哀生前受到贵族和教会的迫害和攻

① 转引自:中国大百科全书总编辑委员会《外国文学》编辑委员会,中国大百科全书出版社编辑部. 中国大百科全书:外国文学:Ⅰ[M]. 北京:中国大百科全书出版社,1982:731.

击，甚至死后被禁止葬入教会的墓地。法兰西学院有一座他的石像，写着："他的光荣什么也不少，我们的光荣少了他。"

莫里哀的戏剧创作大致可以分为四个阶段。

（一）奠基期（1645—1658）

这一时期他创作的重要剧本是《冒失鬼》（1653）。剧中的主人公是一个有着无穷智慧的仆人——马斯卡里叶，他用层出不穷的计谋去帮助主人争取爱情。正如主人所说，他是一个足智多谋，不管遇到多难的事，也不会愁眉不展的人。因为在他看来，他的计策能否成功，是"事关荣誉"的大事，而且"障碍越大，荣誉越高"。所以，他总是尽最大的能力，"哪怕是上天入地，哪怕是跑遍天涯海角，也要想法子找出一个两全之策"。这个剧本生动活泼，在仆人身上体现了下层人民的智慧。

（二）开创期（1659—1663）

这是莫里哀重返巴黎，逐渐接近王权，接受古典主义的时期。此期他创作的重要剧本有《可笑的女才子》（1659）、《太太学堂》（1662）等。《可笑的女才子》取材于现实生活，以闹剧的形式，通过两个来自外省、出身于资产者家庭的姑娘仿效巴黎贵族风尚，以"女才子"自居，"风雅"成性，拒绝一对青年求婚而闹出笑话的故事，讽刺了资产者的矫揉造作、附庸风雅，也嘲笑了巴黎贵族社会流行的附庸风雅的风气。该剧惹恼了贵族阶层，好在路易十四十分赏识，连看三场，还赏给剧团三千法郎。在这部喜剧里，莫里哀向当时流于形式的虚伪风气进行了猛烈的进攻，而他的进攻武器就是讽刺。

莫里哀深知，只有取材于现实、针砭时弊才是成功之路，于是再接再厉，以贵族社会的积习为讽刺对象。1661 年，莫里哀的《丈夫学堂》上演，标志着莫里哀探索到了自己的喜剧路线。翌年，《太太学堂》上演。《太太学堂》是这一时期最重要的作品，是莫里哀用古典主义创作规则所写的一部成功之作，被后世誉为法国古典主义喜剧的开山之作。剧本的主人公阿尔诺耳弗是一个夫权主义者，他认为丈夫就是妻子的长官、领主和主人，"女人活在世上，就只为了服从"，而实现这种夫权主义的最好办法就是修道院教育。所以，他买了一个四岁的女孩，把她送进与世隔绝的修道院，一心想把她调教成一个驯顺可靠的人。13 年后，他把女孩从修道院接出来，以为大功告成，准备和她结婚，却不料在他出门的十天里，女孩爱上了一个年轻人——他朋友的儿子。他无论使出什么手段阻拦都无济于事，多年的苦心全白费了。该剧抨击了封建的夫权主义和修道院教育，通过年轻人奥拉斯之口道出了主题："权力再滥用，管教得再可恨，照样挡不住天性流露。狠心毁坏这种可贵的品质，难道不是罪大恶极，该当处罚？故意把这颗光明闪闪的心灵，投入无知和愚蠢之中，难道不是罪大恶极，该当处罚？"在这些剧作中，莫里哀继承了人文主义思想，抨击封建道德，令贵族阶级如芒在背，他们想尽办法刁难莫里哀。

（三）全盛期（1664—1668）

莫里哀这一时期的作品在思想性、战斗性和艺术性上都达到了顶峰。国王路易十四出于同贵族阶级争权斗争的需要，积极支持莫里哀，使莫里哀能够继续反封建反教会。以 1664 年的《伪君子》为标志，他进入了创作的全盛期。其他优秀的作品还有《唐璜》（1665）、

《恨世者》(1666)、《吝啬鬼》(1668)等。《吝啬鬼》(又译《悭吝人》)被看作与《伪君子》齐名的杰作。主人公阿巴贡是一个高利贷者,吝啬刻薄,嗜钱如命。“他爱钱比爱名声、荣誉和道德厉害多了。他一见人伸手,就浑身抽搐。这等于打中他的要害,刺穿他的心,挖掉他的五脏。”他放高利贷,连他儿子都说“就连古来声名最狼藉的放高利贷的,他们丧心病狂,想出种种花样,和您重利盘剥的手段一比,也不如您苛细”。为了金钱,他要儿子娶一个有钱的寡妇,要女儿嫁给一个不要陪嫁而富有的老爵爷,自己却打算不花一分钱就娶一个年轻美貌的姑娘。当他发现埋在花园里的钱箱被偷后,气急败坏,痛不欲生。该剧揭示了金钱被神化后所起的巨大破坏作用,成功刻画了一个嗜钱如命的资产者形象。“阿巴贡”也成为财迷、吝啬鬼、守财奴的代名词。

(四) 创作晚期(1669—1673)

这是莫里哀在思想内容上仍然坚持反封建传统,但在艺术上更多地运用民间闹剧手法进行创作的时期。这一时期的主要作品有《司卡班的诡计》(1671)、《心病者》(1673)等。《司卡班的诡计》的主人公是一个仆人,剧本通过他运用智慧帮助小主人战胜封建家长得到爱情幸福的故事,赞扬了下层人民的机智、乐观和勇敢,表现出莫里哀创作的民主倾向。

1673 年 2 月 17 日,莫里哀不顾重病在身,坚持演出《心病者》到结束,回家后咯血不止,不久便与世长辞。

二、《伪君子》

《伪君子》(又译《达尔杜弗》)是莫里哀的代表作,也是 17 世纪古典主义文学的巅峰之作。这是一部揭露天主教会与贵族虚伪性和欺骗性的喜剧。1664 年该剧在凡尔赛宫第一次演出时,因剧中教士达尔杜弗的伪善形象引起教会的强烈反对而遭禁演,莫里哀为此斗争了五年,终于在 1669 年使剧本得以公演。

(一) 故事情节

《伪君子》是一部五幕诗体讽刺喜剧,场景发生在巴黎富商奥尔贡家中。主人公达尔杜弗本是外省的一个破落贵族,流落巴黎后伪装成一个虔诚的教士,并以此骗得富商奥尔贡和他母亲柏奈尔老夫人的信任,成为奥尔贡家的“上宾”和“精神导师”。前面两幕达尔杜弗都没有出场,而是奥尔贡的妻子、儿子、女儿以及仆人道丽娜亮相。达尔杜弗因为受到宠信,便处处以宗教道德标准约束奥尔贡一家人的行为,此举深得奥尔贡和虔诚的柏奈尔老夫人的欢心,可是其他人对此却积怨颇深,尤其是奥尔贡要强迫自己的女儿嫁给达尔杜弗,而他的女儿早已有了心上人。奥尔贡坚持认为,达尔杜弗与上帝的亲近是他举世无双的财产,这婚姻一定可以给女儿带来幸福。聪明的女仆道丽娜出主意,让奥尔贡的太太艾耳密尔去对付他。因为道丽娜早已看出伪君子觊觎太太的美色。为了女儿的未来,艾耳密尔也只好答应去说服达尔杜弗。第三幕开始,达尔杜弗出场,面对艾耳密尔,达尔杜弗马上百般殷勤,甚至动手动脚,他没料到,这一幕被躲在一边的奥尔贡的儿子大密斯听到。于是,儿子向父亲告发他的丑行。而狡猾的达尔杜弗以退为进,以圣徒的姿态和言论轻而易举地骗过了奥尔贡。结果奥尔贡反认为是儿子诋毁圣贤,一怒之下把儿子赶出家门，还把全部财产的继承权赠送给达尔杜弗。艾耳密尔想出了一个主意，提出自己假意与达尔杜弗幽会，让奥尔贡藏在桌子底下，让他亲眼看看伪君子的真相。达尔杜弗看事情败露，便露出狰狞的面目，不仅要把奥尔贡一家赶走，还向国王告密，陷害奥尔贡——因为他有一个藏有密件的匣子交给了达尔杜弗保管，这些密件关系到一个被国王通缉的朋友的性命和财产。达尔杜弗带来了宫廷侍卫官，催促侍卫官动手捉拿奥尔贡。但宫廷侍卫官出人意料地宣布，被捉拿的应该是达尔杜弗，因为圣明的国王明察秋毫，看穿了伪君子的真面目，念在奥尔贡当年功劳的份上，饶恕他的过错，将财产归还了他。奥尔贡一家人对国王的英明决定感激不尽。

（二）思想内容

《伪君子》深刻揭露和批判了教会与贵族的虚伪性、欺骗性和危害性。17世纪，法国天主教会势力很大，常常打着上帝的旗号对人民进行思想统治，许多教士表面上道貌岸然，背地里却无恶不作。尤其是当时的“圣体会”组织，实际是一个宗教谍报机关，它作为法国封建顽固势力的代表，总是以宗教为幌子进行秘密的特务活动，经常指派一些人伪装成虔诚的教徒，混进法国资产阶级家庭，通过告密等手段来迫害和镇压异教徒、自由思想者和无神论者。《伪君子》切中时弊，集中揭露了当时法国的宗教卫士乃至贵族阶级的虚假、伪善的恶习，对当时的宗教反动势力进行了辛辣的讽刺和沉重的打击，因而具有强烈的思想性和战斗性。伏尔泰评价说，喜剧《伪君子》是任何一个民族的创作都不能相比的杰作，它暴露了伪善行为的一切丑恶。俄国著名文艺评论家别林斯基这样盛赞莫里哀：能够在伪善的社会面前狠狠打击这条多头毒蛇的人是伟大的人！《伪君子》的作者是不朽的。

（三）人物形象

达尔杜弗、奥尔贡和道丽娜是三个成功的艺术形象。

达尔杜弗是一个典型的宗教骗子，他最大的特征就是伪善。剧本从不同的方面表现了他的表里不一，揭露了他的伪善。

他表面虔诚，实则贪婪。他一出场就对仆人说：“把我的修行的苦衣和教鞭收好了……有人来看我，就说我把募来的钱分给囚犯去了。”其实他并没有去。所以，达尔杜弗一出场就是一个骗子的形象。剧本还通过第一幕第五场中奥尔贡的话，把达尔杜弗伪装出来的虔诚、慷慨、仁慈展现在人们面前：

> 他每天来到教堂，一副和善模样，双膝跪倒，正好就在我的对面。他专心致志，祷告上天，吸引全堂的人都在看他；他叹气，他内心激动，他时时刻刻，卑躬屈节，亲着土地；我走出教堂的时候，他赶到前头，在门口向我献上圣水。他的听差样样儿学他，我从听差那儿晓得了他的贫寒和他的人品；我送他钱；他对我讲：“这太多了，一半儿都嫌太多；我不值得你这样可怜。”他见我执意不肯收回，就当着我的面，把钱散给了穷人。……可是你决想不到他虔诚到了什么地步：他干错一点点小事，他都说成犯了大罪；一件事看起来并无所谓，他也会大发雷霆；甚

> 至于到了这种情况：新近有一天，他作祷告的时候，捉住一个跳蚤，因为太生气，把它弄死了，他直怪自己不应该。①

然而，他嘴上说的一套，行动上则是另一套。他表面上苦修节欲，实际却贪图享受。当他住到奥尔贡家后，居然一顿晚饭就"虔虔诚诚，吃了两只鹌鹑，还有半条切成小丁儿的羊腿"，而且"用过晚饭，有了困的意思，就走进他的房间，立刻躺到暖暖和和的床上，安安逸逸，一觉睡到天明"。第二天早点的时候，他还"喝了满满四大杯的葡萄酒"。如此贪吃贪喝贪睡，使他"又粗又胖，脸蛋子透亮，嘴红红的"，哪里像个苦修的教士模样？

不仅如此，他的虚伪还表现在表面上品德高尚，实际却荒淫好色，巧言善辩。达尔杜弗一上场，看到女仆道丽娜穿着低胸的衣服，就马上掏出一条手绢递过去说："啊，我的上帝，我求你了，在说话之前，先给我拿着这条手绢。……盖上你的胸脯。我看不下去：像这样的情形，败坏人心，引起有罪的思想。"在下层女人面前，他俨然一个没有欲望的圣徒。但随后，剧本更通过达尔杜弗对奥尔贡妻子艾耳密尔的勾引，把他好色的本性和卑鄙的灵魂暴露得淋漓尽致。达尔杜弗垂涎于奥尔贡年轻漂亮的妻子艾耳密尔，竟不顾廉耻，以上帝作幌子来勾引她。当艾耳密尔痛斥他的卑劣行径时，达尔杜弗竟然厚颜无耻地说道：

> 我们爱永生事物的美丽，不就因此不爱人间事物的美丽，上天制造完美的作品，我们的心灵就有可能容易入迷。类似您的妇女，个个儿反映上天的美丽，可是上天最珍贵的奇迹，却显示在您一个人身上：上天给了您一副美丽的脸，谁看了也目夺神移，您是完美的造物，我看在眼里，就不能不赞美造物主；您是造物主最美的自画象，我心里不能不感到热烈的爱。起初我怕这种私情是魔鬼的奇袭，甚至于把您看成了我修道的障碍，下定决心回避，可是最后，哦！真个销魂的美人，我认识到了这种痴情不就那样要不得，安排妥帖，就能适应廉耻，我也就能随心所欲，成其好事。我敢于把这颗心奉献给您……
>
> 哎呀！我是信士，却也是人；我看见您的仙姿妙容，心荡神驰，不能自持，也就无从检点了。我知道我说这话，未免不伦不类，可是说到最后，夫人，我不是神仙。您要是怪我不该同您谈情说爱，就该责备自己貌美迷人才是。……我的眼睛和我的呻吟有一千回向您说破我的心事，如今我借重声音再把我的情况向您交代。您对您这不称职的奴才的苦难稍有恻隐之心，愿意慈悲为怀，加以安慰，俯就微末，哦！秀色可餐的奇迹，我将永远供奉您，虔心礼拜，没有第二个人可以相比。……不过像我们这样的人，谈爱小心谨慎，永远严守秘密，女方大可放心。我们爱惜名声，对所爱的女子先是最好的保证，所以接受我们的心，她们就能从我们这边，得到爱情而不惹事生非，得到欢乐，也不必害怕。②

---

① 莫里哀．莫里哀喜剧：2［M］．李健吾，译．长沙：湖南人民出版社，1982：194.

② 莫里哀．莫里哀喜剧：2［M］．李健吾，译．长沙：湖南人民出版社，1982：222-224.

从上可见,达尔杜弗在年轻貌美,又有较高家庭地位的艾耳密尔面前,他的嘴脸完全变了,说什么上帝给了你的美,所以“心里不能不感到热烈的爱”,还说只要“安排妥帖,就能适应廉耻,我也就能随心所欲,成其好事”。但当艾耳密尔表示怕得罪上帝时,他竟然马上表白,如果上帝是他求爱的障碍,那么“去掉这样一种障碍,在我并不费事”。可以看到,为了满足肉欲,这个伪君子竟然把他用来伪装的上帝一脚踢开。为了解除艾耳密尔的顾虑,他更道出了自己的道德观,“只有张扬出去的坏事才叫坏事。……私下里犯罪不叫犯罪”,从而彻底摘下他的假面具,露出好色的真面目。在这里,莫里哀以尖锐的讽刺笔法将达尔杜弗的两面派嘴脸刻画得入木三分。

作者还指出,他表面上慷慨仁慈,实际上却极其凶狠。表面上就是这样一个“把人世看成了粪土”、执意不肯接受奥尔贡的钱财的人,后来却在奥尔贡要把全部财产赠送给他时不仅欣然接受,还借口说是“上天的旨意”;尤其是当事情败露后,他竟然恬不知耻地要霸占奥尔贡的全部家产。原来,图谋奥尔贡的全部财产才是他伪善的真正目的,贪婪才是他的本性。剧本层层剥下了达尔杜弗伪善的外衣,使其本相毕露,生动地表现了宗教的欺骗性和宗教伪善的危害性。达尔杜弗的形象高度概括了伪善者的特征,已成为全世界熟知的艺术典型,“达尔杜弗”也成为伪善者的代名词。这一形象的社会意义在于切中时弊,把批判的锋芒直指教会以及打着宗教幌子进行秘密特务勾当的“圣体会”。

奥尔贡则是在欧洲文学史上出现的一个不辨真假、一意孤行、执迷不悟的资本主义社会早期的资产者的典型。比如,当他在街上遇到达尔杜弗之后,很快就被他的花言巧语所欺骗,认定他就是一个“道德高尚”的人,不仅把他当作“圣徒”一样请回家中,还让他做了自己的“精神导师”。从此,在他眼中,只有达尔杜弗。例如,作品在第三章中描写,当他一上场,便迫不及待地询问达尔杜弗的情况:

奥尔贡 ……让我先问问家里消息,免得心里挂念。这两天,家里全好?有什么事吗?人,好吧?

道丽娜 太太前天发烧,一直烧到黄昏,头疼得不得了。

奥尔贡 达尔杜弗呢?

道丽娜 达尔杜弗啊?他那才叫好呐,又粗又胖,脸蛋子透亮,嘴红红的。

奥尔贡 可怜的人!

道丽娜 黄昏的时候,太太头疼得还要厉害,一点胃口也没有,一口晚饭也吃不下!

奥尔贡 达尔杜弗呢?

道丽娜 他坐在太太对面,一个人,虔虔诚诚,吃了两只鹌鹑,还有半条切成小丁儿的羊腿。

奥尔贡 可怜的人!

道丽娜 太太难过了整整一夜,没有一刻可以阖阖眼皮;她因为发烧,睡不好觉,我们只好在旁边陪她一直陪到天亮。

奥尔贡 达尔杜弗呢？

道丽娜 他用过晚饭，有了困的意思，就走进他的房间，立刻躺到暖暖和和的床上，安安逸逸，一觉睡到天明。

奥尔贡 可怜的人！

道丽娜 太太临了听我们劝，决定叫人给她放血，紧跟着没有多久，她就觉得好过啦。

奥尔贡 达尔杜弗呢？

道丽娜 他照样儿精神抖擞，为了抵偿太太放掉的血，滋补他的灵魂，抵抗所有的罪恶，早点的时候，喝了满满四大杯的葡萄酒。

奥尔贡 可怜的人！①

女仆道丽娜和家里的所有人都看清了达尔杜弗的虚伪嘴脸，唯独奥尔贡却对骗子很信任，崇拜得五体投地。例如，他对道丽娜的好言相劝无动于衷，甚至出言罹骂：

奥尔贡 用不着你太献殷勤，请啦，住口。

道丽娜 万一人家爱护您……

奥尔贡 我不稀罕。

道丽娜 我要爱护您嘛，老爷，不管你稀罕不稀罕。

奥尔贡 啊！

道丽娜 我爱惜你的名声，个个儿人耻笑您，我看不下去。

奥尔贡 你住不住口？

道丽娜 由着您乱订亲事，我良心过不去。

奥尔贡 不要脸的东西，你住不住口？

道丽娜 啊！您是信士，也发脾气？②

再如，在达尔杜弗调戏奥尔贡的妻子丑行被奥尔贡的儿子大密斯揭露后，奥尔贡竟然仍然站在骗子的一边，为其辩护：

奥尔贡 竟敢这样得罪一位圣人！

达尔杜弗 天哪，宽恕他给我的痛苦！（向奥尔贡）看见有人在道友面前，企图说我的坏话，你晓得我心里怎么样难过，也就好了……

奥尔贡 哎呀！

达尔杜弗 我一想到人会这样恩将仇报，我心上就像有千针万针在扎一样……

---

① 莫里哀. 莫里哀喜剧：2［M］. 李健吾，译. 长沙：湖南人民出版社，1982：192-193.

② 莫里哀. 莫里哀喜剧：2［M］. 李健吾，译. 长沙：湖南人民出版社，1982：204-205.

世上会有这种事……我痛苦万分，话都说不出来了，我相信我不久于人世了。

奥尔贡 （他满脸眼泪，跑到他撵出儿子的门口）混账东西！我后悔手下留情，没有在一开头的时候就把你立时打死。道友，别难过，生气不得。[①]

奥尔贡不仅不相信自己儿子说的话，反而将其赶出家门，剥夺其财产继承权，并许诺将女儿嫁给达尔杜弗，还把自己的家产都送给了他。正是他的盲目轻信、一意孤行，使其逐渐步入了达尔杜弗设下的圈套。可以说，他身上集中体现了法国早期资产者和暴发户的虚荣、轻信而又固执的性格特征。

道丽娜是一个机智、勇敢、直率而又善良的下层劳动妇女的形象。她是莫里哀笔下最动人的仆人形象，也是揭露宗教伪善的主要人物。她头脑清醒，目光敏锐，最先识破达尔杜弗的伪善面孔，指出他“一举一动，全是做给人看的”。当达尔杜弗拿出手绢让她遮胸口时，她的反驳一针见血，当面揭穿了他的虚伪，马上就回击道：“原来您这样经不起诱惑，肉身子对您起这么大的作用？说实话，我不知道您心里热烘烘的，在冒什么东西……”同时，道丽娜又是反对封建道德的主要人物。她的身份是女仆，但奥尔贡的母亲责备她“多嘴多舌”“没上没下”，样样事“都要插嘴”，奥尔贡也埋怨她在家里“一向有些放肆”“眼里简直没有主子”，可见她是常常“以下犯上”的。而她之所以敢这样，是因为她富有正义感，这也说明她勇于斗争。如第二幕第二场，当她听到奥尔贡要把女儿嫁给达尔杜弗后，马上替小姐据理力争，当面指责奥尔贡不负责任：“谁把女儿嫁给一个她所恨的男人，谁就对上天负责女儿所犯的过失。”这体现出她反对封建道德的自由思想。接着，她不惜惹恼主人，机智地通过不断打断奥尔贡的话来阻止他的计划。之后，道丽娜不怕得罪奥尔贡，热心为奥尔贡的女儿想办法、出主意，积极支持年轻人争取婚姻自由的斗争。在这个剧本中，道丽娜虽是个女仆，但在她的身上却体现出劳动人民的许多优秀品质，远比奥尔贡家中的主人形象更富光彩。

（四）艺术成就

《伪君子》是按照古典主义戏剧创作的“三一律”原则进行创作的，情节单一，地点始终安排在奥尔贡家里，时间也在24小时之内。但莫里哀能够熟练而巧妙地运用这一原则，使之在推动剧情、刻画人物和表现主题等方面发挥最大的作用。该剧的艺术成就主要表现在以下几方面：

第一，情节紧凑，冲突集中，层次分明。全剧始终围绕揭露达尔杜弗的伪善性格展开情节。前两幕，主人公达尔杜弗并未出场，而是首先提出戏剧冲突，通过奥尔贡一家人为他起争吵，让人感受到他的存在，并为他的出场做足铺垫。正如莫里哀在剧本序言里所说：“我为了这样做，整整用了两幕，准备我的恶棍上场。我不让观众有一分一秒的犹豫；观众根据我送给他的标记，立即认清他的面目；他从头到尾，没有一句话，没有一件事，不是在

① 莫里哀．莫里哀喜剧：2［M］．李健吾，译．长沙：湖南人民出版社，1982：229.

为观众刻画一个恶人的性格。”歌德称该剧的开场是“现存最伟大和最好的开场”。有了这样的铺垫，达尔杜弗一亮相，一言一行就极具讽刺效果。接下来的第三、四幕，是全剧冲突的展开和高潮，通过达尔杜弗与女仆道丽娜的对话和对奥尔贡妻子的两次勾引等情节，正面揭发达尔杜弗的伪善性格。第五幕，戏剧冲突达到顶峰，通过达尔杜弗蛮横执行“契约”、陷害奥尔贡的情节，进一步揭露了他的凶恶面目。这样，全剧层层深入，随着剧情的发展，把主人公的伪装一层层剥落，最终揭露他的丑恶面目。

第二，突破古典主义界限，在喜剧中插入悲剧因素，并融入民间闹剧手法。剧本突破了古典主义关于悲、喜剧的严格界限，在喜剧中插入了悲剧的因素，从而把戏剧冲突一步步推向高潮，如达尔杜弗的伪善导致奥尔贡的儿子被赶出家门、被剥夺财产继承权，奥尔贡女儿的婚姻差点儿成为悲剧，奥尔贡自己也陷入绝境，险些身败名裂、家破人亡。这些悲剧因素的插入使剧情变化跌宕，冲突紧张激烈，更有力地揭露了达尔杜弗的伪善面目。同时，莫里哀还从民间汲取营养，把来自民间的闹剧手法完美地融入剧中。如打耳光、隔墙偷听、桌下藏人、家庭争吵、赶走儿子、父亲逼婚等，都是吸收自民间富有生活气息的技巧和情节，大大增强了剧本的喜剧效果，从而创造出独具风格的近代喜剧。

第三，语言生动，富有个性。剧中人物的语言生动灵活，符合各自的身份特征。如道丽娜的语言犀利率真、朴实生动，处处显示出她直率的性格和下层劳动人民的智慧。达尔杜弗的语言矫揉造作，长篇大论地堆砌辞藻，符合他的伪善性格。奥尔贡的语言则简短、单调、武断，完全符合他作为专制家长的性格和身份。剧中人物的个性化语言和生动的对白大大增强了剧本的艺术魅力。

当然，《伪君子》在艺术上也是有局限的。剧本因遵守“三一律”原则，难以展现广阔的社会风貌，主人公达尔杜弗的性格单一，也缺乏丰富性。

思考题

1. 17 世纪三大文学现象的基本成就是什么？
2. 古典主义文学的基本特征是什么？
3. 弥尔顿和班扬的创作有哪些相似之处？
4. 达尔杜弗只是伪善吗？如何评价莫里哀的喜剧？
5. 结合戏剧，分析《伪君子》一剧中女仆道丽娜的形象。

第五章

5

18 世纪文学

【学习目的与要求】

通过学习本章内容，了解 18 世纪欧洲启蒙文学的基本特征和主要成就，重点掌握《浮士德》的思想内容和艺术成就，尤其是资产阶级思想文化体系的艺术构成，从而正确认识启蒙文学的性质和价值。

第一节 概述

17 世纪英国资产阶级革命为资本主义的迅速高涨创造了前提条件，正是在高涨的社会浪潮之中，在封建社会不可遏制的危机情境下，18 世纪在欧洲许多国家以及北美产生了启蒙运动。启蒙运动构成了 18 世纪欧洲文学发展的社会和文化背景。

一、18 世纪欧洲的历史发展和启蒙运动

作为资产阶级革命舆论的准备而发生的启蒙运动，是继文艺复兴运动之后的又一次伟大的思想文化运动。如果说人文主义者主要关注的是如何从宗教束缚下解放人的个性的话，那么，在启蒙运动中，资产阶级思想家则更多地注意破除宗教迷信和封建观念，直接启发人们去推翻封建统治，建立理想社会。更直接地说，启蒙思想家用第一次工业革命后出现的“无神论”思想取代一直占统治地位的“有神论”思想。当时一群被称为哲人的思想家在“无神论”的基础上发展和普及了一系列相关的观念，从而奠定了近代思想的基础。“启蒙”一词就其字面意义讲，是“启迪”“照亮”的意思，即用近代文化去“启迪”人们的理性和智慧，“照亮”愚昧、落后、黑暗的社会，以消除教会和贵族专制所散布的迷信和偏见，恢复理性的权威。启蒙思想家主张理性，运用怀疑、经验推理和讽刺的方法，通过小册子、大百科全书、戏剧以及小说，通过贵族“沙龙”与咖啡馆等各种公共领域传播他们的观念。他们批评的主要对象是制度，如政府、教会以及使旧思维方式永存并因此阻碍进步的非理性习惯。在他们看来，文学也是进行教育的手段和宣传反封建思想的有力武器，所以很多启蒙思想家同时也是文学家。

启蒙运动是近现代理性运动取得的重大成果，它赋予 18 世纪启蒙文学以鲜明的时代特征：

第一，鲜明的政治倾向性。启蒙作家往往就是启蒙思想家和活动家，他们强调文学的宣传、教育功能，注意对社会问题的探讨。他们在作品中猛烈抨击封建制度和教会，热情宣传自由、平等、博爱的思想，描绘理性王国的蓝图，表现出鲜明的政治倾向性。

第二，深厚的哲理色彩。启蒙作家常常有意识地把自己的政治观点、哲学思想融入作品，对生活进行分析、思索和评论，使作品带有寓意和象征性，具有说教和政论特色，例如法国的哲理小说。但启蒙文学的哲理性和分析性也给作品带来概念化、理性化的缺陷，作品中纯理性的成分较多，作品忽视对人物性格的刻画，使艺术形象缺乏个性特点，从而作品的艺术感染力被削弱。

第三，真实自然的创作风格。狄德罗提出的文学创作“要真实，要自然”的主张，为近代资产阶级文学指出了新的方向。启蒙作家反对古典主义的宫廷倾向，竭力捍卫艺术的民主倾向，使文学面向广大人民群众，着重写平民的日常生活，塑造了普通人的正面形象，把普通人的情感和理智、希望和追求、幸福和痛苦都写进文学作品之中。

第四，活泼多样的文学形式。为了更好地宣传启蒙思想，启蒙作家摒弃了古典主义的清规戒律，创造了许多新的文学形式，如正剧(即莱辛的“市民悲剧”和狄德罗的“严肃喜

剧”)、哲理小说、书信体小说、对话体小说、教育小说等。其中,哲理小说最受法国启蒙作家的青睐,在这类小说中,故事情节往往只是一个框架,人物只是一种寓意,作家主要通过富有寓意的形象和故事来表现某种哲理,表达自己对于哲学、政治、社会问题的见解。启蒙文学开创了欧洲文学的散文时代,结束了诗体语言对文坛的统治。

作为启蒙运动的重要组成部分,启蒙文学和文艺复兴时期的人文主义文学既有相同点,也有不同之处。首先,两者都是新兴资产阶级反封建、反教会的重要思想工具;但人文主义文学偏重伦理道德和生活领域,着重揭露教会的黑暗和教士的伪善、贪婪,而启蒙文学则将矛头直指封建制度和封建迷信,为资产阶级夺取政权制造舆论,具有更鲜明的政治倾向性。其次,两者的正面主人公都体现了资产阶级的愿望;但人文主义文学中的主人公往往披着帝王将相、才子佳人的外衣,而启蒙文学则直接以第三等级的人物作为歌颂的对象,把封建贵族作为讽刺批判的对象。最后,两者在艺术上都运用现实主义手法,强调反映社会现实;但人文主义文学往往采用古代和外国的题材,而启蒙文学则大多直接取材于现实生活。两者都创造了一些新的文学形式,如前者首创了十四行诗和小说等,后者独创了哲理小说和正剧等。

二、启蒙文学的主要成就

启蒙文学作为18世纪欧洲文学的主流,以英国的现实主义长篇小说揭开序幕,经由法国哲理小说和法、德等国的启蒙戏剧的发展而进入高潮,并与18世纪后期出现的感伤主义文学融合,以理性和情感两个方向为19世纪西方文学的两大潮流——浪漫主义和现实主义的繁荣铺平了道路。

(一) 英国文学

英国的启蒙文学出现在资产阶级革命之后,主要任务是揭露社会弊端,表现资产阶级的精神面貌,主要成就是现实主义小说。这类小说的特点是以普通人作为主人公,以现实生活为题材,以写实手法为主要表现手段。英国现实主义小说的代表作家有笛福、斯威夫特和菲尔丁等。

丹尼尔·笛福(1660—1731)是英国现实主义小说的奠基人。他的第一部小说《鲁滨孙漂流记》(1719)主要写主人公鲁滨孙不安于平庸的生活,不断到海外冒险的经历。一次,他在前往非洲贩运黑奴途中,因船只失事而只身漂流到一座荒岛上。他克服无数难以想象的困难,自己动手盖房、造船、种地、驯养牲畜、缝制兽皮衣服、制造陶瓷碗罐,在岛上坚持了28年,把荒岛开辟成自己的家园。小说的最大贡献在于成功地塑造了鲁滨孙这一资产阶级上升时期的正面典型形象。鲁滨孙所处的时代正是资本主义四处扩张的时代,在他身上很好地概括了资产阶级在上升时期的事业心和进取精神,也体现了资产阶级的私有观念和殖民主义占有欲。作品热烈地颂扬资产阶级的这种精神、力量和意志,是对当时不劳而获、怠惰懒散的封建贵族的批判,证明资产阶级有魄力、有才干,在社会上占统治地位。恩格斯称鲁滨孙为“真正的资产者”。小说在艺术上也采用了一些全新的写作方法。它以写实手法来描写一个虚构的故事,具体叙述事件的过程,讲究细节的真实,甚至有翔实可靠的数据，还注意在行动中刻画人物性格，具有强烈的真实感。而且，小说采用第一人称和回忆录的形式，用穿插的日记生动地记下了人物内心的感受和对事物的思考，文体简朴，语言通俗，读来亲切感人。笛福的创作方法使文学作品易于被广大的平民百姓接受，开拓了西方小说发展的新时期。

乔纳森·斯威夫特（1667—1745）是杰出的政论家和讽刺作家，他的创作不像笛福那样以歌颂英国现实为基础，而以讽刺批判为主调。其代表作《格列佛游记》（1726）充分表现了他的创作特点和成就。小说假托格列佛船长的口气叙述他周游小人国、大人国、飞岛国、慧骃国的奇异经历。从表面上看，这是一部幻想丰富、诙谐有趣的儿童读物，但它实质上是一部极富战斗性的讽刺作品，通过主人公幻想旅行的奇闻来影射、讽刺当时的英国的社会现象。小说的主要艺术特色是借助童话世界，把幻想、夸张的讽刺手法推到了新的高度。从斯威夫特开始，讽刺成为英国现实主义小说的一个鲜明特色。

亨利·菲尔丁（1707—1754）是 18 世纪英国最杰出的小说家。他有自己的小说理论，称自己的小说为“散文体的滑稽史诗”，用散文写史诗，用“滑稽”笔法而不用“严肃”笔法。它既有史诗的特点——有情节，有人物，又是没有韵律的含有幽默滑稽成分的散文体，反对小说的传奇性，强调现实性。他的小说理论和实践对 19 世纪欧洲现实主义文学产生了很大的影响。

菲尔丁的代表作《汤姆·琼斯》（1749）写弃儿汤姆与富家小姐索菲亚的爱情经历。乡绅奥尔华绥捡到弃儿汤姆，把他和自己的外甥布力菲养大成人，汤姆爱上了另一个乡绅魏斯特恩的女儿索菲亚，但因地位不相称而遭到索菲亚父亲的反对。布力菲也在追求索菲亚，为达到目的，他在舅父面前中伤汤姆，致使汤姆被逐出家门。汤姆被赶走后在外流浪，索菲亚也因不愿嫁给布力菲而离家出走，二人分别在前往伦敦的路上经历了种种磨难。最后，布力菲的诡计被揭穿，汤姆的身世真相大白。原来他与布力菲同母异父，也是奥尔华绥的外甥。汤姆和索菲亚终成眷属。小说的故事情节虽然略显俗套，但 18 世纪英国小说对普通小人物而非英雄人物的关注，对真实生活而非惊险传奇的重视，在这部小说中得到了典型体现。它通过主人公的经历广泛描绘了 18 世纪英国社会的真实面貌，对社会丑恶作了深刻的揭露和批判。结构上，它借鉴和改进了流浪汉小说的叙事模式，以人物经历为主，展现了乡村、途中和伦敦这三大典型环境，引出各阶层、各类型的人物。作品叙事手段高超，善于运用贯穿小说始终的悬念来激发读者的兴趣，推动情节的发展，布局合理缜密，这种结构被 19 世纪法国作家司汤达直接师承并运用在他的《红与黑》中。

（二）法国文学

18 世纪的法国文学与启蒙运动的关系最密切。它把斗争矛头指向整个封建社会的上层建筑和意识形态，富于理性和战斗性。

孟德斯鸠（1689—1755）是法国第一个真正意义上的启蒙作家。他的代表作《波斯人信札》（1721）是法国最早的一部启蒙文学作品。这是一部书信体小说，由 160 封长短不等的书信组成，它假托两个旅居法国的波斯青年与家人通信的形式，对法国的政治、经济、宗教等社会现象进行评论，反映了启蒙思想家对法国社会的认识。作品还虚构了一个“穴居人”的故事，描述了作者心目中的理想社会。全书没有完整的情节，没有丰富的人物性格，只是通过对一些零星的故事、寓言和所见场景的叙述来阐明哲理，开创了哲理小说的先河。

伏尔泰（1694—1778）是法国启蒙运动的精神领袖，他的文学创作涉及诗歌、戏剧、小说等领域，但他主要的文学成就是哲理小说，他写了 26 部哲理小说，著名的有《查第格》（1747）、《老实人》（1759）、《天真汉》（1767）等。《老实人》是伏尔泰哲理小说的代表作。小说通过主人公老实人的不幸遭遇，讽刺和批判了“一切皆善”这一维护现存秩序的人生哲学。小说还描绘了一个遍地黄金、国君贤明、人人平等自由、科学文化发达的“黄金国”，展现了作者心目中的理想社会的图景。小说最后以“种我们的园地要紧”结束，这一富有哲理的名言启示人们在生活中要进取、务实，体现了启蒙思想的精髓。

德尼·狄德罗（1713—1784）是法国《百科全书》的组织者和主编，法国杰出的启蒙思想家和文学家，他在哲学、美学、文艺理论等方面都达到了很高的水平。在文学创作上，他的主要成就是三部哲理小说：《修女》（1760）、《拉摩的侄儿》（1762）、《宿命论者雅克和他的主人》（1773）。《拉摩的侄儿》是一部对话体小说，通过主人公拉摩的侄儿和“我”在咖啡馆里的谈论，塑造了一个当时的落魄文人的形象。拉摩的侄儿天赋很高，多才多艺，但他穷困潦倒，自甘堕落，成为一个玩世不恭、寡廉鲜耻的食客，是畸形的社会所产生的畸形的人物。作品描写这样一个扭曲的人物，目的在于谴责恶而启发善，暴露丑而呼唤美，以达到真、善、美的有机结合。恩格斯称它是“辩证法的杰作”。

让-雅克·卢梭（1712—1778）是法国“百科全书派”中最具民主倾向的启蒙思想家和文学家。他的文学成就主要是三部小说：《新爱洛绮丝》（1761）、《爱弥儿》（1762）、《忏悔录》（1766—1770）。书信体小说《新爱洛绮丝》最能代表卢梭的思想和艺术风格。爱洛绮丝本是 12 世纪的一位美丽而多情的少女，她因与老师、哲学家阿伯拉尔相爱而酿成悲剧。卢梭借用这个中世纪的爱情故事推陈出新，描写 18 世纪法国贵族小姐朱丽与她的家庭教师圣普乐的爱情悲剧。主人公朱丽与她的家庭教师、平民知识分子圣普乐在相处中产生了恋情，两个人真心相爱，一往情深。但朱丽的父亲坚持封建门第观念，逼迫女儿嫁给贵族沃尔玛，活活拆散了这一对恩爱情侣。婚后，朱丽向丈夫坦白了她与圣普乐的爱情关系，并经丈夫同意，把圣普乐请来做他们儿子的家庭教师。于是，昔日的恋人又朝夕相处，却不能倾吐真情，他们都竭力压抑各自内心的感情，十分痛苦。尤其是朱丽，既要忠于丈夫，又难以忘却旧情，长期处于理智和感情的矛盾之中，终于忧郁成疾，重病身亡。男女主人公这种真挚、纯洁的爱情完全符合“自然道德”，但不符合贵族社会的道德风尚。这样，“社会道德”成了他们不幸的根源。作者通过这个悲剧谴责了“社会道德”的不合理，肯定了以真实自然的感情为基础的婚姻理想。小说突破了哲理小说的局限，把人的感情世界作为主要对象来描写，而且写得十分细腻，让人倍感亲切自然。小说对大自然的描写也十分精彩，善于把自然的优美同主人公的纯洁感情联系起来，使作品的抒情成分格外鲜明，具有很强的艺术感染力。卢梭对 19 世纪欧洲浪漫主义文学产生了很大的影响，被公认为这一文学思潮的先驱。

博马舍(1732—1799)是法国启蒙运动中著名的戏剧家。他继承了狄德罗的戏剧理论，提倡介乎英雄悲剧和轻快喜剧之间的中间类别的严肃喜剧。他第一个把这种戏剧称为“正剧”，并强调这种戏剧是现实生活的真实反映，描写第三等级的普通人，使用普通人的日常语言。他的代表作《费加罗的婚姻》(1778)曾被誉为法国大革命的前奏曲，主要写仆人费加罗为维护自身权利，与企图恢复贵族初夜权的主人阿勒玛维华伯爵展开斗争，使伯爵当众出丑，全剧在费加罗婚礼的狂欢中结束。费加罗与伯爵的斗争实际上是大革命前夜第三等级与贵族阶级之间斗争的反映，费加罗的胜利预示着法国广大人民反封建斗争的胜利。

（三）德国文学

18世纪的德国在政治上仍处于封建割据状态，这严重影响了德国资本主义的发展和社会进步，也决定了德国资产阶级的软弱性和妥协性。因此，受到西欧启蒙思想影响的德国进步知识分子不可能像英、法的先进人士那样投身到革命运动中，而只能局限在精神世界和意识领域内思考和探索德国的前途，通过哲学和文艺来倡导符合理性的道德观念，以改造德国的民族性格和精神面貌。

莱辛(1729—1781)是德国启蒙文学的第一位代表，德国民族文学的奠基人。他提倡写“市民悲剧”。其代表作《爱米丽雅·迦洛蒂》(1771)的故事发生在15世纪的意大利，公爵为强占爱米丽雅，在她结婚那天，派人杀死了新郎，并把她骗到宫中。爱米丽雅的父亲为保全女儿的贞节，忍痛杀了她。这是一出具有强烈政治倾向的悲剧。公爵是残暴专制的代表，作品通过这一形象，揭露了封建统治者的罪行。爱米丽雅是市民道德的化身，剧本歌颂了她和父亲不屈服于强权的反抗精神，但以死来反抗，又表现了资产阶级市民的软弱性。

到了18世纪70年代，“狂飙突进”运动开始兴起。这是一场全国性的文学运动，因德国作家克林格尔(1752—1831)1776年发表的同名剧本《狂飙突进》而得名。赫尔德(1744—1803)是这一运动的精神领袖，而青年歌德和席勒则是这一运动的主将。“狂飙突进”运动的代表作家否定现存的封建社会，主张“返回自然”；提倡民族意识，要求民族解放；追求个性解放，推崇天才；强调文学的民族风格。在这一运动中，涌现了一大批作品，德国文学空前繁荣。但由于这场运动是自发的，缺乏明确的政治纲领，所以它始终局限在文学领域，当那种青年人特有的狂热过去后，许多作家反叛社会的热情很快便冷却了下来。18世纪80年代中叶以后，这一运动也就衰退了。18世纪末，席勒和歌德在魏玛开始携手创作，把德国文学推向了新的高峰，史称“魏玛古典时期”。这也是德国启蒙文学的尾声。

席勒(1759—1805)是18世纪德国著名的诗人、美学理论家和剧作家。他一生强调美育，在美学著作《美育书简》中提出用美育的方式来改造社会的主张，认为艺术高于一切。他早期最成功的剧本是《强盗》(1781)和《阴谋与爱情》(1784)，这两部作品体现了他反封建专制、争取自由和唤起民族觉悟的创作思想。《阴谋与爱情》是他的代表作。故事发生在德国的一个小公国里，宰相的儿子裴迪南爱上了平民出身的露伊斯，宰相为了讨好公爵，获得更大的权力，逼迫儿子娶公爵的情妇为妻，裴迪南誓死不从。宰相便勾结秘书伍尔牧制造阴谋，企图拆散这对恋人，他们抓捕露伊斯的父亲米勒，并利用露伊斯对父亲的爱胁迫她写了一封假情书给宫廷侍卫长，作为释放她父亲的条件，还要她发誓保守秘密。然后他们故意让这封假情书落到裴迪南手中，裴迪南中计，在绝望中与露伊斯一起服下毒药。露伊斯临死前才讲出真相，一对纯洁的情侣就这样被罪恶的阴谋夺去了年轻的生命。剧作从表面上看是一部爱情悲剧，实质上是一部社会悲剧。作者把爱情悲剧和宫廷阴谋联系在一起，在爱情主线上构成剧烈冲突的是市民阶级和封建统治阶级之间的尖锐矛盾，这是两种社会势力、两种道德标准的尖锐矛盾，是民主和专制的冲突。男女主人公不仅是封建等级制度的受害者，而且是宫廷权势斗争的牺牲品，这就有力地控诉了封建专制统治的暴虐和宫廷的黑暗、腐败，大大加强了作品的政治倾向性。恩格斯称它是"德国第一部有政治倾向的戏剧"。在艺术表现手法上，马克思和恩格斯曾指出席勒的创作有"席勒式"的倾向，即"把个人变成时代精神的单纯的传声筒"[①]"为了观念的东西而忘掉现实主义的东西"[②]。在《阴谋与爱情》中也存在这种缺点。但从整体上说，作品的这种缺点并不算突出，因为它直接取材于德国社会现实，情节丰富、生动而且有较强的戏剧性，人物个性鲜明而且具有典型性。

第二节 歌德与《浮士德》

歌德是德国伟大的作家和思想家，在欧洲文学史上占有重要地位。德国诗人海涅曾说过："塞万提斯、莎士比亚、歌德成了三头统治，在叙事、戏剧、抒情这三类创作里分别达到登峰造极的地步。"[③]

一、生平与创作

约翰·沃尔夫冈·冯·歌德（1749—1832）于1749年8月28日出生于法兰克福市的一个富裕市民家庭，父亲是富裕的退休律师，曾做过皇家顾问、市参议员。母亲身为法兰克福终身市长之女，活泼精明，富于幻想。歌德从小受到良好的教育，后考入大学获法学博士学位。歌德生活在欧洲政治、经济、文化不断发生变化的时代，通过一生从事文学创作，研究自然科学，并积极参与政治活动来不断思索、不断奋斗。他的创作发展跟他个人生活与思想的转变是密切相连的，具体可分为以下几个阶段：

第一阶段是在斯特拉斯堡学习和狂飙突进时期（1770—1775）。1770年歌德结识了"狂飙突进"运动的领袖赫尔德，成为这一运动的重要成员。1771年歌德大学毕业后回到

---

① 马克思，恩格斯．马克思恩格斯选集：第4卷[M]．中共中央马克思恩格斯列宁斯大林著作编译局，编译．3版．北京：人民出版社，2012:437.

② 马克思，恩格斯．马克思恩格斯选集：第4卷[M]．中共中央马克思恩格斯列宁斯大林著作编译局，编译．3版．北京：人民出版社，2012:442.

③ 转引自：中国大百科全书总编辑委员会《外国文学》编辑委员会，中国大百科全书出版社编辑部．中国大百科全书：外国文学：Ⅱ[M]．北京：中国大百科全书出版社，1982:890.

家乡，一面当律师，一面写作。在随后的几年里，他写出了一系列体现“狂飙突进”运动反叛精神的优秀作品，如德国第一部现实主义历史剧《葛兹·冯·伯利欣根》(1773)和中篇书信体小说《少年维特之烦恼》(1774)等。这些作品有着强烈的反封建的政治倾向和追求个性解放的积极意义。《少年维特之烦恼》是歌德早期的代表作，它给年轻的歌德带来了世界性的声誉。在小说中，歌德以自己的亲身经历为素材，表达了争取自由的青年对爱情和自然的感受。主人公维特是个有才华、重感情、向往自由与平等的热血青年，一个偶然的机会，他与美丽、纯洁、善良的乡村姑娘绿蒂相识，并爱上了这个迷人的女孩。但绿蒂已奉父母之命与他人订婚，维特只好痛苦地离开。之后，维特来到一个公使馆任职，他想通过实际工作充实自己的生活，摆脱爱情上的纠葛，但官场的腐败和贵族的傲慢让他更加悲观，终于愤而辞职。他重回乡下，来到绿蒂身边，但绿蒂已结婚。在绝望中，维特开枪自杀。维特的自杀是爱情的悲剧，更是社会的悲剧。维特的烦恼和自杀从根本上说，是沉闷鄙陋的社会环境造成的。作者以震撼人心的激情表达了青年一代的精神苦闷和对令人窒息的时代的抗议。1775 年小说出第 2 版时，歌德加了一首主题诗：“青年男子谁个不善钟情？妙龄女人谁个不善怀春？这是人性中的至圣至纯；为什么从此中有惨痛飞迸？可爱的读者哟，你哭他，你爱他，请从非毁之前救起他的声名；请看，他出穴的精魂正向你耳语：请做个堂堂男子，不要步我后尘！”① 小说一出版就在德国乃至欧洲引起强烈反响，标志着德国文学以其狂飙突进的精神第一次走向世界。小说采用了 18 世纪常用的第一人称书信体，通过叙述者的观察、感受和体验来反映现实与体现人物内心，具有强烈的真实感。

第二阶段是魏玛从政时期(1775—1786)。1775 年，歌德应邀到魏玛公国从政，官居部长、枢密顾问等要职。他原希望在这里实现他的启蒙主义理想，可忙了整整 10 年，却丝毫改变不了这个小公国的封建性质。改革的屡屡失败使他深感失望。1786 年，歌德独自离开魏玛，前往他向往已久的意大利，开始了对古代艺术的研究，力图从古典艺术中寻求摆脱丑恶现实的途径。

第三阶段是从意大利旅行至与席勒的合作时期(1786—1814)。1786 年政治上不得志的歌德一度去意大利旅居两年，摆脱繁杂政务。在此期间，他完成了一些作品，如剧本《埃格蒙特》(1775—1787)、《伊菲格涅亚在陶里斯》(1775—1786)等，这些作品深受古典艺术宁静、和谐的风格的影响，主人公多以自我克制代替叛逆精神，表现了歌德放弃“狂飙突进”精神转而追求宁静、和谐的人道主义理想，并逐渐转向古典主义。这些作品虽然体现了他对新的理想的追求，但同时也反映了他向现实妥协的倾向。1788 年，歌德回到魏玛，但不再担任政务工作，而是致力于文学创作和自然科学研究。1789 年，法国大革命震动全欧洲，一开始歌德肯定这次革命，歌颂革命将“揭开一个新的时代”，但随着革命的深入，他又害怕革命的暴力。他赞成“自然”的“进化”，而不赞成暴力革命。

1794 年，歌德和席勒这两位德国文坛巨匠建立了亲密的友谊，开始了二人史称“密切合作的十年”(1794—1805)。他们在艺术上互相切磋，共同探讨，形成了德国古典文学的

① 郑克鲁. 外国文学作品选[M]. 北京：高等教育出版社，2019：60.

繁荣时期。这一时期也是歌德创作的第二个丰收期，他完成了长篇小说《威廉·迈斯特的学习时代》(1796)和诗剧《浮士德》第一部(1808)等著名作品。

第四阶段也是最后的岁月(1814—1832)。1805年席勒逝世后，歌德继续循着古典文学的美学原则前进，进入晚年创作时期。这一时期他完成了长篇小说《亲和力》(1809)、《威廉·迈斯特的漫游时代》(1829)、自传《诗与真》(1811—1814)和诗剧《浮士德》第二部(1832)等重要作品的创作。《威廉·迈斯特》是歌德全部创作中仅次于《浮士德》的一部力作，全书分为《学习时代》和《漫游时代》两部分，前后创作达30年。这是德国文学史上一部影响深远的教育小说，着重描写人的成长过程。晚年的歌德逐渐成为德意志精神的代表。面对19世纪欧洲乃至世界的重大变化，他始终保持着敏锐的思想，以极大的兴趣了解新思潮，研究欧洲空想社会主义和东方文化，并在历史上第一次提出了“世界文学的时代已快来临”的精辟论断。

1832年3月22日，歌德因病在魏玛逝世。恩格斯在《诗歌和散文中的德国社会主义》中对歌德的矛盾曾作出这样精辟的分析：“在他心中经常进行着天才诗人和法兰克福市议员的谨慎的儿子、可敬的魏玛的枢密顾问之间的斗争；前者厌恶周围环境的鄙俗气，而后者却不得不对这种鄙俗气妥协、迁就。因此，歌德有时非常伟大，有时极为渺小；有时是叛逆的、爱嘲笑的、鄙视世界的天才，有时则是谨小慎微、事事知足、胸襟狭隘的庸人。”①

二、《浮士德》

《浮士德》是歌德的代表作，诗剧从酝酿构思到最后完成花了60多年时间，反映了歌德的思想和美学观的发展过程，是他全部生活体验、哲学探索和艺术实践的结晶。同时，这部作品也是自文艺复兴运动到启蒙运动以来资产阶级上升时期思想文化的形象总结。

(一) 作品结构

拓展阅读：歌德《浮士德》的三层结构及其价值

《浮士德》取材于16世纪德国的民间传说。传说中的浮士德是个跑江湖的魔术师，据说他曾与魔鬼订约，漫游世界，满足各种欲望，死后灵魂归魔鬼所有。在传说和后人写作的文学作品中，浮士德的形象不断丰富、发展，越来越明显地体现了摆脱宗教束缚、追求精神解放的时代精神。歌德在前人的基础上重写了这部作品。诗剧《浮士德》共分两部，长达12 111行。除序曲外，第一部共25场，不分幕；第二部27场，分为5幕。全剧没有首尾连贯的情节，以主人公思想的发展为线索，写他不断探索人生社会理想的过程。其主体由两个赌赛和五个阶段的悲剧组成。

作品首先描写的是天堂里发生的天帝和魔鬼之间的一场赌赛：在这里，天帝与魔鬼靡非斯特发生了一场关于人的争论，争论的中心是关于人的生命意义的问题。天帝肯定人

① 马克思，恩格斯.马克思恩格斯全集：第4卷[M].中共中央马克思恩格斯列宁斯大林著作编译局，编译.3版.北京：人民出版社，1958：256.

的理智，认为人在探索中虽不免会犯错误，但最终总会走向正途而找到真理。魔鬼则否定人生，否定人类历史的进步，认为像浮士德这样天上、人间无一可以满足其追求的人，最终必将堕落，被他引入歧途。为此，他们打赌，由魔鬼去诱惑浮士德，看他是否会堕落。然后魔鬼靡非斯特来到了人间，与浮士德打赌：在浮士德生前魔鬼归浮士德驱使，满足浮士德的各种愿望；而浮士德死后灵魂则归魔鬼所有。浮士德答应了魔鬼的条件，于是开始了一生的追求。

第一阶段是知识悲剧，主要写老学究浮士德的新生。首次出现在我们眼前的浮士德是个年过半百的学者，他在阴暗的书斋里度过了大半辈子，孜孜不倦地博览群书，钻研中世纪的各种学问，但到头来却发现，这些书本知识毫无用处。他为此深感苦恼，甚至想自杀。想到自己大半辈子埋头于故纸堆中，到头来得不到任何有价值的成果，他感到绝望至极：

> 唉！我到而今已把哲学，/ 医学和法律，/ 可惜还有神学，/ 都彻底地发奋攻读。/ 到头来还是个可怜的愚人！ / 不见得比从前聪明进步；/ 夸称什么硕士，更叫什么博士，/ 差不多已经有了十年，/ 我牵着学生们的鼻子 / 横冲直撞地团团转——/ 其实看来，我并不知道什么事情！……/ 别妄想有什么真知灼见，/ 别妄想有什么可以教人，/ 使人们幡然改邪归正。/ 我既无财产和金钱，/ 又无尘世盛名和威权；/ 就是狗也不愿意这样苟延残喘！[①]

但远处传来的复活节的钟声打断了他求死的念头，他回忆起天真的童年，认识到使人得救的不是灰色的理论，而是常青的生活经验，于是他又油然而生生存的欲望。在他的内心深处却有两种思想感情在斗争：

> 哦，你只懂得一种冲动，/ 永不会把另一种认清！ / 在我的心中啊，盘踞着两种精神，/ 这一个想和那一个离分！ / 一个沉溺在强烈的爱欲当中，/ 以固执的官能贴紧凡尘；/ 一个则强要脱离尘世，/ 飞向崇高的先人的灵境。/ 哦，如果空中真有精灵，/ 上天入地纵横飞行，/ 上岸入地纵横飞行，/ 就请从祥云瑞霭中降临，/ 引我向那新鲜而绚烂的生命！[②]

回到家，他打开《圣经》寻求启示，但书上“泰初有道”这句话和他的思想相抵触，他便将之改为“原始有为”。这一改动表现了浮士德渴望投入实际活动的强烈愿望：“我要投入时代的激流！ / 我要追逐事变的旋转！ / 让苦痛与欢乐，/ 失败与成功，/ 尽量互相轮换，/ 只有自强不息，才算得个堂堂男子汉。”[③] 因此，当魔鬼靡非斯特出现时，他主动提出订

① 歌德. 浮士德[M]. 董问樵，译. 上海：复旦大学出版社，1983：21-22.
② 歌德. 浮士德[M]. 董问樵，译. 上海：复旦大学出版社，1983：57-58.
③ 歌德. 浮士德[M]. 董问樵，译. 上海：复旦大学出版社，1983：90.

立契约。这就是“人间的赌赛”,即魔鬼与浮士德的赌赛。浮士德的条件是:“假如我对某一瞬间说:/ 请停留一下,你真美呀! / 那你尽可以将我枷锁! / 我甘愿把自己销毁! / 那时我的丧钟响了,你的服务便一笔勾销。”[①] 靡非斯特的条件是做浮士德的仆人,为他服务,浮士德要是输了,来世就得为魔鬼服务。浮士德坚信自己在追求理想的道路上决不会满足,所以他毅然同魔鬼走出书斋,投身于社会洪流中。

浮士德走出书斋后,魔鬼先首先把他带到一家酒馆,一群大学生正在这里吃喝玩乐,但浮士德对这种荒唐的生活感到厌恶。魔鬼于是带他到“魔女之厨”,借魔女的药汤使他一下子年轻了30岁,恢复了青春。这样,浮士德完成了从精神到肉体的新生。浮士德的这段生活史否定了陈腐的书本知识和脱离现实的书斋生活,象征文艺复兴时期的人文主义者摆脱中世纪的学问投身于社会中探索人生真理的历程,表达了新兴资产阶级要求个性解放、渴望实践的强烈愿望。

第二阶段是爱情悲剧。魔鬼带着恢复了爱情欲求的浮士德来到德国的一个小镇,并帮助他得到了少女玛甘泪的爱情。但这场爱情很快就酿成悲剧,玛甘泪为了与浮士德幽会,无意中让母亲吃了过量的安眠药,害死了母亲。她的哥哥也因反对她与浮士德的结合而死于浮士德的剑下。她自己未婚生子,因害怕社会舆论压力而溺死了自己的孩子,被判死刑。玛甘泪为了她与浮士德的爱情而陷入苦难,浮士德却在魔鬼的诱惑下陷于瓦普几斯之夜与魔女的欢会中。当他得知玛甘泪的遭遇赶到监狱去搭救时,玛甘泪已精神失常。这使浮士德认识到,围绕个人生活的狭小圈子追求理想是不可能的,必须克服“小我”走向“大我”,向着更高的境界前进。这段描写实际上是对文艺复兴时期那种过分追求官能享受和个人主义泛滥的否定。

第三阶段是政治悲剧。魔鬼把浮士德带到帝国的宫廷,参见皇帝,使他有机会为宫廷服务。当时帝国里一片混乱,诸侯们各霸一方,官吏贪赃枉法,士兵抢劫成风,老百姓不满于现状,随时都可能揭竿而起。更严重的是国库已空虚,魔鬼和浮士德建议大量发行纸币,暂时解决了王朝的财政危机。在这种情况下,皇帝仍懒于过问国事,只求寻欢作乐,竟异想天开地提出要见古希腊美女海伦,浮士德只得设法召唤来海伦的幻影,满足皇帝的要求。但当浮士德看到海伦与特洛伊王子帕里斯调情的场面时,不禁妒火中烧,拿起魔术钥匙击打帕里斯,结果引起一声爆炸,幻影消失,浮士德昏倒在地,从此他的政治生活结束了。这段描写反映了资产阶级想依靠封建统治阶级改革社会的幻想的破灭,实际上也是歌德对在魏玛从政十年的经验总结。

第四阶段是浮士德对美的追求的悲剧。魔鬼背着昏迷不醒的浮士德回到书斋,浮士德的学生瓦格纳在实验室里造出了一个小人“荷蒙古鲁士”。荷蒙古鲁士看出昏迷中的浮士德对海伦仍念念不忘,遂引导他来到古希腊,让他实现了与海伦的结合。他们生下的儿子欧福良继承了浮士德永不满足、向往实际行动的性格,当他听到远方的人们为自由独立而斗争的消息时,也渴望参加战斗:

---

① 歌德.浮士德[M].董问樵,译.上海:复旦大学出版社,1983:87.

我得越升越高，/ 我得愈望愈远！ / 现在我看出了我在的地点：/ 是在岛的中间，/ 在伯罗奔尼撒国土的中间，/ 好一片陆海相连。……

你们梦想着太平的日子？ / 谁愿梦想，就让他去梦想吧！ / 战争是口号！ / 胜利！接着来到。……

没有壁垒，没有城墙，/ 每个人只有依靠本身的力量；/ 要问什么是坚不可摧的城堡？ / 那便是男子汉的钢铁胸膛。/ 你们想要安居而不被征服，/ 就只有轻快武装直赴战场！ / 妇女们尽成为巾帼英雄，/ 每个孩子都是勇敢闯将。……

可是！我的双翅 / 已经开展！ / 到那儿去！我得去！我得去！ / 请容许我飞去！①

但欧福良因跳跃太高为天火所击，结果殒命在父母的脚下，形体即刻消失。海伦悲痛欲绝，随即也在浮士德的怀抱中消失，只留下白色的长袍和面纱。长袍化为白云，把浮士德托起，飞回北方。浮士德追求美的悲剧说明了用古代美来消除现代丑的幻想的破灭。在浮士德的怀中只留下海伦的长袍和面纱，即古代艺术的美的形式，而美的力量本身只是幻影，作品否定了用艺术力量改造社会的幻想，暗示人们不应迷恋古代，而应当珍视现实。

第五阶段是浮士德的事业悲剧。从虚幻的世界中重新回到现实中来的浮士德希望通过改造大自然、发展生产力来实现理想。他帮助皇帝镇压叛乱后获得一片海滨封地。他发动群众移山填海，征服大自然，创造了一个人间乐园。这时的浮士德已是百岁老人，双目失明，后来死灵到来，为他挖掘墓穴。他听到铁锹挖地的声音，以为一项造福人类的伟大事业正在进行，他恍然大悟：

有一片泥沼延展在山麓，/ 使所有的成就蒙垢受污；/ 目前再排泄这块污潴，/ 将是最终和最高的任务。/ 我为千百万人开疆辟土，/ 虽然还不安定，却可以自由活动而居住。/ 原野青葱，土壤膏腴！ / 人畜立即在崭新的土地上各得其趣。/ 勇敢勤劳的人筑成那座丘陵，/ 向旁边移植就可以接壤比邻！ / 这里边是一片人间乐园，/ 外边纵有海涛冲击陆地的边缘，/ 并不断侵蚀和毁坏堤岸，/ 只要人民同心协力即可把缺口填满。/ 不错！我对这种思想拳拳服膺，/ 这是智慧的最后结论：/ 人必须每天每日去争取生活与自由，/ 才配有自由与生活的享受！ / 所以在这儿不断出现危险，/ 使少壮老都过着有为之年。/ 我愿看见人群熙来攘往，/ 自由的人民生活在自由的土地上！ / 我对这一瞬间可以说：/ 你真美呀，请你暂停！ / 我有生之年留下的痕迹，/ 将历千百载而不致湮没无闻——/ 现在我怀着崇高幸福的预感，/ 享受这至高无上的瞬间。②

---

① 歌德. 浮士德［M］. 董问樵，译. 上海：复旦大学出版社，1983：566-568，570.

② 歌德. 浮士德［M］. 董问樵，译. 上海：复旦大学出版社，1983：666-668.

对于这样的一刹那，他禁不住满意地说出："你真美呀，请你暂停！"按照契约，他倒地死去，但魔鬼未能拘走他的灵魂，因为浮士德的灵魂永远在奋发向上，所以他是属于灵界的高贵成员，此时荣光洒下，天使们吟唱着：

> 灵界高贵的成员／已从恶魔手救出：／不断努力进取者，／吾人均能拯救之。／更有爱从天降，／慈光庇护其身，／极乐之群与相遇，／衷心表示欢迎。①

在天上，浮士德见到了已经成为圣女的玛甘泪，见到了圣母。这一阶段表现了资产阶级思想家对人类社会美好愿景的向往。浮士德一生的探索过程说明，人只要努力，不断进取，就能实现人生的崇高理想。

（二）思想内容

《浮士德》最主要的思想价值是它用艺术和审美的手法，形象地展示了新兴资产阶级思想文化体系的构成。歌德在古老的德国浮士德的故事中，加上了《天上序曲》一场。这一场主要描绘的是发生在天庭里天帝与魔鬼靡非斯特之间的赌赛。这等于作品从开始就告诉人们，至高无上的"天帝"是宇宙中的"第一"和"最高者"，是创造天地万物的本原。这个天帝，完全不同于中世纪宗教观念中的"三位一体"，他是"至善"的化身。同时，作者也交代了天帝的对立面"至恶"（魔鬼靡非斯特）。由此，"至恶"与天帝所代表的"至善"构成了宇宙间最基本的矛盾。这一层级结构安排说明在歌德的思想体系中，"至善"是世界的本原，并以此取代了中世纪神学体系中的上帝。它分化出了自己的对立面"至恶"。他们之间的矛盾斗争，成了万事万物特别是人类世界运动发展的原动力。《天上序曲》中出现的第三个人物是浮士德。他是天帝与魔鬼用来赌赛的人物，是"至善"与"至恶"二者打赌的对象。天帝认为，虽然"人在努力中，总有错妄"，但无论如何，一个善人，在他的摸索之中，也不会迷失正途。而靡非斯特却断言，人总是贪图小利，无所成就的。浮士德作为人类代表出现，目的就是要回答人究竟是什么的问题。可以说，正是这一幕，不仅搭起了整个《浮士德》作品结构的基本骨架，而且也使歌德对整个世界的新看法有了一个不可替代的前提。这样，《天上序曲》实际上是歌德整个世界观体系的艺术反映。也就是说，歌德完全抛弃了中世纪一直占统治地位的神学观点，把宇宙间的各种对立，社会上（包括精神领域中）的各种矛盾，都抽象为道德上的善与恶的斗争，这种斗争是受"至善至恶"矛盾所制约的过程。

同样，在作品中，歌德也通过浮士德不断追求的一生，揭示了人自身得救的原因。当我们将目光放到浮士德自身的发展上时，就会看到，浮士德的一生是由不断的追求构成的。在他身上，至善至恶之间的矛盾决定着他也是一个具体的善恶矛盾体。这诚如浮士德自己所说："在我的心中啊，盘踞着两种精神，／这一个想和那一个离分！／一个沉溺在强烈的爱欲当中，／以固执的官能贴紧凡尘；／一个则强要脱离尘世，／飞向崇高的先人的灵境。"正是他自身的内在矛盾冲突，善恶之间的相互作用，才推动了他一生的发展。这样，

---

① 歌德. 浮士德[M]. 董问樵，译. 上海：复旦大学出版社，1983：685-686.

浮士德就成了人类的代表，他的生活道路也就是人类追求真理的道路。浮士德通过自己一生的追求，不断克服自身的恶，最后得以上天堂的结果表明，他最终回归了至善，具体的善和至善达到了合一。由此可以看出，歌德形象化地展现了上升时期新兴资产阶级思想体系的构成。应该说，歌德在《浮士德》中所表现出来的以善与恶斗争为核心的新的思想体系，虽然未能对自然界、人类社会和人类的精神发展进程做出科学的说明与总结，但像此时出现的康德、费希特、黑格尔等用哲学手段来认识事物发展规律，总结资产阶级上升时期的精神发展，并力图建立自己的理论体系的其他人一样，歌德也以美学和艺术的方式完成了这一历史赋予的任务，并得出了与黑格尔极其相似的结论。正因为如此，恩格斯才把歌德与黑格尔并提，认为他们在各自的领域中都是奥林波斯山上的宙斯。[①]

（三）人物形象

浮士德是一个理想的探求者，是欧洲资本主义上升和发展时期进步知识分子的象征性形象。他身上最鲜明的特征是"浮士德精神"。所谓"浮士德精神"，也就是不断追求、永不满足、自强不息、执着地进行探索的精神。这种精神本质上是对从文艺复兴到 19 世纪初数百年间德国乃至欧洲资产阶级先进分子的精神探索历程的高度概括。而这种探索又是在矛盾的作用下进行的。作为资产阶级的一个象征性人物，浮士德的思想性格充满矛盾。他说："一个沉溺在强烈的爱欲当中，/ 以固执的官能贴紧凡尘；/ 一个则强要脱离尘世，/ 飞向崇高的先人的灵境。"这种矛盾正是资产阶级上升时期两重性的表现。魔鬼正是利用浮士德性格中沉溺于爱欲、留恋人世的欢乐享受因素引诱他堕落，使他在前进的道路上有过迷误；但浮士德又极力节欲精进，追求真理，要创造一番事业。正是由于他的不断进取、自强不息、永不满足的精神居于主导地位，所以他不但没有沉沦，反而向着更高的境界不断攀登，终于探索到人生的社会理想，灵魂得救。这种精神正是浮士德这一形象的魅力之所在。从浮士德在书斋中领悟到"原始有为"，到他通过终身探求得出"这是智慧的最后结论"——"必须每天每日去争取生活与自由"，都体现了这种精神。从《天上序曲》中天帝所坚持的"一个善人只要他努力向上就不会迷失正途"的信念，到全诗结尾部分天使所传递的"不断努力进取者，吾人均能拯救之"的信息，前后呼应，都有意突出了浮士德积极进取的精神。需要说明的是，浮士德的理想也有一定的局限性。他的人生理想是争取个人的"生活与自由"，而不是社会的解放；他希望的理想社会是在保存现有制度的前提下，用改造自然代替社会变革，用劳动建成人间乐园，这实际上是理想化的资产阶级王国。

（四）艺术成就

《浮士德》不仅思想内容博大精深，而且艺术形式独特新颖，达到了德国文学史上前所未有的高度。

第一，作者善于运用象征的方法，把现实因素和幻想因素交织起来，达到形象性与哲理性的高度统一。《浮士德》以主人公一生的奋斗概括了西方先进资产阶级知识分子的精神探索过程，也概括了人类精神成长的历史，其中涉及世界的起源与本质、人生的意义

① 马克思，恩格斯．马克思恩格斯选集：第 4 卷［M］．中共中央马克思恩格斯列宁斯大林著作编译局，编译．3 版．北京：人民出版社，2012：225.

及价值、人类的前途与命运等哲学问题，具有深刻的哲理内涵。如何表现这些观念形态的东西，对歌德无疑是一个严峻的考验。我们在作品中看到的并不是抽象的概念或乏味的说教，而是一个个多姿多彩的艺术画面、事件和形象，一切属于观念形态的东西都被诗人用象征的手法巧妙地融进了画面、事件和形象之中。而现实因素和幻想因素的巧妙结合，也使歌德笔下的世界和人物既是形象化的，又是富于哲理的。例如，浮士德的苦闷、热恋、享受、追求等，无不具有现实生活中常人的情感特征。而学者书斋、下层酒寮、皇帝宫廷等场景也富有鲜明具体的形象性。但作品中出现的人物又不是现实生活中的人物，浮士德与魔鬼的赌赛、与海伦的结合等也是现实中不可能发生的情节。诗人正是通过这些形象化的场景和人物的活动展示了人类精神的演进过程，表现了人生哲理和生活哲理。

第二，作者善于运用矛盾对比的方法来配置人物、安排场景。在人物塑造上，一是人物自身的矛盾对立。浮士德的形象是在其自身两种精神的矛盾斗争中进一步丰富和深化起来的。人物自身的矛盾发展更深刻地揭示了人物的复杂性、鲜明性和生动性。二是在人物关系上出现了一对对矛盾鲜明的形象。天帝与魔鬼、浮士德与魔鬼等都构成对立统一关系。其中浮士德与魔鬼靡非斯特的矛盾贯穿全剧。浮士德热爱人生，不断进取，是善的化身；靡非斯特否定人生，毁灭一切，是恶的代表。他们一善一恶，一正一反，但又相辅相成。另外，全剧的艺术构思也贯穿了这种矛盾对比的方法。如阴暗的书斋与风光明媚的城郊的对比，玛甘泪宁静、朴素的闺房与瓦普几斯之夜狂乱喧闹的对比等，这些对比使作品中描写的一切既各自鲜明突出，又交相映衬，构成和谐统一的图景。

第三，作者善于采用多种诗歌形式来表现丰富多彩的内容。诗剧中描写了多种多样的不同时间、不同地点的场面和人物，歌德善于根据内容的不同选取最适当的表现形式。例如，写浮士德的五个阶段经历，以叙事诗形式为主；写玛甘泪用抒情诗的形式，形成朴素、宁静的风格特色；写海伦则运用古希腊悲剧的风格，给人典雅、庄严之感；写浮士德充满矛盾的内心独白，多是带有哲理性的议论，写靡非斯特则用机智和讽刺性的诗句，这与两人的身份和性格特征十分吻合；写瓦普几斯之夜等下层社会场景时运用民谣的生动活泼的笔法，写封建宫廷时则用讽刺诗的诙谐嘲讽的风格。多种多样的诗歌形式的运用表现了丰富多彩的内容。

思考题

1. 启蒙文学催生了哪些新的文学样式？
2. 以一部小说为例，谈谈英国现实主义小说人物的典型特征。
3. 以一部小说为例，谈谈法国哲理小说的特征。
4. 如何理解“狂飙突进”运动？
5. 浮士德和靡非斯特之间存在怎样的一种关系？
6. 为什么靡非斯特在赌赛中落败，而浮士德的灵魂最终升天？

第六章

6

19 世纪初期文学

【学习目的与要求】

通过学习本章内容，了解 19 世纪初期欧洲浪漫主义文学的基本特征和主要成就，重点掌握《恰尔德·哈罗尔德游记》《叶甫盖尼·奥涅金》的思想内容和艺术成就，从而正确认识资本主义制度建立初期文学的性质和价值。

第一节 概述

浪漫主义文学运动是法国大革命爆发之后的第一个资产阶级文学运动。18世纪末19世纪初,浪漫主义作为资产阶级文学运动以不可阻挡之势登上历史舞台,先后在欧洲许多国家的文坛占据主流地位。

一、浪漫主义文学思潮兴起与基本特征

虽然在19世纪30年代英国浪漫主义的辉煌时期已接近尾声,但在法国,浪漫主义不久前才刚刚取得对古典主义的决定性胜利,而在诸如西班牙、意大利以及东欧、北欧的一些国家里,浪漫主义文学潮流一直延续到19世纪中期。浪漫主义文学思潮并非横空出世,它的产生是历史发展的必然结果:法国大革命激发了人们的叛逆精神;新的社会问题导致失望情绪;古典主义对理性的极端强调使它的规则成为枷锁;德国的古典哲学为浪漫主义做了理论和思想上的准备;在18世纪中期,感伤的前浪漫主义为文学打开了人的内心世界和情感这一禁区,人的内心世界的广阔空间逐渐被认识、被发现。这些都引导着后来的浪漫主义者对自我、对情感的热烈歌颂。浪漫主义终于打着想象与情感的旗帜对传统理性进行了前所未有的反拨,它的出现为西方文学注入了新的力量。

浪漫主义文学具有鲜明特征。浪漫主义看待世界虽然有积极和消极之分,但作为一场运动,则体现出共同的特征。

一是具有强烈的主观性。浪漫主义是人类看待世界的一种新的方式的表达——以主观情感为中心,而不是理性反应。浪漫主义者单纯地相信,凭借澎湃的热情、非凡的想象或昂扬的斗志,可以建立一个美好的理想世界。雨果曾说浪漫主义就是文学上的自由主义。这种主观性在内容上不仅表现为浪漫主义作品对个性、对理想、对情感充分认可与追求,而且也表现为对各种束缚,比如暴政、宗教和创作规则予以反叛。由于浪漫主义作家多处于与社会对立的状态,所以他们强调表现个人的思想和生活,肯定个人对社会的反抗,追求个性的绝对自由。

二是大自然的意象成为重要的情感载体。意象最基本的功能在于将难以言说的情感呈现出来供人们观照、认识和理解。它表现着诗人的情感和想象,表现着诗人对于"内在生命"的理解。流动的、个体的、直接的情感经过用来自大自然的意象整理与呈现,不但会使读者领会诗人的情感世界,而且会超越个人的范围,表现人类的情感与概念。由于情感、想象本身的难以言传性,意象就成为表现情感、传达想象的重要手段。浪漫主义作家通过创建自己独特的意象结构,构建出了内心理想世界的外在表现形式。如诺瓦利斯用"夜"表达对神秘世界的向往;华兹华斯用"鸟""水仙"等表达对自然的依恋情怀,对抗工业文明与城市文明,将自然视为精神的避难所;雪莱用"西风"表达对变革的渴望与信念;惠特曼则用"草叶"表达对自由、自我和民主的歌颂。

三是在艺术形式上也体现出对自由的强烈追求。华兹华斯明确表示,诗歌应采用日常语言,并且主张打破诗歌韵律的束缚。柯勒律治则用古老的民间歌谣体来表示自己对

陈规旧俗的蔑视。到了惠特曼的笔下，诗歌则完全变成了无韵体，充分张扬了美国作为一个新兴国家昂扬的自由精神和强烈的民主思想。在艺术题材和艺术风格上，浪漫主义作家都有新的创造。

二、19 世纪初期浪漫主义文学的发展状况

(一) 德国文学

浪漫主义文学运动最早是从德国开始的。19 世纪初的德国由于政治分裂、经济落后，资产阶级软弱，加上唯心主义哲学盛行，德国浪漫主义文学表现出了低沉的格调。德国早期的浪漫派又称“耶拿派”，代表人物是施莱格尔兄弟(奥·施莱格尔，1767—1845；弗·施莱格尔，1772—1829)和诺瓦利斯(1772—1801)。他们在耶拿出版杂志《雅典娜神殿》，宣扬浪漫主义文学主张，为浪漫主义文学开辟了阵地。诺瓦利斯的诗集《夜的颂歌》(1800)脱离现实，否定人生，只沉湎于神秘的世界，歌颂黑暗和死亡，宗教主义和悲观主义色彩浓厚。1805 年后，拿破仑率军占领德国，这使得德国的民族意识和爱国思想高涨，德国浪漫主义文学也逐渐融入民主因素，此时的代表作家有霍夫曼(1776—1822)和海涅等。

海因里希·海涅(1797—1856)是德国 19 世纪著名的革命民主主义诗人。他的早期诗歌达到了德国浪漫主义诗歌的高峰。作品有《诗歌集》《新诗集》《罗曼采罗》。《诗歌集》以鲜明的浪漫主义色彩歌咏爱情的欢乐和苦恼，颇具民歌风格，其中《乘着这歌声的翅膀》因门德尔松谱曲而广为传唱：

乘着这歌声的翅膀，
亲爱的，随我前往，
去到那恒河的岸边，
最美丽的地方；

那花园里开满了红花，
月亮在放射光辉，
玉莲花在那儿等待，
在等她的小妹妹。

紫罗兰微笑地耳语，
仰望着明亮星星，
玫瑰花悄悄地讲着芬芳的心情；

那温柔而可爱的羚羊，
跳过来细心倾听；
远处那圣河的波涛，

发出了喧嚣声。

我要和你双双降落，
在那边椰子林中，
享受着爱情和安静，
做甜蜜幸福的梦。①(邓映易译)

代表作政治长诗《德国——一个冬天的童话》(1844)是一部诗体游记，共27章，描写了诗人在德国的见闻与观感。其诗名寓意为封建制度统治下的德国社会如同冬天般冷酷萧条，而反动政府等为维护封建制度所散布的虚伪幻想——童话般的幻想必然在冷酷的现实面前破灭。

（二）英国文学

英国浪漫主义文学代表了欧洲浪漫主义文学的最高成就。英国工业革命为英国浪漫主义文学的产生提供了条件。它的发展可以分为两个阶段：

第一阶段从18世纪末到19世纪的第一个10年，代表作家是华兹华斯(1770—1850)、柯勒律治(1772—1834)和骚塞(1774—1843)。由于他们长期生活在英国北部的昆布兰湖区，因此又被称为"湖畔派"诗人。他们都憎恶资本主义城市中冷酷的金钱关系，于是远离城市，寄情山水。他们的诗作或者歌颂大自然，或者美化宗法制的农村生活，或者描写诡异神秘的故事。总之，他们的题材都远离社会斗争，他们以此来抵制丑恶的社会现实，在纯精神的领域构建心目中的理想天国。正因为他们普遍对现实社会的革命斗争持逃避或反对态度，因此又被称为消极的浪漫主义者。"湖畔派"诗人中声望最高、成就最大的是华兹华斯，他不但是浪漫主义潮流的开创者，更是浪漫主义文学纲领的制定者。

第二阶段从19世纪10年代到20年代，代表作家是拜伦、雪莱和济慈(1795—1821)等。他们因为对现实的批判态度、对资产阶级革命斗争的积极投入与顽强的战斗精神而被称为积极的浪漫主义者。

珀西·比希·雪莱(1792—1822)与拜伦并称英国诗坛的两颗巨星。他生于贵族家庭，父亲狭隘、守旧，母亲则厌恶雪莱姑娘般的相貌和气质。由于没有从父母那里得到过温暖，雪莱从小就表现出压抑、苦闷和反叛的性格。在伊顿公学读书时，雪莱就因敏感、倔强而被称为"疯子雪莱"。他只要稍微受到压制，便会勃然大怒，进而不屈不挠地反抗。由于过度张扬个性，他受到包括校长在内的老师及同学的欺辱，年少的他便把人类看成由披着文明外表的野蛮人组成。敏感的雪莱从小便渴望摆脱野蛮庸俗的现世，向往高尚纯美的生活。

他的诗歌所构建的是一个充满光华、智慧、怜悯、正义和爱情的理想王国，一个充满和

① 莫家祥，高子居.西方爱情诗选[M].桂林：漓江出版社，2019:36.

谐而毫无痛苦的虚无的乌托邦。他的主要作品有:《麦布女王》(1813)、《伊斯兰的起义》(1817)、《解放了的普罗米修斯》(1819)以及大量优美的抒情短诗。《解放了的普罗米修斯》是雪莱最重要的一部诗作。它取材于古希腊的神话传说。古希腊悲剧家埃斯库罗斯曾以此为题材创作戏剧,以普罗米修斯与宙斯妥协告终。而雪莱笔下的普罗米修斯却以高傲和蔑视的态度忍受痛苦,胸怀美好的理想,敢于反抗暴政,始终不渝地争取自由,决心与宙斯斗争到底。最后普罗米修斯胜利了,诗剧的最后一幕是普天同庆的欢乐场面。这个结局充分表达了雪莱的乌托邦思想,同时也表现了雪莱的进步性——他已经认识到自由要通过反抗与斗争来获得。

雪莱的传世名篇还包括一些抒情短诗,如《西风颂》《云》《致云雀》等。诗人笔下的西风具有明显的象征意义,它是革命力量的象征。诗人借西风扫落叶来象征革命力量消灭反动势力,借西风送种子来隐喻革命力量的积蓄和传播。西风不仅无情地破坏黑暗的旧世界,还催生出新生活的萌芽。“冬天来了,春天还会远吗?”(《西风颂》)这一名句表现了雪莱对美好未来的坚定信心和乐观精神。雪莱是一位不折不扣的理想主义者,他的内心是高度纯洁的。他一生都充满着火一般的热情,哪怕世界到处都是黑暗的,他也不放弃心中的希望与追求光明的勇气。这种乐观主义像一条红线,贯穿他全部的诗歌创作。他不属于凡俗的现世,而属于美丽的彼岸世界。

济慈也是一位杰出的浪漫主义诗人。他的诗作《希腊古瓮颂》(1820)是一首集中体现诗人美学思想的著名诗篇。在诗中,诗人把希腊古瓮当作艺术美、永恒美、自然美的象征,认为它是永远存在的。那里的树叶永不凋零,那里的恋人永远火热,那里的爱情永远高尚。这种描写反映出诗人对丑恶现实的厌恶,对理想的追求。同时,诗人还认为,想象力是认识美、获得美的原动力。古瓮上那些美的事物,尤其是美的声音,不是靠耳朵,而是靠想象、靠心灵才能捕捉到的。

(三) 法国文学

18 世纪、19 世纪之交的法国经受了前所未有的革命的洗礼。革命与反革命、复辟与反复辟构成的跌宕起伏的历史进程使人们形成了多种复杂的心态,也使得法国浪漫主义文学有明显的政治色彩。法国早期的浪漫主义文学的代表作家是夏多勃里昂和斯塔尔夫人(1766—1817)。夏多勃里昂(1768—1848)思想保守,他的中篇小说《阿达拉》(1801)的问世标志着法国浪漫主义的开端。《阿达拉》的背景是北美洲的原始大森林,瑰丽神秘的风光本身就充满了浪漫主义色彩。故事中印第安人部落酋长之女阿达拉爱上了敌对部落的青年夏克塔斯。在宗教信仰与爱情的矛盾冲突中,阿达拉最终选择了为宗教殉身,作品歌颂了这种为宗教献身的精神。

19 世纪 20 年代初,以雨果为代表的一些具有进步思想的浪漫主义作家步入文坛。法国是古典主义文学的故乡,古典主义创作传统在法国非常强大,面对新的文学思潮,古典主义进行了顽强的抵抗。1830 年,雨果的悲剧《欧那尼》的上演引发了古典主义和浪漫主义的决战,这场决战以浪漫主义获胜告终。之后,浪漫主义文学创作步入繁荣时期。19 世纪 30 年代后,大仲马(1802—1870)的小说《三个火枪手》(1844)、《基督山伯爵》(1844—

1845),缪塞(1810—1857)的小说《一个世纪儿的忏悔》(1836),乔治·桑(1804—1876)的小说《魔沼》(1846)等相继发表。

(四)俄国文学

19世纪前,俄国文学远远落后于西欧,而到了19世纪初,这种情况发生了变化。当时的俄国农奴制进入危机时期,社会矛盾激化。1812年拿破仑入侵俄罗斯,激发起俄国人民的爱国热情。战后,这种空前高涨的爱国热情促进了俄国的民主运动,人们对沙皇的不满情绪迅速增长。贵族中的一些优秀人物开始组织起来向专制统治和农奴制度宣战。这直接导致了1825年十二月党人的武装起义。虽然起义在沙皇当局的镇压下失败,但是十二月党人的进步思想为俄国浪漫主义的产生提供了土壤。茹科夫斯基(1783—1852)是俄国第一位浪漫主义诗人,俄国诗歌新浪潮的发起人。他的叙事长诗《柳德米拉》(1808)在俄国文学中第一次向读者描绘了浪漫主义的世界。

(五)美国文学

1776年,美国作为崭新的、生机勃勃的国家登上了世界的舞台。美国早期的浪漫主义文学突出的特点是对欧洲大陆文学的继承,代表人物有:华盛顿·欧文(1783—1859),代表作有《见闻札记》(1819—1820),其中包括脍炙人口的《瑞普·凡·温克尔》和《睡谷传奇》;詹姆斯·费尼莫·库柏(1789—1851),代表作有《皮袜子故事集》,其中包括《拓荒者》(1823)、《最后的莫希干人》(1826)和《猎鹿人》(1841)等。美国文学很快由因袭英国转为独立创新,强烈的自由意识和乐观主义精神使一批优秀的本土浪漫主义作家纷纷涌现。其中代表作有霍桑(1804—1864)的小说《红字》(1851),小说以通奸案为线索,通过对几个人物命运的描写,反映了作者对罪与非罪的道德叩问,表现了人间友爱的自然道德观对清教徒社会的陈腐道德观的坚决反抗。这一时期最具有“美国精神”的浪漫主义诗人是沃尔特·惠特曼(1819—1892)。他出身平民,有着强烈的民主思想。诗集《草叶集》收录了他的全部诗作。“草叶”象征了平凡而旺盛的生命力量。整个诗集的主题是歌唱自我——自我的生命、自我的欲望、自我的力量、自我的神圣。“我赞美我自己,歌唱我自己”“我歌唱带电的肉体”这样强悍的诗句显示了作者对生命的崇拜。作者认为灵魂与肉体应同样完美,表现了一种高度自由与平等的情绪,是美国蓬勃发展时期的形象代表。同时,惠特曼的诗歌不受任何格律的约束,如滚滚的海浪自由向前,在语言上则大量吸收平民词汇,促进了诗歌形式的革新。他因此被誉为“现代美国诗歌之父”。

拓展阅读:律法、恩典与革命:历史语境中的《红字》叙事

第二节 拜伦与《恰尔德·哈罗尔德游记》

乔治·戈登·拜伦(1788—1824)被认为是浪漫主义文学的典范,也是英国最伟大的诗人之一。鲁迅先生在《摩罗诗力说》中曾说道:“其力如巨涛,直薄旧社会之柱石。余波流衍,入俄则起国民诗人普式庚,至波兰则作报复诗人密克威支,入匈牙利则觉爱国诗人裴

多飞;其他宗徒,不胜具道。”①

一、生平与创作

1788年1月22日,拜伦出生在一个声名显赫但已走向没落的贵族家庭。他3岁时父亲席卷钱财,离家出走,最后客死他乡。母亲因家族遗传和婚姻不幸变得神经质,性格喜怒无常。母亲分娩时的意外造成拜伦跛足,拜伦从小遭人白眼,诸多因素促成了他性格中的自卑、敏感、自尊、孤傲、反叛、悲观、忧郁等特点。1805—1808年,拜伦就读于剑桥大学。在读书期间,他喜欢文学、历史、哲学,向往东方,深受法国启蒙思想家卢梭、伏尔泰等人的思想的影响,形成了酷爱自由、追求正义、不满现实、鄙视庸俗虚伪的社会现实的资产阶级民主主义思想。大学毕业后,他在上议院获得了世袭议员的席位,积极参加政治活动,表现出对专制与压迫制度的反抗。1812年,他在上议院发表过两次激烈的演说:第一次是竭力反对采取暴力政策对付工人,阻止“破坏机器者法案”的通过;第二次是抨击英国政府对爱尔兰的奴役政策。拜伦在两次演说中表现出来的政治态度和他的诗作中流露出来的反抗情绪激怒了英国统治阶级。同年他出版了诗体游记《恰尔德·哈罗尔德游记》(又译作《恰尔德·哈洛尔德游记》)的第一、二章,这使他声名鹊起。1816年,英国政府借他和仅维持了一年多婚姻的妻子离异一事,疯狂地对他进行恶毒的攻击和诽谤,迫使他永远离开了祖国。

他先后到过瑞士、意大利、希腊,与意大利烧炭党人有过密切的联系。由于烧炭党人起义失败,拜伦在意大利不断遭受迫害。长期的流浪生活大大开阔了他的眼界,为他诗歌的创作提供了更多的灵感和素材,催生了像《唐璜》这样的巨著。他为了自由牺牲了一切,就像他在诗体游记《恰尔德·哈罗尔德游记》第三章中所写的那样:

> 我没有爱过这人世,人世也不爱我;/它的臭恶气息,我从来也不赞美;/没有强露欢颜去奉承,不随声附和,/也未曾向它偶像崇拜的教条下跪,/因此世人无法把我当作同类;/我厕身其中,却不是他们中的一人;/要是没有屈辱自己,心灵沾上污秽,/那么我也许至今还在人海中浮沉,/在并非他们的,而算作他们的思想的尸衣下栖身。
>
> 我没有爱过这人世,人世也不爱我,/但是让我们好好分手吧,漂漂亮亮;/虽未亲见,我相信许多事并非虚讹,/世上的确有希望,不骗人的希望,/也有着真正的道德,慈悲的心肠,/不肯构设谋害懦弱者们的陷阱,/我也相信真有人为他人而深深悲伤,/真有那么一个或两个表里一致的人,/善良并非一句空话,幸福也并不是虚幻梦影。②

他还说:“我宁可孤立,也不愿/把我的自由思想和王座交换。”(《唐璜》第十一章第

① 普式庚即普希金,密克威支即密茨凯维奇,裴多飞即裴多菲。

② 拜伦. 恰尔德·哈洛尔德游记[M]. 杨熙龄,译. 上海:上海译文出版社,1990:185-186.

90节)[①]

1823年,希腊争取自由的斗争呼唤拜伦,拜伦中断了《唐璜》的写作,为希腊人民反抗土耳其压迫的民族解放斗争而冲锋陷阵,成为希腊独立军的统帅。由于操劳过度,1824年4月,拜伦不幸病故,希腊独立政府为他举行了隆重的国葬,拜伦的死成了当时欧洲文化界的重大事件。

拜伦在抒情诗、叙事诗、剧诗、政治讽刺诗等领域,都取得了显著的成就。《当初我俩分别》《雅典的少女》《她走在美的光影里》《我们将不再徘徊》等,是拜伦抒情诗中的精品。《雅典的少女》是拜伦最优秀的抒情诗之一。诗作用不多的几笔对人物进行描画,如在爱琴海的清风中无拘无束飞扬的鬈发,墨玉镶边的眼睛,嫣红的脸颊,野鹿似的眼睛,诱人的红唇,轻盈紧束的腰身,极其生动地勾勒出一个美丽、活泼、纯真的雅典少女的形象。《她走在美的光影里》献给他表妹威尔莫特·霍顿夫人,诗人依次写她的步态、容颜、双眸、秀发,又从外在之美写到心灵之美,她的外在之美完全是她内在之美的映射,来自她沉静恬美的思想和纯洁可爱的心灵,塑造了拜伦心目中一个理想、完美的女性形象。

她走在美的光影里,好像/无云的夜空,繁星闪烁;/明与暗的最美的形相/凝聚于她的容颜和眼波,/融成一片恬淡的清光——/浓艳的白天得不到的恩泽。//多一道阴影,少一缕光芒,/都会有损于这无名之美:/美在她绺绺黑发间飘荡,/也在她颜面上洒布柔辉;/愉悦的思想在那儿颂扬/这神圣寓所的纯洁高贵。//安详,和婉,富于情态——/在那脸颊上,在那眉宇间,/迷人的笑容,照人的光彩,/显示温情伴送着芳年,/恬静的、涵容一切的胸怀!/蕴蓄着真纯爱情的心田![②]

作为一个浪漫主义诗人,拜伦勤奋创作,他的作品与时代精神一起跃动,且深深地印记着其鲜明的思想与个性。正如雨果在他的《论拜伦——纪念他的逝世》一文中所说:"拜伦爵士以他忧郁的天才、高傲的性格、充满风暴的生活,的确可说是他作为一个诗人所属的那种诗歌之典型。他所有的作品都深深印记着他的个性。"[③]拜伦的主要作品有诗集《闲散的时光》(1807)、政治讽刺诗《"编织机法案"编制者颂》(1812)、组诗《东方叙事诗》(1813-1815)、哲理悲剧《曼弗雷德》(1817)、诗体小说《唐璜》(1819—1824),以及长篇抒情叙事长诗《恰尔德·哈罗尔德游记》等。《东方叙事诗》共包括《异教徒》《阿比道斯的新娘》《海盗》《莱拉》《柯林斯的围攻》《巴里西那》六部叙事诗作。诗里所描绘的东方,指的是地中海沿岸和近东的阿尔巴尼亚、希腊、土耳其等国家。这是一组充满东方传奇色彩与异国情调的浪漫主义诗篇,其中塑造了一系列多是异教徒、海盗、叛逆者等社会边缘人物的"拜伦式英雄"。这些"拜伦式英雄"都是"孤独绝望的反抗者",具有以下共同的特征:

---

① 拜伦.唐璜[M].查良铮,译.北京:人民文学出版社,1993:745.

② 拜伦.拜伦诗歌精选[M].杨德豫,查良铮,译.3版.太原:北岳文艺出版社,2010:47.

③ 易漱泉,曹让庭,王远泽,等.外国文学评论选:上册[M].长沙:湖南人民出版社,1982:268.

他们有激昂的热情、坚定的意志，英勇无畏，但又抑郁孤独，桀骜不驯，鄙视一切；明知反抗的结果是失败，但仍然在绝望中对社会进行不妥协的反抗，而反抗也常常以悲剧告终。主人公身边总有一位美丽女子，向他献上火热爱情，且忠贞不渝。这些人物有拜伦本人强烈的思想个性色彩。

拜伦未完成的诗体小说《唐璜》被济慈称为“拜伦勋爵的最后的浮华诗篇”①。拜伦在给出版商的信中说他“要让唐璜在欧洲旅行一趟，目的是使我有可能指出各国社会的可笑方面”。诗人把一个西班牙古老传说中的花花公子唐璜改造成为一个心地善良的热血青年，通过他的经历以及作者的抒情、议论、回忆，描绘 18 世纪末到 19 世纪初欧洲广阔的生活画卷和波澜壮阔的时代内容。唐璜这一形象熔铸了诗人自己强烈的个性色彩，对专制暴政、社会的虚伪腐败、宫廷生活的荒淫、战争的野蛮残暴进行了讽刺抨击，特别是揭露了文明外衣掩盖下的英国资产阶级社会，批判了其伪善、掠夺成性和拜金的特点。

二、《恰尔德·哈罗尔德游记》

抒情叙事长诗《恰尔德·哈罗尔德游记》(1809—1817)的创作历时八年时间，全诗共四章，是诗人在欧洲多个国家游历中写成的。长诗主要通过贵族青年恰尔德·哈罗尔德的游历见闻，反映了欧洲 19 世纪初期的重大历史事件。

(一) 思想内容

作品以虚构的主人公哈罗尔德漫游南欧的足迹为线索，对 19 世纪的一些重大事件进行评说。贯穿全诗的基本思想是对自由、平等、独立的追求，反侵略、反暴政，歌颂民主自由和民族解放斗争是其基本主题。

第一章主要写哈罗尔德游历葡萄牙、西班牙的见闻和感慨。诗人首先描写了葡萄牙美丽的自然风光；接着描写了在西班牙的见闻，重点是西班牙人民反抗法国侵略者的英勇斗争以及对自由的渴望。诗人愤怒谴责了拿破仑的侵略行径，歌颂西班牙人民在卫国战争中表现出来的英勇不屈的反抗精神。诗中写道：“西班牙人就是这样，奇异的是她的命运！ / 从未获得自由，却为着自由而努力。”诗人鼓励人民“即使在战斗中受挫，/ 作战，作战的呼声不止，‘哪怕用刺刀来肉搏！’”②。诗人塑造了一位巾帼英雄——游击队员奥古斯丁娜这样一个民族英雄的形象。面对残酷的战斗、爱人的死亡、首领的牺牲，诗人写道：“爱人战死了，她没有掉无益的泪珠；/ 首领牺牲了，她站上他危险的岗位；/ 伙伴逃奔了，她阻止这卑贱的企图；/ 敌人后退了，她率领着人马去追。/ 谁能给爱人的亡灵以更大的安慰？ / 谁能像她似的为殉难的首领复仇？ / 男儿伤心失望，一个女郎把残局挽回！”在歌颂人民不屈不挠英勇斗争的同时，诗人也讽刺了西班牙统治者的卖国求荣和少数人的浑浑噩噩：“卑贱的奴隶们！ 却生长在最华贵的家乡，/ 造化为甚把奇迹浪费在这等人身畔？”只有堕落的贵胄才甘心做敌人的奴才，“除了堕落的贵胄，无人向征服者的锁链屈

---

① 王佐良. 英国文学论文集[M]. 北京：外国文学出版，1980:171.

② 拜伦. 恰尔德·哈洛尔德游记[M]. 杨熙龄，译. 上海：上海译文出版社，1990:52–53. 本节所引《恰尔德·哈罗尔德游记》的引文均出自该书。

服！”——诗句表达了诗人强烈的爱憎情感。看到血流成河、尸骨遍野的战场，诗人从内心深处呼唤自由与和平：“但西班牙还得不到自由，遭着劫掠。/ 她凋谢的橄榄树何时才能长出绿叶？”

第二章写哈罗尔德在希腊和阿尔巴尼亚的漫游。当时这两个国家都在土耳其的统治之下。诗人写了土耳其总督的残暴，也写了阿尔巴尼亚山民的勇敢和剽悍，以此和希腊人的懦弱构成鲜明的对照。这一章最重要的主题是追忆希腊光荣的历史，唤起备受凌辱和奴役的希腊人的血性与反抗。诗人看到在土耳其铁蹄蹂躏下的希腊：庙宇坍塌，墓碑消失，古迹变成废墟，人们沦为奴隶。诗人动情地写道：“你雅典明媚的原野会弄得这般可怕”“无论哪一个都能把它作践”“但你的子孙还不奋起，只空口咒骂，/ 他们在土耳其的皮鞭下呻吟得可怜”。诗人大发思古之幽情，回顾了希腊辉煌灿烂的古代文化：“美丽的希腊！使人伤心的光荣残迹，/ 逝去了，但是不朽；伟大，虽已沉陷！”“逝去的是光荣的日子，但是耻辱的年头未完”，（你们的先辈）“他们是视死如归的勇敢的军人”。反观希腊屈辱的现状，诗人不禁感慨万千，哀其不幸，怒其不争，希望希腊人不要心存幻想，要自己行动。诗人悲愤地写道：“世世代代做奴隶的人！你们知否，/ 谁要获得解放，必须自己起来抗争。”诗人鼓励希腊人去争得自由，“恢复你失去的光采(彩)”，“把往昔的荣誉召唤”。

第三章写哈罗尔德游历比利时和瑞士的见闻和感慨。这一章内容丰富，融写景、抒情为一体。有对莱茵河秀丽景色的描写：“莱茵河挺起它宽阔的胸膛，/ 两岸边有紫色的葡萄生长，/ 山上的树木枝头花朵盛放，/ 田野间闪耀着丰收的希望。”诗人陶醉于日内瓦湖畔美景之中，深情地吟咏澄澈晶莹的日内瓦湖，景色朦胧，恰如世外桃源，“应抛弃尘世的烦恼水，寻求纯洁的泉”；还描写了大自然的宫殿——阿尔卑斯山的雄奇壮伟，抒发“久在樊笼里，复得返自然”的怡然自得的喜悦心情。当然，这一章最突出的还是对拿破仑战争的成败功过的评论。诗人站在曾经白骨堆积的滑铁卢战场，感慨万千，他视拿破仑为暴君、独夫，认为其残暴、好战、虚荣、愚蠢，野心勃勃，最后显赫威名成过眼烟云。作为具有个人主义英雄情结的拜伦，他的思想又是矛盾的，在谴责拿破仑的同时又流露出同情与惋惜，赞扬拿破仑为超人，称他为盖世的英雄。诗人认为拿破仑的失败并不是革命的结束，更不是自由的胜利。面对陷入“神圣同盟”统治下的欧洲，诗人不禁追问：“难道那正在复活的奴隶制度，/ 又成为开明时代的偶像，那丑恶东西？/ 难道我们，打倒了狮子，却向狼拜服？/ 奴才相地在皇座前屈膝，低声下气？”这发自肺腑的诗句，充分表达了拜伦反对封建复辟、渴望自由民主的思想，以及对黑云笼罩下的欧洲现实的隐忧。

第四章是意大利游记，重点是对意大利光荣历史的缅怀和追溯。面对曾经辉煌而今却遭受屈辱的意大利，诗人抚今追昔，用了大量的篇章去描写名城古迹，进而引出当地灿烂的历史文化，追忆先哲伟人，但丁、彼特拉克、塔索、伽利略等光辉的名字让诗人无限景仰。而如今的意大利“耻辱在你可爱的额上划下悲哀的皱纹”。诗人激励意大利人民重振雄风，铭记光荣与梦想，奋起抗争，摆脱奥地利的统治，恢复统一、自由的意大利。面对反动势力日益猖獗的欧洲，诗人坚信自由的种子已深入人心，自由之树必将绽放花朵，并发出了对自由的热情赞美与呼唤：“但自由啊，你的旗帜虽破而仍飘扬天际，/ 招展着，就像雷雨迎接那狂风阵阵;/ 你的号角虽已中断,余音渐渐降低,/ 依然是暴风雨后最嘹亮的声音。”

最后,诗人以描写大海的狂暴与永恒结尾,象征性地传达出自由必胜、暴政必败的信心。

(二)人物形象

《恰尔德·哈罗尔德游记》实际上有两个主人公,即哈罗尔德和抒情主人公,抒情主人公也就是诗人自己。正是这两个形象,将上述思想整合在一起,又以艺术的形式表达出来。哈罗尔德的性格是发展的,尽管这个形象如作者所说,是为了让这部作品多少有些连贯性,于是就放进了一个虚构的人物,而对这个人物的描写又并不求完整。他又是 19 世纪初期一个以思想的孤独者、精神的漂泊者、“忧愁的流浪者”出现的贵族青年的形象。哈罗尔德出身于一个破落贵族家庭,曾一度沉湎于纸醉金迷、花天酒地的生活,后来厌倦了英国上流社会这种无聊空虚的生活。“落落寡合,他独个儿徘徊怅惘,/ 终于下定决心要离开他的祖国,/ 去到海外的许多炎热的国土流浪,/ 厌倦了享乐,他简直想遭些灾祸,/ 只要能变换一下情调,便落入地狱也无不可。”骄傲、孤僻、忧郁、思想悲观、多愁善感是他性格的主导方面。一方面,他愤世嫉俗,厌恶富贵浮华的平庸生活,憎恨上流社会的腐化习俗和虚伪冷酷。他大胆地宣称:“我没有爱过这人世,人世也不爱我;/ 它的臭恶气息,我从来也不赞美;/ 没有强露欢颜去奉承,不随声附和,/ 也未曾向它偶像崇拜的教条下跪。”另一方面,他虽对现实不满,但又没有明确的人生目标和社会理想,只是隐遁逃逸,孑然独立,高傲而且忧郁。旅途中异国的自然风光、风土人情、历史遗迹也曾给他片刻的安慰,引发他些许的感触,但面对这些,他更多地表现出冷漠与旁观的态度,他的“心是冰冷的”,他的“眼睛是漠然的”。他虽然同情被压迫人民争取解放的斗争,但又看不到胜利的希望,流露出怀疑与悲观的情绪。哈罗尔德的形象是以拜伦的漫游经历为基础虚构出来的,他的身上明显带有拜伦的个人品性和精神内核:叛逆、反抗、孤傲、忧郁。哈罗尔德是“拜伦式英雄”的雏形。

这个形象随着长诗的进展逐步由抒情主人公的形象代替,以“我”的身份出现。抒情主人公是一个对生活充满激情、坚决反对暴政、热烈追求自由、热情讴歌欧洲各国的民族解放斗争的资产阶级民主战士的形象。其实长诗中并没有这个人物,但在写作中,为了抒发自己强烈的情感,诗人拜伦常常抛开哈罗尔德,直接站出来发表评论,直抒胸臆,这就形成了诗中的抒情主人公。他思想敏锐,是非分明,对面临的一切事物都作出积极的评论,热情歌颂西班牙人民反侵略的斗争,为希腊人民的逆来顺受感到悲哀,号召人民用自己的力量去争取民族解放,鼓励意大利人民为自由独立而奋起,严厉谴责“神圣同盟”的残暴统治,坚信正义与自由必将胜利。

哈罗尔德与抒情主人公相辅相成,相互映衬,他们都与拜伦有关。长诗中的两个主人公的不同思想特征集中体现了拜伦世界观中的复杂矛盾。哈罗尔德反映了拜伦思想中孤傲、忧郁、苦闷、悲观的一面。这种孤芳自赏、悲观失望的情绪反映了法国大革命以后,欧洲具有民主主义思想的资产阶级知识分子对社会现状不满,但又找不到出路的情绪。而抒情主人公则代表了拜伦思想中敢于抗争、敢于揭露、渴望自由、追求正义的一面，表现了进步的资产阶级民主战士对黑暗现实的强烈不满和英勇反抗，反映了作者思想的积极方面。这也是长诗表现最为着力、占据主导地位的内容。

（三）艺术成就

《恰尔德·哈罗尔德游记》表现出鲜明的浪漫主义特色。

第一，强烈的主观抒情性。拜伦作为浪漫主义诗人，抒发主观的强烈情感、描写理想是其首要任务。长诗的结构倚重主观情感，虽然诗中虚构了一个主人公哈罗尔德，但诗人只是以他的漫游经历为叙事脉络，并且叙事极为简单，全诗没有完整的故事情节，也不以情节的曲折生动去吸引读者。而抒情主人公则时时站出来直抒胸臆，发表评论，抒发情感。诗人时而低头沉吟，叹息人世的浮华冷漠与孤独哀伤；时而引吭高歌，慷慨激昂地歌颂英雄，激励人民反抗暴政；时而低头冥想，追忆古希腊罗马的辉煌历史，号召人民勇敢斗争、争取自由；时而又感叹前途渺茫，流露出怀疑和悲哀的情绪；时而又投入大自然的怀抱，沉醉于阿尔卑斯山的雄奇壮伟与日内瓦湖的清澈明媚之中。

第二，丰富多彩的对比。诗人为了抒发个人的强烈情感，突出反侵略、反暴政的主题，广泛运用了对比的手法。首先是自然的美好与社会现实的丑恶的对比。诗人通过描写大自然的美好、自然环境与状态中人性的纯洁与自由，揭露了社会的苦难与罪恶、人的被奴役与不自由，从而激起人们对现实的反抗。其次是今昔对比，把光荣的历史与屈辱的现状进行对比。诗人把希腊和意大利的古代光荣历史与当下被奴役的屈辱现状进行对比，咏史怀古，抚今追昔，从而激发希腊和意大利人民明耻警醒，奋起反抗，赶走侵略者，恢复过去的荣耀。最后是人民坚强不屈的反抗与统治者的无能懦弱的对比。诗人把西班牙百姓为自由而战、不怕牺牲的壮举与反动贵族集团的懦弱逃亡两相对比，歌颂了人民的英勇不屈，谴责贵族的可耻卖国行为。

第三，借景抒情，情景交融，突出大自然的壮美。诗人在诗中描绘了多幅鲜明的浪漫主义风景画，以此来表达对大自然的向往和由衷的热爱。面对大自然的雄奇与妩媚，诗人澄怀味象，沉浸其中，物我两忘。诗中有对日内瓦湖畔夕阳西下、波光水影、暮霭朦胧的梦幻般的美景的描摹，有对神奇的阿尔卑斯山白雪皑皑直插云霄的峰顶、悬崖峭壁、冰河瀑布的描写，更有对汹涌澎湃、孤独狂暴、深不可测、不可征服的永恒的大海的歌颂。这些景色描写有声有色，境界开阔，突出了大自然的壮美、粗犷，深深地烙上了诗人的感情色彩和思想印记，表现出鲜明的浪漫主义风格。

第三节 普希金与《叶甫盖尼·奥涅金》

亚历山大·谢尔盖耶维奇·普希金（1799—1837）是俄国浪漫主义文学的重要代表，俄国现实主义文学的奠基人。他以自己的诗歌、小说和戏剧等创作开创了俄国文学的新时代，因而有“俄国文学之父”的美誉。

一、生平与创作

普希金出生于莫斯科一个古老的贵族家庭,父母均具有良好的文学修养。他一出生就被交给农奴出身的奶娘哺育带养,奶娘阿琳娜·罗季昂诺芙娜的民间歌谣和故事培养了普希金对民间文学的热爱。1811年普希金进入培养贵族子弟的彼得堡皇村学校读书,受到启蒙思想的影响;结识了一些未来的十二月党人运动的参加者,这培养了他的叛逆思想和自由理念。他于1814年写作的《皇村怀古》受到了老诗人杰尔查文的热情赞美:"这就是明天的杰尔查文!"从1817年至1820年,普希金在彼得堡外交部任职,与十二月党人秘密组织有联系,写作了大量反对专制暴政、歌颂自由的政治抒情诗,如《自由颂》(1817)、《致恰达耶夫》(1818)、《乡村》(1819)等,引起了沙皇政府的不满。从1820年至1824年,沙皇以调任的名义,将普希金贬谪到南方地区驻军供职。诗人继续与十二月党人交往,写出了许多渴望自由的政治抒情诗,如《短剑》(1821)、《囚徒》(1822)、《致大海》(1824)等,还写了一组浪漫主义叙事诗——《高加索的俘虏》(1821)、《强盗兄弟》(1822)、《茨冈人》(1824)等,这些被称为"南方叙事诗"或"南方组诗"。《茨冈人》写热爱自由的贵族青年阿列科厌烦了城市贵族的浮华生活,来到"自然状态"的茨冈人(吉卜赛人)当中,与茨冈姑娘捷姆菲拉结了婚,跟着他们一起去流浪。但是捷姆菲拉喜欢自由的、放荡不羁的生活,她受不了阿列科的繁文缛节,渐渐不再喜欢他,另有新欢。阿列科残忍地杀死了妻子及其情人,由此遭到了茨冈人的唾弃。阿列科是俄国贵族社会的叛逆者,更是贵族知识分子中的利己主义者。他带着贵族阶级的偏见到纯朴的人民中去建立自由的生活。表面上看,他牵着熊,唱着歌,和茨冈人一起流浪,好像得到了自由,但阿列科并不尊重茨冈人绝对自由的民族习俗,而是把爱人看成自己的私有财产。"不,不必多说,/我决不会放弃我的权利!/甚至我会以复仇为享乐。""我一定马上面不改色地/把无防备的他踢下海去。"诗人通过茨冈老人的话对他的个人主义的自由进行了严厉的谴责:"你生来不是为粗野生活,/你寻求自由只为了自己;/你的声音我们听得可怕——/我们的心灵怯弱而良善,你粗暴残忍——/离开我们吧,/别了,愿你今后永远平安。"[①]《茨冈人》标志着普希金的创作由浪漫主义过渡到现实主义。

诗人在此时开始创作诗体长篇小说《叶甫盖尼·奥涅金》。从1824年到1826年,因为赞同无神论的信件被警察局截获,普希金被撤去公职,幽禁在普斯科夫省米哈伊洛夫斯科耶村,受到地方当局和教会的监视。在孤寂的生活中,诗人认真研究俄国历史,深入接触民间创作,创作了著名的历史悲剧《鲍里斯·戈都诺夫》(1825)。1826年9月,靠残酷镇压十二月党人革命而登上王位的尼古拉一世为了笼络人心,把普希金召回彼得堡。他继续写作歌颂十二月党人的诗歌,如《致西伯利亚的囚徒》(1827)等,同时转向历史题材的写作,如历史小说《彼得大帝的黑奴》(1827)和叙事长诗《波尔塔瓦》(1828),用俄国人民往日的英雄事业激励沉睡的人民。

普希金一生创作了100多首爱情诗,《致凯恩》(1825)是最优秀的一篇,被别林斯基

---

① 普希金.普希金全集:3:长诗 童话诗[M].余振,谷羽,译.杭州:浙江文艺出版社,2000:258,266.

称为“爱情诗的典范”。该诗写于他被幽禁期间，全诗如下：

> 我记得那美妙的一瞬：/ 在我的面前出现了你，/ 有如昙花一现的幻影，/ 有如纯洁之美的天仙。// 在那无望的忧愁的折磨中，/ 在那喧闹的浮华生活的困扰中，/ 我的耳边长久地响着你温柔的声音，/ 我还在睡梦中见到你可爱的倩影。// 许多年代过去了。暴风骤雨般的激变 / 驱散了往日的梦想，/ 于是我忘却了你温柔的声音，/ 还有你那天仙似的倩影。// 在穷乡僻壤，在囚禁的阴暗生活中，/ 我的日子就那样静静地消逝，/ 没有倾心的人，没有诗的灵感，/ 没有眼泪，没有生命，也没有爱情。// 如今心灵已开始苏醒，/ 这时在我面前又重新出现了你，/ 有如昙花一现的幻影，/ 有如纯洁之美的天仙。// 我的心在狂喜中跳跃，/ 心中的一切又重新苏醒，/ 有了倾心的人，有了诗的灵感，/ 有了生命，有了眼泪，也有了爱情。①（戈宝权译）

这首诗写的是瞬间的爱的感受以及由此带来的长久的爱的回味。诗的第一节写几年前在彼得堡与凯恩相见的“那美妙的一瞬”。第二节写那一瞬间给诗人留下的长久的记忆。第三节写爱的淡忘。第四节写没有爱的生活。第五节写又一个美妙瞬间的到来，“心灵已开始苏醒”。第六节写爱的拥有。全诗可划为三段，每段两节，第一段写过去的一瞬，第二段写长久的别离，第三段写如今的一瞬。全诗结构匀称、严谨，以“真挚的感情”为纽带将各节紧密联系。这首诗最突出的艺术特色是反复。这种反复造成一咏三叹的效果，既体现了对“那美妙的一瞬”的深情回忆，也表达了别离中的难舍。诗中的反复同时也是一种对比。对两个瞬间的描写是同样的，而关于声音和倩影，关于灵感、眼泪、生命、爱情的诗句也是对立的。这表明，有爱的生活与无爱的生活是多么不同，有过爱的瞬间和没有过爱的瞬间的生命是多么不同！

1830年秋，普希金在父亲的领地波尔金诺村逗留了三个月，出现了其创作生涯中的“波尔金诺的秋天”时期。诗人完成了代表作《叶甫盖尼·奥涅金》、《别尔金小说集》、四部诗体小悲剧、29首抒情诗、2首童话诗、1首叙事诗、13篇评论文章，达到了他创作的又一个高峰。《别尔金小说集》是普希金第一部用散文写成的现实主义小说集，其中的《驿站长》是俄国短篇小说的典范。小说叙述了十四等文官、驿站长维林的苦难与悲惨的命运，开启了俄国文学描写小人物的传统，主人公维林是俄国文学中第一个小人物形象，对小人物的同情直接影响了整个19世纪俄国文学对下层民众生存状态的关注。

1831年10月，普希金迁居彼得堡，被外交部重新录用。诗人最后几年的主要作品有叙事长诗《青铜骑士》(1833)、童话诗《渔夫和金鱼的故事》(1833)、短篇小说《黑桃皇后》(1833)和《上尉的女儿》(1836)等。《上尉的女儿》是俄国文学史上第一部描写农民起义

---

① 普希金. 普希金抒情诗全集：第2卷[M]. 戈宝权，王守仁，主编. 长沙：湖南文艺出版社，1993：317–318.

的现实主义作品。小说采用独特的家庭纪事的艺术形式，以贵族青年格利涅夫的个人遭遇为线索，再现了18世纪70年代普加乔夫起义的事情，塑造了农民起义领袖普加乔夫的形象。1837年2月8日，普希金无法忍受荷兰大使盖克恩的义子、法国波旁王朝流亡分子丹特士对其妻子达丽雅·冈察洛娃的无耻追求，在与他的决斗中受伤，2月10日去世。

在逝世前不久，诗人写下了著名的抒情诗《纪念碑》，对自己的一生进行了总结。他客观地评价了自己的贡献，并指出自己之所以被人民喜爱，"是因为我曾用诗歌唤起人们善良的感情，/ 在我这残酷的时代，我歌颂过自由，/ 并且还为那些倒下去了的人们祈求过宽恕和同情"①。诗人用优秀的作品为自己筑起了一座非金石的纪念碑！

二、《叶甫盖尼·奥涅金》

诗体长篇小说《叶甫盖尼·奥涅金》(1823—1830)是普希金的代表作，这部作品真实地反映了19世纪20年代俄国的社会生活，表现了那一时代俄国青年的苦闷以及探求的复杂过程，奠定了俄国现实主义文学的基础。

(一) 故事情节

小说中有三个主要人物，即叶甫盖尼·奥涅金、连斯基、达吉雅娜。

叶甫盖尼·奥涅金是彼得堡一个家道中落的贵族青年，在父亲去世后，财产都被打发给了债主。叶甫盖尼·奥涅金读过许多西方启蒙思想方面的书，却没有任何自己的思考与实践，整日周而复始地周旋于上流社会的各种社交场合。他厌倦了上流社会的生活，却不知道自己应该做些什么。去乡下处理继承伯父遗产的事宜时，为了打发时间，他把古老的徭役制度改为较轻的地租制，被邻居视为"极其危险的怪人"。在此期间，叶甫盖尼·奥涅金与从德国归来的贵族青年连斯基结识，后者接受了德国玄学和浪漫主义文学的熏陶，两个人惺惺相惜。两个人认识了女地主拉林娜的两个女儿达吉雅娜和奥尔加，后者与连斯基相爱，前者则爱上了奥涅金。奥尔加美丽活泼，天真烂漫，而姐姐达吉雅娜却性格沉郁、孤傲不群，喜欢读感伤小说，而这正与同样郁郁寡欢的奥涅金秉性相投。少女主动写了封情书，表白了自己的情感，而奥涅金"在自己生命的初春，已经成为种种奔放的激情 / 和那些狂热的迷恋的牺牲"②，对成家立业毫无兴趣，所以尽管在收到达吉雅娜的信时一度被深深感动，但"他并不愿意欺骗 / 一颗天真的心对他的轻信"，拒绝了姑娘的爱意，只愿意保持"一种兄长的爱"。连斯基出于一片好心，邀请奥涅金参加达吉雅娜的命名日，不想见到了一群庸俗的地主，而达吉雅娜却心神不安，尤其当她见到奥涅金时，更是几乎晕倒，这番场景让奥涅金心生厌烦，迁怒于好意邀请他来的连斯基，为了报复，故意找奥尔加跳舞，因而激怒了连斯基，两个朋友进行决斗，连斯基被打死。奥涅金出国漫游，奥尔加嫁给了一个枪骑兵，达吉雅娜则被迫做了将军夫人。三年后，奥涅金回到彼得堡上流社会，在社交舞会上对已成为贵妇的达吉雅娜重燃爱火，害上了相思病，忍不住给达吉雅娜写了一

---

① 普希金. 普希金抒情诗全集：第3卷[M]. 戈宝权，王守仁，主编. 长沙：湖南文艺出版社，1993:419.

② 普希金. 叶甫盖尼·奥涅金[M]. 智量，译. 北京：人民文学出版社，1985:114. 本节所引《叶甫盖尼·奥涅金》的引文均出自该书。

封热情洋溢的情书,却遭到了达吉雅娜的拒绝。

(二) 思想内容

小说深刻地表现了特定时代俄国贵族知识分子的性格特征和精神风貌,即“多余人”的特点。所谓“多余人”,是指19世纪俄国文学中一类进步贵族知识分子的典型,他们大都出身贵族,生活优裕,受过良好的教育,受到西方启蒙思想的影响。他们虽有高尚的理想,却远离人民;虽不满现实,却缺少行动。他们是“思想上的巨人,行动上的矮子”,只能在愤世嫉俗中白白地浪费自己的才华。他们在爱情问题、友谊问题、日常生活问题上,既不愿与贵族社会同流合污,又无法摆脱贵族习气的影响;既没有成为十二月党人,又远离人民,有所觉醒但又性格软弱,无力改变现状,缺乏生活目的但又无实际生活能力,最终一事无成,找不到自己的出路,成为苦闷忧郁的“多余人”。这部书是精神贵族的忏悔录,它给了自以为高贵的精神贵族们一记耳光。在第二章中诗人写道:“你们且陶醉于它吧,朋友,/ 陶醉于这种虚浮的人生! / 然而我,深知它空无所有,/ 我对它很少有留恋心情,/ 面对幻景我已把眼帘合上。”作者通过塑造奥涅金这一人物形象,深刻挖掘了这类人物出现的社会历史原因,剖析了他们的内心世界及其矛盾表现,反映了贵族革命时代的本质。

小说还对俄罗斯的城市贵族和外省地主进行了无情的揭露和批判。达吉雅娜被母亲带到莫斯科后,会见的是这样一些亲友:“她们自己却都没什么变化;/ 她们的一切都还是老一套。”这些贵族精神面貌苍白,语言乏味:“在这些干瘪无益的话音里,/ 在这些飞短流长的新闻里,/ 即使出于偶然,即使无意之中,/ 也整天整夜讲不出一点儿道理;/ 疲惫的思想无法显出笑意,/ 他们即使诙谐,也难令人心动。/ 哪怕是引人发笑的愚昧 / 你也没有啊,空虚的上流社会!”莫斯科的上流社会如此,京都彼得堡也好不到哪里去:“青春年少的姑娘,/ 天生的几张绝无笑容的面庞。”“这儿有位爱说警句的先生,他对一切事都喜欢发发脾气。”“普洛拉索夫,/ 说他心灵卑劣完全正确。”外省地主的生活也是如此空虚和可恶。如奥涅金的叔父在乡村住了四十年,“四十来年,跟女管家吵架,/ 打打苍蝇。或是对窗出神”。这样的寄生生活,当然是建立在剥削和压榨人民的基础上的,诗人写道:拉林娜四处收租,抓人去服兵役,生气时鞭打女奴;命令女仆唱着歌采摘浆果,“她们奉命要齐声唱支歌子。/(下这样一条命令是因为 / 不能让那些狡猾的馋嘴,/ 偷偷地吃掉老爷的果子,/ 唱歌可以占住她们的嘴巴)”。这一切都表现了地主阶级的空虚和冷酷。

(三) 人物形象

叶甫盖尼·奥涅金有致命的弱点:远离人民但又毫无实际工作能力,缺乏毅力和恒心,患上了时代的“忧郁症”,“尽管公子哥儿有如火的性情,/ 可是斗殴、佩剑和铅弹,/ 他已经终于不再喜欢”。对待爱情和友谊,他也带上了贵族阶级可怕的恶习与偏见。奥涅金与达吉雅娜和连斯基的关系,充分显示了主人公的深刻矛盾。奥涅金拒绝达吉雅娜对他的真挚表白,既有傲慢的成分,也包含厌恶上流社会庸俗习气的因素。奥涅金自己甚至曾当着达吉亚娜的面坦率地说,他不愿意受家庭的约束:

假如我想用家庭的圈子／来把我的生活加以约束；／假如是欢乐的命运所赐，／我要去做一个父亲、丈夫；／假如家庭生活的画面／哪怕在顷刻间让我迷恋——／那么只有您最合乎理想，／我不会去另找个别的姑娘。／我这话绝不是漂亮的恋歌：／如果按照我当年的心愿，／我只会选择您做终身侣伴，／陪同我度过悲哀的生活，／一切美好的东西有您都能满足，我要多么幸福……就多么幸福！①

而且“爱情”把奥涅金弄得“筋疲力尽”：

他已经不再爱那些美人，／只不过随便地追求追求；／拒绝了——顷刻间心情平静；／变心了——正是他休息的时候。／他找寻女人时并不觉甜蜜，／抛弃她们时也毫不可惜，／几乎忘记了她们的爱和狠毒。／恰似一个淡漠的赌徒／黄昏时走来赌上一场，／坐在赌桌上，来一局惠士特，／赌完了：起身告辞、上车，／一回家便安然进入梦乡，／每天早晨他自己也很难说，／这天夜晚又将在何处消磨。②

面对连斯基的挑战，奥涅金也毫不犹豫地答应，因为他过惯了上流社会的浪荡生活，“本可以表露一番真情，不必毛发竖立，像野兽一般”时，却做了“社会舆论”和“荣誉”的俘虏，屈服于贵族社会待人处世的法则，向风华正茂的朋友连斯基“静静地首先举起了枪”，暴露了贵族青年阶级本性中根深蒂固的自私和冷酷的一面。至于农事改革，他本来就没有明确的目的，只不过为了要消磨时间，因此在被邻居视为“极其危险的怪人”“共济会员”后，他又退缩下去，农事改革不了了之。诚如诗中所言：“奥涅金(我又要来谈奥涅金)／自从在决斗中杀死了朋友，／无目的、无作为地活到今天，／他已经整整地活了二十六年，／闲散无聊的日子他觉得难受，／没有个妻室、事业，或职位，／无论干什么，他都不会。”更糟糕的是，回国后的奥涅金居然对雍容华贵的达吉雅娜重燃爱火，如果说当初他为了自由而拒绝达吉雅娜，对有意义的生活还有一点朦胧的追求的话，那么现在，他对虚幻的自由的追求已经完全破灭，并且为虚荣心所驱使，“然而我的奥涅金整个晚上／心中只有一个达吉雅娜，／不是那个羞怯的小姑娘，／那可怜、单纯而又钟情的她，／而是一位冷漠的公爵夫人，／而是一位不可侵犯的女神，／涅瓦河上雍容华贵的女皇”。遭到拒绝后，他又开始了无目的地漫游。这说明奥涅金自始至终都没能摆脱时代的“忧郁症”。

这个形象的意义在于，他是一个“多余人”，既不能站在贵族一边，也不能站在人民一边。这个形象充分暴露了沙皇专制和农奴制停滞的生活扼杀人才和人性的弊端，并体现出了贵族知识分子脱离人民的通病及其后果。

---

① 普希金. 叶甫盖尼·奥涅金[M]. 智量，译. 北京：人民文学出版社，1985：118.

② 普希金. 叶甫盖尼·奥涅金[M]. 智量，译. 北京：人民文学出版社，1985：115.

达吉雅娜是一个拥有“俄罗斯灵魂”的理想女性形象。她也生于典型的俄国乡村地主家庭，父亲是个平庸的地主，母亲是个专横的婆娘，但她是在俄罗斯的大自然和人民当中成长起来的。诗人给她取了一个平民丫头才使用的名字，这暗示了她生长在远离城市的乡村和纯朴的人民当中。她热爱俄罗斯的大自然，她受到古老的俄罗斯民间风习的感染。同时，她读了许多西欧的感伤浪漫小说，培养了爱沉思、勇敢坦率而又严肃审慎的个性品质。她对奥涅金的主动追求表明她不甘平庸，渴求爱情和幸福的生活，反映了她对理想和自由的追求。可惜，她爱上的是一个精神生活空虚并与人民绝缘的时代“忧郁症”患者，她遭到了残酷的拒绝。在被母亲带到莫斯科嫁人之前，她拜访了奥涅金的庄园，特别研究了奥涅金所读的书籍，终于明白了她“命中注定，无法逃避”的心上人原来是“怪人，危险而阴郁”。她心如死灰，最后在“母亲流着泪苦苦哀求”的情况下，嫁给了一个“胖乎乎的将军”。成为上流社会的贵妇人后，她仍然向往俄罗斯乡村生活，情愿“抛弃这些假面舞会的破衣裳，/ 这些乌烟瘴气、奢华、纷乱，/ 换一架书，换一座荒芜的花园，/ 换我们当年那所简陋的住处，/ 奥涅金啊，换回那个地点，/ 在那儿，我第一次和您见面；/ 再换回那座卑微的坟墓，/ 在那儿，一个十字架，一片阴凉，/ 如今正覆盖着我可怜的奶娘……”她把爱深埋心底，保持着精神上的纯真。她最后拒绝奥涅金，是为了保持自己道德上的清白：

> 那时——不是吗？——在偏僻的乡村 / 远离开人们虚浮的流言，/ 我不讨您欢喜……可是如今 / 为什么您对我这般热恋？ / 为什么您苦苦地把我紧追？ / 是不是因为，在这上流社会，/ 如今我不得不去抛头露面？ / 因为我如今有名而且有钱？ / 因为我有个作战受伤的丈夫，/ 我们为此得到宫廷的宠幸？ / 是不是因为，如今我的不贞 / 可能会引起所有人的注目，/ 因此，可能为您在社会中 / 赢得一种声名狼藉的光荣？①

这种对自己的行为负责的态度集中地体现了她的精神美，而这种美是植根于人民的土壤之中的。在这里，普希金强调了贵族与自然和人民的精神联系，这正是奥涅金克服精神矛盾的出路。

（四）艺术成就

《叶甫盖尼·奥涅金》取得的艺术成就是巨大的：

第一，大量的“抒情插笔”。诗人，也就是作品中的“我”经常抒发自己内心的各种感受和激情。如第一章第45节至第60节，诗人一方面交代了奥涅金离开彼得堡到达乡村后的心情和体验，一方面却大量地抒发了自己的情怀，表明自己对生活的看法、对自由的追求，回忆了自己过去的恋爱，还交代了小说的创作意图和构思。诗人把自己写成主人公的朋友，把自己放进小说的环境中，从而增强了作品的真实性。

第二，简洁凝练的艺术风格。作品中的风景描写简洁凝练。作品中的风景描写不多，

① 普希金. 叶甫盖尼·奥涅金[M]. 智量，译. 北京：人民文学出版社，1985：272.

却能很好地体现人物的思想、性格、感情和处境。如第七章第 29 节写达吉雅娜去莫斯科前在家乡漫游的情景："她跟自己的草原和丛林，/ 仿佛跟多年的老朋友们，/ 絮谈不休，生怕光阴难留。/ 而夏天却在急速地飞走。/ 金黄色的秋天已经来到。/ 大自然面色灰暗，抖抖索索，/ 像盛装的牺牲在等待宰割……/ 瞧，北风吹起，喘息，呼啸；/ 追逐着天边的阵阵乌云——/ 瞧，冬天这巫婆正亲自驾临。"短短几行诗，不仅写出了从夏天到冬天的变化，写出了达吉雅娜对家乡的留恋和对莫斯科城市生活的厌恶与恐惧，同时也暗示了光阴逼人和她无法逃脱的命运。

第三，叙事过程简洁凝练。如第三章第 38 节写达吉雅娜给奥涅金写了信后，一心盼望回音，却又害怕见到他，惊慌失措地逃跑的情景："哎呀！——比影子还轻巧，/ 达吉雅娜忽地跳进另一间过道，/ 从门廊又跳进院子，直奔花园，/ 飞跑呀，飞跑呀，连回头看一眼 / 她也不敢；转瞬间她已经 / 越过花坛、草地、几座小桥、/ 小树林、通向湖岸的林荫道，/ 横穿过一簇丁香花丛林，/ 沿着花池子向河边奔去，/ 终于，在一条长椅上，气喘吁吁。"

第四，对话简洁凝练。如热恋中的达吉雅娜由于痛苦，请求奶妈讲述自己的爱情故事的那段对话，既展现了达吉雅娜的性格、身份、教养和她的初恋少女的情怀，也刻画了一位善良而慈爱、愚昧而无知的老奶妈的形象。再如达吉雅娜与她后来的丈夫初次见面的情景，也是在她和两位姨妈之间的几句对话中写出来的。"两位姨妈彼此眨了眨眼，/ 用手肘把达尼娅（达吉雅娜的小名）点了一点，/ 每一位都对她悄悄说道：/ '赶快转过身子往左边瞧瞧。'——/ '左边？哪儿呀？那儿有什么好看？'——/ '喏，你快点瞧呀，不管怎么着……/ 那堆人里边，瞧见啦？再往前面瞧，/ 那儿，两个穿军装的在他身边……/ 瞧，他走开了……瞧他侧着身……'/—— '谁呀？可是那个胖乎乎的将军？'"

此外，作品结构和其中使用的对比手法以及诗人所独创的"奥涅金诗节"也令人称道。

思考题

1. 简述浪漫主义文学的基本特征。
2. 德国、英国、法国浪漫主义文学各自的特点和重要成就是什么？
3. 如何理解雪莱创作的基本主题？
4. 简述《恰尔德·哈罗尔德游记》的主题及其表现。
5. 什么是"拜伦式英雄"？
6. 如何理解叶甫盖尼·奥涅金"什么也不追求，珍惜自己的无拘无束，不追求地位"（赫尔岑指出的"多余人"的表现）？

第七章

7

19 世纪中期文学

【学习目的与要求】

通过学习本章内容，了解 19 世纪中期欧洲批判现实主义文学的基本特征和主要成就，重点掌握《红与黑》《高老头》《奥列弗·退斯特》《钦差大臣》的思想内容和艺术成就，从而深刻认识资本主义上升时期的拜金本质和制度罪恶以及文学中所包含的人道主义的进步性与局限性。

第一节　概述

现实主义文学是19世纪30年代首先在法国、英国出现而后波及俄国、北欧和美国等地的文学思潮和文学运动，是继古希腊文学、文艺复兴时期文学之后欧美文学发展的又一个里程碑。由于现实主义文学具有强烈的暴露社会黑暗的批判性，高尔基称之为“批判现实主义”。

一、批判现实主义文学的兴起与基本特征

1830年法国七月革命推翻复辟的波旁王朝，资产阶级获得统治地位；1832年英国通过议会改革，工业资产阶级参加了政权。这两大事件标志着西欧资本主义制度的确立。欧洲其他各国在英、法两国的影响下，也相继从封建制度向资本主义制度过渡。社会结构、价值观念与生存方式随之发生巨变，民族民主运动风起云涌，无产阶级与资产阶级的阶级对立日益加深，城市贫困化加剧，物欲横流，拜金主义泛滥。与此同时，19世纪初期科学研究新成果（如生物进化论、细胞学说、能量守恒定律）、唯物主义哲学以及空想社会主义学说的出现为人们提供了科学认识世界与分析社会的新方法，求真务实的社会心理与风尚逐渐形成。

正是在这一特定历史背景和精神文化条件下，19世纪30年代，在浪漫主义运动风头正健之际，冷静理性的现实主义文学思潮悄然登上文学舞台。到50年代，随着“现实主义”这一概念在欧洲的盛行，批判现实主义文学逐渐占据了文坛的主导地位。19世纪中期批判现实主义文学的基本特征是：

第一，追求写实性。批判现实主义作家受科学主义影响，把文学作为研究与分析社会的手段，主张作家忠实表现社会特征、时代风云，按照生活本来的样子反映生活，力求作品像镜子般如实描绘，注重细节的真实性与准确性。

第二，具有强烈的批判性。批判现实主义作家受启蒙思想、空想社会主义学说和基督教博爱思想等的影响，基于良知与人道主义思想，暴露资本主义社会的矛盾与罪恶，否定和批判金钱主宰一切的资本主义社会秩序，同情下层人民的苦难。这个时期的现实主义文学反映现实、揭露黑暗的广度和深度前所未有，故被称作“批判现实主义”文学。

第三，塑造典型环境中的典型人物。批判现实主义作家受唯物主义哲学影响，认为人是特定社会环境的产物，在创作中主张从人物所处的社会环境中刻画人物性格，揭示人物和事件的内在关联及人的本质特征，进而反映时代风貌和社会发展趋势。正如恩格斯所说，现实主义“除细节的真实外，还要真实地再现典型环境中的典型人物”[①]。典型性格是个性与普遍性的结合，由于当时个人反抗社会成为一种普遍的社会现象，个

拓展阅读：
典型化手法

① 马克思，恩格斯. 马克思恩格斯选集：第4卷[M]. 中共中央马克思恩格斯列宁斯大林著作编译局，编译. 3版. 北京：人民出版社，2012：590.

人反抗与奋斗的典型成为这一时期批判现实主义文学的代表形象。

第四，小说尤其是长篇小说成为最主要的艺术形式和创作体裁。长篇小说比任何其他体裁都更能使文学贴近生活，它不仅真实地描绘广阔的社会风俗，深刻展现错综复杂的历史事件，还广泛概括和分析社会；不但讲述故事情节，还在主人公与周围环境的冲突中呈现个人的遭遇与命运，揭示人物的心灵世界与性格的发展变化，凸显环境作用下人物的典型性。这一时期的长篇小说主题意蕴丰厚，故事情节逼真合理，叙事结构曲折复杂，人物个性突出、情感丰富多变，集众多文学体裁因素于一身。可以说，批判现实主义作家在继承欧洲叙事文学尤其是18世纪以来小说传统的基础上，多方探索，使长篇小说走向成熟并成为主导性文学体裁。

二、批判现实主义文学的主要成就

作为一个影响巨大的文学流派，批判现实主义文学得到了长足的发展，并在很长一段时期内是文学发展的主要潮流。

（一）法国文学

法国是欧洲现实主义文学的发源地。法国现实主义文学前期主要描写封建贵族与新兴资产阶级的矛盾，暴露金钱关系的罪恶，具有明显的揭露性和批判性，作家自由介入作品，叙事充满激情，情节富有戏剧性，代表作家有司汤达、巴尔扎克等。法国现实主义文学后期的创作风格转向客观冷静，强调科学精神，小说叙事有重大创新，代表作家是福楼拜。

梅里美（1803—1870）是具有强烈浪漫主义风格的现实主义作家，善于逼真、客观地叙述激情似火的故事，以中、短篇小说创作见长。中篇小说《嘉尔曼》（又译作《卡门》，1845）是其代表作。吉卜赛姑娘嘉尔曼美丽迷人，又桀骜不驯，军官唐何塞深陷情网，为了她抛弃了大好前途。但不久嘉尔曼另寻新欢，唐何塞因为得不到嘉尔曼的爱，竟举刀毁灭了自己的所爱，走上了绞刑架。嘉尔曼的形象是自由资本主义时代个性解放的产物，她追求"绝对自由"以否定资本主义文明，但"绝对自由"最终也毁灭了自己。1874年这部小说由法国作曲家比才改编为歌剧，广为流传。

福楼拜（1821—1880）是19世纪中期法国重要的现实主义作家，他被称为法国文学史上承前启后的大文豪，其创作被视为20世纪现代小说的先驱。《包法利夫人》（1856）是他的代表作，小说的副标题为"外省风俗"。包法利夫人爱玛出身于富裕农民之家，在修道院寄宿学校接受了贵族式教育，受浪漫主义文学影响，沉湎于对浪漫爱情的幻想中。然而，平庸的丈夫查理·包法利和周围鄙陋的环境令她对生活现状不满。包法利为解除她的烦闷迁至永镇开业，她被上流社会奢靡生活的幻影所吸引，向往贵族社会、巴黎生活和浪漫激情，先后与人品卑劣的破落贵族罗道耳弗和练习生莱昂偷情，惨遭无情抛弃，最终因债台高筑，债主逼债，走投无路，服毒自杀。小说结尾爱玛在弥留之际，眼前再次浮现盲丐的形象，她大喊一声"瞎子"后咽气，这象征着爱玛对生活追求的盲目，她梦寐以求的浪漫爱情不过是自私堕落的情欲满足而已。包法利不久也因悲痛死去，女儿进了纱厂谋生。

爱玛的悲剧是个人悲剧、家庭悲剧，更是社会悲剧。充斥着拜物拜金风尚的流行杂志、贵族舞会、时尚服饰这些媒介符号，左右了爱玛的欲望，是造成爱玛悲剧的间接因素，由时装商、高利贷者、法院、律师、公证人、税务员、神父等共同构成的自私自利、愚蠢卑鄙的新兴资产阶级的残暴力量则是让爱玛陷于绝境的关键原因。

福楼拜在欧洲小说文体变革中起到了关键作用。他提倡“客观而无动于衷”的创作原则，即作者退出作品，不在作品中公开表达自己的思想感情和伦理取向，不在作品中发表任何社会政治学说。为实践客观性原则，他热衷于表现沉闷乏味的生活琐碎细节；采用人物内聚焦限制性视点，如读者通过查理看爱玛，转而再通过爱玛看查理，这种视点转换已与传统的全知叙事有很大不同；大量使用间接引语，将叙述者和人物话语相混淆，造成发话主体的不确定，由此造成意义的空白与含混，引发读者的想象与参与。福楼拜将构筑艺术美作为自己的终极目的，刻意追求语言的准确、形象与和谐，还频繁使用反讽、双关语等来表达“不介入”的作者隐藏在字里行间的观点和情感爱憎。福楼拜小说艺术的特征与创新是传统文学向现代主义文学过渡的标志。

（二）英国文学

1837 年至 1901 年英国处于维多利亚女王统治时期。英国现实主义文学从 19 世纪 30 年代开始，到四五十年代达到繁荣，产生了一批优秀的小说家，如狄更斯、萨克雷、夏洛蒂·勃朗特、盖斯凯尔夫人等，马克思称赞他们是“现代英国的一派出色的小说家”①。因为他们在作品中揭示了许多“政治的和社会的真理”。这些作家的创作较多地表现了劳资矛盾以及小人物的悲惨命运和苦难生活，人道主义和改良主义色彩浓厚。这一时期英国文学的主要特点是：侧重描写工业化过程中出现的经济问题、劳资矛盾和城市贫困化问题；多以小资产阶级的个人奋斗为主要情节；人道主义改良色彩比较浓厚，表现出较强的道德意识和忧患意识。

夏洛蒂·勃朗特是勃朗特三姐妹之一。勃朗特三姐妹指夏洛蒂·勃朗特（1816—1855）、艾米丽·勃朗特（1818—1848）和安妮·勃朗特（1820—1849）三个人。她们的创作独树一帜，将浪漫主义诗情融入日常生活，塑造了一系列敢于反抗、独立不屈、争取自由的人物形象。夏洛蒂的《简·爱》家喻户晓。在主人公简·爱的爱情面前，金钱、地位都黯然失色。她责问男主人公罗切斯特：

> 你认为我会留下来，成为一个对你来说无足轻重的人吗？你认为我只是一架机器——一架没有感情的机器？你认为我能忍受让人把我的一口面包从嘴里抢走，让人把我的一滴活命水从杯子里泼掉吗？你以为我穷、低微、不美、矮小，我就没有灵魂、没有心吗？——你想错了！——我跟你一样有灵魂——也完全一样有一颗心！要是上帝赐给了我一点美貌和大量财富，我也会让你感到难以离开我，就像我现在难以离开你一样。我现在不是凭着习俗、常规，甚至也不是

① 马克思，恩格斯. 马克思恩格斯论艺术：二[M]. 曹葆华，译. 北京：中国社会科学出版社，1982：402.

凭着肉体凡胎跟你说话，而是我的心灵在跟你的心灵说话，就好像我们都已离开人世，两人平等地一同站在上帝跟前——因为我们本来就是平等的！[①]

当她发现罗切斯特有妻子后，毅然出走。她拒绝了传教士圣·约翰的求婚，因为那里没有爱的呼唤。最后当罗切斯特的妻子死后，她向残疾、破产的罗切斯特表白了自己的爱情。简·爱在困境中自强自立、对女性人格尊严的执着追求，使这部小说自诞生之日就深受读者喜爱。

（三）丹麦文学

丹麦具有批判现实主义特点的文学主要体现为安徒生的创作。安徒生（1805—1875）的父亲是个鞋匠，母亲靠帮人洗衣维持生计。他通过刻苦自学，创作了许多诗歌、剧本、小说和游记，但让他享有盛誉的还是他的童话。1835—1875年，他创作和发表了168篇童话，代表作有《卖火柴的小女孩》《皇帝的新装》《野天鹅》《丑小鸭》《海的女儿》等。他的早期童话富有浪漫主义风格；中期之后转向反映社会现实，表现劳动人民的不幸和痛苦。安徒生强调他的童话是“讲给孩子们听的故事”，而不是“写给孩子们看的童话”，即要求大人先仔细品读后再讲给孩子们听。安徒生的童话充满爱和悲悯，即使是那么娇小的拇指姑娘，身处逆境，也还在细致入微地照料着素不相识的生命垂危的燕子。他的童话还潜藏着童心和童趣，童话中的人物即使面对死亡，也焕发出前所未有的生命之光，小美人鱼死了，她变成了泡沫，在冥冥中微笑地看着王子，和空气中其他的孩子们一道，骑上玫瑰色的云块，升入天空。其童话还满载奇思异想，如在《小意达的花儿》中小意达的花儿在开舞会，高大的黄百合花弹着钢琴，鹅蛋形的黄脸和着音乐打着美妙的节拍。他的作品有的也充满辛辣的讽刺。与《皇帝的新装》有异曲同工之妙的《豌豆上的公主》写的是真正的王子只能与真正的公主结婚的故事，但真正的公主是什么样呢？公主出现在暴风雨之夜，经过风吹雨打，她的样子非常难看。可她是一位真正的公主，因为压在二十床垫子和二十床鸭绒被下面的一粒豌豆，她居然还能感觉得出来。除了真正的公主以外，任何人都不会有这么娇嫩的皮肤。这粒豌豆也因此被送进了博物馆，读者恍然大悟，原来皇家的威仪法度就是那粒“豌豆”。

（四）俄国文学

俄国的资本主义发展远远落后于西欧，19世纪50至60年代，围绕着农奴制度的改革问题，革命民主主义者与贵族自由主义者之间展开了激烈的思想交锋。1861年，沙皇政府被迫颁布废除农奴制度的法令。这一时期，俄国文艺界空前活跃，现实主义文学始终与俄国的解放运动紧密相连，主要揭露和批判农奴制及其残余，具有鲜明的革命性、战斗性和民主倾向。同时，文学创作与文学批评理论相得益彰、相互呼应。普希金的后期创作奠定了俄国现实主义文学的基础，莱蒙托夫和果戈理的现实主义文学表现出对农奴制统治下俄国社会的尖锐批判。

---

① 勃朗特．简·爱[M]．宋兆霖，译．上海：上海文艺出版社，2007：270.

莱蒙托夫(1814—1841)继承了普希金开创的俄国文学的优秀传统,代表作长篇小说《当代英雄》(1840)由五个中篇组成,由表及里地揭示了主人公毕巧林的心灵世界。毕巧林是俄国文学史上继奥涅金之后又一个"多余人"形象。他具有敏锐的观察和分析能力,比前代人更具行动力,对自己的内心世界也有足够的批判性,但同样无力超越阶级和时代的局限,因而他更加愤世嫉俗,也更加痛苦消沉。他四处冒险,在玩世不恭中消耗青春,既给他人带来不幸,也使自己更孤苦。毕巧林的悲剧是其所处时代很多贵族年轻人的共同命运。

"自然派"是俄国19世纪40年代具有强烈批判倾向的现实主义文学流派,由文学评论家、哲学家别林斯基(1811—1848)在《论俄国中篇小说和果戈理先生的中篇小说》(1835)等系列论文中提出。果戈理是这一流派的主要奠基人和代表。"自然派"强调如实描写俄国社会官场的阴暗、地主阶级沉闷和无聊的生活,反映诸多受苦受难的小人物的悲剧命运,并试图用人道主义思想来解决社会问题。它的出现改变了俄国批判现实主义文学发展缓慢的形势,促使俄国批判现实主义文学从不同侧面敏锐地反映时代的重大社会问题。

别林斯基从革命民主主义出发,在理论上阐发和捍卫了以果戈理为代表的现实主义传统。他指出,果戈理的"自然派"小说真实反映和批判了俄国农奴制社会的黑暗和腐朽,表达了人民向往变革社会的愿望,具有真实性、典型性、人民性和独创性。50年代,以别林斯基、车尔尼雪夫斯基(1828—1889)、杜勃罗留波夫(1836—1861)为代表的革命民主主义批评家为俄国现实主义文学发展指明了方向,奠定了俄国现实主义文学理论的基础。

冈察洛夫(1812—1891)的长篇小说代表作《奥勃洛摩夫》(1859)塑造了俄国文学史上最后一个"多余人"典型形象——奥勃洛摩夫。他受过良好的教育,有过理想和抱负,但为所欲为、养尊处优的贵族生活使他懒惰成性,没有任何实际活动的能力。这个人物身上表现出来的懒惰、优柔寡断、好空想的特点被称为"奥勃洛摩夫性格"。这一形象概括了19世纪俄国社会的停滞、落后和腐朽,说明在19世纪50年代以后的俄国,贵族知识分子已丧失了进步性。

屠格涅夫(1818—1883)的成名作是《猎人笔记》(1852),他通过25个短篇故事,在诗意盎然的俄罗斯大自然背景下,以深厚的人道主义同情备受欺凌的劳动人民,写出了他们的聪明智慧和良好品德,揭露了地主表面上文明仁慈,实则丑恶残暴的本性。19世纪50年代至70年代是屠格涅夫创作的旺盛时期,他陆续发表了长篇小说《罗亭》(1856)、《贵族之家》(1859)、《前夜》(1860)、《父与子》(1862)等。《父与子》是屠格涅夫的代表作,塑造了带有新人特征的平民知识分子巴扎罗夫形象。巴扎罗夫显示出俄国早期现代知识分子的自信、坚强意志与革命性,但他从西方中心主义角度看问题,彻底否定俄国传统文明或现存的一切,甚至对人和生活的理解也完全理性化、科学化,人的七情六欲在他身上几乎被泯灭。他虽关注下层人民,并以出身农民而自豪,但他与农民之间有着巨大的心理距离。该形象揭示出19世纪俄国民粹主义自身的矛盾性。

（五）美国文学

19世纪30年代，美国现实主义文学也开始萌芽，主要体现在废奴文学和乡土小说中。废奴文学产生于19世纪30年代而盛行于50年代，是以揭露奴隶制的罪恶和废除奴隶制为目的的资产阶级文学潮流。斯托夫人（1811—1896）的《汤姆叔叔的小屋》（1852）是废奴文学的代表作之一。小说主人公汤姆对主人忠心耿耿，但主人做投机生意失败后，却把他和女奴伊莱扎的儿子哈里一起卖掉抵债。汤姆安于命运，忍辱负重，几度易主，被卖到新奥尔良的种植园，过着非人的生活，最后惨死在奴隶主的鞭下。伊莱扎则连夜带着儿子逃跑了，在白人废奴主义者的帮助下，克服重重困难，成功地逃到了加拿大。小说以感人的形象和真实的描写使美国南方蓄奴的真相大白于天下，把废奴运动推向了一个新的高度。所以林肯总统称斯托夫人是“写了一本书，酿成一场大战的小妇人”。

第二节 司汤达与《红与黑》

司汤达（1783—1842），原名马利-亨利·贝尔，法国现实主义文学的奠基人。他对法国波旁王朝复辟时期社会关系和人的内心世界的生动描写，对小说艺术发展做出的卓越贡献使其备受世人瞩目。

一、生平与创作

司汤达出生在法国东部的一个资产阶级家庭，7岁丧母，深受外祖父的影响，崇拜启蒙思想家和作家。1800年，17岁的司汤达投身军界，追随拿破仑，转战欧洲，目睹了拿破仑的胜利和失败，拿破仑始终是他心目中的英雄。拿破仑时代，平民青年可以凭借个人能力谋取个人前程。代表封建保守势力的波旁王朝复辟以后，平民青年丧失了单凭个人能力实现理想的途径。属于资产阶级自由派的司汤达在其迫害打压下侨居意大利米兰，1821年因与起义失败的意大利烧炭党人有来往被驱逐出境。回到巴黎的司汤达在贫困潦倒中坚持写作，七月革命后迫于生计担任公职，但他仍然致力于文学创作。1842年司汤达因中风离世。

司汤达在其理论论著《拉辛与莎士比亚》（1823—1825）中提出，艺术必须适应时代的潮流，必须符合当时人民的信仰和习惯，作家要为时代而创作，认为“一切伟大作家都是他们时代的浪漫主义者”[①]，并指出“他们表现了他们时代的真实的东西，因此感动了他们同时代的人”[②]。这里的“浪漫主义”其实就是“现实主义”的创作原则，因此这部著作也被认为是现实主义文学的第一个纲领性理论文件。

司汤达的文学成就主要体现在小说方面，他44岁才开始写小说，著有4部长篇小说《阿尔芒斯》（1827）、《红与黑》（1830）、《巴马修道院》（1839）、《吕西安·娄凡》（1834年

① 司汤达.拉辛与莎士比亚[M].王道乾，译.上海：上海人民出版社，2006:97.
② 司汤达.拉辛与莎士比亚[M].王道乾，译.上海：上海人民出版社，2006:108.

开始写作，1894 年出版，实际未完成）和一部短篇小说集《意大利遗事》。他是一位主体意识极为鲜明的作家，善于从政治斗争中再现风俗画卷，揭示时代本质，在人物形象塑造上折射自身的平民意识、自我观念、酷爱自由的反抗精神。在艺术上，司汤达还是世界上第一个自觉运用心理分析的小说家，人物的内心独白、事件叙述与作家插话相互交错，准确细腻地展现了人物的内心世界，同时表明作家自己的评判爱憎。虽然司汤达生前文名寂寞，但在欧洲文学史上，他是一位具有开创意义的现实主义作家。

二、《红与黑》

《红与黑》（1830）是法国第一部现实主义小说，也是司汤达的代表作。小说的素材来源于 1827 年《法庭公报》登载的一桩刑事案件：一个名叫贝尔达的青年家庭教师开枪杀死了自己的女主人。司汤达在这个素材的基础上加工改编，出版时将之命名为具有象征意义的《红与黑》，并加上了副标题“一八三〇年纪事”。小说以拿破仑垮台后波旁王朝复辟时期尖锐复杂的社会政治矛盾为背景，讲述了平民青年于连在 23 年短暂人生中的三次人生选择，以及最终惨遭失败的悲剧性命运。

（一）故事情节

主人公于连·索雷尔是法国外省小城维里埃尔锯木厂小业主的儿子，19 岁，文弱清秀，常被粗俗市侩的父兄打骂。他天资聪慧，喜欢读书，精通拉丁文，能熟背拉丁文《圣经》和《教皇传》。他崇拜拿破仑，渴望像拿破仑那样“只靠他身佩的长剑，便做了世界上的主人”。但是他生不逢时，在波旁王朝复辟时期，无法实现自己的理想。小城市长德·雷纳尔，财产不菲，府邸漂亮，妻子高贵迷人，儿子三个，这些都令他感到骄傲。但小城里贫民收容所所长瓦尔诺先生同样财大气粗。为了打压这个暴发户，德·雷纳尔决定聘请懂拉丁文的于连给自己的孩子当家庭教师。不过德·雷纳尔自恃贵族出身，看不起于连，而德·雷纳尔夫人则对他和善有加。

德·雷纳尔夫人在修道院中长大，情感细腻热切，16 岁嫁给愚蠢傲慢、庸俗粗鲁的丈夫，从未体验过爱情，于是把心思全放在三个孩子身上。于连的博学、温柔很快打动了她，不觉间她情愫暗生。于连出于效仿拿破仑的勇气和对市长轻视平民的报复，以占有市长夫人作为他个人反抗的第一步。德·雷纳尔夫人陷于爱情的甜蜜中，安排于连在皇帝驾临小城时担任仪仗队队员，令于连大出风头。向于连求爱被拒的女仆埃莉莎出于嫉妒，将二人私情外泄，市长因贪恋夫人继承的大笔遗产以及顾虑名誉，只是辞退于连了事。对于连寄予厚望的谢朗神父推荐他到省城贝桑松神学院进修。于连与痛苦的德·雷纳尔夫人悄悄辞别。

于连在贝桑松神学院潜心苦修，受到院长皮拉尔神父的赏识和提拔。然而贝桑松神学院阴森恐怖，尔虞我诈，虚伪成风，于连倍感压抑，被迫虚与委蛇。不久，皮拉尔院长因教派之争被迫辞职，引荐于连去巴黎拉莫尔侯爵府做秘书。拉莫尔侯爵是极端保皇党人，在复辟王朝位高权重。于连的精明和才干获得了拉莫尔侯爵的赏识，侯爵非常器重他，将他视为心腹，委以重任。于连尽管并不信任拉莫尔侯爵这些贵族阶级，但为了个人前程，仍不惜一切为之卖命。

侯爵女儿玛蒂尔德美丽、骄傲、任性，有众多的追求者，起初她轻视、怠慢于连，自尊、敏感的于连对她也敬而远之。但很快才干出众、睥睨众人的于连吸引了玛蒂尔德，二人坠入情网。但玛蒂尔德对于连忽冷忽热，于连在一位情场老手的指导下假装追求他人，成功令玛蒂尔德嫉妒并向于连屈服。不久，玛蒂尔德怀孕，侯爵被迫承认了这门婚事，赐给于连大量金钱和土地，并为他谋得骠骑兵中尉的头衔。正当于连幻想自己平步青云、飞黄腾达之时，德·雷纳尔夫人受到教士的威逼，写信揭发了他，断送了他的前程。盛怒之下，于连赶回维里埃尔，开枪打伤了在教堂中祷告的德·雷纳尔夫人。于连被捕后在法庭上怒斥统治阶级，被判决上了断头台。三天后，德·雷纳尔夫人也离开了人世。

（二）思想内容

《红与黑》深刻反映和批判了法国波旁王朝复辟时期的黑暗、腐朽和动荡的社会现实，是一部具有强烈政治倾向性的小说。

首先，小说揭露了波旁王朝复辟时期封建贵族的腐败、教会的反动以及贵族与平民之间错综复杂的矛盾。波旁王朝复辟以后，在大革命中遭受沉重打击的封建贵族和教会势力更加疯狂：流亡贵族拉莫尔侯爵又成了“法兰西大臣”；德·雷纳尔因镇压革命有功而捞到了市长的职位，他利用手中的权力，不择手段地为自己谋取利益，为了修建自己的花园，竟不顾全城人民的利益将河流改道；瓦尔诺用钱买得维里埃尔市贫民收容所所长的职位。这些寡廉鲜耻、无恶不作的坏蛋竟然飞黄腾达、官运亨通。于连对此评价说：

这就是你可能达到的肮脏的富贵地位，而且你只能在这种情况下，跟这样的一些人在一起享受它！你也许会有一个两万法郎收入的职位，但是在你狼吞虎咽地吃肉时，你必须禁止可怜的被收容者唱歌；你举行宴会用的钱是你从他少得可怜的口粮中窃取来的，在你的宴会进行时他将更加不幸！[①]

波旁王朝复辟时期，教会势力非常猖獗，已经渗透到社会生活的各个方面。在维里埃尔，善良正直的本堂神父谢朗因为帮助省城来的记者了解贫民收容所和监狱的真相，便被教会撤销了职务；法官因为得罪了教会差点丢掉饭碗。教会和封建复辟势力还狼狈为奸，互相勾结，互相利用，共同维护复辟王朝的统治。教士不但直接干预政事，而且充当密探的角色，监视人民的思想和行动。他们通过听取忏悔，掌握每个人的秘密，控制每一个家庭。善良的德·雷纳尔夫人就中了教会和贵族设好的圈套，被迫写了揭发于连的信。

小说中对教会黑暗最集中的揭露是写省城的贝桑松神学院中发生的事。在里面修道的人，“在外表看来都是些清高神圣的道德君子”，而事实上全是伪善者、流氓、骗子和趋炎附势之徒。他们“所受的教育，仅仅限制在对金钱的无穷的崇拜”。金钱才是他们心目中的上帝。在小说上卷第27章中，神学院卡斯塔内德神父教导他们说：

① 司汤达. 红与黑[M]. 郝运，译. 上海：上海译文出版社，2010：137.

> 政府，这个在他们眼里如此可怕的存在物，只有在天主派到人间的代理人的授权下，才具有真正的、合法的权力。
>
> “要用你们圣洁的生活，你们的服从，来使你们配得上教皇的亲切关怀，要做到像他手中的一根棍子，”他补充说，“你们将会得到一个极好的职位，在那儿由你们当家作主，不受任何控制；一个终身的职位，薪金的三分之一由政府支付，其余的三分之二由受你们的讲道培养的信徒们付给。”……
>
> “谈到一个本堂神父时，我们确实可以这么说：人有多大能耐，职位有多大好处，”他对围在他身边的学生说，“我本人就知道一些山里的堂区，那儿的额外收入比许多城里的本堂神父还要好。钱是一般多，还不算肥阉鸡、鸡蛋、新鲜黄油和许多杂七杂八的令人愉快的好处。本堂神父在那儿是毫无异议的首要人物，没有一餐好饭他不受到邀请、款待。”等等。①

封建贵族和教会的黑暗统治以及互相勾结更加激化了原本就十分尖锐的社会矛盾。经过大革命洗礼的广大人民十分怀恋拿破仑时代，小说下卷第1章道出了普通民众对复辟王朝的不满和对拿破仑的怀念：法兰西从来没有像在他统治的十三年里那样受到各国人民的尊重。那时候人做的事都是伟大的。于连更是赞美和向往拿破仑时代。因此，在1830年七月革命前夕，包括资产阶级、小土地所有者和小生产者在内的各种社会阶层形成了一股巨大的反封建复辟的力量，复辟的贵族和教会胆战心惊。于连的死表现了贵族阶级与平民的尖锐对立。他在法庭上慷慨陈词：

> 他们还是要借着惩罚我来杀一儆百，使这样一种年轻人永远丧失勇气，他们出生在一个卑贱的阶级里，可以说是受着贫困的煎熬，但是他们有幸受到良好的教育，并且大胆地混入有钱人高傲地称为上流社会的圈子里。②

其次，小说真实再现了波旁王朝复辟时期尖锐的政治斗争。小说副标题“一八三〇年纪事”并非虚言，是七月革命前紧张的政治形势的真实写照，下卷第21章至第23章有关“秘密记录”影射的就是真实的政治事件。作者通过于连参加一个保王党人组织的秘密会议这一情节，集中揭露了贵族和教会为了维护自己的统治，密谋策划组建反动部队、勾结外国势力来镇压法国人民的阴谋。与会的内阁总理德·内瓦尔说：“你不是把你的头送上断头台，就是重新在法国建立君主政体。”拉莫尔侯爵更是赤裸裸地叫嚣要组织战斗队伍：“在出版自由和我们作为贵族的存在之间，是一场生死斗争。不愿意成为工厂主、农民，就得拿起你们的枪。”③ 这种复辟与反复辟的激烈斗争被如实地、形象地反映

① 司汤达. 红与黑[M]. 郝运，译. 上海：上海译文出版社，2010：184.

② 司汤达. 红与黑[M]. 郝运，译. 上海：上海译文出版社，2010：474.

③ 司汤达. 红与黑[M]. 郝运，译. 上海：上海译文出版社，2010：378.

在小说中。在写这场会议时，作者作如下插话："'如果您的人物不谈政治，'出版者又说，'就不再是一八三〇年的法国人，您的书也就不像您指望的那样是一面镜子了……'"[①]司汤达的这面"镜子"一方面说明政治内容在小说中的重要性，另一方面也真实呈现了人物生活与成长的历史语境。

（三）人物形象

于连是波旁王朝复辟时期试图通过个人奋斗和反抗社会的方式实现自我但最终幻灭的平民青年典型。

于连性格复杂，充满矛盾，其核心是强烈的自我意识。他在18世纪启蒙思想教育和拿破仑时代英雄观念的影响下，萌生了强烈的平民意识和反抗精神，追求自由和平等，对贵族有一种出自本能的抵触情绪。他时刻不忘维护自己的尊严，去市长家做家庭教师时强调宁死也绝不和仆人在一起吃饭。

他的两次爱情，最初的动机都是为了维护自己的尊严。于连以为德·雷纳尔夫人看不起自己，决心在花园乘凉时握住夫人的手，当他如愿以偿后，作品写道：

> 第二天他五点钟被人叫醒；他几乎把德·雷纳尔夫人已经忘得干干净净，如果德·雷纳尔夫人知道的话，这对她可是个多么沉重的打击啊。他已经尽到他的职责，而且是一个英勇的职责。他充满这种想法带来的幸福，把自己锁在卧室里，怀着一种从未有过的喜悦心情，专心地阅读他崇拜的那位英雄的战功。[②]

这一看似荒唐的"职责"意识正是波旁王朝复辟时期小资产阶级青年受到压制后不满情绪的表达。

于连十分向往拿破仑时代，因为那时平民出身的青年尽可以披挂上阵，但是在波旁王朝复辟时期，一切都改变了，没有地位，没有财富，没有高贵的出身，就没有出头之日。于连常想，为什么一个学识丰富、才华出众的人却过着如此这般的屈辱生活？他奋起反抗，企图凭借才华和能力，改变自己的命运。

来到贝桑松神学院以后，于连清楚地认识到走拿破仑式的发迹道路是行不通的，于是，他不再向往拿破仑的军装，而决心穿上教士的黑袍。他在神学院里隐藏真实想法，装扮成最虔诚、最守教规的修道士。由此可见，在神学院，他的思想已经开始蜕变。为了向上爬，于连费尽心机、不择手段、妥协背叛，在对个人欲望的不断追逐中内心冲突不断，并逐渐丧失了真我。

出人头地，飞黄腾达，是于连梦寐以求的奋斗目标，他一生都在努力选择，为摆脱卑贱的出身苦苦挣扎，他越接近这个目标，就越远离做人的标准，他充满了迷惘与困惑。下卷最后十章记录了于连从沉迷走向清醒的巨变过程。死亡让他卸去一切伪装，真诚待人，反

① 司汤达. 红与黑[M]. 郝运，译. 上海：上海译文出版社，2010：378.
② 司汤达. 红与黑[M]. 郝运，译. 上海：上海译文出版社，2010：55.

省自己短暂的人生：

“我的同时代人的影响占了上风，”他苦笑着，高声对自己说，“离着死亡只有两步远，单独跟我自己说话，我仍然是伪善的……啊，十九世纪！”

……一个猎人在森林里放了一枪，他的猎物落下来，他奔过去抓它。他的鞋子碰到一个两尺高的蚁巢，摧毁了蚂蚁的住处，使蚂蚁、它们的卵撒得很远很远……在那些蚂蚁中间即使是最富有哲学头脑的，它们也永远不能理解这个巨大、可怕的黑东西，猎人的靴子；它以难以置信的速度闯入了它们的住处，事先还有一声伴随着几束微红色火焰的、可怕的巨响……①

死亡降临时，他才意识到自己的幸福时刻：

“真奇怪！”他对自己说，“我原来以为她用她给德·拉莫尔先生的信永远毁掉了我未来的幸福；谁知从写那封信的日期算起，还不到半个月，我已经不再想到当时我念念不忘的事……两三千法郎的年金收入，平平静静地生活在一个像维尔吉那样的山区里……当时我是幸福的……只不过我并不知道我有多么幸福！”②

于连最终丢掉幻想，拒绝营救，坦然赴死，回归一个真实美好的自己。因此，司汤达以“献给少数幸福的人”作为全书的结束语，那么谁是“少数幸福的人”？这是作者留给读者的人生难题，人人渴望实现自我价值，渴望幸福，但自我价值的实现不应该以丧失本真的自我为代价，也不能被他人认同的成功和幸福观念所支配。从这个意义上说，于连并没有失败，他因为最后的觉悟获得了短暂的幸福。

于连这一形象的典型意义在于：作者通过于连既反抗又妥协的个人奋斗史，反映了平民阶级的个人主义反抗与复辟王朝不可调和的矛盾以及悲剧必然发生的时代特征，同时也昭示了一个追求个人幸福而不幸走上歧途的年轻人在自我发展中所面临的人生抉择困境。

（四）艺术成就

作为法国19世纪第一部现实主义小说，《红与黑》取得了突出的艺术成就。

第一，注重展现人物心理在特定环境中的细微变化。小说的外在情节表现了法国19世纪上半期的社会风尚，深层结构则着重描写个人奋斗者于连复杂、剧烈的心路历程：在德·雷纳尔市长家，自卑与自尊激烈冲突；在贝桑松神学院，虚伪与正直相互对抗；在巴黎德·拉莫尔侯爵府，雄心与野心、反抗与妥协此起彼伏。种种心理因素交错纠缠，其过程连贯、完整，富有层次感。与之呼应，德·雷纳尔夫人和玛蒂尔德小姐围绕于连所展开的心理冲突又构成了小说的重点篇章。这标志着小说叙事的一个重要转变，它摒弃了外部的物

① 司汤达.红与黑[M].郝运，译.上海：上海译文出版社，2010：492-493.

② 司汤达.红与黑[M].郝运，译.上海：上海译文出版社，2010：496.

质因素，而是通过内心活动来推动小说情节的发展。

司汤达把创作的焦点放在探索心灵的奥秘上，小说中大量运用内心独白，让人物自主展现自己隐秘的内心世界。于连在是否应聘家庭教师的一霎反复了好几次自己的决定，直到最后他才下定决心："为了出人头地，再难堪的事，他都得做的。"这种矛盾的心理，正是现代人在面对重大选择时复杂心理的再现。小说从第 11 章开始用很长的篇幅描写德·雷纳尔夫人坠入情网后内心的矛盾和斗争，把德·雷纳尔夫人那种因爱上于连而产生的喜悦和由对丈夫的背叛引起的痛苦，把孩子得病归罪于自己行为不贞洁的忏悔和不甘心放弃爱情的幸福的复杂心理描写得纤毫毕现。丹麦文学评论家勃兰兑斯对此评论说：司汤达"揭露观念的秘密斗争以及由观念所产生的情绪的秘密斗争，他的才能为任何其他小说家所不及。他仿佛是通过一架显微镜，或者是在从事一场用色素注射使最细微的血管都清晰可见的解剖准备工作，给我们显示了活动着、苦恼着的人类的幸福和不幸的感情波动及其相对的力量"。①

第二，成功地体现了"真实地再现典型环境中的典型人物"的现实主义文学创作原则。于连性格的形成和发展是与环境紧密相连的，小说通过对广阔而具体的社会环境的描写，描述了于连的复杂性格的形成和发展。于连一生的奋斗主要经历了三个典型环境：唯利是图的维里埃尔小城、阴森恐怖的贝桑松神学院、阴谋伪善的侯爵府邸。这三个具体典型的环境再加上两次轰轰烈烈的爱情，构成了于连一生的全部。司汤达将于连置于这种充满着尖锐而又复杂斗争的社会环境里，让他在矛盾冲突的漩涡里不断经受锤炼，让他性格的形成和发展在这些环境中逐步得到展现，让读者感到他性格的每一步变化都是有根有据和真实可信的。于连的自尊和反抗、勇敢和狂热、虚伪和妥协都是特定环境下的产物。这种通过人物关系塑造典型环境和在典型环境中塑造典型人物的艺术手法不仅开创了"真实地再现典型环境中的典型人物"这一现实主义文学创作原则的先河，而且树立了成功的典范。

第三，情节紧凑，结构严谨、完整。全书以于连个人奋斗的经历为经，以他和德·雷纳尔夫人、玛蒂尔德小姐恋爱生活为纬，经纬交织，脉络清楚。于连的活动从维里埃尔到贝桑松神学院再到巴黎拉莫尔侯爵府，三个典型环境的转换衔接自然而顺畅。每个阶段出场的人物既是当时社会人物的写照，又都和主人公有关。小说前面出现的人物在于连临死前又重新出现，使情节首尾相连，人物和情节成为有机的整体，使小说成为情节结构严谨而完整的艺术典范。

第三节 巴尔扎克与《高老头》

奥诺雷·德·巴尔扎克(1799—1850)是法国 19 世纪最重要的作家，现实主义文学的杰出代表，他的《人间喜剧》是人类文学宝库中的瑰宝。恩格斯给予巴尔扎克高度评价，认

① 勃兰兑斯. 十九世纪文学主流：第 5 分册：法国的浪漫派[M]. 李宗杰，译. 北京：人民文学出版社，1997：244.

为他在《人间喜剧》中，“给我们提供了一部法国‘社会’，特别是巴黎上流社会的无比精彩的现实主义历史”①。

一、生平与创作

巴尔扎克生于法国都兰地区图尔市的一个市民家庭。父亲农民出身，跻身中产阶级，母亲是殷实的呢绒商女儿。巴尔扎克的家庭与一般市民家庭一样，信奉“财产于今就是一切”，向往名声、贵族身份、地位，父亲将自己的平民姓氏改为中古骑士姓氏“巴尔扎克”，并加上“德”字，以示贵族身份。从1806年到1812年，巴尔扎克在旺多姆教会学校读书，1819年，他从索尔本学院法学系毕业，违背父母意志，坚持要当作家，发誓要作“法国文坛的拿破仑”。父亲答应给他两年的文学创作试验期，但他呕心沥血写的第一个作品——诗体悲剧《克伦威尔》惨遭失败。尽管如此，巴尔扎克仍不肯让步，父母便断了他的经济来源。从1821年到1825年，他为了生活写了一些迎合市民趣味的凶杀、恐怖、鬼怪、言情小说，没有用真名发表，他成名后否认这些作品，并声明“只有用我的名字发表的，我才承认是我的作品”。这一时期，他虽然没有写出成功的作品，但也经受了高强度的写作训练。

从1825年到1828年，为了摆脱经济困境，他冒险做了投机商人，出版过法国古典作家的袖珍文集，贩卖过铁路枕木，开办过印刷厂和铅字铸造厂，还打算去开采一个古罗马时代就已经废弃的银矿。然而，他不但没能发财，还背上了近6万法郎的债务，1837年巴尔扎克创办的《巴黎纪事》报倒闭，债务高达10万法郎，到他逝世前3年，他已经欠下21万法郎的债务。为了还债，他开始了《人间喜剧》的写作，但直到去世也没能还清债务。可以说，他对金钱痛彻体肤的描写，既来自法国社会对经济利益的高度关注，也来自他一生追逐金钱和备受金钱煎熬的切身感受。

尽管巴尔扎克的作品大多是为还债而写的，写作速度惊人，但他对创作从不肯敷衍了事。他以惊人的毅力辛苦写作，经常每天伏案工作16～18小时，一部小说反复修改多遍，甚至不惜为此赔钱。只有经过反复修改的作品，他才同意付印，并且附有条件：再版或重印时，要允许他进一步校订修改。写作时他穿着教士的袍子，点上7支蜡烛，桌边是一杯提神的黑咖啡。有人说：巴尔扎克活在5万杯咖啡上，也死在5万杯咖啡上。

1850年，重病缠身的巴尔扎克与相恋了18年之久的俄国富孀韩斯卡夫人结婚，婚后仅5个月他因心脏病发作，于1850年8月18日病逝于巴黎。雨果在巴尔扎克的葬礼上致悼词说：他的一生是短暂的，然而也是饱满的；作品比岁月还多。

巴尔扎克的世界观复杂矛盾。其哲学思想倾向于唯物论，他对空想社会主义也有浓厚兴趣；但他也不否定唯灵论，相信骨相学、占卜术。在经济上他主张自由贸易，要求加速发展工商业和农业。在宗教上，他不信教，却又大力鼓吹宗教，把宗教当作改变社会、克服罪恶的出路和手

拓展阅读：对拜金罪恶的讨伐和对人性复归的探索

① 马克思，恩格斯. 马克思恩格斯选集：第4卷[M]. 中共中央马克思恩格斯列宁斯大林著作编译局，编译. 3版. 北京：人民出版社，2012：590.

段。在政治上，他受当时法国历史学家阶级学说的影响，意识到穷人与富人之间的对立和利益冲突，同情人民的不幸命运。但他在政治思想上保守，推崇王权，曾加入保王党，声称："我是在两种永恒的真理，即宗教与王权的照耀之下从事写作的。"① 不过他与保王党思想也并不完全一致，在生活中讨厌旧贵族，赞美共和党人。

1829年，巴尔扎克用真名发表第一部长篇历史小说《舒昂党人》，揭开了《人间喜剧》的序幕。此后20年间，他共创作90多部小说，成为世界上少有的多产作家和高质量作家。

巴尔扎克用《人间喜剧》称谓自己的全部创作，使90多部小说成为一个可分可合的艺术整体。他发现司各特的历史小说隐藏着一套完整的哲学，但缺少系统的有机联系。因为"他没有想到要将他的全部作品联系起来，构成一部包罗万象的历史，其中每一章都是一篇小说，每篇小说都标志着一个时代"②。所以巴尔扎克决定以系列小说的形式编制一部法国社会的风俗史，力图全面、历史、深刻地认识和表现社会现实。他受到但丁《神曲》原名"神的喜剧"的暗示，选定《人间喜剧》作为总题目。1842年4月，他在报纸上登出了广告正式启用《人间喜剧》的名称，同时在第一卷中刊出了纲领性的《〈人间喜剧〉前言》，详尽地阐述了自己的构思来源、创作意图和现实主义艺术原则。1845年，巴尔扎克完成《人间喜剧》总目，开列了137部小说的名字，实际完成了85部，另有6部在总目之外，这6部的主题和人物与总目中的作品一脉相承，故也被收录。

巴尔扎克受到19世纪法国动物学家圣-伊莱尔"统一类型"说的启发，提出"社会和自然"相似的意见，认为人类和兽类一样，也可以划分为不同的类型。他想把自己的小说统一成一部大书，其中的人物有不同的分类。为此，他采用"分类整理法"，把《人间喜剧》分成"分析研究""哲学研究""风俗研究"三大类。"风俗研究"是《人间喜剧》的主干，从各个方面反映法国当代社会生活，分为6个场景。其中"私人生活场景"包括27部，表现人们在青少年时期因生活经验不足或感情冲动酿成的种种错误与不幸，如《苏城舞会》《高布赛克》《猫打球商店》《夏倍上校》《高老头》《无神论者做弥撒》《禁治产》等。"外省生活场景"包括12部，描写人们走向成年时由野心、欲望、自私自利的盘算引起的冲突，如《都尔的本堂神甫》《欧也妮·葛朗台》《古物陈列室》《搅水女人》《幻灭》等。"巴黎生活场景"包括19部，描写人心的衰老、腐化以及恶的欲念代替了一切真诚朴素的感情，如《赛查·皮罗多盛衰记》《纽沁根银行》《交际花盛衰记》《贝姨》《邦斯舅舅》等。"政治生活场景"包括4部，描写超越常规的人物，包括《一桩无头公案》《阿尔西的议员》等。"军旅生活场景"包括2部，表现风云激荡，离乡背井，如《舒昂党人》。"乡村生活场景"包括《乡村医生》《幽谷百合》《乡村的本堂神甫》《农民》4部，表现秩序、道德原则。

为了把各部小说串联起来，使之成为一个有机整体，巴尔扎克独创了"人物再现法"，即同一人物在不同作品中反复出现，每一部小说只能表现人物的一个生活阶段或一个生

① 巴尔扎克.《人间喜剧》前言[M]// 巴尔扎克. 巴尔扎克论文艺. 艾珉，黄晋凯，选编. 北京：人民文学出版社，2003：261.

② 巴尔扎克.《人间喜剧》前言[M]// 巴尔扎克. 巴尔扎克论文艺. 艾珉，黄晋凯，选编. 北京：人民文学出版社，2003：258.

活侧面，几部小说联系起来就能反映出这个人物的性格发展和命运沉浮的全过程。在《人间喜剧》的 2 472 个人物中，再现人物有 400 多个，分散在 75 部作品中，以《交际花盛衰记》中出现得最多，达到 155 个。这种“人物再现法”为后世许多作家赞赏和模仿。

从思想内容上来说，巴尔扎克用编年史的方式写出了法国社会的一部风俗史。他言明：“法国社会将成为历史家，我只应该充当它的秘书。编制恶习与美德的清单，搜集激情的主要表现，刻画性格，选取社会上的重要事件，就若干同质的性格特征博采约取，从中糅合出一些典型；做到了这些，笔者或许就能够写出一部许多历史家所忽略了的那种历史，也就是风俗史。”①

首先，《人间喜剧》全面再现了贵族阶级的衰亡史。如《古物陈列室》描写了封建贵族在资产阶级的金钱的进攻下节节败退的现实问题。以德·埃斯格里尼翁侯爵为首的贵族沙龙集团不愿正视现实，依然忠诚于被废除的贵族制度和君主政体思想，因此他家的客厅被人戏称为“古物陈列室”。他的独生子却毫无贵族荣誉感，一到巴黎这个花花世界，便以最快的速度堕落。为了维持奢侈的生活，他败光了家业，伪造支票，被“工商界领袖”克鲁瓦谢送上法庭。侯爵为了帮儿子免去牢狱之灾，只得与“没有根基”但有雄厚经济实力的克鲁瓦谢家族联姻。巴尔扎克借小说中的一位公爵夫人之口无情地揭示了封建贵族阶级无法挽回的衰亡命运：

> 我们生活在十九世纪，而你们想停留在十五世纪吗？亲爱的孩子们，贵族阶级现在已经不存在了，而只剩下了贵族阶级的一点残余。拿破仑的民法已经消灭了贵族的称号，正如大炮摧毁了封建社会一样。只要他们有钱，他们就比贵族更贵族。②

其次，在描写贵族阶级没落衰亡的同时，巴尔扎克也着重描写了资产阶级从原始积累到金融资本的血腥发家史。《高布赛克》又名《高利贷者》，主人公高布赛克认为世上“只有一种有形的东西具有相当实在的价值，值得我们操心。这种东西……就是金钱。金钱代表了人间一切的力量”③。他极其贪婪，主要靠放高利贷积累财富。他借钱供雷斯托伯爵夫人挥霍，借据一到期，便毫不留情地上门逼债。他靠重利盘剥掠夺了大量的财富，但他不懂得商品流通和资本周转可以增值的“秘诀”。他积聚了 700 万法郎，却极其吝啬，拼命装穷，生前过着叫花子一样的生活，在他死后人们发现，他的贮藏室里堆满了各种家具、银器等奇珍异宝，还有因索价太高无法成交但他又舍不得消费的物品。他在毁灭他人的同时，也毁灭了自己的灵魂和幸福。当然，和后来者相比，他还只是原始积累型的资产者。

① 巴尔扎克.《人间喜剧》前言[M]// 巴尔扎克. 巴尔扎克论文艺. 艾珉，黄晋凯，选编. 北京：人民文学出版社，2003：258-259.

② 巴尔扎克. 古物陈列室：巴尔扎克小说选[M]. 郑永慧，译. 北京：人民文学出版社，2008：142.

③ 巴尔扎克. 高布赛克[M]// 巴尔扎克. 巴尔扎克中短篇小说选. 外国文学名著丛书编辑委员会，编. 北京：人民文学出版社，1989：288.

《欧也妮·葛朗台》中的老葛朗台比高布赛克更进了一步。“说到理财，葛朗台先生兼有老虎和巨蟒的本领。他会蹲在那里，长时间窥伺着猎物，然后扑上去，张开钱袋的大口，吞进大堆的金币，然后安安静静地躺下，像吃饱的蛇一样，冷酷而不动声色，徐徐消化吃到肚里的东西。”[①] 他的活动范围比高布赛克广泛得多，他发财的手段也高明得多，除了放高利贷外，还经营土地，种葡萄酿酒，搞证券交易和商业投机，懂得资本必须在流通中增值。他既是农业资本家和工商业资本家，又是高利贷资本家。他通过种种方式残酷地掠夺他人的财富，最后积累了1 700万法郎的家产，由大革命前的箍桶匠变成了索漠城的首富。他对金钱的贪婪比高布赛克有过之而无不及。女儿把6 000法郎送给了堂弟查理，他暴跳如雷，幽禁女儿，每天只给她清水和面包。就连女儿的定情物他也要抢夺，剥下首饰匣上面的嵌金块。妻子死后，他骗女儿放弃继承母亲的遗产，每天深夜，他都躲在密室里欣赏黄金，连眼睛都是黄澄澄的，染上了金子的光彩。弥留之际，“他整个生命都退守到眼睛里”，只有把金子摆在他面前，他心里才暖和。特别是临终一幕，更能说明他的守财奴性格：“神甫把镀金的十字架送到他嘴边，给他亲吻基督的圣像，他却作了一个可怕的姿势，想把十字架抓在手里。这一下最后的努力送了他的命。”临死前，女儿欧也妮跪在他前面，流着泪亲吻着他的手，可是他说的却是：“好好照看一切。到了那边向我交账！”[②]

《纽沁根银行》展现了金融资产阶级的发家史。纽沁根是《人间喜剧》中的一个重要形象，是法国历史上最早的一批银行家之一。他既是银行家，也是上议院议员，聚敛财富的手段比高布赛克和葛朗台都更残酷、更高明。他可以将议员卖给政府，将希腊人卖给土耳其人。他把银行变成彻头彻尾的政治，是个变幻莫测的政治投机家。他钻法律的空子，散布谣言，制造假倒闭，搞股票投机，买空卖空，大发横财，他得到的每一枚铜板都沾满了千家万户的眼泪。作为第三代资产者，他不像高布赛克和葛朗台那样装穷，而是开始摆阔气，讲排场，过着穷奢极欲、荒淫无耻的享乐生活。他不仅每个月用6 000法郎供养一个歌剧院的演员，到了66岁，他还为了得到另一个天仙似的美女的垂青，吃药丸，戴假发，梳妆打扮，花钱如流水，终于等到了洞房花烛夜。巴尔扎克敏锐地预测到这一历史前景：“金钱的世界从此狼烟四起了。银行家征服别人，牺牲千万人的性命，谋的是不可告人的目的，他的士卒就是许多顾客的个人利益。他运筹帷幄，设置埋伏，调兵遣将，攻城夺地。”[③]

再次，巴尔扎克不仅用历史学家和社会学家的眼光来写小说，而且像哲学家那样透过庞杂的表象寻找社会的内在驱动力。他以敏锐的观察力，看到金钱是整个社会前行的机制和杠杆。《人间喜剧》通过对经济状况的精准描写揭示了资本主义社会人与人之间关系的实质以及主宰这些关系的最高原则——金钱至上原则。在巴尔扎克时代，人们崇拜的上帝是金钱，并围绕着金钱展开了一幕幕家庭、婚姻方面的惨剧。巴尔扎克借《夏倍上校》中的律师但维尔之口总结道：

---

① 巴尔扎克. 高老头　欧也妮·葛朗台[M]. 张冠尧，译. 北京：人民文学出版社，2015：257.

② 巴尔扎克. 高老头　欧也妮·葛朗台[M]. 张冠尧，译. 北京：人民文学出版社，2015：387.

③ 巴尔扎克. 纽沁根银行[M]// 巴尔扎克. 巴尔扎克中短篇小说选. 外国文学名著丛书编辑委员会，编. 北京：人民文学出版社，1989：500.

我们当诉讼代理人的，只看见同样的卑鄙心理翻来覆去地重演，什么都不能使他们洗心革面……我亲眼看到一个父亲给了两个女儿每年四万法郎进款，结果自己死在一个阁楼上，不名一文，那些女儿理都没理他！我也看到烧毁遗嘱；看到做母亲的剥削儿女，做丈夫的偷盗妻子，做老婆的利用丈夫对她的爱情来杀死丈夫，使他们发疯或变成白痴，为的是跟情人消消停停过一辈子。我也看到一些女人有心教儿子吃喝嫖赌，促其短命，好让她的私生子多得一份家私。我看到的简直说不尽，因为我看到很多为法律治不了的万恶的事情，总而言之，凡是小说家自以为凭空造出来的丑史，和事实相比之下真是差得太远了。[①]（傅雷译）

金钱也控制了司法界、政界乃至文化界、新闻界等领域。在《幻灭》中，律师柏蒂·格劳在公开场合做被告的代理人，在背后却替原告出谋划策，参与陷害被告的阴谋活动。文化界每个角落都有金钱的影子，样样要靠金钱来决定，样样要抽税，样样好卖钱，样样能制造，连名气在内。在戏院里，无论热烈的掌声还是可怕的喝倒彩，都是资本家花钱雇来的"鼓掌队"制造出来的。在书店里，作家只是出版商的摇钱树；在书店老板的眼里，书不过是低价收进、高价出售的商品，就如同头巾老板看待头巾一样。而新闻界是"贩卖思想的妓院"，报界是一个地狱，充斥着一批寡廉鲜耻的"杀害思想与名誉"的刽子手。政界同样龌龊不堪，每个人不是行贿，便是受贿。巴尔扎克不仅详尽地编制了这份"恶习的清单"，令人信服地描写出这种关系已发展到了何等疯狂残酷的程度，还在客观上表现了这些矛盾的深刻性和顽固性。

最后，巴尔扎克将激情欲望看作人类一切行为的原动力，指出人世间的一切悲剧都是私欲的膨胀，进而辨析善恶，深刻探究人性的复杂性。他在《高老头》《欧也妮·葛朗台》《长寿药水》等诸多作品中呈现了各式人物对金钱权力、情欲享乐以及科学艺术等的偏执性渴求，激情既能推动人成就伟大事业，也能使人遭受灭顶之灾，更能让人为满足私欲，不择手段，为非作歹。《驴皮记》是巴尔扎克发表的第一部长篇小说，主人公拉发埃尔·瓦朗坦穷困潦倒而准备自杀时，一个古董商送他一张玄妙的驴皮，这张驴皮能实现他的任何愿望，不管是善念还是恶念，但愿望一经实现，驴皮立刻缩小，他的寿命也随之缩短。随着欲念的不断膨胀，原本朴实纯真的瓦朗坦，逐步走向堕落灭亡。他的变化，揭示了善恶人性的相对性，也提出了人的欲望与生命的尖锐矛盾，即以生命为代价追求的幸福根本就是一种虚妄，而扼杀情欲生命又无快乐可言。驴皮成为人类生命进程的缩影，甚至是某种不以意志为转移的定律的象征，反映了巴尔扎克的人生观、价值观，因而《驴皮记》被视为"解读《人间喜剧》的钥匙"[②]。

---

① 巴尔扎克. 夏倍上校[M]// 巴尔扎克. 巴尔扎克中短篇小说选. 外国文学名著丛书编辑委员会，编. 北京：人民文学出版社，1989：423-424.

② 艾珉. 巴尔扎克传[M]. 北京：华文出版社，2017：102.

巴尔扎克认为“人类既不善，也不恶”[①]，但这并不代表人性无善恶可言。相反，在弱肉强食的“文明”社会中，欲望萌生出来的善性和恶性更为突出。《人间喜剧》在大力批判人性邪恶时，也肯定了善。《无神论者做弥撒》中的布尔雅，当了22年的挑水夫，希望有一天能攒到一笔钱，买一匹马和一只木桶。正当愿望就要实现时，他却放弃了这个理想，将自己的全部积蓄给了萍水相逢的邻居德普兰，资助这位求学青年应考。这种只求给予、不求回报的无私奉献精神折射出的就是人性的光彩。然而，人性的善恶并非截然分开，它们常常彼此依存，互相包含，善中有恶，恶中有善。欧也妮曾是一个善的典型，忠贞爱情，反对父亲的吝啬、贪婪。可在父亲去世后，她那颗“只为最温柔的感情而跳动的高尚的心”，最后还是“屈从于自私自利的人们的算盘”。[②]

二、《高老头》

《高老头》(1835)是巴尔扎克的代表作之一。小说通过巴黎平凡而又激荡的日常生活揭示了道德沦丧、物欲横流的金钱社会的本质。《高老头》承上启下，从这部小说开始，巴尔扎克开始有意识地运用人物再现法，把以前作品中出现过的人物纳入这部小说，后来又把这部小说中首次出现的一些人物写进了其他作品，他们的性格也随之改变，社会地位升迁或沉沦。

(一) 故事情节

《高老头》的故事发生在1819年11月至1820年初，以伏盖公寓和鲍赛昂子爵夫人府邸为主要活动场所，展示了光怪陆离的巴黎社会：爱女成狂的高里奥老头被两个女儿榨干血汗，凄惨死去；没落贵族青年拉斯蒂涅攀附远亲鲍赛昂夫人，追求纽沁根太太，步步堕落；纯洁无辜的泰伊番小姐由于父亲要保存财产并把全部财产传给儿子而被逐出家门；苦役犯伏脱冷设计谋杀银行家泰伊番的儿子，后因3 000法郎赏金被房客米旭诺小姐出卖，被捕归案；鲍赛昂夫人因情人阿瞿达侯爵被资产阶级小姐洛希斐特以400万法郎作陪嫁夺走，被迫隐居乡间。

69岁的高老头曾经是拥有百万家财的面粉商人。他初到伏盖公寓时，每年交1 200法郎的膳宿费，人们尊称他为高里奥先生。第二年年末，高老头要求换到三楼，膳宿费也减为一年900法郎，整个冬天也没有生火取暖。人们发现常有打扮入时的贵夫人来找高老头，大家都以为他是一个老色鬼。可是他却告诉大家，那是他的女儿，但没人相信。第三年，高老头为节省开支搬到了四楼，每月膳宿费降为45法郎。第四年，他老态龙钟，面如死灰，成为众人讽刺挖苦的对象。

拉斯蒂涅是从外省到巴黎的大学生，巴黎的浮华生活让他感到通过寒窗苦读很难出人头地，于是和鲍赛昂夫人攀亲戚走捷径。在鲍赛昂夫人的指点下，拉斯蒂涅先是追求高老头的大女儿、雷斯托伯爵夫人阿娜斯塔齐，不成，又转而追求高老头的二女儿、纽沁根太

① 巴尔扎克.《人间喜剧》前言[M]// 巴尔扎克. 巴尔扎克论文艺. 艾珉，黄晋凯，选编. 北京：人民文学出版社，2003：260.

② 巴尔扎克. 高老头 欧也妮·葛朗台[M]. 张冠尧，译. 北京：人民文学出版社，2015：410.

太但斐纳。拉斯蒂涅为了同但斐纳鬼混，努力博取高老头的好感，在伏盖公寓成了帮助高老头的保护神，而高老头为了满足自己对女儿的爱的欲念，努力促成但斐纳和拉斯蒂涅的结合。伏脱冷为了20万法郎，高老头为女儿，在伏盖公寓展开了争夺拉斯蒂涅的明争暗斗，伏脱冷抓紧暗杀泰伊番的儿子，高老头则积极为女儿牵线搭桥。最后，伏脱冷未逃脱别人的暗算，被捕入狱；高老头取得胜利，然而很快又被他的女儿逼上了死路。雷斯托伯爵抓住阿娜斯塔齐偷卖祖传宝石的把柄；纽沁根允许但斐纳有人身自由，可以与情夫外室同居——他们先后吞噬了高老头两个女儿的嫁妆。姐妹俩又来伏盖公寓向父亲要钱，而这时高老头已不名一文，一气之下，中风倒下。当两个女儿踩着父亲的身体珠光宝气地去参加上流社会的舞会时，高老头已奄奄一息，还在期待两个女儿来到他的病榻之前。高老头将死时，因无钱下葬，拉斯蒂涅去找阿娜斯塔齐，阿娜斯塔齐不愿意见他，派仆役出来说自己因过于悲痛不能见客。他又去找但斐纳，送去请求但斐纳卖掉一两件首饰为她自己的父亲办葬礼的纸条，结果纸条落在纽沁根手里，他不动声色地将它投入火炉。高老头死后，他的两个女儿只在出殡时派来两辆漆着爵位徽章的空马车。拉斯蒂涅目睹这一人间悲剧后，埋葬了自己最后一滴纯洁的眼泪，决心投身到上流社会的大泥淖去拼一拼。

（二）思想内容

《高老头》体现了《人间喜剧》的重要主题。

第一，高老头被女儿抛弃的故事是资本主义社会金钱关系罪恶的生动写照。作品中写到，高老头是一个非常精明的面粉商人，任何人都掠夺不了他，只有他掠夺别人的份儿。诚如作品所言，在生意场上他颇具国务大臣的才干，“老谋深算如外交家，勇往直前如军人。可是一离开他的本行，走出他那间简陋而阴暗的铺子，闲暇时站在门前，肩膀靠着门框，便又成了一个愚蠢粗俗的工人，没有头脑，没有情趣，看戏就打瞌睡……”[①]。只有和妻子、女儿在一起生活，他才觉得有乐趣。妻子去世后，他拒绝续弦，疼爱女儿的感情便发展到了非理性的程度。40年来，他背着面粉袋，冒着大风大雨，舍不得吃，舍不得穿，都是为了两个女儿，“我的两个女儿就是我的全部生活。只要她们玩得痛快，活得幸福，穿得好，走路有地毯，那我穿什么，住在哪里，又有什么关系。她们暖我就不觉冷，她们乐我就不觉闷。她们发愁我才发愁”[②]。一提起女儿孩提时代的情景，高老头就十分陶醉：“她们早上下楼，说‘爸爸早’。我把她们抱在膝上，逗她们，跟她们开玩笑。她们也乖乖地和我亲热。我们每天一起吃早饭，一起吃晚饭，我是父亲，享尽天伦之乐。”[③] 他努力发家致富，都是为了两个女儿。因此，他被称为“慈父基督”。

但他表达父爱的方式却是资产阶级化的。之所以这样说，主要有两条：一是他主要用金钱去收买女儿的欢心。例如，作品写到：在两个女儿出嫁前，“对女儿各种异想天开的想法却是有求必应，并以此为乐。他请了最优秀的老师教导她们，使她们具有良好教育所给予的各种才能。还雇了一位小姐当伴娘，好在此人颇有头脑而且品味高雅。她们有马

① 巴尔扎克. 高老头　欧也妮·葛朗台[M]. 张冠尧，译. 北京：人民文学出版社，2015：82.

② 巴尔扎克. 高老头　欧也妮·葛朗台[M]. 张冠尧，译. 北京：人民文学出版社，2015：116.

③ 巴尔扎克. 高老头　欧也妮·葛朗台[M]. 张冠尧，译. 北京：人民文学出版社，2015：221.

可骑，有车可乘，生活就像豪绅的情妇一样阔绰，只要她们开口，哪怕最花钱的欲望，父亲都会立即满足，而要求的回报只是一点点亲热的表示”[①]。当他的两个女儿要出嫁时，为了满足她们的虚荣心，他给每个女儿80万法郎作陪嫁，让大女儿阿娜斯塔齐当上了雷斯托伯爵夫人，让二女儿但斐纳做了银行家纽沁根的太太。在波旁王朝复辟时期，为了照顾女儿、女婿的面子，他结束了面粉生意，住进了伏盖公寓。但两个女儿奢侈放荡，经常来压榨老父的余钱。为了能让但斐纳与拉斯蒂涅偷情，他卖掉长期存款，用12 000法郎布置了一个精美的小公馆。为了替女儿的情夫还债，他不得不绞扭银器，把他吃什么苦都决不放手的结婚纪念品卖掉。为了让阿娜斯塔齐能快快活活地消磨一晚，能花枝招展地去出风头，他宁愿自己光吃面包，而把终身年金卖掉，拼凑了一千法郎去给她取衣服。由于无钱救女儿的急，结果他急成了脑出血。二是他用资产阶级利己主义的原则去教育自己的女儿。高老头不仅只会用金钱来满足女儿们的荒唐愿望，而且他还不断地教育他的女儿，一切人都靠不住，只有金钱最可靠，要时时刻刻将金钱掌握在自己的手中，因为其他人都是骗子，是盗贼。为了获得金钱，可以不择手段。两个女儿不愧是父亲的好学生。她们没有去外面掠夺金钱的本领，却在自己的父亲身上实现了父亲所传授的原则，把自己的父亲掠夺成了穷光蛋，并且像把被榨干的柠檬扔掉一样抛弃了自己的父亲。这诚如马克思、恩格斯所说：“资产阶级撕下了罩在家庭关系上的温情脉脉的面纱，把这种关系变成了纯粹的金钱关系。”[②]

正是这种金钱原则和拜金风气，最终导致了他的悲剧。直到临终前想见两个女儿最后一面而惨遭拒绝时，他方才醒悟：

> 唉！如果我有钱，如果我留着财产，没有给她们，她们便会来，会来亲吻我的脸！我会住进高楼大厦，会有舒适的房间和仆人，会有炉火。她们会泪如雨下地带着她们的丈夫和孩子来。这一切我都会有。可现在什么也没有。钱能给人一切，甚至女儿。啊！我的钱，我的钱在哪里？要是我身后还能留下金银财宝，她们就会来救护我，照料我，我就能听到她们的声音，看到她们了。唉！我亲爱的孩子，我唯一的亲人，我宁愿被抛弃，穷困潦倒，一个穷鬼如果有人爱，至少他心里知道有人爱他。不，我希望有钱，这样便可以见到她们了。天啊，谁知道呀？她们两个真是铁石心肠，我太爱她们，到头来她们反而不爱我了。做父亲的应该永远有钱，应该紧紧攥住儿女的缰绳，像对付劣马一样，可我却向她们下跪。[③]

第二，鲍赛昂子爵夫人成为弃妇的故事是波旁王朝复辟时期贵族阶级没落衰亡的反映。鲍赛昂夫人有显赫的家世，是天潢一脉，是勃艮第涅家族的末代女儿。她还有显赫的

① 巴尔扎克．高老头　欧也妮·葛朗台［M］．张冠尧，译．北京：人民文学出版社，2015：83-84.

② 马克思，恩格斯．马克思恩格斯选集：第1卷［M］．中共中央马克思恩格斯列宁斯大林著作编译局，编译．3版．北京：人民出版社，2012：403.

③ 巴尔扎克．高老头　欧也妮·葛朗台［M］．张冠尧，译．北京：人民文学出版社，2015：223-224.

社会地位："德·鲍赛昂子爵夫人是巴黎的时装装王后，她的府邸也被公认为圣日耳曼区最惬意的地方。无论从门第或财富来说，她都是贵族社会中的第一流人物……被接待进这些金碧辉煌的客厅，等于获得最高的贵族证书。能在这个一般人绝对不能进入的社交圈子里露面，便得到了处处通行无阻的权利。"[①] 作为巴黎社交界的王后，她骨子里非常高傲，经常以鄙夷的口吻谈论资产阶级妇女："德·纽沁根夫人只要能进我的客厅，哪怕要她把圣拉扎尔街到格勒奈尔街之间的泥浆舔个干净她也乐意。……有些女人专门爱别人选中的男人，就像有些平民妇女戴上了我们的帽子便以为有了我们的仪态一样。"[②] 在她眼里，纽沁根太太眼睫毛黄得发白，手很大，脸太长，"每个动作都脱不了高里奥气息"[③]。因为表弟的关系，她给纽沁根太太发了请柬，但声明"决不单独招待她"。

但她生活在贵族让位于资产阶级的时代，因此她的内心又是非常脆弱的，发现"社会又卑鄙又残忍"。"只要我们灾难临头，马上便会有朋友来告诉我们，拿刀子在我们心窝里剜来剜去，还露出刀柄让我们看，又是讽刺，又是嘲弄！"[④] 她也非常世俗，如她对初出茅庐的拉斯蒂涅的开导，便是她的极端利己主义人生哲学的自白，让读者"在丝绒手套下面瞧见了铁掌，在仪态万方之下瞧见了残忍"。生不逢时的鲍赛昂夫人，虽然想抵抗，但她的悲剧命运已经注定了。她的情人阿瞿达侯爵，贪图400万法郎的陪嫁，要把葡萄牙最美的姓氏送给资产阶级小姐洛希斐特，鲍赛昂夫人成了"弃妇"。她虽然失势了，但她违时逆势，固执地不愿适应社会的变迁，依然不屑于和她所鄙视的资产阶级为伍，决定退出社交界，到乡间隐居，"永远不再见巴黎，不再见人"。巴尔扎克以极尽哀荣之笔，为她安排了一个告别巴黎的盛大舞会，也为贵族社会的衰亡唱了一曲无尽的挽歌。舞会一结束，她回到内室，流着眼泪烧掉情书，打点行装，等不及天亮就启程去乡下了。就在鲍赛昂夫人满腹怨恨退出巴黎上流社会时，纽沁根的太太则在舞会上大出风头。这表明，贵族的高贵门第和古老的荣光在资产阶级暴发户的金钱面前，已经不堪一击。这样，作者通过对鲍赛昂夫人命运的描写，准确无误地反映了贵族阶级退出历史舞台的真实。

第三，拉斯蒂涅的堕落是金钱时代青年一代的人性被腐蚀的生动表现。这部作品虽然名字叫《高老头》，但其中占有主要地位的是青年拉斯蒂涅。这是一个纯洁的青年堕落成一个资产阶级拜金者的典型形象。他出身于外省一个没落贵族之家，"从小便明白父母对自己的期望，已经在盘算仗着学业谋个好前程，预先考虑使学科适应社会未来的动向，以便向社会索取而不致落在别人的后面"。初到巴黎，他的确想通过没头没脑地用功，读完法律，取得一个年金几万法郎的律师职位。但一年不到，他"对于权位的欲望与出人头地的志愿，加强了十倍"，"童年的幻象，外省人的观念，完全消灭了"，他决定"投身上流社会去征服几个可以做他后台的妇女"，走上了资产阶级野心家的道路。小说展现了他从善良走向邪恶，从正直走向无耻的初始过程。他从良心到野心的转变，主要是因为接受

① 巴尔扎克. 高老头 欧也妮·葛朗台[M]. 张冠尧，译. 北京：人民文学出版社，2015:39-40.
② 巴尔扎克. 高老头 欧也妮·葛朗台[M]. 张冠尧，译. 北京：人民文学出版社，2015:75-76.
③ 巴尔扎克. 高老头 欧也妮·葛朗台[M]. 张冠尧，译. 北京：人民文学出版社，2015:109.
④ 巴尔扎克. 高老头 欧也妮·葛朗台[M]. 张冠尧，译. 北京：人民文学出版社，2015:75.

了人生三课的教育。

鲍赛昂子爵夫人是指引拉斯蒂涅向上爬的第一个老师，她教导他道：

> 您越没有心肝，就越能步步高升。您心狠手辣，人家就怕你。您得把男男女女都当作驿马，把他们骑得筋疲力尽，到了站便扔下，这样您就能达到欲望的巅峰。……倘若女人觉得您聪明，有才干，男人也会相信，只要您自己不露马脚。那时您就什么都能如愿以偿，到哪儿都能畅行无阻。您会发现，社会是骗子和受骗人的集合体。①

而且鲍赛昂夫人的退隐也使他知道，在金钱面前，所谓的爱情、友谊都是虚情假意，只有金钱才是真实和无敌的。她指点拉斯蒂涅去结交银行家纽沁根的太太，“能爱她就爱她，要不就利用她一下也好”。这是极端利己的一课。

逃犯伏脱冷是他的第二个老师。伏脱冷深谙社会黑幕，实际上是政客和野心家的另一种典型。他看透了拉斯蒂涅向上爬的强烈欲望，对年轻人面临的选择做了透彻的分析：

> 您知道这里的人是怎么闯前程的？不是靠天才的光芒，便是靠腐蚀的手腕。不像炮弹一样轰进这人群，就得像瘟疫般钻进去。诚实正派毫无用处。人们屈服于天才的威力之下，大家恨天才，极力去诽谤它，因为它一人独占，不愿平分，但如果它坚持，大家就只好屈服。总之，要是不能将它埋入泥土，便向它顶礼膜拜。腐蚀大行其道，而天才确实罕有。所以，腐蚀便成了诸多平庸之辈的武器，您处处都可以感觉到其锋芒。
>
> ……人生就是这样，跟厨房一样腥臭。要想捞油水就不能怕弄脏手，只要事后洗干净就行；我们这个时代的全部道德仅此而已。我对您如此谈论这个世界是因为我有这个权利，我了解它。您以为我会责备这个世界吗？绝对不会。因为它一向如此。道德家永远改变不了它。人类并不完美，虚伪的程度时有不同，于是傻子们便说，社会的风气好了或者坏了。我并不站在老百姓一边骂有钱人：人类不管上中下都是一个样。每一百万个这种高级野兽之中就有十个胆大妄为的家伙，他们高居于一切甚至法律之上，我就是其中之一。②

这是有关道德虚无、金钱至上的一课。虽然伏脱冷的抨击一针见血，但这是一个不得意的野心家发自怨恨的揭露。他也是社会罪恶的制造者，主张不择手段地攫取财富和地位。他幻想贩卖两百个黑奴去美洲，十年之内挣到三四百万。为了一下子捞到二十万法郎，他指点拉斯蒂涅去追求被父亲抛弃的泰伊番小姐，自己则派人暗杀泰伊番的儿子。他

① 巴尔扎克. 高老头 欧也妮·葛朗台[M]. 张冠尧，译. 北京：人民文学出版社，2015：75-76.

② 巴尔扎克. 高老头 欧也妮·葛朗台[M]. 张冠尧，译. 北京：人民文学出版社，2015：97-98.

在饭桌上镇定自若地指挥别人杀人的一幕让人心惊肉跳，彻底暴露了他的凶狠残暴。

高老头之死对拉斯蒂涅来说是最深刻的一课，最终帮助他完成了思想转变。在伏盖公寓，高老头凄惨地呼唤女儿，而两个女儿没有一个来看他，这让拉斯蒂涅看到了上流社会女子的残酷、自私、忘恩负义。拉斯蒂涅帮助埋葬了高老头，也"也掩埋了他青年人的最后一滴眼泪"，他站在公墓高处远眺巴黎灯火通明的上流社会区域，气概非凡地说了句："现在咱们俩来较量较量吧！"[①] 从此拉斯蒂涅与巴黎上流社会同流合污并平步青云。

拉斯蒂涅的转变过程生动揭示了金钱社会怎样造就了自己的"英雄"，这种"英雄"的主要品质就是对金钱、权势的无穷欲望和极端利己主义。在《禁治产》《纽沁根银行》《不自知的喜剧演员》《交际花盛衰记》《阿尔西的议员》中，拉斯蒂涅不但发了财，还被封为贵族，当了次长，成为精明善变、青云直上的时代"英雄"。然而，从本质上说，拉斯蒂涅的"成功"恰恰意味着一代青年的精神毁灭。

（三）艺术成就

《高老头》是《人间喜剧》中的一部代表性作品，比较典型地表现了《人间喜剧》在艺术上所取得的成就。刻画典型环境中的典型性格作为概括和提炼生活的重要手段，是巴尔扎克创作方法上的主要特色，也是他对现实主义艺术的首要贡献。

首先，环境典型化，为人物形象构造真实而个性鲜明的环境，强调典型环境可以重塑人物。小说逼真而细致地再现了巴黎下层社会的代表——伏盖公寓闭塞、霉烂的景象，"这里路面干燥，沟里亦无泥水淤积，墙下杂草丛生。行人到此都心情抑郁，即使最乐观的人也不例外。车声成了空谷之音。房子死气沉沉，墙壁散发出牢狱的气息"[②]。底楼的客厅"有一股难以形容的味道，大概该称之为公寓味道吧。总之，有一股潮湿发霉的哈喇味，使人闻了身上发冷，吸到鼻子里潮乎乎的，还往衣服里钻。那是刚吃完饭饭厅里的气味，杯盘酒菜的气味，贫民习艺所的气味"[③]。同时小说又以素描式的笔触勾勒了鲍赛昂夫人华丽气派的府邸和高老头两个女儿的室内装饰。鲍赛昂夫人的府邸院子里停着华丽的马车，马夫脸上扑着粉，打着领带，门房穿着金镶边大红制服，客厅里的布置精致绝伦、花团锦簇。两位高里奥小姐作为巴黎新贵的代表，住宅则显示出"暴发户的恶俗排场"。在巴尔扎克看来，精神变化的源泉是客观现实，社会与物质的结构形态正是人物性格形成与演变的外在依据，伏盖公寓的寒酸暗示着它的主人伏盖太太的人品是"存心不择手段地讨便宜"。而这种环境的鲜明对比为拉斯蒂涅坚定"向上爬"的决心提供了事实依据。人物性格随环境变化，环境可以重塑人物。

其次，巴尔扎克运用多种手法塑造典型人物，人物形象特性鲜明，高度个性化。作品在描写拉斯蒂涅野心家性格的形成过程中，注重人物的心理演变。如初次拜访雷斯托夫人时，拉斯蒂涅受到门房的轻视，他存着终有一朝扬眉吐气的心，咬咬牙齿忍受了；但看到院子里华丽的马车后，马上心绪恶劣，又因不小心提到了"高老头"，受到了伯爵夫妇的冷

① 巴尔扎克. 高老头 欧也妮·葛朗台[M]. 张冠尧，译. 北京：人民文学出版社，2015：238.

② 巴尔扎克. 高老头 欧也妮·葛朗台[M]. 张冠尧，译. 北京：人民文学出版社，2015：18.

③ 巴尔扎克. 高老头 欧也妮·葛朗台[M]. 张冠尧，译. 北京：人民文学出版社，2015：20.

遇，他觉得真应该乖乖地啃自己的法律，一心一意做个严厉的法官。为了置办挤进上流社会的行头，他写信索取母亲和妹妹的积蓄，写完后觉得很惭愧，有点儿心惊肉跳，神魂不定，不由得落下几滴眼泪。而收到信后，他哭了，“想放弃上流社会，不拿这笔钱”，表现了野心膨胀但天良未泯的青年此时此刻的内心矛盾。

作品中的人物肖像、语言、行为描写寥寥数笔，惟妙惟肖，与人物的性格相得益彰。如对伏脱冷的描写：

> 那就是年届四十，络腮胡子已经染过的伏脱冷，属于谁看见都会说声“好家伙！”的那种人，肩宽，背厚，肌肉发达，一双蒲扇大手，指节上长着一簇浓密的火红色长毛。一张过早出现皱纹的脸看来有点冷酷，但待人接物却又和蔼可亲。他的嗓子介乎中低音之间，和他乐观快活的性格非常合拍，一点也不招人讨厌。他还助人为乐，喜欢开玩笑。如果哪把锁坏了，他会立即把它卸下来，修理好，加上油，锉几下，再安装上，一边说：“这我内行。”他的确什么都懂，举凡船舶、大海、法国、外国、商务、人物、时事、法律、旅店和监狱，无一不晓。如果有人叫苦连天，他立即给予援手。①

这段描写简洁准确地揭示了伏脱冷冷酷、阴险与圆滑的性格内涵。

作品中的人物语言个性化。拉斯蒂涅和伏脱冷发生争吵的时候，作品中有这么一段话：

> “您一定想知道我是谁，过去做过什么，现在又在干什么。”伏脱冷说道，“您太好奇了，我的孩子。欸，您先别着急。说来话长！我命途坎坷。您先听我讲，然后再回答。我前半辈子就是四个字：命途坎坷。我是谁？伏脱冷。我干什么？干我喜欢干的事，就这样。您想知道我的性格吗？谁对我好或者和我情投意合的我就跟谁好。他们对我怎么都行，甚至往我腿上踹几脚，我也不会对他们说：小心点！……对那些找我麻烦或者我看不顺眼的人，我会像魔鬼一样狠。……”说着他呸地吐了一口痰。②

这段形神兼备的话充分展现了伏脱冷坦率、讲义气但冷酷、神秘的性格特点。

为了更好地展示人物性格，巴尔扎克常常运用特色化比喻，以动物喻人、以事物喻人。如描写米旭诺“声音很尖，仿佛暮秋时节灌木丛中凄厉的蝉鸣”③，写出了她的阴险，也活画出她作为老姑娘的悲凉。拉斯蒂涅从鲍赛昂府回到伏盖公寓，看见“十八个食客像围着马槽的牲口正在吃饭”④，说明贫贱的生活是非人的，也表现了年轻的野心家在见识了

---

① 巴尔扎克. 高老头　欧也妮·葛朗台[M]. 张冠尧，译. 北京：人民文学出版社，2015：26.
② 巴尔扎克. 高老头　欧也妮·葛朗台[M]. 张冠尧，译. 北京：人民文学出版社，2015：94.
③ 巴尔扎克. 高老头　欧也妮·葛朗台[M]. 张冠尧，译. 北京：人民文学出版社，2015：23.
④ 巴尔扎克. 高老头　欧也妮·葛朗台[M]. 张冠尧，译. 北京：人民文学出版社，2015：78.

荣华富贵后，对现实中的恶劣生存处境的厌弃。作者将波阿雷先生比作机器，形容他走在植物园的小道上像一个灰色幽灵，“机器”和灰色幽灵都说明他没有人的热情和灵魂，这是个丧失了人的内容仅存躯壳的形象。

为了突出人物性格，巴尔扎克常常集中强化人物的某种性格倾向，使其成为某种人或某种激情欲望的代表，进行夸张描写。如葛朗台的偏执悭吝、高老头的痴情父爱。勃兰兑斯评价说，巴尔扎克给高老头的这种父爱赋予了一种歇斯底里的性格。但由于巴尔扎克的小说情节发展合理，环境逼真，这些人物的“情欲”令人印象深刻，感觉真实。

在性格塑造上，巴尔扎克既注意把握人物的本质特征，又赋予人物鲜明的个性，对比突出，面目各异。同是大学生，拉斯蒂涅不顾一切地往上爬，毕安训却老老实实地攻读学业；同是父亲，高老头溺爱女儿，泰伊番却不认女儿；同是拉斯蒂涅生活道路的指引者，鲍赛昂夫人装得温文尔雅，杀人不见血，伏脱冷奉行强盗逻辑，杀人见血；同是资产阶级野心家，伏脱冷老谋深算、冷酷残忍，拉斯蒂涅则显得涉世未深、优柔寡断。作为艺术形象，他们都是共性和个性的结合。

最后，巴尔扎克在《高老头》中的叙事结构安排也独具匠心，多条情节线索有机结合。小说有 8 条较为完整的故事情节发展线索，包括拉斯蒂涅在巴黎的堕落，高老头被两个女儿掠夺抛弃的惨剧，鲍赛昂夫人被弃，伏脱冷被捕，泰伊番小姐被银行家父亲无情赶出家门，老姑娘米旭诺和老光棍波阿雷为了 3 000 法郎出卖伏脱冷，正直的医科大学生毕安训，以及吝啬、贪婪、势利的伏盖太太，这 8 个故事错综复杂又井然有序。围绕中心线索拉斯蒂涅野心家性格的形成，中间插入的伏脱冷和鲍赛昂夫人的故事，起到促进拉斯蒂涅思想发展的作用。小说首尾两处重点突出高老头，情节发展中他的故事时隐时现。随着伏脱冷被捕，鲍赛昂夫人黯然离开，最后高老头病死成为全书情节高潮，情节发展环环相扣，拉斯蒂涅的思想性格的形成也在这跌宕起伏的戏剧性变化中得以完成。可以说，这部小说在西方长篇小说结构模式的演进和嬗变过程中开创了新的结构形态风貌。

第四节　狄更斯与《奥立弗·退斯特》

查尔斯·狄更斯（1812—1870）是 19 世纪英国批判现实主义文学杰出的小说家，他的创作广泛地描绘了维多利亚时代英国社会的广阔画面，揭示了资本主义社会的种种罪恶。他被马克思归入“现代英国的一派出色的小说家”行列。

一、生平与创作

狄更斯出身于贫寒的小职员家庭，对狄更斯而言，童年记忆刻骨铭心。他 10 岁之前家庭经济状况尚可，能上学读书，父亲丰富的藏书给了他最早的文学启蒙，激发了他丰富的想象。但 1822 年举家迁居伦敦后，因父亲负债，全家人一度住进债务人监狱。迫于生计，年仅 12 岁的狄更斯挑起养家糊口的重担，到一家鞋油作坊当童工，在橱窗里当活广告，常有顽皮的孩子一边吃着果酱面包，一边把鼻子压在橱窗上，观看他的表情和动作，这让他备感屈辱。他白天做苦工，晚上去监狱陪伴家人。父亲出狱后，狄更斯进了学校，在那里他又感受到了资产阶级教育对儿童的野蛮摧残。童年体验对狄更斯以后的小说创作以及哲学思想的形成具有重要的意义：儿童和童年生活是作家狄更斯关注的中心。他在作品中经常透过儿童的视角观察世界，推崇天真善良、自然纯朴的人性，同情孤苦无依的、受压迫的人们，憎恶当时的社会制度，也因此形成了以劝善惩恶为核心的人道主义思想。

他的作品雅俗共赏，在英语世界家喻户晓。狄更斯一生创作了15部长篇小说（一部未完成）和许多中篇、短篇小说。

狄更斯的文学创作呈现出明显的阶段性，可以大致分为三个时期。

19世纪30年代至40年代，狄更斯相继推出了成名作《匹克威克先生外传》(1837)、《奥立弗·退斯特》(1838)和《老古玩店》(1841)等长篇小说，揭露了慈善机构以及资产阶级法律、监狱、选举、学校教育的黑暗和腐败，此时他把美好人性的温情寄托在体面、富有的资产者身上，弱小者的善良本性在资产者的关怀和感化下得到复归。小说基调乐观，一般采用流浪汉小说的形式，善于抓住人物性格中的某一点加以夸张，使性格突出、形象鲜明，作品表现出温和的幽默讽刺的风格，相信善恶有报，具有浓重的说教色彩。

19世纪40年代以后，狄更斯出版了特写集《美国札记》(1842)，长篇小说《马丁·朱述尔维特》(1844)、《董贝父子》(1848)、《大卫·科波菲尔》(1850)，以及专为圣诞节写的系列故事《圣诞故事集》(1843—1848)等。此时英国工业迅速发展，但对工人阶级和劳动群众来说却是“饥饿的40年代”，尤其是1842年的美国之行，让他目睹了这个被视为自由民主天堂国家的种族压迫和社会腐败。因此，揭露资产阶级的金钱崇拜和损人利己主义哲学并触及社会的某些本质问题成为他这个时期创作的突出主题。作者把原来寄托在资产者身上的希望转移到了下层小人物和受害者的身上，着力描写小人物的温情和道德感化的力量，认为那些为富不仁的资产者只有从孤独和失败中吸取教训，接受小资产阶级的“情感教育”，丧失的仁爱之心才能得到复归。这使得其作品结构更加严整，人物性格更具典型性。

19世纪50年代以后，狄更斯的创作进入成熟期和繁荣期，作品有《荒凉山庄》(1853)、《艰难时世》(1854)、《小杜丽》(1857)、《双城记》(1859)、《远大前程》(1861)、《我们共同的朋友》(1865)等。《双城记》是狄更斯重要的代表作，借法国大革命的历史，反映和观照19世纪英国的现实，借古喻今，针砭现实。这一时期的作品对资本主义社会作了更为深刻全面的审视和批判，直接反映了当时无产阶级同资产阶级之间的阶级斗争，把金钱力量作为资本主义社会的最高主宰和各种人物命运的根源来表现。在艺术上，作品的构思更加严谨，小说情节繁复，多条线索常常围绕某一秘密联结在一起，富有悬念和神秘性，艺术风格也由幽默轻松变为沉郁坚实。

1870年6月9日，狄更斯中风，突然去世，死后被安葬于伦敦威斯敏斯特教堂的诗人之角。

二、《奥立弗·退斯特》

《奥列弗·退斯特》（又被译为《雾都孤儿》），是狄更斯早期创作的优秀小说，体现了其早年的思想和艺术成就。

（一）故事情节

奥立弗·退斯特（以下简称“奥立弗”）是出生在贫民习艺所里的私生子，在贫民习艺所里忍饥挨饿、备受欺凌。奥立弗熬到九岁，因不堪殡葬店老板娘、教区干事班布尔等人的百般虐待，独自逃往伦敦，随即被骗入贼窟，窃贼头子费根强迫他偷窃。一次，奥立弗跟随窃贼伙伴“逮不着的机灵鬼”杰克·道金斯和贝茨哥儿上街时，被当作小偷抓进了警局，幸亏书摊主人证明了他的无辜，说明小偷另有其人，他才被释放。被偷的富翁布朗劳因奥立弗当时病重昏迷，而且他的容貌酷似友人生前留下的一幅少妇画像，便将奥立弗接到家中治病。奥立弗在布朗劳及其女管家贝德温太太无微不至的关怀下，第一次感受到人间的温暖。却不料盗贼团伙害怕奥立弗泄密，在费根的指示下，暴徒赛克斯和女窃贼南茜乔装打扮，趁奥立弗外出替布朗劳还书摊主人书的时候，谎称他是离家出走的弟弟，在街头绑架了他。当费根企图毒打奥立弗的时候，南茜挺身而出保护了他。费根用威胁、利诱、灌输等手段企图迫使奥立弗成为一名窃贼。

一天黑夜，赛克斯威逼奥立弗参加抢劫一座别墅，正当奥立弗准备爬进窗子向主人报警时，被管家发现，开枪打伤了他。窃贼仓皇逃窜，将重伤的奥立弗丢弃在路旁水沟。奥立弗在雨雪交加中带伤爬回那家宅院，昏倒在门口，被好心的主人梅里太太及其养女露梓小姐收留。无巧不成书，这位露梓小姐正是奥立弗的姨妈，当然这时双方并不知情，奥立弗再次感受到了人生与人之间的温情。但费根团伙并没有放过奥立弗，一个叫蒙克斯的神秘人找到费根，许以重金让他除掉奥立弗，原来这个人是奥立弗同父异母的兄长。由于蒙克斯劣迹斑斑，父亲在遗嘱中将全部遗产留给了奥立弗，表明只有奥立弗也同样品行不端，财产才由蒙克斯继承。蒙克斯为了独吞家产，销毁了父亲的遗嘱。蒙克斯和班布尔夫妇狼狈为奸，毁灭了能证明奥立弗身份的唯一证据，暗中勾结费根，设计诱使他堕落成为小偷。不料隔墙有耳，南茜偷听到了这个秘密，同情奥立弗的她向露梓小姐透露了蒙克斯的险恶用心。这时奥立弗找到了布朗劳先生，露梓小姐在布朗劳的陪同下再次和南茜碰面时，布朗劳获知蒙克斯即他的已故好友黎福德的儿子。布朗劳挟持蒙克斯逼他供出了一切，真相大白。但南茜却因此被凶残的赛克斯杀害。善恶必有报应，最后凶手赛克斯在逃跑中失足，被自己的绳子勒死，费根上了绞刑架，班布尔夫妇被革去一切职务，一贫如洗，在他们曾经作威作福的贫民习艺所度过残年。为让蒙克斯悔过，奥立弗把遗产分一半给他，但他劣性不改，将家产挥霍殆尽后，继续作恶，死在狱中。在布朗劳的帮助下，奥立弗终于结束了他苦难的童年。

（二）思想内容

《奥立弗·退斯特》是狄更斯凭借敏锐的观察力，以饱含深情的笔墨创作的第一部社会小说。

第一，小说通过描写孤儿奥立弗悲惨、曲折而又艰险的童年生活经历，尖锐地抨击济贫法，揭露资本主义慈善机构的残酷性和虚伪性。英国资产阶级把根据1834年《新济贫法》设立的贫民习艺所美化为地上的天堂，但在狄更斯笔下，那里就是剥削、残害穷苦民众的活地狱：

> 男童们吃饭的地方是一座石墙大厅，大厅尽头放着一口锅；开饭时，一位大师傅系上围裙，由一两个女的作助手，用长柄勺子从锅里舀稀粥。每一个男童可以领到一小碗这样的佳肴，没有更多的了。除非逢到盛大的节日，那时才外加二又四分之一英两的面包。粥碗从来不需要洗，孩子们总是用汤匙把碗刮到恢复锃光瓦亮为止。刮完了以后（这件事照例花不了很多时间，因为汤匙同碗的大小差不多），他们坐在那里，眼巴巴地望着粥锅，恨不得把砌锅灶的砖头也吞下去，同时十分卖力地吮吸自己的手指头，指望发现偶然溅在那上面的锅嘎巴儿。……有一名个子长得比年龄大、没有过惯这种日子的男童……阴郁地向他的同伴们暗示，除非每天再给他一碗粥，否则难保某一天夜里不会把他旁边的一个幼弱孩童吃掉。他说时目露凶光，饿相吓人。大家都深信不疑。①

一次，奥立弗因饥饿无法忍受，便不顾一切，希望贫民习艺所的先生能再给一点点吃的东西，结果却遭到毒打和禁闭——因为无论是壮硕的大师傅还是董事会那些胖胖的绅士们都无法理解为什么他吃了按定量发给他的晚餐还想再要，结论只有一个：这小鬼将来准上绞架。

第二，狄更斯生动地描绘了英国资本主义社会“底层”的悲惨图景。奥立弗逃出贫民习艺所，又身陷伦敦黑社会。对于伦敦贫民窟，就连从小在苦水中泡大的奥立弗也从来没有见过比这更脏更穷的地方：

> 街道窄得要命、泥泞不堪，空气里充满臭味。小店倒有不少，但仅有的商品恐怕就是大量的小孩，他们这么晚还在门口爬进爬出，或者在屋里哭喊。在这满目凄凉的地方，独有酒店似乎生意兴隆，可以听到一些最下层的爱尔兰人在里边直着嗓子大吵大嚷。隔着从大街两侧某些地方岔开去的廊道和院落，看得见挤成一小堆一小堆的几间陋屋，那里一些喝得烂醉的男人和女人确确实实在污泥中打滚。②

在这个社会底层，费根、赛克斯这样十恶不赦的恶棍到处都是，法律置穷人和他们的孩子于不顾。当奥立弗被误当小偷受审，吓得不省人事的时候，裁判所的官员因为他衣衫褴褛，便不问是非曲直，判他服苦役三个月。像南茜、贝茨这样的青少年之所以会走上犯罪道路，绝非因为与生俱来的劣根性，而是因为当他们面临饿死与做贼的抉择时，没有人向他们伸出救援之手。作者通过这部小说暴露了维多利亚盛世下骇人听闻的社会罪恶。

① 狄更斯. 雾都孤儿[M]. 荣加德，译. 上海：上海译文出版社，2010：12.
② 狄更斯. 雾都孤儿[M]. 荣加德，译. 上海：上海译文出版社，2010：63.

第三，提倡与弘扬人道主义思想。狄更斯富有社会责任感，他的小说具有强烈的揭露性和批判性，但他不仅选取丑与恶，也选取美与善，并将社会改造的希望寄托于善，其核心就是人道主义精神。奥立弗、南茜、露梓小姐正是这种人道主义的典型。他们都出生于苦难之中，在黑暗和充满罪恶的世界中成长，但心中始终保持着一颗善良的心，种种磨难并不能使他们堕落或彻底堕落。奥立弗即使误入贼窝，也始终对坏事恨而远之，出淤泥而不染；南茜本来是一个“坏女人”，但通过与奥立弗的几次接触后，良知复苏，最终不惜牺牲生命救助奥立弗。奥立弗在许多好心人的帮助和保护下，历尽千难万险，终于成了仁义富有的绅士，而制造灾祸的恶人们无一不落个悲惨的下场。

狄更斯在小说中还塑造了布朗劳先生这个仁慈善良的资产者的形象。当弱小者奥立弗走投无路时，这位善人便以救命恩人的面目出现，使小人物逢凶化吉。这种人物命运骤然变化的情节发展的偶然性所带来的大团圆的结局，反映了狄更斯人道主义的主观愿望。狄更斯认为人性本善，行恶者只是良知的一时迷误，只要用道德感化就能消除仇恨，使人的精神复活，人性向善。狄更斯希望以爱和道德感化仇恨，这种想法固然天真，但永远值得人类珍惜。

（三）艺术成就

《奥立弗·退斯特》在艺术上有着鲜明特点。

第一，独特的现实主义写作手法。一方面，小说具体真实地描写了处于英国社会底层的人民的悲惨命运，写出了伦敦盗贼的真实生活，达到现实主义描写的新高度。另一方面，小说也体现出狄更斯现实主义文学的独特性，即不拘于冷静客观的描写，充满激情和浪漫主义色彩。为此，狄更斯为奥立弗设置身世之谜，安排多个巧合。奥立弗第一次跟小偷上街，被偷的人恰巧就是他亡父的好友布朗劳。第二次，他在匪徒赛克斯的劫持下入室行窃，被偷的恰好是他的姨妈露梓家。这表明狄更斯的艺术想象带有强烈的主观性和情感性的特点。在激情的作用下，他不是对客观事物加以忠实临摹，而是从主观想象出发逼近客观现实，加之他常用儿童的眼光观察世界，赋予平凡事物以奇异色彩。所以英国文学评论家乔治·吉辛称狄更斯的创作手法为浪漫的现实主义，也有人称之为感受型现实主义。

第二，讽刺与幽默并行。狄更斯善于将恶夸张变形，使之具有强烈的喜剧效果，而不是可怕。奥立弗与窃贼头子费根初次见面，作者写道：

> 老犹太龇牙一笑，先向奥立弗深深鞠了个躬，然后和他拉拉手，表示希望有幸成为他的知交。经此一说，那些抽烟袋的小绅士便来围着他，十分热烈地握他的两只手——特别是他拿着小包裹的那一只。……另一位更是招待周到，甚至把手伸进奥立弗的口袋，大概省得他就寝前把衣袋一一掏空，因为他太累了。[①]

无论善与恶，狄更斯都以幽默来呈现，他的幽默是英国式的幽默，从人物的神情中、从

① 狄更斯.雾都孤儿[M].荣加德，译.上海：上海译文出版社，2010:65.

轻描淡写的叙述中缓缓流泻，明亮而轻松。

第三，人物个性单一而鲜明。狄更斯喜用夸张手法，不断重复突出人物语言和动作上的一两个特征，侧重描写人物的道德层面，人物性格本质基本不变，具有定型化特点。例如，他描写教区干事班布尔时，以重复和夸张的手法描绘他的手杖、他的习惯用语，从而充分衬托出班布尔的卑鄙、自大和虚伪。在描写贫民习艺所董事会时，狄更斯并不直接道出董事们的姓名，而是通过对人物的外表、服饰、姿态以及不同人物的习惯用语的描写给读者留下深刻的印象。因此，福斯特称狄更斯笔下的人物为"扁型人物"，"狄更斯作品中的每个人物都可以用一句话概括，但却奇妙地使人感觉到了人的深度，可能是狄更斯所具有的那神秘巨大的生命力使他的人物也颤抖起来，以至于他的人物借助他的生命，好像他们自己也有了生命一样"①。

《奥立弗·退斯特》出版后立即引起了社会各阶层对贫民习艺所弊端的注意并对其予以改善，其影响远远超出了文学领域。正如茨威格所言："的的确确，孩子们得到了更多的街头施舍。政府也改善了贫民院，对私立学校实行了监管。狄更斯使得同情和友善增强，使得很多穷苦人和不幸者的命运得到缓解。我知道，这种异乎寻常的效果与一部艺术作品的美学价值毫无关系。但是，这些效果是很重要的。因为这些效果说明，每一部十分伟大的作品都超出了任何创作意图，都能令人陶醉地去自由漫游幻想世界，并且在现实世界中也引起许多变化。有本质上的变化，有看得见的变化，然后还有对感情感受的热度的变化。与那些为自己要求同情和赞许的作家相反，狄更斯是为他的时代增加了欢乐和喜悦，促进了他那个时代的血液循环。"②

第五节 果戈理与《钦差大臣》

尼古拉·瓦西里耶维奇·果戈理(1809—1852)，小说家、戏剧家、批评家，批判现实主义文学的代表，俄国"自然派"的创始人。他的作品笔锋犀利诙谐，语言夸张幽默，在表现现实生活可笑性的同时，深刻审视着俄罗斯国民性乃至人类的庸俗与丑陋。

一、生平与创作

果戈理生于乌克兰波尔塔瓦省密尔格拉德县索罗庆采镇的一个地主家庭，从1821年到1828年，他就读于涅仁高级中学，正值十二月党人的革命活动从酝酿、起事到失败的年代，受到十二月党人诗人及进步教师的影响，也接受了法国资产阶级启蒙思想家卢梭、孟德斯鸠等人的学说。中学毕业后，果戈理来到彼得堡，当过小公务员，薪俸微薄，工作单调而又艰苦，有时不得不接受彼得堡的亲戚的接济。这段艰辛的小公务员生活为他日后创作描写小人物的作品奠定了坚实的生活基础。

---

① 福斯特. 小说面面观[M]// 狄更斯. 狄更斯评论集. 罗经国，编选. 上海：上海译文出版社，1981：102.

② 茨威格. 三大师[M]. 申文林，译. 合肥：安徽文艺出版社，2013：52.

1831年春，他辞去了小公务员的职务，在普希金的大力扶持下创作了一系列优秀作品。小说集《密尔格拉得》(1835)包括四个中篇，主要描写外省地主猥琐无聊的生活，是果戈理开始由浪漫主义转向现实主义的标志。《旧式地主》描写了一对地主老夫妇几十年如一日的寄生生活。他们生活的全部内容就是吃喝和不着边际地闲谈，除此之外，再也没有别的精神需求：天刚破晓，他们就已经坐在小桌旁喝咖啡了，然后，跟管家交谈几句，吃点包子和松乳菇，午饭前一小时，喝一杯伏特加，还吃一些蘑菇、各式鱼干和别的下酒菜；12:00吃中饭，饭后小睡一小时，起来后吃西瓜和梨，然后去花园散散步，接着，吃甜饺子和果子羹，晚餐前吃一些点心，晚上9:30吃晚饭，吃完饭便上床睡觉，半夜起来抱怨肚子有点儿痛，为了治肚子痛，他们喝酸奶或者用梨干煮的稀甜羹。作品朴素真实的描绘让读者深刻地感受到地主庄园生活的崩溃。《伊凡·伊凡诺维奇和伊凡·尼基福罗维奇吵架的故事》揭露了地主阶级在精神上和道德上的空虚、贫乏、庸俗和堕落：一个伊凡爱吃甜瓜，每天一吃完饭，就亲自切开甜瓜，把瓜子包好，再开始吃，并在纸包上题写此瓜食于某日，如有客人在座，就再写上“与某人同食”；另一个伊凡最喜欢睡觉，愿意整天躺在台阶上晒太阳，或者一边洗澡，一边坐在齐脖子深的水里品茶休息。两个伊凡本是老邻居、老朋友，后来为了一句“你是公鹅”闹翻了脸，一连打了十年官司，双方家产赔光用尽还不肯罢休。作者在结尾不由得感叹：“诸位，这人世上多么烦闷啊！”

从1835年开始，果戈理的主要作品有中篇小说集《彼得堡故事》(1835)、讽刺喜剧《钦差大臣》(1836)、长篇小说《死魂灵》(1842)。

《彼得堡故事》中的《狂人日记》和《外套》是描写小人物的名作。《狂人日记》中的九品文官波普里希钦每天坐在办公室给部长削鹅毛笔，在精神恍惚中他听到自己被部长家的狗蔑称为“装在麻袋里的乌龟”。他爱上了部长的女儿，却被上司一顿臭骂，终于明白：“世界上一切最好的东西，都让侍从官或者将军霸占了。”从此他精神彻底崩溃，幻想自己也当上了将军，当上了西班牙皇帝。没过几天，人们把他投进了监狱。临死前他痛苦地喊道：这个世界上没有他安身立足的地方，大家都在迫害他。果戈理借狂人狂语，尖锐揭露和批判了沙俄官僚等级制度和官场腐败黑暗的现实，对受迫害的小人物的悲惨遭遇深表同情。《外套》中的巴什马奇金也是九品文官，他安分守己地抄了30年的公文，每年靠400卢布维持贫困的生活。他的地位就像他的姓氏(鞋子)一样卑微，长官们对他冷淡而又粗暴；同事们也老是把他当作寻开心的对象，甚至故意把碎纸片撒在他头上，说是下雪了；就连当他进门的时候，看门人也只是当成一只苍蝇飞过。但巴什马奇金不敢反抗，仍然低头工作。他的外套已破烂得无法缝补，他省吃俭用，好不容易做了一件新外套，却在当天晚上被强盗抢走了，这个胆小怕事的人竟然去找将军帮忙，结果被将军的官威吓死了。他死后向人们复仇，从许多人身上剥去各种各样的外套，包括那个将军的外套。该作品的人道主义倾向对后世作家产生了深刻的影响。

长篇小说《死魂灵》(第一部)是果戈理的代表作，是俄国长篇小说发展历程中具有里程碑式的不朽名著。《死魂灵》的题目令人深思。从表面上看，“死魂灵”是指已死去的农奴(在俄文中，“农奴”与“魂灵”是一个词)，但真正的“死魂灵”是生活在没落的农奴制度下的地主和官僚们。他们自认为是“生活的主人”，实际上是过着寄生生活的没有灵魂的行尸走肉。

地主马尼洛夫外表温文尔雅，亲热多情，笑得甜蜜蜜，实际上内心空虚无聊，智力贫乏，耽于幻想，懒散庸俗。他对所有的人都亲热多情，如评价省长“最值得尊敬、最和蔼可亲”，副省长“很可爱”，警察局局长“非常讨人喜欢”，结果满城大小官吏全是“最可尊敬的人”。他和乞乞科夫谈话时，“脸上的表情不仅变得甜蜜，甚至有些肉麻，就像上流社会精明的医生为了讨好患者便在药水里拼命加糖”①。他特别懒惰，“他的书房里总放着一本书，书签总夹在第十四页上，就这一页书他经常读，却两年也没读完”。这到底是一种什么性格的人呢？“你刚一跟他接触时，不能不说：‘这是一位多么讨人喜欢的大好人！’过一分钟你会无话可说，再过一分钟你会说：‘天知道他是个什么样的人！’尽量离他远一点，如果不离开他身边，便会感到寂寞得要死。”

女地主科罗博奇卡拼命追求金钱，只想把钱“装进用粗花布缝的钱口袋，藏进五斗橱的几个抽屉里”。她的名字(盒子)就是由此而来。她既狡猾又愚蠢。乞乞科夫向她收买死魂灵，本是一件好事，她却生怕上当受骗。当她弄清了这场交易不会给她带来任何坏处时，她却不急于成交，而是对乞乞科夫说：“我一个寡妇家，没见过世面！我想还是等等，说不定还会有买主，能出个好价钱。”买卖成交后，她又担心受骗上当，三天三夜没睡好，最后赶到省城去打听“死魂灵”的价钱。这个看来有些呆头呆脑的女地主在积攒财物上却很会打算，是个狡猾、贪婪的吸血鬼。

地主诺兹德廖夫是一个流氓无赖，他的主要爱好是养狗、玩马、赌博、酗酒、打架、撒谎等。他见人就会大笑、狂吻、吹牛、撒谎，别人还来不及四顾，他就和人家成了朋友。可是一刹那间，他又会因骗对方不成，而以拳头相见。“狗”是对他最好的形容。作品写他家里“有各种各样的狗，有长毛狗，也有纯种狗；毛色也各种各样，……狗的名字也千奇百怪，往往用命令式：开枪、狠狠骂、往起飞、失火……往死咬、加劲咬、急性子……诺兹德廖夫一来到这群狗中间就像父亲站在儿女中间一样”。这段对狗的描写揭示了诺兹德廖夫的精神世界已经堕落到同禽兽差不多。他随口吹牛说家中“池里的鱼非常大，两人抬一条都难以抬出来”，还说田里“有的是灰土，都能把地面盖住”。他还很会造谣。他根本不了解乞乞科夫，却向官吏们造谣说，乞乞科夫是一个侦探，是假币伪造犯，他在诱拐省长的女儿。

地主索巴克维奇顽固、保守、凶残而精明。他从外貌、行为到内心世界都像一只“中等个头的熊”一样残忍、笨拙、贪食、冷酷。他最关注的是吃。他家“要吃猪肉，就来个整猪，要吃羊肉，就来个全羊，要吃鹅，也是整个的鹅”。在局长的宴会上，人家还没有拿起刀叉，他就把一条大鲟鱼吃了个精光，犹如风卷残云一般。和马尼洛夫相反，他咒骂所有的官僚，省长是“世界上头号的强盗”，厅长是“世界上从来没见过的大混蛋”，副省长是“杀人不眨眼的阎王”，警察局局长是“骗子”，只有检察长还算个正经人，但“他蠢得像猪”。他又相

① 果戈理. 死魂灵[M]. 王士燮，译. 南京：译林出版社，2000:23. 本节所引《死魂灵》的引文均出自该书。

当贪婪、狡猾，不仅把女农奴当男农奴卖，还说他的“死魂灵”都是些“手艺人和结实的庄稼汉”，会造车子、装炉子、做靴子，当“近卫军”，并且“滴酒不沾”。

地主普柳什金是垂死的俄国农奴主阶级和农奴制的代表。他既是一个凶狠毒辣的吸血鬼，又是一个贪得无厌的吝啬鬼。他有上千个农奴，把他们剥削得一点不剩，造成农奴成批地死亡，三年内就死了 80 多个农奴，活着的农奴也过着猪狗不如的生活，住的房子随时都会倒塌，吃的东西几乎没有，上千个农奴共穿一双皮靴，以致农奴们赤着脚在冰天雪地里一蹦三跳，“连剧院里最敏捷的舞蹈演员也未必赶上他们跳得好”。他的财富虽然堆积如山，但都变成了一堆堆破烂和垃圾：“干草和粮食都堆烂了，麦垛和草垛都变成了粪堆，上面甚至可以种菜。地窖里的面粉变成了石头，要吃得用刀砍，储存的呢料、麻布和家织布连碰都不能碰，一碰就变成灰了。”但他还嫌不够，天天到外面去捡破烂，“旧鞋掌、破布头、钉子或陶器片，他都要拣回家来”，“凡是他走过的街道就用不着扫”。一个村妇把水桶忘在了井台上，他就会把水桶拎走。他的财富无数，但他衣衫褴褛，像个乞丐，家中如同垃圾场。“穿的衣服也不伦不类，很像妇女平常穿的肥大的连衣裙，头上戴的也像乡下婆娘戴的那种帽子。”“桌子上放着一把破椅子，椅子旁边放着座钟，座钟停了摆，摆上挂着蜘蛛网……写字台上也摆着乱七八糟的东西：一堆布满细小字迹的纸片……有一个柠檬，干皱得只有榛子大小，有一个圈椅的破扶手，有一只高脚杯里面不知装的什么液体，却落进三个苍蝇，上面用信封盖着，有一小块火漆，一块不知从什么地方捡来的破布，两支鹅毛笔沾满墨水痕迹，干巴得像得了肺痨，还有一根发黄的牙签，大概主人还在法国人攻打莫斯科之前就用它剔过牙。”由于成为财富的奴隶，因此他缺少最起码的亲情，人性的泯灭在他身上达到了无以复加的地步。他早就和儿子断绝了关系，女儿带着小外孙千里迢迢地来看他，他只送给外孙一粒纽扣当玩具，此外便没有别的表示。女儿第二次来看他，还送他一件睡袍，他仅仅抱起两个外孙放到腿上摇了两下，表示了一下爱心，然后就再也不理了。这个形象体现了地主阶级的寄生性、反动性和腐朽性，说明了地主阶级的灭亡是不可避免的。

乞乞科夫是小说的结构性人物，这是俄国文学中第一个资产阶级掠夺者的形象，他的冒险投机活动体现了新兴资产阶级的本质。首先，他最擅长逢迎拍马，唯一的愿望是赚钱发财。因为他从小就谨记父亲的教诲：一是“对老师和校长要尽量去讨好”；二是“别乱花钱，要节省每一个戈比：世界上只有钱这东西最可靠”。请看他怎么巴结老师的：下课铃一响，他马上从桌子上跳下来，抢先给老师递上帽子。课间十分钟他要想方设法跟老师“巧遇”三回，得到三倍的机会向老师脱帽敬礼，因此他获得了“学习勤奋、品行端庄”的证书。当他是个小职员的时候，他又向股长献殷勤，对股长的麻脸女儿像对自己的未婚妻一样亲热，后来干脆搬到股长家里去住，一个劲地喊股长为“爸爸”。等到他倚仗老股长的力量自己也当上了股长以后，就悄悄地把行李搬回家去，再也不提和股长女儿结婚的事了。其次，他从小就有赚钱的本领。他父亲给他 50 戈比的零钱，他用这钱买了很多好吃的东西，当身边的同学饿得咕咕叫时，他便把好吃的东西拿出来引诱他们，然后根据“食欲大小要价”。这样，到学期结束时，他已经赚了整整 5 卢布。到海关工作以后，他又大做投机生意，到国外走私比利时花边，一次就赚了50万卢布。后来因分赃不均事情败露，他丢掉了公职。但他马上又发现了新的生财之道，那就是收购死魂灵来骗取西伯利亚的荒地。乞乞科夫这个形象体现了新生资产阶级的罪恶特征，他对人民的掠夺无论从手段上还是从规模上看，都比贵族有过之而无不及，他同样是人民不共戴天的死敌，受到了作者的否定。

小说用辛辣的嘲笑与尖锐的讽刺描写这些地主和官僚的群像，暴露了沙皇专制制度的两大支柱——地主阶级与官僚阶级的腐朽没落。这在客观上告诉人们：沙皇制度的倒台已经为时不远了。

由于《死魂灵》第一部引起了进步阵营和反动阵营的激烈论战，加上病魔缠身，思想极其苦闷，果戈理于1847年出版了《与友人书信选》，否定了他过去所写的一系列优秀作品。这遭到了别林斯基的严厉批评。他在去世前将自己修改多次仍不满意的《死魂灵》第二部烧毁后不久，于1852年3月4日夜晚与世长辞。

二、《钦差大臣》

《钦差大臣》是一部五幕社会讽刺喜剧，喜剧的题材是普希金提供的。剧本题词是俄国谚语：脸丑莫怨镜子歪。作家的创作意图是：决定把俄国一切丑恶的东西汇拢在一起，对这一切来个尽情的嘲笑。

（一）故事情节

故事发生在一个“从这里出发，哪怕骑马跑上三年，也到不了任何一个国家”[①]的偏僻落后的外省小城。第一幕一开场，这座小城的贪官污吏齐聚市长家，胆战心惊地听市长宣布一个秘密消息，从彼得堡来的钦差大臣微服私访。他们惊慌失措，害怕自己贪赃枉法、鱼肉人民的罪行被查出，市长对玩忽职守的法官、阴险残忍的慈善医院院长、胆小愚昧的督学、偷拆信件卑鄙的邮政局局长，逐一警告，让他们暂时收敛言行。这时两个地主报告旅馆里来了一个名叫赫列斯塔科夫的古怪客人，已经住了一个多星期，可从来没有出过旅馆，一切开销都赊账。官吏们恍悟，“古怪”谜底揭开，他一定是那个微服出访、不动声色的“钦差大臣”。

第二幕在旅馆的小房间里，纨绔子弟赫列斯塔科夫因为一路上花天酒地，打牌赌博，输得精光，身无分文，困在旅馆里。主仆二人饥饿难忍，为了再骗一顿吃喝煞费苦心。这时，市长领人闯了进来，赫列斯塔科夫以为市长要抓他入狱抵债，吓得脸色发白，嘴上却逞强辩解，声称自己供职于彼得堡，还不忘谴责一下饭店食物的恶劣。而市长则认为赫列斯塔科夫谎话连篇，是为了掩饰自己钦差大臣的身份，指责饭菜，是已经调查清楚了他们的贪污腐败。市长立马掏出400卢布贿赂，力邀他重新参观小城的学校、监狱、慈善院，还打算让他住到自己家里去。

第三幕回到第一幕的市长家。市长夫人和其女儿收到市长火速传来的纸条，一边吩

① 果戈理. 钦差大臣[M]. 黄成来，金留春，译. 上海：上海译文出版社，2004：2. 本节所引该剧作引文均出自该书。

咐仆人准备酒菜，收拾房间，一边梳洗打扮，盛装迎接贵客。接着在警察们的开道下，赫列斯塔科夫来到市长家。市长紧随其后，紧接着是慈善院院长、督学等一串人。赫列斯塔科夫虽然感到莫名其妙，但他惯于装腔作势，对慈善院指点表扬一番，市长趁机自我吹嘘如何恪尽职守、奉公执法。面对市长夫人和其女儿，赫列斯塔科夫马上摆出一副花花公子的做派，大肆吹嘘自己的文学才能，说自己不但和普希金关系密切，还创作了众多作品，被市长女儿揭穿后，便大言不惭说他们的诗文都经过他的修改。在场的各位被这位大人物吓得要死，市长夫人和其女儿则在为他争风吃醋。宴席上，市长灌醉赫列斯塔科夫，企图让他酒后吐真言，却被他云山雾罩的言行搅得将信将疑，追问他的仆人，仆人含糊其词。这逐渐让市长放下了一点儿心，但也越发担心有告状的人闯进来。

第四幕仍然是在市长家。小城的重要人物再次聚集。大家身穿制服或礼服，在房间里低声说话，商量着如何贿赂这位官员。法官、邮政局局长、督学、慈善院院长、最早在旅馆发现赫列斯塔科夫的两个地主，悉数登场，都各有所求。赫列斯塔科夫看出苗头，顺水推舟，毫不客气，没有放过任何一个人，逐一向他们借钱，并全部得逞。这时他明白了，自己一定是被当作政府要员了，他给朋友写信告知了这桩好笑的事情。这时一群请愿商人闯进来，状告市长贪赃，铜匠妻子状告市长枉法征兵。赫列斯塔科夫却在忙着和市长夫人及其女儿调情的同时，想着离开小城的办法。而市长为了平息民众怒火，执意要把女儿嫁给他。于是赫列斯塔科夫在又得到市长赠予的金钱后从容地离开了。

第五幕故事仍然发生在市长家。市长一家陷入与贵人结亲的狂喜中，想入非非，商人们为了生存下去只好被迫道歉，小城里的显贵们再次纷纷登场，向市长贺喜。这时邮政局局长截获了假钦差临走时发出的那封嘲笑他们的信，官吏们悔恨不已。接着传来了真钦差到来的通知，全场人员呆若木鸡，哑场落幕。

（二）人物形象

喜剧非常成功地刻画了一系列贪官污吏的形象，正如赫尔岑在《论俄国革命思想的发展》中对《钦差大臣》的评价："在他之前，从来没有一个人把俄国官僚的病理解剖过程写得这样完整。……这是现代俄国可怕的忏悔。"①

市长安东·安东诺维奇是贪官污吏的代表。这个形象的第一个特点是假话连篇，善于欺骗。戏一开幕，市长念的一封密信就是对自我的暴露："绝不会放过到手之物。"听说钦差大臣来访，一边要求邮政局局长"为了我们的共同利益"拆开每一封信，看有没有商人和市民告状，一边还不忘让每个商人捐三普特蜡，好让他做最大的蜡烛献给教堂。又如，为了欺骗"钦差大臣"，掩盖自己的罪行，他又吩咐警察分局局长弄虚作假："赶快去把鞋匠摊旁的那堵旧围墙拆了，再竖个麦秆儿标记，这样就像市政建设规划的样子。""要是有人问起为什么慈善院附属的教堂还没有建起来，五年之前不是已经拨款了嘛，那么，就别忘了说，本来已经开始造了，可遭了一场大火。"在赫列斯塔科夫面前检讨时他又不小心自暴恶行："即使受过一点贿赂，也只是区区之数……至于那士官的寡妇，做买卖的那一

① 赫尔岑. 赫尔岑论文学[M]. 辛未艾，译. 上海：上海文艺出版社，1962：72.

个,说我打过她,那是诽谤,真的,是诽谤。”一旦巴结上了“钦差大臣”,他又马上“去跟商人阿卜杜林说,叫他把最好的酒送来;要不然,我就要把他的整个酒窖都翻个底朝天”。再如市长恬不知耻地向赫列斯塔科夫邀功说:“说实话,我并不求什么名利,这玩意儿当然是诱人的,但在美德面前,还不都是过眼烟云。”而慈善院院长旁白道:“瞧,真是无赖,吹成什么样儿了!天生的本领!”接着,市长又说:“去它们的,怎么可以把宝贵的时间浪费在纸牌上呢?”而督学马上向观众揭穿真相:“卑鄙的东西,他昨天还赢了我一百卢布呢。”甚至当他发现自己上当后,却怎么也想不通:“我干了三十年,没有一个商人,没有一个包工头能骗得了我;就是本事最大的骗子也都受过我的骗,连那些想偷遍天下的诡计多端的骗子手也上过我的当;我骗过三个省长!”在这里,他袒露得越真实,表现得越有经验,却越暴露其善骗的嘴脸。

第二个特点是贪婪和无耻。他贪得无厌,想方设法地捞钱,一年要过两次命名日,强迫商人送两次礼。放在桶里的连店伙计都不吃的黑李子干,他也要抓上一大把。他责骂商人阿卜杜林看到市长的宝剑豁口了,也不打一把好剑送来。作者还通过商人、铜匠妻子和士官妻子等人怨声载道的告发,对市长的贪婪和无耻进行辛辣的讽刺。如铜匠被抽去当兵后,他的妻子哭诉:“这个恶棍,裁缝的儿子本该抽去当兵的,那年轻人是个酒鬼,他的爹娘送了一份厚礼,他就找上了女商人潘捷烈耶娃的儿子,潘捷烈耶娃也暗中送了市长太太三匹亚麻布,他这就找到我们头上来了。”

第三个特点是恐惧和愚蠢。这个大骗子为什么会错把一位来自彼得堡的小官吏当作钦差大臣呢?就因为他做贼心虚,害怕事情败露。他亲自到旅馆去巴结赫列斯塔科夫,将400卢布塞到他手中,还把他接到家中来住。赫列斯塔科夫在他家吹牛撒谎,市长对他深信不疑。他的妻子和女儿都爱上了这个年轻的假钦差,母女俩争风吃醋,市长为了将“钦差大臣”作为升官发财的台阶,决定将女儿嫁给他。正在忙着准备婚礼时,邮政局局长私拆了赫列斯塔科夫的信件,市长才知道上了大当,气得大骂自己是“老傻瓜”“老糊涂”。

如果说市长是外省老牌官僚的代表的话,那么,赫列斯塔科夫则是京城年轻贵族官僚的代表,体现了沙皇俄国官僚阶层的另一侧面。他原是彼得堡一名级别最低的十四等文官,除了去衙门点个卯外,整天“在大街上闲逛、玩纸牌”。他特别好享受,“每到一个城市都要摆摆阔”,房间要最好的,酒菜要最贵的,就算是身无分文,也要大摆臭架子。他还胡吹:

> 有一次,我还掌管过一个司。说来也怪,前任司长走了,上哪儿去了,没人知道。不用说,大家议论纷纷,怎么办呢?该由谁坐这个位子呢?许多将军都想要谋这个缺,但真干起来就不简单啦。看看容易做做难。后来明白没办法了——就来找我了。那时候,满街都是些信使,信使,信使……你们想想吧:光是信使,就有三万五千人哪!请问,这是怎样的场面呀?①

① 果戈理.钦差大臣[M].黄成来,金留春,译.上海:上海译文出版社,2004:54.

他还说自己在彼得堡有一所最好的房子，桌上的西瓜就值 700 卢布，锅里的汤是直接用轮船从巴黎运来的。后来他说："我每天，都要去皇宫，明天就会提升我当元帅。"

更为荒唐的是，他还说自己是个文学家，和普希金称兄道弟，将别人的作品说成是自己写的。他也很贪婪、下流，随便见到什么人，开口就借钱，不论巨细。他不仅收下商人送来的糖酒，就连盛礼物的银盘子也一并收下。他刚给市长太太跪下请求"躲到摇曳着的树荫下面去"鬼混，转脸就向市长女儿求婚。总之，这是一个被彼得堡庸俗糜烂的寄生生活培养起来的灵魂空虚、浅薄轻浮、爱慕虚荣、厚颜无耻的纨绔子弟、都市官僚。

对此，果戈理曾说任何人都至少做过一分钟的赫列斯塔科夫，指出赫列斯塔科夫气质具有某种人性的普遍性。

除了上述两个人物外，那些地方官吏也个性鲜明。慈善院院长泽姆良尼卡素有"老滑头加骗子手"之称，他最善于谄媚逢迎，欺诈告密。他心地狠毒，专靠慈善经费养肥自己，从不把病人的死活放在心上。更有意思的是，他的医生连"一句俄语也不会说"。法官利亚普金·佳普金爱好打猎，收受的贿赂无非是"几条小小的猎狗崽子而已"。法院的接待室里养了一群鹅，法庭上晾着各种各样的破烂货，狩猎的鞭子挂在文件柜上。他的陪审员"身上有股子气味，好像才从酿酒厂里出来似的"。邮政局局长什佩金的嗜好更奇特，他把私拆他人的信件当作人生最大的乐趣，从中收集无所不包的趣闻轶事，供他和同僚们在茶余饭后消遣。身为督学，卢卡不但不学无术，而且放纵教师不负责任、天花乱坠地胡说一通。市长手下的警官又怎样呢？普罗霍罗夫一大清早就醉得不省人事，杰尔日莫尔达"为了维持秩序，不管是对是错，一概让人眼睛挂灯笼"。商人给斯维斯图诺夫两俄尺呢子做制服，他却抱走了整整一匹料子，"还把小银匙往靴筒里塞"。还有那两个诨名叫"该死的话匣子"和"短尾巴喜鹊"的地主多布钦斯基和博布钦斯基，整天无所事事，是一对东跑西颠传播谣言者和"乱嚼舌根"的吹牛能手。因为闲得发慌，他们非常愿意为官吏们跑腿，整天忙得不亦乐乎，气喘吁吁地传递消息。

这个喜剧没有一个正面人物，唯一的正面人物是"笑"。市长在最后一场说："你们笑什么？笑你们自己去吧！"这既是对台上官僚们的埋怨，也是对台下统治集团及整个制度的鞭挞。喜剧的最后一场——长达一分半钟的哑场达到了全剧的高潮。听到宪兵报告真正的钦差大臣来到，正在烦恼的市长及其同僚全都大惊失色。有的呆若木鸡，有的茫然若失，有的幸灾乐祸，有的发出惊叫。这一哑场耐人寻味：真正的钦差大臣会不会是"赫列斯塔科夫第二"呢？类似的官场丑剧会不会再次上演呢？

（三）艺术成就

《钦差大臣》最大的艺术成就是讽刺。作者主要通过人物的自我暴露来达到讽刺效果。如市长吩咐慈善院院长，把病人的帽子弄干净，在病床上挂起牌子，将一些病人藏好，以减少病号。院长回答说："帽子算什么呀！规定给病人吃燕麦羹的，可我那儿满走廊全是那股卷心菜味儿，只好捂上鼻子走路了。"他认为对病人"最好是顺其自然；贵重药品我们一概不用。都是普通人嘛，要死总会死的；要好起来也总会好起来的"。而法官对钦差大臣的到来一点也不发愁："事实上谁会跑到小城法院来呢？要是他拿份卷宗看看的话，那他准会兴味索然的。我坐在法官这把交椅上已经有十五年了，可是我只要一看到书面报告——哈！我才不去理会它。就是所罗门本人也难断其中的是非呀。”邮政局局长喜欢私拆别人的信件，“并不是为了小心提防，更多的是出于好奇，我有这个癖好，就爱打听世上的新鲜事儿。我告诉您，这些信可是十分有趣的读物啊！读它们是个享受：那里面写着各种各样的怪事……读了之后受益匪浅……要比读《莫斯科新闻》强得多”。作品最后以读信的方式，淋漓尽致地揭示与嘲笑了整个俄国官僚界的变态与丑恶。可以说，果戈理的讽刺是穿透灵魂最隐秘角落的“笑文学”杰作。

思考题

1. 简述批判现实主义文学的基本特征。
2. 在于连人生的四个阶段中，他对自我的认知发生了怎样的变化？
3. 拉斯蒂涅在巴黎接受了什么样的教育？
4. 试以《高老头》为例分析“典型环境中的典型人物”。
5. 如何评价狄更斯现实主义文学的主观性与情感性特点？
6. 简述《奥立弗·退斯特》的思想内容与现实影响。
7. 果戈理在其作品中刻画了哪些地主和官僚群丑形象？
8. 请结合《钦差大臣》，谈谈果戈理创作中的讽刺艺术。

第八章

8

19 世纪后期文学

【学习目的与要求】

通过学习本章内容，了解 19 世纪后期欧美不同类型文学的基本特征和主要成就，重点掌握《悲惨世界》《安娜·卡列尼娜》《哈克贝利·费恩历险记》的思想内容和艺术成就，从而深刻认识这一时期文学所包含的时代精神和特殊认识价值。

第一节 概述

19世纪后期,各种类型的文学得到了蓬勃发展,出现了许多新的文学现象。

一、19世纪后期欧美文学发展的历史背景

19世纪后期,随着大工业的发展、垄断资本的形成,西方国家内部和国家间的政治斗争日益尖锐,传统文化也发生了巨大的裂变。

纵观19世纪后期西方思想界和文学界,可以看到,首先,在哲学领域,马克思主义日益深入人心,同时其他各种哲学思想也广泛流传,尤其是非理性哲学大行其道:叔本华的唯意志论宣扬意志是世界万物的本源;尼采的“超人”哲学将人区分为天生的“强者”和“弱者”;柏格森的直觉主义强调人只能依靠直觉和本能来认识事物的本质;弗洛伊德把人的社会活动和思想都归结为潜意识尤其是性意识的产物。

与此同时,伴随着自然科学的高度发展,以孔德为首的实证主义哲学也找到了生长的沃壤。实证主义哲学宣称对生活采取“纯科学”的、静观的态度,主张以事实代替理论,认为自然与社会等同,主张用自然科学的方法研究社会。法国文艺理论家泰纳以孔德的实证主义哲学为依据,解释文学艺术和人类的精神活动,深刻地影响了法国以及其他国家的文化思想。

其次,在文学领域,受马克思主义的影响,无产阶级文学开始出现;受非理性哲学和实证主义哲学的深刻影响,种类繁多的文学流派各树旗帜,各辟蹊径。这些文学流派之间也表现出共同的特征:一是与传统决裂,摆脱社会、政治、道德的附庸角色,寻求自身美学上的独立价值;二是向内转,关注人的内在世界,创造各种艺术形式,将瞬息万变、难以把捉的人类精神世界外化。这不只表现在新兴的文学流派的主张和创作中,即便是传统的现实主义文学,其关注点也由外在的真实渐渐转向了内在的心灵真实。

二、19世纪后期欧美文学的整体风貌

19世纪后期主要有以下一些文学类型和流派:

(一)现实主义文学

19世纪后期,欧美文学的主要成就仍然体现在现实主义文学方面。只是受各种现代哲学和心理学的影响,与19世纪中期相比,这个时期的现实主义文学中已经掺进了一些现代主义因素。

1. 法国文学

此时法国文学出现了新气象。这一时期,雨果继续活跃于文坛,他的创作已经在浪漫主义风格中加入了更多的现实主义成分,他的代表性作品《悲惨世界》《九三年》等当之无愧地成为法国现实主义文学的骄傲。

莫泊桑(1850—1893)是世界著名短篇小说家,被法朗士称为“短篇小说之王”。1880年,莫泊桑成为左拉在梅塘别墅组织的自然主义作家集会的成员,并参与了这些作家以

拓展阅读：
夜空的流星
文坛的惊雷

1870年普法战争为题材创作短篇小说集的活动。在以《梅塘晚会》为题的小说集中，莫泊桑发表了第一篇小说《羊脂球》，一举成名。他一生写有近300篇短篇小说和6部长篇小说。长篇小说以《一生》(1883)和《漂亮朋友》(1885)为代表。短篇小说是莫泊桑作家身份的“名片”，体现了莫泊桑文学创作的最高成就。这些作品题材丰富、形式多样，表现的社会生活可以拼贴成法国19世纪中后期完整的政治、风俗画面。

首先，表现普法战争成为莫泊桑短篇小说的重要题材。成名作《羊脂球》以普法战争为背景，故事情节在旅行马车上和旅馆中展开，十名身份各异的旅客代表了法国社会各个阶层的人们，他们要逃往一个港口，面对的一个重大考验是如何应对普鲁士军官的无理要求。出身妓女的羊脂球身上体现出诸多高尚的品质。相反，那些看似高贵的人却因其虚伪、龌龊、自私自利暴露了他们丑恶的灵魂。《菲菲小姐》《米隆老爹》等也都从不同侧面反映了法国人民的爱国行为。

其次，描写小职员的生活，展现他们的精神世界。莫泊桑曾经身为小职员，非常熟悉他们的生活状态和他们的情感世界，于是，在他笔下，一个个栩栩如生的中小资产者形象破茧而出。《我的叔叔于勒》中寒酸、无奈又为生活所迫而不免势利的菲利普夫妇，《项链》中生活窘困却向往本不属于自己的上流社会生活、从而饱尝更多艰辛的路瓦栽夫妇，都会让人产生鄙夷、同情的复杂感情，体会到小资产者想实现理想生活而不得的痛苦。

最后，以诺曼底农村生活为背景，描写在美丽的农村自然风光的映衬下，广大农民的淳朴、愚昧以及悲惨处境，也成为莫泊桑中短篇小说的重要内容。《西蒙的爸爸》描写了善良仁慈的铁匠；《绳子的故事》描述一个诚实的乡下人因受诬陷不能取信于世人以致郁闷而死的不幸遭遇，反映出资本主义社会尔虞我诈的现实。

另一位值得称道的法国现实主义作家是法朗士(1844—1924)，代表作长篇小说《当代史话》四卷(1897—1901)展现了法兰西第三共和国时代在德雷福斯事件前后的广阔画面。法朗士获1921年诺贝尔文学奖。

2. 英国文学

这一时期，以哈代为代表的英国现实主义作家将文学创作从人和社会的二维关系进一步发展为人和自然、人和命运、人和自身等多维关系，拓展了文学表现的空间，并深化了对人的悲剧性本质的探讨。

托马斯·哈代(1840—1928)出生在英国西南部乡村。在他生活的时代，英国广大的农村都遭受了高度发展的资本主义的剧烈冲击，他目睹了现代资本主义侵入农村后造成的巨大变故。在哈代自己划分的三类小说中，包括7部作品的“性格和环境小说”最能够体现出哈代小说的成就和特点。这些小说描写了资本主义入侵农村后，广大农民遭受到的失却土地家园的痛苦，以及传统的田园牧歌般的自然生活丧失后精神家园被践踏的现实。其中充斥着作者越来越浓郁的悲观主义情怀。这些小说都以哈代虚构的威塞克斯农村为背景，故又被称为“威塞克斯小说”。哈代的“性格和环境小说”中比较重要的小说有《还乡》(1878)、《卡斯特桥市长》(1886)、《德伯家的苔丝》(1891)和《无名的裘德》(1895)等。

《德伯家的苔丝》是哈代的代表作,小说副标题为"一个纯洁的女人"。女主人公苔丝是个纯朴、善良、坚强且富有自尊心和自我牺牲精神的农村姑娘。为了维持一家人的生活,她被父母送到自称为本家的地主德伯家做女工。而这个德伯并非真正的德伯后裔,不过是暴发后花钱购买了这个古老的世家大姓。就在这里,苔丝遭受了这个假本家的花花公子亚雷的奸污。苔丝的不幸由此开始。她虽然后来逃脱了亚雷的魔爪,却因此承受了他罪孽的恶果。当苔丝在塔布里奶牛场遇到心爱的青年知识分子安玑·克莱时,仍因这段"可耻"的经历而遭到世俗道德观念极重的克莱的抛弃。亚雷的肉体践踏和克莱的精神摧残形成一种合力,最终导致了苔丝的人生悲剧。在作品中,哈代批判了资产阶级道德、宗教的虚伪、冷酷,但他认为苔丝的不幸具有命定的性质,一连串的偶然事件使苔丝难逃厄运。作品始终笼罩着悲观和宿命的气息。从客观角度来审视,苔丝的毁灭实际上已成为英国古老的农村文化毁灭的象征,成为英国农民世界毁灭的象征。

《无名的裘德》通常被看作《德伯家的苔丝》的姊妹篇,小说描写了一个有理想、有才气的乡下青年裘德的悲剧人生。他渴望有所作为,却被"基督寺"大学拒之门外,加之他生性软弱,不能抵御诱惑,爱情和婚姻均遭到失败,最终沦落、潦倒,了此残生。作者由于大胆地冲破了社会习俗的束缚,坦率地描写了男女双方在志同道合基础上的自由结合,结果遭到了保守势力的恶毒攻击。哈代气愤之下放弃了小说创作,重拾已冷落多年的诗歌创作。晚年的主要作品有诗剧《列王》(1904—1908)和《康沃尔皇后的悲剧》(1923),他开拓了英国20世纪文学。

3. 挪威文学

19世纪后期,挪威文学发展很快,成就斐然。易卜生与比昂逊(1832—1910)是19世纪挪威文学的优秀代表。易卜生的"社会问题剧"在欧洲引起巨大反响,成就了欧洲戏剧的第三座高峰。亨里克·易卜生(1828—1906)是欧洲现代戏剧的奠基人。早年的戏剧创作针对挪威主权分别遭受丹麦和瑞典侵占的情况,表达了强烈的民族主义情怀,同时提出了"个人精神反叛"的主题,以探索真理,讨论哲学伦理问题。从1864年至1891年,易卜生旅居国外。当他站在一个比较客观的立场上反观祖国时,他意识到:民族危难与当权者的腐败以及种种社会弊端的存在密切相关。于是,他将笔触指向挪威社会,揭示了那种关于所谓社会生活的谎言后面空虚的现实,开始了"社会问题剧"的创作。从《青年同盟》(1869)开始,易卜生接连创作出一系列"社会问题剧",最著名的是《社会支柱》(1877)、《玩偶之家》(1879)、《群鬼》(1881)和《人民公敌》(1882)。它们触及了资产阶级社会生活的各个方面,如法律、宗教、道德,以及婚姻、家庭乃至政党和国家体制。

《玩偶之家》是易卜生的代表作,剧作揭开了一个幸福家庭的虚饰、一对恩爱的夫妻的假象,通过海尔茂和娜拉之间价值观念的差异,反映出在男性中心的社会里女性地位的微贱、夫妻关系的不平等。在娜拉的心目中,爱情至高无上,她为了丈夫可以赴汤蹈火。正是基于这样的观念,八年前,当她得知丈夫患了严重的疾病时,才能毫不犹豫地伪造保人签字,借款为丈夫治病。但是,在海尔茂的心目中,事业和声名是高于一切的,因此,当娜拉伪造保人签字之事的败露直接影响到他的事业与声名时，他就会毫不在意娜拉当初行为的动机，对娜拉恶语相向。在考验面前，海尔茂的真实面目得到暴露，娜拉终于认清自己在丈夫心目中的地位，于是毅然决然地离家出走，离开这个“玩偶之家”，寻求人格尊严和独立。《玩偶之家》涉及女性在社会和家庭关系中的地位问题，由此又引出法律、宗教、道德以及社会整体等一系列比较尖锐的社会问题，因此，该剧甫一问世，就受到了来自社会各方面的关注。不仅如此，该剧对上帝乃至传统宗教信仰的质疑，暗示了权威瓦解，个体觉醒，传递了革命性的信息，这是现代人生活悲剧的体现，具有强烈的现代意识。萧伯纳将之归纳为“易卜生主义的精髓”。

娜拉走了，易卜生为戏剧设计了一个开放的结尾，引发了世界范围内读者的大讨论：“娜拉走后怎样？”20 世纪 20 年代《玩偶之家》被译介到中国之后，对五四运动期间的女性解放运动与中国话剧这一艺术形式的形成起到了关键作用。

4. 俄国文学

俄国是 19 世纪后期批判现实主义文学成就最高的国家。从 19 世纪 50 年代到 90 年代，俄国文学进入最辉煌的阶段，出现了众多重量级文学大家。诗人涅克拉索夫（1821—1878）以长诗《谁在俄罗斯能过好日子》（1866—1876）、剧作家亚·奥斯特洛夫斯基（1823—1886）以剧作《大雷雨》（1860）成为俄国现实主义文学的重要作家。

费多尔·米哈伊洛维奇·陀思妥耶夫斯基（1821—1881）是 19 世纪中后期俄国现实主义文学创作的又一位代表，他以高超的心理现实主义表现手法展现人类心灵的复杂性而获得现代主义作家的追捧，成为他们的精神之父。鲁迅称他是“人的灵魂的伟大的审问者”（鲁迅《〈穷人〉小引》）。

1846 年，陀思妥耶夫斯基公开发表第一部作品——书信体长篇小说《穷人》。小说讲述了穷苦的小公务员杰符什金以微小的力量救助一个和他一样身处底层的姑娘瓦莲卡而最终穷困潦倒、失去爱人的故事，反映了小人物的悲惨境遇，特别突出了小人物对人格和人性尊严的维护。《穷人》秉承并发展了普希金《驿站长》和果戈理《外套》描写小人物的传统，与前辈作家不同的是，陀思妥耶夫斯基更多地表现了小人物内心世界的激烈冲突。

《罪与罚》（1866）是陀思妥耶夫斯基的代表作之一，这部小说的问世标志着陀思妥耶夫斯基创作风格的成熟。贫穷的法科大学生拉斯科尔尼科夫受“超人”理论影响，为成为“不平凡的人”“人类主宰者”，为赈济更多有用之人，杀死了“百无一用”的放高利贷的犹太老妇姐妹。杀人后，虽然逃脱了官方追缉，但拉斯科尔尼科夫的心灵却承受了巨大的自我责罚，由此引发了他的道德和精神危机。小说涉及诸多人物：有的作恶多端，却毫无罪恶感；有的虽然饱受世间苦难摧残，却始终善良仁慈；有的罪孽深重，内心深处又有忏悔、改造之意。人的善恶问题不再是一个仅凭作家立场就可以得到结果的判断题，各种声音与观点均能找到充分的依据，在作品中占据一席之地，仿佛音乐的多声部合唱。巴赫金最早看到陀思妥耶夫斯基作品中的这种特色，并将其称为“复调结构”。在小说中，索菲亚为养活继母和一群弟妹沦为妓女，拉斯科尔尼科夫被她以爱和自我牺牲承受苦难的遭际所感化，自首并接受法律惩罚，在流放西伯利亚时期领悟到人类正是由于执念于自己的信仰和判断是唯一正确的，才互相残杀，这使他摆脱了“超人哲学”，实现了“精神新生”。

《卡拉马佐夫兄弟》(1879—1880)是陀思妥耶夫斯基毕生创作的总结性作品，作者之前所有的主题、所有的技巧都在这里得到了汇聚，显现出极强的史诗性质。小说讲述了卡拉马佐夫这一家庭中“父与子”的激烈冲突。老卡拉马佐夫好色、贪婪、残酷、自私、渎神，集病态、兽性倾向于一体，是“卡拉马佐夫性格”最鲜明的体现者。四个同父异母的儿子分别代表了人性中的情感、理性、信仰与兽性等不同的人格类型，他们在人性深渊中进行着善与恶惊心动魄的对话与辩论。陀思妥耶夫斯基“描绘人的灵魂的全部深度”的创作探索与创新将现实主义发展到新的高度，对20世纪现代艺术与哲学产生了深远的影响。

列夫·托尔斯泰将俄国现实主义文学推向了高峰。

安东·巴甫洛维奇·契诃夫(1860—1904)是19世纪后期著名的短篇小说巨匠和戏剧家，对20世纪世界文学产生了深远的影响。他19世纪七八十年代的早期创作显示出简洁幽默的特色，随着写作的进展，悒郁和忧伤的情绪渐渐弥漫在作品中。此时的重要作品有《小公务员之死》(1883)、《变色龙》(1884)、《哀伤》(1885)、《苦恼》(1886)等。90年代的短篇小说代表作《套中人》(1898)塑造了希腊语教员别里科夫这个“套中人”的形象。他害怕一切新生事物，畏惧一切权威，性格古怪，想方设法同外界隔绝，以获得安全。从表面上看，别里科夫似乎在想方设法维护反动统治的利益，实际上作者通过他的惊恐和不安反映出沙皇专制统治的残暴和对人的摧残。别里科夫成为这种罪恶制度的牺牲品。

总的来看，契诃夫的短篇小说表现出以下几个方面的特色：第一，他的小说多选取普通生活中的平常事，通过对人物对话和细节的朴素描绘，自然而然地反映社会现象背后的善恶是非，揭示出生活的本质，从而达到见微知著的艺术效果。第二，契诃夫在短篇小说中采取不动声色的叙述态度，不论作者对所述故事及故事中的人物持肯定还是否定、赞扬还是批判、同情还是憎恶的立场，他都能够做到含而不露，客观冷峻，不轻易发表议论，通过作品本身提供给读者判断依据。作者的主观态度完全融入冷静客观的艺术描写之中。第三，契诃夫的小说没有大篇幅的景物描写，少见曲折离奇的情节，缺少变化剧烈的戏剧性冲突，语言简洁，不加缀饰。但人物的性格特点却通过个性化语言得到了突出体现。

契诃夫还是一位杰出的戏剧大师，他的著名戏剧有《海鸥》(1896)、《万尼亚舅舅》(1897)、《三姐妹》(1900)等，其中最著名的是《樱桃园》(1903)。这部剧作以象征贵族社会的樱桃园的出卖，反映了资本主义的迅速发展导致俄国传统的贵族庄园制崩溃的现实。契诃夫的戏剧充满平淡的生活、灰色的人物、不连贯的对话、停顿和伤感；剧情无高潮，无强烈的外在冲突，旨在展示灵魂的角逐，呈现出散文化、内向化的风格。这种风格对20世纪西方戏剧产生了深远的影响。

5. 美国文学

此时，美国文学也得到了长足的发展。1865年，南北战争结束，美国实现统一，资本主义发展迅速，垄断化程度加剧，社会矛盾更加尖锐。很多作家的民主自由理想破灭了，他们的创作表达了对社会矛盾的感悟和剖析。美国现实主义文学的杰出代表是马克·吐温。此外，杰克·伦敦(1876—1916)是19世纪后期美国杰出的现实主义作家。《荒野的呼唤》(1903)、《白牙》(1906)借动物题材反映人类社会“肉搏”的残酷现实。《铁蹄》(1908)描写了工人阶级对资产阶级的斗争。代表作《马丁·伊登》(1909)通过马丁的人生悲剧批判了资产阶级虚伪的道德。欧·亨利(1862—1910)是美国优秀的短篇小说家。他的小说基本上以描写小市民的生活为主,在他的笔下,那些小人物虽然生活举步维艰却相濡以沫,用微弱的温暖消融人间的寒冷,具有动人的艺术魅力。代表性的作品有《麦琪的礼物》《最后一片藤叶》。欧·亨利的小说构思巧妙,情节在意料之中,结局却往往出人意料,耐人寻味,这种独特的艺术表现手法被称为“欧·亨利式结尾”。

(二)无产阶级文学

19世纪三四十年代,随着无产阶级登上历史舞台,表达无产阶级革命意识和斗争精神的作品开始出现,如法国工人诗歌、英国宪章派文学、德国的革命诗歌等。1871年,巴黎公社革命爆发。巴黎公社文学包括公社诞生前后约20年间公社社员的文学创作。欧仁·鲍狄埃(1816—1887)的《国际歌》(1871)是一首政治抒情诗,号召全世界无产阶级团结战斗,吹响了无产阶级推翻旧世界的号角。由于巴黎公社文学是为宣传革命理想、国际主义思想而诞生的,因此鲜明的政治倾向性、丰富的思想内涵和昂扬的格调成为它最鲜明的特色。

(三)自然主义文学

19世纪60年代,自然主义文学在龚古尔兄弟的首倡下诞生于法国文坛。后来,左拉高举自然主义旗帜,聚集了一批自然主义文学的爱好者,从而在法国掀起了自然主义文学运动,进而影响到远及美国和日本的世界各地。自然主义在思想上受到实证主义等哲学、遗传学和生理学等科学的深刻影响。它强调写真实,主张文学应完整地再现自然,反对在社会本质规律概括的基础上塑造典型环境中的典型人物;强调客观性,反对作家对所描绘的内容作出价值判断、流露主观情感,强调记录事实式地书写现实;突出科学性,认为文学创作就是对人的科学研究和科学实验,主张作家运用生理学、遗传学理论及其实验方法从事写作,描写也要达到一种科学式的精确。虽然自然主义无视人的社会属性和道德理性,过于强调人的生物性,但它从人的自然属性的角度来认识人性,有益于人类对自身复杂性的把握。同样,自然主义文学将人的形象从理性的殿堂拉回到生物世界,表明自然主义文学已经突破了理性主义文学描写人的既有领域,进入非理性区域,成为传统理性主义文化与现代非理性主义文化链条上的中间环节。

埃弥尔·左拉(1840—1902)是法国著名的自然主义小说家和理论家。在理论上,他大力提倡自然主义创作,主张作家应该像实验室里的科学研究者那样,分析人的生理本能,观察研究写作对象,记录事实,不做社会政治的、道德与美学的评价。因此,作家应该完全超越于政治之上。但在创作中,左拉还是没有完全实践其理论主张,随着创作的发展,他的现实主义倾向越加明显。

从1868年起,左拉着手创作多卷集的长篇巨著《卢贡-马卡尔家族》。按照左拉的构思,这部作品将成为“第二帝国时代一个家族的自然史和社会史”。经过25年的辛勤劳动,这部包括了20部长篇小说的社会史诗终于完成。《卢贡-马卡尔家族》书写了第二帝国的兴亡史，反映法国政治（《卢贡家族的家运》）、军事（《崩溃》）、经济（《妇女乐园》《金钱》）、宗教（《莫雷教士的过失》和工农生活（《小酒店》《萌芽》）等各方面的状况，呈现出一幅丰富多彩的社会画面。在很多场合，左拉对他所描写的对象并非完全无动于衷，他同情劳动者的痛苦，对爱国士兵表示赞许，颂扬他们抵御外侮的勇敢精神；而对第二帝国的统治者、资产阶级暴发户、外国侵略者则给予无情的鞭挞，表现了作者开阔的视野。《萌芽》是左拉的代表作，小说以史诗般的恢宏气魄塑造了真实可信的工人群像，描绘了波澜壮阔的工人运动，其现实主义力量已经超越了作者自然主义理论的界限。它是世界文学中第一部正面描写罢工斗争，并将无产阶级作为一个有觉悟、有组织的整体力量来表现的小说，在题材和主题上都是一种新的开拓。

（四）前期象征主义文学

前期象征主义文学于19世纪70年代崛起于法国。在此之前，夏尔·波德莱尔（1821—1867）在吸取浪漫主义精华的基础上，开启了象征主义的先河，成为现代主义文学的先驱。代表波德莱尔象征主义成就的是他的诗集《恶之花》。在这里，波德莱尔首次将大都会的生活带进了诗歌王国，在他的笔下，城市的喧嚣和污秽成了最触目惊心的景象；同时，诗人还表现了浮躁喧嚣的都市生活背景下小资产阶级青年压抑苦闷的精神世界。丑恶的事物成为诗作热衷于描写和表现的意象。在艺术上，《恶之花》成为诗歌发展史上的转折点，标志着诗歌从浪漫主义、巴纳斯诗派向象征主义的转变。

在波德莱尔之后，法国一批苦闷彷徨、愤世嫉俗而又情感纤细、才思敏捷的青年，将诗歌的创作重心转向寻求内在世界的真实，形成了象征主义流派。象征主义是现代主义文学中产生最早、影响最大、波及面最广的文学流派。象征作为一种艺术手法，是以一种意象或物象去表征另外的某种意象。象征主义作为创作方法，强调以“可感的形式”暗示抽象的概念或者无限的存在。象征主义者认为，现实世界是虚幻的，只有人的内心感受才是真实和美的；诗歌应该摆脱描写外界事物的倾向，努力写出“内心的真实”。但内心的感受也必须借助于具体可感的形象才能表达，因此诗人应当找出与之对应的“象征的森林”，用物质的可感性表现隐蔽的内心世界。象征主义注重联想和暗示，讲究诗歌的神秘性、音乐性以及“通感”手法。代表作有保尔·魏尔伦（1844—1896）的《无言之歌》（1874）、阿蒂尔·兰波（1854—1891）的《元音》（约1872）以及斯特凡纳·马拉美（1842—1898）的《牧神的午后》（1876）等。

（五）唯美主义文学

唯美主义文学是19世纪中期起源于法国、后兴盛于英国的文学流派。唯美主义者为了标榜不与丑恶的现实为伍，提出“为艺术而艺术”的口号，认为真正的艺术应和资产阶级生活制度相抵触，和资产阶级虚伪的道德相对立，因而艺术不应反映生活，艺术的目的就是自身，艺术高于现实，只有艺术的美才有永恒的价值，艺术家不应有任何功利目的，不应受任何道德规范的束缚。唯美主义作品多以爱情和欢乐为基本主题，以消遣度日的特权人物为主人公，讲究辞藻、韵律，重视静物描写，以造成视觉、听觉的美感。早在1832年，法国诗人戈蒂埃（1811—1872）就在《〈莫班小姐〉序言》（1836）中明确提出了“为艺术而艺术”的主张。戈蒂埃被公认为唯美主义运动的倡导者。

唯美主义文学的代表作家是英国的王尔德(1854—1900),代表作为小说《道林·格雷的画像》(1891),该作以独特的构思反映了作者的唯美主义观点,也体现了作者理论和创作之间的矛盾。作品主人公的美貌被画家定格在画面上,获得了永久的生命力,作者由此表达了对永恒的艺术美的肯定,但写主人公以美貌作诱饵犯罪、堕落的情节,又反映了作者对这种行为的谴责。

第二节 雨果与《悲惨世界》

维克多·雨果是法国浪漫主义文学运动的领袖,也是法国文学史上伟大的诗人、戏剧家和小说家。

一、生平与创作

维克多·雨果(1802—1885)的一生几乎跨越了整个 19 世纪,经历了拿破仑时代、波旁王朝复辟时期、第二帝国和第三共和国时代,文学生涯长达 60 年之久。他的著作甚多,涉及文学的各种体裁,包括诗歌、戏剧、小说,另外还涉及文艺理论和政论等。他的整个作品充满人道主义激情,反映了 19 世纪法国社会、政治、文化的发展动态。

他的生平与创作大致可分为四个时期。

(一) 早期创作

1802 年 2 月 26 日,雨果生于法国的贝桑松城。父亲是平民出身,在大革命中跟随过拿破仑转战南欧,得到将军军衔。母亲信奉旧教,是波旁王朝的热烈拥护者。雨果的童年时期,母亲对他的影响很深。雨果 12 岁开始写诗,20 岁出版诗集《颂诗集》,因歌颂波旁王朝,国王路易十八赐给他年金。当时波旁王朝的桂冠诗人夏多布里昂称他为“神童”。他也说过“成为夏多布里昂,除此别无他志”。雨果这个时期的创作大都带有保守主义的思想倾向,艺术上也尚未成熟。

19 世纪 20 年代后期,雨果的政治思想和文学观点有了积极的转变。他对波旁王朝和七月王朝都感到失望,在政治上转向自由主义。1827 年,雨果发表剧本《克伦威尔》及其序言,剧本因不符合舞台艺术要求而未能演出,但这篇序言却成为文学史上划时代的文献,被视为法国浪漫主义运动的宣言。在《〈克伦威尔〉序言》中,他声讨了当时在法国文坛占据统治地位的古典主义派。他指出世界不是永远由同一社会形式所支配和统治的,建筑在社会之上的文学也就不是永恒不变的。他把人类社会分为原始、古代和近代三个时期,认为每一个时期都有与之相适应的文学。他因此认为,在新的时代,文学必须摆脱古典主义的束缚,不能盲目模仿古代。首先,他集中批判了古典主义对悲剧因素和喜剧因素不可逾越的规定,反对古典主义把崇高、优美与滑稽、丑怪割裂开来,并且舍弃了滑稽、丑怪。在该序言中,他进而提出了著名的美丑对照原则,表达了自己的美学思想和艺术观念:“万物中的一切并非都是合乎人情的美……丑就在美的旁边,畸形靠近着优美,粗俗藏在崇高的背后，恶与善并存，黑暗与光明相共。”[①] 他认为古典主义将二者割裂开来，只表现崇高、优美是不符合自然和生活真实的，在新的时代应该把崇高、优美和滑稽、丑怪结合起来，文学创作应该“把阴影掺入光明，把粗俗结合崇高而又不使它们相混”[②]，因为“滑稽丑怪作为崇高优美的配角和对照，要算是大自然所给予艺术的最丰富的源泉”[③]。这个对照原则一直指导着雨果的创作。其次，雨果批判了古典主义戏剧创作的“三一律”，认为应该遵守情节的一致这个合理的原则，而时间的一致和地点的一致是荒谬不合理的，必须抛弃。1830年，雨果创作的打破古典主义“三一律”的剧本《欧那尼》在法兰西大剧院上演，引发了古典主义卫士和浪漫主义斗士之间的正面冲突。《欧那尼》上演成功标志着法国浪漫主义对古典主义的最终胜利，确立了浪漫主义在法国文坛的主导地位。

拓展阅读：
美丑对照原则

（二）19世纪30年代至40年代的创作

1831年，雨果发表了富有浪漫主义色彩的长篇历史小说《巴黎圣母院》。小说以15世纪路易十一王朝统治下的巴黎为背景，以巴黎圣母院为舞台，讲述了巴黎圣母院的副主教克洛德·弗罗洛对美丽的吉卜赛女郎爱斯梅拉达畸形的爱，以及圣母院丑陋的敲钟人喀西莫多对爱斯梅拉达纯洁的爱。小说一开始就描写了巴黎圣母院前正在欢度愚人节的狂热的人群，画面色彩浓烈、喧嚣奇特。欢乐的人们正在进行“愚人之王”的选举，选举的规则是谁长得最丑陋、谁笑得最怪最难看谁就有望当选。这个被幸运选为“愚人之王”的人就是喀西莫多。靠街头卖艺为生的爱斯美拉达带着她会耍杂技的小羊正在格雷弗广场上卖艺。她轻捷、飘逸、快乐的美丽舞姿迷住了所有围观的人，其中包括克洛德。他被眼前翩翩起舞的少女举世无双的姿色倾倒，指使从小由他收养的喀西莫多夜间在小巷中劫持少女。听到爱斯美拉达的高声呼救，恰巧在附近的国王近卫弓箭队队长弗比斯闻讯赶到解救了她，她从此爱上了这个轻薄的军官。第二天，格雷弗广场上搭起了临时刑台。昨天还是愚人之王的喀西莫多今天却跪在转盘上任人鞭笞，善良、纯洁的爱斯美拉达送水给受刑的喀西莫多喝。妒恨的克洛德跟踪少女与弗比斯，在他们幽会时刺伤了弗比斯，并嫁祸于爱斯美拉达，少女因此被判死刑。行刑之日，对她充满爱慕和谦恭之情的喀西莫多从教堂前的法场上把爱斯美拉达救了出来，将她安置在巴黎圣母院这个不受法律管辖的“圣地”，并给予了她无微不至的照顾。但教会掀起了宗教狂热，爱斯美拉达被认为是女巫，法院决定不顾圣地避难权要逮捕她。巴黎下层社会的乞丐、流浪人闻讯攻打圣母院，准备把她营救出来。混战之际，克洛德把爱斯美拉达劫出圣母院，威逼她屈从于他的兽欲，但遭到了爱斯美拉达的拒绝，于是克洛德就把她交给追捕她的军队，并残忍地在圣母院楼上看

① 雨果.《克伦威尔》序言[M]// 伍蠡甫，蒋孔阳，翁义钦，等. 西方文论选：下卷. 上海：上海译文出版社，1988：168.

② 雨果.《克伦威尔》序言[M]// 伍蠡甫，蒋孔阳，翁义钦，等. 西方文论选：下卷. 上海：上海译文出版社，1988：168.

③ 雨果.《克伦威尔》序言[M]// 伍蠡甫，蒋孔阳，翁义钦，等. 西方文论选：下卷. 上海：上海译文出版社，1988：170.

着她被绞死。绝望的喀西莫多愤怒地把克洛德从顶楼口推下去摔死，他自己在公墓中找到爱斯美拉达的尸体，紧紧抱住她自杀而死。当人们发现这一对拥抱在一起的男女尸体、试图把他们分开的时候，尸体顿时化成了灰烬。

小说的两个主要人物爱斯美拉达和喀西莫多是深受迫害的下层人民，雨果在他们身上寄托了对封建统治阶级的仇恨和对受压迫人民的深切同情。爱斯美拉达是作者理想的化身，是一个集内心美和外表美于一身的形象。她美丽善良、天真纯洁、富有同情心，敢于舍己救人。面对克洛德的淫威，她又表现出坚贞不屈的反抗精神。作者通过她的死揭露了封建专制的残酷、黑暗和教会的丑恶、伪善，表达了对善良的下层人民的同情和赞美，歌颂了下层人民对黑暗势力的反抗斗争。喀西莫多与爱斯美拉达一样是弃婴，从小备受欺凌和歧视。他外貌奇丑无比，驼背、突胸、独眼、耳聋、跛脚，然而他的内心是美好、善良的，并且富有正义感。小说写他被爱斯美拉达的真诚和同情所感动，内心的善良和爱被唤醒了。他真心爱恋着爱斯美拉达，并奋不顾身地抢救姑娘，最后自杀在姑娘的尸体旁边。作者通过这个形象展现了自己的善良战胜邪恶、真诚战胜虚伪、内心的美好战胜外貌的丑陋的理想。

作为巴黎圣母院的副主教，克洛德外表道貌岸然，过着严肃、清苦、刻板的生活，但内心却渴求淫乐，对世俗的享受充满妒羡，对世人满怀恶毒之心。他自私、阴险、残忍、不择手段。为了满足私欲、占有和征服美，他变成猖獗的教会恶势力的化身。他行刺、抢劫、预谋凶杀，最后终于将爱斯美拉达置于死地。他恶狠狠地对姑娘说："我一定要占有你……你得跟着我，你一定得跟着我，否则我就会把你交出去！漂亮的孩子，你必须死掉或者属于我。"作者通过他控诉了教会的虚伪和丑恶。

《巴黎圣母院》集中鲜明地体现了雨果的美丑对照原则，这主要表现在以下几个方面：第一，场面、情节的鲜明对照。比如草菅人命、任意诬陷的王室和司法界与深得人心、公正廉明的乞丐王国形成强烈对比。爱斯美拉达先后几次遇险与得救的曲折过程，悲剧性结局与开头的喜剧性场面大起大落，交相辉映。小说的情节还充满了现实生活中所不可能有的巧合、夸张和怪诞。例如，"奇迹王朝"对诗人奇特的审判；喀西莫多一个人在圣母院抵抗千军万马的进攻；在绞刑之前爱斯美拉达母女的重逢；喀西莫多与爱斯美拉达的尸骨见风就化成灰烬。这些全都是作者奇特想象的产物。第二，环境与人物事件的对照。圣母院建筑壮丽、庄严而伟大，是"整个人类和人民的巨大工程"，然而，就在这样一个壮丽背景的映衬下上演的却是阴森可怖、惨绝人寰的悲剧。和谐美丽的环境与人民苦难悲惨的生活构成鲜明对比，这样更突出暴露了封建暴政的黑暗。第三，人物的对比。这是最能体现对照原则的精髓所在，不仅体现在人物之间的美丑对比上，也体现在人物自身外形与心灵的美丑对比之上。比如爱斯美拉达及喀西莫多这两个人物形象代表真诚善良和美好人性，与克洛德、弗比斯这两个代表自私冷酷和丑恶人性的人物形象形成善与恶的强烈对比。喀西莫多这个人物身上最典型地体现出美丑对照原则，他外形畸形、丑陋，但具有高尚、纯洁的灵魂。作者成功地广泛运用对比的手法，塑造了夸张、奇特的浪漫主义典型人物形象。

小说以其曲折离奇及紧张生动的情节、高度夸张的人物形象、神秘而绚烂多彩的社会环境、热烈奔放的激情、奇特丰富的想象成为浪漫主义小说的著名代表作。小说表现了雨果"爱"与"仁慈"可以改变世界的人道主义思想,表现了他对封建政府和教会的强烈憎恨,也反映了他对受压迫的下层人民的深切同情。

此时雨果还从事诗歌和戏剧创作,发表了4部诗集,如《晨夕集》(1835);创作了6个剧本,如剧本《国王取乐》(1832)等。这些都是富有浪漫主义色彩的作品,揭露了封建统治者的罪恶,表达了他对受压迫者和贫苦人的同情。

1841年雨果当选为法兰西学院院士,1845年成为贵族院议员,路易·菲力浦还封他为法兰西贵族世卿。雨果是一个资产阶级的自由主义者,一直幻想敌对阶级的和解。七月王朝时期资产阶级统治的相对稳定和统治者的拉拢使他一度摇摆于民主立宪制和共和制之间。

(三) 19世纪50年代至60年代的创作

1848年6月,巴黎人民举行革命,推翻了七月王朝,成立了共和国。1848年的革命对他的思想影响甚大,使他转变为一个坚定的共和主义者。当路易·波拿巴于1851年发动政变时,雨果参加了共和党人的反政变起义。路易·波拿巴上台后建立了法兰西第二帝国,对起义者进行了残酷无情的迫害,雨果不得不流亡国外19年。在流亡期间,雨果创作了抨击拿破仑三世的政论小册子《小拿破仑》(1852),以及充满革命气势的政治讽刺诗集《惩罚集》(1853)。雨果尤其在小说创作上取得显著成就,他写出了富于浪漫主义色彩的现实主义长篇小说《悲惨世界》(1862)、《海上劳工》(1866)和《笑面人》(1869)等。

1870年,普法战争爆发,晚年的雨果回到祖国四处奔走呼号,号召人民反抗侵略,保卫祖国。他到处发表演讲,号召法国人民起来抗击德国侵略者,保卫祖国。他还用他的著作稿酬和朗诵诗歌得来的报酬买了两门大炮,表现了极高的爱国热忱。巴黎公社起义时,雨果并不理解这次革命。但当公社失败后反动政府疯狂镇压公社社员时,雨果又愤怒谴责反动派的残酷屠杀,要求赦免公社社员。他决定将自己在比利时首都布鲁塞尔的住宅提供给流亡的公社社员住。为此雨果遭到恐吓、威胁,但他仍然坚持自己的立场。

(四) 19世纪70年代的创作

晚年的雨果创作力仍很旺盛。这一时期的诗集《凶年集》(1872)表达了强烈的爱国主义激情和浓厚的人道主义思想;诗集《历代传说》(1859、1877、1883)被认为是法国文学史上重要的抒情史诗集。1874年,他的最后一部长篇小说《九三年》问世。小说以法国大革命为背景,描绘了1793年法国资产阶级共和国军队镇压旺代反革命叛乱的故事。共和国司令官郭文放走了因为从大火中抢救出三个孩子而未能逃脱的反革命头子朗德纳克侯爵。雨果在小说中提出了"在绝对正确的革命之上,还有一个绝对正确的人道主义"的观点,表现了他人道主义思想的局限性。

1885年5月22日,83岁高龄的雨果逝世于巴黎。法国政府为这位伟大的诗人举行了国葬,200万人参加了隆重的葬礼。他的遗体被安葬在先贤祠。

二、《悲惨世界》

长篇小说《悲惨世界》是最能体现雨果的思想和艺术风格的代表作。小说以真实事件为情节基础，1801 年，一个名叫皮埃尔·莫的贫苦农民因为偷了一块面包被判处五年苦役，出狱后，又因为黄色身份证在就业中屡遭歧视。雨果从 19 世纪 40 年代起就开始利用此题材构思并写作，作品于 1862 年发表，前后历时 20 年之久。小说卷帙浩瀚，长达近百万字。

（一）故事情节

《悲惨世界》共分五部：第一部《芳汀》，第二部《珂赛特》，第三部《马吕斯》，第四部《卜吕梅街的儿女情与圣丹尼街的英雄血》，第五部《冉阿让》。

小说以冉阿让颠沛流离的悲惨生活和成为善的化身为基本情节。冉阿让原是一个贫农出身的修树技工人，有一次为了姐姐几个饥肠辘辘的孩子偷了一块面包，因此被判处 5 年苦役。后来由于几次越狱，他又被判加刑，共坐了 19 年的监牢。冉阿让出狱后，路过迪涅城，他受尽歧视，谁也不肯收留他过夜，只有主教米里哀先生热情留他住宿，与他共进晚餐。但此时的冉阿让由于长期遭受不公正的待遇，对社会充满了敌意。他当晚偷走主教家的银餐具而被警察抓获，出乎意料的是，主教非但没有责怪他，反而为他掩盖了盗窃真相，并送他一对银烛台。最后，主教轻声地对他说："不要忘记，永远不要忘记您允诺过我，您用这些银子是为了成为一个诚实的人。"

米里哀主教的宽恕和仁慈的精神使冉阿让下决心洗心革面，立誓改恶从善，做个好人。他改名为马德兰，来到蒙特勒伊城，开办工厂，在工厂中进行技术改革而发财致富。由于他乐善好施，救济穷人，以慈善家的业绩受到人们的尊重，被推选为市长。他"用微笑来避免交谈，用布施来避免微笑"。在他的工厂里，有一位名叫芳汀的女工，她爱上一个大学生，并为他生下了一个女儿，但却遭到遗弃。为了生存，她只好把私生女珂赛特寄养在巴黎附近的一个客店主德纳第的家里，自己则来到蒙特勒伊城做工。她的身世暴露后，被厂方开除，而德纳第又利用珂赛特对她敲诈勒索，她为了自己和女儿的生存出卖自己的金发、门牙乃至肉体，被迫沦为妓女。当马德兰市长得知她不幸的身世时，她已经身患重病，奄奄一息。他答应负责抚养这个贫苦、诚实但命运凄惨的女工的女儿珂赛特。

然而此时，跟踪冉阿让多年的警官沙威出现了。他一直怀疑马德兰市长就是他当年看管过的犯人冉阿让。有一次，官方抓到一个窃贼，这个窃贼与冉阿让长得相像，便被认定是出狱后又犯了盗窃罪的冉阿让，被判终身流刑。由于不愿嫁祸于人，冉阿让出面澄清自己才是真正的冉阿让，于是他被重新投入监牢；芳汀也含恨而死。

为了实践对芳汀的诺言，冉阿让再次逃跑。在一个圣诞节晚上，冉阿让路过一个村镇，认出了在德纳第家备受虐待的孤女珂赛特，便把她赎买下来，带到巴黎荒僻的贫民区。后他继续行善，引起了沙威的注意。他只好带着珂赛特躲进修道院，在割风老人的帮助下当了修道院的一名工人，隐名埋姓，一直隐居到珂赛特长大成人。

1832 年，巴黎共和党人发动起义，冉阿让也参加了巷战。这时，充当政府奸细的沙威混入了街头堡垒，被起义者抓获，交给冉阿让去执行枪决。冉阿让却以德报怨，把这个追捕了他很久的暗探偷偷地放跑了。起义被政府军镇压下去了。冉阿让背着身负重伤的珂赛特的恋人马吕斯从下水道逃命，不幸，他们遇上了沙威。但在冉阿让仁慈、宽恕之心的感化下，沙威也良心发现，以德报德，放走了冉阿让。在极度矛盾中，沙威投身于塞纳河自杀了。不久，珂赛特与共和党人马吕斯结婚。诚实的冉阿让将自己一生的经历告诉了马吕斯。马吕斯不能理解他，对他日渐疏远。后来他才知道冉阿让是一个善良正直、以德报怨、富有自我牺牲精神的人，并且是自己的救命恩人，因而痛悔不已，马上和珂赛特一起去探望冉阿让。这时冉阿让已经病入膏肓，他把保留已久的银烛台交给珂赛特，说明一切真相后，安详地辞别人世。

（二）思想内容

《悲惨世界》以巨大的艺术力量真实地描绘出从拿破仑帝国后期到七月王朝初期法国社会政治生活广阔的画面，对资本主义社会的贫富不均发出愤慨的抗议。其思想价值体现在以下几个方面：

第一，小说以宏伟的篇幅无比真实地描写了贫苦人民的悲惨命运和处境，探讨了一系列社会问题，是一部社会史诗。作者在小说序言中提出了法国社会面临的三个尖锐问题——“贫穷使男子潦倒，饥饿使妇女堕落，黑暗使儿童羸弱”，从而概括了作品的主题。小说名字的原意是“受苦的人们”。可见作者着意“以社会底层受苦受难、为生存而挣扎、受凌辱受欺侮、受迫害受压迫的贫苦人为对象，描绘了一幅悲惨世界的图景”[①]。冉阿让、芳汀、珂赛特代表了由男人、女人和儿童构成的悲惨世界的所有穷人。

冉阿让仅仅为了姐姐的孩子不受饥饿的折磨偷了一块面包，为此竟坐了19年的牢。出狱后，因持黄色身份证而备受社会的歧视和侮辱，他想重新做人而不得，甚至后来以德报怨、乐善好施，仍不断受到警方的追缉，可见现实法律的残酷、暴虐及不公正。芳汀是一个善良、天真的姑娘，因受人欺骗沦落到社会的最底层。在伪善残忍的道德和法律的迫害下，她失去了工作，为了自己和女儿的生存，她不得不卖掉一头漂亮的金发和洁白的门牙，最后被迫沦为公娼，因为顶撞一个侮辱她的绅士，就被沙威蛮横无理地扣押起来。对此雨果以极大的愤慨回答了原因：“社会造成了一个奴隶，即一个娼妓。”芳汀的女儿珂赛特孤苦伶仃，备受欺凌，受尽虐待和摧残。小说以他们三个人的经历为线索，真实地表现出当时黑暗的现实社会是穷苦人的“悲惨世界”，揭露了不合理的社会现象、法律和道德的虚伪及残忍。

第二，小说通过表现共和党人1832年6月5日在巴黎举行的反对专制主义武装起义，从人道主义思想出发，肯定了人民反抗这个不合理社会及其制度的正义性。雨果赞美了共和党人为人民事业英勇不屈的献身精神，他们憎恨专制制度，在祖国生死存亡的时刻，为了解放人民、争取自由而斗争。他们筑起街垒，忍着饥饿，英勇奋战，抗击着政府军队的残酷镇压，最后壮烈牺牲。街垒起义的领导者安灼拉果敢沉着、临危不惧，具有坚定的信念和意志。流浪儿小伽弗洛什被父母抛弃，备尝苦难。他天真乐观，机智勇敢，酷爱自由。他一面哼着嘲笑敌人的幽默歌曲，一面冒着枪林弹雨为起义军收集子弹，最后惨烈而死。马白夫老爹敢于冒着敌人的枪林弹雨，把被敌人击落的街垒红旗高高竖起：

---

① 郑克鲁. 法国文学史：上卷[M]. 上海：上海外语教育出版社，2003：601.

> 当他走上最高一级，当这战战兢兢而目空一切的鬼魂，面对一千二百个瞧不见的枪口，视死如归，舍身忘我，屹立在那堆木石灰土的顶上时，整个街垒都从黑暗中望见了一个无比崇高的超人形象。
>
> 所有的人都屏住了呼吸，只在奇迹出现时才会有那种沉寂。
>
> 老人在这沉寂中，挥动着那面红旗，喊道："革命万岁！共和万岁！博爱！平等和死亡！"①

雨果在这些英雄们身上寄托了自己的共和思想。他认为，要消灭不人道的社会现象，革命也是一种手段。正如小说中安灼拉所说的，"一次革命就是走向未来的通行证"。

第三，小说通过冉阿让和沙威的转变阐明了雨果以仁爱精神去对抗恶才能拯救社会的思想，这是贯穿全书的根本思想。

雨果在《悲惨世界》的序言中写着一句话："只要这世界上还有愚昧和困苦，那么，和本书同一性质的作品都不会是无益的。"这说明他企图使小说对社会问题的解决有所裨益。那么，如何才能解决社会问题呢？"他认为，世间存在着两种法律，一种是高级的，一种是低级的。前者的代表是米里哀主教，后者的代表是警察沙威。"②沙威代表的是世俗的资产阶级低等的法律，只依靠严厉的惩罚去消灭罪恶，不但达不到目的，只会使犯罪加深。为此，雨果塑造了一个仁慈、博爱的化身——米里哀主教，并认为他的宽恕、仁爱才是高级的法律，才是改造社会的重要途径。米里哀主教主张以宽恕和仁爱来拯救人的灵魂，冉阿让在他的宽恕、仁爱的感化之下，从此变成一个乐善好施、以德报怨、富于牺牲精神的人，成为另一个宣扬仁爱的"使徒"。他甚至感化了沙威。

沙威最终放走冉阿让和自杀，是仁爱法则的最高体现。沙威是统治阶级的鹰犬，他不相信爱，不相信精神的力量，忠实地为国家机器服务。他一路跟踪冉阿让，也一再目睹他的善行，当他被冉阿让救出时，内心产生了激烈的冲突，他模糊地感到在自己认为是绝对正确的社会秩序之上还有一种更崇高的东西：

> 现在怎么办？交出冉阿让，这是不应该的；让冉阿让恢复自由，也不对。第一种情况，是执行权威的人比苦役犯还卑贱；第二种情况是囚犯升高到法律之上，并将法律踩在脚下。这两种情况对他沙威来说都是有损荣誉的。所有能采取的办法都是犯罪的。在不可能之前命运也有它的悬崖峭壁。越过这些峭壁，生命就只是一个无底深渊了。沙威就处在这样一种绝境里。③

人道主义最终使沙威的人性复苏。雨果是一位把精神救赎看得至关重要的人道主义

① 雨果. 悲惨世界：上[M]. 李丹，方于，译. 北京：人民文学出版社，1992：1132.

② 朱维之，崔宝衡，王立新. 外国文学史：欧美卷[M]. 天津：南开大学出版社，2014：220.

③ 雨果. 悲惨世界：上[M]. 李丹，方于，译. 北京：人民文学出版社，1992：1305.

作家，“因此，雨果的这部小说就成了描写人类意识从恶转向善、从黑暗转向光明的史诗。同时它也是一部描写人民大众通过反抗为未来时代准备条件的史诗”①。

（三）人物形象

主人公冉阿让是雨果人道主义理想的化身，被压迫、被损害、被侮辱的贫苦人民的代表。他颠沛流离的一生是当时千千万万劳动者悲惨生活的缩影。作者把人道主义思想放在一个劳动人民的代表身上，并让他体现了劳动人民的许多优秀品质，寄托了作者深刻的民主思想和与人民站在一起的进步意识。

冉阿让也是一个被人道主义理想感化了的人物。作品首先揭示，是不合理的社会使他变成了一个与社会为敌的人。他为了姐姐的孩子偷了一块面包，就坐了19年的监牢。出狱后备受社会的凌辱，才使他变得阴郁凶狠，对社会充满了敌意。但这并不说明他本质上是个坏人。米里哀主教以仁慈和博爱激发了他心中的善，使他洗心革面，重新做人。在冉阿让的身上，雨果展示了人性向善、善可以战胜恶的可能性。

转变后的冉阿让是一个圣徒式形象。他隐忍仁慈，勇于牺牲，毫无保留地关爱所有人，他和芳汀素昧平生，但一经了解她的惨状，就承担起抚养珂赛特的全部职责。作为市长，他将蒙特勒伊小城打造成人道主义乌托邦，那里人人有工作，人人都可享受到福利的庇护。然而，这样一个完人穷其一生，都在因为年轻时的污点不断遭到以法律为代表的国家机器的迫害。晚年由于马吕斯对冉阿让身份的鄙视，他主动选择远离马吕斯、珂赛特，将孤寂作为对自我的惩罚，为自己曾经犯下的过错赎罪。因此，沙威被他道德感化是作者将人道主义绝对化的表现，他的安详离世也只是作者善良的愿望而已，这些作者有意而为之的情节设置再次暗示了在这个悲惨世界中穷人悲惨的一生。

（四）艺术成就

在《悲惨世界》中，雨果“为使人相信十足的浪漫主义故事而采用了巴尔扎克的创作手法”②，现实主义占据很大比例，其最突出的艺术成就是浪漫主义和现实主义的紧密结合。

第一，雨果自称《悲惨世界》为“社会史诗”，气势宏伟，是对19世纪初期法国社会政治生活广阔画面的全景式叙事。在这部史诗性的作品中，雨果以真实的笔触，以滑铁卢战役揭开序幕，以波旁五朝复辟时期和七月王朝初期为主要背景，描绘了从拿破仑到七月王朝历史上的重大事件。伴随这些重大历史事件，他还通过塑造一系列社会底层贫苦人民的形象呈现了一幅幅人间悲惨世界的图景，体现了鲜明的现实主义创作的特点。虽然冉阿让、芳汀、珂赛特的悲惨经历与滑铁卢战役、巴黎街垒战都有扎实的生活基础，但无论是环境设置还是情节安排都充满戏剧性，在《悲惨世界》中作者不仅偏爱法庭、监狱、贫民窟、肮脏的下水道、安静的修道院、大学生居住的拉丁区、保王党的沙龙、滨海的新兴工业城、偏僻的外省等具有浪漫主义色彩的环境，还喜欢写偷盗诈骗、越狱潜逃等恐怖怪诞的

---

① 莱蒙.法国现代小说史[M].徐知免，杨剑，译.上海：上海译文出版社，1995：110.

② 莱蒙.法国现代小说史[M].徐知免，杨剑，译.上海：上海译文出版社，1995：109.

情节，整部作品具有浓厚的浪漫传奇风格。

第二，人物形象夸张，内心世界发掘深入。小说人物善恶分明，恶的人物是滑稽、丑怪的恶魔形象，善的形象极尽理想。冉阿让就是一个不同寻常的人物。他具有非凡的品格、超人的机智和力气。作者用浪漫主义夸张的手法描写了他惊人的体力和富于传奇色彩的人生经历，既能力顶千斤，也能改变蒙特勒伊的社会风俗。米里哀主教、芳汀、珂赛特、马吕斯、安灼拉、马白夫、伽弗洛什等都具有类似的理想个性。通过对这些善的形象的塑造，雨果力图说明善能胜恶、爱能消恨的人道主义精神：

> 精神的眼睛，除了在人的心里，再没有旁的地方可以见到更多的异彩、更多的黑暗；再没有比那更可怕、更复杂、更神秘、更变化无穷的东西。世间有一种比海洋更大的景象，那便是天空；还有一种比天空更大的景象，那便是内心活动。①

当沙威告知冉阿让有人为他顶替罪名时，他展开了一番"脑海里的风暴"：

> 应当自首？还是应当缄默？结果他什么都分辨不出。他在梦想中凭自己的理智，就各种情况初步描摹出来的大致轮廓，都一一烟消云散了。不过他觉得，无论他怎样决定，他总得死去一半，那是必然的，无可幸免的；无论向右或向左，他总得进入坟墓；他已到了垂死的时候，他的幸福的死或是他的人格的死。
>
> 可怜！他又完全回到了游移不定的状态。他并不比开始时有什么进展。②

沙威面对冉阿让的仁慈无法处理自己违反职责的行为，茫然不知所措，只好投河自尽。总之，现实的多样性与隐匿的心理深度是《悲惨世界》具有艺术魅力的重要原因之一。

第三，充分运用美丑对照原则塑造人物形象。雨果在人物形象的配置和描写上，坚持运用他的美丑对照原则，米里哀主教是仁慈、博爱的代表，冉阿让在他的感化之下也以仁慈、博爱对待他人，乐善好施，舍己为人，品德高尚；而沙威、德纳第夫妇则是丑、恶、畸形和黑暗的化身。警察沙威冷酷无情，客店老板德纳第利欲熏心，卑鄙无耻，他们是丑、恶、卑下的典型。这两组人物处于尖锐的对照之中，作者运用夸张手法描写了反面人物的恶行来反衬正面人物的仁慈、善良、博爱的崇高品质，强烈的对比使小说充满了戏剧效果。

第三节 列夫·托尔斯泰与《安娜·卡列尼娜》

列夫·托尔斯泰(1828—1910)是俄国批判现实主义文学最杰出的代表，在世界文学中占有崇高的地位。他和巴尔扎克一起被人们称为现实主义文学中两座最高、最辉煌的峰峦。

① 莱蒙. 法国现代小说史[M]. 徐知免，杨剑，译. 上海：上海译文出版社，1995：226.

② 莱蒙. 法国现代小说史[M]. 徐知免，杨剑，译. 上海：上海译文出版社，1995：241.

一、生平与创作

列夫·托尔斯泰1828年9月9日(俄历8月28日)出生于莫斯科以南约160公里的图拉省一个古老的贵族家庭。他2岁丧母,9岁丧父,在姑妈和家庭教师的教养下长大。童年家庭生活的不幸使托尔斯泰养成了沉思默想的个性。1844年托尔斯泰进喀山大学东方系学习,次年转入法律系。他在大学期间受卢梭等法国启蒙思想家的影响,对农奴制产生不满。1847年托尔斯泰退学回乡,致力于改善农奴生活、缓和地主与农民的关系,但改革因得不到农民的理解而失败。1851年托尔斯泰随兄到高加索服役,参加了著名的塞瓦斯托波尔战役。他于1856年退役,以后的大部分时间在家乡生活,从事创作。托尔斯泰曾两度到西欧游历考察。1861年俄国废除农奴制,处于巨大社会变革中的托尔斯泰思想充满矛盾。从19世纪70年代至80年代初,托尔斯泰的世界观发生了根本性的变化,从原先的贵族立场转到了宗法制农民立场上来。世界观转变后的托尔斯泰决心放弃特权和财产,过平民化的生活,从事体力劳动,因此经常与妻子发生冲突。这种情况最终导致他于1910年10月28日清晨离家出走,不幸因途中着凉患了肺炎,于11月20日在阿斯塔波沃车站病故,享年82岁。

托尔斯泰的创作活动始于19世纪50年代,历时60年,大致可分为三个阶段。

(一) 早期(1852—1863)

这是托尔斯泰思想上和艺术上的探索期。托尔斯泰一生的创作主要关注三大问题:农民问题、资本主义问题和道德问题。在他看来,俄国的出路以及贵族的历史作用、前途、平民化以至生活方式问题、家庭问题、宗教问题、妇女问题、教育问题、战争问题、人与大自然的关系问题等,无不与这三大问题有关。这三大问题在他早期的创作中都有集中的反映。自传体三部曲《童年》(1852)、《少年》(1854)、《青年》(1857)是托尔斯泰的成名作,表现了作者本人从童年时代就开始对纯洁道德的追求。战争小说《塞瓦斯托波尔故事集》(1855—1856)以作者亲身经历的见闻写成,歌颂俄国士兵和人民质朴、谦虚的品格与英勇献身的精神,表现了"英雄就是俄国人民的立场",开创了俄国文学描写战争的现实主义传统。《一个地主的早晨》(1856)表现了托尔斯泰改善农民生活的努力和农民对贵族的不信任态度,第一次提出了地主和农民的关系问题,其思想在以后的《安娜·卡列尼娜》和《复活》中得到深化。短篇小说《琉森》(1857)揭露了西欧资产阶级的罪恶,但他把罪恶归因于资本主义文明,认为俄国不需要资本主义。中篇小说《哥萨克》(1863)是托尔斯泰早期创作的小结。作品通过贵族青年军官奥列宁因厌倦上流社会而到高加索和哥萨克过自由生活的故事,表现了贵族"平民化"的思想。总之,托尔斯泰早期的创作反映了他站在贵族立场上对社会的观察和评判,他不满专制农奴制,关心、同情农民,但他又反对暴力革命,把"道德自我完善"、贵族"平民化"作为解决社会问题的理想出路。在艺术上,作品显示了作者对人物心理进行分析的独特才能,其现实主义风格初步形成。

(二) 中期(1863—1880)

这是托尔斯泰创作的成熟期,也是他的世界观由贵族立场向宗法制农民立场转变的过渡时期。这一时期的主要创作成就是两部长篇小说:《战争与和平》(1863—1869)和《安娜·卡列尼娜》(1873—1877)。

《战争与和平》是托尔斯泰的三大代表作之一。小说以 1812 年的卫国战争为背景,以保尔康斯基、别祖霍夫、罗斯托夫、库拉根四个贵族家庭的纪事为情节线索,在战争与和平的交替描写中,广泛反映了 19 世纪初到 20 年代的俄国社会生活,肯定了俄国人民在战争中的伟大历史作用,突出了人民的主题。作者创作这部小说的目的是要通过历史来寻求俄国社会的出路和贵族阶级的前途。小说的主要人物形象是贵族,贵族又分为两类:品德高尚的庄园贵族(包括保尔康斯基、别祖霍夫和罗斯托夫家族)和腐化堕落的宫廷贵族(库拉根家族)。作者把这些人物都放到卫国战争这一重大事件中去考验,以他们对人民的态度、同人民的关系作为准绳进行褒贬。庄园贵族在精神上保持跟人民的联系,保持着俄罗斯民族性格,在保卫祖国的斗争中,贡献了人力和物力,作出了重大的牺牲。作品的三个主要人物安德烈·保尔康斯基、彼埃尔·别祖霍夫、娜塔莎就生长在这三个贵族之家。宫廷贵族库拉根一家虚伪自私,寄生堕落,置祖国的安危于不顾,只知追名逐利,是被否定的对象。审美地运用和描写历史材料,在历史事变中描写人,是《战争与和平》的基本创作原则,也是小说具有宏伟的史诗风格的重要原因。

(三) 晚期(1880—1910)

这是托尔斯泰世界观出现激变的阶段,其思想由贵族阶级的立场最终转到了宗法制农民的立场上来,这也是"托尔斯泰主义"最后形成的时期。这个时期他主要创作有长篇小说《复活》(1889—1899)、剧本《活尸》(1911)、短篇小说《舞会之后》(1903)、中篇小说《克莱采奏鸣曲》(1889)等。

拓展阅读:托尔斯泰主义

拓展阅读:宗教伦理观的文学述说

《复活》是托尔斯泰晚年的代表作,也是他思想、宗教伦理和艺术探索的结晶。小说根据真实事件写成。贵族青年聂赫留朵夫诱奸了姑妈家的养女、农家姑娘玛丝洛娃,离开后便把她遗忘了。玛丝洛娃因未婚先孕被赶出家门,在走投无路的情况下沦为妓女,后被人诬告犯了谋杀罪而下狱。审判时法官们草菅人命,潦草判决,致使玛丝洛娃无辜受罪,被流放到西伯利亚。作为陪审员参加审判的聂赫留朵夫发现面前站的是 10 年前被自己玷污过的姑娘,良心发现,大为震惊,于是决心拯救她。他四处奔走,千方百计为她上诉,以期改变判决。然而,天下乌鸦一般黑,上诉最终还是失败了。之后,聂赫留朵夫决定跟随玛丝洛娃去西伯利亚,并真诚地向她求婚。但玛丝洛娃拒绝了他的求婚,而与一个叫西蒙松的政治犯结合。聂赫留朵夫在拯救玛丝洛娃的过程中,深入农村、监狱、法院,奔走于权贵和官僚之间,对社会的灾难和黑暗有了进一步的认识,思想发生了很大变化,他决心抛弃贵族的生活方式,洗心革面,重新做人。他体悟到:人生的真正意义是使他人幸福。所以,虽然他的求婚遭到了玛丝洛娃的拒绝,但他毫无怨言,并且感到从未有过的平静和舒畅,他"复活"了。而玛丝洛娃拒绝接受聂赫留朵夫的牺牲,重新找到了做人的尊严,她同样获得了精神复活。

玛丝洛娃是托尔斯泰创作中第一个被侮辱与被损害的妇女形象，聂赫留朵夫则是他的作品中最后一个带有总结性的"忏悔贵族"的形象，他们分别以不同的内容和方式走过了纯洁—堕落—复活的道路。但是，《复活》作为一部社会全景式小说，其意义远不在于表现男女主人公的"复活"。作品围绕玛丝洛娃的不幸命运所展示的广阔的社会场景以及对当时俄国的政治制度、经济制度和教会制度等激烈的批判，是这部经典小说的最可贵之处。在小说中，托尔斯泰愤怒地指出，关于正义、法律、宗教、上帝等的一切都是空话，用来掩盖最粗暴的贪欲和残忍。这些无情的揭露和批判引起了沙皇和教会的恐慌和仇视，宗教院甚至以"邪教徒"的罪名开除了托尔斯泰的教籍。沙皇审查机关的文化帮凶们也曾强行删改小说，把作品描写监狱祈祷仪式的整个第三十九章砍得只剩下五个字："礼拜开始了。"可以说，在对沙皇俄国各种制度的罪恶的批判上，还没有哪一部作品像《复活》那样全面和深刻。但同时我们也看到，《复活》也异常集中地宣传了"托尔斯泰主义"。"托尔斯泰主义"最为核心的命题是"爱"，即爱自己、爱他人和爱仇敌。具体而言，"托尔斯泰主义"包含以下几个方面：道德自我完善、不以暴力抗恶、全人类普遍的爱等。这并非政治主张，而是一种生命哲学的体现。托尔斯泰始终坚持以其丰富的艺术表现昭示这一思想的深邃性。

二、《安娜·卡列尼娜》

《安娜·卡列尼娜》是托尔斯泰由贵族立场向宗法制农民立场转变前夕所创作的一部长篇小说。

（一）故事情节

《安娜·卡列尼娜》是托尔斯泰的代表作之一。托尔斯泰在最初创作《安娜·卡列尼娜》的时候，只打算把它写成一部单纯的家庭小说，叙述一个已婚妇女的不贞行为以及由此产生的悲剧，谴责女主人公因为放纵情欲给丈夫、情人、家庭和自己带来不幸的可耻行为，宣扬自己宗法式的家庭理想和道德原则。但是，19世纪70年代俄国社会"一切都翻了一个身"的急剧变化对托尔斯泰产生了极大的影响。在长达5年的创作过程中，他对俄国在资本主义的冲击下所发生的贵族资产阶级家庭关系的瓦解、道德败坏、农村破产等现象深感忧虑，从而改变了原来的构思，把重心转移到描写农奴制改革后俄国资本主义发展所带来的灾难性后果上来。小说的情节结构也由单一线索结构变成了平行发展而又互相对照的双线结构，加强了作品反映社会现实的深度和广度。

小说的一条情节线索是安娜的爱情悲剧。安娜是个贵族妇女，当她还是一个天真烂漫的少女时，便由姑妈做主嫁给了比她大20岁的官僚卡列宁，生子之后过着丝毫没有幸福感的贵妇人的家庭生活。为了处理哥嫂之间的纠纷，她从彼得堡来到莫斯科，遇见了年轻军官弗龙斯基。本来弗龙斯基正在追求安娜嫂子的妹妹基蒂，但一看到安娜，立即就被她迷住了。弗龙斯基的变心使基蒂极为痛苦，也使安娜感到为难。安娜很快便离开莫斯科，返回彼得堡。但当她到站时，发现弗龙斯基也紧跟着出现在站台上，她心里既紧张不安，又涌起莫名的喜悦。安娜的丈夫到站台接她，但她对丈夫那刺耳的官腔及他那对招风耳极为反感。弗龙斯基看出了这一点，便大胆地追求起安娜来。他过于招摇，因此彼得堡上流社会对此议论纷纷。安娜全然不顾，做了弗龙斯基的情人。卡列宁觉察到了妻子的反常，提醒她婚姻的神圣性，认为只有犯罪才可能破坏它，而这种犯罪注定是要受到惩罚的。一天，卡列宁和安娜去看赛马，当看到弗龙斯基不慎从马上摔下时，安娜当即神态失常。卡列宁极为恼怒，认为安娜此举败坏了家风，违背了贵妇人的举止规范，强行拉她回家。在马车上，安娜向卡列宁坦言自己是弗龙斯基的情人，但卡列宁为了保全自己的名誉，要求安娜维持表面的夫妻关系。此后，安娜怀上了弗龙斯基的孩子，分娩时感染重病，她预感自己难存于世，在昏迷中呼唤卡列宁的名字，请求卡列宁饶恕自己。卡列宁深受感动，原谅了安娜和弗龙斯基。弗龙斯基为卡列宁的宽恕感到十分内疚，负罪感使他开枪自杀，但没有死。病愈之后，安娜又后悔对卡列宁的乞求，无法容忍他。与死神擦肩而过的安娜和弗龙斯基的爱情更加炽热，他们公开同居，甚至到国外旅行去了。但当他们三个月之后回到俄国时，发现整个上流社会都在回避他们。虚伪的上流社会可以容忍私通，却不能接受真正的爱情。为此，安娜感到十分痛苦。她向卡列宁提出离婚，后者拒绝了。在烦躁不安的日子里，安娜与弗龙斯基时常发生争吵。弗龙斯基对安娜越来越冷淡，常常独自出去寻欢作乐。一天，安娜与弗龙斯基发生口角之后，弗龙斯基没有理会她，又独自出门去了。安娜魂不守舍，拍电报要他回来，但越等越失望，觉得爱情是一场梦。她恨他，要报复他，便卧轨自杀了。

另一条情节线索是有关列文的精神追求。列文是庄园贵族，他看不惯上流社会的花花公子们，不能容忍他们的道德败坏和无所事事。这天，他来到莫斯科，一是看望兄长，二是向基蒂求婚，恰逢基蒂被弗龙斯基遗弃。他安慰她，使她恢复了信心。列文和基蒂结婚后，搬到乡下庄园去住，经常与农民探索行将破产的农业之道，试图以此来充实生活。但由于土地私有制的关键问题没有解决，列文的所有努力都无济于事。他陷入思想危机之中，只能在家庭生活中打发时光。最后，他重新捧起《圣经》，在宗教世界上找到了生活的真谛。

拓展阅读：安娜与娜拉出走之比较

(二) 思想内容

尽管托尔斯泰改变了原先的创作构思，但从主观上看，他写作《安娜·卡列尼娜》的本意仍是要宣扬他的宗法式家庭理想，批判城市贵族和资产阶级的生活方式。作品中有两条线索，安娜－卡列宁－弗龙斯基情节线体现的是城市贵族资产阶级的生活方式，结局是安娜暴死，弗龙斯基精神濒于崩溃；列文－基蒂情节线体现的是俄罗斯传统的贵族生活方式和道德理想，结果是列文和基蒂在其中找到了个人幸福。两相对比，作者明确地展现了宗法制的家庭道德理想。但是，《安娜·卡列尼娜》的客观意义却远远超出了作者创作的主观意图。它触及了一个跨时代的具有普遍意义的主题，即家庭的性质、形式的变化和社会变革之间的关系问题。家庭的冲突是与时代的矛盾、社会生活的激流密切联系的，主人公的生活历史被纳入时代的框架。作者借列文之口形象地概括了这一时代的特征："一切都已颠倒过来，而且刚刚开始形成的时候。"① "一切都已颠倒过来"，是说俄国农奴

① 托尔斯泰. 列夫·托尔斯泰文集：第9卷[M]. 周扬，译. 北京：人民文学出版社，1992:439.

制被废除了，俄国的封建势力在没落；而“刚刚开始形成”的“一切”，则是指正在形成的资本主义秩序。作品表明，贵族家庭内部的矛盾、动荡正是俄国社会变革的产物和表现。托尔斯泰正是从贵族家庭矛盾这一独特的视角生动有力地反映了俄国社会的深刻变化的，批判了当时上流社会的腐化堕落，揭露了地主对农民的剥削，最后提出了调和一切社会矛盾的人类爱的思想。

（三）人物形象

安娜·卡列尼娜和列文是这部小说塑造的富于深邃内涵的两个典型。

安娜·卡列尼娜是一个坚定地追求新生活、具有个性解放特点的贵族妇女形象。安娜不仅外貌美丽，而且气质高雅，思想、才情远高于当时一般的贵妇人。连一向对安娜抱有成见的列文也禁不住赞叹她是“一个多么出色、可爱、逗人怜惜的女人”①；而在基蒂看来，虽然安娜在舞会上夺走了她的欢乐和幸福，成为她的情敌，但她仍不由自主地被安娜具有的“超自然的力量”的美所折服，觉得安娜心中“存在着另一个复杂的、富有诗意的更崇高的境界，那境界是基蒂所望尘莫及的”②。弗龙斯基更是在一瞥之下被深深吸引：

在那短促的一瞥中，弗龙斯基已经注意到有一股压抑着的生气流露在她的脸上，在她那亮晶晶的眼睛和把她的朱唇弯曲了的隐隐约约的微笑之间掠过。仿佛有一种过剩的生命力洋溢在她整个的身心，违反她的意志，时而在她的眼睛的闪光里，时而在她的微笑中显现出来。她故意地竭力隐藏住她眼睛里的光辉，但它却违反她的意志在隐约可辨的微笑里闪烁着。③

然而，这样一个迷人的、充满活力的贵族妇女，却由家庭作主嫁给了一个比她大20岁、不懂感情为何物的官僚“机器”——卡列宁，成为贵族和达官之间政治交易的牺牲品。在婚后的8年里，安娜曾努力去爱自己的丈夫，力求做一个贤惠的妻子和慈爱的母亲，把爱情的幸福和合理的生活追求合而为一，但无论怎样努力，她都无法激起对毫无温情的卡列宁的爱。因此，当弗龙斯基唤醒了她心中从未体验过的沉睡的爱情后，她发出了震撼人心的“我要爱情，我要生活”的呼声，牺牲了自己的一切，毅然决然地与丈夫决裂。她把自己的全部情感、希望和理想寄托在弗龙斯基身上，却未料到弗龙斯基这个“花花公子的标本”也无法托起这一份沉甸甸的爱。这一切注定了安娜的命运只能以悲剧告终。

造成安娜这一优秀的贵族妇女的爱情悲剧的原因主要有以下几个方面：

首先，卡列宁及其身后强大的社会集团是造成安娜的悲剧的根本原因。安娜渴求爱情的幸福，追求母爱与爱情的统一。她的要求尽管合理，但社会是绝不会让安娜满足的。安娜生活于其中的上流社会是充满欺骗、十分肮脏的社会，贵族男女之间混乱的性爱关系比比皆是。上流社会正是靠欺骗织成的帷幕来遮掩住了全部罪恶的，在这块遮羞布的掩

---

① 托尔斯泰. 列夫·托尔斯泰文集：第10卷［M］. 周扬，译. 北京：人民文学出版社，1992：938.

② 托尔斯泰. 列夫·托尔斯泰文集：第9卷［M］. 周扬，译. 北京：人民文学出版社，1992：97.

③ 托尔斯泰. 列夫·托尔斯泰文集：第9卷［M］. 周扬，译. 北京：人民文学出版社，1992：83.

盖下，上流社会的男男女女们一边肆无忌惮地发泄私欲，一边又保持着自己的“尊荣”体面。安娜鄙夷欺骗，大胆地公开了自己和弗龙斯基的爱情，向上流社会虚伪的道德和家庭秩序挑战。这样，安娜的行为不仅触犯了卡列宁这个大官僚的颜面，而且触犯了整个上流社会的虚伪道德，动摇了统治阶级的“合法”婚姻的基石。所以，对安娜的非难从上流社会劈头而来，他们以法律、宗教和道德的手段多方面地惩罚安娜。所有这些又集中表现在她的丈夫卡列宁的身上。在安娜的问题上，卡列宁最感痛苦的并不是妻子的不贞，而是她不肯把这种不贞掩饰起来，从而损坏了他的名誉，影响了他的仕途。他关心的不是失去妻子，而是自己的名誉和前途：“正当我的事业快要完成的时候(他在想他当时提出的计划)，当我正需要平静的心境和精力的时候，正当这个时候这种无聊的烦恼落到了我的身上。”[①] 可见，卡列宁对安娜毫无感情可言，为了照顾面子、荣誉，他先是不同意离婚，后又以合法手段夺走儿子，使安娜背着不忠、弃子的罪名，给安娜带来了巨大的压力。

其次，安娜把幸福的希望寄托在弗龙斯基身上，这是造成她的悲剧命运的另一个重要原因。当安娜坠入无法自拔的爱河时，她意识到社交、家庭、儿子“一切都完了”。她绝望而又幸福地对弗龙斯基说：“我除了你以外什么都没有了。请记住这个吧。”追求真挚的爱情是她生活的唯一目的，也是她解放自己的唯一出路。她把一切都寄托在了弗龙斯基身上。那么，弗龙斯基是个怎样的人呢？他是彼得堡的花花公子中的一个“优秀人物”，聪明英俊，和蔼可爱，有教养，是皇室侍从武官，具有贵族青年的所谓长处和美德，有远大的前程，在经济上、政治上都有势力。安娜爱上他，在那个时代是理想的选择。弗龙斯基也始终真诚地爱着安娜。作为一个有着远大前程的贵族青年，弗龙斯基重视功名，但为了安娜，他做出过巨大的牺牲，比如他两次放弃升迁的机会，当安娜表示与他中断恋爱关系时，他也曾因绝望而开枪自杀，枪击左胸，几乎毙命。安娜死后，他也曾痛不欲生，多次自杀未遂，后来率军去保加利亚，准备战死沙场。这一切都表明弗龙斯基是真诚地爱着安娜的。他们之间除了外貌上相互吸引外，还有惊人的坦诚和对传统道德的蔑视使他们互相倾心。但是，既然两个人都倾心相爱，何以还会出现悲剧呢？主要是两个人的精神世界不一样，他们对“爱”的理解不一样。安娜在接受弗龙斯基的爱情表白时，曾对他说，“爱”这个字眼，“它对我有太多的意义，远非你所能了解的”。在安娜看来，“爱”就是她生活的全部：

> “我的爱情越来越热烈，越来越自私，而他的却越来越减退，这就是使我们分离的原因。”她继续想下去，“而这是无法补救的。在我，一切都以他为中心，我要求他越来越完完全全地献身于我。但是他却越来越想疏远我。我们没有结合以前，倒真是很接近的，但是现在我们却不可挽回地疏远起来；这是无法改变的。他说我嫉妒得太没有道理。我自己也说我嫉妒得太没有道理；不过事实并非如此。我不是嫉妒，而是不满足。……”[②]

---

① 托尔斯泰. 列夫·托尔斯泰文集：第10卷[M]. 周扬，译. 北京：人民文学出版社，1992：194-195.

② 托尔斯泰. 列夫·托尔斯泰文集：第10卷[M]. 周扬，译. 北京：人民文学出版社，1992：1021.

在弗龙斯基的心中，“爱”没有安娜理解的那么多的意义，他的精神世界比较杂乱，其中既有对安娜真诚的爱，也有对虚荣心和功名的追求，所以，他不了解安娜对理想爱情、生活权利、男女平等的追求，更不了解安娜试图把爱情与母爱统一为一体的要求。当爱情阻碍他的前途、影响他的声誉时，他责备安娜，令安娜更加孤独、痛苦，而不是以爱人的身份解除安娜的痛苦。当安娜完全绝望并且完全摆脱了作为爱人的偏爱，再用清醒的目光去审视弗龙斯基的时候，她看到了他的爱情的实质：“他在我身上找寻什么呢？与其说是爱情，还不如说是要满足他的虚荣心。”“当然其中也有爱情；但大部分是胜利的自豪感。”“他以我为自豪。”“他从我身上取去了可以取去的一切，现在他不需要我了。”[①] 弗龙斯基确实曾给安娜带来过爱情的甜蜜和幸福，但也正是他最后从安娜的手中把这幸福又夺了回去，他的冷淡也是造成安娜的悲剧的重要原因。

最后，安娜内在的性格矛盾是导致她的爱情悲剧的直接原因。作为一个追求个性解放、为维护自己爱的权利而与上流社会抗争的女性，安娜是勇敢的；而作为一个受贵族教育和宗教影响、背负着沉重的精神枷锁的贵族妇女，安娜又是软弱的。在安娜的灵魂深处，爱与恐惧是同时产生的，她是在恐惧中成长的。她一方面勇敢地去追求个人幸福，并认为自己的追求是合理的，但同时又承认自己“是一个坏女人，一个堕落的女人”，常常产生犯罪感，认为自己没有尽到贤妻良母的职责，甚至在生命攸关的时刻，还对她一向厌恶的卡列宁作了发自灵魂深处的忏悔。对上流社会，安娜既憎恨它，与它抗争，又无法脱离它，渴望得到它的承认；对弗龙斯基，安娜既爱他，为他的爱情而激动，又怀疑他的感情，常无端地为他的一举一动而感伤。这些对立意识的并存形成了不可缓解、无法调和的激烈冲突，最终直接导致了安娜在精神上的彻底崩溃，从而造成了震撼心灵的悲剧。

总之，安娜的悲剧既是时代的悲剧和社会的悲剧，又是她自身性格的悲剧。

列文是一个带有作者自身相关经历的精神探索者的形象，一个“忏悔贵族”的典型。列文出身于一个古老的贵族家庭，为人正直、善良，有善于思考的头脑和“黄金一般的心”。他和基蒂的婚姻家庭生活非常和谐美满。结婚初期，他沉浸在“新的快乐和新的责任”中。基蒂分娩时，他几乎禁不住哭出声来，跪在地上，吻妻子的手，感到无比幸福。列文高于安娜之处在于他不满足于爱情的幸福，而仍然继续对“为什么活着？”等问题进行探索。他常以批判的眼光评价现实社会和人们的生活原则，大胆追求合乎自己理想的生活。他既不满于贵族上流社会，也厌恶城市文明和资本主义的发展，他的理想是宗法制的庄园制度。他幻想通过农事改革在俄国找到一条使贵族和农民都得到好处的独特道路，用普遍的富有和满足代替贫穷，以利害的调和一致来代替仇恨。但这种以维护土地占有制为前提、以“爱仇敌”和“勿抗恶”为核心的社会改良主张在现实中行不通。因此，他的改革计划四处碰壁：地主抵制，农民不予理睬。改革的失败使他深感痛苦。于是他转向哲学，企图通过对哲学的探索解决人生意义的问题，并由原来怀疑宗教转而信仰上帝，最终在宗教中找到答案，人生的意义在于按照上帝的安排生活，不去改革外部世界，而是进行

① 托尔斯泰. 列夫·托尔斯泰文集：第10卷[M]. 周扬，译. 北京：人民文学出版社，1992：1020.

道德的自我完善：

> 现在我的生活，我的整个生活，不管什么事情临到我的身上，随时随刻，不但再也不会像从前那样没有意义，而且具有一种不可争辩的善的意义，而我是有权力把这种意义贯注到我的生活中去的！[①]

列文这一形象相当集中地反映了作家在这个时期精神上的多方面探索和思想矛盾。通过这个形象，托尔斯泰突破了单纯的爱情的悲剧，极大地扩大了小说的思想容量，写出了许多重大的社会问题，这更有现实意义。

（四）艺术成就

《安娜·卡列尼娜》集中反映了托尔斯泰的艺术成就。

第一，独具匠心的“拱形结构”。《安娜·卡列尼娜》包含有两条平行发展而又互相依存、互相对照的情节线索，人们多称这种结构为“拱形结构”。一部作品有两条情节线索，并不是托尔斯泰的首创，我们在莎士比亚的戏剧以及巴尔扎克、雨果的小说等作家作品中都曾见过，这些作品中的情节线在结构上的特征是交织穿插在一起。《安娜·卡列尼娜》在结构上与上述作家作品的不同之处，或者说独创性就在于它的两条情节线之间没有那种穿插交织，而是一经展开就像两条分流的江河，各自向前奔流；但它们又不是互不相关的，而是各自奔流又互相呼应的，浑然一体。托尔斯泰曾为自己的“建筑艺术”感到自豪——“‘圆拱顶衔接得使人觉察不出哪儿是拱顶’。这个结构不依赖情节或人物的关系（交往），而是依赖内在的联系。”[②] 托尔斯泰所说的“内在联系”指的应该就是人物行动所包含的各种思想的交锋和对照。如果我们只就两条情节线涉及的两个主人公、两个家庭而言，其内在联系是安娜追求个人的家庭的幸福终究没有得到，列文则大体上得到了；安娜满足于爱情的一度幸福，将爱情视为生活的全部，列文则在有了家庭幸福之后还要继续探索。因此，列文的出路“是对安娜探索所作的回答”，“圆拱的拱顶看来也就在这里”[③]。这种独具匠心的艺术结构巧妙地将彼此对立的两种生活方式和道德原则连接起来，艺术地传达了作者在对比中否定城市资产阶级的生活方式、赞美乡村宗法式的贵族生活方式和道德原则的思想。

第二，精妙绝伦的心理描写。小说中的安娜、列文、弗龙斯基和卡列宁等人物形象之所以那样生动感人，给人留下深刻的印象，原因之一就是作者极为出色地表现了他们充分个性化的心理状态和心理过程。托尔斯泰心理描写的独特性在于他不只是描写心理活动的结果，而是描写心理活动的全过程，将人物变幻不定、难以捉摸的内心活动准确真实、生动细致地表现出来。车尔尼雪夫斯基称之为“心灵辩证法”。如写安娜自杀前的心理活动，作者用了长达几万字的内心独白，把她从少女时代的憧憬到爱情理想的幻灭、从自我反省

---

① 托尔斯泰．列夫·托尔斯泰文集：第 10 卷[M]．周扬，译．北京：人民文学出版社，1992：1095.

② 陈燊．《安娜·卡列尼娜》译本序[M]// 汪介之，杨莉馨．欧美文学评选．北京：北京大学出版社，2011：317.

③ 陈燊．《安娜·卡列尼娜》译本序[M]// 汪介之，杨莉馨．欧美文学评选．北京：北京大学出版社，2011：319.

到对社会的控诉写得有理有情有序，全面地展现了安娜的精神历程。小说中还有许多对人物瞬间心理变化过程的准确、生动的描述。如在写到列文第一次向基蒂求婚时，关于基蒂内心变化的那段文字就非常精彩。在列文到来之前，基蒂欢喜地等待着。但当仆人通报列文到来时，她却顿时脸色苍白，内心惊恐万状，以至于想逃走。因为她虽然喜欢列文，但更喜欢弗龙斯基，因而她必须拒绝列文，但这又让她感到内疚和痛苦。见到列文后，她恢复了内心的平静，因为她已经决定拒绝列文，可善良的心性又使她的目光中流露出希望列文饶恕的内心祈求。作者对基蒂见到列文前后这短暂时间内的多层次的心理活动把握得非常准确。为了表现人物丰富的内心活动，小说还广泛地描写了人物多方面的心理感受，反映出人物的各种喜怒哀乐。例如，安娜为了躲避弗龙斯基的追求，提前在暴风雪之夜从莫斯科返回彼得堡时，感觉到"风竭力想擒住她"；后来在火车站再次见到弗龙斯基时，她感到"风好像征服了一切的障碍物"。这种对于暴风雪的不同感受是安娜当时内心爱弗龙斯基还是拒绝他的激烈斗争的具体反映。除了直接的描写之外，作者还善于利用人物的动作、手势、眼神、笑脸等来表现人物的内心状态，其中最为突出的是安娜的眼神：安娜初次登场时，由于渴望自由和爱情，她的眼中显露出一种"被压抑的生气"；后来，她经常"眯缝着眼睛"，这巧妙地表现了她对生活所感到的厌倦和绝望。"心灵辩证法"是托尔斯泰对现实主义文学的重大贡献。心理分析和心理描写在托尔斯泰的作品中达到了炉火纯青的地步。

第四节 马克·吐温与《哈克贝利·费恩历险记》

马克·吐温(1835—1910)，是19世纪后期美国现实主义文学的杰出代表。豪威尔斯评价他是美国文学中"唯一的、不可比拟的林肯，……体现了美国精神的真正实质"[①]。

一、生平与创作

马克·吐温原名萨缪尔·兰亨·克莱门斯，1835年11月30日生于密苏里州的佛罗里达。父亲是当地的小法官。4岁时全家迁居到密西西比河边的一个小镇。他自幼就喜爱这条大河上雄奇瑰丽的自然风光。12岁时父亲去世后，他开始了独立的劳动生活。他干过各种工作，如印刷所学徒、送报纸人、矿工、领航员、舵手、新闻记者等。"马克·吐温"来自密西西比河水手的行话"水深两浔"，即"十二英尺深"，表示水深可以保证轮船安全通过，所以也可理解为"安全水域"的意思。这些生活经历，尤其是密西西比河上的生活经历对他以后的创作影响很大。后来他的许多小说都取材于童年生活，许多作品都以密西西比河为背景。1861年美国南北战争爆发，马克·吐温结束领航员的生活，和哥哥一道去内华达州"淘金"，然而，他不但没有发财，还把自己的积蓄全赔了进去。

马克·吐温的创作大致可分为三个时期：

早期是指19世纪60年代。此时他的作品表现了对美国民主所存的幻想；体裁以通

① 转引自：王逢振. 美国文学大花园[M]. 武汉：湖北教育出版社，2007：97.

讯报道、讽刺小品和短篇小说为主，风格上幽默与讽刺结合，批判不足。他的成名作《卡拉韦拉斯县驰名的跳蛙》(1865)是根据民间传说写成的。他因这个幽默故事一举成名，成为闻名全国的幽默大师。

中期大约是19世纪70年代到90年代。这个时期他主要以长篇小说为主，由轻松幽默转向了辛辣的讽刺。1870年，马克·吐温与纽约州一位富商的女儿奥莉薇亚小姐结婚，婚后定居康涅狄格州的哈特福德市。妻子始终是他忠实的伴侣和助手。这时，马克·吐温迎来了文学创作辉煌的后半生。《竞选州长》(1870)是一篇讽刺小品，夸张地讽刺了美国"民主政治"的虚伪。《镀金时代》(1873，与沃纳合著)是他的第一部长篇小说，马克·吐温揭露了南北战争后的美国在资本主义自由竞争的70年代并非"黄金时代"，而是"镀金时代"，表面上出现的繁荣掩盖不了内部的腐败。后来的历史学家沿用这个名称来概括这段历史时期。《在密西西比河上》(1883)是以他早年的舵手生活为题材的小说。《汤姆·索亚历险记》(1876)是世界儿童文学的经典之作，描写了汤姆不满陈腐、枯燥的生活环境，追求自由、回归自然、冒险探奇的传奇经历。小说出色地描写了汤姆天真淘气、活泼可爱的性格和心理，谴责了摧残儿童的教育制度和毒害儿童心灵的宗教。《哈克贝利·费恩历险记》(1884)是马克·吐温最优秀的作品。《败坏了赫德莱堡的人》(1900)是优秀的中篇小说，叙述了金钱打败道德的故事，揭露和批判了金钱对社会造成的污浊与罪恶。

晚期指19世纪末和20世纪初。晚年的马克·吐温从幽默、讽刺转向愤怒地揭发、谴责，同时也流露出对民主理想幻灭后悲观绝望的情绪。毫不留情地抨击和揭露侵略扩张政策是这一时期作品最重要的内容。他从创作小说转到创作大量的游记、杂文和政论文上来。《给坐在黑暗中的人》(1901)是一篇反帝政论。他同情中国人民，赞扬义和团起义，反对八国联军侵略中国。杂文《什么是人》(1906)辛辣地讽刺了某些人的贪婪、愚蠢和愚昧。1910年4月21日，马克·吐温病逝于康涅狄格州。

马克·吐温是一位卓越的幽默大师。幽默和讽刺是他的创作的主要特色。他善于运用大量口语、俚语等非常符合人物身份的语言，描写人物的言行，展现了诙谐、滑稽而又辛辣、讽刺的效果。他善于在口语的基础上提炼出一种诙谐、简练、精确、具有鲜明民族特色的语言，叙述离奇夸张的故事情节，营造一种热闹幽默的场面，造成幽默效果。更重要的是，他还把幽默、讽刺与反映现实、揭露丑恶、针砭时弊结合起来，这使他的现实主义技巧达到了炉火纯青的地步。

二、《哈克贝利·费恩历险记》

《哈克贝利·费恩历险记》(1884)是马克·吐温的代表作。这部小说奠定了他在美国文学史上的地位。英国诗人艾略特称这部小说在英美文学中开创了新文风，是"英语的新发现"，并称同名主人公是人类文学伟大的形象，可与奥德修斯、堂吉诃德、哈姆雷特、唐璜等伟大形象等媲美。

(一) 故事情节

孩子哈克贝利·费恩(以下简称哈克)生活在密西西比河边的一个小城里，从小缺乏家教。他同汤姆·索亚发现强盗的藏金后，寡妇道格拉斯收养他为儿子。寡妇和她的姐姐沃森小姐千方百计地要把他培养成“有教养的人”，但哈克却受不了寡妇和沃森小姐呆板、严厉的管教，只有和汤姆等孩子一起玩强盗游戏时，才觉得开心自在。他更喜欢过不讲究“体面”和“规矩”的、自由自在的流浪生活。失踪一年多的酒鬼父亲突然回来，把哈克关在树林中的一间破屋子里，并常常在酗酒后毒打他。哈克不堪忍受，就杀死了一头野猪，伪造了一个自己被杀的假象，然后躲到密西西比河一个荒无人烟的杰克逊小岛上。一天夜里，哈克在岛上遇到沃森小姐的黑奴吉姆。吉姆是因为得知自己要被沃森小姐转卖出去才逃出来的。哈克答应保守秘密，他们高兴地在岛上一起生活。一天，哈克男扮女装出去打听消息，得知他的父亲已经失踪，镇上的人认为是吉姆谋杀了哈克，正在悬赏捉拿吉姆，并约好上岛来搜寻。哈克和吉姆乘着木筏离开小岛，开始了沿河的漂流历险。他们打算先漂流到伊利诺伊州的开罗镇，然后转道搭船到北方不蓄奴的自由州去。

一路上，他们遇到了很多惊险，哈克也一直为究竟应不应该帮吉姆而苦恼。他们漂流到一个大河湾，以为到了开罗镇。吉姆十分兴奋，他想到北方努力工作，攒钱回老家为妻子、儿女赎身。哈克却感到阵阵不安，思想斗争非常激烈。从小在实行蓄奴制的南方长大的他意识到，自己帮助黑奴逃跑是大逆不道的。他打算上岸去告发，但又觉得出卖忠诚的朋友吉姆也不是一件好事。哈克在遇上追捕逃奴的小船时没有告发，并凭借自己的机智，说船上是他的染上天花病的爸爸，巧妙地掩护了吉姆。后来，他们打听到这里不是开罗镇，只得继续漂流。在一个暴风雨的晚上，木筏撞上一艘大轮船，哈克与吉姆跌进河里，哈克游到岸上，吉姆却失踪了。哈克住进了格兰杰福特家，并偶然卷入格兰杰福特和谢泼德逊的家族争斗中，他目睹了两家因为世仇而相互厮杀的惨状。不久，靠着格兰杰福特家的黑奴的帮助，哈克找到了翻船失散的吉姆。哈克和吉姆重新回到木筏上，继续沿河漂流。可好景不长，他们遇上了两个骗子，一个自称“国王”，另一个自称“公爵”。出于无奈，哈克收留了他们。他们喧宾夺主，控制了木筏，一路上作恶多端，丑态毕露。最后，他们到了一个小镇，两个骗子听说彼得·威尔克斯先生刚刚去世，给他三个女儿和在英国的两个弟弟留下一宗财产。“国王”和“公爵”冒充彼得在国外的兄弟，企图骗取遗产。哈克出于同情，设法戳穿了两个骗子的骗局。不久，合法继承人到来并惩治了两个恶棍。哈克正想同吉姆登上木筏逃跑时，两个骗子赶到，重新控制了他们两个人。

四个人漂流了一些日子，两个骗子的骗局都不大成功。有一天，他们终于背着哈克把吉姆卖给了赛拉斯·费尔普斯。哈克又展开了激烈的思想斗争：一方面想写信告诉沃森小姐吉姆的下落；另一方面，他又想起吉姆一路上对他的好，不忍心让他再当奴隶。终于，哈克撕掉写给沃森小姐的信，决心自己营救吉姆，帮他获得自由。哈克找到了吉姆的新主人费尔普斯家。费尔普斯太太是汤姆的姨妈。他们误以为哈克是来家做客的侄儿汤姆·索亚。哈克将计就计，假冒汤姆，并半路截住汤姆，商量一起营救吉姆的事情。汤姆和哈克决定根据传奇小说描述的方法营救吉姆。营救本来是件极为简单的事情，打开房门让吉姆逃走就行了。但是，汤姆却费尽周折，坚持要实施一系列充满浪漫传奇色彩的营救行动。他本人也在营救行动中中弹受了伤。吉姆放弃了逃跑的机会，留下来护理受伤的汤姆，因而被捕。汤姆病愈后宣布，吉姆早就是一个自由人了，沃森小姐在两个月前临死时恢复了吉姆的自由。吉姆自由了。费尔普斯太太打算收养哈克，但哈克害怕被“管教”，他决定到印第安人的保留地去，寻找自己的新领地，过他的无拘无束的生活。

（二）思想内容

作者创作这部小说前后花费了八年的时间。在《汤姆·索亚历险记》出版后，马克·吐温就着手写这部小说了，中途由于觉得想法不成熟，曾辍笔多次，最终在1884年写成发表。小说开篇很像是《汤姆·索亚历险记》的姐妹篇，主要人物哈克和汤姆等都已经出现过。但是，在《哈克贝利·费恩历险记》中，作者把哈克提到了作品主人公的地位，并通过他的儿童视角描述他和黑奴吉姆结伴在密西西比河顺流漂泊的冒险故事，使小说既具有儿童文学的浪漫传奇色彩，又蕴含了丰富深刻的思想内容。

第一，小说表现了“不分种族和肤色，人人平等”的废奴思想。马克·吐温说，在《哈克贝利·费恩历险记》这部小说里，健全的心灵与畸形的良心发生了冲突，良心被打败了。这里，“健全的心灵”指作者所追求的没有种族歧视、人人平等的民主理想。“畸形的良心”指的是当时污染孩子的种族歧视思想。[①] 可见作者是有意识地从批判“良心”的角度来否定蓄奴制的。这部小说写的是南北战争以前的故事。在马克·吐温写作的19世纪80年代，蓄奴制在美国南北战争以后从形式上是废除了，但是当时黑人在南方并未摆脱受剥削、受奴役的地位，黑人受歧视的社会意识继续存在并蔓延。马克·吐温了解这一现实，作品里对此充满了激愤的情绪。哈克那个泼皮无赖的酒鬼父亲虽为穷苦的白人，却认为蓄奴乃天经地义。他自认为比黑人教授还高明，认为黑人竟可以有选举权，竟可以投票，那还成什么天下。由此可见废奴斗争之艰难。而马克·吐温从小生活在美国南方，与黑人在一起。他发现黑人有许多“优良品质”，因此“非常喜欢黑人”。他后来回忆说，这种感情“六十年来未见减弱”。在小说中，马克·吐温没有用太多的笔墨描写黑人所受的残酷折磨，而是更多地通过描写黑人的善良人性和反抗性来表达作者对麻木的社会良知的愤慨。在这点上，与废奴文学著名代表作家斯托夫人的《汤姆叔叔的小屋》塑造的那个逆来顺受、受尽折磨、最后死在奴隶主的皮鞭之下的汤姆不同，他笔下的吉姆敢于追求自由，敢于反抗命运的不公平，比前者更具反抗性。马克·吐温用同情的态度描写了吉姆的善良纯朴、对亲人的真挚的感情、对朋友的忠诚无私。哈克十分了解吉姆这点：

> 我看见他自己刚值完了班，也不过来叫我，就替我值班，好让我继续安睡下去；我还看见过，当我从大屋里跑回来时他又是那么高兴的样子。再有，在河上游那个世代族仇的滋生地，我在沼泽地里又来到了他跟前时，他又是多么高兴，还有好多好多类似这样的事情；他总是管我叫作小宝贝，常常呵护着我，但凡他想得到的事，一桩桩、一件件，都替我做了，他这个人委实是太好了。[②]

① 郑克鲁.外国文学史：上册[M].3版.北京：高等教育出版社，2015：365.

② 吐温.哈克贝利·费恩历险记[M].潘庆舲，译.上海：上海文艺出版社，2007：226.本节的译文均出自此书。

黑人是“跟白种的人们一样”的人，而不是奴隶，这体现了马克·吐温的重要观点。正因为吉姆是一个懂感情、有尊严、有同情心、真正的人，一个跟白种人一样的人，所以，在马克·吐温的眼中，他不应该是一个奴隶。

更具独到之处的是，小说深入地批判了将蓄奴制尊奉为天经地义的价值观念和行为准则——“良心”。马克·吐温清楚地意识到，要更彻底地消灭蓄奴制，就不能停留在揭露、批判蓄奴制残害黑奴的罪恶上，还应该批判这种腐蚀人心的毒素——“良心”，揭露这种腐蚀人心的毒素，教育人们特别是普通老百姓摆脱“良心”的桎梏。小说通过描写哈克的发展变化，写他后来变得英勇无畏、富有同情心，写他终于以“健全的心灵”战胜了“畸形的良心”，克服了自幼养成的种族歧视的偏见，帮助吉姆逃亡、和那些重新企图奴役黑人的人进行斗争，而且他决定为了吉姆，甘愿“下地狱”，从另一个侧面表现了马克·吐温所追求的“不分种族和肤色，人人平等”的废奴思想。哈克以孩童的天真表达了黑人和白人应该和睦相处的理想，这也是马克·吐温在小说中想要建造的民族共同进步的“美国精神”。马克·吐温在笔记里曾写道：“和平，幸福，和睦友好——这就是我们这个世界所需要的东西！”①

第二，小说表达了对自由、平等的理想社会的追求，表现了美国民族自由不羁、勇于开拓的时代精神。小说通过哈克在密西西比河上的漂流历险真切地表现了美国当时的时代精神。哈克酷爱自由，喜欢过独立的、无拘无束的生活。寡妇道格拉斯收养他，一心想把他培养成“体面”的“规矩”的文明人。但哈克忍受不了这种呆板乏味的管教，一有机会就逃出去。“我一心一意只想上别处去；不外乎换一换环境，到哪儿我都不挑剔。”哪怕是地狱，也恨不得就上那儿去。在父亲把他关在树林中的小屋子里、靠打猎捕鱼为生的那段日子里，他除了受不了父亲酗酒后的毒打以外，“总的说来，树林子里的那些日子，是过得美滋滋的”。在与吉姆结伴同行在密西西比河漂流历险的日子里，哈克曾经深有感触地说：

> 我们说，千好万好，归根到底，还是以木筏为家最好。看来别的地方都是挤得难受，简直让人闷死了，可是木筏上却不是那样。你在木筏上会感到非常自由、安逸、舒适。②

雄浑、古老的密西西比河象征了马克·吐温对一种自然淳朴、纯真美好的田园牧歌式的生活方式的渴望和追求，同时它还是一种返璞归真、融入自然的生活方式的象征，那是一种纯朴清新、自由自在的生活③，哈克坐在小木筏上在密西西比河上任意漂流，追求一种简单朴素的生活，与岸上虚伪肮脏、追名逐利的成人世界形成鲜明的对照：

① 转引自：王逢振. 美国文学大花园[M]. 武汉：湖北教育出版社，2007：111.
② 吐温. 哈克贝利·费恩历险记[M]. 潘庆舲，译. 上海：上海文艺出版社，2007：122.
③ 李明滨. 世界文学简史[M]. 2版. 北京：北京大学出版社，2007：203.

有时候，整条大河上下只有我们两个，待在那里时间也最长。在水那边的远方是河岸和几个小岛；也许还有一星点儿火光——那是小木屋窗子里燃着蜡烛——有时候还可以看见水面上一两点火花——那就是木筏上或是平底驳船上的，你知道；也许你还能听到一阵阵拉提琴或是唱歌的声音，从里头的一只船上飘过来。在木筏上过的生活，真是美极了。我们头顶上空是满天的星星，我们常常躺在木筏上，仰望着天上的星星，谈论它们是造出来的，还是偶然出现的——吉姆他认为是造出来的，可我认为它们还是偶尔出现的；我揣想要造那么多的星星，那得耗去多长时间？①

小说结尾，汤姆的姨妈打算收养他做干儿子，来管教他，哈克认为“那个我可受不了”，因为他“早就领教过了”。他要继续去印第安人的保留地去开辟新领地，过他的无拘无束的生活。读者从哈克身上可以感受到美国西部开放时期千千万万普普通通的美国人民的心灵的颤动。哈克不甘心生活在“规矩”“体面”的文明社会里，宁愿与吉姆一起，开辟一种平等、互助友爱、和睦相处的新的生活天地。哈克就是当时因为“不满于现状，厌恶庸俗保守的生活”而要逃出去开辟一片新天地的千千万万美国人的缩影。这种自由不羁、勇于开拓的精神是一种至今仍给人带来启示的朝气蓬勃的“美国精神”。

第三，小说表达了马克·吐温对美国社会死寂、庸俗现实的不满和厌倦。与密西西比河瑰丽神奇的自然风光、木筏子上自由自在的生活形成鲜明对比的，是沿河两岸那个“文明”社会。哈克在这个所谓“文明”的成人世界里，看到的是到处充满了庸俗、贪婪、虚伪、愚昧和残暴，人们过着庸俗无聊的生活。哈克的酒鬼父亲残暴贪婪；草菅人命的舍本上校在大街上公开枪杀老波格斯；格兰杰福特和谢泼德逊封建家族因弄不清的世仇而展开血腥残酷的械斗；“国王”和“公爵”两个骗子为所欲为；派克斯维尔镇的白人任意妄为，意欲对黑人吉姆施加私刑；等等。“文明”社会令人窒息难忍。马克·吐温借哈克的口表达了他对美国社会现实的失望和厌倦，明显流露出一种感伤、寂寞的情调。

（三）人物形象

白人男孩哈克和黑人青年吉姆是小说的中心人物。

哈克是一个头脑冷静、注重实际、有正义感、富有同情心、朴素善良、正直勇敢、追求自由的白人少年。他在《汤姆·索亚历险记》中出现时是为了逃避世俗社会虚伪沉闷的气氛，同汤姆一起进行了许多浪漫奇特的冒险。在《哈克贝利·费恩历险记》中，他已经不是一个追求冒险的汤姆式顽童了。他母亲去世了，父亲是个酒鬼，喝醉酒就毒打他，寡妇道格拉斯收养了他。哈克忍受不了父亲的毒打和寡妇道格拉斯及沃森小姐的管教，一个人逃到密西西比河的一个小岛上，遇到逃亡的黑奴吉姆。追求自由的理想和命运将两个人联结在一起。哈克不仅自己渴望自由，而且还积极帮助吉姆获得了自由。作为一个白人少年，

① 吐温.哈克贝利·费恩历险记[M].潘庆舲，译.上海：上海文艺出版社，2007：125.

能够同一个黑奴建立起真诚的、完全平等的友谊,这在当时是很可贵的。

马克·吐温通过描写哈克的发展变化,真实地体现了他克服自幼养成的一些偏见,“健全的心灵”终于打败了“畸形的良心”的心路历程。这是在哈克内心经历的一次又一次激烈的矛盾斗争。“健全的心灵”使他富有同情心,并一次又一次地帮助吉姆,使他免遭暗害。而“畸形的良心”却警告他:帮助黑奴出逃是违法的,不道德的,上帝会让他下地狱的。小说描写他的心里一直在进行激烈的斗争,第一次是在作品的第十六章。当吉姆以为快到达通向自由州的开罗镇,兴奋得浑身上下发抖、发烧时,哈克心里觉得“良心”在责备自己,觉得自己帮助吉姆从他合法的主人那里逃跑,是做了对不起沃森小姐的事情。“我不由得感到自己实在太卑劣、太糟糕了,恨不得马上死掉算了。”他在心里暗暗地骂自己。尤其是听到吉姆说到了自由州要拼命存钱,然后回去赎出自己的老婆和孩子,如果赎不出,就找人回去偷出自己的孩子时,哈克听了更不是滋味,他想起了“黑奴不知足,得寸又进尺”的老话,于是想到岸上告发吉姆。但当他坐上了小船想往岸上去的时候,吉姆赞扬他对他的帮助,说他是“老吉姆独一无二的朋友”,一辈子都忘不了他时,他的真诚让哈克犹豫了。当两个带枪的白人乘船朝木筏过来要搜查的时候,哈克巧妙地说木筏上是自己得了天花病的父亲,把他们骗走了。但这时哈克心里难过极了,他认为自己做了一件错事。第二次是在小说的第三十一章,描写了哈克内心又一次激烈的斗争。“公爵”和“国王”这两个骗子自从赖在木筏上与哈克、吉姆一起漂流,就喧宾夺主,使哈克、吉姆反主为仆,最后,两个骗子还为了四十块钱卖掉了吉姆。哈克发现后非常伤心。本来,他想写信告诉沃森小姐吉姆的下落。因为他要为吉姆着想,与其让吉姆流落他乡为奴,不如让吉姆回到沃森小姐那儿,但又怕她在盛怒之下把吉姆卖到更远的地方去,所以打消了这个念头。但是,“良心”和“上帝”还纠缠着他,是顺从“上帝”“良心”,还是救吉姆,他左右为难,终于给沃森小姐写好了信。信写好后,他又觉得不安起来。他想到了一路上吉姆对自己的种种关爱和照顾:

> 我就这么着想下去,后来不知怎的想到了我们顺着大河往下游漂流的情景;我看见吉姆,不管是白天黑夜,有时在月光底下,有时在暴风雨里,总是跟我形影相随;我们顺水漂流的时候,常常是一边唠扯,一边唱歌,一边哈哈大笑。可是,不知怎的好像我总是看不出有什么地方,好让我对他冷若冰霜,恰好相反,我老是念叨着他的好处。
>
> 这委实让人进退两难。我把它捡了起来,拿在手里。我浑身上下瑟瑟发抖了,因为我得下决心,在这两者之间作出选择。永不后悔,这个道理我是知道的。我平心静气地思考了一会儿,随后就自言自语地说:“那么,得了,我就下地狱吧。”——我一下子就把它撕个粉碎了。[①]

① 吐温.哈克贝利·费恩历险记[M].潘庆舲,译.上海:上海文艺出版社,2007:226-227.

经过内心激烈的斗争，到最后，哈克下定决心，为了黑人吉姆的自由，为了反对他心里觉得不好的事物，他决定哪怕"下地狱"也决不出卖自己的好友吉姆。作者通过刻画哈克克服种族歧视的偏见的艰难曲折的心路历程，塑造了哈克这个性格丰满完整、具有民主精神的人物形象。

吉姆富有同情心，纯朴真挚，善良忠厚。他身为奴隶，却没有卑躬屈膝的奴性，敢于反抗。为了摆脱奴隶的命运，他勇敢地从主人家里逃走。他不仅向往自由，百折不挠地追求自由，而且富有真挚的爱、丰富的感情和舍己为人的优秀品质。通过对吉姆一系列高尚热诚的行为的描绘，作品告诉我们，黑人与白人同样是有人格尊严的真正的人，他们在人格上不仅不比白人差，甚至在许多方面还超过了白人，由此彻底粉碎了种族歧视的谬论邪说。通过对这一形象的塑造，小说表明了不论种族和肤色而人人平等、和睦相处的废奴思想。

（四）艺术成就

《哈克贝利·费恩历险记》是马克·吐温最优秀的作品，集中体现了他独特的艺术风格。

第一，现实主义的具体性和浪漫主义的抒情性交相辉映。在描写密西西比河沿岸一带城乡的风土人情和人物的心态时，马克·吐温采用的是真实而具体的现实主义描写手法。例如，他具体可感地描写了沿岸城乡愚昧落后、野蛮贪婪、尔虞我诈的社会画面，抨击了贫困和不合理的生活现象；在描写哈克和吉姆的形象时，他细致地刻画了他们的心理活动。在描写哈克和吉姆向往自由的心境与密西西比河的优美风景时，他采用了诗意化的抒情笔调，描写了密西西比河雄浑瑰丽、清新烂漫的自然风光，用大河与陆地形成了鲜明的对比，极力渲染了哈克对自由、平等、和睦的理想世界的渴望和追求，作品由此充满浓郁的抒情色彩。

第二，作者在小说中成功地采用了第一人称的叙事角度。小说通过哈克天真无邪的儿童视角展开叙述，使故事情节曲折生动，主人公的经历紧张惊险，扣人心弦；通过哈克的眼睛来观察生活，来叙述他对现实的判断、对生活的理解，给人一种真实感和亲切感，又不失幽默和诙谐。以儿童纯真的眼睛来看世界，还可以忠实地展现世界的原生状态，使密西西比河与岸上的"文明社会"显得真实可信、生动形象，同时也让成人看到他们早已司空见惯的现实是多么虚伪和丑恶，从而使作品的主题表达更具有说服力。

第三，小说中成功地运用了美国南方方言和黑人俚语。小说写的是在美国南方发生的事件，这样，作者通过对美国南方方言和黑人俚语进行提炼加工，形成了自然流畅、准确生动、口语化的语体。这不仅使作品富于浓厚的乡土气息，也使语言清新有力，富有浓郁的生活色彩。因此，有人将此称为"英语的新发现"，并认为它对美国以后的小说创作产生了重大的影响。

思考题

1. 分析自然主义与现实主义文学的关联与区别。
2. 陀思妥耶夫斯基的小说“复调”是如何实现的？
3. 试析《巴黎圣母院》如何实现了浪漫主义的美丑对照原则。
4. 为什么说《悲惨世界》是现实主义与浪漫主义相结合的作品？
5. 客观理解“托尔斯泰主义”。
6. 以《安娜·卡列尼娜》为例，分析托尔斯泰的“心灵辩证法”。
7. 安娜·卡列尼娜对爱情的追求给予我们什么启示？
8. 马克·吐温的童年生活对他的创作有哪些影响？
9. 试论《哈克贝利·费恩历险记》中的“密西西比河”形象。

第九章

9

20 世纪上半期文学

【学习目的与要求】

通过学习本章内容，了解 20 世纪上半期欧美历史文化变化的新趋势和文学发展的新背景，把握不同类型文学或流派的基本特征和主要成就，重点掌握《母亲》《日瓦戈医生》《变形记》《尤利西斯》《老人与海》的思想内容和艺术成就，从而深刻认识这个时期文学所包含的多样化时代精神，并能辨析新的历史条件下不同文化的价值。

第一节 概述

20世纪上半期是人类社会的大变革、大发展时期，也是一个动荡不安的时期。在这样一个激变的时代，西方文学呈现出多元共存的态势。

一、20世纪上半期欧美文学发展的新背景

从历史发展的进程来说，19世纪后期资本主义物质文明的飞速发展，导致帝国主义列强之间的矛盾日趋尖锐。为了争夺原料和市场，老牌资本主义国家和新兴的资本主义国家之间势必要用武力重新划分势力范围。这导致了第一次世界大战的爆发。就在欧洲各国被第一次世界大战搞得焦头烂额之际，俄国国内发生了轰轰烈烈的革命运动。1917年11月7日(俄历十月二十五日)，列宁领导了十月革命，推翻了资产阶级临时政府。十月革命的胜利和苏维埃政权的建立，标志着社会主义制度的诞生，开创了人类历史的新纪元。1939年9月，德军入侵波兰，第二次世界大战爆发。经过艰苦卓绝的斗争，第二次世界大战在1945年以世界反法西斯阵营的胜利而结束。

拓展阅读：
20世纪西方文学的几个基本问题

从社会生产力发展角度来说，第二次工业革命取得了伟大的成果并导致了工业化社会的到来。飞速发展的生产力、日新月异的科学技术和不断翻新的思想观念使西方社会全方位地卷入不可抵挡的现代化潮流中。延续了几个世纪的生活方式、社会制度乃至生产方式都受到了前所未有的质疑和挑战。从思想意识形态角度而言，此时社会主义、垄断资本主义和法西斯主义三种意识形态竞相登台，相互冲突斗争，展开了20世纪初期西方社会波澜壮阔的历史政治画卷。这使得传统的思维方式与价值观念进一步解体，各种被冠以“现代”或“现代派”之名的哲学家、思想家纷纷根据自己的理念，尝试着重构人类世界观和价值观；文学家、艺术家则以标新立异的作品为我们呈现出一幅幅迥然不同的世界文化图景。

在这个激变的时代，人们的自然观、宇宙观、社会观、人生观、伦理观、审美观都处于一种难以确定的状态中。20世纪上半期的西方文学就是在以科学技术迅猛发展和两次世界大战接踵而至为基本轮廓的历史背景下产生的。

二、20世纪上半期欧美文学发展的基本状况

从总体上看，俄苏社会主义文学、现实主义文学和现代主义文学是这一时期引人注目的三大文学板块。

(一) 俄苏社会主义文学

俄苏文坛在19世纪末到20世纪初就已呈现出现实主义、现代主义等诸多流派共存的繁荣局面。十月革命之后，社会主义现实主义成为苏联文学的主要特征。高尔基是俄国现实主义文学和苏联社会主义现实主义文学的重要代表。弗·马雅可夫斯基(1893—1930)

拓展阅读：
社会主义现实主义

早期投身于未来主义诗歌运动，《穿裤子的云》(1914—1915)是这一时期的代表作。十月革命之后，马雅可夫斯基积极拥护苏联革命，成为无产阶级诗歌的奠基人，主要的诗歌作品有长诗《列宁》(1924)、《好！》(1927)和《放开喉咙歌唱》(1930)等。诗人擅长写重大题材，诗歌语言粗犷，致力于诗歌韵律的革新，还以"阶梯式"诗行闻名于诗坛。

此外，诗人别德内依(1883—1945)的《大街》(1922)、《共产主义进行曲》(1920)，勃洛克(1880—1921)的长诗《十二个》(1918)和叶赛宁(1895—1925)的《同志》(1917)、《宇宙的鼓手》(1918)等作品，也表达了对革命的歌颂和对苏维埃政权的热爱。

绥拉菲摩维奇(1863—1949)的小说《铁流》(1924)、富尔曼诺夫(1891—1926)的小说《恰巴耶夫》(1923)和法捷耶夫(1901—1956)的小说《毁灭》(1927)等作品塑造了在革命斗争中成长起来的英雄形象。尼古拉·奥斯特洛夫斯基(1904—1936)创作的具有自传性质的小说《钢铁是怎样炼成的》(1934)，塑造了身残志坚的无产阶级革命青年保尔·柯察金的光辉形象，这个形象成为激励一代又一代青年人拼搏奋进的楷模。

米·肖洛霍夫(1905—1984)获1965年诺贝尔文学奖。代表作《静静的顿河》(1928—1940)是一部被称为"史诗性作品"的长篇小说。该作以1912年至1922年十年间的两次革命(二月革命和十月革命)和两次战争(第一次世界大战、苏俄国内战争)中的重大历史事件为背景，描绘了顿河两岸的哥萨克人在战争与革命时期的巨大变迁。小说以中农哥萨克麦列霍夫一家的兴衰为主要线索，以悲剧人物葛利高里为贯穿全书的主人公。葛利高里自幼受哥萨克传统生活方式的熏陶，青年时代就应征入伍，参加了帝国主义战争。亲身的经历、现实的教育和同共产党人的接触使他开始有所觉悟。十月革命一开始他就参加了红军赤卫军，英勇地同白匪作战。但在革命斗争中，他又不能忍受红军的某些过火行为，在白匪的煽动下，他同哥哥彼得罗一起参加白匪暴乱。后白匪被击溃，他开始怀疑自己的路走错了，便退回到家乡，想从此解甲务农。但红军和苏维埃政权仍然对哥萨克实行过火行为，葛利高里也被列入逮捕名单当中，他闻讯逃跑，再次参加白匪叛乱并爬到师长的高位。白匪又一次被红军打败，葛利高里在对白匪极度失望的情况下，再次参加红军。为了赎罪，他英勇杀敌，被升为连长、副团长。然而，他始终也没有得到红军的信任。内战结束，他回到自己的家乡。回乡后，他得不到村苏维埃主席——他的妹夫的信任，面对去肃反委员会自首的威胁，他又投入白匪军。在白匪遭到彻底失败之后，他想潜回家乡，带上情妇阿克西尼亚远走他乡，途中阿克西尼亚中弹身亡。葛利高里在极度的绝望之中，像幽灵一样在森林村野游荡，最后他怀着痛苦绝望的心情回到家乡。葛利高里的悲剧深刻地反映了哥萨克在国内战争中走过的曲折道路。他反复出入于两个敌对阵营之间，是在竭力寻找一条超越革命与反革命的"哥萨克中间道路"。1957年，作家发表了短篇小说《一个人的遭遇》，在国内外引起反响。小说的主人公索科洛夫是个普通的苏联工人，卫国战争一打响，他应征入伍，在战争中他负过伤，当过俘虏，在敌人的集中营里受尽残酷折磨，好不容易死里逃生，可是他的妻子和三个儿女却死于战争中，这给他的心灵留下了永远无法弥合的创伤。小说一反过去苏联战争题材只表现爱国主义和英雄主义的传统，没有描述主人公在战争中的丰功伟绩，而是另辟蹊径，表现战争如何影响普通人的生活和命运，对苏联当代文学尤其是战争文学的创作产生了深远的影响。

到了20世纪50年代，苏联文学也出现了干预现实的“解冻”文学思潮，帕斯捷尔纳克是其中的代表。

（二）现实主义文学

20世纪上半期的现实主义文学是在19世纪批判现实主义文学的基础上发展起来的，但是，这一时期的现实主义文学不是19世纪批判现实主义文学的简单延续，而具有更丰富的内涵和更强的艺术活力。

1. 法国文学

法国具有浓厚的现实主义传统，20世纪上半期，法国现实主义文学既是19世纪传统的继续和发展，同时又在现实主义传统中注入了更多的新活力。

罗曼·罗兰（1866—1944）是世界著名的反战主义战士，获1915年诺贝尔文学奖。早年撰写《贝多芬传》（1903）、《米开朗琪罗传》（1906）、《托尔斯泰传》（1911）等名人传记，歌颂先贤们追求真理信仰的精神意志。长篇小说《约翰·克利斯朵夫》（1904—1912）描写了音乐家约翰·克利斯朵夫一生的奋斗之路。克利斯朵夫出生在德国的一个穷音乐师家庭，从小就显现了非凡的音乐才能，但是他的音乐之路受到了种种的阻遏，这激发了其反抗性格的形成。后来，他为搭救被大兵欺侮的农民打死大兵，因而被迫逃往法国。期间，他全面形成了艺术观，这也是他进行社会反抗的高峰。克利斯朵夫晚年定居意大利，专心进行音乐的创作。该作品反映了欧洲资产阶级民主主义知识分子“探索—反抗—失败—追求和谐”的精神历程，也表现了作家对民主、自由、和平、正义的向往和对人类进步的文化艺术的追求，因而作家也被称为“欧洲的良心”。小说以第一次世界大战前二三十年的欧洲生活为背景，展现了一个宏大的生活空间，成为欧洲“长河小说”的代表。在艺术上，《约翰·克利斯朵夫》采用交响乐的结构方式，并加进了许多音乐元素，有“音乐小说”之美称。

安德烈·纪德（1869—1951）获1947年诺贝尔文学奖，代表作为《伪币制造者》（1926）。小说主要描写主人公贝纳尔从中学到大学的生活历程，同时将许多与主人公相关的片段围绕着主人公连缀起来，采用了“小说套小说”的叙事结构。在对人物的心理揭示上，作品注重潜意识心理的分析。

马丁·杜·加尔（1881—1958）以写作“长河小说”见长。他的长篇小说《蒂博一家》（1922—1940）以20世纪初期蒂博和丰塔南两个家庭的变迁为主要内容，探讨了法国社会的现实矛盾和知识分子的心理状态，表现了法国人民反战的思想。小说注重表现人物灵魂深处复杂的心理状态，也借鉴了现代意识流小说的表现手法，突破了传统现实主义小说客观的心理分析。

2. 英国文学

20世纪上半期的英国现实主义文学在探索中注入了更多的现代主义元素，小说创作方面尤其具有现代性。

乔治·萧伯纳(1856—1950),现实主义戏剧大师。早期的戏剧作品有《鳏夫的房产》(1892)、《华伦夫人的职业》(1893),揭露了英国社会的道德虚伪和金钱法则等问题。《巴巴拉少校》(1905)是萧伯纳20世纪创作的主要戏剧作品。巴巴拉是一个民间慈善组织的少校,从事反战救世活动。她的父亲安德谢夫却是一个军火商,公然推行“金钱+炸药”的法则。父女俩为了化解矛盾,都到对方的工作环境中调查、体验。结果,巴巴拉知道了事情的真相:就连她所在的慈善组织“救世军”也是她父亲一类的军火商资助建立的。萧伯纳一方面批判以安德谢夫为代表的大资产阶级的金钱罪恶,同时也赞赏他的“超人”生命力,提出了一个备受争议的“百万富翁的社会主义”① 的口号。

约瑟夫·康拉德(1857—1924)以海洋小说见长。中篇小说《黑暗的心》(1899)探讨了欧洲白人文明与非洲原始自然的冲突,揭露了殖民者对非洲的残酷掠夺。长篇小说《吉姆爷》(1900)是康拉德海洋小说的代表。主人公吉姆是一个纯朴天真、富于幻想的水手,长年在海上漂泊,后在一个远离文明的东印度小岛上成为代理商。由于吉姆对当地土著人真诚相待,他被尊称为“吉姆爷”。一次白人“绅士”布朗率领海盗袭击土著人失利,被土著人围困起来。吉姆被布朗欺骗,力劝土著人放他们一条生路。没料到布朗却出尔反尔,趁机杀死了许多土著人,其中包括酋长的儿子。吉姆为自己的过失主动接受土著人的惩罚,付出了自己年轻的生命。作者无限惋惜吉姆的死,他的死也意味着一个浪漫时代的终结,一个英雄时代的落幕。康拉德对传统小说的叙事结构有很大的突破,传统小说中无所不在、无所不能的叙事者不见了,叙事者不仅是自己所述故事的旁观者,更是其中的一位主角,叙述者的内心世界和主人公的内心世界交织在一起,形成独特而又复杂的心理结构。

戴维·赫伯特·劳伦斯(1885—1930)是20世纪上半期英国极富争议的作家。但人们对他不论是褒还是贬,一旦面对他那极具生命力的作品时,都不禁为其中的激情与灵性所打动。《儿子与情人》(1913)是劳伦斯的成名作,小说中主人公保罗的母亲葛楚德出生在一个中产阶级家庭,因为家道中落,嫁给矿工瓦尔特·毛瑞尔。由于厌恶丈夫的粗鄙庸俗,葛楚德把自己的情感全部转移到了儿子身上,长子威廉在这样一种畸形的呵护下客死他乡。葛楚德又把全部的感情倾注到了二儿子保罗的身上,母子俩的感情超出了正常的母子之爱,二人亲密无间、形影不离,互为精神依托。保罗甚至极度排斥接触其他女性,完全沉浸在对母亲的感情之中,与母亲在一起,他的情感就会像火焰一样炙热。这种畸恋使保罗既获得了情感上的安慰,也承受了无限的痛苦。当葛楚德去世后,保罗深感颓废,却也有所解脱。小说力图在潜意识层面揭示人类更为复杂的性心理,因此被认为是“恋母情结”的最好的佐证。长篇小说《虹》(1915)是劳伦斯最具代表性的作品,小说以劳伦斯的家乡诺丁汉郡一带的农庄和矿区为背景,主要展现布兰温一家三代人的家族情史。第

---

① 萧伯纳在政治上是一个改良主义者,在剧中,他提出了“人人发财、人人富裕、人人道德”的“百万富翁的社会主义”的口号。他认为,“社会主义”会给百万富翁带来利益的最大化;同时,也只有依靠百万富翁才能建设“社会主义”。

一代汤姆·布兰温居住在古老恬静的马什农庄，与来自波兰的寡妇莉迪娅结合。尽管不同的文化背景和不同的价值观念使俩人的婚后生活产生了激烈冲突，他们最终还是在和谐宁静的自然状态下实现了两性的完美结合。第二代是安娜和汤姆的侄子威尔之间的婚恋生活，与上一代不同，此时现代工业文明已经打破了古老的宁静，二人的婚姻不再是天然的和谐状态，强烈的征服欲和占有欲使二人矛盾冲突不断。第三代威尔与安娜的女儿厄秀拉是一位受过良好教育的知识女性，比起前辈，她有更丰富的情感和更强烈的精神追求。她在婚恋生活中一直渴望两性的完美结合。但是，她生活在一个现代工业迅速发展、文明危机不断加深的时代，她内心承受了深刻的痛苦。在遭受了不断的打击和创伤之后，在小说的结尾，厄秀拉看到了天空的彩虹，这象征着她最终追寻到了生命与自然、灵与肉的完美融合。作品采用意识流的手法，更具有现代主义特点。

3. 德国及其他德语国家文学

德国和其他德语国家的现实主义文学继承了欧洲19世纪现实主义的传统，在20世纪初期走向一个新的高峰。同时，对战争的思考、对人性复杂心理的深入研究也是德语国家文学的重要特点。

托马斯·曼（1875—1955），德国现实主义文学重要的代表作家，代表作是长篇小说《布登勃洛克一家》（1901），副标题是“一个家庭的没落”。小说展现了德国北部商业城市吕贝克的一个名门望族——布登勃洛克家族四代人的命运变迁，真实地记录了老式的资产阶级在新型资产者的进攻下走向没落的过程，真实地再现了德国社会从自由资本主义到垄断资本主义的转变过程，具有很高的认识价值。小说还深刻地揭示了资本主义社会精神生活的空虚、颓废，资产阶级不论爱情、家庭还是信仰都处在危机之中，小说因此具有强烈的现实批判意义。

斯蒂芬·茨威格（1881—1942），奥地利作家，主要成就是短篇小说。茨威格被称为心理描写大师，他受弗洛伊德精神分析学的影响，致力于对“非常态”下人物的“灵魂的开掘”，同时还擅长洞察、分析女性的内心冲突，显现出非凡的心理描写才能。他的主要作品有《一个陌生女人的来信》（1922）、《一个女人一生中的二十四小时》（1927）、《看不见的收藏》（1927）和《象棋的故事》（1942）等。

拓展阅读：“荒诞人”遭遇“阿尔扎马斯的恐惧”

4. 美国文学

20世纪，美国社会在突飞猛进向前发展的同时，也出现了许多新矛盾、新问题。美国现实主义文学自觉地思考美国社会的种种弊端，具有强烈的批判色彩，同时，也呈现出多元化的倾向，作家风格各异。

西奥多·德莱塞（1871—1945）是具有自然主义倾向的作家，主要作品有《嘉莉妹妹》（1900）、《珍妮姑娘》（1911）、《天才》（1915）等。代表作《美国的悲剧》（1925）的主人公克莱德出生于一个穷教士家庭，在一家工厂做工，并成为领班，其间，他诱骗青年女工洛蓓特并与之相爱。为了得到资本家的女儿桑特拉的垂青，为了获得所谓“美国式的成功”，克莱德不惜一切手段，制造了一起游湖翻船事件，谋杀了洛蓓特。最终事情败露，他被判处死刑。作家揭示了“美国式的成功”对青年一代的荼毒，认为克莱德的悲剧不仅是个人的悲剧，也是“美国的悲剧”。

约翰·斯坦贝克（1902—1968），是一位关注下层人民生活的作家，长篇小说《愤怒的葡萄》（1939）描写在资本主义经济危机的影响下，大批失业的农业工人为了寻找工作，向西部进发，梦想在“黄金的西部”安居乐业。然而，到处都是资本家的剥削和压榨，残酷的现实使工人们渐渐意识到，只有团结反抗才有出路。这部作品不仅是美国农业工人的血泪史，更是他们的抗争史。

弗朗西斯·斯科特·菲茨杰拉德（1896—1940）是“迷惘的一代”的重要作家。代表作《了不起的盖茨比》（1925）描写一位贫穷的农家子弟卡兹自幼做着“美国梦”，幻想成为大人物，并更名为杰伊·盖茨比。他年轻时曾经爱上富家女黛西，但经历战争获得军功回到家乡时，黛西已经嫁人。盖茨比艰苦创业，成为百万富翁，在黛西家的海湾对面买下一幢豪华别墅，夜夜歌舞升平，就是为了吸引自己旧日情人的注意。在与黛西重温旧梦后不久，由于卷入一系列复杂的情仇之中，盖茨比被杀身亡。作家通过盖茨比的死表现了主人公“美国梦”的破灭，也表现了战后美国青年精神上的空虚与迷惘。

拓展阅读：
“迷惘的一代”

海明威是“迷惘的一代”的代表，他以亲身参加战争的经历创作了许多反映战后青年“迷惘”情绪的作品，同时也塑造了许多“硬汉”形象。

（三）现代主义文学

除了现实主义文学之外，现代主义文学也开始得以发展。所谓现代主义文学，是对20世纪许多艺术观点和创作方法并不完全一致的文学流派的一个统称，它也被称为现代派文学。现代主义文学流派纷呈、手法各异，但是，在对现代主义作家的分析和了解中，我们还是可以总结出一些共有的艺术特征。

从哲学思潮、社会思潮看，现代主义具有反理性主义、非理性化的特征。叔本华、尼采的唯意志论，柏格森的直觉主义和弗洛伊德的精神分析理论对现代主义文学产生了巨大的影响。现代主义作家反对用理性来认识事物，主张用非理性的直觉，或者说排除分析，用一种不可言传的内心体验来认识事物。从文艺表现的内容看，现代主义文学注重表现人的异化和非人化的现象，塑造一些面目不清的非典型化的“抽象人”。从对现实的把握的角度来看，现代主义作家则从个人角度出发，以局外人的身份对社会进行笼统、抽象、扭曲的展现，其批判意义不明确、不具体。现代主义文学的主要流派包括以下几个：

1. 后期象征主义

象征主义产生于19世纪中叶后的法国，到19世纪末20世纪初，已经波及欧美各国，成为国际性的文学流派（即后期象征主义）。后期象征主义的代表诗人主要有爱尔兰的叶芝（1865—1939）、法国的瓦莱里、奥地利的里尔克（1875—1926）、美国诗人庞德（1885—1972）和英国诗人艾略特等。象征主义的“象征”，主要指以具体寓抽象，以有形寓无形，以有限寓无限，以一时寓永恒。象征主义的主要主张是反对陈述、反对直抒胸臆，主张用象征性物象暗示主题和作者的内心世界，即通过思想情绪的对应物来托物寄情，并赋予抽象事物以生命。

保罗·瓦莱里（1871—1945）是后期象征主义文学的杰出代表，20世纪法国最伟大的抒情诗人。《海滨墓园》（1926）是其代表作，全诗共分为24节，在诗中诗人描绘了一组富有象征意义的画面：大海、阳光、白鸽、松林和墓地。在这里，诗人观察自然和人生，思考人的生和死。长诗的艺术特点是多层次的象征性，诗中意象缤纷，如静谧的大海（形）、清新的海风（味）、细细的涛声（声）等，引人遐思。以诗歌第一节中的"白鸽"意象为例：

> 这片平静的房顶上有白鸽荡漾，
> 它透过松林和坟丛，悸动而闪亮。
> 公正的"中午"在那里用火焰织成
> 大海，大海啊永远在重新开始！
> 多好的酬劳啊，经过了一番深思，
> 终得以放眼远眺神明的宁静！

"平静的房顶"指海面，"公正的'中午'"指的是太阳。而诗中的"白鸽"所指丰富，它既指生活中的动物（实指），也象征海上的白帆（物象征物），又象征《圣经》中的圣像等，还象征诗人对生命的热爱和渴望。诗人通过多层次的象征表现对人生的沉思、对哲理的深刻思索和复杂的情感世界。

艾略特（1888—1965）是后期象征主义诗歌的重要代表，主要作品有《J. 阿尔弗瑞德·普鲁弗洛克的情歌》（1915）、《空心人》（1925）、《圣灰星期三》（1930）和《四首四重奏》（1943）等。艾略特荣获1948年诺贝尔文学奖。其代表作《荒原》（1922）是西方现代主义诗歌里程碑式的作品，它采用象征主义手法描绘了一幅现代西方社会衰朽没落的"荒原"图景。长诗用干涸不毛、缺乏生机的"荒原"象征现代人类社会，从多方面揭示了现代文明社会的黑暗和丑恶、人们卑劣猥琐的生活和萎靡枯竭的内心世界，深刻地反映了第一次世界大战后西方人的精神危机和知识分子幻灭、绝望的情绪。长诗以西方著名人类学家弗雷泽的《金枝》和魏士登女士的《从祭仪到神话》为基本思路框架：国王身体衰老（失去性功能），致使土地荒芜、百兽不生，相传只有出现一个勇敢的骑士，找回具有"起死回生"之力的"圣杯"，才能治好国王的病，使荒芜的土地复苏。一位少年英雄身佩利剑，经历了种种艰险，去寻找这只"圣杯"。长诗由"死者葬仪""对弈""火诫""水里的死亡""雷霆的话"五部分组成，既有对都市生活场景的描摹，又充塞着超自然的幻象图景，还充满了大量神话历史典故，弥漫着宗教色彩和神秘主义色彩，具有强烈的象征意义。长诗意在说明，战后的西方失去信仰犹如先民失去了他们的繁殖神，因而变成一片精神的荒原，现代的西方人只有回归宗教，重新获得信仰，才能像先民找回他们的繁殖神那样，使颓废的西方文明获得新生。

2. 表现主义

表现主义最初发端于绘画领域，而后进入音乐、雕塑领域，最终在文学领域产生了极大的影响。表现主义强调艺术“不是现实，而是精神”，“是表现，不是再现”①，反对客观再现，强调主观表现，认为艺术创作的任务在于表现主观的真实、内在的本质和永恒的品格。为此，表现主义文学可以摒弃外在的形似、细节的真实和暂时的现象，而以夸张、扭曲、变形、荒诞的手法表现主观感受。这一流派小说方面的主要代表是奥地利的卡夫卡，戏剧方面的代表是美国的奥尼尔和捷克的恰佩克等。

尤金·奥尼尔(1888—1953)是美国现代戏剧的奠基人。其代表作《毛猿》(1922)描写了一个名叫扬克的工人，全身长满黑毛，力大无比，信心十足。但是，他在资本家眼里只是一只失去人格的毛猿，而在工人组织里面，他又被当作奸细遭到排斥。他在现代社会里找不到自己的位置，只好跑到动物园里去与大猩猩为伍，结果被大猩猩掐死了。他临死之前绝望地喊道：“我到哪里去？哪里是我安身的地方？”这里，作者提出了一个现代社会引人深思的问题，即人与社会的关系问题，人在社会中的地位和归宿问题。在奥尼尔的笔下，扬克成为既与自然失去联系又与机械文明格格不入的现代人的象征。正如奥尼尔所说：“扬克的确是你，是我。他代表着每一个人，他试图寻找归属，我们都在拼命寻找归属。”②

卡雷尔·恰佩克(1890—1938)是捷克著名的小说家、戏剧家。他的代表作是三幕话剧《万能机器人》(1920)。剧作中，哲学家罗素姆发现了一种罕见的物质，经过研究后以它为原料，研制出了一种没有灵魂的机器人。这种机器人外形与人相同，甚至同正常人一样能够从事各种劳动，他们同正常人唯一的不同之处就在于他们没有感觉，不懂爱情，不会反抗。机器人替代了人类进行各种劳动，使得人类完全依赖机器人，因此也就丧失了劳动能力和生活能力。结果，道德沦丧，社会秩序崩溃，妇女也不再生儿育女，人类面临着绝种的危机。后来，机器人发动暴动，占领了城市和乡村，并且毁灭了人类。就在世界即将完全崩溃之际，一对机器人之间产生了爱情，这才使人类有了复活和延续的希望。作品采用科学幻想的手法，运用奇特的想象，展现了现代社会科学技术高度发展所带来的人类异化的可怕后果：人创造出机器人，反过来却被机器人所控、反噬，最终被异化。

3. 未来主义

未来主义发端于意大利，菲利波·托马索·马里内蒂(1876—1944)是该流派的创始人和理论家。未来主义否定传统文化，主张彻底抛弃艺术遗产和传统文化；歌颂机械文明和都市混乱，赞美“速度美”和“力量”；主张打破旧有的形式规范，用自由不羁的语句随心所欲地进行艺术创造。未来主义有文化虚无主义的倾向，但它的创新性试验却丰富了文学艺术的表现手法。

马里内蒂在《未来主义戏剧宣言》(1915)中声称，未来主义戏剧的任务，是要“彻底摧毁导致传统戏剧僵死的手法”，要“在舞台上展现我们的智力从潜意识、捉摸不定的力量、

① 章宏伟.西方现代派文学艺术辞典[M].北京：社会科学文献出版社，1989:6.

② 李维屏.英美现代主义文学概观[M].上海：上海外语教育出版社，1998:404.

纯抽象和纯想象中发掘出来的一切,不管它们是如何违背真实、离奇古怪和反戏剧”①。其代表作为短剧《他们来了》(1915)。剧中,为迎接身份不明的客人,仆人们不断听从总管的指示搬弄着凳子、椅子、枕头等物,最后,八张座椅跟在一张异常高大的安乐椅后面自行移出舞台,而仆人们则龟缩在角落里,他们浑身颤抖,“极其痛苦地等待着安乐椅和座椅缓慢地走出客厅”。全剧只有总管的四段台词:“他们来了。赶紧准备。”“新的命令。他们非常困乏……赶紧准备一批枕头、凳子……”“新的命令。他们肚子饿了。准备开饭。”总管的最后一句话是毫无意义的声音组合——完全颠覆了传统戏剧的表现手法;同时,物对人的异化也以惊人的表现方式呈现在舞台上。

未来主义的代表诗人是法国的阿波利奈尔(1880—1918)和俄国的马雅可夫斯基。阿波利奈尔是20世纪法国抒情诗改弦更张的重要匠师,他尝试将诗歌创作同绘画、音乐、声响结合起来,创立了“立体未来主义”诗歌,并被公认为超现实主义文艺运动的先驱之一。他的代表诗集是《醇酒集》(1913)和《图像诗》(1918)。马雅可夫斯基的代表作是《穿裤子的云》。

4. 超现实主义

超现实主义是20世纪在西方影响很大、波及面很广的一个流派。超现实主义的前身是达达主义。它兴起于第一次世界大战后的法国,在欧美各国产生了很大的影响。作为一种文学思潮,超现实主义在绘画、雕塑、戏剧、电影等各个艺术领域都有广泛的影响。它的基本特征是:崇尚“精神解放”和“梦幻万能”,否定现实和传统艺术手法,热衷于表现梦幻、错觉、昏迷、恍惚、沉醉、狂想、变态心理和无意识活动等。其思想基础是柏格森的“生命冲动”“直觉主义”,弗洛伊德的“精神分析说”。法国作家安德烈·布勒东(1896—1966)是超现实主义的创始人。布勒东先后三次(1924、1929、1942)发表的超现实主义宣言成为该流派的理论纲领。小说《娜嘉》(1928)采用第一人称的叙事方法,以“我是谁”开篇。“我”在一个深秋的黄昏里漫步,遇见一个年轻姑娘娜嘉。她衣着寒酸,体态羸弱,装扮异样,漫不经心。“我”与娜嘉见面后,对她感到好奇,所以第二天又见了面。几次约会,几番交谈,娜嘉忽而是现实中活生生的人,忽而又神秘莫测,来无影、去无踪。作品就是围绕着“我”对娜嘉的探知展开并结束的。娜嘉是作者刻意塑造的一个图解“超现实”的人物。超现实主义者认为,在事物的表层世界之外,还有一个不可触摸的超现实的存在,娜嘉这个人物既“实”又“虚”,既有生活中的普通人的生活轨迹,又有超越现实的神秘色彩,这体现了布勒东对超现实的追求。

5. 意识流小说

意识流小说是20世纪二三十年代流行于英、法、美等国的一个特殊的现代主义流派。它没有固定的组织和共同的纲领,也没有具有代表性的宣言,只是一些作者在第一次世界大战前后共同运用了一种新的创作方法,因而在文学界出现的一种思潮。“意识流”原是一个心理学术语,是由美国实证主义哲学创始人、心理学家威廉·詹姆斯(1842—1910)首次

① 袁可嘉,董衡巽,郑克鲁.外国现代派作品选:第一册:下[M].上海:上海文艺出版社,1980:840-841.

提出的。意识流小说不重视描摹客观世界，不以现实事件为线索，而着力表现人的潜意识流程，以潜意识的散乱呈现为特征。意识流小说的代表作家主要有法国的普鲁斯特、爱尔兰的乔伊斯、英国的伍尔夫及美国的福克纳等人。

马塞尔·普鲁斯特（1871—1922）是法国意识流小说的奠基人。其代表作《追忆似水年华》是一部凝聚了普鲁斯特一生心血的长篇小说，于 1913 年至 1927 年间相继出版。全书共 7 部，以第一人称回忆的方式，表现主人公马塞尔早晨醒来，躺在床上的万千思绪。他感到，自己的意识就像动物一样贫乏，人的性质比史前的穴居人还要低下。他在想，周围的物品到底会不会动，自己在哪里，墙在哪里，家具在哪里，门在哪里。他又想到儿时临睡前母亲的亲吻，想到自己的小卧床。在他想了许许多多莫名其妙的问题之后，他起床了。起床后，他沏了一杯红茶，由此想到了小时候妈妈领他到姑妈家像剧场一样的房间，想到了乡间的小路，想到了家乡古老的教堂，想到家里的花园。对乡间的回忆使他又联想起自己的初恋，想到了自己真正的一次恋爱，想到了恋爱失败后的痛苦。自己一生的经历一幕幕在眼前飘过，他意识到了时光的珍贵，于是决心动笔写作，把自己的经历用作品呈现出来。作者没有按照传统小说的形式进行回忆，而是完全把主人公的支离破碎的思想组合成作品，乃至历史事件、社会环境也都是通过主人公的主观感受来展现的。主人公流动的意识未经理性思维的观照，完全是一种潜意识在自由流淌。

弗吉尼亚·伍尔夫（1882—1941）是英国意识流小说的代表。主要作品有《墙上的斑点》（1919）、《达洛威夫人》（1925）、《到灯塔去》（1927）和《海浪》（1931）等。《海浪》是一部典型的意识流小说，全面体现了伍尔夫意识流创作的成就，也体现了其意识流小说的独创性。小说中的情节和对话已降到了最低限度，几乎没有对外部事物的描写，记录了 6 个人自幼年到老年的内心独白和对生命与死亡的深刻思考。6 个人独白的语气不断地变化，由幼年而成熟，而衰老。小说还以时辰象征人生的更替发展，日出、日中、日落分别象征童年、中青年、老年，6 个人一一登场，6 条意识在流动，真正形成了一个意识的“波浪”，在意识流小说中真正达到了“流动”的效果。

美国作家威廉·福克纳（1897—1962）是“约克纳帕塔法世系”小说的缔造者，获 1950 年诺贝尔文学奖。其代表作是《喧哗与骚动》（1929），题目来自莎士比亚的悲剧《麦克白》。

第二节 高尔基与《母亲》

马克西姆·高尔基（1868—1936）原名阿列克赛·马克西莫维奇·彼什科夫，是苏联社会主义文学的开创者，列宁称高尔基是“无产阶级艺术的最杰出的代表”[①]。他在苏联文学乃至世界文学的历史上留下了深深的印迹。

---

① 列宁. 列宁全集：第 19 卷［M］. 中共中央马克思恩格斯列宁斯大林著作编译局，编译. 2 版. 北京：人民出版社，2017：248.

一、生平与创作

高尔基1868年3月16日生于伏尔加河畔下诺夫哥罗德城一个木匠家庭。他幼年丧父，随母亲回到开染坊的外祖父家里生活，上过两年小学。10岁时，外祖父的染坊破产，高尔基只好中途辍学，走向“人间”。他先后在鞋店、圣像作坊当过学徒，也在绘图师家、轮船上做过杂工，饱尝了生活的艰辛和人世的苦难。1884年，16岁的高尔基怀着强烈的读大学的愿望来到喀山，但求学无门，社会成了他的“大学”。为了谋生，他不得不四处奔波，从事繁重的体力劳动。做工之余，他勤奋读书，接触到了民粹主义和马克思主义思想。从1888年到1892年，高尔基怀着了解祖国、了解人民真实生活状态的愿望，两度漫游南俄及乌克兰一带广袤的沃土。这两次游历使他更深入地了解了下层人民的疾苦，同时也积累了大量宝贵的创作素材。1892年，他以“马克西姆·高尔基”为笔名发表了处女作——短篇小说《马卡尔·楚德拉》，笔名一方面显示出对父亲（马克西姆）的怀念，一方面源于对生活的深切理解（“高尔基”俄语本义为“痛苦”）。

高尔基的创作可分为三个时期。

（一）早期创作（1892—1907）

19世纪末到20世纪初是俄国解放运动从资产阶级民主革命进入无产阶级革命的时期，人民不断觉醒，反抗沙皇专制统治的斗争日益高涨。生活在底层的高尔基，亲历了人生的苦难，目睹了形形色色的人间惨剧。此时的高尔基虽然向往改变不公平的社会现状，但还没有明确的政治信仰。他从人道主义出发，基于自己对社会正义的朴素理解，讴歌自由理想，赞美为自由而献身的英雄，抨击资产阶级的极端个人主义和小市民的恶习。高尔基早期浪漫主义作品主要有《少女与死神》（1892）、《伊则吉尔老婆子》（1895）、《鹰之歌》（1895）、《春天的旋律》（1901）等。

《伊则吉尔老婆子》是高尔基最富有浪漫主义色彩的作品，由腊拉、伊则吉尔老婆子、丹柯三个人的故事构成，以老婆子对“我”讲故事的方式展开叙事。第一个故事是关于腊拉的传说：腊拉是鹰和少女所生的儿子，他是一个轻狂自大的个人主义者，极端自私，崇尚的人生哲学是“保持一个完整的自己，不愿拿一点给别人”。最后，人们都弃他而去，他变成了一个没有灵魂的影子，在草原上游荡。第二个故事写丹柯为了带领全族人走出黑暗的森林，危难时刻毅然剖开自己的胸膛，高擎起燃烧的心为众人照明，最后傲然含笑死去。作者把腊拉与丹柯的形象进行对比，抨击了狂妄自私的腊拉，歌颂了为了人民的幸福而舍弃自我、英勇献身的丹柯。伊则吉尔的故事是两个故事之间的媒介，她年轻时只顾贪图爱情，追求个人享乐，虚度青春年华，老来成了“一副赤裸裸的骷髅”。作者以此否定了庸俗、轻浮的享乐主义人生态度。

《海燕之歌》是散文《春天的旋律》的结尾部分，发表于1901年4月，是作者参加3月4日彼得堡喀山教堂前的学生示威游行后写的。这首散文诗采用了与《鹰之歌》同样的象征手法，但它比《鹰之歌》具有更加明确的阶级斗争内容和革命主题。它深刻而又形象地反映了俄国1905年革命前夕广大群众汹涌澎湃的革命激情。作品一开始就用象征的手法描写了俄国革命前夕的斗争情势，塑造了海燕这个英姿勃发、不畏强暴、敢于斗争、追求胜利的革命者形象：

在苍茫的大海上，狂风卷集着乌云。在乌云和大海之间，海燕像黑色的闪电，在高傲地飞翔。一会儿翅膀碰着波浪，一会儿箭一般地直冲向乌云，它叫喊着，——就在这鸟儿勇敢的叫喊声里，乌云听出了欢乐。在这叫喊声里——充满着对暴风雨的渴望！在这叫喊声里，乌云听出了愤怒的力量、热情的火焰和胜利的信心。[①]（戈宝权译，下同）

他在革命高潮来临之时，满怀豪情地投入战斗，与象征反动势力的“乌云、狂风、雷电”英勇搏击：

它飞舞着，像个精灵，——高傲的、黑色的暴风雨的精灵，——它在大笑，它又在号叫……它笑些乌云，它因为欢乐而号叫！这个敏感的精灵，——它从雷声的震怒里，早就听出了困乏，它深信，乌云遮不住太阳，——是的，遮不住的！

海燕最后发出了洋溢着战斗豪情的热烈呼唤：“让暴风雨来得更猛烈些吧！”整首诗充满着革命的英雄主义和革命的乐观主义精神，对当时的革命斗争起到了巨大的鼓舞作用。

这一时期除了浪漫主义作品外，高尔基还创作了一系列现实主义短篇小说。他从人道主义出发，怀着巨大的同情心描写了那些来自生活底层的形形色色的人物，其中有流浪汉、乞丐、小偷、妓女、贫穷的农民和失业的工人等。其中最有代表性的小说是《切尔卡什》(1895)。作者赞扬了爱好自由、蔑视金钱、讲义气、重人格的切尔卡什，鞭挞了自私软弱、被金钱和贪欲扭曲了灵魂的小私有者加弗里拉。由于作者有底层生活的切身体验，了解流浪汉的疾苦和心理，所以人物形象刻画得血肉丰满，真切感人。

这一时期高尔基还创作了一系列剧本，如《小市民》(1901)、《在底层》(1902)、《避暑客》(1904)等，其中最有代表性的剧作是《在底层》，它是高尔基近20年观察流浪汉生活的总结之作。在一家客店如洞穴一般的地下室里，住着一群沦落到社会底层的无家可归者。他们在苦难中挣扎，渴望改变自己的处境，但无情的现实击碎了他们的幻想。作品通过底层人的悲惨命运展现了俄罗斯黑暗的现实，谴责了资本主义社会对人的摧残和凌辱。剧本提出了应该如何挣脱“底层”的枷锁这个中心问题，揭示出把人的生活变成如此的社会制度的极端不合理。

高尔基从1902年开始构思，于1906年完成了长篇小说《母亲》。

（二）中期创作(1907—1917)

俄国1905年革命失败后，高尔基为了避开沙皇政府的迫害而出国。1906—1913年，他侨居意大利卡普里岛。此间，他完成了中篇小说《忏悔》(1908)，其中描写了一个农民出身的青年马特威为了寻找上帝与真理而饱尝人间的辛酸苦辣，最后终于领悟到，上帝是找不到的，人民必须创造出一个新的公正和博爱的神来。高尔基借这个形象企图把社

① 谢积才.现代文学名家作品选：经典外国名家名作[M].长春：吉林大学出版社，2004:59.

会主义革命和宗教的“造神论”结合起来。后来,在列宁的批评与帮助下,高尔基逐渐提高了认识。在意大利期间,高尔基还创作了中篇小说《夏天》(1909),这是一部深刻反映农村革命斗争的作品。《意大利童话》(1911—1913)则以浪漫主义的抒情笔调生动描写了意大利工人阶级和劳动人民的生活,列宁称赞它是“精彩的‘童话’”和“革命的传单”。这一时期他最重要的创作是其自传体三部曲的前两部《童年》(1914)、《在人间》(1916)。从三部曲中我们可以看到高尔基的成长轨迹。作者成功地将自己曲折的生活经历与文学创作相融合,三部曲通过阿廖沙的成长,不仅真实地展示了作者艰苦的生活经历和艰难的思想探索历程,而且广泛地描写了19世纪末期俄国的社会面貌。

(三)晚期创作(1917—1936)

十月革命前后,是苏维埃政权初建时社会大变革与第一次世界大战交织的复杂时期,高尔基的思想再一次发生了混乱与迷惘。在列宁的帮助下,尤其是受到1918年列宁遇刺的冲击,高尔基及时地改正了对十月革命的错误态度。这一时期他写出了大量的小说、戏剧、散文、特写、回忆录以及政论和文学理论文章,主要作品有:自传体三部曲的第三部《我的大学》(1923)、回忆录《列宁》(1924—1930)、长篇小说《阿尔达莫诺夫家的事业》(1925)、《克里姆·萨姆金的一生》(1925—1936)等。

长篇小说《阿尔达莫诺夫家的事业》通过对资本家阿尔达莫诺夫家族三代人生活经历的描写,反映了俄国资产阶级从农奴制改革到十月革命前后这段历史时期的演变。这个家族的第一代伊利亚·阿尔达莫诺夫从农奴制下“解放”出来,经商办厂发迹,他精力旺盛,野心勃勃,成为暴发户。他代表了新兴资产阶级。第二代长子彼得守旧而无能,精神苦闷,无所作为且放荡无度。第三代彼得的儿子亚科夫更是贪图享受,形同行尸走肉,十月革命时出逃,被人从火车上扔下摔死。小说通过描写资产者阿尔达莫诺夫一家祖孙三代人对事业的不同态度,深刻地揭示了俄国资本主义的兴起与发展过程及其必然灭亡的历史命运。

《克里姆·萨姆金的一生》是高尔基花了11年时间写成的一部史诗性长篇巨著。它通过萨姆金一生的经历,再现了从19世纪70年代到1917年这几十年间充满尖锐矛盾的俄国社会生活和重大的历史事件,展现了俄国知识分子的特点及其在纷纭动荡的年代的生活道路。小说塑造了萨姆金这样一个资产阶级个人主义知识分子的典型。萨姆金自私自利、自命不凡、卑琐虚伪、投机钻营,是市侩习气和极端个人主义的代名词。

十月革命后,高尔基主持并参加了大量的苏维埃文化建设活动。1932年,苏联隆重庆祝高尔基从事文学创作活动40周年,授予他列宁勋章。1934年高尔基主持召开了第一次苏联作家代表大会,当选为苏联作家协会主席。1936年6月18日,高尔基逝世。

二、《母亲》

《母亲》是高尔基最重要的作品之一,是第一部广泛描写无产阶级革命斗争的长篇小说,开创了无产阶级文学的新纪元。

(一)故事情节

《母亲》发表于1906年,是依据真实的人物事件改编而成的。1902年,在高尔基的故乡下诺夫哥罗德附近的索尔莫沃工业区，工人举行了“五一”示威游行，游行的领导者彼得·扎洛莫夫在受审的法庭上发表了慷慨激昂的演说，被判终身流放。他的母亲安娜·扎洛莫娃在儿子的影响下也走上了革命道路。小说虽然是以扎洛莫夫母子的事迹为素材，但作者并没有拘泥于真人真事，而是进行了艺术的加工和概括，塑造出了世界文学史上第一批自觉为社会主义而斗争的无产阶级革命者的英雄形象。

小说共两部。第一部重点写的是巴维尔组织的工人小组在党的领导下成长的过程以及母亲的觉醒。小说一开始就描绘了旧俄时代工人恶劣的劳动环境与年复一年的单调枯燥的生活，工厂的汽笛发出颤抖的吼叫，工人们在寒冷的黎明中走向牢笼般的石头厂房，由此引出对巴维尔一家的工作、生活的描写。巴维尔的父亲米哈依尔·符拉索夫是一名钳工，整日劳作，但无法摆脱贫困，生活像一条混浊的河流，没有希望。他脾气乖戾、粗暴，嗜好烟酒。两年后，父亲痛苦地折腾了几天就悄然死去。儿子巴维尔一开始也重复着父亲的生活轨迹：上工、回家、喝酒解闷。对此母亲尼洛夫娜非常担忧。但不久母亲发现了儿子的变化：他认真阅读、摘抄书籍，学习真理。母亲面对儿子的变化由害怕到习惯，最终接受了儿子的真理。小说接着写了“沼地戈比”事件，在反抗资本家剥削的集会上，巴维尔发表演说，抵制工厂主克扣工资，宣讲革命道理。但因群众还没有觉醒，斗争失败，巴维尔被捕入狱。巴维尔出狱后，组织“五一”游行，他高举红旗走在游行队伍的前列，率领群众与警察展开英勇的斗争，并因此再度被捕入狱。第二部重点写儿子被捕后母亲的独立生活与自觉进行的革命活动。她搬到城里，接近革命者。她常装扮成修女或商贩，带着传单奔走于市镇和乡村。法庭审判时，她听到儿子慷慨激昂的演说，更加坚定了自己的革命信念。小说结尾，母亲冒险传送印有儿子法庭演说内容的传单，不幸在车站被暗探盯梢。被捕时，她勇敢地呐喊“真理是用血海也扑灭不了的……”，从而预示了革命的光明前途。

（二）人物形象

小说人物众多，其中巴维尔与母亲尼洛夫娜是作者着力刻画的两个人物形象。

巴维尔是俄国革命蓬勃发展时期一个由普通工人逐渐成长为坚定的无产阶级革命家的典型。他是世界文学史上第一个光辉的无产阶级英雄形象。小说分了三个阶段来展示他由一个普通工人逐渐觉醒，最后成长为一个无产阶级先锋战士的过程。

从苦闷到思考生活的意义，寻找真理，接受革命思想的启蒙，这是巴维尔思想性格发展的第一阶段。最初他过着和父辈同样的生活，但他狂欢醉酒之后仍感到阴郁烦闷，这是他与其他年轻人的不同之处。新思想的传播和工人运动的潜滋暗涨促使巴维尔开始思考。在革命知识分子的帮助下，他开始用功读书，“在休息日，他总是一早出去，直到深夜才回家”。巴维尔接受了革命思想的启蒙后，坚定而执拗地对母亲说：“我要知道真理……我们必须明白，必须懂得，我们的生活到底为什么这样痛苦。”这样，他寻找到了生活的意义和目标，献身于工人阶级解放事业。他把自己的家作为工人小组聚会的地点，探寻真理、宣传革命、唤醒群众，到工厂散发传单。此时的巴维尔已经是一个工人革命家的雏形。

第二阶段是巴维尔经受革命的“炼狱”之火的淬炼，向一个成熟的革命家转变的过程。小说主要通过“沼地戈比”事件以及狱中的考验来完成这个转变过程。“沼地戈比”

事件是巴维尔第一次领导工人进行的斗争。巴维尔代表工人与工厂主据理力争，勇敢地站出来向群众进行宣传鼓动，号召人们团结起来去斗争。虽然斗争失败了，巴维尔被捕入狱，但通过“沼地戈比”事件和监狱生活的磨砺，他走向成熟。

第三阶段巴维尔最终成长为一个具有高度理论素养和斗争艺术的无产阶级革命领导者。作者主要通过“五一”游行示威和“法庭演说”两个场景描写了这个阶段。为了“五一”游行示威活动，他积极筹备，在游行抗议中，他身先士卒，冲锋在前，手举红旗，“巴维尔把旗子一挥，旗子在空中招展”，群众“像铁屑被磁石吸住一样”聚集在巴维尔周围，高唱《国际歌》，喊出“劳动人民万岁”的口号。面对警察的镇压，巴维尔坚定勇敢，同武装警察展开面对面的斗争，表现出了大无畏的英雄气概和对革命事业的无限忠诚。

“法庭演说”是全书情节的高潮，受审的巴维尔把敌人的法庭变成了宣传的阵地，把法庭对他的审判变成了对反动统治者的审判，他沉着镇定、大义凛然、慷慨陈词。他的演说闪烁着马克思主义真理的光辉，是一篇揭露资本主义的罪恶、进行社会主义革命的战斗的宣言书，也是文学史上的经典段落：

我是一个党员，只承认党的审判，我现在要讲话，并不是为自己辩护，而是按照同样也拒绝辩护的同志们的愿望，试试向你们说明一些你们所不理解的实情。检察官把我们在社会民主党的旗帜指引下所举行的游行活动说成是反对最高当局的暴动，而且始终把我们看作是反对沙皇的暴徒。我应该声明，在我们看来，专制制度并不是束缚我们国家肌体的唯一锁链，它只是我们应该从人民身上首先砸碎的第一条锁链……

我们是社会主义者。这就是说，我们是私有制的敌人，私有制使人们分裂，尔虞我诈，因为私利产生不共戴天的仇恨，为了竭力掩饰这种仇恨或为之辩解，不惜编造谎言，用谎言、伪善、邪恶来腐蚀人们。我们认为：把人只看作是自己发财致富的工具的社会，是违反人道的，是和我们势不两立的，我们不能容忍它虚伪和欺骗的道德。这种社会对待个人的残酷和无耻的态度，是和我们水火不相容的；对这种社会奴役人类肉体和精神的一切方式，对于为了贪欲而分裂人类的一切手段，我们一定要进行斗争。我们工人，用劳动创造了一切——从巨大的机器到儿童的玩具。我们是被剥夺了为自己的人格尊严作斗争的权利的人。为了达到自己的目的，任何人都想方设法要把我们变成工具，而且他们可以这样做。现在，我们要求有足够的自由，以便使我们将来能够赢得全部政权。我们的口号很简单：打倒私有制，一切生产资料归人民，全部政权归人民，劳动是每个人的义务。你们可以看出，我们绝不是暴徒！①

① 高尔基. 母亲[M]. 沈端先，译. 北京：生活·读书·新知三联书店，2019：377-378.

巴维尔进而以“革命者”的姿态抨击了沙皇专制的虚伪、无耻、残暴及其日薄西山、必将失败的命运：

> 我们是革命者，在一些人只管作威作福，另一些人只能辛苦劳动的情况没有结束之前，我们永远是革命者。我们反对你们奉命要保护其利益的社会，我们是你们的这个社会以及你们的不共戴天的敌人。在我们取得胜利以前，我们之间绝不可能和解。我们工人一定会胜利！你们的主子决不像他们想象的那样强大。他们牺牲了千百万受他们奴役的人的生命而积累和保存的财产，以及他们享有的统治我们的权力，在他们之间引起了敌对和冲突，使他们在肉体上和精神上走向毁灭。……所以实际上，你们这些统治我们的人，与我相比，更是奴隶，你们是在精神上受奴役，而我们只是在肉体上受奴役。你们无法摆脱在精神上扼杀你们的偏见和习惯的桎梏，但是没有任何东西能妨碍我们成为内心自由的人。……请看，在你们那里，能够在思想上为你们的政权而斗争的人已经没有了；能够使你们免遭历史的正义惩罚的一切论据已经枯竭了。在思想领域，你们不可能创造出任何新的东西：你们在精神上已经破产了。我们的思想却在不断成长，燃烧得日益光彩夺目，掌握了广大人民群众，组织他们为自由而斗争。对工人伟大作用的认识，使全世界的工人团结一致，同心同德。你们除了残酷和无耻以外，已经毫无办法阻止改造生活的这种进程。……你们的力量，是增殖金钱的机械力，它使你们结成注定要互相吞噬的集团。我们的力量是一种日益觉悟到所有工人要联合起来的朝气蓬勃的力量。你们的所作所为全是犯罪，因为都是为了奴役人类。我们的任务是要消灭你们的虚伪、仇恨、贪欲所孕育出来的威胁人民的妖魔鬼怪，使世界得到解放。你们使人们无法生存、毁灭他们，社会主义却要把被你们破坏的世界联合成一个伟大的统一整体，而且这是一定会实现的！①

这时的巴维尔已经成为一个用无产阶级革命理论武装起来的成熟的革命者。高尔基通过这一形象成功地概括了20世纪初俄国革命者的成长过程和无产阶级先进分子的优秀品质。

尼洛夫娜是巴维尔的母亲，是在儿子及其同志们的启发、帮助下逐渐接受革命真理，并最终成长为一个坚强的无产阶级革命战士的典型。她在小说中始终居于中心地位，作品中的重要人物和重大事件都是通过她的视角展现出来的，作者通过描写她由一个普通的家庭妇女转变为自觉的无产阶级革命战士的历程，显示了无产阶级革命事业的正义性和巨大的感召力，反映了普通群众革命意识的觉醒。小说真实、细腻地写出了她的思想性格的发展变化，展示了其心路历程。她出场时给读者的印象是一个长期受压抑、逆来顺受、胆小怕事的家庭妇女形象。长年的劳累、丈夫的殴打、卑微的地位使她整天沉默不语，提

① 高尔基．母亲［M］．沈端先，译．北京：生活·读书·新知三联书店，2019：378-379．

心吊胆，她“总是侧着身子走路，好像总是担心会撞着什么东西似的”。如果不是时代的变迁和儿子的影响，她也会像丈夫一样无声无息、忧劳以终。发现儿子读“禁书”，她担忧害怕，后来经过与儿子倾心交谈，她提高了认识，有了朴素的革命觉悟，认同了儿子及其工人小组所追求的真理。之后，作者又把她置于纷繁复杂的社会环境和具体的事件中去真实展现其精神觉醒的轨迹。诸如为救儿子到工厂去散发传单，参加“五一”游行示威活动，儿子再次入狱后她搬进城里住，主动与革命者联系，带着传单往返于市镇和乡村之间宣传革命，等等。在不断的斗争锻炼中，其胸襟愈来愈开阔，革命觉悟上升到了一个更高的境界。

尤其是在小说结尾，作者浓墨重彩地描写了尼洛夫娜在车站散发印有儿子法庭演说内容的传单时可歌可泣的壮举。当她发现自己被盯梢时，临危不惧，镇定自若；被捕后面对宪兵们的暴行，她依然坚贞不屈，发出勇敢的呐喊：

> “复活的灵魂，是杀不死的！”……
>
> “血是淹没不了理性的！”
>
> 有人推搡母亲的后背和脖颈，打她的肩膀和脑袋。在一片呼喊、怒吼和警笛声中，周围的一切像昏暗的旋风旋转起来。一种令人头晕目眩的浓稠的东西钻进母亲的耳朵，堵住喉咙，使她感到窒息，脚下的地面在摇晃下陷，她两腿弯曲，全身像火烧似的疼得发抖，身子沉重无力，摇摇晃晃，但眼睛里的光芒却没有熄灭，她看见了许多别人的眼睛，在这些眼睛里燃烧着她所熟悉的勇敢的烈火——是她的心感到亲切的火。
>
> 他们把母亲往门外推。
>
> 母亲挣脱一只手，抓住门框。
>
> “真理是用血海也扑灭不了的……”①

至此，一个大义凛然、勇于牺牲、追求真理的无产阶级革命女战士的形象跃然纸上，挥之不去。同时，巴维尔的母亲尼洛夫娜已经成为能够点燃他人眼中“勇敢的烈火”的大写的母亲。

（三）艺术成就

《母亲》的问世标志着俄国文学发展到了一个崭新的阶段，即社会主义现实主义文学阶段。作为其奠基之作，《母亲》在艺术上鲜明体现了社会主义现实主义文学的基本特征。

第一，新的题材、新的人物和新的主题。《母亲》是一部新型的社会小说。作品第一次深刻地反映了马克思主义政党所领导的工人阶级的革命斗争；第一次反映了工人运动从自发到自觉的历史进程。高尔基按照现实主义创作原则兼容了浪漫主义精神，根据自己对俄罗斯历史和现状的深刻理解，满怀革命的理想主义和英雄主义，塑造出了巴维尔、尼洛夫娜等无产阶级英雄人物形象。

---

① 高尔基. 母亲[M]. 沈端先，译. 北京：生活·读书·新知三联书店，2019：413-414.

在以往小说中，进步人物总受制于不公正的社会环境，作者借表现两者之间的冲突完成了对人物所处时代的批判；在《母亲》中，主人公固然也同旧的社会势力相对立，但同时又与本阶级有着血肉相连、休戚与共的关系，基于这种逻辑基础，作者既着眼于人物与被否定的旧社会环境间的矛盾，也着力表现个人与集体之间新的相互关系以及人民集体意志的成长，肯定新的现实①，由此，作品突破了批判现实主义的窠臼，凸显了社会主义现实主义的崭新内涵。

从人是历史的创造者的观念出发，作者着力描写革命时代所孕育的奋发有为的"新人"，关注巴维尔、尼洛夫娜等创建新生活、具有新型心理的人，他注重以真实的环境、宏阔的场面为依托，以人物个性化的语言和细腻的心理活动来展示人物的复杂性及其阶级属性。

第二，叙事线索分明，视角集中。小说以尼洛夫娜和巴维尔的生活经历为主线，由此连接起各色人物和事件。尼洛夫娜与巴维尔两条线索之间有交叉融合，也有平行发展。母亲尼洛夫娜是小说的中心人物，从情节事件的呈现维度看，作品始终以母亲的视角展开，这样既可以通过她的视角展现广泛的生活内容，又可以通过她对事件的体验、评价揭示其思想性格和精神世界的发展历程。

第三，作品具有鲜明的色彩与浓郁的情感。作者从令人窒息的沙俄社会和工厂环境写起，灰暗低沉的氛围预示着工人阶级悲惨的处境，也蕴含着不觉悟的工人阶级的绝望心情。而当主人公逐渐觉悟之后，作品的色彩开始趋于明朗。从情绪上说，前面更多的是压抑情感的展示，而越到后来，坚定和激昂的情绪就越占据主导地位。

第三节　帕斯捷尔纳克与《日瓦戈医生》

鲍里斯·列昂尼德维奇·帕斯捷尔纳克（1890—1960）是苏联杰出的诗人、小说家、翻译家。1958 年诺贝尔文学奖的颁奖词赞誉他"在现代抒情诗和伟大的俄罗斯叙事文学领域中取得了杰出成就"。

一、生平与创作

1890 年 2 月 10 日，帕斯捷尔纳克生于莫斯科的一个犹太家庭，家中文化氛围浓郁。母亲罗莎·考夫曼是位天才钢琴家，家中常邀请文艺界名流雅士，举办颇具水准的音乐会。父亲列昂尼德·帕斯捷尔纳克是著名的画家、美术院士，交游甚广，他的挚友之一便是大文豪列夫·托尔斯泰。《战争与和平》《复活》等巨著的插图及托尔斯泰临终时的画像均出自列昂尼德之手。托尔斯泰是帕斯捷尔纳克少年时代的精神导师，也直接影响了他的宗教观念的形成。奥地利著名诗人里尔克也是他父亲的朋友，在他上莫斯科德语学校期间，里尔克常常来访，激发了他对诗歌创作的爱好和探索诗歌艺术的激情。在他 12 岁那年，

① 李明滨. 革命生活的教科书：高尔基的《母亲》[M]// 孟庆枢，李毓榛. 外国文学名著鉴赏：下册. 长春：吉林文史出版社，2001：801.

俄国著名作曲家斯克里亚宾成了他们家的邻居，他跟其学习钢琴并上了六年的音乐原理课程，深受其神秘主题的影响。18岁时，他考入莫斯科大学法律系，翌年申请转入历史语言学系读哲学专业，三年后前往德国投身于著名哲学家科恩教授的门下研究哲学。回国后，他决定献身于文学事业。作为一名诗人，帕斯捷尔纳克最初受到俄国象征派大师安德烈·别雷、布洛克，未来派诗人马雅可夫斯基等人的影响。1914年，帕斯捷尔纳克出版了第一本诗集《云雾中的双子星座》。十月革命胜利后，他在莫斯科人民教育委员会的图书馆任职，业余时间从事文学创作。相继问世的两部诗集《生活啊！我的姐妹》(1922)和《主题与变奏》(1923)风格独特，工于技法，集各路诗人之大成，他因此被赞誉为“诗人中的诗人”。1934年帕斯捷尔纳克参加全苏第一次作家代表大会，会上布哈林对其创作予以高度评价，称他为“我们当代诗歌界的巨匠”。但是诗歌评论界对他的诗毁誉参半。他的精湛、高超、纤细的作诗技法得到了赞扬，同时他诗歌中流露出的象牙之塔情调也遭到了许多质疑和抨击。1935年苏联大搞“肃反”运动，许多文艺界人士被捕入狱或遭处决，躲过一劫的帕斯捷尔纳克开始潜心于文学翻译工作。

在苏联卫国战争时期，帕斯捷尔纳克和其他许多作家一样，奔赴战场，写了大量的报道、特写。1946年，在联共(布)中央整顿文艺界的运动中，阿赫玛托娃、左琴科等一批作家受到不公正的批判，帕斯捷尔纳克的作品也难逃厄运，被谴责为无思想性、非政治化和缺乏人民性。他再次陷入沉默，开始潜心翻译西欧古典名著，这项工作一直坚持到他去世前夕。帕斯捷尔纳克的译著在苏联国内外始终享有盛誉，他所翻译的莎士比亚剧作如《罗密欧与朱丽叶》《哈姆雷特》《李尔王》《麦克白》至今仍被公认为出色的俄译本，而歌德的《浮士德》则是他在翻译领域的巅峰之作。

1946年冬，帕斯捷尔纳克开始长篇小说《日瓦戈医生》的创作，近十年而成。手稿在苏联国内遭拒，1957年小说最先在意大利米兰发表，随即引起轰动，被译成20多种语言，风行世界各地。1958年10月23日，瑞典皇家学院授予他诺贝尔文学奖。西方各大媒体对该书竞相炒作，宣称该书的出版标志着“自由俄国之声的重新回荡”——这一切在苏联国内激起了一场轩然大波，10月27日，苏联作家协会宣布，鉴于帕斯捷尔纳克“政治上和道德上的堕落以及对苏联国家、对社会主义制度、对和平与进步的背叛行为”①，决定将其从苏联作家协会开除。在重重压力下，帕斯捷尔纳克宣布拒绝领取诺贝尔文学奖奖金。此事在文学史上被称为“帕斯捷尔纳克事件”。自此，帕斯捷尔纳克过着离群索居的生活。1960年5月30日，帕斯捷尔纳克在孤独中郁郁而终。他的最后一本诗集《雨霁》在他死后出版。1982年，苏联政府为帕斯捷尔纳克恢复了名誉，《日瓦戈医生》于1988年在苏联首次公开出版。

二、《日瓦戈医生》

作为一部现实主义的长篇小说，《日瓦戈医生》以具有强烈的人道主义倾向而闻名世界。其以独特的思想内容和高超的艺术手法，在当时的苏联文学中独树一帜。

① 薛君智.回归：苏联开禁作家五论[M].北京：社会科学文献出版社，1989:59-60.

(一) 故事情节

尤里·安得烈耶维奇·日瓦戈从医学院毕业后成了一名医生，并与青梅竹马的冬妮娅结了婚，不久有了儿子，一家人生活得很幸福。女主人公拉里莎在稀里糊涂地委身于律师科马罗夫斯基之后，身心受到了巨大的创伤。此时，工人子弟帕维尔·安季波夫(小名帕沙)向她伸出了爱的双手，两个人结为夫妇，并育有一女。第一次世界大战爆发，帕沙上了前线。拉里莎思念丈夫，到前线做了护士，却得到了丈夫牺牲的噩耗。一天，拉里莎与上前线当军医的日瓦戈相遇了[①]，双方心中都泛起一种异样的感觉。

十月革命的爆发使日瓦戈深受鼓舞。在一个风雪之夜，风雪吹打着日瓦戈的眼睛，日瓦戈十分激动，觉得十月革命是一场了不起的手术。

冬天来了，然而这却是一个黑暗、饥馑、寒冷的冬天。这样可怕的冬天一连就是三个，日瓦戈一家也过着食品短缺的日子。在莫斯科挨过了一个冬天之后，日瓦戈举家上路，打算搬迁到遥远的乌拉尔地区的瓦雷金诺，路上遭受了千辛万苦，特别是遭到了化名斯特列利尼科夫的帕沙的粗野的盘查，原来帕沙并未阵亡，而是被俘了，当他听说俄国发生了革命，便逃回祖国。他现在已性情大变，变得很残忍。

在瓦雷金诺，日瓦戈在劳作之余开始反复阅读俄罗斯经典作家的作品，并开始写杂记，他的妻子冬妮娅怀孕了，而日瓦戈却在梦中听到了拉里莎"深沉、柔润"的召唤。一天，在瓦雷金诺尤里亚金市图书馆，日瓦戈终于再次邂逅拉里莎。这次相逢确认了两个人宿命的情缘：他们相爱了。这是一对很不寻常的情人，他们各自爱着自己的家人——拉里莎没有避讳她对丈夫的爱和理解，而日瓦戈在感受到爱情的甜蜜的同时也深感有负于心爱的冬妮娅。两个多月后的一天，日瓦戈在去拉里莎那里幽会时，被三个武装的骑兵挡住了去路，成了游击队的俘虏。其间他三次试图逃离游击队，但都被抓了回来。在一个月明如洗的夜里，他再一次悄悄地走进森林，离开了营地，向着他心爱的人的住所走去。他终于来到了拉里莎的家，接着大病一场。在拉里莎的护理下，日瓦戈的身体迅速恢复了健康。拉里莎告诉日瓦戈，自己的处境不妙，她丈夫的处境也不妙。一天，日瓦戈收到了妻子冬妮娅的来信。信中充满了对日瓦戈无限的情愫，同时又透着万般的无奈，信里说，她和孩子将与她的父亲一起被驱逐出境。

寒冬时节，不速之客科马罗夫斯基突然来访，他说日瓦戈、拉里莎、帕沙目前的处境都非常危险，只有他能解救他们，他和同伙要组建远东共和国。最后，他把拉里莎母女给骗走了。第二天，日瓦戈家里来了一个体格健壮的人，此人思维清晰、谈吐直率、坚守原则，原来他就是拉里莎的丈夫帕沙。帕沙是来找拉里莎母女的，他向日瓦戈倾吐了自己对亲人的思念。早晨醒来，日瓦戈一出门，看见帕沙自杀了。

拉里莎走后，日瓦戈极为痛苦，他终日饮酒，间或写诗打发时光。他日益颓丧，行医和写作的能力大为减退，原有的心脏病发展得很快。由于那时苏维埃正施行新经济政策，为了活命，他将自己身上值钱的衣服都换了吃的东西，但仍然困苦不堪，最后只好回到莫斯科。8 月底的一天早晨，日瓦戈到鲍特金医院去任职，这是他第一天上班。电车里到处是人，

---

① 两位主人公在少男少女时代曾在不同场合见过面。

空气污浊，日瓦戈以惊人的毅力拼命挣扎着、挤着，人们踢他，朝他恶狠狠地喊叫。他走下了电车，一步、两步、三步，最后咕咚一声倒在路上，再也没有起来——日瓦戈医生死了。

拉里莎来到莫斯科想为女儿打听一下上大学的事，路过原先的房子时，却看到了日瓦戈的棺材。她悲痛欲绝地与相恋至深的爱人告别。几天后，拉里莎不知所终。

（二）思想内容

《日瓦戈医生》以日瓦戈和拉里莎各自的经历及其在战乱中的爱情为主要线索，在广阔的时空背景上再现了第一次世界大战、俄国1905年革命、二月革命、十月革命、苏联国内革命战争、新经济政策时期等一系列重大的历史事件，倾注了作者对历史和个人命运的深刻而凝重的思考。

首先，作品最重要的主题思想是呼唤人性，主张捍卫人性的纯洁与尊严。在作品中，日瓦戈医生为人和观察世界、评判世界是以他的人道主义思想为尺度的，而这种人道主义又得自他的舅舅尼古拉的影响，尼古拉坚信：基督的福音是历史的基础，历史的进程和社会的发展应该是建立在维护人格自由、捍卫人性纯洁和人格尊严的基点之上的。所以日瓦戈对待十月革命起先是拥护的，他渴望革命，因为沙皇帝国暴露出种种弊端，早已失去了人道的意义，这场革命一下子将非人道的旧秩序砸烂了，“割掉了多年发臭的溃疡”，把几百年来的不合理、非人道的制度判了死刑。他热情地赞扬道：

多么高超的外科手术啊！一下子就巧妙地割掉了发臭多年的溃疡！直截了当地对习惯于让人们顶礼膜拜的几百年来的非正义作了判决。

关键是毫不使人恐惧地把这一切做完，这里边有一种很久以来就熟悉的民族的亲切感，是一种来自普希金的无可挑剔的磊落光辉，来自托尔斯泰的不模棱两可的忠于事实。①

日瓦戈以充满诗意的辩证法思量着这场迅猛革命之伟大和非凡：

主要的是应该看到这绝妙的英明表现在什么地方。假如说让谁去创造一个新世界，开创新纪元，他一定需要首先清理出相应的地盘。他肯定要等着旧时代先行告终，而为了着手建设新的世纪，他需要的是一个整数，要另起一段，要的是没有涂写过的一张白纸。

但现在却一蹴而就。这是空前的壮举，是历史上的奇迹，是不顾熙熙攘攘的平庸生活的进程而突然降临的新启示。它不是从头开始，而是半路杀出，不是在预先选定的时刻，而是在奔腾不息的生活的车轮偶然碰到的日子里。这才是最绝妙的。只有最伟大的事情才会如此不妥当和不合时宜。②

① 帕斯捷尔纳克. 日瓦戈医生[M]. 蓝英年，张秉衡，译. 北京：人民文学出版社，2006：189.

② 帕斯捷尔纳克. 日瓦戈医生[M]. 蓝英年，张秉衡，译. 北京：人民文学出版社，2006：189–190.

但是，随着革命的深入，暴力力度的加大，日瓦戈越发不能理解在特殊情势下苏维埃政权所采取的以革命暴力反抗反革命暴力的正义性和必要性。他希望通过以改良主义的方式完成社会变革，提倡和平过渡。对待大是大非是如此，对待个人生活他也是从人的角度出发的。他称赞普希金和契诃夫充满人道主义精神的纯朴的俄罗斯品质，他们安静地生活，做自己的工作，这些工作日后将变得越来越有意义。然而，风云突变的时代不可能给日瓦戈医生提供发挥个人才能的机会，他那朴实、纯洁、富于人性的人生理想被风起云涌的时代大潮荡涤得无影无踪。天资颇高、博学多才的日瓦戈竟然成了新时代的"多余的人"，成了一个无能之辈。事业上他一事无成，生活上他一败涂地。但即使是这样，日瓦戈医生仍然执着地遵循着自己关于人的信念。

对日瓦戈与拉里莎两个人的爱情描写是作品的华彩篇章，集中体现了作者对追求个性的肯定，从而深化了关注人性、呼唤人性的主题。日瓦戈与拉里莎之间的爱情源于一种内在品质、精神气质方面的彼此吸引。他们两个人都心地善良，以善为善，追求个性的自我完善，对暴力持有一种天然的反感。所以，当时代的巨浪将这两个志趣相投的人冲到一起的时候，在灵与肉结合的爱情里，他们追求个性解放的初衷、他们品格中的"真善美"就彼此辉映着，点亮了瓦雷金诺的荒郊僻野。但严酷的现实毁掉了一切，有情人最终阴阳两隔。在日瓦戈的葬礼上，拉里莎扑倒在爱人的尸体上痛不欲生，喃喃轻语：

> 你的离开，我的结束。……生命的谜，死亡的谜，天才的魅力，质朴的魅力，这大概只有我们俩才懂。而像重新剪裁地球那样卑微的世界争吵，对不起，算了吧，同我们毫不相干。[①]

的确如此，他们的人生理想距离现实世界太远了，所以他们注定要被铁血时代所伤。在此，帕斯捷尔纳克对于两个人的爱情予以了一种诗性的肯定：

> 他们彼此相爱并非出于必然，也不像通常虚假地描写的那样，"被情欲所灼伤"。他们彼此相爱是因为周围的一切都渴望他们相爱：脚下的大地，头上的青天，云彩和树木。他们的爱情比起他们本身来也许更让周围的一切中意：街上的陌生人，休憩地上的旷野，他们居住并相会的房屋。
>
> 啊，这就是使他们亲近并结合在一起的主要原因。即便在他们最壮丽、最忘我的幸福时刻，最崇高又最扣人心弦的一切也从未背弃他们：享受共同塑造的世界，他们自身属于整幅图画的感觉，属于全部景象的美，属于整个宇宙的感觉。
>
> 他们呼吸的只是这种共同性。因此，把人看得高于自然界、对人的时髦的娇惯和崇拜从未吸引过他们。……[②]

① 帕斯捷尔纳克．日瓦戈医生[M]．蓝英年，张秉衡，译．北京：人民文学出版社，2006：479.
② 帕斯捷尔纳克．日瓦戈医生[M]．蓝英年，张秉衡，译．北京：人民文学出版社，2006：478.

由此，作者肯定了追求个性解放与个性完善的正义性，歌颂了永恒的人性美。

小说对安季波夫（帕沙）所作的性格上的定位与处理从另一个侧面来凸显人性的可贵与人性美。安季波夫从孩提时代起心中就充满了崇高的志向，认为人应该在严守规则的前提下去寻求完美，可是拉里莎曾经失身的现实使他深受打击，痛苦之余，他匆匆考入军校，妄图做生活的铁血裁判者。后来，凭借善于克制自己的天性，“只认得什么原则、纪律”的安季波夫终于如愿成了显赫一时的红军将领。他违心地克制着自己，多年狠心地不见自己的妻女，继续遵循着所谓的原则。然而内心深处人性的火花是扑不灭的，当“俄军准尉”的履历使他也成为被清洗的对象时，他禁不住潜往瓦雷金诺，期盼和妻女见上最后一面。得知妻女已随白卫军军官永远地离开了瓦雷金诺，安季波夫开枪自杀了。

其次，反思历史，反对暴力革命。这是与作品呼唤人性的主题密切相关的。由于帕斯捷尔纳克非常推崇个性尊严，提倡个性解放，渴望有一个宽松的个性生存空间，所以在小说中，暴力，尤其是那种被宗派主义的辞藻和抽象的公式加以美化的暴力就成了被否定的东西。帕斯捷尔纳克通过形形色色人物的悲惨遭遇表明了暴力革命给人带来的不幸——独立的个性、宝贵的人性美都在暴力的蹂躏下灰飞烟灭。革命爆发后，物质匮乏，日瓦戈不得不举家远离莫斯科，过着颠沛流离的生活。后来他又被俘做了游击队的军医，不能尽一个父亲和丈夫应尽的义务，天伦之乐被暴力完全摧毁了。在学业上，日瓦戈原本应该是一个前程似锦的人，可是战争和动荡的社会环境让他一事无成。后来他的妻儿被驱逐出境，永远地离开了祖国；情人拉里莎被迫去了远东，永远地离开了瓦雷金诺。日瓦戈及他周围的普通人无论是否曾经倾心于革命，最终的命运都是悲剧性的，这一切表明暴力革命是造成这些后果的可怕根源。承袭这一思路，小说描写了革命后的残酷现实，向人们表明暴力革命破坏了生活，使历史倒退。在家庭生活方面，几乎所有的家庭都支离破碎，人们无家可归。拉里莎说：“所有的生活和习俗，人们的家庭与秩序有关的一切，都因整个社会的变动和改造而化为灰烬。”所有这一切在作者看来，都是对传统生活的残酷践踏，暴力革命是社会一切不幸的根源。当然，作者的这些理解体现了他对历史认识的局限性，在某种意义上也体现了作者对创作该书时期的苏联现状的反思。

（三）艺术成就

《日瓦戈医生》是一部风格独特的作品，取得了很高的艺术成就。

第一，独特的现实主义创作理念的诗性表达。帕斯捷尔纳克的现实主义艺术创作过程是这样一个公式：现实通过自我进入艺术。而他的现实又是用力量的光线穿透过的生活，也就是经过作者的自我感觉、自我体验染上强烈感情色彩的现实，大自然也是如此意味上的“现实”，同样需要加以观照、过滤。由此，作品完全打破了流畅叙述的传统，带有明显的象征性、印象主义风格，体现了以抒发情感取代现实描写的艺术观，充满浓郁的主观性和强烈的直觉性。

第二，隐喻、象征手法的运用。作品中多处运用了隐喻和象征手法。“日瓦戈”来源于俄语中的“生命”一词，暗喻主人公的遭遇和命运即“生命”的遭遇和命运，由此，“日瓦戈”成了生命的象征。如此一来，作品的内涵得到了丰富，整部作品的底蕴显得更加厚重而深广。在美国学者埃德蒙·威尔逊[①]看来，拉里莎和帕沙、科马罗夫斯基、日瓦戈三个男人之间的关系具有深刻的象征意味。拉里莎象征着俄罗斯文化女神，整部小说写的就是男性为争夺女神归属权而发生的历史冲突。

此外，暴风雪和烛光两个意象也在作品中反复出现，含义丰富而复杂。暴风雪象征着时代的风暴，十月革命的消息在呼啸的大地上裹挟着暴风雪传来，象征着革命风暴亦善亦恶。烛光象征着生命、希望和善与美。窗台上那支燃烧的蜡烛和玻璃上的冰凌融化出来的圆圈是作品中出现多次的意象，除了宗教内涵，烛光还是沟通日瓦戈和拉里莎性灵的火光。

第三，小说采用了音乐奏鸣曲式的结构。这种奏鸣曲式的结构使得小说的每一部分既相对独立，又交互影响，显示出非凡的共鸣艺术效果。第一章至第十五章是第一部分，以日瓦戈和拉里莎的生活为主题，组成了一个二重奏，叙述着纷乱的过去。第十六章是第二部分，乃上述二重奏主旋律的尾声。第十七章收录了日瓦戈歌颂爱和救赎的抒情诗，在浓郁的宗教情结中，奏响了整部奏鸣曲中不可或缺的最强音。这三部分既独立又交融，再现了广阔的时空，显示出这部小说史诗般的气势。

第四节 卡夫卡与《变形记》

弗朗兹·卡夫卡（1883—1924）是表现主义文学最具代表性的作家，被誉为“现代艺术的探险者”和“欧美现代派文学之父”。

一、生平与创作

1883 年 7 月 3 日，卡夫卡生于奥匈帝国统治下的波希米亚首府布拉格。他的父亲赫尔曼·卡夫卡是个高大、强壮的男人，曾经服过兵役，是个白手起家的零售、批发经营商。天生羸弱、胆怯、迟疑不决、惴惴不安的卡夫卡在父亲这个巨人面前充满恐惧和不安。父亲成了一位拥有绝对权威的法官，成了一位暴君，具有一切暴君所具有的种种神秘莫测的特性。母亲也是个没有童年的人，忙着料理生意，无暇照顾卡夫卡。卡夫卡自幼独自一人面对的就是形形色色的保姆、年老的奶妈、恶语相向的厨子和面色沉郁的家庭教师。所以，卡夫卡后来说：在自己的家庭里，他比陌生人还要“陌生”。

卡夫卡 6 岁上小学，中学期间对自然主义戏剧、易卜生、斯宾诺莎、尼采、达尔文等人的著作产生兴趣。他 1901 年通过中学毕业会考，同年 11 月考入布拉格大学，对文学产生了浓厚的兴趣；1906 年被授予法学博士学位；1907 年在保险公司上班，翌年放弃这份工作，进入半官方的布拉格工人工伤事故保险公司任职。他一生除了偶尔因出差、访友、旅游、养病等原因暂时离开，几乎一直都生活在布拉格。

卡夫卡的身份充满了悖谬：国籍属于奥地利，文化属于德意志；生活在人口压倒多数

① 埃德蒙·威尔逊（1895—1972），美国评论家，文艺理论家，帕斯捷尔纳克研究领域公认的权威。

的捷克人中间，而自己则是一个纯粹的犹太人；虽然具有犹太血统，却又和犹太人的宗教和文化传统相隔绝，是个“不入帮会的犹太人”。这种生存体验深刻地影响了卡夫卡的思维乃至创作。这种悖谬也贯穿了卡夫卡的生活：他渴望婚姻与家庭，却三度订婚又三度解除婚约，终身未娶；他视写作为生命，最后却一再嘱咐他的好友马克思·布罗德[①]将他的全部作品付之一炬；他分明说，他生就的只有弱点，以至任何障碍都能把他摧毁，乃至在日记中如此言说：“在巴尔扎克的手杖上刻着：我摧毁了一切障碍。在我的手杖上则是：一切障碍摧毁了我。共同的是这个‘一切’。”[②]但在别的一些场合他又不止一次地说自己是个坚不可摧的战斗者。卡夫卡确认生活本身就是不幸，存在本身就是不安。人们想借外在的手段获得自由，可惜所见到的只是一片异化世界里“恐惧与绝望”滋生的荒漠。在卡夫卡看来，这个时代所谓积极的因素是微乎其微的，值得记录的是这个世界的非理性、荒诞以及罪恶意识。

1917年8月初，卡夫卡在游泳时吐了几口鲜血，几经周折，于当年9月初被确诊患上了肺结核。1924年6月3日，卡夫卡死于维也纳医院。

卡夫卡的文学遗产多达三百万字，其中的优秀作品有：短篇小说《判决》(1912)、《变形记》(1912)、《在流放地》(1914)、《饥饿艺术家》(1922)、《地洞》(1923)等；短篇小说集《乡村医生》(1920)；长篇小说“孤独三部曲”《美国》(1912—1914)、《审判》(1914—1918)、《城堡》(1922—1924)都是未竟之作。

《判决》是卡夫卡从晚上10:00到凌晨6:00“一气呵成”创作而成的，集中表现了卡夫卡本人对父权压迫的深刻体验。主人公格奥尔格将要结婚，他先通知了朋友，又去通知父亲。父亲听到他要结婚的消息时十分不悦，斥责他结婚就是出卖朋友和父母。小说最后，父亲宣布了对他的判决：“我现在判你去投河淹死！”格奥尔格飞快地跑去投河了，临死前低声喊着：“亲爱的父母亲，我可一直是爱着你们的。”格奥尔格的父亲已经老朽不堪，但在儿子眼里他依然是一个不可违抗的上帝。在父亲长期严厉的管制下，格奥尔格已经丧失了基本的判断力和反抗力，对父亲唯命是从，哪怕事关生死。作品展示了一个年轻人如何在父权的压迫之下异化为非人的过程，具有震撼人心的艺术效果。

《审判》是卡夫卡对法院及官僚机构的“审判”。一天清晨，银行高级职员约瑟夫·K在自己的寓所里突然被宣布逮捕，但没有被马上关进监狱，反而被告知可以正常工作、生活，只是庭审的时候要去法庭。约瑟夫·K完全不知道自己犯了什么罪。他向多方求救，试图洗刷自己。然而，随着时间的推移，约瑟夫·K不断意识到无法避免的结局在等待着自己：这个法院非同一般，一旦你被捕，你就在劫难逃，“审判”即意味着“处决”。他渐渐由自信、无所谓变成了绝望、无可奈何。一年后的一个深夜，两个听差将他从寓所带往一个荒废的采石场，用一把屠夫用的双刃刀将他处死了。作品对现代司法的荒诞性进行了极为深刻的反思，也体现了人的孤独意识和弱者情怀。

---

① 马克思·布罗德(1884—1968)，出生于布拉格的奥地利犹太作家，卡夫卡在大学时代与他相识，结为终生好友。在卡夫卡去世后，他整理出版了卡夫卡的全部作品。

② 卡夫卡. 卡夫卡全集：第5卷[M]. 黎奇，赵登荣，译. 北京：中央编译出版社，2015：153.

《城堡》是最具卡夫卡特色的一部长篇小说。主人公K是个外乡人，自称是一名土地测量员，深夜踏雪来到城堡下属的村子，准备第二天进入城堡面见最高统治者C伯爵，以期获准在此地落户工作。第二天一早，K动身去城堡，然而看上去并不远的城堡却总是可望而不可即。失望而归的K却意外发现，城堡给他派了两名助手。从这个荒唐的起点开始，K接下来遇到的事总让人大惑不解。他没做什么工作，却受到城堡的表扬；城堡虽肯定他的工作，却始终不让他进入城堡。K就这样忙来忙去，与城堡中的人接触，却始终未能进入城堡。由于卡夫卡在作品中运用了高度抽象化、象征化的艺术手法，同时这又是一部未竟之作，《城堡》比起卡夫卡的其他作品也就具有了更加难解的多义性。它既可以象征如卡夫卡一样因犹太人的特殊身份和卑微的社会地位而一直无法进入主流社会的小人物所面临的孤独境遇，也可以象征人类活在世上既有目的可循却又终究寻不到出路的荒诞命运。

美国诗人奥登在1941年发表的《卡夫卡问题》中指出："就作家与其所处时代的关系而论，当代能与但丁、莎士比亚和歌德相提并论的第一人是卡夫卡……卡夫卡对我们至关重要，因为他的困境就是现代人的困境。"① 正因为卡夫卡最早把握住了20世纪的时代精神特质，最先表现了"现代人的困境"，所以被公认为现代主义小说的鼻祖。

二、《变形记》

《变形记》是卡夫卡最有代表性的作品之一，这部小说于1912年12月7日写成，1915年10月发表于《白色书页》杂志。

（一）故事情节

故事开头便写道："一天早晨，格里高尔·萨姆沙从不安的睡梦中醒来，发现自己躺在床上变成了一只巨大的甲虫。"② 原来，格里高尔是个旅行推销员，经常坐火车出门揽生意，忍受着不定时且低劣的饮食，所谓的朋友也只是萍水相逢的交情。父亲的公司五年前就破产了，他独自支撑着家里的所有开销，整日疲惫不堪，唯一的爱好是木工活儿。他还有个妹妹葛蕾特，喜欢小提琴，兄妹情深，他最大的梦想就是明年将妹妹送进花费不菲的音乐学院，他已经攒好了一笔钱，打算在圣诞节这天宣布这项令人兴奋的计划。眼下，出差时间早就过了，家人已经开始轮流召唤他起床，母亲在轻轻地叩门，父亲随即用拳头敲门，之后是妹妹悲戚的哀求，最后连公司的秘书主任也亲自出马了。格里高尔不时地应付着，但惊诧地发现自己的声音在一点点失去人声，变得不可理喻。他终于将偌大的身体甩出床外，挪到门口打开了房门——见到他那副骇人的模样，所有人都惊得目瞪口呆！母亲当即昏了过去，秘书主任夺门而逃，格里高尔不想失去这份工作，竭力跟在秘书主任身后解释着。父亲也不镇定，"无情地把他往后赶，一面嘘嘘叫着，简直像个野人"。格里高尔头昏脑涨地被赶向自己的房间，身子卡在门口，父亲的手杖不失时机地从后面推了他一

---

① 转引自：袁可嘉. 欧美现代派文学概论［M］. 上海：上海文艺出版社，1993：259.

② 卡夫卡. 城堡　变形记［M］. 韩耀成，李文俊，译. 杭州：浙江文艺出版社，1995：291. 本节所引《变形记》的引文均出自该书。

把,他受伤了,汩汩地流着血。

起先家人还以为格里高尔只是遭受了厄运,然而他身上的虫性因素还是逐渐显露出来了,从饮食的口味到爬行的趣味。格里高尔的外部变形是彻底的,但他却一直保持着人的思维和感受力,仍然担心着家里的经济状况。妹妹虽然承担起给他喂食的任务,但毫不掩饰对哥哥那个甲虫"窝"难闻气味的厌恶。有一次,妹妹进来看到哥哥正趴在窗前凝视窗外,居然受到了惊吓!为此,格里高尔花了四小时的工夫用背部将床单挪到自己蜗居的沙发上,使妹妹即使弯下腰也看不见他。两个月过去了,母亲终于第一次进入他的房间。母女俩决定将屋子里的家具搬走,以便给他腾出更多的爬行空间。格里高尔不能接受将他做人时候的记忆全部抹掉,他决定出击,尤其要捍卫自己心爱的手工制作:

> 她们在搬清他房间里的东西,把他所喜欢的一切都拿走;安放他的钢丝锯和各种工具的柜子已经给拖走了;她们这会儿正在把几乎陷进地板去的写字桌抬起来,他在商学院念书时所有的作业就是在这张桌子上做的,更早的还有中学的作业,还有,对了,小学的作业——他再也顾不上体会这两个女人的良好动机了,他几乎已经忘了她们的存在,因为她们太累了,干活时连声音也发不出来,除了她们沉重的脚步声以外,旁的什么也听不见。
>
> 因此他冲出去了——两个女人在隔壁房间正靠着写字桌略事休息——他换了四次方向,因为他真的不知道应该先拯救什么;接着,他看见了对面的那面墙,靠墙的东西已给搬得七零八落了,墙上那幅穿皮大衣的女士的像吸引了他,格里高尔急忙爬上去,紧紧地贴在镜面玻璃上,这地方倒挺不错;他那火热的肚子顿时觉得惬意多了。至少,这张完全藏在他身子底下的画是谁也不许搬走的。他把头转向起居室,以便两个女人重新进来的时候可以看到她们。①

尽管葛蕾特努力不让母亲看见哥哥,但是母亲还是看到了一大团棕色的团块趴在花墙纸上,她口里喊着"上帝",绝望地晕过去了。葛蕾特冲哥哥挥着拳头,死死地盯着他,然后冲进起居室找药,格里高尔想帮忙,也跟了过去,结果使妹妹受到了惊吓,打碎了药瓶。正在一片慌乱之中,父亲大人回来了,他武断地认为是格里高尔跑出来闯祸来了,于是在后面追赶、驱逐甲虫儿子,最后拿起苹果"炮弹"向格里高尔开火,一个苹果正好击中了他的后背,深深地嵌进了肉里,格里高尔受了致命伤。

苹果造成的重伤使格里高尔一个多月动弹不得,没有人敢替他取下那个烂苹果。家人都找到了各自的营生,对格里高尔的照料变得极其敷衍,妹妹不再花心思了解他的口味,打扫卫生也是尽可能对付,格里高尔的房间里到处是灰尘和污物。家里经济不景气,招来了三位房客,所有的旧物都被扔进了格里高尔的房间。格里高尔变得非常虚弱,他一直挨着饿,背上的创伤也已经化脓溃烂了。一天,房客们请葛蕾特在客厅里演奏小提琴,

---

① 卡夫卡.城堡　变形记[M].韩耀成,李文俊,译.杭州:浙江文艺出版社,1995:317-318.

格里高尔被乐曲声吸引，蒙着厚厚的一层灰脏兮兮地爬到了整洁的大厅地板上。房客们恼火地抗议居然有这样一位邻居，威胁着拒付房租甚至索要赔偿。妹妹表示“再也无法忍受了”，完全撕下了面具，急急火火地提出必须弄走这个“怪物”，情绪极为激动：

“他一定得走，”格里高尔的妹妹喊道，“这是唯一的办法，父亲。你们一定要抛开这个念头，认为这就是格里高尔。我们好久以来都这样相信，这就是我们一切不幸的根源。这怎么会是格里高尔呢？如果这是格里高尔，他早就会明白人是不能跟这样的动物一起生活的，他就会自动地走开。这样，我虽然没有了哥哥，可是我们就能生活下去，并且会尊敬地纪念着他。可现在呢，这个东西把我们害得好苦，赶走我们的房客，显然想独霸所有的房间，让我们都睡到沟壑里去。瞧呀，父亲，”她立刻又尖声叫起来，“他又来了！”在格里高尔所不能理解的惊慌失措中她竟抛弃了自己的母亲，事实上她还把母亲坐着的椅子往外推了推，仿佛是为了离格里高尔远些，她情愿牺牲母亲似的。接着她又跑到父亲背后，父亲被她的激动弄得不知如何是好，也站了起来，张开手臂，仿佛要保护她似的。①

格里高尔无意吓唬任何人，他缓缓地爬动着。没等虚弱的格里高尔完全爬回房间，妹妹就一阵风似的关上了门，插上了门销，格里高尔的最后一眼落在母亲身上，可她差不多已经睡着了。

“现在又该怎么办呢？”格里高尔自言自语地说，向四周的黑暗扫了一眼。他很快就发现自己已经完全不能动弹了。这并没有使他吃惊，相反，他依靠这些又细又弱的腿爬了这么多路，这倒真是不可思议。其他也没有什么不舒服的地方了。的确，他整个身子都觉得酸疼，不过这酸疼也好像正在逐渐减轻，以后一定会完全不疼的。他背上的烂苹果和周围发炎的地方都蒙上了柔软的尘土，早就不太难过了。他怀着温柔和爱意想着自己的一家人。他消灭自己的决心比妹妹还强烈呢，只要这件事真能办得到。他陷在这样空虚而安谧的沉思中，一直到钟楼上打响了半夜三点。从窗外的世界透进来的第一道光线又一次地唤醒了他的知觉。接着他的头无力地颓然垂下，他的鼻孔里也呼出了最后一丝摇曳不定的气息。②

格里高尔死了。一家人如释重负，他们商量着请好了假，乘电车到郊外快乐地春游去了。车厢里充满温暖的阳光，三个人满心期待地憧憬着未来。

（二）思想内容

格里高尔的故事告诉我们：在某种意义上，善是无望的。这部作品呈现出现代人在高

① 卡夫卡. 城堡　变形记［M］. 韩耀成，李文俊，译. 杭州：浙江文艺出版社，1995：332.
② 卡夫卡. 城堡　变形记［M］. 韩耀成，李文俊，译. 杭州：浙江文艺出版社，1995：323.

拓展阅读：异化

度发达的商业文明下的一种前所未有的压抑、沮丧乃至绝望的情绪。一般认为，《变形记》这部作品集中反映了卡夫卡创作的基本主题：人的异化。

首先，小说通过主人公变成大甲虫的荒诞故事表现了现代资本主义社会中劳动对劳动者身心的“异化”。劳动本来是人的创造力和价值的体现，但在现代资本主义社会里，劳动则降为谋生的手段和被出卖的商品。格里高尔一生辛苦奔波，摈弃一切嗜好乐趣，完全沦为家人赚钱的工具。变成甲虫之后，他对自己的处境考虑得很少，居然还想挣扎着爬起来去上班，还在乞求上门威逼的秘书主任允许他继续为公司卖命：“我很愿意工作；出差是很辛苦的，但我不出差就活不下去。”直到临死前，他还幻想着“下一次门再打开时他就要像过去那样重新挑起一家的担子”。这样，劳动对他而言，没有丝毫的人生快乐和价值体现，完全成为生存的负累。

其次，小说也揭示了现代资本主义社会中人与人之间的“异化”关系。在作品中，我们几乎看不到温馨的人情人伦关系，格里高尔牺牲青春岁月替父亲还债，他的所有付出没有换来一缕真情。他是个兢兢业业的好员工，一直不遗余力地勤恳工作着，而在公司老板的眼里他不过是个创造剩余价值的机器而已。当格里高尔没能按时出差时，公司立即派遣秘书主任前来问罪，甚至责问他是否贪污了公款。在父母的眼中，他的价值也仅仅在于养家糊口，是一台赚钱机器，所以，在他变成甲虫之后，家人对他的态度才会由以前的尊重和所谓的“爱”变为嫌弃和憎恶。母亲对变形后的儿子充满了恐惧，被数次吓晕过去；父亲一再施行高压政策，用手杖、皮鞋、苹果对付他；妹妹似乎很爱哥哥，但是她也慢慢变得无情起来，后来竟然连续几天忘记给他喂食，最后疯狂地怨恨他并希望他早一点死去。在某种意义上我们可以这样理解：是妹妹杀死了格里高尔！所以说，妹妹的形象在人性的发展史上是暗藏在《变形记》中的另一部“变形记”。帮佣与房客对他也是避之唯恐不及。这种描写将现代资本主义社会人与人之间的异化关系暴露得淋漓尽致，所以加缪说这部作品是伦理学的一幅“惊人的画卷”。

最后，小说通过格里高尔变形后的内心体验表现了现代资本主义社会中人的自我被异化，人无法掌握自己的命运，无力摆脱生存的恐惧感、孤独感。变形前，格里高尔为担起家庭的生存重担成为一名旅行推销员，处处受到公司和老板的支配。他承受着巨大的生存压力，随时可能被解雇的恐惧时刻缠绕着他，在这种精神折磨下，他逐步丧失了个性和自主性，日益深重的沮丧和压抑盘踞着他的内心。但更恐怖的事情发生了，格里高尔一夜间变成了一只悲哀的大甲虫！变形后，当秘书主任看见他变成了甲虫，拔腿要回公司时，他害怕极了，苦苦哀求秘书主任替他说好话，但情急之中无法清晰表达，反而吓跑了秘书主任。随着言语能力的逐步丧失，与他人的沟通无法实现，他在他人眼中失去了人的地位和被理解的可能性，于是格里高尔的无助感逐步加重。失去人形的格里高尔自惭形秽，整天在空空荡荡的房间里无聊、无助地爬来爬去，至多只能趴在窗台上向外张望。懊丧、难堪、孤独和痛苦，渴望理解的焦虑以及不能再工作的忧伤成了他变形后主要的心理特征。这样，曾在古典作家笔下作为“宇宙的精华，万物的灵长”的人在精神上完全成了可怜虫。

卡夫卡借格里高尔孤独绝望的内心展现了个人对社会、对人生的深刻理解，深刻地表明了现代西方人典型的心理和精神状态。

（三）艺术成就

第一，独特的叙述角度与叙述手法。卡夫卡是现代小说艺术的辛勤探索者和实践者，他善于通过奇特的构思勾勒出夸张而又真实的画面，他把现实与非现实、合理与悖理、常人与非人交织在一起，从而赋予作品相当丰富复杂的内涵，使作品主题具有多重性、矛盾性，契合了现代读者复杂的阅读要求，使他们对世界、人生获得全新的认识和理解。作品以极为冷静、客观的叙述口吻来讲述这个荒诞的变形故事，貌似客观，实则偏重情感和意绪的宣泄，是纯主观的，因为我们发现，故事实际上是在“虫形人心”的主人公格里高尔的心理框架内演进的。卡夫卡运用“图像式”的表现手法并取得了显著的艺术效果，这也体现了表现主义叙事文学对待生活的基本态度。格里高尔的悲剧正是作者卡夫卡自己的心灵被物化的悲剧的反映。

第二，象征寓意的意象构筑。卡夫卡的每一篇作品都是一则现代寓言。他喜欢用寓言方式来剖析现代社会无处不在的异化，以及人生的孤独、绝望、荒诞、非理性。这里的象征寓意还可具体分为整体象征、情节象征和细节象征等。如《变形记》的书名本身，整体象征的就是“变形”与“异化”之间的关系问题。而小说中“人变成大甲虫”的情节，象征的就是在资本主义社会中小人物走投无路的绝望境地，表现了在资本主义制度下人被异化的骇人场面。所谓细节象征，就是指某些细节本身就有象征意义。如格里高尔与家人的关系，就象征了现代人感情生活中的荒诞。

第三，《变形记》作为卡夫卡的代表性作品，表现出他独特的语言艺术造诣。整部小说像日常生活用语，简单而生动；又像法律用语，严密而精确，娓娓道来，无一赘疣。尽管小说的主要情节是荒诞的，但卡夫卡对事件过程的描述完全是现实主义的，冷静而细致，解释事物的因果关系逻辑严谨，推理缜密，无懈可击——使读者难以摆脱作者的叙述逻辑。由此带来了风格上的“佯谬”（paradox）特质，即常规的理性、客观的逻辑在他的小说世界中被卡夫卡式的思维方式、逻辑轨道取而代之。他为读者呈现的是隐藏在现实后面的、经过生活发酵的、变形成一种陌生形态的世界的面貌。除了陌生感，在卡夫卡的小说世界里读者还会不断发现自相矛盾、似是而非的情节，仿佛陷入一个文字的迷宫里。“佯谬是在自相矛盾中构成的。”“卡夫卡的佯谬就是让你的思维在逻辑的与非逻辑的轨道上来回滑动，但又始终不让它到达两个极的顶端。”①

第五节 乔伊斯与《尤利西斯》

詹姆斯·乔伊斯（1882—1941），爱尔兰作家，意识流小说的代表人物。他用意识流的创作手法，把现代西方人的精神危机表现得淋漓尽致。

① 叶廷芳. 现代艺术的探险者[M]. 广州：花城出版社，1986：132.

一、生平与创作

乔伊斯出生在都柏林一个中产阶级家庭。祖上几代人都热衷于政治活动，这使得乔伊斯也有强烈的民族意识。他早年在教会学校读书。乔伊斯15岁获全爱尔兰最佳作文奖；16岁时进入都柏林大学学习，专攻语言和哲学；20岁时大学毕业，获学士学位。毕业后他去巴黎学习医学，后因母亲病危，又返回爱尔兰，在都柏林一家私立学校教书，并开始练习文学写作。其间，1904年6月乔伊斯结识一位旅店女招待诺拉·巴纳克尔，并与之相爱。因为厌倦都柏林的生活，他决定“放逐”自己，携巴纳克尔离开了都柏林，赴欧洲大陆生活。他先后在苏黎世、罗马等地任银行职员和教师，并开始他的文学创作生涯。乔伊斯从1920年起定居巴黎，结识了一些在巴黎的各国文学名流。乔伊斯主要从事专业文学创作，也靠教授英语维持生活。乔伊斯身体一直不好，多年患有眼疾，最终双目失明，1941年1月13日病逝于苏黎世。

作为意识流小说的代表作家，乔伊斯穷尽一生的创作，力图探索一条揭示人类心灵史的文学之路。他的第一部短篇小说集《都柏林人》完成于1905年，由15篇短篇小说组成，主要表现都柏林市民的平庸生活。

长篇小说《一个青年艺术家的画像》(1916)具有很强的自传色彩。小说分为五章，每一章书写斯蒂芬心灵成长的一个过程。第一章，冲突的开始，讲述了斯蒂芬幼年、童年阶段的成长故事，但是作者没有把重点放在事件本身上，而是通过事件在斯蒂芬的心理上引发的冲突来描写，着重描写年幼的斯蒂芬对身体遭受伤害的恐惧。第二章，青春的骚动。《基督山伯爵》中的女主人公带给他浪漫幻想、现实中的少女带给他激动，斯蒂芬的本能与宗教信仰、教育、理性发生冲突，在挣扎中最终本能战胜了一切，他在一个妓女的怀抱中获得了快乐和满足。第三章，忏悔阶段。对宗教的恐惧使他承担着沉重的精神负担，内疚、负罪使斯蒂芬最终去向神父忏悔。第四章，精神涅槃。忏悔之后，斯蒂芬潜心修炼，得到了教会的认可。但是在美好生活的感召下，他决意摆脱教会的束缚，拒绝接受神圣的神职，而投身于生活和艺术之中。第五章，拥抱世界。斯蒂芬进入大学，通过和同学的讨论及他日记的片段，明确表明了他对国家、政治、宗教、美学、艺术的观点，这也是全书一系列冲突的一个精神总结。乔伊斯尤其借助斯蒂芬表达了自己的文艺思想。

长篇小说《尤利西斯》(1922)是乔伊斯最重要的代表作，是作者震撼世界的一部作品，小说被称作“天书”，把意识流小说的心灵揭示推向极致。

晚年，乔伊斯创作了《芬尼根的苏醒》(1939)，其艰深晦涩程度尤甚于《尤利西斯》。书名来自爱尔兰酒吧小曲中讲述的故事，芬尼根是一个泥瓦匠，意外地从梯子上摔下来死了。人们在他的葬礼的前一天夜里为他守灵，威士忌的香气使他复活。小说中的“芬尼根”是都柏林郊外一家酒吧的老板伊厄威克，小说就是以伊厄威克及其家人在一夜间的梦幻呓语为主要内容的，探讨了历史循环、文明轮回的问题。

二、《尤利西斯》

《尤利西斯》是意识流小说的典范之作，也是20世纪最难以理解的作品之一。

（一）作品梗概

小说分3部共18章，描述的是1904年6月16日早上8:00到次日凌晨2:45期间发生的事情。如果我们把这部意识流小说比作河流，那么它有一个附着的河床，那就是生活在都柏林的三个人物一天内的生活琐事。

第1部（第1—3章），22岁的斯蒂芬·迪达勒斯是一所私立中学的历史教师。这一天他8:00起床，同他合住的朋友提到了他最不愿触及的事情，那就是关于他母亲的死。一年前，他在巴黎求学，因母亲病危而回到爱尔兰。母亲在弥留之际请求他跪在病榻前为自己的亡灵祈祷，但斯蒂芬出于对宗教的反感，竟拒不从命。母亲含恨死后，斯蒂芬内心一直忍受着精神的煎熬，在悔恨和内疚中度日如年。他带着阴郁的心情离开住所到学校上课，课后来到校长室领工资，又听了一阵子校长絮絮叨叨地讲什么历史，讲什么女人误国。离开学校，徜徉在沙滩上，斯蒂芬思绪万千，关于哲学、历史、宗教、艺术等抽象思维汇集在一起，像河流一样滚滚流淌。人间的沧桑、时空的交错在他的心中激荡。

第2部（第4—15章），38岁的匈牙利裔犹太人利奥波德·布卢姆是一家报社的广告人。早上8:00，他去购买他非常喜欢的羊腰子，回家后为妻子玛莉恩·布卢姆（爱称“摩莉”）准备了早餐。他发现邮差送来两封信，一封是女儿米莉的来信，一封是妻子的经理人博伊兰写给妻子的信。妻子摩莉是一个小有名气的歌手，由于布卢姆性能力减退，性欲旺盛的摩莉不时地更换情人，而博伊兰正是摩莉近期的情人。布卢姆感到心情压抑，但面对漂亮的妻子，他又无言以对。早饭后，布卢姆去了邮局，取了两封信，其中一封是他的精神女友玛莎的来信。布卢姆只能通过与一个未曾谋面的女友玛莎的通信来获得精神安慰。从邮局出来之后，他先后去了教堂、药店和一家土耳其浴室，11:00去参加一个葬礼。在墓地，他想起了故去的母亲和幼年就夭折了的儿子，头脑中充满了对生与死的思索。中午他来到《自由人报》报社，向主编谈了自己的广告创意，接着又到了《电讯晚报》。斯蒂芬受校长之托，也来到这里递交了信件。下午1:00，布卢姆在一家饭馆用过简单的午餐，去了国立图书馆。斯蒂芬也在这家图书馆，正与朋友们讨论莎士比亚戏剧等话题。下午3:00，布卢姆、斯蒂芬、摩莉等在都柏林的各个角落进行着各自的活动，这是一个市井万花筒的组合图。下午4:00，布卢姆来到一个餐馆，遇到了博伊兰，他想象着博伊兰即将与摩莉幽会的情景，心情黯然。晚上8:00，布卢姆来到海滨，看到三位少女，其中一位还向他眉目传情，引发了他的情欲。晚上10:00，布卢姆来到妇产医院，看望一位临产的女人。在这里他遇见喝得烂醉的斯蒂芬，他正同朋友们海阔天空聊着生育、节育的问题。斯蒂芬和朋友们离开医院去红灯区，布卢姆不放心，尾随而去。半夜12:00，斯蒂芬在妓院狂欢，想起了母亲，痛苦之余，他打碎吊灯，之后又与两个英国水兵发生争执，被殴打倒地。布卢姆产生错觉，把斯蒂芬当成自己夭折的儿子，将他扶起。

第3部（第16—18章），布卢姆和斯蒂芬来到一家通宵营业的马车夫棚，两个人喝了咖啡，然后回到布卢姆家。斯蒂芬酒醒了，两个人相谈甚欢。布卢姆留斯蒂芬过夜，斯蒂芬谢绝，心存感激地离去。布卢姆脱衣上床，看到了博伊兰和摩莉幽会留在床单上的痕迹，不免内心不快，思绪绵绵中最终还是原谅了妻子。凌晨2:30左右，半梦半醒的摩莉开始意识活动,在她生命中出现的各个男人先后出现在她的性意识当中。听闻丈夫谈及斯蒂芬的事儿,摩莉朦胧中还产生了一种母性的感受,同时又涌现出一种对陌生青壮年男人的渴望。

(二)思想内容

这是一部内容深邃、包容信息巨大的意识流小说。它的主要价值体现在两个方面。

第一,小说表现了现代西方世界严重的思想困惑和深刻的精神危机。对这样一个现代庸人的琐碎生活写照,乔伊斯却冠之以一个庄严的古希腊的英雄名字“尤利西斯”(《奥德赛》的主人公奥德修斯的拉丁文名)。将古老的英雄史诗和现代庸人故事比照起来表现,不论是情节结构的安排还是人物形象的设置,两部作品都有一一的对应关系。《奥德赛》也是分3部,第1部(第1—4章),写忒勒马科斯离家寻找父亲;第2部(第5—12章),写奥德修斯海上漂泊的生涯;第3部(第13—24章),写奥德修斯回到家,与儿子一起惩治求婚者和家中的叛徒。三个人物奥德修斯、忒勒马科斯、珀涅罗珀也与《尤利西斯》中的布卢姆、斯蒂芬、摩莉有着对应关系。在两部作品的对照中,我们深切地感受到,古代那个智慧勇敢的奥德修斯战胜无数的艰难险阻,面对那些无耻的求婚者,他机智果敢杀死了众多的无赖和叛徒;而现代庸人布卢姆整日颓废沮丧,明知妻子与他人偷欢,却只能龟缩在小餐馆里想象着妻子与人偷情的情景。古代坚定务实的忒勒马科斯哪怕只有一丝希望,也要坚定地走向大海寻找父亲;而现代的斯蒂芬只能将对母亲的愧疚寄托在冥想空谈之中,在酗酒、嫖妓、打斗中消磨时光。古代的妻子珀涅罗珀面对众多的诱惑和威逼,贞洁贤良,苦苦等待着丈夫的归来;而现代的妻子摩莉全然不顾丈夫的感受,放荡纵欲。作品通过这一组组古今对照描摹,既衬托出古代英雄的伟岸,现代庸人的猥琐,也让我们洞彻了构成西方现代人“反英雄”本质的具体要素,即布卢姆的庸人主义、斯蒂芬的虚无主义和摩莉的肉欲主义,从而说明现代西方世界严重的思想困惑和深刻的精神危机。

第二,小说体现了作者对现代社会混乱原因的独特理解。在传统的作家那里,世界的本真来自外部客观世界,人的内心世界是在外在世界的作用下形成的。而在现代主义作家的眼里,这一切发生了根本的变化。在他们看来,世界的本真不在于外部世界而在于人的内心世界。外部世界的混乱完全是人的内心世界混乱的结果。因此,内心世界的混乱才是世界上的一切混乱的根本原因。《尤利西斯》一直被人们认为是一部“天书”,其中一个重要的问题就是乔伊斯展示了现代人复杂的心理结构特点。从表面上看,小说的结构就是都柏林的三个普通人一天的生活,准确说是18小时45分钟内的平常生活,事件很具体,内容很琐碎,这本来不难理解。问题是,就在这样一个平常的日子,甚至是什么大事也没有发生的一天,三个人的意识活动却似乎是没有来由地异常复杂。这些意识活动既有对历史的回忆,又有对现实的感想;既有对宗教的评判,又有对艺术的感悟;既有理性的思考,又有潜意识的宣泄。种种意识活动在一种无序的状态下涌动,无边无际。那些清晰而具体的事件并没有为人物的意识活动提供可靠依据。难怪同时代的心理学家荣格在读了《尤利西斯》之后,在写给乔伊斯的信中说:

> 我花了三年时间才读通它……读的时候，我多么抱怨，多么咒诅，又多么敬佩你啊！全书最后那没有标点的四十页（按：指第十八章中摩莉的独白）真是心理学的精华。我想只有魔鬼的祖母才会把一个女人的心理捉摸得那么透。①

这一切都说明，乔伊斯纯熟地驾驭着人物的意识，目的是从本质上揭示他作品中的人物，从而为解答世界的混乱原因提供答案。在他看来，西方现代社会的混乱、无序、琐碎、没落不是外在的原因造成的，关键是现代人的内心丧失了价值、标准、有序和英雄感。

（三）艺术成就

《尤利西斯》作为意识流小说的一部典型作品，在艺术上取得了较高的成就。

第一，作者创造了一种"交替型"意识流小说的新形式。自从出现以来，意识流小说一直以"单一型"形式流行于世。普鲁斯特的小说《追忆似水年华》就是单一型意识流的代表。在《追忆似水年华》这部小说中，意识的发出者仅仅是一个主人公，这个单一的主人公信马由缰的思绪或过去、或未来的穿梭流动构成了全部内容。而在《尤利西斯》中，意识的发出者由一个主人公变成了三个主人公（布卢姆、斯蒂芬、摩莉）。三条散乱的思绪的无序发射，三种潜意识的自由流淌，或交织、或融会，使得作品呈现出迷宫般的魅力。

第二，作品还利用小说是语言艺术的特点，在"语言"上大做文章，由此大量地"还原"了人的潜意识活动的过程。例如在第六章墓地葬礼上布卢姆的一段内心独白：

> 布卢姆先生欣赏管理员那肥硕、魁梧的身躯。人人都乐意和他往来。约翰·奥康内尔为人正派，是个地道的好人。他身上挂的那两把钥匙就像是凯斯商店的广告似的。不必担心有人会溜出去。不需要通行证。得到人身保护。葬礼结束后，我得办理一下那份广告。②

布卢姆在参加朋友葬礼时看到了墓地管理员约翰·奥康内尔，他羡慕对方健硕的体格，觉得他"为人正派"。当他看到他身上挂着的两把钥匙时，他由钥匙（keys）的发音想到了酒商凯斯（Keyes）。他想起自己手头有一份酒商的广告业务还未办理，所以，葬礼结束后，"我得办理一下那份广告"。

人的潜意识活动是非理性的，书中出现了大量违背常规的语言和语言形式，例如，在文字上，使用了许多障眼法，不规范的英语格式夹杂着法、德、意、西等多种语言，还时常使用希腊语、拉丁语、希伯来语等古代文字，甚至包括梵文，近乎一种文字游戏。作品中还使用了大量的残留词句，只有注释者的"呼应注"才可以解读。也就是说，在前面章节出现的事件、使用的句子让读者不知就里，但是在后面的章节中，作者在不经意间对前面的残

① 萧乾．叛逆·开拓·创新：序《尤利西斯》[M]//萧乾．萧乾文集：第8卷．杭州：浙江文艺出版社，1998：408．其中"咒诅"为原文。

② 乔伊斯．尤利西斯[M]．萧乾，文洁若，译．南京：译林出版社，2021：134．

留给予呼应。譬如在小说第三章结尾有一段对斯蒂芬的意识活动的描写：

> 抚摩我，温柔的眼睛。温柔的、温柔的手。我在这儿很寂寞。啊，抚摩我，现在马上就摸。大家都晓得的那个字眼儿是什么来着？我在这儿完全是孤零零的，而且悲哀。抚摩我，抚摩我吧。[①]

读到这里，读者就要犯嘀咕了："大家都晓得的那个字眼"到底是什么啊？你只好翻过，如果细心，在第九章里终于发现了：

> 你知道自己在说些什么吗？爱——是的，那是大家都晓得的字眼儿。爱乃出于给予对方之欲望，使之幸福。要某物，则属对自己愿望之满足。[②]

而《尤利西斯》最后一章更是引人入胜的意识流表现，在长达四十页的篇幅里几乎不着任何标点，原原本本地展示了摩莉似睡非睡状态下天马行空的意识活动，令人叹为观止。我们看一下作品的结尾(空格为译者所加)：

> 他说过　太阳是为你照耀的　那天我们正躺在霍斯岬角的杜鹃花丛里　他穿的是一身灰色花呢衣裤　戴着那顶草帽　就在那天　我使得他向我求婚　嗯　起先我把自个儿嘴里的香籽糕往他嘴里递送了一丁点儿　那是个闰年跟今年一样　嗯　十六年过去啦　我的天哪　那么长长的一个吻　我差点儿都没气儿啦　嗯　他说我是山里的一朵花儿　对啦　我们都是花儿　女人的身子　嗯　这是他这辈子所说的一句真话　还有那句今天太阳是为你照耀的　嗯　这么一来我才喜欢上了他　因为我看出他懂得要么就是感觉到了女人是啥　而且我晓得　我啥时候都能够随便摆布他　我就尽量教他快活　就一步步地引着他　直到他要我答应他　可我呢　起先不肯答应　只是放眼望着大海和天空　我在想着那么多他所不知道的事儿　马尔维啦　斯坦厄普先生啦　赫斯特啦　爹爹啦　老格罗夫斯上尉啦　水手们在玩众鸟飞啦　我说弯腰啦　要么就是他们在码头上所说的洗碟子　还有总督府前的哨兵　白盔上镶着一道边儿……响板啦　那天晚上我们在阿尔赫西拉斯误了那班轮渡　打更的拎着灯转悠　平安无事啊　哎唷　深处那可怕的急流　哦　大海　有时候大海是深红色的　就像火似的　还有那壮丽的落日　再就是阿拉梅达园里的无花果树　对啦　还有那一条条奇妙的小街　一座座桃红天蓝淡黄的房子　还有玫瑰园啦茉莉花啦天竺葵啦仙人掌啦　在直布罗陀作姑娘的时候我可是那儿的一朵山花

---

① 乔伊斯. 尤利西斯[M]. 萧乾，文洁若，译. 南京：译林出版社，2021：60.

② 乔伊斯. 尤利西斯[M]. 萧乾，文洁若，译. 南京：译林出版社，2021：257.

儿 嗯 当时我在头发上插了朵玫瑰 像安达卢西亚姑娘们常做的那样 要么我就还是戴朵红玫瑰吧 好吧 在摩尔墙脚下 他曾咋样地亲我呀 于是我想 喏 他也不比旁的啥人差呀 于是我递个眼色教他再向我求一回 于是他问我愿意吗 嗯 说声嗯 我的山花 于是我先伸出胳膊搂住他 嗯 并且把他往下拽 让他紧贴着我 这样他就能感触到我那对香气袭人的乳房啦 嗯 他那颗心啊 如醉如狂 于是我说 嗯 我愿意 嗯。[①]

睡眼蒙眬的摩莉忆起当年她在直布罗陀作姑娘时与布卢姆热恋时的场景，间杂着各种回忆、感觉的再现，真实再现了一个水性杨花的女人曾经的“真心”，伴随着一声声“我愿意”“嗯”，也预示着她与丈夫关系的缓和。

此外，作品中还使用了很多典故。这些典故或出自宗教经典，或出自文学名著，或出自历史传说，或出自民间谚语，可谓应有尽有。

第六节 海明威与《老人与海》

欧内斯特·海明威（1899—1961），美国著名的小说家。其早期创作明显带有“迷惘的一代”悲观、苦闷的特征。随着生活阅历的丰富，他在迷惘中大力描写“硬汉子”，为20世纪文坛贡献了一组极富个性的硬汉形象。他的创作在世界上产生了巨大的影响。

一、生平与创作

海明威出生在美国芝加哥的橡树园镇，父亲是在当地很有名气的一名医生。受父亲的影响，海明威练就了强壮的体魄和坚强的意志。母亲则是一位虔诚的教徒，并且很有艺术修养，这使海明威从小就接受了绘画和音乐方面的良好教育。1917年，海明威中学毕业，正值第一次世界大战期间，他报名参战，由于眼疾而未被获准。1918年，海明威作为红十字会员终于如愿以偿，亲身参加了战争，作为救护队的名誉中尉。他在战争中身负重伤，荣获战争奖章。

战后，他留居巴黎，担任《多伦多明星报》驻巴黎记者。在巴黎期间他结识了许多作家、艺术家，有美国著名的女作家格斯泰因，美国诗人庞德，爱尔兰小说家乔伊斯等，这对海明威以后的人生产生了极为重要的影响。1923年春，短篇小说集《在我们的时代》发表，小说的文体风格引起文坛的广泛重视。1926年10月发表的长篇小说《太阳照样升起》反映了战后的青年人在受到战争的创伤后的迷惘、苦闷的精神状况，使海明威成为“迷惘的一代”的代表作家。

长篇小说《永别了，武器》（1929）为海明威赢得了巨大的声誉。小说男主人公、美国青年弗雷德里克·亨利在第一次世界大战中以救护队司机的身份来到意大利前线参加战

① 乔伊斯. 尤利西斯[M]. 萧乾，文洁若，译. 南京：译林出版社，2021：977-978.

斗，在一次休假时结识了英国女护士凯瑟琳。起初，亨利以为二人的交往不过是逢场作戏。不久，亨利腿部受重伤，被送到野战医院，恰巧凯瑟琳也被调入这家医院。在凯瑟琳的悉心照料下，亨利恢复了健康，二人也陷入热恋之中。亨利希望马上结婚，但凯瑟琳不愿因结婚而返回英国，便没有同意。秋季，亨利重返前线，正赶上德军的反攻。在意军撤退的过程中，亨利因为有外国口音被保安部队当作德国间谍抓捕。亨利看到很多意大利军官被宪兵胡乱射杀，就设法逃了出来。他找到凯瑟琳，一起逃往瑞士。逃过战争劫难的两个年轻人在瑞士度过了一段幸福的时光。然而，不久之后，凯瑟琳却因难产而死，剩下亨利一个人在绝望与麻木中回到旅馆。美国青年亨利和英国姑娘凯瑟琳都是怀着美好的愿望和崇高的理想"志愿"参战的。然而，亲身经历了战争的亨利却感到："什么神圣、光荣、牺牲这些空泛的字眼儿，我一听就害臊，我可没有神圣的东西，光荣的东西也没有什么光荣，至于牺牲，那就像芝加哥的屠宰场，不同的是把肉拿来埋掉罢了。"正是战争毁灭了他们的幸福，夺走了凯瑟琳年轻的生命和他们未出世的孩子，活下来的亨利也已不过是一具只剩躯壳的行尸走肉。战争毁掉了整整一代人的幸福和希望。海明威在这部作品中反映了人们对战争的痛恨、诅咒和厌恶，也表现了浓重的迷惘情绪，这部作品被认为是"迷惘的一代"的代表作。

20世纪30年代的上半叶，海明威曾经去非洲打猎，在那里染上了阿米巴痢疾。1936年，他根据这段经历写了著名的短篇小说《乞力马扎罗的雪》，这是作者本人最满意的作品之一。1937年，西班牙内战爆发，海明威以记者的身份四次前往西班牙，报道西班牙的战况，并根据西班牙内战题材写了剧本《第五纵队》(1938)和长篇小说《丧钟为谁而鸣》(1940)。

《丧钟为谁而鸣》是一部杰出的反法西斯著作。主人公罗伯特·乔丹是一个美国人，自愿加入西班牙人民反法西斯斗争的行列。按照指示，他的任务是配合一支西班牙游击队炸毁一座有战略意义的桥梁。作品集中记述了乔丹与游击队队员们一起在山洞里度过的三天三夜。乔丹发现，游击队的首领巴勃罗是个缺乏勇气和斗争信念的人，他的妻子皮拉尔则坚强而勇敢，她带领游击队队员与乔丹并肩战斗。游击队还收留了一个被法西斯军队奸污过的姑娘玛丽亚，她与乔丹之间产生了纯洁的爱情。乔丹最终炸毁了桥梁，自己却身负重伤。他掩护战友们撤离，自己则留下来狙击敌人。在生命的最后时刻，乔丹仍然对反法西斯的正义事业充满必胜的信心："我们已经为自己信仰的事业奋战了一年，如果我们在这里取得胜利，我们就将在每一个地方取得胜利。"乔丹虽然也像《太阳照样升起》中的杰克、《永别了，武器》中的亨利一样厌恶和诅咒战争，对暴力和死亡深感恐惧，却已经在相当程度上摆脱了迷惘和悲观的情绪。

第二次世界大战爆发后，海明威积极投身于反法西斯的斗争，利用记者、作家的身份亲历前线。在战争中，他再次负伤。战后，海明威长期定居哈瓦那。1952年，海明威发表了中篇小说《老人与海》，震动了整个文坛。海明威因此获得1954年诺贝尔文学奖。颁奖词是"由于他精通现代叙事艺术，突出地表现在他的近作《老人与海》中，同时也由于他对当代文风的影响"[①]。

海明威的一生具有浓重的传奇色彩,他也一直在思考着生与死的问题。父亲在1928年自杀身亡,使海明威受到了很大的打击,他曾对父亲的自杀一度很不理解,认为父亲做出如此选择是怯懦的。但随着对生与死有了更为深刻的思考,他理解了父亲,认为死亡自有一种美,一种安定的色彩。海明威晚年一直受病魔的困扰,1961年7月2日在家中开枪自杀。

二、《老人与海》

作为海明威最有代表性的作品,1952年出版的中篇小说《老人与海》,深刻地表现了他对当时社会环境和人的生存态度的独特理解,集中地体现了他"精通现代叙事艺术"的高超创作功力。

(一) 故事情节

老渔民圣地亚哥是一个非常孤独而贫穷的老人,独自一人在大海里钓鱼。在过去的84天里,他"背运了",连一条鱼也没有钓到。作品开篇以非常冷静的笔触进行了如此描绘:

> 他是个独自在湾流中一条小船上钓鱼的老人,至今已去了八十四天,一条鱼也没逮住。头四十天里,有个男孩子跟他在一起。可是,过了四十天还没捉到一条鱼,孩子的父母对他说,老人如今准是十足地"倒了血霉",这就是说,倒霉到了极点,于是孩子听从了他们的吩咐,上了另外一条船,头一个礼拜就捕到了三条好鱼。孩子看见老人每天回来时船总是空的,感到很难受,他总是走下岸去,帮老人拿卷起的钓索,或者鱼钩和鱼叉,还有绕在桅杆上的帆。帆上用面粉袋片打了些补丁,收拢后看来像是一面标志着永远失败的旗子。[②]

进而,海明威对老人的样貌进行了细致描绘:

> 老人消瘦憔悴,脖颈上有些很深的皱纹。腮帮上有些褐斑,那是太阳在热带海面上的反光所造成的良性皮肤癌变。褐斑从他脸的两侧一直蔓延下去,他的双手常用绳索拉大鱼,留下了刻得很深的伤疤。但是这些伤疤中没有一块是新的。它们像无鱼可打的沙漠中被侵蚀的地方一般古老。
>
> 他身上的一切都显得古老,除了那双眼睛,它们像海水一般蓝,显得喜洋洋而不服输。[③]

---

① 杨仁敬. 海明威学术史研究[M]. 南京:译林出版社,2014:5.

② 海明威. 老人与海[M]. 吴劳,译. 上海:上海译文出版社,1999:1.

③ 海明威. 老人与海[M]. 吴劳,译. 上海:上海译文出版社,1999:1-2.

对于老人的过往，海明威着墨不多，但在出海前的梦里，我们得知老人与非洲有着很深的渊源：

> 他不多久就睡熟了，梦见小时候见到的非洲，长长的金色海滩和白色海滩，白得耀眼，还有高耸的海岬和褐色的大山。他如今每天夜里都回到那道海岸边，在梦中听见拍岸海浪的隆隆声，看见土人驾船穿浪而行。他睡着时闻到甲板上柏油和填絮的气味，还闻到早晨陆地上刮来的风带来的非洲气息。
>
> ……
>
> 他不再梦见风暴，不再梦见妇女们，不再梦见伟大的事件，不再梦见大鱼，不再梦见打架，不再梦见角力，不再梦见他的妻子。他如今只梦见一些地方和海滩上的狮子。它们在暮色中像小猫一般嬉耍着，他爱它们，如同爱这孩子一样。①

就是这样一位老人，在第85天依然是倔强地独自一人出海了。他远离海岸，去了深海区钓鱼。在太阳升起之前，老人就已经下好了鱼饵，静静地等待着鱼儿的出现。

太阳慢慢地爬出了海面，渐渐地升高了，竟然有一条大鱼上了钩。但是，鱼儿太大了，已经无法拉得动它。大鱼、小船、老人在对峙着，小船也只能随着大鱼在海上漂流。时间一分一秒地过去了，大鱼把小船带到了远海，老人已经看不到陆地了。大鱼终于露出了水面，老人惊奇地发现，这是条比小船还要长两英尺的大马林鱼，是一条他从来没有见过也没有听过的大鱼。一天过去了，大鱼、小船、老人继续对峙着。老人打心眼里对这条大鱼产生了一种敬意，感受到了它的沉着、崇高，感受到了它的男子汉气概，但是，作为渔民的老人必须杀死它。经过两天的周旋，老人终于杀死了大马林鱼。但是，就在老人愉快地返航的过程中，鲨鱼出现了：

> 这条鲨鱼的出现不是偶然的。当那一大片暗红的血朝一英里深的海里下沉并扩散的时候，它从水底深处上来了。它蹿上来得那么快，全然不顾一切，竟然冲破了蓝色的水面，来到了阳光里。跟着它掉回海里，嗅到了血腥气的踪迹，就顺着小船和那鱼所走的路线游来。②

第一条鲨鱼是一条巨大的灰鲸鲨，它嗅到了死去的大马林鱼的血腥味，迅速逼近，张开血盆大口，扑向大马林鱼。老人知道，这是一条毫无畏惧而且为所欲为的鲨鱼。已经精疲力竭的老人头脑还很清醒，他有坚强的决心对付鲨鱼，尽管希望不大。老人打起精神，拿起鱼叉对准鲨鱼的两颚猛然扎去。鲨鱼挣扎着，翻起巨浪，最后死去。但是，大马林鱼也被吃掉了40多磅。大马林鱼的血在扩散，老人很清楚在返回的路途上会出现什么事情，

① 海明威. 老人与海[M]. 吴劳，译. 上海：上海译文出版社，1999：16-17.
② 海明威. 老人与海[M]. 吴劳，译. 上海：上海译文出版社，1999：81.

更多的鲨鱼将会循着血迹而来。老人甚至在想，这要是一场梦该有多好，哪怕没有钓到过这条大鱼，自己独自躺在床上有多安逸啊。但是，老人就是凭着一种不服输的精神，道出了自己的心声："人并不是生来就要被打败的，你尽可以把他消灭掉，可就是打不败他。"为了迎接更严峻的考验，老人又进行着准备。鱼叉掉了，老人把刀子绑在船桨把儿上，以此作为武器。海面上什么也看不到，没有船，没有帆，甚至连船上冒出的烟也没有。老人就在这孤独无助中静静地返航。鲨鱼再次出现了，这是两条非常残忍且狡猾的鲨鱼，它们中的一条直接攻击大马林鱼，而另一条却转身钻到船底，在海面下撕咬大马林鱼。小船在鲨鱼的进攻下左右摇晃。老人没有退缩，沉着应战，他看准了海面上鲨鱼的脑子和脊髓相连的地方，用绑在船桨上的刀飞快地戳进去，然后又拨出刀子捅向鲨鱼的眼睛。杀死了这条，老人又对付海面下的那条。他松开了帆脚绳，让小船随着鲨鱼的进攻而摆动，使得鲨鱼露出海面。老人抓住机会，用刀子刺向鲨鱼。这条贪婪的鲨鱼咬着鱼肉死去。经历了两次的鲨鱼攻击，大马林鱼身上四分之一的好肉被吃掉了，这些肉足够一个人过个冬天啊。但是现在老人反而什么也不想了，只有一个念头：怎么来对付接下来的鲨鱼？接下来，更多的鲨鱼嗅着血腥味，成群结队地奔向小船，老人已经什么也不想了，不再想这条大马林鱼的价值，不再想能保住多少鱼肉，不再想要有个帮手就好了，不再想自己年轻时是否会战胜鲨鱼……他只是不顾一切地用棍棒劈向鲨鱼。棍子被咬掉了，他随手拽掉舵把，用它去劈，去砍，去打。而鲨鱼也一次次地把大马林鱼肉一块块地撕去。最后，一条凶残的鲨鱼攻向大马林鱼最后的残存——鱼头。什么都没有了，一切都结束了，老人没有保住一点点果实。

最终，疲惫不堪的老人只带着一副马林鱼的鱼骨架回到了岸上，鱼骨架却被人误认为是鲨鱼的骨架，成为游客的谈资。老人睡着了，在睡梦中他又梦见了狮子。作品如此结尾，颇耐人寻味：

> 那天下午，露台饭店来了一群旅客，有个女人朝下面的海水望去，看见在一些空啤酒听和死梭子鱼之间，有一条又粗又长的白色脊骨，一端有条巨大的尾巴，当东风在港外不断地掀起大浪的时候，这尾巴随着潮水起落、摇摆。
>
> "那是什么？"她问一名侍者，指着那条大鱼的长长的脊骨，它如今不过是垃圾了，只等潮水来把它带走。
>
> "Tiburon[①]，"侍者说，"Eshark[②]。"他打算解释这事情的经过。
>
> "我不知道鲨鱼有这样漂亮的尾巴，形状这样美观。"
>
> "我也不知道。"她的男伴说。
>
> 在大路另一头老人的窝棚里，他又睡着了。他依旧脸朝下躺着，孩子坐在他身边，守着他。老人正梦见狮子。[③]

① 西班牙语，"鲨鱼"的意思。

② 这是侍者用英语讲"鲨鱼"（shark）时读别的发音，前面多了一个元音。

③ 海明威. 老人与海[M]. 吴劳，译. 上海：上海译文出版社，1999：103–104.

（二）思想内容

《老人与海》的故事是极其简单的，主要出场人物仅有老人圣地亚哥和小男孩曼诺林两个人，情节也就围绕着老人的一次“失败”的出海捕鱼活动而展开。但是，就是在这样一个简单的故事中，我们却感受到了海明威对现实、对人生、对命运的一种深刻的理解。

《老人与海》给读者留下的最为深刻的印象就是老人同大马林鱼一次次的周旋，同鲨鱼一次次的搏斗。我们看到的老人就像希腊神话中的西绪福斯推石头上山一样，在把石头推上去时，就已经知道石头还会滚下来，但他还是得一次次“徒劳”地推石头上山。应该说，《老人与海》是海明威对人生思考的一个总结，也是对早期创作的一大突破。在20世纪，人类经历了两次灾难性的世界大战，而海明威也亲身参加了这两次大战，并且两次都亲往前线且身负重伤。战争粉碎了人们一切天真的幻想、美好的理想，人类的道德观、价值观都发生了严重的倾斜。经历了战争的人们不再轻信什么神圣、光荣。海明威早期的创作就反映了人们在战争过后的这种迷惘的情绪。海明威在迷惘过后，终于在巴恩斯的酗酒作乐和亨利逃离战场之外发现了一种被人们遗失了的人类最为珍贵的东西，一种不能用金钱、财产和地位来衡量的东西，这就是一种人类永不屈服的内在精神气质。老人最初的捕鱼活动还是一种功利活动，为了生计不得不杀死他非常尊敬的大马林鱼；他还在计算着这条大马林鱼不止1 500磅，去掉头尾，肉有三分之二，三角钱一斤；最初遭遇鲨鱼时，他也在为第一条鲨鱼吃掉了40多磅大马林鱼肉而心痛。但是，当鲨鱼接踵而来的时候，老人反而坦然了。在他看来，接下来他要做的事情变得非常简单了，不需要为保住多少磅马林鱼肉、卖多少钱而犯愁了，只有一件事情可做：杀死这些来犯的鲨鱼。可以说，这正是作品最为震撼人心的思想内涵。西绪福斯的推石头上山是没有希望的劳作，圣地亚哥同鲨鱼搏斗也是一场徒劳的抗争，但是人类的伟大正在于从这永不停止的反抗中所体现出来的精神——和命运抗争的永不服输的精神。

（三）人物形象

圣地亚哥是一个“硬汉子”的形象。他的信条是：“人并不是生来就要被打败的，你尽可以把他消灭掉，可就是打不败他。”

从现实的情况来说，圣地亚哥是一个年老、背运、贫穷的古巴老渔民，他身材不高大，气概也不威武，似乎缺少战胜一切敌手的气概，甚至可以说是一个失败者：84天打不着鱼是失败的；为了保住大马林鱼而同鲨鱼进行的搏斗结局是失败的——大马林鱼肉被鲨鱼吃个精光。圣地亚哥不是一位现实中的英雄，但他却是一位响当当的“硬汉子”。海明威笔下的“硬汉子”形象不是以他们战胜一切敌人的英雄气概打动人的，而在于面对打击、面对困难时所体现出的不屈服的精神。经历了两次世界大战的海明威非常痛苦地认识到，他和他笔下的“硬汉”很难在这个时代取得真正的胜利，但他不允许他的“硬汉”像这个时代的其他人一样“识时务”，他要求他的人物在暴力、死亡、失败面前要保持人的尊严和勇气，保持“男子汉的风度”，获得一种精神上的胜利。圣地亚哥形象的意义就在于，他的精神气质使读者不再以捕鱼这个中心事件的成败来评判他，而是关注他在同鲨鱼所象征的邪恶势力的搏斗中精神上的胜负。这时，老人就已经不仅是一个渔民，还是人类同一切邪恶势力斗争的一个精神象征。最后，老人没有保住自己作为渔民而打下的大鱼（只留下一副鱼的骨架），但这却使读者感到一种由衷的欣慰，圣地亚哥捍卫了人类的尊严，因为人类在同邪恶势力的斗争中没有失败！圣地亚哥不仅是一个失败的胜利者，还是一个非英雄的英雄。这部小说的意义就在于它塑造了一个典型的海明威式的硬汉形象，表现了一种永不屈服的精神，说明了一个人可以被消灭但绝对不能被打败这样一种精神境界。

海明威在他的一系列作品中为我们塑造了一个个具有鲜明个性的"硬汉"形象。这些形象有一个共同的特点，他们都在生活中表现了顽强的意志，在面对一切困难时，他们都表现得非常勇敢坚定，保持着一种临危不惧的优雅风度。而圣地亚哥正是这一系列"硬汉"形象的一个总结。

（四）艺术成就

第一，在《老人与海》中，"冰山理论"的运用非常成功。《老人与海》在艺术上集中体现了他的"冰山理论"。海明威曾在《午后之死》中提出："如果一位散文作家对于他想写的东西心中有数，那么他可以省略他所知道的东西，读者呢，只要作者写得真实，会强烈地感觉到他所省略的地方，好像作者已经写了出来。冰山在海里移动很庄严宏伟，这是因为它只有八分之一露出水面上。"① 这就是著名的"冰山理论"。海明威在谈到《老人与海》时，也曾说过，《老人与海》本来可以写成一千多页长，小说可以写村庄中的每个人物，以及他们怎样谋生，怎样受教育、生孩子等的一切过程。但是海明威没有这样做，他"试图删去没有必要向读者传达的一切事情，以便他或她读过什么以后，这就成为他或她的经验的一部分，好像真的发生过似的"②。海明威使用了大量的象征、隐喻等手法，把一向为文学家们所重视的主题思想、人物情感等重要的因素抽象化，使其完全隐藏起来，成为水面下的八分之七那部分；而与此同时，却把事件过程、行动细节具体化，使其凸显出来，成为水面上的八分之一那部分。这是一种细节具体生动、整体朦胧含蓄的特点，需要我们用一种全新的鉴赏观念来接受。我们可以通过一些具有象征意义的描写，透过这水面上的八分之一来理解水面下的八分之七。

第二，语言简洁，叙述平实，描写颇具功力。作品仅用了五万多字，包含了捕捉大马林鱼、和鲨鱼搏斗、回到岸上的表现以及酒店中人们的样态等多项要素，并且描写得栩栩如生。下面这两段引文就可以看出作者高超的语言艺术：

> 陆地上空的云块这时像山冈般耸立着，海岸只剩下一长条绿色的线，背后是些灰青色的小山。海水此刻呈深蓝色，深得简直发紫了。他仔细俯视着海水，只见深蓝色的水中穿梭地闪出点点红色的浮游生物，阳光这时在水中变幻出奇异的光彩。他注视着那几根钓索，看见它们一直朝下没入水中看不见的地方，他很高兴看到这么多浮游生物，因为这说明有鱼。太阳此刻升得更高了，阳光在水中

① 崔道怡，朱伟，王青风，等．"冰山"理论：对话与潜对话：上册[M]．北京：工人出版社，1987:79.

② 蒋卫杰，熊国胜．打不垮的硬汉：海明威评传[M]．海口：海南出版社，1993:144-145.

变幻出奇异的光彩，说明天气晴朗，陆地上空的云块的形状也说明了这一点。可是那只鸟儿这时几乎看不见了，水面上没什么东西，只有几摊被太阳晒得发白的黄色马尾藻和一只紧靠着船舷浮动的僧帽水母，它那胶质的浮囊呈紫色，具有一定的外形，闪现出彩虹般的颜色。

……

他眼下已看不见海岸的那一道绿色了，只看得见那些青山的仿佛积着白雪的山峰，以及山峰上空像是高耸的雪山般的云块。海水颜色深极了，阳光在海水中幻成彩虹七色。那数不清的斑斑点点的浮游生物，由于此刻太阳升到了头顶上空，都看不见了，眼下老人看得见的仅仅是蓝色海水深处幻成的巨大的七色光带，还有他那几根笔直垂在有一英里深的水中的钓索。①

思考题

1. 20世纪上半期文学的多样性体现在哪些方面？
2. 20世纪上半期现实主义文学的新特征和主要成就有哪些？
3. 结合巴维尔的“法庭演说”分析其思想主张的构成。
4.《母亲》如何体现了社会主义现实主义文学的特征？
5. 如何理解《日瓦戈医生》的主题思想？
6. 如何理解《变形记》中变形与异化之间的关系？
7. 简要论述《尤利西斯》与《奥德赛》之间的关联。
8. 结合海明威的“冰山理论”谈谈你对《老人与海》创作手法的理解。
9. 如何理解《老人与海》的结尾？

① 海明威. 老人与海[M]. 吴劳，译. 上海：上海译文出版社，1999：25-30.

第十章 10

20 世纪下半期文学

【学习目的与要求】

通过学习本章内容，了解 20 世纪下半期欧美历史文化变化的新趋势和文学发展的新背景，把握不同类型文学的基本特征和主要成就，重点掌握《麦田里的守望者》《百年孤独》《等待戈多》《最蓝的眼睛》《寒冬夜行人》的思想内容和艺术成就，从而深刻认识 20 世纪下半期欧美文学所包含的独特的时代精神以及审美的变化。

第一节 概述

20世纪下半期,人类社会进入了一个全新的发展阶段。这一时期,文学艺术观念不断更新,西方文学流派林立,异彩纷呈。

一、20世纪下半期欧美文学发展的新背景

20世纪下半期,人类社会的各个方面都发生了巨大的变化。从政治领域来看,在1991年苏联解体之前,美、苏两个超级大国左右世界格局,之后世界多极化势头越来越迅猛。在文化领域,20世纪50—70年代集中体现为马克思主义与现代资本主义文化思想的冲突,但进入八九十年代后,则扩展为西方与东方文化价值的冲突,并在冲突中逐渐显示出多种文化相互影响和不断融合的态势。从物质生产和社会发展上来看,20世纪五六十年代以后,西方社会进入了后工业社会和信息时代,经济领域中的社会化商品生产与消费带有极为蛮横的垄断色彩。尤其是八九十年代知识经济时代的到来以及新的科技浪潮的冲击,使得人类世界发生了前所未有的变化。对此,哈贝马斯曾指出:“人作为创造者,不仅仅能破天荒第一次把自己完全对象化,与以其产品的形式表现的独立的劳动成果相对立,而且亦能与其技术器械一体化,倘若有目的-合理的活动结构在社会系统的层面上能够成功地得以再生的话。按照这种观点,社会的制度结构——先前它建立在另一种活动模式的基础上——如今已完全颠倒,它已被它所体现的有目的-合理的活动的子系统所同化。”① 美国当代著名文艺理论家弗雷德里克·詹姆森也认为,在后现代主义阶段,技术和大众媒介成了认识论发生的真正载体。正是在机械装置内,感知才和认识论真正联姻。在这个阶段,人类主体一天之内受到上千个形象的“轰炸”,人们的生活和文化因此发生了根本性的变化。在“形象”的包围中,出现了一种新的自然性幻觉,人不再意识到后现代状况的历史独特性。在此基础上,他提出了新的“二律背反”式的悖论:这样的现实,一方面意味着更完整地“美化”,另一方面也更意味着更全面地形象化。可以说,正是科学技术的进步,教育的普及,人口的疯长以及信息的弥漫,才使得中心与边缘、自然力与人的创造力、神话与科学、宗教与人的世俗要求、金钱与人性、政治制度与个人自由、英雄与大众、人类所设置的目标与当下事实以及国家与民族的界限等,都得以不同程度地消融和化解。

这种状况,导致了西方文化三个显著特征的出现:第一,技术理性与人文理性的冲突日益强烈。技术理性也被称为消费理性或契约理性,它主要按技术指标和消费的要求来实现社会物质文明的快速发展,因而是以损害人的精神要求和个性发展为代价的。而人文理性虽然照顾到了个性的差异和要求,但却是以社会发展相对缓慢为代价的。因此,自20世纪六七十年代以来,西方世界要求平衡二者之间关系的呼声日趋强烈。一方面人们

---

① 哈贝马斯. 走向一个合理的社会[M]// 陈学明. 哈贝马斯的“晚期资本主义”论述评. 重庆:重庆出版社,1993:250-251.

需要更多的物质财富，另一方面人们又希望最大限度地满足自己的人性价值和个性欲望。这样，冲突不可避免。第二，“身份”与“角色”难以确定，相互之间的冲突日趋强烈。随着人类社会物质文明的高度发展，世界性的交流十分频繁，全球化的趋势日趋激烈。在这种情况下，一个民族的成员向另外一个民族流动的现象十分普遍，由此带来了“个人”的身份难以确定的问题。同样，按德里达的后现代理论，既然人的意义不是固定的，“在场中隐含着不在场”，那么，人的角色也难以固定。这势必导致人的本质难以固定和缺失感产生。第三，个人价值与社会价值之间的矛盾和冲突显示出新的特点。当代西方社会生活和人的存在的一个鲜明特征是，一方面个人的（个人主义的）权利和价值要求得到充分的张扬与肯定，但另一方面人们在实践中越来越感到人世间应该具有人类共有的价值存在。这样，个人价值的张扬与社会价值的实现也构成了当今西方社会乃至整个人类社会文化一个重要的特点。在这种情况下，西方世界的思维模式发生巨变，传统的逻各斯中心主义解体，在“解构”的实践中新的思维形式开始出现。

正是这样的新情况导致了文学艺术观念的更新，同时也激发了文学家的探索精神，这一切使得这一时期的西方文学流派林立，异彩纷呈。

二、20 世纪下半期欧美文学的发展状况

20 世纪下半期的欧美文学呈现出多元化的发展趋势，各种流派不断涌现，同时各种实验性的写作手法层出不穷。择其要者，大约有以下几个：

（一）现实主义文学

进入 20 世纪 60 年代以后，现实主义文学在作家们不断的试验、创新中获得了新的生命力。现实主义文学也出现了很多新样态：

1. 新现实主义文学

第二次世界大战后的新现实主义文学虽然继承了 19 世纪批判现实主义文学的传统，却与 19 世纪的批判现实主义小说相去已远。它不像后者那样采取一种揭示和批判现实世界的方式，而是采取一种表现作家在社会环境中所感受到的压抑感和孤独感的手段，并且在手法上吸收了若干现代主义因素。

拓展阅读：卡尔维诺作品的“元小说”特征分析

新现实主义文学的代表作家有意大利的阿尔贝托·莫拉维亚（1907—1990）和伊塔洛·卡尔维诺。从 20 世纪 60 年代起，莫拉维亚连续发表了《不由自主》和《东西》等 6 部短篇小说集。卡尔维诺则以“元小说”的创作著称于世。德国遵循现实主义传统创作的著名作家君特·格拉斯（1927—2015），著有包括《铁皮鼓》《猫与鼠》《狗年月》在内的著名的“但泽三部曲”。出生于捷克斯洛伐克，后移居法国的米兰·昆德拉（1929—2003），在 20 世纪 80 年代以后掀起了一次又一次的“昆德拉热”。美国的塞林格则在 20 世纪 50 年代著有《麦田里的守望者》。

我们也可以把纪实文学和非虚构小说看成新现实主义文学的重要组成部分。20 世

纪80年代法国文学的一个显著倾向是纪实性，即在作品中更多地采用史实和现实材料，采用真人真事来展开情节。这一倾向在法国成为一股潮流。同时还出现了自传性作品、回忆录、历史小说与传记文学走红的现象。1983年，有“新小说之母”美誉的娜塔莉·萨洛特（1900—1999）发表了名为《童年》（1983）的回忆录。另一位“新小说”领军人物阿兰·罗伯-格里耶写出了半带自传性的小说《重现的镜子》（1984）。玛格丽特·杜拉斯（1914—1996）发表了《情人》（1984）。三位先锋派代表纷纷重拾写实传统，一时间令评论界一片哗然。但这三部作品又明显带有作者对叙事手法的实验与探索痕迹。纪实文学不但在法国兴盛一时，而且在20世纪70年代的德国也达到了高潮，像君特·格拉斯这样的文学巨匠也发表过该类作品。除了小说，德国还出现过纪实戏剧，纪实戏剧也称文献戏剧，要求剧本的全部事实必须有历史文献作依据，符合历史真实。

美国出现了非虚构小说。非虚构小说的出现是一些美国作家既不满传统的现实主义写作手法，又不满现代主义创作的产物。他们在新闻报道、历史小说和传记文学的影响下创造出了这样一种小说形式。杰拉尔德·格林（1922—2006）写作了《大屠杀》（1978），真实地反映了纳粹德国法西斯对犹太人的残酷杀害。美国黑人作家亚历克斯·黑利（1921—1992）写作的《根》（1976），通过对自己的祖先昆塔·肯特被从非洲贩卖到美洲以来几代人的历史叙写，表现了一个黑人家族的悲惨命运。小说出版后引起了巨大的反响。

2. 魔幻现实主义

当代拉丁美洲文坛影响最大的是魔幻现实主义文学。魔幻现实主义文学大体具有如下特征：(1) 现实与神话、梦幻相结合。魔幻现实主义所反映的现实，是印第安人传统观念下拉丁美洲的社会现实，它的依据是拉丁美洲本身就具有“魔幻”和“神秘”特性的事实。(2) 形式荒诞，寓意深刻。魔幻现实主义作家惯常根据民间传统观念将现实形象加以神秘化，以表达自己对人和事物形象化的认识，因此大量运用象征、荒诞、意识流等现代主义手法。(3) 采用时空错置、交叉独白的结构。魔幻现实主义作家喜欢在结构上革新，常常打乱时间顺序，颠倒情节，用“心理时间”描写现实，并把过去、现在、将来的时间并置，创造一个“超时间超空间”、超越生死的魔幻世界。这其中包含了作家对打破停滞不前的现实的渴望。同时，他们从不同角度写同一件事，进行多视角交叉独白，形成了小说结构的多层次性。

墨西哥作家胡安·鲁尔福（1918—1986）是魔幻现实主义文学的杰出代表，其代表作《佩德罗·帕拉莫》（1955）是魔幻现实主义的经典作品。小说叙述已死的胡安遵从母亲的遗嘱，去克马拉村寻找已故生父帕拉莫的故事。在与不同的鬼魂的交谈中，胡安知道生父无恶不作，他靠欺诈手段致富，肆意奸淫妇女，私生子无数，最后被自己的一个私生子杀死。小说以鬼魂胡安的回忆构成小说的情节线索，描写克马拉村的兴衰史和帕拉莫的生活史。在写法上，过去和现在、现实和梦幻、生与死交织，再加上多人称对白，墨西哥居民与印第安人的神话模式相结合，赋予鬼魂以活人的所有功能，形成了小说的魔幻、神奇之处。

哥伦比亚作家加尔列夫·加西亚·马尔克斯是魔幻现实主义文学的杰出代表。

（二）后现代派文学

归于后现代主义名下的文学流派众多，择其要者，大致有以下几个：

1. 存在主义文学

存在主义文学20世纪30年代末兴起于法国，五六十年代达到高潮。存在主义文学以存在主义哲学为思想基础，大致具备以下两个方面的基本特征：

拓展阅读：存在主义

第一，从思想内容来看，存在主义文学揭示世界的荒诞和人生的痛苦，强调人在两难境遇中的选择和坚持。存在主义代表人物萨特认为，人来到世上充满偶然性，没有先天的本质可言，只能靠行动来证明自己的存在和获得自己的本质，即“存在先于本质”。同时，世界是混乱的、无序的、非理性的，人身处其中，无法左右自己的命运，时刻处在荒诞之中，因此“世界是荒诞的”。人作为偶然的存在，在荒诞的世间生存，没有上帝的指导，也没有任何模式可以遵从，因此人的行动是“自由的选择”，人要为自己的选择负责。虽然存在主义认为世界荒诞、人生偶然，带有强烈的悲观色彩，但它强调人的自由选择和对自己的选择负责，又体现了积极进取的精神，因此给人希望。

第二，从艺术形式来看，存在主义文学具有较强的哲理性和思辨性，强调感觉的真实。存在主义文学家大多本身就是存在主义哲学家，他们的创作往往不通过感性的艺术形象来打动读者，而直接引领读者进入哲理思辨。同时，存在主义文学家在作品中创造的真实感往往不是现实主义文学的那种客观真实感，而是带有强烈主观性的感觉真实，揭示人物在不同境遇中的真实感受。

让-保尔·萨特（1905—1980）是20世纪法国著名的哲学家、政治家、文学家和文艺批评家，是存在主义的杰出代表。主要文学作品有剧本《苍蝇》（1943）、《间隔》（1944）、《死无葬身之地》（1946）等。《间隔》（又译《墙》）是萨特最具代表性的作品，故事发生的场景是地狱。萨特的地狱类似人间的监狱，由一个个房间组成，每个房间关几个人。不同的是，它不像监狱一样还有外面的世界，它本身就是全部，是永远逃离不了的永恒境遇。其中一个房间里有三个人：加尔森，贪生怕死的叛徒；伊奈尔，极具占有欲的女同性恋者；埃司泰乐，性欲极强的荡妇。埃司泰乐喜欢男人，所以需要加尔森，因而无法满足伊奈尔的需要；伊奈尔喜欢女人，只有埃司泰乐能满足她，而埃司泰乐却喜欢加尔森。于是，三个人形成了一种既相互需要又相互痛恨的关系。当加尔森醒悟过来时，他认识到，地狱原来并非想象的那样，有熊熊的火堆，有烧红的铁条，而是由他人构成的“地狱”。三个人都想满足自己的需要，却彼此成为对方满足自身需要的障碍，地狱由此产生。《间隔》是典型的“境遇剧”。作品像绝大多数存在主义文学作品一样，在抽象的时空中展开深入的哲理思辨，揭示世界的荒诞和人生的痛苦，连作品名称都带有明显的寓意。

存在主义文学的代表作家还有法国阿尔贝·加缪（1913—1960）。在他的小说《局外人》（1940）中，主人公墨尔索以局外人的态度面对周围的一切，展现了加缪思想中消极的一面。而《西绪福斯神话》（1942）中不断推巨石上山的西绪福斯，以及《鼠疫》（1947）中在鼠疫肆虐之时做出不懈努力的牧师和医生等人物形象，又展现了他思想中积极的一面。

2. 荒诞派戏剧

荒诞派戏剧20世纪50年代初兴起于法国，而后流行于西方各国。它是存在主义哲学和荒诞的戏剧形式相结合的产物，是战后西方世界深刻的精神危机的集中体现。荒诞派戏剧作为一个文学流派，具有以下基本特征：

第一，世界荒诞、人生痛苦是荒诞派戏剧的基本主题。在荒诞派戏剧家的眼中，世界上的一切都是混乱无序的，没有逻辑规律可以遵循，人类已完全丧失了理性和正义感，人被外在世界异化，人与人之间无法互相沟通，人只能忍受痛苦和折磨。

第二，荒诞离奇的人物、场景和语言，是荒诞派戏剧的基本艺术特点。荒诞派戏剧又称"反戏剧"，它一反传统戏剧结构的逻辑性、人物行为的理性和语言的明确性，运用荒诞的场景、离奇的故事、思维混乱的人物和近乎胡说八道的语言。这些极度夸张离奇的表现手法使现实生活的本来面貌扭曲变形，加强了戏剧效果，深刻揭示了人物的主观心灵感受。

尤奈斯库（1912—1994）是荒诞派戏剧的奠基人和杰出代表，被誉为"荒诞派的经典作家"。其重要的剧作有《秃头歌女》（1950）、《椅子》（1952）、《犀牛》（1960）等。《秃头歌女》是尤奈斯库最重要的作品，全剧共十一场，没有连贯完整的故事情节，自始至终都在描述发生在英国某个中产阶级家庭里莫名其妙的情景和对话。首先，世界没有规律性和逻辑性。作品中，三次门铃响，主人开门都发现没有人，第四次铃响，主人根据前面的经验判断应该没有人，可实际上却有人。其次，世界混乱、无序、不可知。主人公家墙上的钟在9:00时敲17下，刚敲过又敲了19下，时间概念乱成了一团。再次，人们在社会中被异化，人没有个性，没有自我。史密斯夫妇谈到已故的熟人勃比·华特森时，结果发现名叫勃比·华特森的人竟有十几个。最后，人与人之间陌生疏远，无法沟通。马丁夫妇结婚多年，朝夕相处，却互不认识，只有似曾相识的感觉；经过反复交谈，才突然醒悟，原来他们是夫妻！可这一发现又因女仆玛丽的话再次变得不可确定。夫妻尚且如此，人与人之间的关系也就可想而知。《秃头歌女》在艺术形式上体现了荒诞派戏剧的鲜明的特征：作品情节夸张，逻辑混乱，台词荒诞不经。尤奈斯库还运用道具、布景等舞台设施，"延伸戏剧语言"，刺激观众，引起思考。

塞缪尔·贝克特和他的《等待戈多》是荒诞派戏剧的杰出代表。

3. "新小说"

"新小说"是20世纪50年代中期在法国发展起来的重要小说流派。"新小说"派作家认为，应创造适合表现20世纪人的生存处境的新小说模式。罗伯-格里耶在其论文《未来小说的道路》中指出，巴尔扎克的时代是稳定的，刚建立的新秩序是受欢迎的，当时的社会现实是一个完整体，因此巴尔扎克表现了它的整体性。但20世纪则不同，它是不稳定的，浮动的，令人捉摸不定的。因此，要描写这样的现实，就不能再用巴尔扎克的方法，而要从各个角度去写，要用辩证的方法去写，把现实的漂浮性、不可捉摸性表现出来。具体来说，"新小说"把小说写作看作对人的视觉或者潜意识活动的"记录"或"照相"过程，作者不应对它们之间的联系妄加描写和主观说明。同时，作品是以写物而不是写人为主的，因为在当代社会中，人也不过是活动着的“物”而已。在时空安排方面，“新小说”用“绘画法”打乱物理时空，像制作拼贴画一样，把不同时间和空间的人物和事件散乱地呈现给读者，形成新的心理时空网络。这些做法使“新小说”形成一种没头没尾的“迷宫式结构”。“新小说”也因此被称为“反小说”“实验小说”“先锋小说”。“新小说”派重要的作家和作品有：娜塔莉·萨洛特和他的《无名氏肖像》(1948)、米歇尔·比托尔(1926—2016)和他的《变》(1957)、克劳德·西蒙(1913—2005)和他《佛兰德公路》(1960)，等等。

罗伯-格里耶(1922—2008)，法国著名小说家，学术界公认的“新小说”派的领袖。他的《窥视者》(1955)是“新小说”代表作之一。《窥视者》写的是一个旅行推销员马弟雅思来到一个小岛上，岛上发生了一起奸杀少女案。作品以“窥视者”为题，内容紧紧围绕“窥视者”展开。于连暗地里“窥视”到了旅行推销员马弟雅思奸杀雅克莲的全过程，他理所当然是一个窥视者。然而，于连又并非小说中唯一的窥视者，马弟雅思也曾多次在一个神秘的房间外，通过窗户、走廊或者镜子的反射，“窥视”室内的他人，他也是一个“窥视者”。这两个人的行为使人感到，实际上小岛上的每一个人都在他人的窥视之下，相互窥视成为人们之间唯一的关系，人与人之间只剩下了窥视、戒备、隔膜和冷漠。人们奉行“事不关己、高高挂起”的原则，即便认定凶手是马弟雅思，也没有人真正站出来为死者伸张正义。这种人与人之间关系的异化在根本上源自人的本质的异化。作品中的人物没有起码的正义判断，任由事件自由发展，完全丧失了人的自主性，像一群活动着的“物”。而故事发生在一个封闭的小岛上，则摆脱了具体的时空概念，从而揭示出一种抽象的普遍现象，寓指人类对自己生存的世界无所作为的态度。

4. “黑色幽默”

“黑色幽默”文学20世纪60年代兴起于美国。两次世界大战和经济、政治制度带来的精神危机是这一文学流派发展的社会背景，存在主义“世界荒诞”的哲学观点是这一文学流派的思想基础。“黑色”一词在英语中具有阴沉、沮丧的含义，它与“幽默”放在一起，常给人一种挖苦取乐、玩世不恭的感觉。幽默中包含着阴沉，让人大笑后品味出绝望，是这一文学流派的最大特征。这一派的文学家比存在主义者更消极、更悲观，他们甚至否定了自由选择的意义，认为人们在荒诞的境遇中只能用“绝望的幽默”作为对生活中明显的无意义和荒谬的一种回应。该派作家往往以嘲讽的态度，将人与处境的对立进行夸张处理，使其呈现出可笑的状态，以此达到对世界荒诞本质的揭示。作品中的人物常常是一些行为怪异、思想古怪的“反英雄”，面对荒诞的世界和境遇，他们荒唐的行为和思想成为最有力的反抗武器。

约瑟夫·海勒(1923—1999)是“黑色幽默”的代表作家。他的长篇小说《第二十二条军规》(1961)是“黑色幽默”派最重要的作品。故事发生在第二次世界大战期间意大利附近地中海上一个叫“皮亚诺札”的小岛上，一支美国空军部队驻扎在此，他们的生活成为整个人类的生存状态的象征。作品用42章分别描述了他们中的40多个重要人物，上尉投弹手尤素林是串联人物和事件的中心线索。指挥官德里德尔将军虽身负重任，却知道争夺权力；中队长思卡特上校“对损失人和飞机根本无所谓”；食堂管理员迈洛凭着一张

"正直无私的脸"，千方百计谋取钱财；军医丹尼卡冒用他人的名字领取津贴，却因那人的死亡而再也无法证明自己还活着；被降了级的领队投弹手尤索林，对自己投下的炸弹是否命中目标毫不关心，一心只想着逃命。表面看来，尤索林是这些人中最胆小怕死的一个，事实上，与他所处的外在世界相比，他显然是最清醒的一个。"第二十二条军规"是揭示荒诞处境的最有力的证据。它规定，疯子可以停飞回国，同时必须自己提出申请。但如果提出申请，也就说明此人没有疯，因为"面临真正的，迫在眉睫的危险时，对自身安全表示关注，乃头脑理性活动的结果"。这条将弱者牢牢控制住的枷锁般的军规，正是当代西方资本主义社会中人的各种疯狂异己力量的代表，人在其中被全面异化，无法挣脱，只能绝望地发笑。

（三）女性主义文学

女性主义文学是20世纪中后期西方文学中成就显著、引人瞩目的现象。女性主义作家以独特的视角和审美意识，表现了多种文化群落中不同文化背景下女性的生活、命运、历史以及对于世界和人生的看法，对以男性为中心的文化传统进行了强劲的理性批判。

20世纪五六十年代以后，西方第二次女性解放运动浪潮兴起。女性主义者在社会学、历史学、哲学、心理学、文化学等多方面对女性特质进行了深入的研究。西蒙娜·德·波伏瓦（1908—1986）是20世纪法国也是现代欧洲女性解放运动最重要的人物，她的《第二性》为女性解放运动作出了理论上的论证。她指出：自从以男性为中心的传统建立以来，女人就一直被当作男人身外的"另一种""非主要的"性别，正是这种历史、社会和文化环境造成了今天被性别歧视异化了的"妇女"，而不是女性的天性使然。据此，波伏瓦提出了"女人不是生成的，而是变成的"的著名观点。

英国作家多丽丝·莱辛（1919—2013）以多变的文学视角以及丰富的创作成果享誉世界。她的代表作《金色笔记》（1962）因对女性独立意识及困境的真实描述，而被誉为20世纪60年代女性解放运动的经典作品。

托妮·莫里森是美国当代最重要的黑人女性小说家之一，荣获1993年诺贝尔文学奖。

艾丽斯·芒罗（1931— ），加拿大女作家，少女时代就开始写小说。在40余年的文学生涯中，芒罗始终执着地写作短篇小说，锤炼技艺。其主要作品有《阴影的维度》（1950）、《快乐影子舞》（1968）、《你认为你是谁？》（1978）、《爱的进程》）（1986）、《一个善良女人的爱》）（1998）等。她的写作总是将目光投放在平凡女性的生活上，常常从自己和母亲身上寻找灵感，精确地记录她们从少女到人妻与人母，再度过中年与老年的历程，尤其擅长贴近女性性心理的波折与隐情以及由此而来的身心重负。她获得2013年诺贝尔文学奖。

（四）生态文学

生态文学是兴起于20世纪60年代、绵延至今仍在发展的一个生机勃勃的文学流派。它是伴随着世界范围内的生态恶化以及生态理念的兴起形成的。生态文学立足当下人们的生存境遇，以生态理念为内蕴，用文学的形式表达生态危机，发出生态预警，阐述敬畏自然的生态整体观和生态理念，从而勾画了生态理想境界，倡导人们肩负生态责任，与大自然和谐共生。生态文学的主要特征体现在：第一，生态文学注重探寻生态危机的社会根源，批判人类中心主义，强调敬畏自然，担负生态责任。生态文学重视唤起人们对当下生态危机的严重关切，激发人们的自然生态保护意识，反思人类文化和现代生活方式的合理性，强调生态责任。第二，生态文学家提倡描写和表现生态整体观，推崇生态伦理。他们认为人和自然是有机整体，强调运用生态整体观来阐述生态理念。第三，生态文学发掘自然之美，热衷于构建回归万物和谐的生态审美境界。虽然作为文学流派的生态文学兴起于 20 世纪 60 年代，但此前作家们已经在他们各自的作品中，对大自然之美，对人与动物和谐相处之美，对人与荒草树木的相融之美，有大量的描述。如独居瓦尔登湖的梭罗（1817—1862）、山中漫步的巴勒斯（1837—1921）。20 世纪有爱德华·阿比（1927—1989）等。他们对大自然、人与自然的关系等都带有审美性极强的描绘。

1962 年美国作家蕾切尔·卡森（1907—1964）出版了《寂静的春天》（1962），凸显了当时美国浓重的生态危机意识。书中描述了滥用化学农药对生态环境和人类生存所造成的巨大威胁。此书成为生态文学的奠基之作，它激发了人们对环境保护的重视，促成了第一个地球日的建立，并掀起了世界范围内的生态文学的浪潮。美国生态诗人加里·斯奈德（1930—　）的一系列生态诗歌《僻野》（1968）、《观浪》（1970）、《龟岛》（1974）等融东西方生态观念于一体，充满生态哲理沉思。美国作家安妮·迪拉德（1945—　）的散文《汀克溪的朝圣者》（1974）记述了作者在弗吉尼亚州蓝山汀克溪畔的生活，被视为“更有胆魄的《瓦尔登湖》”。文中蕴含了大量生态思想，如人类回归自然，与大自然和谐相处，崇尚生态和谐，主张简单生活和生态保护。小说家博伊尔（1948—　）的《地球之友》（2000）是一部典型的生态预警小说，讲述了环境保护主义者泰尔·瓦特尔如何预测 2025 年的美国环境状况的故事。特丽·T. 威廉斯（1955—　）的《心灵的慰藉》（1991）表现了因受 20 世纪 50 年代美国核试验影响而身患乳腺癌的一家三代女性在盐湖边寻求精神慰藉的情景。作品由于描写的是作家的亲身经历，真挚感人。

除美国外，20 世纪下半期其他国家的生态文学著名作品也有很多，如法国作家勒·克莱齐奥（1940—　）的《诉讼笔录》（1963）和《沙漠》（1980），德语作家克·沃尔夫（1929—2011）的《核干扰事件，一天的消息》（1987）和格特露德·洛腾埃格尔（1948—　）的《大陆》（1985）等。这些作品都深刻地描绘了大自然被严重污染、生态环境遭到无情破坏等的可怕场景，蕴含重视生态危机主题。英国作家多丽丝·莱辛的小说《玛拉和丹恩历险记》（1999）描述了数万年后由于环境恶化导致冰川重临、文明毁灭，人类回到原始状态的生存状态。这是一部生态预警小说，预测了人类遭受毁灭性生态灾难的未来情景。

除以上文学流派之外，20 世纪中后期重要的文学流派或文学现象还有科幻文学、族裔-流散文学以及通俗文学等，它们都在对西方精神和艺术两个方面的探索中做出了重要贡献。

第二节　塞林格与《麦田里的守望者》

杰尔姆·戴维·塞林格（1919—2010），美国小说家。他的创作表现了美国 20 世纪五六十年代的社会问题，尤其是在精神文化领域传统与现代的冲突问题。

一、生平与创作

塞林格出生于纽约的一个犹太富商家庭，15 岁进入一所军事学校住读，1936 年取得他毕生唯一的学业文凭，此后多次进入学校，但都没有完成学业。1942 年至 1946 年塞林格在美国从军，1944 年被派往欧洲战场从事反间谍工作，1946 年回到纽约，从此专事写作。

塞林格自 1940 年起的十余年中共发表 20 多篇短篇小说，其中《逮香蕉鱼的好日子》(1948)和《为埃斯米而作》(1949)是短篇小说集《九故事》中的名篇。长篇小说《麦田里的守望者》(1951)出版后，塞林格开始隐居乡下创作。1963 年，中篇小说《木匠们，把屋梁抬高些》出版。作品以主人公西摩的弟弟布迪—— “我”的视角展开叙述。“我”患肋膜炎，出院后去参加哥哥西摩与穆莉尔的婚礼，在众人急切的等待中，新郎西摩却始终没有在婚礼上出现。“我”随着失望和恼怒的众人离开婚礼现场，由于堵车，大家又回到了西摩的公寓，人们争吵、闲聊和讨论着，几经周折，终于从伴娘口中得知，西摩和穆莉尔早已躲开众人“私奔”而去。众人散去，公寓中只剩下了“我”。小说的题目出自一首来源于古希腊民间的催妆诗，催妆诗是用在婚礼上演唱的。西摩是塞林格“格拉斯系列小说”中的理想人物，头脑清醒、意志坚定，思想和言行近乎完美。他教诲弟妹要懂得爱、宽恕和责任。他在小说中“私奔”是“唯恐别人祝福自己”。后来他开枪自杀，“我”认为那是西摩大彻大悟后的解脱。

1965 年以短篇小说形式发表的《哈普沃兹 16，1924》，是他最后公开发表的作品。小说的内容是 7 岁的西摩从哈普沃兹夏令营寄给家里的一封长信。小说前半部分，西摩眼中的夏令营黑暗且极端令人沮丧，但他对夏令营女辅导员哈普女士却心存爱慕之情，他对周边事物的评价也充满智慧；小说后半部分，西摩跟弟弟布迪讨论一些需要阅读的书目，对每本书和作家都有独到的见解。西摩当时虽然只有 7 岁，却异常聪慧敏感，和庸俗的成人世界格格不入，充满了早熟式的孤独感。他“用自闭和空想的方式来表达自己对这个庸俗、怪诞、充满功利主义的世界的疏远”，并且暗示他或许会在适当的时候结束生命。西摩鹤立鸡群的深邃思想和语言表达能力令人惊叹，而他对周围庸俗环境的敏感和不妥协更令人担忧。

塞林格的许多作品都以少年的视角来展现和评价这个世界，他曾说过，“我最好的朋友都是儿童”。

二、《麦田里的守望者》

《麦田里的守望者》是 20 世纪美国“成长小说”的标志性作品，一问世便立即引起轰动。主人公的经历和思想在青少年中引起了强烈共鸣，并在半个多世纪的时间里，影响了好几代美国青年。小说被译成十几种文字，畅销全球。

(一) 故事情节

《麦田里的守望者》以主人公霍尔顿的自述展开。“我”是一个出身于中产阶级家庭的 16 岁中学生，刚刚被潘西中学开除，原因是“我”上学期的五门功课有四门不及格，这已是“我”第四次被学校开除。同学斯特拉德莱塔和“我”认识的女孩琴在汽车里干的事激怒了“我”,“我”于是和他在寝室里打了起来。之后“我”愤然离开学校,四处游荡。“我”在火车上巧遇同学的母亲。下车后,“我”在一家旅馆招来了妓女,还是处男的“我”却因只想说说话,结果被打了一顿。第二天,“我”见了老相识萨利·海斯,突然想带她到森林中去生活,她说“我”异想天开,结果两个人争执起来。之后“我”又在酒吧和研究性变态者的卡尔·路斯喝了酒。在中央公园闲逛时,“我”把给妹妹菲买的唱片掉在地上摔碎了,难过得差点哭出来。“我”冻得发抖,怕自己得肺炎死掉,决定偷偷溜回家去看菲。爸爸、妈妈都不在家,菲看到“我”高兴得要命。她一下就猜中“我”是又被开除了。她懂“我”说的话,唱片成了碎片,她也收起来。爸爸、妈妈回来了,“我”逃走时,菲把她的零花钱给了“我”。“我”到了过去的英文老师安多里尼的公寓里,睡在他家客厅的一张床上,夜里却发现他摸“我”的头发,吓得“我”穿上衣服跑了。“我”决定远走高飞,走之前“我”还想看一眼菲。菲料到“我”要走,见面时带了个大手提箱要跟“我”一起走。“我”带她去玩旋转木马,菲转个不停,下雨了,“我”仍然坐在长椅上看着她,她看上去真的好看极了。

(二)思想内容

作品从各个不同角度描写和表现了美国战后一代青少年典型的成长烦恼,揭示了他们在优越的物质环境中形成的精神世界。

第一,对学校教育的失望和厌恶。“在潘西(中学)也像在别的学校一样,根本没栽培什么人才,而且在那里我也没见到任何优秀的、有脑子的人。”[①]“潘西在教育界声誉很高。这倒是事实。……可潘西有的是贼。不少学生都是家里极有钱的,可学校里照样全是贼。学校越贵族化,里面的贼也越多——我不开玩笑。”在欧尼夜总会里,“我周围全是些粗俗不堪的家伙。……我右边是一个非常像耶鲁学生模样的家伙,穿着一套法兰绒衣装,里面是件轻飘飘的塔特萨尔牌内衣。所有这些名牌大学里的杂种外表都一模一样。我父亲要我上耶鲁,或者普林斯顿,可我发誓绝不进常青藤联合会里的任何一个学院,哪怕是要我的命”。

第二,对性的好奇和苦恼。知道斯特拉德莱塔和琴晚上在一起,霍尔顿简直气疯了,他想狠狠揍斯特拉德莱塔一顿,却被对方打倒在地。难以说清这是少年的嫉妒,还是少年的纯洁,抑或二者兼而有之?后来,霍尔顿在旅馆里招来了妓女,却马上“又紧张又后悔”,自己只是想先跟她认识认识,多跟她聊会儿天。最后一共被拿走了十五块钱,还挨了打,“我又害怕又委屈,一下子哭了起来”。这一切让我们看到,外表叛逆执拗、放浪不羁的主人公不管怎样都是个单纯稚嫩的孩子,面对青春期所遇到的问题,充满着不解和困惑。而要命的是,无论是家长还是老师,没有任何人能够理解他、帮助他。

第三,对未来和前途的茫然与困惑。霍尔顿毫无疑问地不喜欢他周围的现实世界,他想带萨利·海斯到森林里生活,却被说成“异想天开”。从性变态的老师安多里尼家里出

---

① 塞林格. 麦田里的守望者[M]. 施咸荣,译. 南京:译林出版社,2011:2. 本节所引《麦田里的守望者》的引文均出自该书。

来，霍尔顿漫无目的地在街上走着。“突然间，一件非常可怕的事发生了。每次我要穿过一条街，我的脚才跨下混账的街沿石，我的心里马上有一种感觉，好像我永远到不了街对面。我觉得自己会永远往下走、走、走，谁也再见不到我了。嘿，我真是吓坏了。你简直没法想象。我又浑身冒起汗来——我的衬衫和内衣都整个儿湿透了。”这是一种迷失方向、迷失自我的极端恐惧感。此时帮助他摆脱恐惧的是孩子。“接着我想出了一个主意。每次我要穿过一条街，我就假装跟我的弟弟艾里说话。我这样跟他说：‘艾里，别让我失踪。艾里，别让我失踪。艾里，别让我失踪。劳驾啦，艾里。’等到我走到街对面，发现自己并没有失踪，我就向他道谢。”

（三）人物形象

作品中的人物按照主人公霍尔顿的好恶被分成了三大类：一类是他自己和与他同龄的青少年，他并不喜欢这类人；第二类是成人，作品中提及的成人形象大多污浊龌龊，令人厌恶；第三类是孩子，无论他们是自己的弟弟、妹妹还是儿时的同学，霍尔顿对他们的喜爱之情都溢于言表。

霍尔顿是一个处在成长中的青少年的典型，性格复杂而矛盾。他读书时五门功课有四门不及格，屡屡被学校开除，然而“我这人文化程度不高，不过看书倒不少”。他渴望真诚，厌恶周围的虚伪和欺骗，可他无力改变现状，只好跟一切对着来，于是被冠以“坏学生”的帽子。他酗酒、招妓，甚至决定不再上学，到谁都不认识他的地方装成聋哑人隐居起来。在所有表面的行为之下，却是一颗少年的纯洁善良、追求理想的心。他捐款给修女，擦掉墙上的下流字眼，对妹妹菲爱护备至。最难能可贵的是，他有一种朦胧的社会责任感，希望成为保护孩子们的“麦田里的守望者”。

与此同时，他的同龄人身上已经出现各种各样令霍尔顿无法忍受的恶习。住在隔壁的阿克莱是个高中生，“我从来没见他刷过一次牙”。他总是“随手从你书桌上或五屉柜上拿起你的私人东西来看”。斯特拉德莱塔则“私底下邋遢，他的外貌总是挺不错”。他让霍尔顿帮他写作文，自己却和琴在车里约会。还有那些夜总会里的大学生，他们全都一个模样，粗俗不堪。作为青少年学生，他们在霍尔顿眼里并不代表纯洁，正如他对萨利·海斯所说的：“你几时最好到男校去念书试试，里面全是伪君子。他们要你干的就是读书，求学问，出人头地，以便将来可以买辆混账凯迪拉克；你一天到晚干的，就是谈女人、酒和性；人人还在搞下流的小集团……”中学时代正是人的社会化阶段，他们正成批地加入霍尔顿最厌恶的成人世界。校长哈里斯先生是他生平见到的最最假仁假义的人。比如到了星期天，有些学生的家长开了汽车来接自己的孩子，哈里斯就跑来跑去跟他们每个握手，巴结人。琴的继父简直就像个畜生，一天到晚穿着短裤，一天到晚喝酒，还光着身子满屋子跑，不怕有琴在场。安多里尼开始看起来还是个不错的人，却在夜里摸正在熟睡的“我”的头发，原来是个性变态者。大人们似乎都是些心理极度扭曲的病态的人，这也正昭示着以他们为驾驭者的社会已整体陷入污浊和病态之中。

在这样的大环境中，孩子像一股清凉的风，多少驱散了霍尔顿心中的阴霾。霍尔顿的弟弟艾里小时候患白血病死了。霍尔顿这样描述艾里：“你准会喜欢他。”“他不仅仅是家里最聪明的孩子，而且在许多方面还是最讨人喜欢的孩子。他从来不跟人发脾气。……他真是个好孩子，嘿。”艾里的离开显然让霍尔顿非常痛苦。“他死的那天晚上我睡在汽车房里，用拳头把那些混账玻璃全都打碎了，光是为了出气。”弟弟不在了，所幸霍尔顿还有个同样可爱的妹妹菲。“你真应该见见她。你这一辈子再也不会见过那么漂亮、那么聪明的小孩子。”“她也是那种红头发，跟艾里的有点儿相像。”“你见了准会喜欢她。”当“我”把唱片碎片拿出来时，菲说：“把碎片给我，我在收集碎唱片呢。”当“我”说了学校一堆坏话时，菲说“你不喜欢正在发生的任何事情”，真是一语中的。父母回来了，“我”要悄悄溜走，菲把她所有的钱——八块五毛——都给了“我”，“我”哭的时候，“她伸过一只胳膊来搂住我的脖子”。“我”给她留张纸条说要见她，她就猜到“我”要远走高飞，并且要和“我”一起走。菲的绝顶聪敏、乖巧、美丽，和与哥哥的深厚感情，无不令人感慨。在霍尔顿的眼中，不仅仅只有自己的弟弟、妹妹是可爱的，他提到的在爱尔敦·希尔斯念书时认识的詹姆士·凯瑟尔虽然长得又瘦又小，却在几个同学的威逼下也绝不屈服。

（四）艺术成就

《麦田里的守望者》在艺术上也取得了多方面成就。

第一，小说选取第一人称视角，围绕主人公的所见所闻、所思所想和所言所行展开叙述，给读者真实亲切之感。主人公讲述的就是自己的亲身经历，消除了第三人称视角转述容易引起的距离感。而且，作者对青少年的心理和眼光的把握也十分到位。霍尔顿是个成长中的少年，他善良、热情、单纯，又任性、放纵、荒唐；他身上有早熟的忧郁和孤独，又不乏孩子的天真和顽皮。他会倒戴鸭舌帽，虽然知道这样戴十分粗俗，可就是喜欢。他常常逗笑取乐，让自己不至于腻烦。他像所有年轻人一样容易冲动，生斯特拉德莱塔的气，挥手便是一拳。他表面上又横又倔，内心却迷惘而脆弱，似乎讨厌所有的人，却把弟弟、妹妹视如明珠，对父母的爱也能敏感地体察。他说起话来口语和俚语不断，还时常带脏字。这一切都使读者如闻其声、如见其人，仿佛一个少年就活生生地在我们眼前。

第二，小说选取意识流手法组织情节结构，平铺直叙，却也自然流畅。作者没有对主人公两天一夜的活动做过多的人为删减或安排，而是很自然地随着主人公的情致、脚步和思想，徐徐展开故事，舒卷自如。如果说小说有什么中心线索的话，那么主人公身心的“漂泊”和“旅行”便是了。霍尔顿两天一夜的行踪是：老斯宾塞家—潘西中学宿舍—火车上—爱德蒙旅馆—欧尼夜总会—旅馆—维格酒吧间—中央公园—自己家中—安多里尼先生家—中央车站—菲的学校—动物园。围绕这些场景，现实社会的全景得到了真实、有力的概括和呈现。霍尔顿厌烦出没在各个场所里的几乎所有的人，厌烦以获得财富、成就为使命的学校生活，而他自己的所有活动却无不依赖父母提供的钱财作为支撑。他讨厌的一切似乎又都是他的生活中不可或缺的一部分，所以，霍尔顿似乎在进行一场纠缠不清的战斗，疲惫不堪，又不得要领。换言之，他尚未找到对抗社会顽疾的方剂，他的“流浪”既是少年的成长历程，也是精神探索的过程、求得真知的过程。

第三，小说运用了大量象征意象来表达作者的创作主旨，其中最重要的一个就是“麦田里的守望者”。“有那么一群小孩子在一大块麦田里做游戏。几千几万个小孩子，附近没有一个人——没有一个大人,我是说——除了我。我呢,就站在那混账的悬崖边。我的职务是在那儿守望,要是有哪个孩子往悬崖边奔来,我就把他捉住——我是说孩子们都在狂奔,也不知道自己是在往哪儿跑,我得从什么地方出来,把他们捉住。我整天就干这样的事。我只想当个麦田里的守望者。”“我只想当个麦田里的守望者”这个象征意象代表了小说的全部意义。塞林格希望有这样一个梦想,他可以守望孩子的成长,在他们嬉戏时静静地远远地看着,当他们要失足跌入万劫不复的罪恶深渊时,能及时地拉一把。另一个寓意深刻的意象——霍尔顿的那顶“红色猎人帽”,也贯穿小说的始终。主人公以“麦田里的守望者”自居,要像猎人一样警觉而富有责任感,猎人帽就是他的理想和责任所在,是他的身心栖居之所。后来他把帽子给了最心爱的妹妹菲,希望她能认同他的思想和行为,和他一同担当这个使命。

第三节 加西亚·马尔克斯与《百年孤独》

加夫列尔·加西亚·马尔克斯(1927—2014)是哥伦比亚著名作家,魔幻现实主义文学的杰出代表。他和其他作家一起,形成了20世纪六七十年代拉丁美洲“爆炸文学”的局面。

拓展阅读:拉美文学大爆炸

一、生平与创作

马尔克斯生于哥伦比亚马格达莱纳省的阿拉卡塔卡小镇;幼时从外祖母那里听到许多古老的印第安人的神话和民间传说;7岁就读过阿拉伯民间故事《一千零一夜》;12岁到首都波哥大教会学校上中学,阅读了大量世界文学名著,尤其是西班牙文学的优秀作品;18岁入波哥大大学攻读法律,中途辍学后从事新闻工作,做过《观察家》报记者。

马尔克斯的第一部长篇小说《枯枝败叶》(1955)描写了沿海小镇马孔多一个家族的命运,刻画了一位上校和他的子孙们孤独的生活境遇与忧伤的内心世界。小说构思新颖、笔法多变,不断切换的人物视角与内心独白相结合,有效地展现了人物的精神世界,标志着马尔克斯魔幻现实主义风格的初步形成。马尔克斯20世纪60年代的几部小说继续丰富这个家族的历史。中篇小说《没有人给他写信的上校》(1961)描写一位功勋卓著的上校,年老退休以后被社会无情地遗弃。他每天盼望政府的津贴和慰问信,却始终不能如愿,在孤独与彷徨中,只好把生活的希望寄托在斗鸡上。长篇小说《恶时辰》(1962)从更强的广度和深度上拓展了这个题材,马尔克斯的魔幻现实主义风格也日臻成熟。1967年他出版了震撼世界文坛的《百年孤独》,并“因为他的长篇小说把幻想和现实融为一体,勾画出一个丰富多彩的想象中的世界,反映了拉丁美洲大陆的生活和斗争”,荣获1982年诺贝尔文学奖。

长篇小说《家长的没落》(1975)是一部杰出的反对独裁统治的作品,被誉为1976年世界十大优秀作品之一,马尔克斯本人也认为,这部作品甚至超过《百年孤独》,是他真正的巅峰之作。作品用夸张变形的艺术手法将独裁者尼卡诺尔的专制与残忍揭示得淋漓尽致。他对付政敌的手段之残忍令人发指。他把政敌的皮活剥下来再送给他的家属，把他的国防部部长活活烤熟，强迫反对他的人吃下去。他生活淫乱无度，一生中跟1 000多个情妇生了5 000多个儿子，甚至和他的母亲乱伦。他滥用权力，给刚出世的儿子授予“将军”头衔。对待人民他更是毫无人性，为阻止根本就不存在的瘟疫，他大肆屠杀百姓，弄得尸横遍野，真正引发了瘟疫。尼卡诺尔的专横、狡诈、虚伪、荒淫、残暴几乎达到了无与伦比的地步。正如马尔克斯所说，极权是人们创造的最高级、最复杂的成果，因此，它同时兼有一切显赫权势以及人的一切苦难不幸。最后，暴君尼卡诺尔恶贯满盈，终于自取灭亡。尼卡诺尔是拉丁美洲国家独裁暴君的典型形象，作品借这一形象无情地鞭挞了独裁政体，表达了作者的人道主义关怀和民主主义立场。这部小说结构独特，由六个相互独立的短篇构成，每个短篇内部不分段落，各个短篇之间可随意调换位置，而且不影响整体意义的表达。在叙事方式上，作者采用“多人称独白”的手法，从不同视角来叙述主人公尼卡诺尔的身世，使他的性格丰满立体。另外，小说的标点运用也颇为奇特，第六章取消句号，只用逗号断句，使作品有种一气呵成之感。

20世纪80年代以后，马尔克斯的创作风格有所改变。中篇小说《一件事先张扬的人命案》(1981)以真实事件为蓝本。一位身世显赫的花花公子费尽周折迎娶了加勒比海沿岸一个小城里的意中人，洞房之夜却发现新娘不是处女。被赶回娘家的新娘在家人的逼迫下信口说使她失去贞洁的是本城的富家子圣地亚哥·纳赛尔。她恼羞成怒的双胞胎哥哥到处宣扬要杀死纳赛尔，以雪家族之耻。人们希望有人出来阻止，却没有。最终，无辜的纳赛尔惨遭厄运。一般的凶案作品多以寻找杀人凶手、杀人动机和揭示凶杀过程为中心，这部作品中这些要素都一目了然。作者的目的在于揭示凶案在事先张扬的情况下为何没有得到有效制止，作品所要批判的是愚昧落后的封建习俗。

长篇小说《霍乱时期的爱情》(1985)引起了继《百年孤独》《家长的没落》之后的第三次爆炸性反响。作品以主人公阿里萨和费尔米纳之间持续了半个世纪的爱情为主线，论及了几乎所有类型的爱情——幸福的爱情，贫穷的爱情，高尚的爱情，庸俗的爱情，粗暴的爱情，柏拉图式的爱情，放荡的爱情，羞怯的爱情，甚至“连霍乱本身也是一种爱情病”。作品显示了马尔克斯超凡的智慧和洞察力，其中不乏对爱情的真知灼见，一些表达堪称经典。如：“社会生活的症结在于学会控制胆怯，夫妻生活的症结在于学会控制反感。”

二、《百年孤独》

《百年孤独》是马尔克斯的代表作，也是拉丁美洲魔幻现实主义文学中的经典巨著。小说目前已被翻译成40多种语言，畅销全球。

（一）故事情节

《百年孤独》描写布恩蒂亚家族七代人充满神奇色彩的坎坷经历以及小镇马孔多一百多年里从兴建、发展、鼎盛到消亡的过程。布恩蒂亚家族的第一代霍塞·阿卡蒂奥·布恩蒂亚和表妹乌苏拉相爱。但双方的家长反对，害怕他们近亲结婚会生出蜥蜴。二人顶着压力结婚了，却不敢行房。一年后乌苏拉还是处女，布恩蒂亚遭到阿吉廖尔的嘲笑，愤而将对方杀死。阿吉廖尔的鬼魂一直在布恩蒂亚家出现，他们不堪忍受愧疚和不安的折磨，带着一群对冒险感兴趣的青年长途跋涉，来到一片沼泽地，建起了小镇，起名马孔多。在此后的一百多年里，他们见识了吉卜赛人和欧洲人带来的各种新鲜玩意儿，遭到帝国主义成立的香蕉公司的残酷剥削。这样，一直到第六代，生了一个长着猪尾巴[①]的孩子，也就是第七代。当第六代奥雷连诺看到这个孩子被一群蚂蚁拖向洞里时，他终于破解了吉卜赛人留下的羊皮手稿："家族的第一人将被绑在一棵树上，最后一个人正在被蚂蚁吃掉。"[②]就在这一刻，马孔多小镇被一阵飓风从地面一扫而光。

（二）思想内容

《百年孤独》内容十分丰富，具有很高的认识价值。从小说的题目《百年孤独》上就可以看出，"百年"是指近百年来，欧美主要一些国家，都发生了巨变，但拉丁美洲，尤其是哥伦比亚在百年来却没有任何变化，仍然处在死气沉沉的循环之中，不仅七代人的命运没有改变，甚至连人物的名字都是重复使用的。他们似乎是一个被人类历史发展所抛弃的"孤独"大陆，也是百年来一直处于自我封闭之中疯狂内卷的、停滞的大陆。因此，"百年孤独"也可以看作"百年停滞"的同义语。

具体说来：

第一，作品通过布恩蒂亚家族七代人的坎坷经历，展现了哥伦比亚三次重大的历史转折，揭示了帝国主义和新殖民主义的入侵给哥伦比亚乃至拉丁美洲带来的巨大危害。

哥伦比亚土著人的生活曾经封闭、落后，却也安宁、恬静，犹如作品中所述："这块天地还是新开辟的，许多东西都叫不出名字，不得不用手指指点点。"16世纪西班牙殖民者入侵以后，大批移民涌入。哥伦比亚开始经历历史上第一次重大转折。作品所描写的吉卜赛人、与外界的通道和第一批移民都是对这段历史的写照。

19世纪初哥伦比亚独立，这是第二次转折。土生白人中的大地主、大商人把持了国家政权，保守党和自由党之间的斗争导致国家内战频仍，生灵涂炭。作品中老布恩蒂亚的二儿子奥雷连诺上校的传奇人生就是历史的再现。他目睹政界官员的种种丑行，奋起反抗。他一生发动过32次武装起义，打了20年的内战。

20世纪初期，哥伦比亚内战停止，经济复苏，却又遭到新殖民主义的入侵。作品中，火车、电灯、电机、电影、留声机不断涌入马孔多，美国香蕉公司成立，各种人像潮水一样涌进这个小镇，这也是哥伦比亚迎来第三次转折的象征，马孔多一夜之间成了是非之地。香蕉工人不堪忍受沉重的剥削，举行罢工运动，政府和帝国主义者授命军队不惜子弹，打死他们；"机枪从两个方向扫射人群。霍·阿卡蒂奥第二倒在地上，满脸是血。他苏醒时才发现自己躺在塞满火车车厢的尸体上。他从一个车厢爬到另一个车厢，透过些微弱的亮光，便看见了死了的男人、女人和孩子：他们像报废的香蕉给扔进大海。……这是他见过的最

---

① 原文分别用了"蜥蜴"和"猪尾巴"指称尾巴样的东西。

② 马尔克斯.百年孤独[M].黄锦炎，沈国正，陈泉，等译.杭州：浙江文艺出版社，1991：324.本节所引《百年孤独》的引文均出自该书。

长的列车——几乎有两百节运货车厢”。

第二，作品通过布恩蒂亚家族七代人共有的孤独心理揭示了由于数百年在入侵者的驱使下被动发展，拉美民族形成了冷漠、疏离、僵化、保守的性格特点，这种性格特点反过来使愚昧落后的程度进一步加深的现实。

第一代女主人乌苏拉由于害怕生下蜥蜴，“所以在睡前总要穿上她母亲给她做的帆布套裤，裤子上还用纵横交错的绳子加固，前面用粗铁扣扣住”。这最终导致丈夫不堪别人嘲笑而杀了人，全家不得不远离故土。男主人布恩蒂亚一生中做的很多事情都被包括妻子在内的其他人当成疯子做的事情，晚年，他真的精神恍惚、疯疯癫癫，最后被绑在树上孤独地死去。第二代奥雷连诺上校一生身经百战，退休后却把自己反锁在屋里制作小金鱼，做好化掉，化掉再做，“连内心也上了门闩”。这种孤独封闭的恶习在布恩蒂亚家族中代代相传。个人对孤独的癖好在群体中便形成全社会对新事物的冷漠和拒斥。电影来到马孔多，马孔多人“对此不禁怒火中烧，因为一个人物在一部片子中死了，还被葬入土中，大家为他的不幸而伤心落泪，可是在另一部片子中，这同一个人却又死而复生，而且还变成了阿拉伯人。那些花了两分钱来与剧中人物分担生死离别之苦的观众，再也无法忍受这种闻所未闻的嘲弄，他们把座椅都给砸了”。当镇长向人们解释了电影的虚构性之后，人们决意再也不去看电影了。“自己的苦楚已经够他们哭的了，干吗还要去为虚假人物装出来的厄运轻弹热泪呢？”“类似的事情也发生在长轴式留声机上。”

孤独制造了愚昧、落后、保守、僵化的现状，最终迎来了小镇被飓风卷走的结局，作者借以表达了对拉美国家命运的深切忧虑。所以，在诺贝尔文学奖获奖演说中，马尔克斯提醒评审委员会：“今年值得瑞典文学院注意的，是拉丁美洲这个巨大的现实，而不仅仅是它的文学表现。”

（三）人物形象

《百年孤独》中的人物形象众多，基本可以按当地人和外来者划分成两大类。当地人中有老布恩蒂亚这样的堂吉诃德式的英雄，更多的是固守旧模式的大众。在外来者中有科学文明的传播者、老吉卜赛人墨尔基阿德斯，还有从精神和物质两条线同时入侵马孔多的神父尼卡诺尔和推销主日赦罪书的赫伯特先生。

第一，在作品里的所有人物中，老布恩蒂亚无疑是最引人注目的，这不是因为他作为家族第一代人的身份，也不仅仅因为他创建了马孔多小镇，更多是因为他所具有的非凡的个性、智慧和堂吉诃德式的英雄精神。

布恩蒂亚在结婚时就显示了坚毅的品格。当亲人阻止他和表妹乌苏拉结婚时，他说“生下猪崽也没有关系，只要会说话就成了”。后来他在激愤之下杀了人，回到家对乌苏拉说：“要是你该生蜥蜴，我们就养蜥蜴，可就是不能因为你的过错叫村里再死人。”后来，面对死者的鬼魂，他因良心不安而毅然远离故土。他虽然有冲动的弱点，却仍不失为有胆识、敢担当的汉子。在创立和公平地管理马孔多小镇时，布恩蒂亚进一步显现出他的能力。而他非凡的智慧则集中体现在他对新事物的探索精神上。他想利用吉卜赛人的磁铁来找金子；为了证明放大镜在敌军身上的威力，他亲自试验，结果造成身体多处被烧伤；为了研究炼金术,他把妻子所有的金币弄成了一堆粘在锅底的废物,最终又把它们提炼了出来;他能仅仅利用一个观象仪就苦思冥想出地圆理论。布恩蒂亚清晰的理智让神父尼卡诺尔感到吃惊,以至于神父担心自己的信仰可能受到损害,便不再来看他了。

然而,布恩蒂亚却是异常孤独的,他把小儿子奥雷连诺带进实验室,妻子乌苏拉忍无可忍。她摔碎了他的观象仪,而他又造了一架。"当他用谁也听不懂的理论"告诉村里的男子,"只要一直向东航行,最后就能返回出发地点"时,全村的人都认为他"已经精神失常"。这一切使他就像堂吉诃德一样,独自一人进行着不为世人理解的壮举,显得可爱、可笑,而又可怜。

第二,吉卜赛老人墨尔基阿德斯无疑是一个重要人物,他从作品的开篇就带给马孔多人不同的新鲜事物,向人们宣讲各种各样的发明创造。他先是带来了磁铁,当众做了一次惊人的表演:"他拽着两块铁锭挨家串户地走着,大伙儿惊异地看到铁锅、铁盆、铁钳、小铁炉纷纷从原地落下,木板因铁钉和螺钉没命地挣脱出来而嘎嘎作响,甚至连那些遗失很久的东西,居然也从人们寻找多遍的地方钻了出来,成群结队地跟在墨尔基阿德斯那两块魔铁后面乱滚。"他还诚实地告诉布恩蒂亚磁铁并不能找到金子。后来他又带来了望远镜和放大镜,还送给布恩蒂亚一个炼金实验室,让当地人见识了假牙如何使人的面貌返老还童。更为神奇的是,他甚至可以死而复生,还留给布恩蒂亚家族一份羊皮手稿,精确地预测了这个家族的最终命运。墨尔基阿德斯无疑给马孔多带来了很多有益的东西。

如果说墨尔基阿德斯是科学文明的传播者,神父尼卡诺尔和主日赦罪书的推销者赫伯特先生则是精神和物质的入侵者。神父来到马孔多时,马孔多居民的"冥顽不灵"使他大吃一惊。"他们出乖露丑,大干蠢事,居然只按自然法则自生自灭,不给孩子洗礼,不给圣节定名。"神父带着典型的西方人对拉美文明的歧视态度。赫伯特先生口若悬河、富有心计。他在布恩蒂亚家吃了一顿香蕉,便想出了发财的主意,导致了日后给当地人带来深重灾难的香蕉热。这些人和吉卜赛人不同,他们带着比吉卜赛人卖艺求生的想法不知要大多少倍的野心来到这里,要获得对拉美精神和物质的双重统治。

(四)艺术成就

《百年孤独》的艺术成就集中体现在独特的时间描述和"魔幻"手法的运用上。

第一,独特的时间描述,巧妙地展现了时间在拉丁美洲的静止和停滞。作品的第一句话历来被评论界称道:"多年之后,面对着行刑队,奥雷连诺上校将会想起那久远的一天下午,他父亲带他去见识了冰块。"这句话确定了全书的时间感,站在某一个时间不明确的"现在",讲述"多年之后"的一个"将来",又从这个"将来"回顾"那久远的一天"的"过去"。一句话里包含的过去、现在和将来形成一个首尾接续的圆圈,而不是前后延展的直线。加西亚·马尔克斯对未来事件确切的、毫不含糊的交代使人们感觉到,未来非但可以预知,而且可以预知很多年。这种情况只在一种条件下可能实现,就是时间流逝,现实不变。除此之外,布恩蒂亚家族七代人的名字令人腻烦地重复着,提及他们时若想明确地指出是哪一个,必须加上"第几代"这样的字眼。另外,这个家族最终生出了长着猪尾巴的第七代,与第一代结婚前听到的那个亲戚的遭遇相同。最重要的细节在于,故事的结尾,马孔多小镇在一阵飓风之后消失得无影无踪，就像从来没有存在过，恢复到了布恩蒂亚家族来到这里之前的样子。一切都在精密地画着圆，而不是向前，恰恰象征了拉美社会发展的封闭和停滞。

第二，“魔幻”手法的全面运用。小说开篇提到主人公的亲戚曾生出过蜥蜴，篇末第七代孙长着猪尾巴；墨尔基阿德斯的羊皮手稿很早便藏在布恩蒂亚家，神秘地记载着这个家族的历史，当第六代孙奥雷连诺解开谜底时，已是现实呈现在眼前之际。莫名其妙的猪尾巴和神秘难解的羊皮手稿构成全篇一明一暗两条线索，支撑起小说结构的魔幻色彩。作品中的许多故事情节都像神话一样神奇怪诞，不合常规。吉卜赛人墨尔基阿德斯病死后复活，还治好了马孔多镇人的健忘症。奥雷连诺上校从小就有一种奇异的直觉和预感，他三岁时曾准确地预言过桌上的汤锅将要掉到地上，后来又预言雷贝卡的到来、自己将在马孔多获救、父亲老布恩蒂亚即将死亡等。

作品中的很多魔幻要素都具有象征寓意。马孔多人的健忘症象征对自己民族文化和历史的遗忘。老布恩蒂亚死亡时，“整整一夜，黄色的花朵像无声的暴雨，在市镇上空纷纷飘落”，黄色又是香蕉的颜色，因此成了不幸和死亡的象征。

加西亚·马尔克斯借助浓浓的魔幻色彩，出色地展现了拉丁美洲本土的传统文化和意识观念。正如他自己所指出的，在拉丁美洲纷繁复杂的、光怪陆离的、令唯美主义者们费解的神奇现实面前，拉丁美洲作家缺乏的常规武器恰恰不是幻想，而是表现这种近乎幻想的真实的勇气和技能。

第四节　贝克特与《等待戈多》

塞缪尔·贝克特（1906—1989），荒诞派戏剧代表作家。他也被认为是欧美荒诞派戏剧的奠基人之一。他的影响非常深远，时至今日，他的作品仍在世界各地改编上演。

一、生平与创作

贝克特出生于爱尔兰首都都柏林。他精通英、法、意大利语等数门语言，曾研究过笛卡儿的哲学，并获哲学硕士学位。他 1928 年到巴黎高等师范学院和巴黎大学任教，结识了失明的爱尔兰意识流小说家詹姆斯·乔伊斯，在创作思想上深受对方的影响。贝克特 1932 年漫游欧洲，1938 年定居巴黎。是年，他在巴黎街上散步时，莫名其妙地被一个陌生人刺了一刀，当时救他的女学生苏珊后来成了他的妻子。在第二次世界大战期间，贝克特曾参加法国抵抗运动，遭法西斯追捕，被迫隐居乡下。战争结束后，他曾短期回爱尔兰红十字会工作。1945 年秋他返回巴黎，成为职业作家。他的经历使他对人生的荒诞有了深刻的体验。他崇尚孤独的性格和哲学研究的背景又使他对独处和思考情有独钟。这一切与他独特的艺术才能结合在一起，让他的作品用荒诞的手法荒诞地展现了荒诞的人生和世界，在形式和内容上达到了完美的统一。

贝克特在第二次世界大战前的作品用英文写成，主要有长篇小说《莫菲》（1938）和《瓦特》(1942)。《莫菲》的主人公莫菲无法与现实世界和谐共存,他悲观厌世,穷困潦倒。在无法改变也无法适应现实的情况下,他喜欢借助摇椅的晃动把自己带入自由的精神世界。摇椅不仅带给他身体的快感,还带给他精神的自由,而且是一种能够完全超脱世俗和物质欲望的永久的自由。他躲在密闭的小房间里,即便外在的一切都没有发生任何改变,他在与世隔绝中也感受到自己仿佛是个自由人。这种主人公对现实状态的不满和实际行动中的无能为力几乎成为贝克特所有作品的基调和主题。《瓦特》的主人公瓦特是一个身份不明的流浪汉,他抱着美好的幻想到诺特家当用人,希望可以在那里找到存在的意义。然而,他在诺特家却陷入一系列理不清的思维混乱和困顿之中。诺特家有两层楼,新来的仆人在一层工作,原有的仆人则同时升到二层。这似乎是一个很有序的做法,瓦特却无法理解它真正的合理性。同时,无论是对人还是对物,瓦特都感到其本质的模糊和难以确立。他无法确定两名来客之间的关系,无法确定事物和它的名字之间的联系。他越是仔细观察、仔细思考,越是发现本质的虚无以及语言表征与事物本身之间的断裂。从艺术手法上看,《瓦特》已远离现实主义手法,具有很强的抽象性和象征性。主人公"瓦特"(Watt)和他的主人"诺特"(Knott)的名字以及二者之间的关联都具有深刻的哲学指向。Watt与What(什么)同音,Knott与not(否定)同音,一个追问世界的本质,一个以"虚无"作答。此外,作品中梦呓般的语言和荒诞的气氛以及流浪汉式的主人公都是贝克特后来作品中的经典元素。

战后,贝克特主要以法文创作。他把《莫菲》译成法文,并且创作了小说三部曲《莫洛伊》(1951)、《马洛纳之死》(1951)和《无名的人》(1953)。《无名的人》的主人公没有名字,作品语句不分段落,没有标点,将后现代文学的解构主义特征推向极致。作品不但在艺术手法上越发成熟,在思想内涵方面也展现了与《等待戈多》等众多作品同样的在坚守与放弃之间的彷徨与踯躅。他最大的艺术成就还是在戏剧创作方面。20世纪50年代以后,他创作了一系列剧本,如《等待戈多》(1952)、《结局》(1957)、《啊,美好的日子!》(1961)等。贝克特获1969年诺贝尔文学奖,获奖原因是"他那具有新奇形式的小说和戏剧作品使现代人从精神贫困中得到振奋",并且他的戏剧"具有希腊悲剧的净化作用"。1989年去世时,西方评论界称他是"改变了当代戏剧走向的文学巨匠"。

二、《等待戈多》

《等待戈多》开始上演时基本无人问津,但在一场监狱中的演出,则引起了大量囚犯的共鸣,此后,在巴黎连演300多场,引起轰动。它用荒诞的形式揭示了现代资本主义社会的本质特征。

(一) 作品梗概

作为一部戏剧,《等待戈多》由两幕组成。人物有两个流浪汉——爱斯特拉冈和弗拉季米尔,主仆波卓和幸运儿以及一个孩子。场景是黄昏乡间的一条路和一棵树。第一幕开头,爱斯特拉冈(又称戈戈)在费力地脱他的靴子,而后弗拉季米尔(又称狄狄)上场。二人之间无聊的谈话极端缺乏逻辑性,他们在等待戈多。正在二人百无聊赖之际,波卓和幸运儿出现。弗拉季米尔和爱斯特拉冈以为波卓是戈多，原来他们并不认识戈多。波卓对幸运儿很残忍，用绳子拴着他的脖子，不断地用鞭子抽打他，幸运儿却并无反抗之意。波卓同样感到时光难熬，于是与他们攀谈。天色渐晚，波卓和幸运儿离开，一个孩子出现，告诉两个流浪汉戈多今天不会来了，明天准来。二人以为这个孩子是昨天来过的那个，孩子却说不是。第二幕，几乎是第一幕的重复，不同之处只有再出场的波卓已变成瞎子，幸运儿也变成了聋子，那棵光秃秃的树长出了几片树叶。当得知戈多又来不了时，弗拉季米尔和爱斯特拉冈想上吊，没有绳子，他们的裤带又不结实，于是决定离开，却又站着不动。

（二）思想内容

《等待戈多》是荒诞派戏剧的扛鼎之作，具有深刻的思想内涵和卓越的艺术成就，是法兰西喜剧院的保留剧目，并被译成 20 多种语言。

《等待戈多》的思想内涵丰富，主要包括以下几个方面。

第一，对人类生存状况的思考——无聊的重复。弗拉季米尔和爱斯特拉冈已经像剧中描写的两天那样生活了半个世纪了。他们一直这样每天等待戈多，每天都过得极其无聊，但戈多一直都没来，替戈多传信的孩子每天都说自己不是昨天那个，可对他们来说却都是同一个，每天传达的口信是一样的，都是"戈多今天不会来了，但是明天准来"。两个流浪汉一直说着要分要合的话，一直挣扎在是离开还是继续等，要活下去还是上吊的犹豫中，他们互相辩驳，互相咒骂。不仅这两个人物如此，波卓和幸运儿也是一把年纪，波卓的头都秃了，幸运儿的白头发长长地披在脸上，他们两个人之间的状态也重复了不知道有多久了。剧作中弗拉季米尔唱的那首歌是对这一切周而复始的最好的诠释和写照。

一只狗来到——
一只狗来到厨房
偷走一小块面包。
厨子举起勺子
把那只狗打死了。
于是所有的狗都跑来了
给那只狗掘了一个坟墓——
于是所有的狗都跑来了
给那只狗掘了一个坟墓——
还在墓碑上刻了墓志铭
让未来的狗可以看到：

一只狗来到厨房
偷走一小块面包。
厨子举起勺子
把那只狗打死了。

> 于是所有的狗都跑来了
> 给那只狗掘了一个坟墓——
> 于是所有的狗都跑来了
> 给那只狗掘了一个坟墓——
> 给那只狗掘了一个坟墓——①

第二,对人类走出困境的探索——茫然的等待。弗拉季米尔和爱斯特拉冈每天都在等待戈多,却并不知道戈多是谁,不知道他究竟会不会来,什么时候能来,来了又能带来什么。面对一次次的失望,他们也不确定是否该继续等下去,是否应该离开,是否应该上吊。在茫然不知所措和充满未知的焦虑与恐惧中,无休止地等待似乎成了他们摆脱不掉的咒语和魔法。现状是那样不堪忍受,期盼改变的心理是那样强烈,他们却完全不知能做些什么,也不知会发生什么。他们的精神缺少任何一种依傍。

该笃信宗教吗?而弗拉季米尔一开始就表现出从根本上对宗教的怀疑,他问爱斯特拉冈:“我们的救世主。两个贼。有一个贼据说得救了,另外一个……万劫不复。然而……怎么在四个写福音的使徒里面只有一个谈到有个贼得救呢?四个使徒都在场——或者说在附近,可是只有一个使徒谈到有个贼得救了。……四个里面只有一个。其他三个里面,有两个压根儿没提起什么贼,第三个却说那两个贼都骂了他。”爱斯特拉冈对这个问题甚至根本没兴趣,他对弗拉季米尔的话心不在焉,他只记得“圣地的地图。都是彩色图。非常好看”。

孩子是未来的希望吗?孩子并没有带来希望,人们将希望寄托在孩子身上,然而孩子来了一个又一个,带来的却都是相同的失望与绝望。他们受控于大人,惧怕大人,害怕大人手里的鞭子。来送信的孩子其实很早就已经在他们附近,却一直不敢上前传话,他害怕波卓手里的鞭子。他的主人戈多也有鞭子,但是戈多只打这个孩子的弟弟,而不打他,至于为什么,孩子不知道。或许正因为他比弟弟更听话、更驯服。在成人世界腐朽堕落到极致的时候,孩子也无法成为未来的希望。因此,在弗拉季米尔和爱斯特拉冈度过的半个世纪里,应该有一批又一批的孩子长大成人,但却未见状况有些许的好转。人与人之间相互离不开,也并不是因为互相关爱、互相理解或是互相需要。波卓寸步离不开幸运儿,却不把他当人看。波卓与弗拉季米尔和爱斯特拉冈共处大半天,只是为了打发时间。弗拉季米尔和爱斯特拉冈之间总是各说各话,你脱你的靴子,我看我的帽子。他们经常厌倦得想离开对方,却又不得不在一起,因为正像弗拉季米尔所说:“光一个人,是怎么也受不了的。”

(三) 艺术成就

《等待戈多》在艺术特点上与传统戏剧截然不同,它完美地实践了贝克特本人的戏剧理念,即:只有没有情节、没有动作的艺术才算得上是纯正的艺术。这使作品的主题思想

① 贝克特. 等待戈多[M]. 施咸荣,译. 北京:人民文学出版社,2002:58-59.

充满了无限的解读空间。他认为，作家就像是苹果核里的虫子，他自己并不知道这个苹果从外面看起来是什么样子。

第一，原地踏步的故事情节。作品不但第一幕与第二幕情节基本相同，在每一幕内部也都是相同的动作和相同的话语的重复。爱斯特拉冈始终在摆弄他的靴子；他每次都是吃胡萝卜；每晚都睡在一条沟里，都被一群人打。两个人的交谈总是在对方的心不在焉和胡言乱语中被迫中断或不断重复；他们总想离开对方，却总是又走到一起；他们一会互相拥抱，一会儿互相辱骂，这样周而复始；他们一直等待戈多，一直等不来；每天孩子都来报信，说的都是同样的话；他们一会儿想走，一会儿想留，一会儿想活，一会儿想死。如果不是剧中交代了时间的推移，由黄昏到夜幕降临，观众从事件本身感受不到情节任何向前推进的表现。在《等待戈多》中，情节原地踏步，矛盾冲突的另一极人物戈多始终缺席，这也使戏剧冲突根本无法展开。两个流浪汉内心积聚着太多需要释放的困惑、压抑和期待，却始终找不到宣泄的途径。虽然他们遇上波卓和幸运儿，还有个孩子也每天出现，他们彼此身上却没有对方期许与渴望的东西，因而也就不能构成某种真正实在的关系，没有关系纽带，冲突就无法建立，情节更无从展开。

第二，个性模糊的人物形象。剧中虽有多个人物，人物之间却没有明显的性格差异，而是具有许多共同特点。他们各自一辈子的生活都几乎一成不变，几乎都丧失了人格、个性和与人沟通交流的意愿及能力，不再思考。他们之所以还继续和同类说话或接触，是出于缓释孤独和打发寂寞的需要。虽然弗拉季米尔是所有人物中最具积极意味的一个，他仍在尝试思考，没有轻言放弃，但正如他自己所言："我这一辈子老是拿不定主意。"

第三，抽象怪异的环境背景。舞台的布置提供给人物的并不是具体的生活环境，而是像《老人与海》中那样不知何时、何地的抽象时空。乡间的一条路、一棵树、黄昏和一个土墩，是舞台呈现出的人物活动的全部背景。除此之外，还有一些通过人物的语言可以感受到的场景。爱斯特拉冈好像每晚都睡在一条沟里。孩子和他的弟弟住在马房的楼上，他们给戈多放羊。这些场所互不关联，让人难以形成具体的时空概念。也正因如此，剧中人物的生存状态和内心感受也就在抽象的时空里获得了普遍意义。

第四，混乱错位的人物对话。人物之间的交流经常是极为不顺畅的，下面这段对话可见一斑：

爱斯特拉冈：他干吗不把行李放下来？
波　　卓：可是真要是那样，我准会大吃一惊。
弗拉季米尔：有人在问你问题。
波　　卓：（高兴）问题！谁？什么问题？一分钟前你们还在口口声声叫我老爷，害怕得浑身发抖。这会儿你们居然要问我问题了。这样做没什么好处！
弗拉季米尔：（向爱斯特拉冈）我想他在听。

爱斯特拉冈:(绕着幸运儿打转)什么?
弗拉季米尔:你这会儿可以问他了。他听着哩。
爱斯特拉冈:问他什么?
弗拉季米尔:他干吗不把行李放下来。
爱斯特拉冈:我纳闷儿。
弗拉季米尔:问他一下,成不成? ①

任何一个思维正常的人都会为这样的对话感到头痛。而这样的对话在《等待戈多》中无处不在,混乱错位是它最基本的对话特点。它有力地展现了人与人交流的隔膜。人们和对方说话只为打发时间,并不为交流,所以根本不关心语言之间的逻辑性。

第五节 托妮·莫里森与《最蓝的眼睛》

托妮·莫里森(1931—2019),美国当代黑人女作家,原名科洛·安东尼·沃福德。莫里森视写作为“一种思考方式”。其作品情感炽热,简短而富有诗意,并以对美国黑人生活的敏锐观察闻名。

一、生平与创作

莫里森出生于俄亥俄州罗伦城一个贫困的工人家庭,先后在霍华德大学和康奈尔大学攻读文学并获得硕士学位。毕业后,她曾在大学任教。20世纪60年代,莫里森开始了文学创作。对莫里森来说,有两大因素对她的文学创作影响颇大。

一是莫里森在霍华德大学任教时参加了一个写作小组。按照莫里森本人的说法,她从来没有准备成为一名作家。1958年,她与牙买加建筑师哈罗德·莫里森结婚,育有二子。1962年,当她的婚姻出现危机时,她积极参加一个写作小组的活动,借以暂时逃避不幸的婚姻生活。小组规定每个成员都必须朗读自己的作品。起先,她把自己中学时代的作文拿来充数,可是有一天她蓦然发现自己已没什么可以拿来读的了,于是,就动手写了一个小故事。该故事取材于她的童年生活,写的是和她相识的一个黑人小女孩祈求上帝赐给自己一双蓝眼睛的故事。没想到的是,她这篇匆匆写就的短篇故事却得到了大家的一致赞许。

离婚以后,莫里森独自抚养两个孩子,每天晚上安顿好孩子之后,她便开始写作并且从中感受到了前所未有的快乐。一天,她翻找出那个关于黑人小女孩儿的短篇故事手稿,借助自己非凡的想象力把它扩充成一篇篇幅不算太长的小说,命名为《最蓝的眼睛》。这篇处女作发表时,莫里森已近40岁。

二是莫里森在蓝登书屋担任编辑。从1965年到1984年,莫里森曾出任著名的蓝登

① 贝克特. 等待戈多[M]. 施咸荣,译. 北京:人民文学出版社,2002:27-28.

书屋出版公司的编辑和高级编审。其间,她担任了《黑人之书》的编辑工作。莫里森在编书过程中,有机会接触到了黑人奴隶反抗奴隶制和奴隶主压迫的诸多报道。最值得一提的是1856年的一篇报道,有关一个名叫玛格丽特·加纳的女奴的事迹铸就了她的鸿篇巨制《宠儿》。玛格丽特·加纳事件曾轰动一时。她是肯塔基州的奴隶,当她和丈夫带着四个子女逃到俄亥俄州辛辛那提市时,奴隶主率领追兵随后赶到。在和奴隶主对峙的过程中,加纳看到一家人历尽艰辛和磨难换来的短暂的自由已经破灭。在绝望之中,她随手抓起桌上的一把斧子,砍断了小女儿的喉咙。她在试图杀死其余的孩子最后自尽时,被人们强行制服了。当时的废奴主义者曾企图以谋杀罪起诉加纳,但如果该罪名成立,就证明了她对自己的孩子拥有所有权。可是,按照当时的奴隶制法令,奴隶的一切包括自己的孩子都是奴隶主的财产。所以,加纳的案子也只有草草收场,她被判"偷窃财产"罪,法庭令其奴隶主将其押回种植园。在《宠儿》中,加纳变成了母亲塞丝,她那被杀死的小女儿成了塞丝的女儿——宠儿,而加纳事件的基本情节都在小说中得以保留。可以说,没有在蓝登书屋从事编辑工作的经历,就不会有《宠儿》的创作。1988年,《宠儿》同时荣获普利策文学奖和肯尼迪奖,成为莫里森创作生涯的一个重要转折点。

继处女作《最蓝的眼睛》于1970年发表后,托妮·莫里森每隔五年左右的时间便有一篇力作问世。其中有代表性的小说包括:《秀拉》(1973)、《柏油孩子》(1981)、《宠儿》(1987)、《爵士乐》(1992)和《爱》(2003)等。莫里森因在文学上"生动地再现了美国现实的一个极其重要的方面"而荣获1993年诺贝尔文学奖,成为获此殊荣的第一位黑人女作家。

二、《最蓝的眼睛》

《最蓝的眼睛》是莫里森的处女作,出版后受到了广泛的欢迎和读者的好评。作品深刻地展示了黑人在两种文化中的困境。

(一) 故事情节

小说讲述了11岁的黑人小女孩佩科拉·布里德洛夫的不幸经历。她的父母乔利·布里德洛夫和波莉从故乡肯塔基州来到遥远的北方俄亥俄州的一个小镇寻觅更美好的生活。波莉自幼跛足,喜欢把她身上的一切不幸归咎于自己的脚。而乔利在生下来的第四天即被父母遗弃,由年迈的吉米姨婆抚养长大。来到北方之后,波莉一家住在废弃的出租屋里。由于生活的艰辛和人际关系的冷漠,他们之间的关系也逐渐恶化。在家里,佩科拉感受不到家庭正常的父母、子女间的关系和丝毫的父母之爱,家里经常弥漫着浓重的火药味,而当父母扭打在一起不可开交之际,唯一的哥哥山姆就会连声大喊:"杀了他!杀了他!"父亲从不关心家里的柴米油盐之事,失业后,他便游手好闲,养家糊口的重担则由母亲独自承担。母亲波莉在费舍尔家做工,住在主人的家里,把那里当成自己梦想的天堂。

佩科拉不但在家里得不到一丝温暖,在学校里也遭到排斥、歧视。她没有同桌,是唯一使用双人课桌的学生;按照学校根据姓氏首字母排座次的惯例,她本该坐在教室的前排,可是她却被安排在后面。老师提问时不愿叫她;同伴玩耍时躲避她;女孩子甚至用"某某男孩喜欢佩科拉"这句话来侮辱她们想要报复的男孩。她觉得长得丑陋是造成自己的一切不幸的根源，固执地认为自己如果有一双蓝眼睛，就一定会变得漂亮起来。这样父母就会爱她一些，同学就会喜欢她一些。“漂亮的蓝眼睛。漂亮的蓝眼睛。又大又蓝的漂亮眼睛。跑啊，吉卜，跑啊。吉卜在跑，爱莉斯在跑。爱莉斯有蓝眼睛。捷瑞有蓝眼睛。捷瑞在跑。爱莉斯在跑。他们的蓝眼睛也跟着跑。……和福瑞斯太太的衬衫一样蓝。清晨般的蓝眼睛。爱莉斯和捷瑞小人书里一般的蓝眼睛。”[①] 整整一年的时间里，每天晚上，佩科拉都虔诚地祈祷拥有一双美丽的蓝眼睛。为了多看几眼秀兰·邓波的蓝眼睛，她用印有秀兰·邓波头像的杯子喝光了克劳迪娅家整整三夸脱的牛奶；为了细细品味玛丽·珍的头像，她把仅有的几分零花钱都买了玛丽·珍糖果。心里想着“吃了糖块就好像吃了那两只眼睛，吃了玛丽·珍，爱上了玛丽·珍，也变成了玛丽·珍”。后来，她的父亲强奸了她，她生下一个死婴。自惭形秽的心理压力最终使佩科拉发了疯。在疯狂中，佩科拉以为自己不仅长了一双蓝眼睛，而且是“最蓝的眼睛”。

（二）思想内容

《最蓝的眼睛》深刻地反映了美国现代社会中存在的问题，尤其是黑人女性的处境与情绪。

第一，小说批判了以白为美的审美观对黑人女性的危害。美国是一个主要由欧洲移民组成的国家，其社会认可的审美观是白皮肤、金发和蓝眼睛的女性形象。对于十来岁的孩子来说，美还是一个比较抽象和复杂的概念，她们常常通过与周围人的交往，从他们的反应中得到答案。在《最蓝的眼睛》中，克劳迪娅、弗里达和佩科拉等几位少女发现的却是一个不容置疑的事实：“大人们、大女孩们、商店、杂志、报纸、橱窗——全世界都一致认为所有的女孩儿都喜爱蓝眼珠、黄头发、粉皮肤的布娃娃。他们会说：‘看，这个漂亮的娃娃。如果你今天表现好，就给你。’”成长中的少女一旦认可了某种审美观，就会不断把它内在化，甚至一生都受其影响与制约。小说中的成年女性也无不受到白人的审美观的侵害。佩科拉的母亲波莉痴迷于白人明星演的电影，并模仿她们把自己的头发梳得高高的；几个打过交道的黑人妇女“取笑她是因为她不把头发拉直。她试图像她们那样化妆，效果极差。对她说话的口音及打扮她们投以蔑视的目光，并窃窃私语”。可见，小镇的妇女们都已成为白人审美观的奴仆，对黑人充满厌恶感。“以白为美”的审美观对成长中的黑人少女造成了两种致命的影响：第一是对白肤色的嫉妒和怨恨，甚至产生报复和暴力心理；第二是对自身的否定和精神上的分裂。克劳迪娅对洋娃娃的肢解是对前者的反映，佩科拉对蓝眼睛虔诚的期盼和痴迷乃至最后走向疯癫是关于后者的最佳例证。

第二，小说揭示了生存环境对青少年成长的重要性，表达了对理想的人际关系的渴望。佩科拉的悲剧绝不单单是白人审美观造成的，缺乏家庭之爱、邻里之爱和朋友之爱是另一个罪魁祸首。在家里，父亲“确确实实地成了如同老狗、毒蛇、耗子一般的黑鬼”；唯一的哥哥到14岁时已离家出走不下27次；母亲干脆住到了白人雇主家。在佩科拉刚刚

---

① 莫里森. 最蓝的眼睛[M]. 陈苏东，胡允桓，译. 海口：南海出版公司，2005:30. 本节所引《最蓝的眼睛》的引文均出自该书。

来到人世间时，母亲便无奈地大呼："上帝啊，她太丑了。"她从不让她去雇主费舍尔家，因为那样会令她丢脸、难堪。一次，佩科拉来找母亲，不小心打翻了她为主人家的孩子刚刚烤制的甜馅饼。几乎全部的糖浆都溅到了佩科拉的腿上，母亲见状，不但没有询问她的伤势，反而一边对她拳脚相加，一边声嘶力竭地骂着："傻瓜……滚出去……。"转过身，她立刻换上了另外一副慈母般的面容，嘴里喃喃地说着"宝贝"去哄那白人的小女孩，操着甜蜜的嗓音许诺着再为她烤个馅饼。母亲的谩骂远比飞溅在佩科拉腿上的滚烫的糖浆还要致命。她意识到，从某种意义上，母亲已经抛弃了她。

在家里和学校得不到任何关心的佩科拉同样遭到社区的驱逐。同校学生、混血儿裘尼尔邀请佩科拉去他家里看猫。他冷不防地把母亲宠爱的猫扔到佩科拉的脸上，捉弄了他。她被猫抓伤了脸。裘尼尔的母亲，有着棕色皮肤的漂亮的混血妇人杰萝丹一见到衣衫破烂、容貌不洁的佩科拉站在自己的家中，便沉着嗓音命令道："你这讨厌的小黑丫头。从我家滚出去。"佩科拉没有想到，这么恶毒的话会从有着如此漂亮的皮肤的太太口中说出来。杰萝丹对待佩科拉的态度折射出混血黑人对待黑人的代表性的态度。首先，他们极力强调自己和黑人的区别，比如他们整洁、安静；而黑人肮脏、吵闹。其次，他们总是拼命以肤色上的欺骗性来掩盖自身的黑人血统，以便跻身白人社会。

作者通过对克劳迪娅这一形象的描写展示了对理想的人际关系和"爱"的渴望。克劳迪娅家的房子也又旧又冷，到了晚上只有一个屋子点了盏煤油灯，"其他屋子则充满了黑暗、蟑螂和老鼠"。可是在她感冒着凉时，比她稍大点的姐姐弗里达会用破布把窗户缝堵了又堵，还会陪在她的床边，眼里带着忧伤为她唱歌；每隔一两小时，妈妈就会用药膏为她按摩胸部，会把被她的呕吐物弄脏的床单清理干净，铺上一个干燥的毛巾；午夜时分，当她干咳不止的时候，脚步声就会进入她的房间，"大手把被单和被子重新掖好"。正像克劳迪娅自己感受到的一样，在这个贫穷的家中，"爱像枫树蜜一样稠密"，母亲的双手成了她秋季的永恒回忆。尽管她们一家的生活已经相当拮据，但是，当佩科拉因父亲入狱，母亲住在雇主家而暂时无家可归时，克劳迪娅的母亲还是慷慨地收留了她。正是在这样一个成员之间充满温情和关爱的家庭氛围的影响下，克劳迪娅得以健康地成长并秉承了富于爱心、正义感的优秀品质。她的故事意在提醒人们，黑人能够在逆境中求得生存，家庭成员间的同甘共苦、相助相爱是至关重要的。

第三，小说表现了黑人女性从不自觉的反抗到自觉反抗的发展历程。这一点在克劳迪娅身上可以看出来。如果说，佩科拉希望有一双"最蓝的眼睛"体现了她朦胧地要改变自己命运的话，那么，克劳迪娅是黑人质疑和反抗精神的象征。同佩科拉一样，克劳迪娅不仅家境贫寒，也深受以白为美的审美观的困扰。但是，克劳迪娅却有极强的质疑和反抗精神，她没有像佩科拉一样盲目地接受它。她对小人书里布娃娃的"那双傻呆呆的眼睛、大扁脸、橘红色头发感到厌恶，感到恐惧"，而不是喜爱。当得到被妈妈视为最可爱的礼物——洋娃娃后，她试图弄清这个表面上毫不令她喜欢的东西究竟为什么让大家如此喜爱。她肢解了不少白洋娃娃，想找出它的美丽之处，"拗断它的细手指，弄弯它的平脚板，弄乱它的头发，拧歪它的脖子，……撕开棉纱网我看见了带有六个小孔的铁片，这就是它出声的秘密。只不过是块圆铁片”。面对虐待，佩科拉忍气吞声，而克劳迪娅却像一个斗士。当她看见佩科拉被一群男生围攻时，她就及时出手，把他们赶跑；当她获悉佩科拉怀孕的消息时，她就和姐姐悄悄计划要保护未出世的小生命。克劳迪娅的形象让人们从黑人们唯唯诺诺的声音中听到了一丝强音，在黑人冷淡、疏离的人际关系中看到了一抹温情。

（三）艺术成就

《最蓝的眼睛》在艺术上有很多新突破。

第一，《最蓝的眼睛》跳出了以往黑人文学关注男性和成年女性的传统，首次聚焦于黑人少女的悲惨命运，拓展了黑人文学的题材。从20世纪20年代的哈莱姆文艺复兴开始，美国黑人文学迎来了蓬勃发展的历史阶段，美国涌现了大批有才华的黑人作家，他们创作出了一部部经典之作，塑造了一批崭新的黑人形象。作为中心人物出现在读者视野中的有理查德·赖特笔下的《土生子》中的比格· 托马斯，拉尔夫·埃里森的《看不见的人》中的主人公等。显然，这些作品关注的多是挣扎在种族歧视和经济压迫的漩涡中的黑人男性，表现的是充满男性意识的种族冲突，黑人女性只是男性的一种陪衬。使黑人女性形象从边缘走向中心的是哈莱姆文艺复兴时期的女作家赫斯顿。以黑人女性的独特视角关注在种族歧视的男权社会中被社会边缘化的黑人女性的命运，讲述她们不屈不挠地寻求自我、捍卫尊严的成长故事，展现她们丰富复杂的内心世界，是赫斯顿对美国黑人文学做出的贡献。赫斯顿在其代表作《他们眼望上苍》中，成功地塑造了女主人公简妮的形象——一个冲破传统，为了追求独立、真爱而不惜放弃一切的女性。《最蓝的眼睛》则史无前例地用了黑人小女孩作为故事的主人公。较之以往的黑人作品，这不能不说是题材上的一个历史性突破。莫里森自己也说过她创作《最蓝的眼睛》的动力是要去描写在文学中任何地方、任何人都未曾认真对待过的人物——那些处于边缘地带的小女孩。

第二，《最蓝的眼睛》突破对种族压迫的直接描述，深入探寻黑人心灵深处的重创。在《最蓝的眼睛》中，莫里森并未过多地直接着眼于白人与黑人之间的压迫和仇恨，而是致力于抵达人物内心情感深处的历程，关注黑人复杂的内心和情感世界。故事里的人物并没有受到直接的种族压迫，而是受到存在于他们的内心深处的一套价值观的困扰。这套价值观使家人之间、邻里之间相互伤害，并最终使人走向疯癫而不知其缘由。

第三，运用多重叙事视角，有助于多侧面理解人物。在《最蓝的眼睛》中，莫里森采用了三条叙事线索：成年的克劳迪娅、童年的克劳迪娅和第三叙事人。成年的克劳迪娅的叙述构成了小说的主要框架——开场白的第二部分和小说的最后一章都是从这个视角展开叙述的。读者对佩科拉故事的了解主要来源于长大后的克劳迪娅的讲述，故事的真实性也就有了依据。童年的克劳迪娅与佩科拉年龄相仿，境遇相似，因此对佩科拉的遭遇和心灵的痛楚会有着特殊的洞察力，她的叙述可以剖析佩科拉不幸的本质意义。第三叙事人的角度也是举足轻重的。通过它，佩科拉的父母乔利和波莉的故事在读者面前展开，为读者理解小说提供了更为宽广的视野。同时，它也给小说提供了更广阔的社会背景，使读者能够更深入地理解佩科拉的悲剧，由衷地同情她、怜悯她。

第六节 卡尔维诺与《寒冬夜行人》

伊塔洛·卡尔维诺(1923—1985),意大利新闻工作者,短篇小说家,作家,他的奇特和充满想象的寓言性作品使他成为20世纪最重要的意大利小说家之一。他有句名言:"我对文学的前途是有信心的,因为我知道世界上存在着只有文学才能以其特殊的手段给予我们的感受。"①

一、生平与创作

卡尔维诺1923年10月15日生于古巴。他的父亲是意大利人,园艺师;母亲是撒丁岛人,植物学家。伊塔洛,即"意大利",作家取用这个名字是为了怀念故乡,不忘故土。从1942年开始,卡尔维诺曾先后就读于都灵大学农学系和文学系。第二次世界大战期间,卡尔维诺参加了当地游击队组织的抵抗运动,战后在都灵的艾依那乌迪出版社任文学顾问。在此期间,他加入了意大利共产党,并经常为该党的中央机关报《团结报》撰写文章。"匈牙利事件"之后,卡尔维诺退出意大利共产党。1985年9月19日,62岁的卡尔维诺因突发脑出血与世长辞。他的脑神经外科医生不禁惊叹:从未看过一个人的脑内构造像卡尔维诺那么纤细复杂。卡尔维诺的作品包括小说、童话、杂文和文学理论四类。

小说创作:处女作长篇小说《蛛巢小径》(1947)是以战争为主题的作品。脍炙人口的中篇小说《分成两半的子爵》(1952)直接揭示了资本主义经济制度下人的异化,可以说是一部现实主义的寓言,代替处于衰退之中的意大利新现实主义文学发挥了社会批判作用。《宇宙的奇趣》(1965)以奇异的想象、深刻的哲思和智慧的比喻构想出人类的过去和世界的历史,讲述人性的复杂和宇宙的微妙。《隐形的城市》(1972)、《命运交叉的城堡》(1973)和《寒冬夜行人》(1979)是卡尔维诺创作风格臻于完善的作品,后现代艺术特色十分鲜明。《隐形的城市》用城市的形象来表现几何理性和人生变幻莫测之间的张力。在《命运交叉的城堡》中,卡尔维诺受时下流行的符号学和叙事学理念的影响,运用塔罗纸牌的排列组合,编织出不同人物的不同故事,实践了"拼贴"的艺术原则。在最后一部小说《帕罗马尔》(1983)中,作者借日常生活琐事展开奇思妙想,苦苦探索宇宙与人类、自然与语言、自我与现实之间的关系。

童话创作:卡尔维诺花费两年心血写成的《意大利童话故事》(1956)被誉为"意大利式的格林童话""世界文学宝库中的瑰宝"。它不仅闪耀着美好的人性光辉,也体现了卡尔维诺对沉重话题一贯的淡化处理风格。当写到一个人的死亡时,他往往使用最简单、最平静的语言来讲述。

杂文创作:《向迷宫挑战》《惶惑的年代》《物质世界的海洋》(1962)是卡尔维诺发表在《梅那坡》文学杂志上的一系列杂文。这些杂文对20世纪60年代资本主义发展新阶段中那些连思想也商品化了的人作了深刻揭示。卡尔维诺提醒人们,不能向现存的条件

① 卡尔维诺.未来千年文学备忘录[M].杨德友,译.沈阳:辽宁教育出版社,1997:英译本前言.

投降，而应向物质世界的汪洋大海，即“迷宫”挑战。

文艺理论：《美国讲稿》(1985)是卡尔维诺重要的文学理论著作。在这部著作中，卡尔维诺将小说创作的经验概括为“轻逸”“迅速”“确切”“易见”“繁复”“连贯”。这几个词是他对自身创作经验的总结，也是对小说本质思考的结论，具有很大的文学和美学价值。

卡尔维诺的小说创作深刻揭露了资本主义经济发展中人的全面异化，全方位探索了小说的本质和创作问题，呈现出艺术与哲思共在、现实与幻想结合、传统与现代统一的独特风格。他以文人的敏锐、哲人的深刻直刺现代社会的种种顽疾，实践了他作为文学家的社会使命。他没有像很多后现代小说家那样遭人诟病，而被读者称作他们心中的太阳。

二、《寒冬夜行人》

卡尔维诺把《寒冬夜行人》称为“超级小说”，声称这是他“努力创作的这种小说之一”，其“目的在于用十个故事的开头说明小说的实质”①。从实际情况来看，这部小说完美地实现了卡尔维诺的创作意图，是一部名副其实的“关于小说的小说”(“元小说”)。

(一) 作品梗概

《寒冬夜行人》几乎是一部不可概述的小说，从故事内容来讲，大致包括以下两个部分。

一是小说的主体故事，以“章”为标题，讲述男女两个读者的阅读和相爱的过程。第一章讲述“读者”买了卡尔维诺新出版的小说《寒冬夜行人》，开始阅读。《寒冬夜行人》的故事情节发展到关键处却没了下文。第二章讲“读者”去书店问个明白，发现自己刚刚读到的故事开头并不是原本想买的卡尔维诺的书，而是波兰作家巴察克巴尔的小说《在马尔堡市郊外》。另外一位“女读者”也遇到了同样的情况。于是他们决定找这位波兰作家的小说继续读下去。然而，他们换回去的却是辛梅里亚民族的一位青年作家的小说。这样，两位读者阴差阳错地阅读了十个互不相关的故事的开头。男女读者也在共同寻找故事下文的过程中产生感情，最终结为夫妻。新婚之夜，当“女读者”提出要熄灯就寝时，“读者”却说：“再等一会儿。我这就读完伊塔洛·卡尔维诺的《寒冬夜行人》了。”②

二是在各章之间嵌入的十个故事片段。第一个故事《寒冬夜行人》，写一位神秘的旅行者在一个陌生的小火车站的一次接头行动，可看作“侦探”小说。第二个故事《在马尔堡市郊外》，是一部以封建世仇为主题的“复仇”小说。第三个故事《从陡壁悬崖上探出身躯》，叙述一位年轻女子帮助一个犯人从海滨监狱越狱潜逃的故事，可谓“惊险小说”。第四个故事《不怕寒风，不顾眩晕》，以“革命年代”中的动荡、怀疑、背叛、死亡为描写对象，堪称“革命小说”。第五个故事《向着黑魆魆的下边观看》，记述一个杀人者企图毁尸

① 卡尔维诺. 美国讲稿[M]. 萧天佑，译. 南京：译林出版社，2012：115.

② 卡尔维诺. 寒冬夜行人[M]. 萧天佑，译. 南京：译林出版社，2001：231. 本节所引《寒冬夜行人》的引文均出自该书。

却屡屡失败的故事，是一部“凶杀小说”。第六个故事《一条条相互连接的线》，讲述一位大学教师对电话铃声的莫名恐惧，是颇具现代性的“心理小说”。第七个故事《一条条相互交叉的线》，讲述主人公“我”依靠镜子的反射、折射原理扩大或隐匿自己的形象，周旋于“我”的竞争者、黑社会和敌人之间，隐喻“有限与无限”“真实与虚幻”“确定与不确定”等哲理问题，是典型的“寓言小说”。第八个故事《在月光照耀的落叶上》，模拟日本作家伊谷氏的“新感觉派”手法，描述男主人公对于秋日、落叶和女主人公的肉体的细微体会，可看作“性爱小说”。第九个故事《在空墓穴的周围》，讲述一个儿子寻母归宗的故事，文中描述的山地环境、世代近亲通婚的人群、不死的灵魂等，都显示出拉美“魔幻现实主义小说”的特点。第十个故事《最后结局如何》，讲述厌世的“我”用意念取消了一切建筑物、人、公共机构甚至自然界，却不想正迎合了右翼力量要毁灭人类、迎接“新人”的企图，“我”因此陷入极度的恐惧之中，是一部特点鲜明的“社会幻想”小说。这些故事都只有开头，没有发展，没有结尾。

卡尔维诺运用嵌套式的叙事结构使一部小说变成了十一部小说。不仅如此，作者在小说结尾把十个故事的名称连缀成短文，又出现了第十二部小说的开头：

> 寒冬夜行人，在马尔堡市郊外，从陡壁悬崖上探出身躯，不怕寒风，不顾眩晕，向着黑魆魆的下边观看，一条条相互连接的线，一条条相互交叉的线，在月光照耀的落叶上，在空墓穴的周围，……最后结局如何？①

——这可以看作另外一部“悬疑小说”的开头。

（二）思想内容

《寒冬夜行人》是关于小说的小说，其思想内容包括故事的主题思想和文学创作理念两部分。

第一，《寒冬夜行人》的故事内容直指各种现实问题。成功而年迈的幻想作家西拉·弗兰奈里陷入了创作危机。“许多他已经下笔的小说，由于这场莫名其妙的、突如其来的精神危机，都已半途而废，可他已从世界各地的出版商那里预支了稿酬，国际金融机构已经投入了大量资金，小说中人物喝什么牌号的酒，到什么地方旅游，穿什么式样的服装，用什么式样的家具与摆设，等等，早已与有关的广告公司签订了合同。”寥寥数语，卡尔维诺就把市场经济操纵下的作家的境遇描述得淋漓尽致，语气充满了无奈和嘲讽。十个嵌入主体故事的故事片段以最少的笔墨和最大的容量展现了光怪陆离的后现代生存语境。越狱、凶杀、革命、复仇、争斗、性爱、恐惧、寻宗，无一不是现实社会、现实人生和现实心理的真实体现。

然而，《寒冬夜行人》的终极目标并非仅仅把读者的视线聚焦在现实层面，它要唤起读者的冥想与哲思。卡尔维诺认为，世界一直在向他发出信息和警告，希望读者能去倾听

① 卡尔维诺.寒冬夜行人[M].萧天佑，译.南京：译林出版社，2001：229.

作品中的低声细语，时刻警醒审慎地关注人类业已或可能陷入的倒退。因此，“拒不去实现因果取向的期望，拒不以开头、中间和结尾这样的成规来创造小说”，颠覆情节，解构秩序，都是后现代文学作家试图“把稳定的个体逐出公众的安居意识”①，以保持思索和警醒状态的努力。

第二，在《寒冬夜行人》中作者充分发表了关于小说创作和阅读方面的观点和见解。作品中的“女读者”柳德米拉对小说的观念一直处在变化之中。开始时，她喜欢小说能使她“立即进入一种明确、具体而清晰的境界”。不久，她又强调书“应该有点捉摸不定，字里行间还应有某种东西，我也说不清楚是什么东西”。接下来，她的愿望似乎渐次明晰起来，她希望看到一本“能让人感觉到即将到来的历史事件，有关人类命运的历史事件”的小说；一本“只管叙事的小说，一个故事接一个故事地讲，并不想强加给你某种世界观”的小说；“那些一开始就令人感到焦虑的小说”；一本“在世界毁灭之后才赋予世界以意义”的小说。柳德米拉对小说的期望和描述正是卡尔维诺小说创作的实践和追求。它们既有小说艺术从未改变的对世界和人类的深切观照，又有后现代小说独特的表现形式和书写方法。

柳德米拉的姐姐则是资本主义后工业时代被机器异化了的读者的代表。她主张用电脑来写小说，用机器来解读小说。对科技理性的过度信任和依赖，使她丧失了对人性的复杂性的关注和探寻。与她观点截然相反的是另一个人物西拉·弗兰奈里。他在日记里写道：“假若我只是一只手，一只斩断的手，握着一支笔写作……那么，谁支配这只手呢？一群读者？时代的精神？集体无意识？……我之所以要取消我，并非要这只手成为某种确定的东西的代言人，只是为了让写作属于应该写出的东西，让叙述成为无人叙述的行为。”无法超越个人因素和文化背景的局限，表达最应该表达的内容的写作追求，常令作家倍感困惑。

（三）艺术成就

《寒冬夜行人》艺术手法独特，成就很高，体现了探索小说的鲜明特征。

第一，《寒冬夜行人》充分运用了结构的戏仿、主题的拼贴和语言的罗列等艺术手法。在叙事构成上，《寒冬夜行人》模拟《一千零一夜》，采用主体故事中插入独立小故事的嵌套式结构。但与《一千零一夜》中的每一个小故事都独立完整不同，《寒冬夜行人》中的十个嵌套故事都只有开头。卡尔维诺在作品中指出：“今天写长篇小说也许有点逆历史潮流而动，因为现在的时间已被分割成许多片段，我们度过的或用于思考的时间都是些片段，它们按照各不相同的轨道行驶与消逝。”因此，这种模仿就变成一种戏仿，变成传统嵌套式叙事结构与后现代片段拼贴的组合，使一部小说涵盖了几乎所有小说类型和文学主题。

在嵌套式的网状结构中，每一件物品，哪怕是最小的一件物品，都被看作一张关系网的纲，作者不能不去注意它，结果小说的细节描写与离题发挥多得数不胜数。小说的主题

① 周来祥. 西方美学主潮[M]. 桂林：广西师范大学出版社，1997：1370.

向四面八方伸延，范围越来越宽，越来越广。如果这些主题能够向各自的方向发展的话，那么它们就会包罗整个宇宙。这就实现了卡尔维诺写作“百科全书”式小说的创作目标。

卡尔维诺不但以“戏拟”和“拼贴”的手法使《寒冬夜行人》形成小说主题、模式和思想的聚会，还用“罗列”和“并置”的手法使其形成语言的嬉戏和狂欢。在小说第二章中，男读者“你”看《寒冬夜行人》到第30多页的时候，发现小说没有下文，恨不得把书给扔掉。对把书扔掉这个想法，卡尔维诺运用了极其烦冗的语言来表达：

> 你把书扔到地上；你真想扔到窗户外面去……你真想把这本书扔到房子外面去，扔到院子外面去，扔到街道外面去，扔到城市外面去，扔到县、市领土之外去，扔到省、区领土之外去，扔到国家领土之外，扔到（欧洲）共同市场之外去，扔出西方文明，扔出欧洲大陆，扔出大气层，扔出生物圈，扔出同温层，扔出重力场，扔出太阳系，扔出银河系，扔出天河，扔到银河系能够扩张到的边沿之外去，扔到那时空不分的地方去，那里“不存在”即过去、现在和将来都不存在，也许会接受这本书，让它消逝在绝对否定、不能再加以否定的否定之中。这才是这本书应有的下场。①

这种语言罗列和并置的现象在《寒冬夜行人》中大量存在。这些语言乍看起来啰唆而缺乏意义，细读起来，却形成不受叙事程度限制的作品意义和思想内涵的增值。那种疯狂地想把书彻底扔掉的想法酷似一个人想彻底逃离现实世界的愿望。卡尔维诺的语言狂欢不是作品字面的喧嚣，而是意义和内涵的膨胀。

第二，《寒冬夜行人》采用第二人称叙述视角。卡尔维诺将两位主人公直接称为“读者”和“女读者”。这样便于进行沟通，使读者与人物合一，读者与作者无间。全知全能的“作者”是近现代社会人性张扬的产物。自19世纪末开始，人们开始倡导采用人物的有限视角，让读者直接进入人物的内心，随着人物的眼光来观察世界，体验亲临其境的感觉。《寒冬夜行人》开篇写道：“你即将开始阅读伊塔洛·卡尔维诺的新小说《寒冬夜行人》了。”“像你这样仔细的读者从第一页开始一定注意到这点了……”卡尔维诺注重的是阅读故事的过程，是信息发出者（作者笔下的“读者”）和信息接收者（小说的实际读者）之间的交流与互动。读者与作品的对话使作品对读者形成强有力的召唤结构。

第二人称使卡尔维诺不仅赋予读者和作者平等交流的权利，而且对阅读提出了具体要求。“你即将开始阅读伊塔洛·卡尔维诺的‘新小说’《寒冬夜行人》了。请你先放松一下，然后再集中注意力。把一切无关的想法都从你的头脑中驱逐出去，让周围的一切变成看不见听不着的东西，不再干扰你。”卡尔维诺既提示读者“不要期待这本书里有什么与众不同的地方”，又鼓励读者在阅读中保持对一切都满怀希望的精神。卡尔维诺诚挚地渴望读者能够认真地对待阅读，能够懂得如何挑选值得一读的“新书”，能够对书怀有不灭

① 卡尔维诺. 寒冬夜行人[M]. 萧天佑，译. 南京：译林出版社，2001：21.

的希望，能够从阅读中获得收益和乐趣。

第二人称的叙述表达了卡尔维诺希望在作家和“读者”、作家与人物、“叙述者”和“读者”、小说中的“读者”和现实中的读者之间实现平等交流的创作理念；而小说中人物之间的对话和自述又进一步加深了对小说创作问题的探讨和追问。《寒冬夜行人》由此成为一部名副其实的讨论小说创作的小说。

在《寒冬夜行人》的结尾处，卡尔维诺以他一贯的深沉而不失乐观的笔触写道：“世界正在变成碎片，我在这些虚悬着的碎片上奔跑……让世界上的一切事物重新存在，重新恢复。”“一切小说最终的含义都包括这两个方面：生命在继续，死亡不可避免。”作家的才华和智慧，正引领读者在不可避免的死亡面前，将生命继续下去。

思考题

1. 20世纪下半期现实主义文学与19世纪批判现实主义文学之间有哪些联系和区别？
2. 后现代主义文学有哪些主要流派？各流派的基本特征是什么？
3. 《麦田里的守望者》的主人公霍尔顿与18世纪、19世纪西方文学中的青少年主人公有何相似和不同之处？
4. 贝克特的《等待戈多》如何集中体现了荒诞派戏剧的主题和艺术特点？
5. 你认为戈多究竟是谁？戈多最终会出现吗？
6. 在《百年孤独》中布恩蒂亚一家人走不出命运循环的根本原因是什么？
7. 《最蓝的眼睛》对处于边缘地带的小女孩的关注具有哪些不同寻常的意义？
8. 为什么说《寒冬夜行人》可以被称为“关于小说的小说”（“元小说”）？

东方文学部分

第一章

1

古代东方文学

【学习目的与要求】

通过学习本章内容，了解古代东方文学的基本特征与主要成就，在与古代西方文学的比较中，掌握东方神话、史诗和戏剧的思想内容与艺术成就，从而初步领会古代东方文学的精神和价值。

第一节 概述

古代东方文学指的是亚洲、非洲从原始社会末期至奴隶制社会末期的文学。

一、古代东方文学的范畴及其基本特征

东方文学是一个宽泛的概念，泛指西方文学之外的各民族文学，包括儒家文化圈、伊斯兰文化圈、希伯来文化圈、印度–南亚文化圈等多种异质文化的相关文学。

古埃及、古巴比伦、古印度和中国通常被并称为世界四大文明古国。这些古老的文明国度向世界展现出灿烂辉煌的文化成果，其中最重要的也是最有成就的就是文学，各国都有自己独特的文学创作。

与古代西方文学相比，古代东方文学表现出如下特征：

首先，古代东方文学是在各地域内部的农业文明与游牧文明的相互冲突与融合、各地域之间文化的相互交流与影响的基础上产生和发展起来的，呈现出多元、开放的特征。比如，古埃及文明就是由生活在北方肥沃地区的下埃及农耕民族与生活于南方沙漠地带的上埃及游牧民族共同创造的；古巴比伦文明则来自苏美尔人的农耕文化和阿卡德人的游牧文化的融合与交流。而各地域文学在发展过程中兼收并蓄不断壮大的同时，又成为周围各民族文学生长的催化剂，如古巴比伦和古希伯来文化之间的交融和影响。

其次，古代东方文学呈现出民间集体口头创作的鲜明特征，因为它是在人民口头创作的基础上发展起来的，与人民口头创作联系紧密。人类先有语言而后才有文字，当语言出现后，人类就迫不及待地要把自己的生存状态通过神话、故事、史诗等形式加以解说和记录。古人凭借一代又一代人口耳相传的方式，将这些形象化并具动态的历史传递下去，直到文字出现，这些古老的口传文学才经过许多人搜集加工整理，最终编纂定稿成书。不论是各民族的神话，还是古巴比伦的史诗《吉尔伽美什》、古印度史诗《摩诃婆罗多》和《罗摩衍那》等，都是这样保存下来的。因此，古代东方文学的民间口头创作特点十分突出。

最后，古代东方文学最发达的文学样式是神话传说和宗教文本，二者互为表里，共同完成了对古代东方各民族原始思维和原始宗教的阐释。鸿蒙初辟，有关宇宙起源、万物生成发展以及主体自我存在的思考已经共存于各古老的民族群体中，逐渐积淀成悠久深厚的集体无意识和原始思维。而神话的解说又兼具了对原始宗教教义的形象阐释，故而宗教又为神话提供了丰富的母题与原型。人类敬畏自然、对世界与自我进行的想象和探索，都在神话中得到体现。而神话丰富生动的情节，又体现了古老的东方各民族瑰丽的想象。

二、古代东方文学的主要成就

在“外国文学”视域下，古代东方文学主要包括古埃及、古巴比伦、古印度和古希伯来等地域产生的早期文学，早期文学反映的是这些地域人们的社会生活、思想感情和审美方式。

(一) 古埃及文学

古埃及早在上古时期就创造了自己显赫的文明。这个从尼罗河流域发展起来的民族在公元前5000年前后就已经形成了自己的农耕文明。古埃及于约公元前3100年建立了第一个王朝,开启了古埃及的法老时代。此后直至公元前332年亚历山大大帝占领埃及,前后共经历了31个王朝。古埃及以金字塔为标志的墓葬文化非常发达,其反映的是古埃及人的生命观念。这些观念充分体现在其保存下来的各种文献记录以及文学创作中。

早在公元前3300年前后,古埃及人就发明了象形文字。中王朝时期,纸草被大量用于文献记录。古埃及文学迅速发展,进入鼎盛期。古埃及文学样式包括神话传说、诗歌与歌谣、民间故事等。

1. 神话传说

神话是上古人类认识、想象世界的一种原始思维方式。古埃及很早就形成了比较完备的神话体系与神谱。埃及神话中的神主要有太阳神拉,水神努,天神努特,地神盖勃,植物神、尼罗河水神奥西里斯,恶神塞特,爱神赫托尔,战神贺尔,等等。其中关于太阳神拉和植物神、尼罗河水神奥西里斯的神话流传最广。

古埃及人相信,一切生命体的存在都源于太阳的照耀,因此太阳神拉被作为万神之王、万物的创造者来崇拜和歌颂。另外,法老以太阳神之子自居,将人间法老的绝对权利神圣化,加强了君权神授的思想。相传拉是在水神努的体内孕育而成的,升出水面显形为一轮太阳,从此大地一片光明。拉先后创造了天地、日月、晴空和万物,并因此成为众神的领袖。但是他在几千年后衰老,众神和人类不再服从他的统治。拉为了惩罚人类,就让他的女儿爱神赫托尔毁灭人类,但不久后感到后悔,担心人类就此灭绝,于是便建造了美酒之湖,让赫托尔沉醉于美酒,人类也因此免遭劫难。这些神话反映了早期的人类对自然的敬畏和感恩之情。

奥西里斯神话是古埃及神话中影响最大、流传最广的神话。这则神话由三部分组成:一是奥西里斯中了弟弟塞特的奸计,被谋杀;二是奥西里斯和伊西丝之子荷鲁斯降生;三是荷鲁斯长大之后与塞特斗争并取得胜利。神话中的奥西里斯是埃及一位仁厚、善良、正义的君王,他教人们种植的本领,为他们立法,也教导人们敬神。他的声望极高。他的弟弟塞特嫉恨兄长,便使用阴谋诡计陷害他。塞特偷偷量好奥西里斯的身高,根据他的身高制作了一个精美的柜子,送到宫殿,声称会把这个柜子送给躺在里面最合适的人。跟随塞特来的人都躺进去,却不合适。当奥西里斯躺到里面时,竟然尺寸正好。于是,塞特同伙立即上前把柜子钉死,丢进了尼罗河。这个柜子成了奥西里斯的棺材。奥西里斯的妻子伊西丝听到消息,非常悲痛,她马上去寻找装有奥西里斯的棺材。她跟随着奥西里斯棺材的方向,变作鹰在上空飞翔,孕育了她和奥西里斯的孩子,此后在沼泽地里生下了儿子荷鲁斯。当她费力找到棺材时,棺材已被迅速长大的石楠树包裹在树干里。树干被一位国王看中,砍伐做了宫殿的支柱。伊西丝想办法进入宫廷,用计谋弄到柱子,找到装着奥西里斯的棺材,回到埃及。此事被塞特得知,他再度破坏了棺材,将奥西里斯的尸身分解成14块,抛到不同的地方。悲痛的伊西丝再度踏上寻夫之旅。在她的努力下,奥西里斯的

13块尸身都被找到，唯独带着他生殖器的那一块没有被找到，因为塞特把这块尸身扔进尼罗河喂了鱼。伊西丝每找到一块尸身，便就地埋葬。因此，后来在埃及有多处奥西里斯的坟墓。荷鲁斯长大成人后，与塞特进行了最后的较量，打败塞特，并以一只眼睛为代价帮助父亲复活。但诸神还是让奥西里斯留在了冥府。最后，荷鲁斯成为人间之王，奥西里斯则在阴间做了冥府之王。①

奥西里斯神话体现出古埃及文化自然崇拜、法老崇拜和亡灵崇拜的思想。尼罗河每年都要泛滥，但泛滥之后的尼罗河留下的淤泥正是下一季庄稼丰收的保证。因此，尼罗河让古埃及人认识到了盛与衰、荣与枯、生与死的交互关系。在这则神话中，奥西里斯受难、死亡和复活（荷鲁斯的诞生）体现了埃及人对自然万物荣枯交替现象的朴素理解。当湿润的北风吹拂时，尼罗河水随之泛滥，奥西里斯的灵魂复活了，大地重建秩序和重新繁荣。奥西里斯-荷鲁斯与塞特分别象征着北方农耕文化与南方游牧文化、下埃及与上埃及、沃土与荒漠、春夏与秋冬、湿润的北风与肆虐的南风、生与死、善与恶的对峙或转换，体现了大自然完整的荣枯盛衰的神秘循环及其所衍生的社会文化意义，从而诠释了奥西里斯神话的底蕴。

奥西里斯和荷鲁斯的神话反映了王权的神圣性。荷鲁斯既是奥西里斯活在世上的化身，也是他的再生。这就意味着生命力从父辈传到子辈，也意味着王权也以此方式得以传承。这个故事无疑成为王权继承合法性的最有力的证明。由此，奥西里斯神话为世袭制披上了神圣的外衣。

荷鲁斯被看作奥西里斯死而复生的化身，反映了古埃及人灵魂不死的观念。在古埃及人看来，死亡只是生命的中断，而不是结束。古埃及最重要的文明象征木乃伊和金字塔，都与古埃及人对来生的观点有密切的联系。他们认为，要保证人死后生命仍然可以延续下去，必须保存好肉身，而保存肉身最好的方式就是制作木乃伊。保存木乃伊推动了古埃及墓葬文化的迅速发展，从而造就了大量的金字塔。

2. 诗歌与歌谣

古埃及文学中诗歌和歌谣种类较多，可细分为世俗诗、宗教诗、赞美诗、哲理诗等。这些诗歌和歌谣集中反映了那个时期人们的生活、情感和思想等。

在古埃及诗歌中，宗教诗占据很大分量。出现最早的是《亡灵书》，这部诗作既有写古王国的冥国观念的诗句，也有赞美神灵的诗篇。最著名的宗教诗应属《失望者和自己灵魂的谈话》：

死神今天站在我面前，
像康复的征兆，
像脱离了病魔的缠绕……
死神今天站在我面前，

① 有关奥西里斯的神话内容来自：弗雷泽. 金枝［M］. 汪培基，徐育新，张泽石，译. 北京：商务印书馆，2013.

像荷花的芳香，
像是沉醉在烟雨茫茫的岸上……
死神今天站在我面前，
像消失了的风暴，
像游子从远方回到了自己的故乡……
死神今天站在我的面前，
像一个被监禁了多年的囚徒，
渴望见到家屋的墙垣。①

这些句子不仅优美，而且艺术地表达了古埃及人的生死观。诗中把死亡比成回家，把死亡与归宿和幸福等同起来。这种思想启迪了人们对生与死、对彼岸世界和终极意义的思考，具有高度的思想性。

在献给太阳神的赞美诗中，《阿吞颂歌》对后世影响最大。该诗颂扬太阳给人类带来生命力，体现出诗人对大自然的热烈赞美之情：

大地生辉，是你在光明之地升起的时候，
是你作为白日之阿吞照耀的时候，
当你驱走黑暗，
当你洒下光辉，
上下埃及便沉浸在节日的欢乐中，
人们起床，是你唤醒了他们；
他们洗净身体，穿好衣裳，
他们举臂欢呼你的出现。

整个大地焕发出生机！
动物吃草，
树木生长，
鸟儿飞出巢，用羽翼向你的灵魂致礼。
兽群欢跃，
飞鸟翱翔、盘旋，
当你照耀着它们，它们就有了生命。
当你升起在天空，
船只南北穿行，

① 中国社会科学院文学研究所.现代文艺理论译丛：下[M].北京：知识产权出版社，2010：1012.

道路也畅通；
河中的鱼儿在你面前穿梭，
你的光辉照到了海洋。①

阿吞被视为倡导信仰的太阳神，诗中对阿吞的赞美，就是对太阳普照大地，使万物生长、生命勃发的热烈赞美。该诗质朴生动，情感充沛，在古埃及宗教诗中具有代表性。

3. 民间故事

古埃及的民间故事主要是寓言故事和传奇故事。这些散文体故事既反映出古埃及人的道德观念，富有教谕性，又体现出他们语言艺术的发展水平。在众多故事中，流传较广的是十九王朝的《两兄弟的故事》。故事中的兄长阿努比斯结婚后一直带着弟弟巴塔共同生活。嫂子产生非分之心，向巴塔求欢，遭到巴塔严词拒绝。嫂子恶人先告状，诬陷巴塔。哥哥阿努比斯不明真相，追杀巴塔。巴塔说出真相后，离开兄长。阿努比斯回家后杀死妻子。巴塔后来结婚，但妻子被法老看中，抢去当了王后。女人不仅背叛巴塔，而且有意加害于他。她了解巴塔的心放在了松树里，便命人将松树砍断。幸好阿努比斯及时赶到，将巴塔的心放在水碗里，救活了巴塔。后来巴塔变成公牛，王后又怂恿法老杀死公牛。公牛的两滴血落在王宫门前，又长成巴塔化身其间的两棵大树。王后再让法老砍树，木屑飞入王后口中，致其怀孕，巴塔再度化身其间，诞生成为王子。多年后，法老离世，巴塔化身的王子即位。他公开真相，处死王后，与兄长阿努比斯重逢。

这个故事体现了古埃及人文学创作的高超才能，也反映了他们高超的艺术想象力。古埃及人的伦理道德观念通过生动的情节得到充分体现。

（二）古巴比伦文学

公元前 4000 年左右，在底格里斯河与幼发拉底河流域的美索不达米亚平原上，产生了人类最早的文明之一——苏美尔文明。苏美尔人发明了用尖木棒或芦苇秆在泥板上刻写的楔形文字，楔形文字为后世文明的发展奠定了重要的基础。公元前 2371 年，来自上美索不达米亚的阿卡德人取代苏美尔人，成为两河流域的主人。公元前 19 世纪，阿莫利特人在美索不达米亚建立了古巴比伦王国。到第 6 代国王汉穆拉比时（公元前 18 世纪），古巴比伦统一了两河流域，建立了中央集权制王国。汉穆拉比还主持制定了人类已知最早的成文法典，即著名的《汉穆拉比法典》。古巴比伦王国一直延续到公元前 1595 年，为赫梯人所灭。此后历经多族统治，直到公元前 539 年，波斯王居鲁士推翻了迦勒底人创立的新巴比伦王国，开始了一种不具有承继关系的新文化。

古巴比伦文学包含了从苏美尔时期直到新巴比伦王国时期的各种文学创作成就，集中代表了上古两河流域文学的面貌，神话传说、史诗、寓言、故事、箴言等得到了广泛的传播，对后世周边地区文学影响很大。下面主要讲神话传说和史诗。

① 张玉安，陈岗龙，等. 东方民间文学概论［M］. 北京：昆仑出版社，2006：96–97.

1. 神话传说

古巴比伦具有自己完备的神话体系，包括主神阿努、太阳神舍马什、地神恩里尔、爱情与丰收之神伊什塔尔、植物神塔木兹、水神与智慧神埃阿等。众神当中，最有影响力的当属马尔都克，他在古巴比伦神话中由最初的英雄神成长为创世神。创世神话《埃努玛·埃立什》（又称《咏世界创造》）就讲述马尔都克创造世界的故事。该神话叙述，世界最初只有茫茫的大水，混沌一片。随后从混沌中产生了代表黑暗与邪恶的妖族和代表光明与幸福的神族。后来，众妖在妖王提亚玛特的率领下向神族发动进攻。大神安夏尔之子，神族中最年轻的马尔都克率神族迎战。经过激烈的拼杀，马尔都克将能变成风暴的药丸投入提亚玛特的口中，使她的肚子立刻膨胀起来，马尔都克趁势杀死提亚玛特，并将她的尸体分成两半，一半用来造出天空，一半用来造出大地。随后，马尔都克又创造了日月星辰与世间万物，并杀死妖族首领基恩古，用他的血混合泥土创造了人类，作为众神的仆人。这个神话反映了古巴比伦人对于世界起源的想象；从马尔都克打败提亚玛特的情节中也可看到，在神话产生的时代，父权制社会已经取代母权制社会。

另一篇著名神话《伊斯塔尔入冥府》来自苏美尔神话中的伊南娜的神话故事，到了阿卡德神话中，就成为伊斯塔尔(伊什塔尔)的神话。伊斯塔尔是爱情与丰收之神。她的丈夫、植物神坦姆兹（塔木兹）落入地狱，她为了救出丈夫而进入地狱，经过七重门，一件一件剥去衣服、饰物，结果仍被囚禁于地狱。于是，大地万木凋零，自然界陷入一片混乱。最终众神把两位神放回人间，世界才恢复了生机。这则神话解释了四季更迭、万物荣枯的原因，反映了古巴比伦人对自然规律的原始认识。

2. 史诗

史诗《吉尔伽美什》是古巴比伦文学中最具代表性的作品，同时也是全世界已知的最早的史诗。据学者研究，这部史诗的相关情节早在公元前3000年的苏美尔时代便已产生。今天我们见到的版本整理自12块泥板，共3 500行。

史诗开篇叙述乌鲁克国王吉尔伽美什是神人之子，智勇兼备，但为人残暴。百姓向上天祈求帮助，神便创造出一个半人半兽的英雄恩启都前去对抗吉尔伽美什。恩启都来到乌鲁克向吉尔伽美什挑战，双方激战多时，始终不分胜负，最终惺惺相惜，成为莫逆之交。吉尔伽美什也决定改过自新，为民谋福。他们远行至雪松林，在太阳神舍马什的帮助下消灭了守护雪松林的怪物洪巴巴，声名远播。爱情与丰收之神伊什塔尔对吉尔伽美什产生爱意，向他求欢，却遭到他断然拒绝。伊什塔尔恼羞成怒，于是请其父、主神阿努派凶猛的天牛报受辱之仇。吉尔伽美什与恩启都合力将天牛杀死，却因此触怒主神。这导致恩启都死去。吉尔伽美什对好友之死悲痛万分，并开始恐惧必将到来的死亡，试图找到不死的方法。吉尔伽美什长途跋涉，前往世界尽头。虽然知晓渡海寻找不死的方法会遭遇无法预料的凶险，但他坚定不移，克服艰险，终于从人类始祖那里获得寻找不死仙草的路径。他高兴地准备将仙草带回乌鲁克，与众人分享。在归途中，吉尔伽美什到泉水里洗澡，把仙草留在石头上，不料仙草被一条蛇叼走。从此蛇可以蜕皮重生，吉尔伽美什则只能和所有人一样，仍将面对必死的命运。史诗反映了上古人类与自然的斗争，反映了古人既努力改造自然，又敬畏自然、害怕惩罚的矛盾心理。吉尔伽美什试图超越死亡、寻求不死的方法的情节则蕴含了终极性的哲理沉思：人为什么要死？如果死亡无法避免，生命的意义是什么？在追求不死的过程中，吉尔伽美什向太阳神舍马什高声呼叫：

> 难道我白白地在旷野里跋涉，
> 我的头颅仍然必须躺在大地的正中，
> 仍然必须年复一年地长眠永卧？
> 请让我的眼睛看到太阳吧，使我浑身广被光泽；
> 那有光的地方，黑暗便告退，
> 让我仰沐太阳神舍马什的光辉，
> 将死亡给予那些死者！①

吉尔伽美什憎恶死亡与黑暗，不懈地追求着生命与光明，从这个意义上说，他不仅是一位强大的英雄和人民的保护者，也是一位执着的探索者。吉尔伽美什所提出的问题超越了他所处的时代，是古往今来所有人都必须面对的终极问题，而他追求永生时坚持不懈的精神至今仍给人们希望与勇气。

（三）古印度文学

古印度是世界文明古国之一。印度国名来自印度河。恒河和印度河孕育了古老的印度文明。距今 4 000 年前，印度河流域诞生了最早的哈拉巴文化，创造者为达罗毗荼人。哈拉巴文化在公元前 1700 年前后消失。直到公元前 1500 年左右，雅利安人进入南亚次大陆，他们与当地土著居民融合，创造了一个与哈拉巴文化并无承继关系的新文明，即通常意义上的古印度文明，亦称“吠陀文明”。随着奴隶制的产生，古印度社会形成了森严的种姓阶级制度，将人从高到低依次分为宗教祭司阶级“婆罗门”、世俗贵族与武士阶级“刹帝利”、农牧民和商人阶级“吠舍”与底层阶级“首陀罗”。

古印度文学共同使用的语言是梵语，故古印度文学统称为梵语文学。古印度发展历程漫长，文学与文化成果丰富多样，大概可分为吠陀时期、史诗时期和古典文学时期。以下介绍相对应的文学。

1. 吠陀文学

“吠陀”是音译，为学问和知识之意。它首先是作为婆罗门教的根本圣典而存在的，其内容包括对印度上古时期的巫术、宗教、礼仪、风俗、社会思想、哲学等方面的记录。古印度主持大型祭祀的婆罗门，出于职务的需要，将自古流传下来的诗歌（包括他们自己的作品）编订成四部《吠陀本集》，包括《梨俱吠陀》（颂诗）、《娑摩吠陀》（歌曲）、《耶柔吠陀》（祭祀仪式）和《阿闼婆吠陀》（巫术咒语）。

《梨俱吠陀》是古印度文学史上最早和最重要的一部诗歌总集，共收录诗歌 1 028 首，

① 佚名. 吉尔伽美什[M]. 赵乐甡，译. 沈阳：辽宁人民出版社，2015：87-88.

成书于公元前1500年至公元前1000年之间。在诗中，古印度人对神祇进行了敬畏的赞颂，如赞美创世神："他是我们之父，创造者，条理者，他了解一切种类和一切创造物，他是众神的命名者，其他创造物都到他这里来，询问他。"赞美太阳神："在洞察一切的太阳面前，繁星似窃贼，悄然逃散。"更多的诗歌歌颂了雷神与战神因陀罗。战士英勇无畏的精神也在诗中表现出来："让我们用箭征服敌国，带给敌人忧伤和悔恨！"还有的诗反映了现实生活，如第九卷第一百一十二首：

世上职业各色各样，
众人愿望互不相同，
祭司盼祭主，
医生盼伤残，
木匠盼损坏。
苏摩酒啊，请为因陀罗流出来！

干芦苇、鸟羽毛、熊熊炉火和石砧，
金匠盼望顾主带着成堆金子上门来。
苏摩酒啊，请为因陀罗流出来！

我是诗人，爸爸是医生，
妈妈磨面粉，
大家分工不同，
像牛一样勤劳盼发财。
苏摩酒啊，请为因陀罗流出来！①

这首诗轻快幽默，在借因陀罗神之名劝酒的同时反映了古印度的世俗生活，还对一些人阴暗自私的心理作了讽刺，具有较高的文学价值。

总的来说，《梨俱吠陀》中的诗歌反映了印度原始社会时期、阶级分化并向奴隶制社会过渡时期的思想与风俗。

2. 两大史诗

古印度的两大史诗《摩诃婆罗多》与《罗摩衍那》，形成于公元前400年到公元400年之间，由8个世纪中的众多宫廷歌手和民间吟游诗人共同创作而成。《摩诃婆罗多》洋洋10万颂（每颂两行），《罗摩衍那》也有2.4万颂，可谓卷帙浩繁。

《摩诃婆罗多》书名的意思是"伟大的婆罗多族的传说故事"。全诗以婆罗多族后裔俱卢族和般度族争夺王权的斗争为主要叙事线索。核心情节是：天上8位神仙兄弟带着

① 季羡林. 东方文学史：上[M]. 长春：吉林教育出版社，1995：67-68.

他们的妻子下凡游玩，其中一位妻子被一头漂亮的母牛所吸引，便央求丈夫将牛偷走了。母牛的主人极裕仙人很快便查出谁是偷牛的人，他发出诅咒，要让8位神仙兄弟堕下凡间成为凡人。这8位神仙兄弟知道无法逃避诅咒，只好去求恒河女神，让恒河女神下凡做他们的母亲，将他们生下后扔入恒河，以便他们洗去罪过，重回神界。恒河女神答应了他们的请求，化作一位人间美女，嫁给了国王福身王。他们结婚后，恒河女神每年都生下一个孩子，生下后便将孩子扔入恒河，如此连续7年。到第8年她要扔第8个孩子时，终于被福身王制止。恒河女神便向丈夫讲明原委，将小儿子送到仙人那里接受教育，长大后再送回福身王身边，立为太子。后来福身王又娶了一位美丽的渔家女，并改立渔家女生的儿子奇武为太子。奇武有两个儿子，一个叫持国，一个叫般度。持国是个瞎子，般度继承了王位，般度死后又由持国摄政。持国生了100个儿子，长子叫难敌，后来成为俱卢族。般度生了5个儿子，个个武功出众，长子叫坚战，后来成为般度族。两族兄弟从小就有矛盾，长大后又为王位继承权发生了争斗。难敌建造了一个涂满树胶的房子，让坚战五兄弟去住，然后想放火烧死他们。坚战兄弟得人报信，从事先挖好的地道逃掉了。后来，在一次邻国公主的招亲大会上，坚战兄弟中的一人取胜赢得黑公主，然后兄弟五人遵母亲之意合娶了这位妻子。借黑公主的国家的势力，坚战五兄弟又回国了，由持国分给他们一半国土，但都是荒凉的土地。难敌又设计了一个赌局，让坚战五兄弟和他通过玩掷骰子进行赌博，结果坚战兄弟输了，只得按赌约被流放到森林中12年，第13年还要隐姓埋名。13年期满后，坚战兄弟派使者回国要求归还他们的一半国土，却被难敌拒绝。双方各自联络了许多盟国，然后爆发了俱卢大战。这场惨烈的战争进行了18天，双方死伤无数。难敌兄弟全被杀死，难敌的部属又趁夜偷袭，杀死了般度族的全部将士，只有坚战五兄弟和黑公主逃脱。坚战回国登基为王，他对由残杀带来的灾难深感愧疚。后来，坚战五兄弟把王位交给了孙子，带着妻子黑公主登上须弥罗山升天。般度族和俱卢族众人最后在天堂中尽释前嫌，和平共处。史诗生动描绘了残酷的战争，并较为全面地反映了当时的社会生活，间有许多神话。最后般度族和俱卢族摒弃仇杀、在天堂中和好的情节反映了人民厌恶战争杀伐、渴求和平与幸福的心愿。

《罗摩衍那》全诗分为7篇，按顺序为《童年篇》《阿逾陀篇》《森林篇》《猴国篇》《美妙篇》《战斗篇》《后篇》。史诗主线是罗摩和妻子悉多的悲欢离合，也和《摩诃婆罗多》一样加入了大量神话。故事的主体情节是：阿逾陀城国王十车王有3个王后，生下4个王子，他们是大神毗湿奴的4个分身。长子叫罗摩，通过比武拉断神弓获胜，娶了弥提罗国公主悉多。十车王年迈，决定让罗摩继承王位，但他的第二个王后却要求流放罗摩14年，立她的亲生儿子婆罗多为太子。由于十车王有诺言在先，必须应允第二个王后的要求，罗摩为使父王不失信义，自愿被流放。悉多和罗摩的兄弟罗什曼那甘愿随同流放。不久十车王逝世，继位的婆罗多本不了解内情，得知真相后找到罗摩要求让位，但罗摩坚辞不肯，一定要按诺言流放满14年。婆罗多只好将罗摩的鞋子带回供在王座上，代表罗摩本人。后来，楞伽岛十首魔王罗波那劫走悉多，罗摩与猴国结盟，在神猴哈奴曼及猴群的相助下，经过长期的激战，终于杀死罗波那，救回悉多。但罗摩怀疑悉多的贞操，悉多为表明自己的清白自投火中，被火神从烈火中托出，证明了她的清白。此时流放期满，罗摩回国登基。但不久，因民间流言说悉多不贞，罗摩为不违民意，把怀孕在身的悉多遗弃在恒河岸边。悉多得到蚁垤仙人的救护，在净修林里生下一对孪生子。后蚁垤仙人安排孪生子在罗摩举行的马祭上与父亲相会，诵唱蚁垤仙人所写的《罗摩衍那》，并向罗摩辩明悉多的清白。但罗摩仍认为无法取信于民，悉多便向地母呼告，说如果自己贞洁无瑕，请大地收容她。大地顿时裂开，悉多纵身投入其中。最后，罗摩将王位交给二子，自己升入天国，重新化为毗湿奴神。《罗摩衍那》展现了古印度社会的生活面貌，赞扬正义勇敢的正面人物，批判奸恶凶残的反面人物，反映了古印度人民坚信正义战胜邪恶的理想。《罗摩衍那》在艺术上比《摩诃婆罗多》精致得多，语言典雅流畅，注重修辞藻饰，将写景与抒情有机地结合起来。因此，《罗摩衍那》在印度传统上被称为“最初的诗”，开启了印度古典诗歌的先河。

3. 戏剧文学

古印度曾产生了成就很高的戏剧文学。古典梵语戏剧本质上是诗剧，代表作家有首陀罗迦（约 2—3 世纪）和迦梨陀娑。首陀罗迦著名的戏剧作品是剧本《小泥车》；另有独幕讽刺剧《莲花礼物》和多幕剧《琶琶和仙赐》（现存前 8 幕），也被认为是他的作品。《小泥车》是一部 10 幕剧，其中主要讲述了少女春军爱上了穷婆罗门商人善施的故事。国舅想以权势霸占春军。春军几经周折，与善施结成姻缘，并对善施的小儿子十分慈爱，还以自己身上的全部首饰为代价替他买了一辆小金车。国舅不死心，结果春军不幸落入国舅手中，差点被他掐死，适逢一个曾被春军救过的按摩匠经过，将她救活。同时国舅还对善施进行了诬告，并将其判了斩刑。于是按摩匠与春军一起赶到刑场，将善施救下。这时牧人阿哩耶迦起义成功，建立了新王朝，善施被封官，并获准与春军结为正式夫妻。这部剧人物众多，情节复杂，戏剧冲突紧张激烈，语言朴素而充满机智，又充满诗情画意。迦梨陀娑生活在 4—5 世纪。他创作的梵剧剧本《沙恭达罗》直到今天仍然有重大的影响。

（四）古希伯来文学

公元前 2000 年，幼发拉底河流域草原的游牧民族——闪族进入迦南。迦南即今巴勒斯坦及其毗邻腓尼基一带，当时号称“流淌着奶和蜜”的富饶之地。当地土著将这一迁入者称为“哈比鲁”，意即“从河那边来的人”，相当于英语 hebrew，汉译为“希伯来”。公元前 1600 年，希伯来人因饥荒而被迫逃往埃及，在那里生活 400 多年。后因不堪法老欺压，希伯来人在摩西的带领下踏上了迢遥而漫长的归途，40 余年间历经千辛万苦。为统一人心，摩西创立了信奉一神的犹太教。犹太教的教义主要为《旧约》，它形成于约公元前 10 世纪到前 5 世纪中叶。《旧约》是古希伯来文学的代表性作品，它对后来的东西方文学都产生了很大的影响。此外，《次经》《伪经》《死海古卷》等也成为希伯来文学的组成部分。《旧约》的内容丰富，思想深刻，既反映了古希伯来人的道德律法、社会制度和思想智慧，又是古希伯来文学最重要的代表作。

第二节 迦梨陀娑与《沙恭达罗》

迦梨陀娑是古代印度最著名的梵语诗人和剧作家。1956年世界和平理事会将他列为世界十大文化名人之一。

一、生平与创作

迦梨陀娑是生活在大约笈多二世时期的宫廷诗人，其在世的具体年代已不可考，但一般认为他生活的时代在4世纪至5世纪之间，不晚于5世纪。关于他的生平事迹，流行有两种传说。一说他是个婆罗门孤儿，由一个牧人收养长大，后与一位公主成婚。在公主的劝说下，他去迦梨女神庙祈祷，终于获得迦梨女神的恩赐，具有了吟唱诗歌的才能并成为大诗人。这显然是后人根据迦梨陀娑的名字猜测的结果，因为“迦梨”是女神的名字，而“陀娑”则是“奴仆”的意思。另一种说法是，迦梨陀娑晚年曾访问锡兰(今斯里兰卡)，续写了国王鸠摩罗陀娑悬赏征求的下半首诗，一个名妓企图冒领赏金，当夜害死了迦梨陀娑。鸠摩罗陀娑查明真相，为迦梨陀娑举行了隆重的葬礼，自己也投身火中而死。这两种说法都缺乏有力的证据。现在只知道他出身于婆罗门家庭，有很好的知识素养，也熟悉宫廷生活。关于他的创作，印度现存署名“迦梨陀娑”的梵语文学作品有40多部，但多数是后人伪托的或同名作者的作品。现在学者们公认的迦梨陀娑的作品有7部，即抒情短诗集《时令之环》，抒情长诗《云使》，叙事诗《鸠摩罗出世》和《罗怙世系》，剧本《摩罗维迦与火友王》《优哩婆湿》《沙恭达罗》。

抒情长诗《云使》描述一个被贬谪他乡的小神仙药叉委托天边北飞的雨云向故乡的妻子传递信息的故事。长诗分为《前云》和《后云》两个部分。长诗歌颂了真挚专一的爱情，并含蓄地表达了对造成相爱夫妻分离的社会的不满，想象丰富，心理刻画细致，尤其善于借景抒情，形成了端庄高雅、潇洒和谐的独特风格。

迦梨陀娑的3部剧作都以宫廷生活为背景，以国王为男主角，以爱情为主题。

《摩罗维迦与火友王》是5幕剧，描写历史人物火友王与在战乱中沦为宫娥的维达巴国公主摩罗维迦的爱情故事。故事内容取材于民间流传的优填王传说。这部戏剧结构严谨，情节生动，一般认为，它是迦梨陀娑的早期作品。

《优哩婆湿》也是5幕剧，讲述天国歌伎优哩婆湿和人间国王补卢罗婆娑相爱的故事。优哩婆湿和补卢罗婆娑的故事是印度最古老的神话传说之一，迦梨陀娑根据自己所处时代的社会生活进行创造性改编，赋予这个古老神话传说以全新的意义。剧中的优哩婆湿虽然是天女，但她作为歌伎，命运掌握在天帝手中，这正是人间歌伎地位的反映。迦梨陀娑在剧中热烈歌颂优哩婆湿冲破天国罗网，大胆追求自由恋爱和世俗幸福的叛逆精神，闪烁着民主性的思想光芒。《优哩婆湿》全剧富于浪漫色彩，诗情洋溢，风格爽健、明朗，文字朴素、生动、优美，结构紧凑。

《沙恭达罗》则被认为是最美的戏剧之一。

二、《沙恭达罗》

7幕诗剧《沙恭达罗》为迦梨陀娑带来世界性声誉，在思想内容和艺术形式两个方面都获得称赞。

（一）故事情节

国王豆扇陀在净修林打猎时，遇到了仙人干婆的养女沙恭达罗，二人一见钟情，双双坠入爱河，并以干闼婆（自由恋爱）的方式结为夫妻。离别之际，国王留下一枚戒指作为信物，并答应很快就来接她回宫。豆扇陀走后，沙恭达罗因思念爱人而神思恍惚，结果怠慢了一位脾气不好的仙人。仙人诅咒她，让国王永远想不起她。经沙恭达罗女友的求情，仙人的诅咒才减轻为："只要她的情人看到他给她作为纪念的饰品，我对她的诅咒就会失掉力量。"[①] 豆扇陀回到王宫后，果然将沙恭达罗忘得一干二净。时间一天天过去，豆扇陀并没有来接她入宫。后来，怀孕在身的沙恭达罗决计去寻找丈夫。当她来到国王面前时，国王却不认她；而她想拿出戒指时，却发现戒指在路上洗脸时掉进河里了。于是，仙人的诅咒灵验了，没有戒指，国王根本想不起她是谁，也拒不承认与她之间的关系。悲愤的沙恭达罗怒斥豆扇陀忘恩负义，随后被身为天女的母亲接到天上。后来，一个渔夫从鱼腹中发现了刻有豆扇陀名字的戒指后，把它献给了国王，此刻豆扇陀才恢复了记忆，他追悔莫及。直到接受天帝召唤与魔怪阿修罗作战时，豆扇陀才在天上遇到沙恭达罗和他已经出生的儿子，一家人终于团圆。

（二）思想内容

诗剧以净修女沙恭达罗和国王豆扇陀的爱情故事为主要线索，歌颂了青年男女纯朴、真挚的爱情和对自由、幸福生活的追求。作品说到，二人一见钟情，不顾当时的各种宗教和婚俗礼仪，在没有父母之命和媒妁之言的情况下，主动恋爱和自由结合，表现了对人美好的欲望的肯定。从总体上说，作者是肯定这两个人之间的爱情的，他们的爱情是作者心目中理想爱情的化身，令人心驰神往。该剧也曲折地揭露和抨击了当时王公贵族摧残妇女、始乱终弃的行为，表达了作者对统治阶级玩弄女性情感的反感与斥责——尽管作者在剧中以失忆为借口为豆扇陀的行为进行了辩护，但本质上仍然显示了现实中王公贵族们对所玩弄女性的态度。甚至最终他与沙恭达罗相认，也是因为她为其生下了一个儿子。作品也表现了强烈的宗教观念。例如宗教大于君权、仙人能力无限、净修林类似于世外桃源等，这些都有较为明显的反映。这说明，《沙恭达罗》真实而细腻地反映了4世纪前后印度上层社会特定的生活样态和时代氛围，表现了当时社会特定阶层独特的关系纠葛。

（三）人物形象

沙恭达罗是作者浓墨重彩地塑造的古印度一个理想的青年女性形象，也是世界文学史上塑造得极为成功的屈指可数的妇女形象之一。

首先，她是美的化身。作品描写，沙恭达罗温柔、善良，天生丽质，具有自然之美。作品写她即使穿的是树皮衣裳也仍然动人，还说蜜蜂在花丛中采花酿蜜，竟数次往她粉脸上

① 迦梨陀娑. 沙恭达罗[M]. 季羡林，译. 北京：人民文学出版社，1980:50.

飞扑。沙恭达罗不仅外表美丽，而且具有精神美。作者多方面地展示了她和大自然、家人、朋友等之间的美妙和谐关系。例如，作者多方面地描写了她对养父非常孝敬，与女友相亲相爱，平等相处，尤其是她与大自然关系温馨和谐。例如她把蔓藤当作自己的同胞妹妹，把失掉母亲的小鹿看作自己的义子，替扎破了嘴的小鹿抹油并给它喂水；她爱郁香的小茉莉花，爱富于生命的常春藤。所以当沙恭达罗要离开净修林时，森林里的草木鸟兽都以自己独特的方式表达自己的眷恋：

> 小鹿吐出了满嘴的达梨薄草，孔雀不再舞蹈。
> 蔓藤甩掉褪了色的叶子，仿佛把自己的肢体甩掉。
>
> 那野鸭不理藏在荷花丛里的叫唤的母鸭。
> 它只注视着你，藕从它嘴里掉在地下。①

这几句诗被认为是《沙恭达罗》中最好的诗，深得印度人民的喜爱。它不仅表现了沙恭达罗和大自然之间和谐的感情，也表现了沙恭达罗对美丽的大自然的热爱。在这样的描写中，沙恭达罗和自然环境是完美地融为一体的。

其次，沙恭达罗也是一个感情丰富、具有强烈自主意识的人。作为净修女，她的言语行动无疑会受到种种礼法观念的束缚。但是，当爱情来到她身边时，她敢于冲破净修林的清规戒律，主动追求爱情。例如，当豆扇陀要离去时，她假装被嫩草刺伤了脚，被树枝挂住了衣服，回眸给豆扇陀一个多情的秋波，勇敢地迎接了他的爱情挑战。此后，忠于爱情的沙恭达罗与豆扇陀私订终身，用干闼婆的方式结了婚。一个净修女在婚姻上的自主追求，表现了她对爱情不同凡响的执着和勇气。

最后，沙恭达罗身上也体现出强烈的反抗精神。当失去记忆的国王豆扇陀不认她、否定与她的关系时，她勇于反抗，当面愤怒地斥责国王忘恩负义，说国王是骗子，是卑鄙无耻的人，是一口盖着草的井，并且立即离开了他，飞升到天上，不再向其乞求怜悯。这些显示了其性格的倔强。这是作者按照自己理想所塑造的一个可敬、可爱的青年女性形象。

豆扇陀是一个复杂的人物典型。他既是一个骁勇善战、情操高尚的国王，又是一个风度翩翩的多情男人。他勇于追求自己的爱情，也有勇气承担自己所犯的错误。同样，在这一形象身上也隐含着作者对当时统治者弱点和毛病的谴责。

首先，他英俊健壮、孔武有力。剧作中说他“胳膊像城门的闩一样长”。他奋战百头鬼怪阿修罗，充分表现了他的骁勇善战。同样，他也是一个体恤民情的国君，在为协助天帝作战而离开国都时，叮嘱他的大臣“保护人民要用你的精力的全部”。他“关心臣民像关心自己的儿女一样”。当净修林被罗刹扰乱，仙人无法进行苦修，两位仙人请求他保护时，他一口应允。他还具有善心，听从劝解，当他驾车追逐奔鹿时，两个苦行僧求道：“你的

---

① 迦梨陀娑．沙恭达罗［M］．季羡林，译．北京：人民文学出版社，1980：57，59．

武器用来拯救苦难,不能把无辜弑杀。”于是他便立刻放下手中弓箭,向两个苦行僧鞠躬致歉。因此人们称颂他“你手执王笏约束那些误入歧途的人,你排难解纷有力量保护你的臣民”,称他是“国王中的明灯”。

其次,豆扇陀也具有重情重诺的特点。作者非常认真地描绘他对沙恭达罗的爱情。两个人相爱后,沙恭达罗的女伴要求豆扇陀“不要使我们爱友的亲人为她伤心”。豆扇陀便像一往情深的普通人那样信誓旦旦。返回宫殿后,豆扇陀由于仙人的诅咒而忘却了与沙恭达罗的往事。当他见到千里寻夫的沙恭达罗时,虽为她的千娇百媚所倾倒,但仍庄重自持,不为她的美色所动,这表明他在潜意识里对爱情还是专一的。而豆扇陀一旦恢复了记忆,便开始责备自己是“无知的东西”,“心里悔恨得像火烧一般”,自责“为什么把我爱人拒在门外”,结果他精神迷乱,无心理政和赏花,忘却了节日的祝贺,如痴如呆地看着沙恭达罗的画像,眼里充满了泪水。两个人再度重逢后,豆扇陀也主动谴责自己无情无义,跪求沙恭达罗原谅,等等。这些描写都说明,他仍然是作者所肯定的形象。

最后,作为一个国王,作者在他身上,也曲折地表现了他和大多数封建统治者一样的弱点。比如作者暗示,他开始爱慕、欣赏沙恭达罗,并不是出于对爱情的追求,而是贪图美色、企图满足自己的个人欲望。另外,他谈情说爱最主要并不是为了双方的幸福,而仅仅是为了让她给自己生一个儿子。还有,从剧作中多人的口中也可以得知,国王并不是一个用情专一的人。尽管作者为其开脱,说他否认与沙恭达罗的关系是由于仙人的诅咒而失忆,但那只是一种掩饰而已。当然,这一特点也深刻地展现了作者所塑造的这个人物的复杂性。

(四) 艺术成就

《沙恭达罗》讲述了一个纯真美好的爱情故事,艺术上达到了较高的水平。

一是戏剧结构极为巧妙。该剧采取了现实情节与神话情节相结合,而以现实情节为主的结构方式,一方面展示了现实生活,揭露了人与人之间的矛盾,另一方面又寄托了作者的理想。神话故事则给剧情提供了密林、城市、天宫等不同背景,使剧中人物活动的天地广阔。例如,爱情发自密林,曲折于王宫,团圆于天宫,层次分明。剧情波澜起伏,作者抓住仙人诅咒这个情节核心,巧妙布置了“戒指遗失”“忘却”“戒指复得”“大团圆”等情节,使剧情发展环环相扣,又波澜起伏。尤其是把仙人诅咒应验、戒指失而复得作为重要环节,显示了跌宕起伏的情节和严谨完整的结构的有机融合。

二是心理刻画出色。作者主要通过人物的言行举止使其内心世界表露无遗。例如,超凡脱俗的净修林寓意了沙恭达罗单纯、纯朴的性格,作品尤其把她情窦初开的心理刻画得惟妙惟肖。作者还通过对豆扇陀失去记忆过程的心理刻画,表现了他深刻的内心矛盾,而恢复记忆后发自内心的自我谴责和悔恨也反映了他对沙恭达罗的真挚感情。

三是具有浓郁的抒情性。作品中诗意独特的自然形象与人物生活环境高度统一。剧作中的自然景物都被赋予了人的灵性。如净修林中的小鹿、野鸭还有各种植物都参与剧情发展,为沙恭达罗的离别而忧伤。而宫廷环境则揭示了人世间的冷酷与隔膜。它们都与人物性格相辅相成,互相映照。

四是语言优美、生动。不仅不同身份的人物说不同的语言，如国王和仙人说雅语，妇女说俗语，而且剧作中的许多诗句富于浓厚的感情色彩。

总之，《沙恭达罗》获得了较高的艺术成就。

思考题

1. 古埃及、古巴比伦、古印度、古希伯来文学的主要成就有哪些？
2. 史诗《吉尔伽美什》的思想内容是什么？
3. 古印度两大史诗的主要思想是什么？
4.《沙恭达罗》的思想内容、主要人物形象和艺术成就是什么？

第二章

2

中古东方文学

【学习目的与要求】

通过学习本章内容，了解东方不同国家或地区中古文学的基本特征与主要成就，掌握中古印度文学、阿拉伯文学、波斯文学、日本文学以及《一千零一夜》的思想内容和艺术成就，从而初步领会中古东方文学的精神和价值。

第一节 概述

中古东方文学是指亚非地区封建社会时期的文学。

一、中古东方文学的基本特征

亚非各国由于历史发展极不平衡,所以进入封建社会的时间先后有别。但从整体上看,亚非各国封建制度持续的时间比较长,结束的时间也要比西方晚得多。在这个漫长的历史发展过程中,东方文学形成了几个显著特征:

第一,各民族文学相互交流、共同繁荣。中古时期,东方各国经济的发展促进了文化的交流。历史悠久的中国、印度等国的文学影响到周围国家,以至形成了以中国、印度和阿拉伯帝国为中心的东方三大文化交流区。这种文化交流促进了东方各国文学的发展,使许多国家在这一时期涌现出具有鲜明民族特色的优秀作家和作品。

第二,文学创作题材广泛,形式多样,成就显著。这一时期东方文学的内容比较丰富,反映了封建社会生活的各个方面。尤其是很多揭露统治阶级的罪恶、表达劳动人民生活理想的作品成为文学发展的主流。在形式上,各种文学类型如戏剧、散文、诗歌、小说等,都获得了快速发展。

第三,民间文学蓬勃发展。许多国家都涌现出大量的民歌、民谣、民间故事、民间戏剧等,还出现了很多在民间口头文学基础上创作出来的小说、散文和长篇叙事诗等。这些民间文学内容丰富,独具特色,在中古东方文学中占有重要地位。

第四,文学的宗教色彩浓厚。中古时期,宗教作为封建制度的主要精神支柱,对东方各国的意识形态产生了深刻影响,尤其是佛教和伊斯兰教的影响较为显著。

二、中古东方文学发展的主要成就

中古东方文学既是在继承古代文学的传统上发展起来的,同时又有了新的创造。尤其是有些古代国家消失了,有些新的国家建立起来了,这也使得中古东方文学呈现出新的局面。

(一) 印度文学

中古印度文学经历了梵语古典文学时期和民族文学时期。一般认为,印度的梵语古典文学因脱离百姓口语,在 10 世纪以后开始逐渐衰落,而接近人民生活的地方语言文学相继而起得到蓬勃发展,取得了一定成就。其中以印地语文学成就最为突出。

10 世纪至 14 世纪,印地语的英雄史诗取得了较高的成就。金德·伯勒达伊(约 12 世纪)的《地王颂》较为著名。15 世纪至 17 世纪,随着一大批直接或间接表现印度宗教“虔诚运动”思想倾向的文学出现,印地语文学也进入了虔诚时期。

这一时期文学影响最大的是诗人杜尔西达斯(1532—1623),其长篇叙事诗《罗摩功行录》成为中古印度文学史上最重要的文学作品。这部长诗是在史诗《罗摩衍那》的基础上用印地语加工、改写成的,但它比《罗摩衍那》更为集中和精练,尤其是刻画人物生动完美，更具艺术感染力，因此，它在印度人民中的实际影响要比《罗摩衍那》大得多。长诗通过罗摩的一生揭露了王室内部争权夺势的斗争，暴露出社会现实的矛盾，对被压迫的人民表示了深切同情。此外，诗人还在长诗中描绘了一个平等、富庶、祥和、安宁的理想社会——“罗摩王朝”：

罗摩王朝没有人身痛苦，
也没有天灾人祸流行，
所有的人都相亲相爱，
都把吠陀经的教义来遵循。

没有夭折，没有呻吟，
所有的人长得俊美无疾病，
没有痛苦也没有穷困，
没有愚昧也没有不祥的象征。

男男女女都慷慨舍己为人，
都给婆罗门当仆人。
所有的男人只娶一个妻子，
妻子也诚心用言行来侍奉夫君。

林中树木四季常青，
大象和狮子双双同行。
走兽飞禽不相残害，
相互增长着和睦的感情。①

诗中描画的这种太平盛世的理想图景实则是人民理想和愿望的表达，这种理想图景虽然离现实非常遥远，但它对当时受尽苦难的人民来说却是一种极大的精神安慰。这也是这首诗在印度长期以来一直受到推崇的原因之一。

（二）阿拉伯文学

阿拉伯半岛是中古阿拉伯文学的根据地。这里自然条件恶劣，人们重视商贾，不畏艰险，敢于冒险。这些都体现在阿拉伯文化之中，文学对此也有突出的表现。

中古阿拉伯文学经历了三个时期：蒙昧时期（475—622）、伊斯兰时期（622—750）、阿拔斯时期（750—1258），主要文学成就体现在《古兰经》和阿拔斯时期出现的民间故事集《一千零一夜》中。《古兰经》既是宗教经典，也是第一部用阿拉伯文字写成的散文巨著。

① 梁立基，陶德臻. 外国文学简编：亚洲部分［M］. 北京：中国人民大学出版社，1998：186.

（三）波斯文学

中古波斯文学一般是指在10世纪至15世纪的波斯古典时期的文学。这一时期的波斯文学繁荣昌盛，尤以诗歌成就最为突出，出现了一大批优秀的诗人和杰出的作品。

鲁达基（约858—941）是波斯中古时期的第一位著名诗人，被称为“波斯诗歌之父”。他熟悉民间创作，善于从民间文学中汲取营养，创作出多种体裁的波斯诗歌。他的诗是波斯诗歌从民间创作过渡到文人创作的标志，为波斯诗歌的发展奠定了坚实的基础。在他之后，中古波斯诗坛出现了繁荣景象，接连出现了菲尔多西（940—1020）、萨迪（1208—1292）、哈菲兹（1327—1389）等著名诗人。

菲尔多西的文学成就是他用35年时间写成的长诗《列王记》，《列王记》是波斯文学史上最有代表性的文学作品。这部伟大的民族史诗约有60 000颂，描写了波斯数千年的历史，讲述了25代王朝和50多个帝王的故事。全书由神话传说、英雄故事和历史故事三部分组成，其中英雄故事占主要地位。史诗把民间英雄人物作为中心人物，颂扬了英雄们保卫祖国、抵御外敌的爱国精神，同时也揭露了暴君苛政，反映了人民的美好生活愿望。

《列王记》成就与影响巨大。首先，《列王记》歌颂爱国精神，赞美忠诚于民族的英雄，意在增强民族的凝聚力，鼓励人民万众一心抵御外侮。其次，在文学上，《列王记》继承民族文学传统，吸收民间文学精华，增强了作品的艺术性，并为后世作家提供了创作素材。最后，菲尔多西以准确流畅、典雅生动的波斯语创作《列王记》，使其成为波斯语诗歌创作第一个高峰的标志。作品对波斯文学的发展影响很大。

萨迪是13世纪波斯伟大的诗人。他的代表作是叙事诗集《果园》（1257）和韵散结合的作品集《蔷薇园》（1258）。前者通过诗人对心目中理想世界的描画，来表达他对美好的情操、正义的品格、纯洁的人性的热情讴歌和礼赞；后者则以故事来反映暴君的苛政、佞臣的谄上欺下、王室贵胄的为富不仁和世态炎凉，带有非常明显的社会批判色彩。同时，萨迪还热烈表达对仁爱的推崇，给腐败深重的社会开出了疗救的药方。

《蔷薇园》在多处提出君王应该体恤人民的观点。如第一卷第10节，写萨迪在大马士革的寺院里劝一个前来朝拜、祈祷的阿拉伯国王要对可怜无告的农夫广施仁义，并且说明了理由，如：

阿丹子孙皆兄弟，
兄弟犹如手足亲。
造物之初本一体，
一肢罹病染全身。
为人不恤他人苦，
不配世上妄为人。[①]

① 萨迪.蔷薇园[M].张鸿年，译.长沙：湖南文艺出版社，2000：27.

在萨迪看来，人类彼此就是兄弟姐妹，应该互相关怀，国王应该保护人民。作品在第一卷第 28 节更是借一个寒士之口表达了诗人的这种观点：

虽然国王掌管天下的财富，
但他仍然是贫苦人的卫护。
羊的存在并不是为了牧羊人，
倒是牧羊人要看护照料羊群。①

作者对压迫者的揭露和抨击是毫不留情的，他对危害人民的暴君更是直接发出诅咒。如作品第一卷第 11 节的题诗写道：

欺压弱者的强梁霸道之徒，
你为非作歹何时才算到头？
你掌握权柄又有何益？
与其欺压百姓不如快快死去。②

在作者看来，暴君是天下最大的恶人，醒不如睡，生不如死。萨迪十分痛恨暴君，反对暴君对人民的压迫，他在作品中对暴君提出了严正警告，并表达了人民痛恨、推翻暴君的心声。如第一卷第 6 节写道：

暴君决不能为王，
豺狼决不能牧羊。
国王若蓄意欺压榨取，
就是毁掉国家的根基。③

又如第一卷第 20 节的题诗写道：

烈火一时并不能把云香烧尽。
被压迫者的叹息能使一切化为灰烬。④

除上述内容外，作品中还有一些揭露教徒虚伪、歌颂知识和人的力量等的内容，特别是第八卷记载了许多关于认识问题和待人处事之类的经验教训。其中不少内容富含人生

① 萨迪. 蔷薇园[M]. 张鸿年，译. 长沙：湖南文艺出版社，2000：47.
② 萨迪. 蔷薇园[M]. 张鸿年，译. 长沙：湖南文艺出版社，2000：28-29.
③ 萨迪. 蔷薇园[M]. 张鸿年，译. 长沙：湖南文艺出版社，2000：24.
④ 萨迪. 蔷薇园[M]. 张鸿年，译. 长沙：湖南文艺出版社，2000：39.

哲理，成为波斯人民广为传诵的格言。如："事业常成于坚忍，毁于急躁。""有了知识而不运用，如同一个农民耕耘而不播种。""并不是每一个外表美好的人都有完美的心灵；因为品德在于内心，不在于外表。"这些名言警句使作品闪烁着智慧的光芒。

（四）日本文学

日本在4世纪建立了统一国家，7世纪进行"大化改新"，建立了中央集权体制。5—6世纪，汉字从中国传入日本，日本文学从口承时代正式进入记载时代。

日本的古典文学时代，指从8世纪到19世纪中叶明治维新（1868）前的一千多年的历史，一般分为奈良、平安、镰仓室町、江户四个时期。

奈良时期（710—794）的代表作是《古事记》（712）和《万叶集》（760）。《古事记》是日本第一部书面文学作品，其中保存了很多神话传说、英雄故事和歌谣，兼具历史和文学性质。《万叶集》是日本最古老的诗歌总集，对日本后世诗歌的发展产生了深远影响。全书共20卷，收入和歌4 500多首。作者上至天皇、贵族，下至奴隶、平民。诗集既有作家的作品，也有大量的民歌。诗歌内容十分丰富，对当时的皇室生活、都市兴衰、人民疾苦、风土人情、男女爱情、自然景物等都做了生动的描绘，广泛反映了日本奴隶社会末期至封建社会初期的社会生活。

平安时期（794—1192）最重要的文学成就是物语[①]文学。"物语"类似中国的小说或传奇。日本物语文学的最高成就是女作家紫式部（约978—约1016）的长篇小说《源氏物语》，它也代表着中古日本文学的最高成就。

《源氏物语》约于11世纪成书，不仅是日本最早的完整的长篇小说，也是世界文学史上第一部长篇写实小说。全书共54回，80余万字，故事涉及三代，历经70余年，出场人物达400余人，主要以光源氏的一生经历为中心，反映了平安王朝宫廷生活的各个方面。《源氏物语》可以分为前后两部分。第一回至第四十四回为前半部分，写光源氏的故事；第四十五回至第五十四回为后半部分，写薰君的故事。

光源氏（即源氏）是桐壶天皇的儿子，为天皇所宠爱的出身低微的妃子桐壶更衣所生。其母因遭皇后的歧视、嫉恨而抑郁成病，在光源氏3岁时去世。光源氏虽受桐壶天皇疼爱，但也被降为臣籍，赐姓源。其因"容貌漂亮""盖世无双"，所以被人称为"光华公子"。光源氏7岁开始读书，聪明颖悟，才华横溢；12岁时与左大臣的女儿葵上结婚，却移情其他女性。他与其父桐壶天皇的爱妃藤壶相恋私通，生下一子（即后来的冷泉天皇），由于孩子容貌酷似光源氏，二人深感不安，藤壶苦恼尤甚。光源氏又曾追逐宫内外的其他女性，如夕颜、末摘花、空蝉等。其间，他对一个酷似藤壶的女孩紫上产生爱意，精心培养，后来在葵上死后将她扶为正妻。小说在写光源氏性爱生活的同时，又写到他的政治生活。20岁前后，他的官阶地位扶摇直上，21岁时官居近卫大将。可是，在桐壶天皇让位、朱雀天皇登基后，尤其是桐壶天皇死后，他受到种种打击，后来被迫离开京城，隐居须磨、明石等地。

① 日语"物语"一词，意即故事或杂谈之意。它是日本民间传说向独立小说过渡的一种文学形式，形成于10世纪初日本的平安时期，在形成过程中受到了我国传奇文学的影响。

待光源氏的骨肉冷泉天皇即位后，他的政治地位复得中兴，光源氏重又飞黄腾达起来，30岁时官拜太政大臣，40岁时升作准太上皇。政治角逐的得意并没有使他精神愉悦。这时期的宫廷青年过着淫靡放荡的生活，这使他看到了自己的罪过而深感不安。尤其是他的后妻三宫与柏木乱伦私通，生下一子薰君酷似柏木，对他的刺激更大。这时，他曾热恋和钟爱的女性先后过世，不久柏木忧郁死去，三宫出家。他深感人生的悲哀，终于精神崩溃，遁入空门，在52岁时抑郁死去。小说后半部分主要写的是薰君在情场上的追逐和失意。

小说通过光源氏一生的情爱生活和官场沉浮，比较真实地反映了平安时期皇室贵族腐朽荒淫的生活和统治阶级内部争权夺势的激烈斗争，同时也揭示了一夫多妻制度下广大妇女的悲惨命运。

拓展阅读：物哀

《源氏物语》创造了日本文学悲天悯人、充满人道主义思想的“物哀”文学传统，是日本中古物语文学艺术的典范。在艺术表现上，小说不仅善于运用细腻的心理描写来精细地刻画人物性格，使人物形象栩栩如生，还善于利用环境描写来渲染气氛，使小说具有情景交融的抒情性。在体裁上，小说采用散文和韵文相结合的形式，以散文为主，其中插入大量的和歌和汉诗，更引用了中国许多的文学典故，语言典雅优美，凝练庄重，因而具有独特的艺术风格和审美价值。

镰仓室町时期（1192—1467）最有代表性的文学是反映武士生活的军纪物语。这是一种以战争、战斗事实为中心题材，描写新兴武士集团的军事生活的叙事文学体裁。军纪物语中最杰出的作品是《平家物语》，它全面描写了平氏一族60年的盛衰史。作品通过两个武士集团为争夺政权而进行的殊死斗争，反映了日本进入历史转折时期的面貌。镰仓室町后期，平民文学开始萌芽，出现了深受下层民众喜爱的“狂言”，这是一种民间喜剧，往往集中表现一个突出的矛盾，用喜剧或闹剧的手法讽刺嘲笑社会上一切欺压民众的邪恶势力，因此具有较强的现实主义色彩，在日本戏剧发展史上占有重要地位。

经过战国时代（1467—1573）及安土桃山时代（1573—1603）以后，德川幕府统一了全国，开始了日本的江户时期（1603—1867）。随着城市商业的发展，日本出现了新兴的商人阶层——町人阶级，而反映商人生活的平民文学也得到相应的发展，出现了一系列有影响的作家。俳句是江户时期成就最高的文学样式。俳句由和歌变化而来，最初作为余兴吟诵，以后独立出来成为一种新的诗体。俳句由三行五、七、五共十七个字母组成（以日本文字为标准），恐怕是世界上最短的诗。俳句对创作技巧要求非常高，既要短小，还要遵守固定的规则。因此，俳句强调含蓄、暗示的特点，它更要求有弦外之音、言外之意。

在日本，代表俳句最高成就的是松尾芭蕉（1644—1694），他被称为“俳圣”。松尾芭蕉的诗风以深沉悲凉的情调为主。1691年，他完成了“色润情潜”“怜世”“幽深”风格的代表作、俳谐集《猿蓑》。此书的卷首佳句“初飞冬雨，猿犹似想小蓑衣”，一般认为是代表这种风格的杰作。他的本意是“心深悟而归俗”，把“色润情潜”和“怜世”的美融于世俗中，在艺术上追求更高的飞跃。

松尾芭蕉不仅在艺术上锐意探索，而且也形成了一套诗歌理论。他提出了“风雅”论，推崇风景向内心世界的转化，这是对自然的一种精神上和灵魂上的占有。此外，他还提出了“闲寂”论。他的“闲寂”艺术论，表现在俳风上，就是细微的心灵感觉和细腻的表现，显示出主体以宁静的心绪对客体进行观照，从而通过客体来表现主体。

小说方面的代表作家是井原西鹤(1642—1693)，他写了一系列反映市民生活和情趣的小说，这些小说统称“浮世草子”。其中有描写男女情欲生活的“好色物语”、反映商人经济生活的“町人物语”和记叙武士生活的“武家物语”。这些作品比较真实地反映了江户时期商人和武士的生活，具有一定的社会认识价值。

戏剧方面的代表作家是近松门左卫门(1653—1724)，他一生写了100多个剧本，被誉为“日本的莎士比亚”。其剧本往往以当时社会实际发生的悲剧事件为题材，展现现实社会的不合理和下层人物的苦难处境。

此外，朝鲜、越南等国在中古时期也出现了一些有影响的作品。如在民间口头创作基础上发展起来的现实主义小说《春香传》，它代表了中古朝鲜文学的最高成就。《金云翘传》是越南中古时期最著名的叙事长诗。

第二节 《一千零一夜》

《一千零一夜》又名《天方夜谭》，是阿拉伯著名的民间故事集，是劳动人民集体创作的结晶。它不仅代表了中古阿拉伯文学的最高成就，而且在世界文学中也享有盛誉。

一、故事来源与形成过程

《一千零一夜》的故事从8世纪起不断得到丰富提炼，于16世纪定型。一般认为，《一千零一夜》的大部分故事来源于古波斯语的《一千个故事》，后又吸收了埃及、伊拉克和印度等国的一些故事。《一千零一夜》是在阿拉伯口头文学的基础上，经过许多代人的辑录整理、加工提炼，逐渐形成的一部具有浓厚的阿拉伯色彩的民间故事集。

二、作品梗概

关于《一千零一夜》书名的由来，在故事集开头的《国王山鲁亚尔及其兄弟的故事》中作了这样的交代：相传，古代印度和中国之间有一个海岛，岛上有一个萨桑国，国王山鲁亚尔因为发现王后行为不端，就杀了王后。“从此山鲁亚尔讨厌妇女，存心报复，每天娶个女子来过一夜，次日便杀掉再娶，持续了三个年头。”[①] 宰相的女儿山鲁佐德为拯救无辜的女子，自愿嫁给国王。她用讲故事的方法吸引国王，而每到天亮，恰好是故事讲到最动人的地方。国王为了把故事听完，就暂且不杀她，等她讲完下面的故事以后再说。就这样，山鲁佐德一直讲了“一千零一夜”，终于感化了国王，并和他白头偕老。故事集就是山鲁

① 佚名. 一千零一夜[M]. 纳训，译. 北京：人民文学出版社，1994：6.

佐德所讲的故事。显然,这个虚构的"引子"是故事集出于结构上的需要而设的,在书中起到穿针引线的作用。全书就是通过山鲁佐德给国王讲故事的形式把260多个互不关联的大小故事串联起来的。

三、思想内容

《一千零一夜》收录的故事来源各不相同,但经过民间说书艺人的改造加工,各类故事都打上了中古阿拉伯普通民众的爱憎好恶与道德评判的印记,也反映了民众的思想感情与审美情趣。

第一,许多故事表现了下层劳动人民的聪明才智和斗争精神。在故事集中,普通劳动者占据了重要的地位,木匠、理发匠、渔夫、厨师、侍役和普通妇女等成为故事的主角。著名的有《渔翁的故事》《阿拉丁和神灯的故事》《巴格达窃贼》《阿里巴巴和四十大盗的故事》《白侯图的故事》等。

《渔翁的故事》讲述了穷苦的渔夫以自己的智慧和计谋战胜并制服魔鬼的经过。故事在记述渔夫降魔的过程时,细致地描写了他"怕""探""求""斗"的思想发展脉络和行动顺序,表现了他的自信、沉着、勇敢和机智,歌颂了他不畏强暴的精神。例如,当魔鬼被从瓶子中放出来之后,魔鬼不知感恩,毫不留情地告诉渔翁:"别多说了!反正你是非死不可的。"这时,渔翁便决定以智慧来战胜魔鬼,作品写道:

> 渔翁心里想:"他是个魔鬼,而我是堂堂的人类。真主既然赋予我完备的理智,我就非用计谋对付他不可。我的计谋和理智,必然会压倒他的诡计和妖气。"于是他对魔鬼说:"你决心要杀我吗?"
>
> "不错。"
>
> "指刻在大圣苏莱曼戒指上的真主的大名起誓,我来问你一件事情,你必须对我说实话。"
>
> 魔鬼一听真主的大名,惊慌失措,战栗不已,说道:"好的,你问吧,说简单些。"
>
> "当初你是住在这个胆瓶里的;然而这个胆瓶,照道理说它既容纳不了你的一只手,更容纳不了你的一条腿,怎么能容纳你这样庞大的整个身体呢?"
>
> "你不相信当初我是住在这个瓶里吗?"
>
> "我没有亲眼看见,这是绝对不能相信的。"
>
> 这时候魔鬼就摇身变为青烟,逐渐缩成一缕,慢慢地钻进胆瓶。渔翁等到青烟全部都进入瓶中,就迅速拾起盖印的锡封,把瓶口塞起来,然后大声说:"告诉我吧,魔鬼,你希望怎么死法?现在我决心把你投到海里,并且要在这里盖间房子住下,不让人们在这里打鱼,我要告诉人们,这里有个魔鬼,谁把他从海里打捞出来,就必须自己选择死亡的方法,被他杀害。"①

① 佚名.一千零一夜[M].纳训,译.北京:人民文学出版社,1994:32.

从中可以看出，聪明的渔夫看穿了魔鬼作恶的本质特征和惯于说谎的伎俩，不仅决心把它投进海里，而且表示要让世人从这件事中吸取教训，不要再搭救恶魔，也不要对它存有丝毫的怜悯心，要同恶势力作坚决的斗争。《渔翁的故事》也告诉我们一个深刻的哲理：面对任何强大的敌人或威胁，都要以勇气和智慧与之斗争，才能保全自己，并取得胜利。

著名的《阿里巴巴和四十大盗的故事》塑造了一个机智、勇敢的女仆——马尔基娜。在故事中，强盗们为“杜绝后患”，打算杀掉知道藏宝秘密的阿里巴巴。第一次，他们派了一个强盗去探路。这个强盗找到阿里巴巴家，便用白粉笔在大门上画了一个记号，然后回去报告。而马尔基娜无意间看见门上那个白色记号，便料到这是强盗做的标记，意在谋害主人。于是她也用粉笔在所有邻居的大门上画了同样的记号。这个小小的举动让强盗们前来报复时白辛苦一场。第二次，强盗又来探路，在阿里巴巴屋子的门柱上，用红粉笔画了一个记号，马尔基娜发现这个红色记号后，便即刻在邻近人家的门柱上也画了同样的记号。结果强盗们的报复行动再次落空。第三次，强盗首领亲自探路，精心设计，让 37 个强盗潜伏在瓦瓮中，而自己伪装成卖油商，住进了阿里巴巴的家，准备半夜动手杀死他。而马尔基娜无意中发现瓮中藏着人，猜到了强盗们的计划，就不动声色地“顺序给每个瓮里浇进一瓢沸油”，把 37 个强盗都烫死了。直到强盗首领叫强盗们动手时，才发现同伙都死了，自己也只好逃之夭夭。最后一次，强盗首领处心积虑，乔装打扮，得到去阿里巴巴家吃饭的机会，正打算在席间报仇雪恨，却不料马尔基娜“立刻认出他”，并“先发制人”，在席间表演的瞬间用匕首刺死了他。就这样，女仆马尔基娜靠着自己的聪明智慧先后四次识破了强盗们的阴谋，并将他们杀死。她身上表现出来的非凡的机智和勇敢给后人留下了深刻的印象。

在歌颂劳动人民的故事中，《白侯图的故事》也很典型。白侯图是一个聪明机智、极具反抗和斗争精神的奴隶形象。他善于把谎言作为武器，去打击压迫和欺凌下层人民的主人们。在故事中，他被辗转出卖，但仍不屈服，每次都用巧妙的谎言戏弄了新的主人，把主人一家弄得狼狈不堪。更让人惊叹的是，当主人一家发现受骗，要狠狠惩罚他时，白侯图竟然若无其事，理直气壮地说：“你不能惩罚我，因为这是我的缺点，当初买我的时候，这是其中的一个条件，经证人证明过的。你是知道的，我每年要说一次谎话，这次不过说了一半，待年终我再说一半，这才成为一次呢。”可见其聪明过人和不屈不挠的斗争精神。在他身上充分显示了下层劳动人民的智慧和力量。

第二，《一千零一夜》还收入了不少反映人民群众美好生活理想的故事。这类主题在《一千零一夜》中更多地表现在婚姻爱情故事中。如《阿拉丁和神灯的故事》中的阿拉丁，他本是穷裁缝的儿子，但他决心娶公主为妻。几经努力，终于凭借自己的聪明机智和神灯的力量战胜诡计多端的魔法师，娶到了公主。《乌木马的故事》讲的是太子偶遇他国公主，彼此一见钟情，但就在太子带公主回国的过程中，公主却被人骗走。公主失踪后，太子不怕跋涉之苦，经过许多村庄、城镇，打听公主的下落，抱着不达目的誓不回头的决心去寻找公主。而公主也经受了种种考验，甚至用“装疯”的办法来坚守自己对爱情的誓言。最后，太子终于救出公主，和她结成美好姻缘。这个故事歌颂了人间忠贞不渝的爱情，表达了人们对美好爱情的热烈向往和追求。《巴索拉银匠哈桑的故事》是这类故事中最出色的一篇。银匠哈桑爱上神女,就想办法(藏起神女的羽衣)和神女结为夫妻。后来神女带儿子飞回神界。哈桑为了寻找妻儿,冒着生命危险,越过七道深谷、七个大海、七座高山,闯过飞禽、走兽地带和鬼神世界,终于在神王所居住的瓦格岛找到妻儿。但他们的婚姻又受到神女父亲和姐姐的阻挠。哈桑毫不气馁,凭着智慧、勇气和毅力,克服各种困难,最终凭借宝物救出妻儿,从此过上美满、愉快的幸福生活。故事通过描写哈桑和神女二人为争取爱情婚姻自由所进行的艰苦斗争,不仅歌颂了忠贞不渝的爱情,而且批判了阻碍婚姻幸福的封建反动势力,具有反封建的意味。总之,在《一千零一夜》中,不管是凡人间的爱情故事,还是人和神之间的爱情故事,都寄托着劳动人民对美好生活的理想和愿望。

第三,《一千零一夜》中的故事反映了尖锐的阶级矛盾和社会矛盾,揭露了统治阶级的残暴和罪恶。其中有的直接揭露,也有的通过神魔鬼怪等方式间接揭露。当善良而诚实的劳动者不断遭受到统治者和社会恶势力欺压、他们的生活理想受到这种罪恶势力的破坏时,他们便在故事中将这种愤怒和仇恨的情绪宣泄出来。这种思想体现在许多故事中,而这些故事又成为《一千零一夜》中现实感和社会批判性最强的一部分。例如,《一千零一夜》开篇的故事《国王山鲁亚尔及其兄弟的故事》,除了说明山鲁佐德为什么每夜给国王讲故事,形成众多故事的连续性以外,更重要的是,揭露了国王山鲁亚尔的荒淫和残暴。山鲁亚尔发现他的王后"不贞",不但杀死她及其仆人,而且每夜换一个女子供自己享乐,翌晨杀掉。这个故事充分暴露出国王荒淫无耻、昏庸凶残的本性,给读者留下了深刻的印象。

在《渔夫和哈里发的故事》中,渔夫因为担心自己辛苦积攒下的 100 金币被国王哈里发搜刮去,竟然在家里通过鞭笞自己来培养宁死不屈的品质,以免因受不了皮肉之苦而承认有钱。这段生动的描写,将哈里发的淫威和渔夫担惊受怕的心理刻画得入木三分。渔翁终日劳作,却挣扎在死亡线上。他在打鱼时"凄然吟道":

我出来奔走营生,
发觉衣食的来源已经断绝。
许多粗鲁、愚昧之徒,
飞黄腾达、直上青云,
生活在金牛星座之间。
几许知书识礼的人物,
却隐名埋姓,一文不名,
辗转在沟渠里呻吟。①

在渔夫的另一段表达内心情感的吟诵中,作品写道:

① 佚名. 一千零一夜故事选[M]. 纳训,译. 成都:四川少年儿童出版社,1987:45-46.

呸，你这个世道！
如果长此下去，
让我们老在灾难中叫苦、呻吟，
这就该受到诅咒。
在这样的时代里，
一个人纵然平安度过清晨，
夜里便得饮痛苦之杯。①
……

通过渔翁之口，我们看到了下层劳动人民的悲惨生活处境，也感受到了他们对黑暗现实的不满和抗议。

有些故事还描写了形形色色的神魔鬼怪，以此间接地揭露和批判封建专制统治者的暴行。像《阿拉丁和神灯的故事》里的非洲法师，《巴索拉银匠哈桑的故事》中的神王胡达和那个拜火教徒，《脚夫和巴格达三个女人的故事》里的魔鬼哲尔斯基，等等，都是劳动人民对社会恶势力幻想化的反映。

第四，《一千零一夜》中还收入了一些航海冒险的故事，表现了新兴商人冒险远航追求财富的精神。这是《一千零一夜》中较有价值、常被后人关注的内容。

阿拉伯地跨亚非欧三洲，扼守东西南北的交通要道，很自然地成为商品集散地，出现了许多商业发达的城市。阿拉伯人在伊斯兰教诞生之前，就已经十分重视商业。到中世纪中期，沿海城市的商业经营更加兴旺。《一千零一夜》里的故事大多发生在这些城市，写的多是这里商人的贸易活动。在《一千零一夜》中，最能代表这类故事的就是《辛伯达航海旅行的故事》。

主人公辛伯达是一个从事海外贸易的商人，同时也是一个探险家和航海家。他先后七次冒险远航，每次在途中都会遇到各种难以想象的灾难。他曾经多次流落荒岛，有时孤身处于蟒蛇丛生的荒山深谷；有时被吃人的巨人抓获甚至险些送命；有时遭遇异教徒，差点因被灌“椰子油”而丧失理智；有时按照异国习俗被放进坑洞中当陪葬品；有时被恶毒的“海老人”骑在脖子上百般虐待。虽然经历无数磨难，但他每次总能以非凡的智慧和顽强的毅力去沉着应对，最终化险为夷。如在第六次航海旅行中，他又一次遇险，流落荒岛。同伴们一一死去，只剩他孤身一人。辛伯达发现岛上有河流，经多方思索考虑，他想到，顺着河流而去，一定会流向有人烟的地方。于是自己马上收集木料并用绳索捆扎，造了一只比河床更窄的小船，顺流而下，终于安全脱险，并获得大量财富。他在自制的小船上出发前吟唱了一首小诗，这首小诗很能体现他的精神境界：

① 佚名．一千零一夜故事选[M]．纳训，译．成都：四川少年儿童出版社，1987：47-48.

去吧，
离开危险地区，
勇往直前，
宁可撇下屋宇，
让建筑者凭吊、哀怜。
宇宙间到处有你栖身之地，
可是你的身体只有一具。
别为一夜天的事变而忧心，
任何灾难总有个尽头。
该在此地殒命的人，
他不会葬身在另一个地区。
不要差人去处理重要事情，
因为除了自身别无可靠的人。①

同时，故事中的辛伯达也暴露了他作为商人、剥削者自私自利、唯利是图的本性。辛伯达几乎把投机逐利、追求财富当作他唯一的生活目的，无论是国王、官吏还是平民百姓，他都不放过，都要想法赚他们的钱，甚至为了自己的生存，不惜残害别人。在辛伯达开始第四次航海旅行时，在遇险获救后，他凭着自己的高超技艺得到国王的赏识，并娶公主为妻。未曾料想，公主后来重病死去。按照当地的风俗，夫妻一人死去，另一人须一起陪葬。辛伯达被抛进山洞，与枯骨相伴。在有限的饮水、食物即将耗尽时，他发现有新的尸体和陪葬活人被扔进山洞。他为了能活下去，用死人骨头打死陪葬的活人，将食物据为己有，维持生命，最终获救。而且，每次远航归来后，他总是终日吃喝、寻乐、嬉戏、醉生梦死，挥霍无度，安安逸逸，过着懒散怠惰的寄生生活，这和他的积极进取精神形成对照。从本质上看，所有这些都是他作为资产者的人生观的反映。

总之，辛伯达是个新兴商人和航海家的典型。作者的主观意图是让人们了解富商巨贾是如何在奔波、冒险、九死一生的艰苦奋斗中发家致富的，但它也客观地反映了资本的血腥气。

四、艺术成就

高尔基在《一千零一夜》俄译本的序言中高度评价说，在民间文学的宏伟巨著中，《一千零一夜》是最壮丽的一座纪念碑。这些故事极其完美地表现了劳动人民的意愿，表现了阿拉伯人、波斯人、印度人美丽幻想所具有的力量。《一千零一夜》在艺术上的成就主要体现在以下几个方面：

① 佚名. 一千零一夜[M]. 纳训，译. 北京：人民文学出版社，1994：116-117.

第一，想象丰富、情节离奇，具有神奇色彩。在故事集中，出现了大量现实中不可能出现的事物，不仅有许多神异形象，还有许多神奇宝贝。如大得像一幢巍峨高耸的白色圆顶建筑的神鹰蛋；身上堆满沙土，所以长出草木，形成岛屿的样子的大鱼；还有来去自由的乌木马和飞毯、有求必应的神灯、能驱使神魔的戒指和魔杖等。在《乌木马的故事》中，哲人给太子送了一匹能够带人飞翔的乌木马。故事中写道：

得了国王的许可，太子一跃骑上乌木马，摇动着两脚，马儿却站着一动也不动。他嚷道："哲人！你夸口说马儿能带着骑它的人飞跑，可是它怎么一动也不动呀？"

哲人听了太子质问，迅速走过去，指着马身上一颗突出的钉子给他看，说道："捏着它吧。"太子伸手一捏钉子，马儿便震动起来，带着他向上飞腾，继续不停地升到高空，一直高到看不见地面，他这才惊惶、迷离，懊悔不该轻举妄动，随便试验。他自言自语地说道："这是哲人阴谋危害我啊！毫无办法，只望伟大的真主拯救了。"

他转着眼睛仔细观察马身，看来看去，终于发现马肩下左右各突出公鸡头似的一颗枢纽。他暗自想道："除了这两个突出的枢纽外，没有其他别的东西。"于是伸手捏住右面的枢纽，只见马儿飞得更高更快，便立刻撒手。接着试验左边的枢纽，出乎意料，才捏住枢纽，马儿飞行的速度便逐渐降低，慢慢向下降落，致使他的生命有了保障。①

这些神奇的事物体现了中古阿拉伯人民丰富的想象，也为读者创造了一个富有神奇色彩的世界。同时，丰富的想象又给故事增添了许多曲折离奇的情节，如商人随手扔一颗枣核就凑巧打死了魔鬼的儿子，阿拉丁一擦神灯就能实现不论多么难以实现的愿望，庞大的魔鬼能够出入小小的胆瓶中，等等，这些情节无不让人感到惊奇，而这更赋予了故事集特有的魅力，使全书具有很强的吸引力和感染力。

例如，在《阿拉丁和神灯的故事》中，多次描写神灯的神奇。当阿拉丁和母亲的生活难以为继，母子商量，准备把那盏油灯卖掉换钱买些食物的时候：

阿拉丁的母亲同意儿子的意见，拿起灯，觉得灯很脏，就对阿拉丁说："儿啊！灯拿来了，可是很脏，如果洗擦一下，弄干净些，就会多卖几个钱。"于是她抓了一把沙土，刚擦一下，一个巨神便出现在他面前。那巨神的形貌非常可怕，又高又大，简直像个凶神恶煞的恶魔。他粗声粗气地对阿拉丁的母亲说："我应声来了，你要我做什么？只管说吧。我是你的仆人，也是这盏灯的主人的仆人，是按照你的命令行事的。而且不单是我自己如此，甚至于这神灯的其他的奴婢

① 佚名.一千零一夜[M].纳训，译.北京：人民文学出版社，1994：218-219.

们，也都是一律遵循你的吩咐的。"

阿拉丁的母亲一见这个可怕的形象，吓得发抖，一句话也没说出口，就昏迷不省人事了。阿拉丁一见他母亲这种情形，赶忙跑过来，把灯拿在自己手里，从容地和灯神交谈起来。因为他经历过类似的情况，……由于有了这个经验，所以他并不害怕，对眼前的巨神说："灯神啊！我饿了，你弄些可口的食物给我充饥吧。"

灯神听了阿拉丁的吩咐，转眼就不见了。一会儿灯神便端来一席丰盛的饭菜，摆在一个精致名贵的银托盘中，总共十二种美味可口的菜肴，盛在金碟里。其他还有雪白的面饼和透明的醇酒，装在金杯和革制的酒瓶中。灯神摆好饭菜就匆匆隐去。①

类似的神奇情节在《一千零一夜》的故事中随处可见，足见中古阿拉伯人高超的艺术想象力。

第二，故事套故事的独特结构。《一千零一夜》是山鲁佐德讲的故事，但故事中的人物又讲故事，由此形成了大故事套小故事的独特结构方式。在这个故事群中，"山鲁佐德讲故事"作为主线始终贯穿全书。这种结构不仅使故事的包容性无限延伸，而且不断地保持着对读者的吸引力。如《渔翁的故事》，主要是讲渔翁救魔鬼的故事，但其中渔翁又讲了"国王和医师的故事"，而这个故事中的人物（国王和大臣）又分别讲了一个小故事。后来，魔鬼为报答渔翁，就带渔翁去"一个水清见底的湖泊"打鱼，从而引出"四色鱼的故事"，而在探索四色鱼的奥秘的过程中，又引出"着魔王子的故事"。这些故事各自成篇，但又有着巧妙的联系，产生多样而统一、丰富而完整的美感效应，多而不觉其长，杂而不觉其乱。不仅如此，这种结构形式，还可以造成审美节奏上的跌宕起伏、峰回路转，悬念迭生，激发读者的好奇心，促使他们兴趣盎然地读下去。

第三，善用对比、夸张等艺术手法来突出人物的性格特征。《一千零一夜》中的许多故事都把真善美和假丑恶加以鲜明对比，从而使人物的性格更为突出和生动。如在《渔翁的故事》中，渔翁的善良机智和魔鬼的狠毒愚蠢形成对比；在《阿里巴巴和四十大盗的故事》中，马尔基娜的机智与强盗们的愚蠢形成对比；在《辛伯达航海旅行的故事》中，富商辛伯达的进取与脚夫辛伯达的保守形成对比；等等。故事通过这种对比描写表现出作者鲜明的态度，突出了人物形象。同时，为突出人物某一方面的性格特征，故事还经常采用夸张手法。如《白侯图的故事》就运用夸张手法，通过突出白侯图的"说谎"来表现他的性格特征。这些对比、夸张使故事中的人物更为生动、形象，给读者留下了深刻印象。

第四，散文与韵文有机结合，语言生动活泼，充分体现了人民口头创作的特点。《一千零一夜》是经过文人加工整理而成的民间口头文学，因此叙述语言生动活泼、通俗易懂，其中多用形象的比喻、幽默讽刺等，还穿插了民谣、短诗，充分体现出人民口头创作的特

① 佚名. 一千零一夜[M]. 纳训，译. 北京：人民文学出版社，1994：187.

点。如《脚夫和巴格达三个女人的故事》就采用散文和诗歌相结合的方法，运用大量的比喻来刻画女郎的美丽和高贵：

> 她启齿微笑的时候，
> 像一串均匀的珠玉，
> 像一阵透明的冰雹，
> 也像芬芳的甘菊。
> 她的头发仿佛是漆黑的夜；
> 她的容颜竟然羞退了晨曦。①

这种丰富多彩、有声有色的语言描写大大增强了作品的艺术感染力。

思考题

1. 中古东方文学有哪些基本特征？
2. 中古时期东方主要国家的文学成就有哪些？
3.《蔷薇园》的人民性体现在哪些方面？
4. 怎样理解《源氏物语》的思想内容和艺术成就？
5.《一千零一夜》的思想内容主要有哪些方面？
6.《辛伯达航海旅行的故事》如何反映中古阿拉伯人的价值追求？
7.《一千零一夜》在艺术上有哪些主要成就？

① 佚名. 一千零一夜[M]. 纳训，译. 北京：人民文学出版社，1994:238.

第三章

3

近代东方文学

【学习目的与要求】

通过学习本章内容，了解近代东方文学的基本特征与主要成就，在与近代西方文学的比较中，把握东方文学与西方文学相互影响的特点，掌握《吉檀迦利》的思想内容和艺术成就，从而深入理解近代东方文学的精神和价值。

第一节 概述

近代东方文学是指从19世纪下半叶到20世纪初期地处亚非两大洲的国家和地区的文学。

一、近代东方文学的发展及其基本特征

东方国家从16世纪开始遭到西方列强的侵略，殖民主义者的入侵给各民族带来了巨大的灾难。同时，各国内部的封建势力仍然很强大。因此，对于这一历史时期的大多数东方国家来说，有两大政治任务迫在眉睫：一是救亡，即反抗资本主义国家的侵略和殖民主义统治，争取民族独立和解放；二是启蒙，即借鉴欧美国家现代化的经验，汲取西方先进思想，反对封建专制和宗教迷信，求得社会的进步和发展。

内忧外患的时代、激荡变革的现实构筑了近代东方特殊的历史图景，也奠定了东方各国近代文学的一些共同点。首先，在民族斗争和民主革命的进程中，东方文学涌现了一批民族意识强、爱国热情高的作家；其次，就文学自身的发展而言，近代东方文学呈现出开放性和包容性，对民族文学的优秀传统与外来文学的进步之处兼收并蓄，这种兼收并蓄带动了东方文学充盈、饱满地向前发展。尽管近代东方文学发展时间较短，但形势变化巨大，各种文学现象、文学流派、文学思潮交织并立，这塑造了近代东方文学的复杂面貌。

二、近代东方文学的主要成就

近代东方各国的发展呈现出了参差不齐的情况，这导致了东方各国文学发展主题和内容方面的巨大差异。

(一) 日本文学

以明治维新为标志，日本从封建社会进入资本主义社会。以“富国强兵、殖产兴业、文明开化”为政策的明治维新作为一场资产阶级改革运动，促使日本加速走上了“全盘西化”的道路，在半个世纪中走完了西方资本主义国家将近三个世纪走过的道路，实现了资本主义的迅猛发展，成为当时亚洲政治、经济上的“发达国家”。尽管学界一般将明治维新视作日本近代文学的起点，但直到明治二十年代初期，二叶亭四迷《浮云》、森鸥外《舞姬》等作品的出现，才标志着真正意义上的日本近代文学的起步。

1887年6月，二叶亭四迷(1864—1909)发表长篇小说《浮云》第一篇(共三篇)。作为日本近代文学史上批判现实主义的开山之作，《浮云》不论是主题思想、人物塑造，还是艺术手法、语言文体，都具有开创性的意义。《浮云》紧紧围绕内海文三失业、失恋这一中心线索来展开故事情节，通过塑造各种不同的人物，多侧面地反映了日本在明治时代的社会现实和本质特征。在日本文学史上，《浮云》第一次突破了传统文学的框架，不再追求或诙谐或色情或说教的文学套路，而是不加粉饰地描绘现实生活，细腻刻画人物的心理。在语言上，二叶亭四迷使用生动活泼的现代口语写作，开创性地将“言文一致”这一文体应用到小说中，使作品更富于时代感和真实性，缩短了人物、作家和读者之间感情、心理的距离。

写实主义理论和创作在日本生根发芽的同时，留德归来的作家森鸥外(1862—1922)创作了短篇小说《舞姬》(1890)，作品展现出生动细腻的心理描写、对纯洁爱情的热烈歌颂、对异国情调的描摹刻画，具有浓郁的浪漫色彩，成为日本近代浪漫主义文学的先驱之作。而围绕着1893年创刊的杂志《文学界》，日本浪漫主义文学迎来了一次爆发，这期间的杰出代表是北村透谷(1868—1894)的评论、樋口一叶(1872—1896)的小说以及岛崎藤村(1872—1943)的诗歌。

然而当时间走到20世纪初年，早期的浪漫主义逐渐演化为自然主义，代表人物是岛崎藤村和田山花袋(1871—1930)。岛崎藤村的第一部长篇小说《破戒》(1906)被认为是日本自然主义文学的奠基作。《破戒》描写部落民出身的青年濑川丑松，为了避免遭受不明缘由的迫害，严格遵守父亲的告诫，长时间地隐瞒了自己部落民的出身，曾经接受自由平等思想教育的丑松为此终日苦闷。他衷心敬仰嘲笑自己是贱民、敢于直面社会等级制度的前辈猪子莲太郎。小说最后，丑松打破了父亲的告诫，坦白了自己的出身。小说通过丑松和父亲之间破戒与反破戒的矛盾斗争，深层次地反映了明治维新后日本的年轻一代在维护与突破家长制度这一重大问题上的矛盾和斗争。

日本文坛出现反自然主义的思潮，其中表现最充分的就是以夏目漱石为代表的现实主义文学。夏目漱石(1867—1916)是日本近代杰出的现实主义作家。1905年，夏目漱石发表长篇小说《我是猫》，以独特的艺术风格和强烈的讽刺与批判精神震惊文坛。《我是猫》没有完整的故事情节，以猫作为故事的叙述者，通过它的感受和见闻，写出它的主人——穷教师苦沙弥及其一家平庸、琐细的生活，描画出苦沙弥和朋友迷亭、寒月、东风、独仙等人经常谈古论今、嘲弄世俗、吟诗作文的故作风雅的无聊世态。作者对以苦沙弥为代表的日本近代知识分子形象既有肯定也有嘲讽。他们正直善良、鄙视世俗、揭露时弊，不与败坏的社会时尚同流合污，然而他们身上又有种种弱点和局限性。《我是猫》通过一只猫的视角向读者展现了明治时代知识分子以及部分资本家的生活面貌，对阴暗腐朽的社会和庸俗无聊的人物进行戏谑和批判，并以独特的讽刺手法描述了一幕幕滑稽、丑陋的场面，取得了狂欢式的喜剧效果。小说《我是猫》的艺术形式十分独特，“猫”既是叙述者，又是评判者，它的见闻和议论构成了作品的内容。在结构上，小说以猫的命运起承转合安排情节，松散自如，不受制约，符合作者的创作本意——夏目漱石曾将《我是猫》比作海参，不易分辨头和尾，似乎随时随地都可被截断。

1912年日本步入大正时代，近代文学队伍则进一步分化，各种文学流派先后登场，蔚为大观，其中主要的代表有：

新浪漫主义文学，又称唯美主义文学，重要代表作家为永井荷风(1879—1959)和谷崎润一郎(1886—1965)。他们反对自然主义偏重纯客观、“平面描写”、重真实等文学观，主张重精神、重感觉、重幻想、重美。但新浪漫主义文学又延续了自然主义注重人性自觉、官能享受和崇尚本能的主张。

白桦派，又称理想主义文学，代表作家是武者小路实笃(1885—1976)、志贺直哉(1883—1971)和有岛武郎(1878—1923)等，因他们创办刊物《白桦》而得名。与自然主义所谓的“无理想”相反，白桦派作家主张恢复“理想”，在创作中表现了对个性解放的追求，提倡人道主义精神，强调人的尊严和意志。志贺直哉早年的短篇小说《到网走去》(1910)显现了作家浓厚的人道主义情怀。

新思潮派，又称新现实主义或新技巧派，代表作家有芥川龙之介(1892—1927)、久米正雄(1891—1952)等。新思潮派作家认为文学作品可以虚构，强调题材的多样性，并且十分讲究写作技巧，注重艺术形式的完美。这个流派表现了20世纪初日本小资产阶级不满现实但又苦于没有出路的心情，在艺术上则突破了长时期作为日本文坛主流的自然主义文学的限制，正视社会现实，既富于浪漫主义色彩，又具有现实主义倾向。芥川龙之介的代表作是小说《罗生门》(1915)，作品通过细致地描写仆役和老妪的心理过程，揭示了人在善恶、美丑的对立和相克中所流露的不安定心绪，同时，在对人的自私心既不肯定也不否定的情况下，将矛盾的并存绝对化，以此来展现作者自己的观念世界。

(二) 印度文学

印度近代文学同其民族解放事业和反封建的民主斗争有着紧密的联系。自16世纪起，葡、法、英等国相继侵入印度。1849年，印度完全沦为英国的殖民地。1857年至1859年，印度爆发了反英民族大起义，它是印度历史上的第一次民族独立战争，促进了印度人民独立意识的觉醒。为使文学服务于民族解放事业，印度作家很重视在文学中宣传爱国主义，重视发扬民族文化传统。为了便于群众接受，多数作家都用地方语言进行创作，并涌现了一大批用民族语言进行创作的知名作家，其中以东印度的孟加拉语文学、北印度的印地语文学、以德里和勒克瑙两地为中心的乌尔都语的文学成就较大。般金·昌德拉·查特吉(1838—1894)是印度现代孟加拉语文学的先驱。他的那些以社会现实生活为题材的作品描写了印度社会生活中新旧思想的冲突，关注妇女的不幸命运，其中以历史小说最负盛名。《阿难陀寺院》(1882)通过描写1772年“山耶西”(出家人)起义的事件表现了印度人民反抗殖民者的斗争。小说中，上千名起义者高唱颂歌《礼拜母亲》，与英军展开激烈的斗争，并取得胜利。《礼拜母亲》表达了印度人民的爱国主义情感，成为印度独立运动中影响巨大的颂诗。

萨拉特·昌德拉·查特吉(1876—1938)也是孟加拉语著名小说家，其最具影响力的作品当属四卷本自传性小说《斯里甘特》(1917—1933)。作品以斯里甘特和歌女拉佳·勒克什米的不幸爱情故事为中心情节，在结构上以主人公的流浪见闻为线索，由一幕幕细致描写的场景连缀而成，全面地展现了19世纪末20世纪初印度的社会生活。作品富有鲜明的社会批判色彩，被认为是印度现实主义文学的杰作。

泰戈尔是孟加拉语文学中贡献最大的作家，他的创作代表了近代印度文学的最高成就。

(三) 阿拉伯文学

第一次世界大战结束后，阿拉伯国家掀起了轰轰烈烈的反帝国主义、反殖民主义斗争。与民族解放斗争同步进行的，还有各国的民主主义革命。此时，阿拉伯的优秀作家既接受了西方文学的影响，又坚守着本民族的文学传统，从而带动阿拉伯文学进入了一个辉煌的时代。文学流派纷呈，作家各树一帜，文坛充满了生机和活力。

纪伯伦(1883—1931)是黎巴嫩诗人、小说家,是阿拉伯现代小说、艺术和散文的主要奠基人。纪伯伦和泰戈尔一样,是近代东方文学走向世界的先驱,以他为中坚形成阿拉伯第一个文学流派"旅美派"。纪伯伦在诗歌、散文、小说等创作上开一代新风,表现出强烈的东方精神,尤其值得称道的是他的散文诗创作,文笔凝练隽秀,语词清新俏丽,寓意深邃生动,加之富有神秘格调的天启预言式语句和铿锵的音乐节奏感,形成了热烈、清秀、绚丽的独特美学风格。散文诗集《先知》(1923)可谓纪伯伦步入世界文坛的巅峰之作。全书共分 28 节,分别探讨了爱与美、生与死、婚姻与家庭、劳动与娱乐、法律与自由、理智与热情、善恶与宗教等一系列人生和社会的重大问题。作品采用的先知布道的形式赋予了这部似乎无结构可言的散文诗集奇异的艺术效果。《先知》是诗人对生命和人生价值的诗性解说。

拓展阅读:
旅美派

第二节　泰戈尔与《吉檀迦利》

拉宾德拉纳特·泰戈尔(1861—1941)是印度近代文学史上最负盛名的诗人,号称东方"诗哲"。他也是著名的作家、社会活动家。

一、生平与创作

泰戈尔出生于印度一个地主家庭,在自由的家庭气氛中长大,父亲和兄长们是当时印度文化界的活跃分子,他们常常与各类文化名人谈诗论艺,评点时政。他们的言行无形中引导了年幼的泰戈尔。泰戈尔 16 岁时公开发表长诗《诗人的故事》,该诗引起读者的热烈反响。从 1878 年至 1880 年,泰戈尔留学英国。在伦敦大学,他完全无视自己本应学习的法律专业,将全部热情投向文学与音乐。

1881 年,泰戈尔出版了他的第一部诗集《黄昏之歌》,其中充满了热情的浪漫幻想和忧郁的悲哀情调。从 1884 年到 1901 年,泰戈尔大部分时间住在父亲的庄园里。散发着浓郁的泥土气息的乡村是美丽的,而生活在这里的农民却是凄惨的,尤其是女性的命运更引起了泰戈尔的强烈关注。从此,他的创作思想发生了巨大变化。这种变化十分鲜明地呈现在他这一时期完成的短篇小说和故事诗中。这些作品洋溢着深厚的人道主义精神,反对殖民主义和封建主义的思想倾向也非常鲜明。

泰戈尔早期的短篇小说以反映生活真实、艺术技巧高超而卓越著称于世。这些小说多方面地反映了 19 世纪末殖民主义统治下印度的社会生活,触及了一些重大的社会问题。《喀布尔人》(1892)是作家以人道主义为主题的作品中最突出的篇章。一个穷苦的喀布尔小贩把对生活在故乡的女儿的爱倾注到了一位富裕的孟加拉作家 5 岁的小女儿身上。他的举动感动了作家,作家在自己女儿结婚时,资助喀布尔人回家,尽力帮助这位久出不归的父亲能与自己的亲生女儿重逢。在这篇作品里,泰戈尔把父女之情和对穷人的同情完美地糅合在一起。爱与情的力量消除了喀布尔和孟加拉之间遥远的距离,也消解了富有的作家和贫穷的小贩之间地位的差别，因为他们都是钟爱自己女儿的父亲，从而唤起读者心中善良的情感。

反对封建婚姻制度和种姓制度的作品此时也占有重要地位。小说《摩诃摩耶》(1893)描写女主人公摩诃摩耶与少年伙伴罗者波相爱，可是哥哥却强行把她嫁给一个垂死的婆罗门，并在婚礼的次日强迫她为死去的婆罗门陪葬。当大火被暴雨意外熄灭时，面目全非的摩诃摩耶大胆地从火葬场逃到情人家里，同他一起生活，但她不允许情人撩开她的面纱，当罗者波偶然窥视到她那被毁坏的面容时，她毅然离他而去，坚决维护自己的尊严。

20世纪初期是泰戈尔思想发展和创作发展极为重要的时期。此时，他写出一系列长篇小说，其中最有代表性的是《沉船》(1906)和《戈拉》(1910)。

《戈拉》是一部具有强烈的时代意识、洋溢着爱国主义激情的长篇小说，就反映社会生活的广度和深度、艺术的精湛而言，堪称印度社会的史诗。《戈拉》以19世纪70年代至80年代孟加拉的社会生活为背景，以印度教徒安南达摩依和梵教徒帕勒席的家庭为主要活动场所，以印度教青年戈拉、宾诺耶与梵教姑娘苏查丽达、洛丽塔的恋爱纠葛为线索展开情节，反映了印度民族的觉醒，歌颂了青年男女的爱国热情，有力地揭露和抨击了殖民主义的专横残暴，批判了阻碍民族解放事业的宗教偏见及崇洋媚外、复古主义、维护种姓制度、歧视妇女等错误思想，号召印度人民不分教派，不分种姓，团结一致，为祖国的独立自由、为民族的解放而奋斗。

泰戈尔后期的主要创作是诗歌和散文。这一时期，泰戈尔写有大量诗集，其中《吉檀迦利》(1912)、《新月集》(1913)、《园丁集》(1913)、《飞鸟集》(1916)等成就比较突出。《新月集》通过描写儿童纯洁美丽的心灵世界，表达诗人对摒弃了功利和束缚的自由美好社会的向往；《园丁集》的主题是歌颂爱情、歌咏人生。诗人对爱情的颂扬，实际上也寄托了对理想世界的追求。1912年末诗集《吉檀迦利》在英国出版，引起广泛关注。泰戈尔也因此获得1913年诺贝尔文学奖，成为第一位获此殊荣的东方作家。

在戏剧方面泰戈尔也取得了很高的成就。两个剧本《摩克多塔拉》(1925)和《红夹竹桃》(1926)政治色彩鲜明，反帝斗争的思想倾向明显。1941年4月，泰戈尔发表了著名的政论讲演《文明的危机》，揭露了英殖民主义者在印度的罪恶统治，表达了对祖国获得自由和解放的信心。这豪迈的声音响彻印度民族的天空，也成为泰戈尔临终前对印度人民的深沉嘱托。诗人在《生辰集》(1941)第10首中回顾了自己的创作，得出了诗人写作的意义在于表现人民的思想和意愿的结论。

泰戈尔一生创作丰硕，计有诗集50多册，长、中篇小说12部，短篇小说100多篇以及剧本20多部。泰戈尔采用孟加拉语写作，为孟加拉语文学带来了世界性声誉。

二、《吉檀迦利》

英文版《吉檀迦利》是泰戈尔在国际上最有代表性、影响最大的诗集，也是理解泰戈尔宗教哲学思想的钥匙。

(一) 思想内容

英文版诗集《吉檀迦利》是泰戈尔在50岁生日时亲自编辑、翻译而成的，选自他的三本孟加拉语诗文集《奉献集》(1901)、《渡口集》(1906)和《吉檀迦利》(1910)以及散见于报刊的一些诗作。《吉檀迦利》含103首诗，题名“吉檀迦利”是孟加拉文的音译，意为“献诗”，作者要将这部诗集献给心中的神灵。泰戈尔在诗中表现了与神同一的强烈渴望和热切追求。诗人刻意寻觅、执着求索的与神同一的理想，正是印度传统宗教哲学中人与自然交感、物质和精神相通的“梵我如一”的境界。在泰戈尔的笔下，“神”是遥远的，又是切近的；是抽象的，又是具体的；既超越一切，又无所不在。因此，诗人在这里所颂扬的神不是某一个具体的偶像，而是活动于一切自然中，无所不在，无所不包。这不是“一神教”的神，而是万物化成一体的泛神。诗人在诗中所说的“你”“主人”“上帝”“圣者”“我的爱人”“情人”“父”“国王”等都泛指神，“我”也是神的表象。他说：“我要努力在我的行为上表现你，因为我知道是你的威力，给我力量来行动。”①(第4首)总之，泰戈尔心目中的神是他的理想、希望和光明的化身。

拓展阅读：
梵我如一

泰戈尔这种泛神论使他很容易接受自由、平等、博爱的人道主义主张。他把这种爱作为实现美好理想、达到和谐一致的途径。诗人首先从神的行迹来观察神，反映了神的鲜明爱憎和倾向性。他既不远离世界，也不高高在上，而是与被压迫的劳动群众在一起，和他们同呼吸、共命运，感受和分担他们的痛苦和欢乐。如第10首和第11首诗就写道：

10

这是你的脚凳，你在最贫最贱最失所的人群中歇足。

我想向你鞠躬，我的敬礼不能达到你歇足地方的深处——那最贫最贱最失所的人群中。

你穿着破敝的衣服，在最贫最贱最失所的人群中行走，骄傲永远不能走近这个地方。

你和那最没有朋友的最贫最贱最失所的人们做伴，我的心永远找不到那个地方。

11

把礼赞和数珠撇在一边吧！你在门窗紧闭、幽暗孤寂的殿角里，向谁礼拜呢？睁开眼你看，上帝不在你的面前！

他是在锄着枯地的农夫那里，在敲石的造路工人那里。太阳下，阴雨里，他和他们同在，衣袍上蒙着尘土。脱掉你的圣袍，甚至像他一样地下到泥土里去罢！

超脱吗？从哪里找超脱呢？我们的主已经高高兴兴地把创造的锁链戴起；

① 泰戈尔．吉檀迦利[M]．谢冰心，译．北京：人民文学出版社，1955：3．

他和我们大家永远联系在一起。

从静坐里走出来罢，丢开供养的香花！你的衣服污损了又何妨呢？去迎接他，在劳动里，流汗里，和他站在一起罢！①

在这里，诗人把对劳动者的颂扬、同情与对神的崇拜、礼赞紧密结合在一起，他通过对心目中的神的行踪的描写，隐晦地反映了他早期诗歌中的那种人道主义精神。

诗人颂神的目的不仅是表达一种抽象的道德信念，而且是同对祖国和人民命运的关注紧密联系在一起。诗人通过对神的颂赞，寄托了自己对自由和谐和美好幸福生活的向往。如第 35 首诗，诗人用一连串的排比对想象中由神恩赐的祖国美好的前景作了描绘：

35

在那里，心是无畏的，头也抬得高昂；
在那里，知识是自由的；
在那里，世界还没有被狭小的家园的墙隔成片段；
在那里，话是从真理的深处说出；
在那里，不懈的努力向着“完美”伸臂；
在那里，理智的清泉没有沉没在积习的荒漠之中；
在那里，心灵是受你的指引，走向那不断放宽的思想与行为——
进入那自由的天国，我的父呵，让我的国家觉醒起来罢。②

在诗人看来，神的意志实现了，国家就会变成乐园，民族就能独立，人民就会过上自由、幸福的生活。诗中所展现的“自由的天国”的蓝图令人向往，但它是模糊的、渺茫的。

诗集中的许多抒情、描写也反映了诗人为寻求出路而不得所产生的复杂矛盾的心情。他关注着祖国的前途和命运，同情、怜悯被压迫者，但他为解决社会问题而开的处方——“神”和“爱”却是虚无缥缈、不着边际的。他在努力追求心目中的神，却只能听到他“轻蹑的足音”，而没有“看到过他的脸”，也只“听见过他的声音”。有时诗人感到神就坐在自己的身边，而自己却在睡梦中，失去了见到神的机会。由于找不到自己心目中的神，诗人感到自己像一片秋天的残云，无主地在空中飘荡。诗中所反映的诗人这种探寻出路的复杂心绪和渺茫的希望使读者有一种玄奥莫测的神秘感。

（二）艺术成就

《吉檀迦利》集中体现了泰戈尔抒情诗歌的艺术特色。

第一，哲理性与抒情性的完美交融。诗歌具有高度的抒情性，又充满哲理。如在第 95 首中，诗人表述热爱生活的人也能够在死后得到安慰时，写道：“当母亲从婴儿口中拿

---

① 泰戈尔. 吉檀迦利[M]. 谢冰心，译. 北京：人民文学出版社，1955：6–7.
② 泰戈尔. 吉檀迦利[M]. 谢冰心，译. 北京：人民文学出版社，1955：21.

开右乳的时候，他就啼哭；但他立即又从左乳中得到了安慰。”从这样的诗句中可以看出，浓郁的抒情伴随着深邃的哲理，二者有机地融合在一起。

第二，朴实的意象和语言风格。诗集中的意象都是现实日常生活中最基本的情景，如习以为常的印度妇女的提灯顶罐，农民在枯地上劳动，迷人的春日、夏夜，秀丽的风光等，但它又不是现实琐事，而是一种诗歌意象，其中蕴含着极大的哲理内涵。这就造成了诗歌语言质朴而意蕴深邃的艺术效果。如在表述人离开人世时，诗人就用了日常的比喻：“像一群思乡的鹤鸟，日夜飞向他们的山巢……让我全部的生命，启程回到它永久的家乡。”

第三，优美的散文诗旋律。诗人在将其翻译成英文时采用了散文诗形式，既吸收了格律诗所特有的重复和音节相同的原则，又结合了只有散文诗才有的千变万化的特点，其韵律更富有变化，更加优美，更引人入胜。

思考题

1. 近代东方各国文学表现出哪些共同之处？
2.《我是猫》艺术风格的独特性体现在哪里？
3. 近代东方各国文学的主要流派及各自的主张和成就是什么？
4.《喀布尔人》如何表现了泰戈尔的人道主义思想？
5.《吉檀迦利》的思想内容是什么？
6. 分析《吉檀迦利》的艺术成就。

第四章

4

现当代东方文学

【学习目的与要求】

通过学习本章内容，了解现当代东方文学的基本特征与主要成就，把握现当代东方文学与西方文学相互影响与交融的特点，掌握《雪国》的思想内容和“新感觉派”的艺术成就，从而深入理解现当代东方文学的精神和价值。

第一节 概述

现当代东方文学指的是20世纪初期以来的亚洲和非洲文学。

一、现当代东方文学发展的背景及其基本特征

随着俄国十月革命的胜利,东方殖民地和半殖民地国家的人民开始觉醒。进入20世纪二三十年代,西方许多国家爆发了大规模的经济危机,东方殖民地和半殖民地国家因为西方列强转嫁危机而遭受到更加野蛮的掠夺,民族矛盾进一步加剧。20世纪爆发的两次世界大战以及冷战,对亚洲和非洲产生了深刻而广泛的影响。更多长期遭受封建势力和帝国主义奴役、压迫的亚非各国人民觉醒过来,掀起了民族、民主革命斗争的浪潮。民族解放战争的进程又为各国民主运动的深入开展奠定了基础。随着亚非各国逐渐摆脱殖民主义者的控制而获得独立,民主主义思想日益深入人心,国家独立和民族解放已经是大势所趋,不可逆转。然而,独立之后,他们又面临着帝国主义霸权和殖民的"幽灵"。

在尖锐而复杂的民族矛盾和阶级矛盾的历史背景下,对于在复杂激烈的民族和民主斗争中发展起来的现当代亚非文学而言,尽管各国文化传统、政治结构和经济发展水平有差异,其文学发展状况也不尽相同,但仍表现出一些共同特征:

第一,东方各国现当代文学特别是现代文学往往具有鲜明的反帝国主义、反殖民主义和反封建倾向。争取民族解放和建立民主制度成为进步文学的基本内容。无产阶级文学也在这个背景下产生并迅速发展。

第二,很多国家形成了有组织、有纲领的文学运动和文学社团。在现代东方文学的发展过程中,许多国家的文学领域呈现出流派纷呈、团体林立的景象。总的来说,传统的现实主义文学、新兴的无产阶级文学和在西方文学影响下的现代主义文学同步发展。作家以各自的文学理想和文学志趣为旨归,组成不同的文学阵营,在内部互相激励和促进的同时,又与其他文学团体或流派展开论战,从而极大地推进了文学的进步。

第三,这一时期,东西方文学的交流更加频繁。现代文学表现出东西融合、艺术手法多样的特点。许多东方作家在创作中自觉不自觉地运用西方的文学理论观点、文学创作方法。大量西方优秀文学作品的译介,对东方各国文学的演进起到了重大的推动作用。但同时,东方作家又表现出对本民族文学传统的特别重视,逐渐形成了具有本民族特色的新文学。很多优秀的文学作品都体现了文学民族性与世界性相统一的特征。

二、现当代东方文学发展的主要成就

东方各国社会和文化发展的程度不一样,所面临的问题也不一样,这决定了现当代东方不同国家的文学也呈现出不同的发展成就。

(一)日本文学

作为东方最先进入资本主义的国家,日本出现了无产阶级文学、"战后派"文学、"新感觉派"文学等一些令世人瞩目的现象。

从20世纪20年代末至30年代初，日本无产阶级文学取得了很大的成就，对当时的革命斗争起到了有力的推动作用。小林多喜二（1903—1933）是日本无产阶级文学的奠基人、日本无产阶级文学运动的领导人之一，其小说《蟹工船》（1929）被认为是日本无产阶级文学的代表作。

《蟹工船》描写了在堪察加海域捕蟹，然后将蟹加工为罐头的蟹工船"博光号"上劳动者的故事。背井离乡的劳动者在船上遭受资本家的残酷剥削和压榨，过着地狱般的非人生活。在残酷的生存境遇中，面对日复一日的暴力、虐待、伤病和过劳，渔业工人们逐渐团结起来，开展罢工斗争，一度将作为资本家代理人的监工浅川逼上绝境。然而日本军队却在资本家的要求下前来镇压，抓走了带头人，罢工运动以失败告终。工人们终于彻底觉醒，看清了天皇专制的国家政权本质，在总结失败的教训后，他们重新组织力量，投入新的战斗。小说以小见大，在蟹工船的舞台上，通过船上不同阶级代表人物或是代理人的活动，以及"秩父号"的沉没、川崎船的失踪、帝国军舰的"护航"等情节，将蟹工船同整个日本社会乃至国际社会联系起来，在纵横交错的历史图景中再现了两大阶级的对立和斗争。工人们从一盘散沙到团结一致，由落后保守到觉悟斗争，由自发反抗到进行有组织的阶级斗争的发展过程，象征着整个日本无产阶级的阶级斗争的发展和阶级意识的觉醒。

"战后派"指的是第二次世界大战后初期日本一批中青年作家所形成的文学流派。他们的作品在主题、创作手法和风格等方面，都与战前的作家有较大差异，表现出鲜明的战后时代特色。"战后派"文学具有现实主义的倾向，在探索政治与文学的关系方面，试图走出一条新路，对以往旧的传统采取批判的态度，严厉批评战前的作家屈从于战争，表示同战前的文学决裂，主张提高和加强现代意识和自我个性，追求自由主义精神。"战后派"作家依世代可分为两批。第一批"战后派"作家指战后初期崛起的中青年作家，代表人物有野间宏（1915—1991）、椎名麟三（1911—1973）、中村真一郎（1918—1997）、梅崎春生（1915—1965）等人，他们以1946年创刊的《近代文学》杂志为中心，提倡艺术至上主义，强调尊重个人，并主张摆脱党派的束缚，保证个人的创作自由。第一批"战后派"作家力图摒弃从大正年代起就在日本文学中流行的"私小说"的传统，主张在观念中探索世界和人类存在的意义，反对描写人物行为的表面现象，而重视其心理动机；在创作手法上则宣称要突破现实主义，确立新的表现形式和文体，倾向于使用抽象语言。野间宏和中村真一郎在思想倾向和艺术手法上都模仿英美的意识流小说，而椎名麟三是日本存在主义文学的开拓者。他们大量采用西方现代派的艺术手法，以表现日本的社会生活。

野间宏的《阴暗的图画》（1946）、埴谷雄高（1910—1997）的《死灵》（1946）、梅崎春生的《樱岛》（1946）、中村真一郎的《在死亡的阴影下》（1947）等，都是当时著名的作品。《阴暗的图画》与《死灵》在主题上有相近之处，均描写了战争时期学生参与进步活动的过程，揭露了法西斯势力统治下普通人的黑暗生活，表现出对摧残他们生命和青春的军国主义的愤恨。《樱岛》以日本军国主义覆灭前夕的1945年为背景，反映驻扎在鹿儿岛南端樱岛上的海军士兵的厌战情绪。这些小说所描写的战时生活都是作者所经历过的，流露出作者的愤恨心情，具有较强的感染力。

从第二次世界大战结束到朝鲜战争爆发前夕，崭露头角的岛尾敏雄（1917—1986）、堀田善卫（1918—1998）、安部公房（1924—1993）、大冈升平（1909—1988）、井上光晴（1926—1992）等为第二批"战后派"作家。他们在题材选择和表现手法上同第一批"战后派"作家有一脉相承之处。堀田善卫在短篇小说《广场的孤独》（1951）中，以朝鲜战争前后的日本社会为背景，描写日本知识分子对国际形势和日本前途惶恐不安的精神状态。1955年，堀田善卫出版长篇小说《时间》，作品采用第一人称日记体，主人公"陈英谛"是南京大屠杀蒙难者，亲历了日军屠城，妻儿惨死，自己侥幸从尸山血海中捡回一条命。堀田善卫选择了一个中国人、一个大屠杀被害者的视角，见证日军的暴虐，叩问战争和历史、人性与生死。

受西方现代主义思潮的影响，日本在这一时期还出现了一些现代主义文学流派，影响较大的是以横光利一（1898—1947）和川端康成为代表的"新感觉派"。1924年10月，《文艺时代》杂志创刊，参与者多为初登文坛的年轻作家，他们受西方现代主义文学的影响，以一种反传统的姿态出现，把西方流行的现代派文学手法诸如意识流、象征主义、心理分析等与日本文学传统手法融为一体，立志为日本文学的表现形式打开一片新的天地。横光利一、川端康成等作家是"新感觉派"的核心力量，他们宣称："可以把表现主义称作我们之父，把达达主义称作我们之母，也可以把俄国文艺的新倾向称作我们之兄，把莫朗称作我们之姐。"[①]

横光利一的成名作是其短篇小说《蝇》（1923），作品以"苍蝇"的视角来描绘人与马同时死亡的悲剧，让读者痛切感到现实的冷漠和人生的不安。小说《头与腹》（1924）的开篇"白天，特别快车满载着乘客全速奔驰。沿线的小站像一块块石头被抹杀了"[②]被认为是"新感觉派"的典型艺术语言。作为横光利一的第一部长篇小说，《上海》（1931）被认为是"新感觉派"集大成之作，同时该小说也标志着横光利一新感觉时期创作的结束，标志着作为流派的"新感觉派"文学走向了终结。在这部以发生在中国上海的五卅惨案为素材的作品中，作品以奇异的语言和独特的叙述结构引人注目，以在沪日本人职员参木爱上中国女共产党员秋兰的故事为线索，描写了上海滩不同国籍、不同职业、不同主义的众多人物。

1994年，大江健三郎（1935—2023）继川端康成后，再一次为日本获得诺贝尔文学奖。大江健三郎自1957年以小说《死者的奢华》登上文坛以来，创作成果丰硕：小说《饲育》（1958）获第39届芥川文学奖，《性的人》（1963）、《个人的体验》（1965）获第11次新潮文学奖，长篇三部曲《燃烧的绿树》（1993—1995）获意大利蒙特罗文学奖；其他重要作品还有小说《万延元年的足球队》（1967）、《空翻》（1999）、《水死》（2009），散文集《广岛札记》（1964）、《冲绳札记》（1969）等。大江健三郎的写作范围宽广且极富人文关怀精神，政治、核能危机、死亡与再生等内容皆呈现于他的作品中。

---

① 川端康成. 新作家倾向解说[M]// 叶渭渠. 川端康成传. 北京：新世界出版社，2003：50.

② 横光利一. 头与腹[M]// 横光利一. 春天的马车曲. 唐月梅，许秋寒，等译. 北京：作家出版社，2001：8.

日本当代作家村上春树(1949—)毕业于早稻田大学第一文学部戏剧专业。1979年他以处女作《且听风吟》登上文坛,在迄今40多年的创作生涯中,先后完成了《寻羊冒险记》(1982)、《挪威的森林》(1987)、《奇鸟行状录》(1996)、《海边的卡夫卡》(2002)、《刺杀骑士团长》(2017)等小说作品。他不仅是日本当代文坛当仁不让的代表,更借助多语种的翻译成为世界级的畅销书作家。

21世纪日本文坛"越境作家"的力量亦不容小觑。如以李比·英雄(1950—)、杨逸(1964—)等为代表的日语非母语作家在日本的日语写作,或以多和田叶子(1960—)、水村美苗(1951—)为代表的日本作家在域外的双语写作,这些作家无论是人生经历还是文学作品都表现出典型的"越境"特征。他们在作品中所展现出的多元和丰富更成为对抗全球化单一化趋势的有效武器。

(二)印度文学

由于受到新的文化思潮的影响,印度现代文学出现了很多流派,但主流仍然是民族主义文学。民族主义文学大都以下层人民的生活为题材,作品充满了反帝国主义、反殖民主义的革命激情,代表作家是普列姆昌德。

普列姆昌德(1880—1936)是印度现代文学史上最优秀的小说家,印度现代进步文学的奠基人。他从小就饱尝生活的艰辛,经过艰苦奋斗,终于成为一名作家。他早期用乌尔都语写作,1915年前后开始改用印地语,一生共创作了15部长篇小说和中篇小说(其中两部未完稿),近300篇短篇小说,其中长篇小说《戈丹》(1936)是其代表作。《戈丹》的主人公是一个名叫何利的农民,他和妻子丹妮娅养育了一个儿子和两个女儿。他们租种了十来亩地,一年到头起早贪黑不停地劳动。何利的梦想就是自己能买一头母牛。因为在印度社会里,母牛不仅可以产奶,而且还是体面家庭的标志。后来,何利从牧牛人手里赊来一头母牛。不料,牛才弄到手,就被心怀嫉妒的弟弟给毒死了。何利本想息事宁人,却平白无故吃了一场官司,最后只好借债贿赂巡官才算了事。何利第二次想买牛,却接连碰上倒霉事。何利的儿子爱上了年轻的寡妇裘妮娅,何利和妻子收留了已经怀孕的儿媳妇,村里的长老认为这是伤风败俗,竟然开除了何利的教籍,罚去了他全年的收成,连房子也被抵押了出去。接着,何利为了大女儿出嫁借了200卢比。正当他准备用卖甘蔗的钱买牛时,钱又被高利贷者全部抢光,他买牛的希望再一次落空。已经山穷水尽的何利为了交清三年欠租,保住租种的土地,不得不把自己的小女儿嫁给一个老头。这时,何利依然没有丢掉买牛的梦想,他到采石场拼命地做工挣钱,终于累死在为了还债和买牛而奋斗的苦役中。按习俗,教徒死时要举行"戈丹"仪式,请婆罗门祭司来净化灵魂,并以一头母牛作为献礼。小说最后写到,何利的妻子丹妮娅机械地站起来,拿出当天卖绳子赚得的20安那,先在何利冰凉的手里搁了一会儿,然后对站在面前的婆罗门达塔丁说:"马哈拉其,家里没有母牛,没有小牛,也没有钱,就只这几个安那,这就是他的'戈丹'!"[①] 说完她便昏倒在地。《戈丹》是普列姆昌德生前出版的最后一部长篇小说,作者一方面用大量篇幅为

① 普列姆昌德. 戈丹[M]. 严绍端,译. 北京:人民文学出版社,1958:520.

读者描绘了以何利为代表的印度农民的悲苦的生活图画,另一方面也在城市资产阶级和中产阶级的生活范围里挑选描写对象,从而勾勒了另一幅形象的图画。两幅图画被作者着意连接在一起,对印度民族运动时期的现实生活作了概括的、形象的反映,深刻地揭露了在英国的殖民统治下,地主、高利贷者、婆罗门祭司们对印度农民残酷的经济剥削和精神奴役。普列姆昌德精于心理描写,使得作品中的人物形象鲜明生动,栩栩如生。

作为蜚声世界文坛的印度作家,阿米塔夫·高希(1956—)的历史学和人类学背景使其小说别具魅力,其代表作“朱鹭号三部曲”(《罂粟海》《烟河》《烈火洪流》)以印度人的视角重新演绎了鸦片战争的历史故事,在宏大的全球史纵深中立体呈现了印度与世界的关系。

(三)非洲文学

进入 20 世纪,非洲的政治和文化发生了深刻的变化,文学也随之飞速发展。一般来说,20 世纪 20 年代至 30 年代,非洲现代文学开始起步。到了五六十年代,非洲文学在反殖民主义斗争如火如荼的发展浪潮中出现空前繁荣的景象,优秀的作家和作品层出不穷,这个时期被誉为“文学爆炸”阶段。在非洲大多数国家取得民族独立之后,作家们又转而将目光聚焦于非洲社会内部问题,潜心写作,取得了辉煌的成绩。

“埃及现代派”是第一次世界大战后首先在埃及形成,之后扩展到叙利亚、黎巴嫩和伊拉克等国的现实主义文学流派,在 20 世纪 30 年代发展壮大,成为该地区的主要文学流派。它是 19 世纪末 20 世纪初埃及民族独立运动日益高涨的产物,与埃及资产阶级的改良主义运动、文化启蒙运动有着深刻的内在联系。“埃及现代派”主张文学要紧密配合反帝反封建的民族民主运动,反映现代生活,描写劳动人民的苦难和愿望,为创建埃及的新文学而奋斗。埃及作家塔哈·侯赛因(1889—1973)是“埃及现代派”的卓越代表,其自传体长篇小说《日子》被誉为阿拉伯地区现代文学的典范。《日子》分为三部,分别完成于 1929 年、1939 年和 1962 年。小说细致地描写了主人公在 20 世纪初从埃及乡村到首都最高宗教学府求学,最后去法国留学的生活经历,揭示了贯穿其间的新旧思想的矛盾冲突,它的主题深刻,风格成熟,被认为是埃及现实主义文学的里程碑,对后世阿拉伯文学产生了广泛而深远的影响。

获得 1988 年诺贝尔文学奖的埃及文学巨匠纳吉布·马哈福兹(1911—2006)是第一位获此殊荣的阿拉伯语作家,颁奖词称其“通过大量刻画入微的作品——洞察一切的现实主义,唤起人们树立雄心——形成了全人类所欣赏的阿拉伯语言艺术”[①]。《三部曲》是马哈福兹于 1952 年“七月革命”前夕完成的长篇小说,在杂志连载时称《宫间街》,到 1956 年正式出版时分为《宫间街》《思慕宫》《怡心园》三部,或称为“开罗三部曲”,它是马哈福兹现实主义文学的高峰,也是阿拉伯现实主义文学的高峰。小说聚焦于开罗老区商人艾哈迈德·阿卜杜·嘉瓦德一家三代人的生活和思想变迁,再现了 1917 年至 1944 年两次世界大战期间埃及社会的历史变迁,展现了现代埃及的政坛风云、时代浮沉

① 艾伦.诺贝尔文学奖颁奖词[J].郁葱,译.世界文学,1989(2):198.

以及知识分子的思想历程。《三部曲》的每一部都侧重描写一代人的生活，并以该代人居住的地区作为书名，颇似一幅恢宏壮阔的埃及风俗画卷。

通常非洲以撒哈拉沙漠为界分为南部非洲、北部非洲两部分。南部非洲从15世纪沦为欧洲强国的殖民地，民族传统文化遭到严重破坏。在现代，南部非洲各国的民族革命开展起来，文学也以表现民族觉醒、宣扬民族独立、揭露殖民统治罪行的反帝爱国精神为主旨。20世纪五六十年代，非洲各国接连获得独立。非洲各个国家的国内宗法制农村与新城市的生活方式、本国文化与西方文化、传统与现代、劳动者和统治者之间的矛盾冲突也渐渐被纳入作家们的创作视野。

塞内加尔现代小说家乌斯曼(1923—2007)用法语创作的长篇小说《祖国，我可爱的人民》(1957)写一个非洲青年知识分子为建立“合作农场”所作的英勇斗争。尼日利亚作家沃莱·索因卡(1934—)的剧作《路》(1965)被称为贝克特式的荒诞派戏剧佳作，曾获得1966年非洲艺术节大奖。1986年，沃莱·索因卡因为“以其广阔的文化视野和富有诗情画意的遐想影响了当代戏剧”，获得诺贝尔文学奖。南非作家纳丁·戈迪默(1923—2014)的小说《大自然的运动》(1987)以一名叫希来拉的白人女性自幼离开南非到世界各地，最后又回到南非嫁给一位黑人将军的人生道路为主线，为南非废除种族隔离制度提供了理想模式和美好前景。她获得1991年诺贝尔文学奖。2003年，南非作家约翰·马克斯韦尔·库切(1940—)也获得了诺贝尔文学奖。他创作的小说《耻》(1999)反思了南非社会矛盾和曾经的种族冲突，提醒人们重新审视殖民主义历史及现代文明的种种渊薮，为其赢得了巨大的声誉。

阿卜杜勒-拉扎克·古尔纳(1948—)出生于坦桑尼亚的桑给巴尔岛，母语为斯瓦希里语，1968年移居英国。从20世纪80年代开始，他陆续出版了10多部长篇小说及一些短篇小说，代表作《天堂》(1994)以东非殖民时期为背景，曾入围布克奖。其作品主要围绕难民主题，描述殖民地人民的生存状况，聚焦于身份认同、种族冲突及历史书写等问题，展现了后殖民时代的生存现状，被认为具有重要的社会现实意义。古尔纳获得2021年诺贝尔文学奖。

第二节 川端康成与《雪国》

川端康成(1899—1972)是日本现代著名的“新感觉派”作家，也是一位具有世界性影响的小说家。

一、生平与创作

川端康成2岁丧父，3岁丧母，体弱多病的他在祖母的精心照料下长大。7岁那年祖母去世后，他和双目几乎失明的祖父相依为命，生活异常艰难。15岁时，唯一的亲人祖父也离他而去，他成了一个无依无靠的孤儿。童年的不幸遭遇对他的性格和文学创作产生了很大的影响，无论作家本人忧郁孤僻的性格，还是他的凄美悲凉的作品风格，都被认为与其早年的经历密切相关。

川端康成从小就对文学有浓厚的兴趣，阅读了大量日本古典文学名著。他在东京帝国大学读书时开始文学创作，1921 年发表处女作《招魂节小景》，引起文坛的瞩目。1924 年大学毕业后川端康成成为专业作家。同年 10 月，他与横光利一等人共同创办《文艺时代》杂志，鼓吹"文学革命"。他们的宣言是："我们的任务就是革新文坛的文艺，进而从根本上革新人生的艺术及艺术观。""没有新的表现，便没有新的文艺；没有新的表现，便没有新的内容；而没有新的感觉，则没有新的表现。"[①] 他们宣告了日本文学史上第一个现代主义文学流派——"新感觉派"的诞生，他也成为"新感觉派"的代表作家之一。"新感觉派"运动受挫后，他开始探索一条将西方现代派文学与日本传统文学相结合的道路。1926 年发表的《伊豆的舞女》确立了他在文学界的地位，此后的一系列作品使他成为日本现代文学史上成就最高的作家。

在第二次世界大战期间，日本陷入战争的狂热中。川端康成对战争采取了回避态度，始终过着半隐居的生活，这一时期的作品也几乎和战争毫无关系。战后，由于创作上的卓越成就，他获得了很多荣誉，曾多次获得日本国内外的文学奖。他获得 1968 年诺贝尔文学奖，是继泰戈尔之后第二位获得这一荣誉的亚洲作家。

川端康成的创作在思想上和艺术上都非常复杂，既有消极、颓废、虚无的一面，又有积极、明朗、清新的一面，而这两方面又往往纠合在一起，难解难分。他的晚期作品越来越多地描写官能享受，有严重的颓废倾向，创作上陷入困境。

川端康成一生共写了 130 多部作品，其中以中短篇小说为主。从内容上看他的创作大致可分为三类：

一类是描写他的孤儿生活，抒发他痛苦感受的作品。如《十六岁的日记》(1925)等。这类作品由于写的是他本人的经历和体验，所以具有描写细腻、感情真挚、激动人心的艺术效果。作品格调低沉、哀伤。

一类是描写处于社会下层的妇女，如舞女、艺妓、女艺人、女侍者的生活，表现她们不幸命运的作品。如《伊豆的舞女》《雪国》等。这类作品真实地表现了日本下层妇女的不幸，对她们的痛苦表现出深切的同情。作品格调忧郁、伤感。这类作品无论是思想性还是艺术性都是川端康成作品中最高的。

一类是表现变态的情欲和官能刺激的作品。主要有《千鹤》(1952)、《睡美人》(1961)等。这类作品多写于其晚年，共同主题是对女性肉体美的变态欣赏和极端追逐，表现主人公畸形的性心理。作品故事情节离奇，充满颓废气息。

二、《雪国》

川端康成的名著《雪国》自 1935 年在《文艺春秋》《改造》《日本评论》等杂志连载，后于 1948 年发行单行本，取名《雪国》。该小说是川端康成倾尽心力最多的一部，被认为

---

① 转引自：川端康成. 川端康成十卷集：第 1 卷[M]. 高慧勤，主编. 石家庄：河北教育出版社，2000：序.

是日本现代文学史上抒情文学的巅峰之作，也是他获得诺贝尔文学奖的作品之一。

（一）故事梗概

小说以中年男子岛村三次到雪国和艺妓驹子的交往为基本线索，写了他与当地两名女子的情感纠葛。岛村家住东京，他衣食无忧，无所事事。为了排遣内心的无聊和苦闷，他来到雪国，结识了当地舞蹈师傅的徒弟驹子。驹子年轻美丽，尤其“洁净得出奇”，令岛村十分迷恋。驹子对岛村更是痴情，心甘情愿地委身于他。为了跟驹子相会，第二年，岛村再次来到雪国，在火车上遇见叶子，又被叶子空灵的美深深吸引。叶子是驹子的三弦琴师傅家的人，她是护送驹子师傅患病的儿子行男回雪国的。这次到雪国后岛村才知道，驹子为生活所迫，同时也是为了给行男治病，才成为艺妓，传言驹子和行男有婚约，但驹子矢口否认，与岛村的来往也更加频繁。驹子对岛村非常痴情。这让岛村感到有些为难。他很想明确地告诉驹子，这种爱是徒劳的。然而驹子却盼望着能与他长久地来往。在岛村回东京的那一天，行男病危，为给岛村送行，驹子拒绝去看行男。而一直守护行男的却是叶子。又一年之后的秋天，岛村第三次来到雪国。驹子和他的来往已成习惯，对他更加痴情。岛村虽然感动，但觉得驹子的爱只是一场“徒劳”，而更加倾心于纯洁空灵的叶子。叶子在行男死后，每日徘徊于他的坟前。叶子请求岛村把她带到东京去，岛村答应了。小说结尾，岛村就要离开雪国，驹子也决定要开始新的生活。但突然发生了火灾，叶子丧身火海。

（二）思想内容

作品内容比较复杂，内涵丰富。

第一，作者以同情的笔触描写了生活在日本社会底层的妇女的不幸命运，表现了她们认真的生活态度和执着的爱情追求。

驹子是小说中的主要人物，她是个很不幸的姑娘，出身于社会底层，为生活所迫当了艺妓。在屈辱的生活中，她不甘沉沦，认真地对待生活。她记日记，写读书笔记，苦练三弦琴。尤为可贵的是她对爱情的追求，她不想一辈子这样过下去，想过正常的生活。因此，一遇见与众不同、对她比较尊重的岛村，她便委身于他，把全部的爱都倾注在岛村身上。她也知道这爱情没有结果，但仍然非常痴情，这充分说明了她对正常的爱情生活的渴望和追求。驹子也非常善良，她不爱师傅的儿子行男，但为了报恩，却甘愿卖身当艺妓挣钱给他治病。

小说中的另一个女性叶子同样是个出身于社会下层的姑娘。她是行男的情人，也知道驹子和行男之间有婚约，更知道他就要死去，但她仍然像一个真正的妻子那样认真、细心地照顾他。行男死后，她还天天徘徊在行男的坟前，对他一往情深。作者以同情的笔触描写了这两个女性，她们真挚、认真的生活态度让人赞叹，不幸的命运让人同情，而在她们身上表现出的只求付出、不求回报的自我牺牲精神更是作者所赞赏的，作者通过她们表现出了一种悲哀的美。

第二，作者通过作品中的人物也表达了虚无主义的人生态度。由于川端康成幼年接连遭受失去亲人的痛苦，所以他对死亡有着比别人更深切的体会和更多的思考。他强烈地感受到生存的痛苦和虚幻，觉得生与死只有一步之隔。他还笃信佛教，佛教生死无常、轮回转世的说法更加强了他对人生虚无的认识，他把自己的这种人生体验灌注于《雪国》之中，并通过作品中的人物表达了出来。小说中的岛村在某种意义上可以被看作作者的代言人。岛村是个把一切都看作虚无的人。在他看来，现实中的一切都是毫无意义的，只有当人们抱着非现实的想法、徒劳地追求它们的时候，才会对它们感到一种"虚幻的魅力"。比如，他是研究西方舞蹈的，可他从来不看西方舞蹈的演出，只凭着从画报上看到的西方舞蹈的图片来写一些研究文章。因为生活实在无聊，他便来到偏远的雪国寻找刺激，邂逅了驹子。当知道驹子多年来一直坚持记日记、写读书笔记时，他却说："光记这些有什么意思呢？""完全是一种徒劳。"[①] 驹子苦练三弦琴技艺而且达到了很高的境界，他也认为是"一种虚无的徒劳"。驹子对他一往情深，但他却觉得这种感情是虚空的。对于驹子对他的苦苦追求，他觉得很不可思议，认为这一切都是毫无意义的。听到"驹子撞击墙壁的空虚回声"，岛村一再发出"徒劳"的叹息。在和驹子鱼水来往的同时，他更倾心于另一个姑娘叶子，因为相对于驹子来说，叶子更虚幻，更空灵，更富有"虚幻的魅力"，他认为这种虚幻的美才是永恒的。正因为如此，叶子丧身火海后，他一点也不感到难过，"岛村总觉得叶子并没有死。她内在的生命在变形，变成另一种东西"。残酷的死在岛村眼里竟然那么富有诗意。在小说中，作者正是通过岛村这个人物表达了人生归于虚无的思想。

（三）人物形象

驹子是日本底层社会的一个被侮辱而又不甘沉沦的妇女形象。驹子出身于社会底层，曾被卖到东京做陪酒女郎，被人赎出后很想做个舞蹈师傅，但就是连这一个卑微的愿望都难以实现，最后，为生活所迫，只好去当艺妓。虽沦落风尘，但她并没有因此湮没于纸醉金迷的世界。相反，她坚强地承受着生活的不幸和压力，挣扎着活下去，渴望能过上正经的生活，表现出异乎寻常的毅力和美好的心灵。最为感人的是她对爱情的渴望和追求。她不甘心长期这样屈辱地生活下去，她渴望觅到一个知音，享受女人应该有的爱情、幸福。她爱上岛村，主动委身于他，绝不是轻浮，而是因为岛村说"我是想跟你清清白白做个朋友"，没有把她当艺妓看待。加之岛村对舞蹈的一番议论满足了她的求知欲，使驹子更加钦佩他。因此，遇见岛村后，驹子就把自己多年无以投报的炽热爱情全部倾注在岛村身上。驹子也知道岛村有妻室，她不可能从岛村那里得到同等的回报，但她仍一往情深，无怨无悔，即使岛村弃她而去，也毫无怨言。她对岛村的爱恋不掺有任何杂念，纯真，无私，甚至不求任何回报，追求着一种在岛村看来完全是"徒劳"的爱。唯其如此，她爱得越纯真，越执着，就越能打动读者的心灵，越让人觉得悲哀。

驹子的性格是复杂而又矛盾的，屈辱的卖笑生涯不可避免地在她身上留下了很多印记。她时而严肃认真，时而不拘形迹；时而热情、纯真，时而粗野、鄙俗。一方面，她认真地对待生活和感情，依然保持着乡下少女的质朴和纯真；另一方面，她又轻浮放荡，表露出只

① 川端康成. 雪国[M]. 叶渭渠，唐月梅，译. 2版. 海口：南海出版公司，2020:27. 本节所引《雪国》的引文均出自该书。

有烟花女子身上才有的那种不良习气。这些矛盾的性格正反映了她内心的痛苦和挣扎，可以看出她内心难以抑制的悲哀。这种矛盾复杂的心理特征不但丰富了驹子这一人物形象的内涵，更增强了人物形象的艺术感染力。作者在她身上寄托了“异样的哀愁”，通过这一形象抒发了自己的悲伤情绪。

岛村是一个空虚无聊的小资产阶级知识分子典型。他住在东京的商业区，家境富裕，无所事事。他是个虚无主义者，将现实中的一切都看成是“徒劳无益”的，认为“生存本身就是一种徒劳”，包括爱情在内。他觉得只有在非现实世界的幻想之中才能感到一种虚无的魅力。他只凭借西方印刷品来写有关西方舞蹈的文章，是因为他“虽美其名曰研究，其实是在任意想象，不是欣赏舞蹈家栩栩如生的肉体舞蹈艺术，而是欣赏他自己空想出来的舞蹈幻影”，目的只是寻求轻松。他到雪国，表面看来是为了“唤回失去的真诚”，其实是在空虚中寻找寄托。因此，他一旦得到驹子，驹子就对他失去了吸引力，“如同一场梦”。他倾心于叶子，是因为叶子留给他的只是一个“透明的幻影”和“美得不胜悲凉”的声音，是超现实的美的化身。作者没有把岛村描写成一个玩弄女性的好色之徒，只是用他的虚无来反衬驹子的执着，以他的世故来反衬驹子的纯真，他成为某种意义上“映衬驹子的道具”。

叶子在小说中出现的次数并不多，但是非常重要。小说以叶子开始，又以叶子结束。驹子是有血有肉的现实存在，叶子则显得有些朦胧虚幻。作者对她没有像对驹子那样进行外貌描写，在不多的描写中也只是侧重写到了她“美得不胜悲凉”的声音，她的笑声“清越得近乎悲感”，她的“娇嫩轻快、活泼欢乐的调子”也“犹如在梦中出现似的”。因此，在小说中叶子给人的印象始终是虚无缥缈、朦朦胧胧的，有一种“虚幻的魅力”。这正是岛村对她倾心的原因。但这种空灵虚幻的美在现实中是不能存在下去的，所以，在小说的结尾，作者让叶子在大火中死去，在死亡中实现了人生的超脱和美的永恒。

（四）艺术成就

在艺术风格上，《雪国》体现了“新感觉派”小说的写作特征。

第一，在写法上，作品将日本古典文学传统与西方现代主义手法融合在一起，创造出独特的艺术表现形式。《雪国》中既有一定数量具体、客观的描绘，又在不少地方通过岛村的自由联想和意识流动状物写人。小说总体上是按照事件发展的先后顺序来讲述故事的，但在叙述的过程中又常常通过岛村的自由联想和意识流动展开故事，推动情节的发展，这样就适度地冲破了事物发展的时间顺序，形成联想内容有节奏的跳跃，从而拓展了小说表现的深度与范围。这种写法既保持了日本文学传统的严谨格调和注重描写感受的特点，又很好地弥补了西方意识流小说跳跃性过大的缺陷。如小说开头写岛村坐在由东京开往雪国的火车上，从玻璃窗的反射中看到坐在对面的叶子姑娘的美丽面容，联想起去年在雪国结识的驹子。这一段主要是写岛村的意识流动，通过写他的意识流动，既描写了叶子那朦胧虚幻的美，又写了他第一次到雪国和驹子的交往过程，把现在和过去、眼前的叶子和雪国的驹子联系起来。

第二，重视感觉和感受的描写，鲜明地体现了“新感觉派”小说的特征。川端康成具有极强的艺术感觉，对外界事物给他的一刹那间的感觉或意象，哪怕是极细微的感触，他都能将其生发成一个有声有色的艺术世界。《雪国》就是主观感觉的世界，而这种感觉又是通过男主人公岛村表现出来的。例如，小说开头写叶子的美，就是通过岛村的感觉中叶子映在苍茫暮色中的车窗玻璃上的一只眼睛体现出来的："她的眼睛同灯光重叠的那一瞬间，就像在夕阳的余晖里飞舞的夜光虫，妖艳而美丽。"与此辉映的是在旅馆房间内，早晨驹子对镜梳妆给岛村的感觉："在镜中的雪里现出了女子通红的脸颊。这是一种无法形容的纯洁的美。也许是旭日东升了，镜中的雪愈发耀眼，活像燃烧的火焰，浮现在雪上的女子的头发，也闪烁着紫光，更增添了乌亮的色泽。"写岛村第一次见到驹子的感觉是"女子给人的印象洁净得出奇，甚至令人想到她的脚趾弯里大概也是干净的"。写叶子则突出岛村对她声音的感觉，"美得不胜悲凉"。小说最后描写蚕茧仓库的那场火灾更突出地体现了"新感觉派"小说的特征：

岛村也仰头叹了一声，仿佛自己的身体悠然飘上了银河当中。银河的亮光显得很近，像是要把岛村托起来似的。当年漫游各地的芭蕉，在波涛汹涌的海上所看见的银河，也许就像这样一条明亮的大河吧。茫茫的银河悬在眼前，仿佛要以它那赤裸裸的身体拥抱夜色苍茫的大地。真是美得令人惊叹。

岛村抬头仰望，觉得银河仿佛要把这个大地拥抱过去。犹如一条大光带的银河，使人觉得好像浸泡着岛村的身体，漂漂浮浮，然后伫立在天涯海角上。这虽是一种冷冽的孤寂，但也给人某种神奇的媚惑之感。

这些火星子迸散到银河中，然后扩展开去，岛村觉得自己仿佛又被托起飘到银河中去。黑烟冲上银河，相反地，银河倏然倾泻下来。喷射在屋顶以外的水柱，摇摇曳曳，变成了蒙蒙的水雾，也映着银河的亮光。①

岛村感到在他面前展现了一幅美妙的图画，地上的火光和天上的银河相互辉映着，非常美丽。就在这时，岛村发现，叶子美丽的身体从高处坠入火中，"从这二楼掉落到地面只是一瞬间的事，可是却让人有足够的时间用肉眼清楚地捕捉到她落下时的样子"。这本是一场灾难，可在岛村的感觉中它却充满了诗意：地上洁白的雪景，天上灿烂的银河，天地之间火花飞舞，叶子美丽的身躯从楼上飘然落下……这是一段把直觉、感觉、幻觉，把现实和非现实完美结合在一起的绝妙描写，在岛村的幻觉感受中，坠楼而死的叶子实现了人生的超脱和美的升华。

第三，在结构安排上非常自由、灵活，跌宕有致。《雪国》不是以情节取胜的小说。小说共 13 个大段，是断断续续写成的，历时 14 年之久，所以并不像一般小说那样结构严密，

① 川端康成. 雪国[M]. 叶渭渠，唐月梅，译. 2 版. 海口：南海出版公司，2020：112，114，116-117.

情节曲折。小说除了写岛村三次来雪国会驹子，再谈不上有什么情节的设定。小说的情节如山涧的小溪，时断时续，在舒缓的发展中给人一种平淡无奇的印象，因此作品更像是一篇抒情散文，有日本古典文学的神韵。但是，这种看似松散的结构实际上是有其内在联系的。作者继承了日本古典文学并列式的结构方法，又广泛使用了西方意识流小说的方法，在平平淡淡的叙述中通过岛村的回忆、联想展开故事，岛村的心时而沉湎于过去，时而飞向未来；同时又运用倒叙和插叙的手法来交代相关事件，推动情节的发展，这样就打破了事物发展的时间顺序，形成内容表述的跳跃性。因而，统领全篇的不是情节的发展，而是主人公的情感咏叹和精神感悟。

思考题

1. 谈谈现当代东方文学的基本特征。

2. 日本、印度以及非洲现当代文学史上各有哪些重要的作家？各自的代表作是什么？

3. “新感觉派”的思想倾向和艺术成就有哪些？

4. 如何理解《雪国》的思想内容？

5. 分析《雪国》的艺术成就。

6. 分析《雪国》中驹子、岛村、叶子人物形象的特点。

参考文献

一、文学史类

[1] 聂珍钊. 外国文学史:上卷[M]. 2 版. 北京:高等教育出版社,2018.

[2] 聂珍钊. 外国文学史:下卷[M]. 2 版. 北京:高等教育出版社,2018.

[3] 郑克鲁. 外国文学史:上[M]. 3 版. 北京:高等教育出版社,2015.

[4] 郑克鲁. 外国文学史:下[M]. 3 版. 北京:高等教育出版社,2015.

[5] 孟昭毅. 简明东方文学简史[M]. 北京:北京大学出版社,2005.

[6] 刘建军. 20 世纪西方文学[M]. 3 版. 北京:高等教育出版社,2013.

[7] 刘建军. 外国文学经典中的人生智慧[M]. 南京:江苏人民出版社,2017.

二、作品类

[1] 刘建军. 外国文学作品选[M]. 北京:高等教育出版社,2013.

[2] 斯威布. 希腊的神话和传说[M]. 楚图南,译. 北京:人民文学出版社,1958.

[3] 荷马. 伊利亚特·奥德赛[M]. 陈中梅,译. 上海:上海译文出版社,1998.

[4] 埃斯库罗斯,等. 古希腊戏剧选[M]. 罗念生,等译. 北京:人民文学出版社,2012.

[5] 普劳图斯,等. 古罗马戏剧选[M]. 杨宪益,杨周翰,王焕生,译. 北京:人民文学出版社,2000.

[6] 但丁. 神曲[M]. 田德望,译. 北京:人民文学出版社,2002.

[7] 塞万提斯. 堂吉诃德:上册[M]. 杨绛,译. 精装版. 北京:人民文学出版社,1987.

[8] 塞万提斯. 堂吉诃德:下册[M]. 杨绛,译. 精装版. 北京:人民文学出版社,1987.

[9] 莎士比亚. 莎士比亚全集:5 [M]. 朱生豪,等译. 北京:人民文学出版社,1994.

[10] 高乃依,拉辛. 高乃依　拉辛戏剧选[M]. 张秋红,等译. 北京:人民文学出版社,2001.

[11] 莫里哀. 莫里哀喜剧:2 [M]. 李健吾,译. 长沙:湖南人民出版社,1982.

[12] 卢梭. 新爱洛伊丝[M]. 李平沤,何三雅,译. 南京:译林出版社,1993.

[13] 歌德. 浮士德[M]. 董问樵,译. 上海:复旦大学出版社,1983.

[14] 拜伦. 恰尔德·哈洛尔德游记[M]. 杨熙龄,译. 上海:上海译文出版社,1990.

[15] 雨果. 巴黎圣母院[M]. 陈敬容,译. 北京:人民文学出版社,1982.

[16] 雨果. 悲惨世界:上[M]. 李丹,方于,译. 北京:人民文学出版社,1992.

[17] 司汤达. 红与黑[M]. 赫运,译. 上海:上海译文出版社,2010.

[18] 巴尔扎克. 高老头　欧也妮·葛朗台[M]. 张冠尧,译. 北京:人民文学出版社,2015.

[19] 福楼拜. 包法利夫人[M]. 李健吾,译. 北京:人民文学出版社,2003.

[20] 莫泊桑. 莫泊桑短篇小说选[M]. 赵少侯,译. 北京:人民文学出版社,2002.

[21] 勃朗特. 简·爱[M]. 宋兆霖,译. 上海:上海文艺出版社,2007.

[22] 狄更斯. 双城记[M]. 石永礼,赵文娟,译. 北京:人民文学出版社,1996.
[23] 哈代. 德伯家的苔丝[M]. 张谷若,译. 2 版. 北京:人民文学出版社,1984.
[24] 易卜生. 易卜生戏剧四种[M]. 潘家洵,译. 北京:人民文学出版社,1958.
[25] 惠特曼. 草叶集[M]. 李野光,译. 南京:译林文学出版社,2017.
[26] 吐温. 哈克贝利·费恩历险记[M]. 潘庆舲,译. 上海:上海文艺出版社,2007.
[27] 普希金. 叶甫盖尼·奥涅金[M]. 智量,译. 北京:人民文学出版社,1985.
[28] 果戈理. 死魂灵[M]. 王士燮,译. 南京:译林文艺出版社,2000.
[29] 陀思妥耶夫斯基. 罪与罚[M]. 朱海观,王汶,译. 北京:人民文学出版社,1982.
[30] 托尔斯泰. 列夫·托尔斯泰文集:第 9 卷:安娜·卡列尼娜:上册[M]. 周扬,译. 北京:人民文学出版社,1992.
[31] 托尔斯泰. 列夫·托尔斯泰文集:第 10 卷:安娜·卡列尼娜:下册[M]. 周扬,译. 北京:人民文学出版社,1992.
[32] 托尔斯泰. 复活[M]. 草婴,译. 上海:上海译文出版社,1983.
[33] 高尔基. 母亲[M]. 沈端先,译. 北京:生活·读书·新知三联书店,2019.
[34] 肖洛霍夫. 静静的顿河[M]. 金人,译. 2 版. 北京:人民文学出版社,2008.
[35] 帕斯捷尔纳克. 日瓦戈医生[M]. 蓝英年,张秉衡,译. 北京:人民文学出版社,2006.
[36] 罗兰. 约翰·克利斯朵夫:一[M]. 傅雷,译. 合肥:安徽文艺出版社,1998.
[37] 罗兰. 约翰·克利斯朵夫:二[M]. 傅雷,译. 合肥:安徽文艺出版社,1998.
[38] 罗兰. 约翰·克利斯朵夫:三[M]. 傅雷,译. 合肥:安徽文艺出版社,1998.
[39] 罗兰. 约翰·克利斯朵夫:四[M]. 傅雷,译. 合肥:安徽文艺出版社,1998.
[40] 海明威. 老人与海[M]. 吴劳,译. 上海:上海译文出版社,1999.
[41] 卡夫卡. 城堡　变形记[M]. 韩耀成,李文俊,译. 杭州:浙江文艺出版社,1995.
[42] 乔伊斯. 尤利西斯[M]. 萧乾,文洁若,译. 南京:译林出版社,2021.
[43] 贝克特. 等待戈多[M]. 施咸荣,译. 北京:人民文学出版社,2002.
[44] 塞林格. 麦田里的守望者[M]. 施咸荣,译. 南京:译林出版社,2011.
[45] 马尔克斯. 百年孤独[M]. 黄锦炎,沈国正,陈泉,等译. 杭州:浙江文艺出版社,1991.
[46] 卡尔维诺. 寒冬夜行人[M]. 萧天佑,译. 南京:译林出版社,2001.
[47] 莫里森. 最蓝的眼睛[M]. 陈苏东,胡允桓,译. 海口:南海出版公司,2005.
[48] 萨迪. 蔷薇园[M]. 张鸿年,译. 长沙:湖南文艺出版社,2000.
[49] 紫式部. 源氏物语:上[M]. 丰子恺,译. 北京:人民文学出版社,1980.
[50] 紫式部. 源氏物语:中[M]. 丰子恺,译. 北京:人民文学出版社,1980.
[51] 紫式部. 源氏物语:下[M]. 丰子恺,译. 北京:人民文学出版社,1980.
[52] 佚名. 一千零一夜[M]. 纳训,译. 北京:人民文学出版社,1994.
[53] 泰戈尔. 吉檀迦利[M]. 谢冰心,译. 北京:人民文学出版社,1955.
[54] 川端康成. 雪国[M]. 叶渭渠,唐月梅,译. 2 版. 海口:南海出版公司,2020.

读者意见反馈

为收集对教材的意见建议，进一步完善教材编写并做好服务工作，读者可将对本教材的意见建议通过如下渠道反馈至我社。

咨询电话　400-810-0598

反馈邮箱　gjdzfwb@pub.hep.cn

通信地址　北京市朝阳区惠新东街 4 号富盛大厦 1 座
高等教育出版社总编辑办公室

邮政编码　100029